Emma Wagner

Das Geheimnis von Granada

TINTE & FEDER

Das Buch

Granada in der Franco-Ära: Für den jungen Gitarrenbauer Diego und die Schneiderin Mina ist es die Zeit ihrer großen Liebe. Aber die Diktatur verlangt den Menschen viel ab, Armut, Angst und Überwachung bestimmen das Leben. Mina und Diego kämpfen für eine gemeinsame Zukunft in Freiheit und ahnen nicht, wie hoch der Preis ist, den sie für ihre Liebe zahlen werden ….

Jahrzehnte später macht die deutsche Ärztin Marisol sich Hals über Kopf auf den Weg nach Granada, um ihre spanischen Großeltern zu besuchen – dem geliebten Großvater geht es schlecht. Kaum angekommen, lernt Marisol den verschlossenen Fabio kennen, der sie auf eine rätselhafte Weise anzieht. Während die junge Frau in die verschlungenen Pfade ihrer Familiengeschichte eintaucht, scheint Fabio sein ganz eigenes Spiel zu spielen …

Die Autorin

Über eine Million Leser:innen konnte Emma Wagner bereits begeistern, monatelang waren ihre Romane in den Top 100 der Amazon-Charts vertreten. »Weil ich von dir träumte« belegte wochenlang Platz 1. Über ihre Bücher wurde bereits im Radio und in bekannten Printmedien berichtet. Die dreifache Mutter lebt mit ihrer Familie bei Heidelberg, spielt mehrere Instrumente und liebt es auch, mit Leinwand und Farben kreativ zu sein.

EMMA WAGNER

Das Geheimnis von Granada

Roman

TINTE & FEDER

Deutsche Erstveröffentlichung bei
Tinte & Feder, Amazon Media EU S.à r.l.
38, avenue John F. Kennedy, L-1855 Luxembourg
April 2022

Umschlaggestaltung: bürosüd° München, www.buerosued.de
Umschlagmotiv: © revers/Shutterstock; © S-F/Shutterstock;
© Taiga/Shutterstock; © Leonardo Baldini/ArcAngel
1. Lektorat: Jil Aimée Bayer, www.jil-aimee.com
2. Lektorat und Korrektorat: VLG Verlag & Agentur, Haar bei München, www.vlg.de
Gedruckt durch:
Amazon Distribution GmbH, Amazonstraße 1, 04347 Leipzig /
Canon Deutschland Business Services GmbH, Ferdinand-Jühlke-Str. 7, 99095 Erfurt /
CPI books GmbH, Birkstraße 10, 25917 Leck

ISBN: 978-2-49671-117-2

www.tinte-feder.de

»Granada ist gemacht für Traum und Träumerei.«

– Federico García Lorca –
(Granadischer Dichter)

Prolog

Sechs Jahre zuvor

»Es ist schon spät«, murmele ich an Mateos Lippen, als die letzten Farben des Sonnenunterganges von der Nacht verschluckt werden.

»Nicht spät genug«, raunt er, vergräbt seine Finger in meinem Haar.

Ich kann nicht anders, als mich erneut in der Süße seines Kusses zu verlieren. Nur zu gern würde ich stundenlang hier in seinem Auto sitzen bleiben. Oder – noch viel besser – mit ihm an den Strand zurückkehren und ihn dort küssen. Es erfordert gewaltige Selbstbeherrschung, mich stattdessen von ihm zu lösen. »Ich bin wirklich spät dran.«

Er hält mich an der Hand zurück. »Nur noch einen Kuss. Es ist auch wirklich der letzte.«

»Das hast du bei all den anderen zuvor auch schon behauptet«, erinnere ich ihn lächelnd.

Er zuckt entschuldigend mit den Schultern. »Ich kann einfach nicht genug von dir kriegen.«

Und ich nicht von ihm. Ich bin unfassbar verliebt und so glücklich wie in meinem ganzen Leben noch nicht. »Wir sehen uns doch in ein paar Stunden bereits wieder.«

»Das ist viel zu lang!«

Ich lache leise. »Finde ich auch, aber meine Großeltern sind sehr konservativ und haben dich noch nicht kennengelernt. Doch nächste Woche ist es ja so weit.«

Mit einem tiefen Seufzer gibt er mich frei und ich steige aus.

Trotz der späten Stunde ist es nach wie vor herrlich warm und der überwältigende Duft des Nachtjasmins liegt schwer in der Luft. Inbegriff der Verheißung, die andalusische Nächte immer durchdringt.

Vor der Haustür werfe ich Mateo noch einen Luftkuss zu und sehe ihm lächelnd nach, bis der Wagen meinen Augen entschwindet und auch das Motorengeräusch dem Zirpen der Zikaden weicht.

Eine milde Brise trägt leises Meeresrauschen zu mir. Wie ein Geheimnis, das sie mir zuflüstern will. Morgen werde ich ihr lauschen, jetzt bin ich zu aufgeregt.

Übermütig zupfe ich eine Blüte der pinkfarbenen Bougainvillea ab, die die Hauswand emporklettert, und stecke sie mir ins Haar.

Als ich das Haus betrete, bin ich überrascht darüber, dass von meiner Großmutter nichts zu sehen ist. Ich hatte erwartet, von ihr sofort mit neugierigen Fragen überfallen zu werden. Sie muss meine Ankunft überhört haben. Ich schalte das Licht ein, gehe vor mich hin summend durch den Flur und springe – zwei Stufen auf einmal nehmend – die Treppe ins Obergeschoss hinauf. »Mama?«

Ich platze fast vor Glück und will es mit meiner Mutter teilen. Am liebsten wäre ich singend durch den Flur getänzelt, so wie sie es immer macht, wenn sie besonders gute Laune hat.

Ich drücke die Tür zu ihrem Zimmer auf, aber es ist leer.

»Mama?«, rufe ich erneut und erhalte wieder keine Antwort.

Jetzt erst registriere ich die Stille im ganzen Haus.

Irritiert sehe ich mich im Zimmer um. Ein zitroniger Duft hängt im Raum. Mamas Parfum. Auf dem Frisiertisch liegen zwischen einem Seidenschal und ein paar Haarbändern eine geöffnete Lidschattenpalette und das Telefon. Über die Lehne des davorstehenden Stuhles ist eine Bluse geworfen. Alles sieht aus wie heute Morgen, als sie so hastig das Haus verließ, nur sie selbst fehlt. Wo ist sie so lange?

Verwirrt gehe ich zum Frisiertisch und greife nach dem Telefon, das dort achtlos hingeworfen wurde. Mit der anderen Hand ziehe ich den Seidenschal ein wenig beiseite. Ein Schreibblock kommt darunter zum Vorschein. Er ist aufgeschlagen, das oberste Blatt herausgerissen, zumindest zum Großteil, denn ein Stück ist verblieben.

Hat sie dort etwas notiert? Wohin sie wollte? Und warum?

Ein Geräusch lässt mich zur Tür sehen. Meine Großeltern stehen im Türrahmen und bei ihrem Anblick erstarre ich. Sie sind leichenblass, ihre Augen rotverweint, die Mascara meiner Großmutter verschmiert.

»Wir konnten dich nicht erreichen«, flüstert sie.

Ich muss nicht fragen, was passiert ist, die Verzweiflung in ihren Gesichtern sagt alles.

Heißer Schmerz schießt durch mein Herz. Die Luft ist mit einem Mal dick und zäh, das Atmen eine Qual.

»Nein!«, entfährt es mir keuchend. Vor Entsetzen kann ich nicht einmal schreien. »Nein, das kann nicht sein!«

Das Zimmer verschwimmt für einen Moment vor meinen Augen und ich klammere mich an der Schreibtischkante fest. Mein Blick fällt wieder auf den Schreibblock.

Nur ein Wort steht – angerissen, aber noch entzifferbar – auf dem Papierfetzen. Eines, das geheimnisvoll und exotisch klingt. Nach Sonne und Orangen, nach Rubinen und Granatäpfeln: *Granada.*

Kapitel 1

Nichts ist lebendiger als die Erinnerung.
– Federico García Lorca –

Heute

Granada …

Zögerlich streichen meine Finger über den Granatapfel in der Obstschale auf der Anrichte.

»Nimm ruhig, Mari.« Mit einem auffordernden Kopfnicken reicht mir mein Vater eine der Früchte, bevor er damit fortfährt, das Geschirr abzuspülen.

Etwas überrumpelt starre ich auf den Granatapfel in meiner Hand, bevor ich ihn so hastig wieder zurücklege, als hätte er Feuer gefangen. Stattdessen trockne ich weiter ab, was mein Vater in die Abtropfschale stellt.

Draußen ist es nasskalt und düster. Norddeutsches Märzwetter. Vor dem Fenster kämpft die Sonne mit sich drohend auftürmenden bleigrauen Wolkenbergen um die Vorherrschaft – und verliert. Eine weitere verregnete Woche steht bevor. Fast bin ich froh, dass ich davon nicht allzu viel mitbekommen werde, da einige Nachtwachen in der Klinik vor mir liegen und ich somit den jeweils darauffolgenden Tag mindestens bis zur Hälfte verschlafen werde.

Während Papa Spüle und Arbeitsplatte sauber wischt, sortiere ich das trockene Geschirr in die Schubladen ein. Die Hängelampe über dem Esstisch summt monoton und ihr schummriger Lichtkegel reicht kaum bis zum Herd. »Du solltest die Lampe dringend austauschen«, merke ich an, als ich den letzten Teller weggeräumt habe.

»Ich weiß«, gibt Papa zurück, aber sein Eingeständnis bedeutet nicht, dass er es tun wird. Er weigert sich vehement, irgendetwas im Haus zu verändern.

Ohne weiteren Kommentar zu diesem Thema geht er zum Kühlschrank, um zwei Eisbecher aus dem Gefrierfach zu angeln.

Mit einem Seufzen setze ich mich, während er mir einen der Becher über den Tisch zuschiebt. Schweigend löffeln wir die Eiscreme. Die üblichen Fragen nach Gesundheit und Job wurden bereits gestellt, die bekannten Antworten gegeben. Nur das einschläfernde Surren der Lampe und das Schaben der Löffel in den Bechern sind in der kleinen Küche zu hören, während ich meinen Vater resigniert mustere.

Schon als ich ein kleines Mädchen war, hatte Papa große Geheimratsecken und in den letzten Jahren ist er fast kahlköpfig geworden. Und dünn. Die Brille mit den runden Gläsern wirkt zu groß für sein eingefallenes Gelehrtengesicht mit den sanftmütigen grauen Augen und der hohen Stirn. Mein Vater ist von jeher ein ruhiger Mensch gewesen. Bedacht und durchorganisiert. Das Gegenteil meiner quirligen, übersprudelnden und chaotischen Mutter, die immer zu schnell und zu viel geredet hat. Doch seit jenem Tag vor sechs Jahren ist es, als lebten er und ich in Parallelwelten. Als wäre eine gläserne Wand zwischen uns geschoben worden. Wir sehen uns, hören uns, aber können dennoch nicht wirklich zum anderen durchdringen.

Wir existieren nebeneinander, nicht miteinander. Jeder ist in seinem eigenen Leid gefangen. Ich habe mich daran gewöhnt, aber seit ich zum Medizinstudium vom Land in die Stadt gezogen bin, wird es mir jedes Mal, wenn ich ihn besuche, umso heftiger bewusst.

Heute spüre ich, dass ihn unter der üblichen schweigsamen Geistesabwesenheit etwas anderes quält als sonst. Und ich ahne, dass es wieder einmal um meinen Auszug geht.

»Ich habe lange nicht mehr so gut gegessen wie eben«, sage ich im Versuch, ihn abzulenken.

Er setzt seine Brille ab, putzt sie mit der Serviette. »Ich könnte jeden Abend für dich kochen, wenn du hier wohnen würdest.«

Das ist dann mal nach hinten losgegangen. »Danke dir, aber die Pendelei würde zu viel Zeit fressen, das weißt du doch.«

»Du könntest an eine Klinik oder eine Praxis in der Nähe wechseln. Das geht auch während der Assistenzarztzeit.«

Da hat er recht. Leider. Mein schlechtes Gewissen wächst. Dabei ist es ohnehin schon so groß, dass in meiner Brust kaum noch Platz für andere Gefühle ist. Irgendwann wird es mir endgültig die Luft abschnüren. Und ich habe mich tatsächlich noch nicht entschieden, ob ich verlängern oder mich anderswo bewerben soll. Allerdings werde ich, komme was da wolle, keinesfalls wieder bei meinem Vater einziehen. Ich kann einfach nicht in dieses Haus zurück und mich wieder den Erinnerungen aussetzen. Denn sie bringen das Gedankenkarussell in Schwung, das sich endlos um die Frage dreht: Was wäre gewesen, hätte ich damals nicht …

Nein! Heftig schüttele ich den Kopf im Versuch, das Karussell zu stoppen, bevor es Fahrt aufnimmt. »In Kiel habe ich einen verständnisvollen Chef und tolle Kollegen. So viel Glück hat man nicht alle Tage.« Meine üblichen Ausreden.

»Aber du musst am laufenden Band Überstunden machen und hast kaum mal ein Wochenende frei!«

»Ja, aber das ist nicht schlimm. Ich mag meinen Job.« Das ist die Wahrheit, jedoch nicht die ganze. Bei zu viel Freizeit fange ich an zu grübeln. Über die Familie, die wir einmal waren und nie wieder sein werden.

Müde reibe ich mir die Schläfen. »Außerdem teile ich mir die Wohnung mit Vanessa und Erik. Ich kann die beiden nicht mit der Miete hängen lassen.«

»Die beiden finden bestimmt einen anderen Mitbewohner. Hier brauchst du keine Miete zu zahlen. Außerdem würde es dir Zeit sparen, wenn du nicht einkaufen oder kochen müsstest.«

Ich weiche seinem Blick aus, der flehende Klang seiner Stimme ist peinvoll genug. »Das teilen wir uns in der WG ohnehin auf.«

»Aber …«

»Ich denke über dein Angebot nach, okay?«, unterbreche ich ihn hastig. Er weiß natürlich, dass es nur ein Ausweichen ist. Zwar nickt er, aber seine Schultern sacken nach unten.

Jetzt fühle ich mich noch miserabler. Doch hierbleiben und sein Leid tagtäglich mit ansehen zu müssen, würde mich kaputtmachen. Ich kämpfe schon genug mit meinen eigenen Dämonen.

Er atmet tief durch, sagt nichts mehr und löffelt sein Eis weiter. Erneut herrscht Schweigen zwischen uns. Schließlich wirft er die leeren Becher in den Mülleimer, während ich die Löffel spüle und rasch abtrockne.

Als ich mich wieder zu ihm umdrehe, klebt sein Blick mit traurigem Lächeln an dem Rest des Nudelgratins in der Auflaufform, das noch abkühlen musste. »Das Gratin deiner Mutter war immer angebrannt.«

Ich beiße mir auf die Unterlippe. Hätte ich doch nur nichts über das Essen gesagt!

»Alles gäbe ich dafür, könnte ich ihre unvergleichlich schlechten Kochkünste noch einmal kosten.« Er klingt erstickt. Als kämpfte er mit Tränen.

»Ich auch«, sage ich ebenso leise wie er und meine Kehle wird eng.

»Warum nur?«, flüstert er und sieht mich an, ohne mich wahrzunehmen. »Warum?« Eine Frage, auf die wir die Antwort in all den Jahren nicht gefunden haben.

Hilflos hebe ich die Schultern. »Sollen wir noch einen Film schauen?«, versuche ich es erneut mit Ablenkung. Eigentlich müsste ich mich verabschieden, um noch etwas Schlaf vor meiner Nachtschicht zu bekommen, aber ich kann ihn nicht in diesem Zustand alleinlassen.

Wieder nickt er nur und wir gehen ins Wohnzimmer. Auch in diesem Raum hat sich nichts verändert und ich vermeide den Blick zu den Fotos auf der Kommode. Papa setzt sich in den Ohrensessel, ich mich auf die Couch. Wie früher und doch unendlich weit davon entfernt.

Bloß nichts Trauriges und keinen Liebesfilm, denke ich, während ich durch das Angebot zappe. Schließlich entscheide ich mich für eine Actionkomödie, aber während des Films lacht keiner von uns. Ich kriege nicht einmal mit, warum die beiden Hauptfiguren sich streitend durch New Yorks Straßen kämpfen. Auch Papa ist nicht bei der Sache, sondern in seine Grübeleien versunken wie in einem stillen Ozean voller Fragen, aus dem er nicht auftauchen kann, um Luft zu holen. Um am Leben teilzunehmen.

So gedankenverloren er ist, so angespannt bin ich. Und schließlich sehe ich doch zu den Fotos. Da ist das Hochzeitsbild meiner Eltern inmitten zahlreicher Schnappschüsse von uns dreien in unterschiedlichsten Situationen. Auf einem stehe ich als kleines Mädchen auf einem Stuhl neben meiner Mutter am Herd. Und wir sind beide in traditioneller andalusischer

Tracht zu sehen: in einem Flamencokleid und mit der *Mantón de Manila* über unseren Schultern, diesem quadratischen Seidentuch mit Stickereien in leuchtenden Farben, das rundum mit Fransen besetzt ist. Lachend blicken wir über die Schulter in die Kamera meines Vaters und unsere Gesichter sind über und über mit dem Kakaopulver bestäubt, das ich damals in den Topf mit der Milch schütten wollte.

Ich erinnere mich noch genau an jenen Tag, sehe alles so lebhaft vor mir, dass mir ist, als nähme ich Mamas Duft wahr. Mit einem Mal bin ich mir sicher, dass alles, was geschehen ist, nur ein böser Traum war. Gleich wird meine Mutter zur Haustür hereinkommen. Sie wird ihre Schuhe von den Füßen schütteln und sie wie immer an Ort und Stelle stehen lassen, anstatt sie in den Schuhschrank zu räumen. Papa wird über ihre unordentliche Art resigniert aufseufzen und Mama wird ihm lachend einen Kuss auf die Wange geben, bevor sie, um ihn zu necken, auch ihre Jacke auf die Kommode wirft, anstatt sie an den Haken zu hängen. Dann wird sie ein spanisches Lied vor sich hin trällern, während sie leichtfüßig durch den Flur tänzelt und wie immer ohne Anklopfen in mein Zimmer platzt. Sie wird mich liebevoll in die Arme schließen, mir dabei zärtlich über das Haar streichen – und ihr Duft nach Orangen und Zitronen wird mich einhüllen. Sie wird mir wild gestikulierend von ihrem Tag erzählen und ich ihr von meinem. Niemand kann so herzlich mitlachen wie sie, niemand sonst so gut trösten.

»Sollen wir uns eine Crema Catalana machen, meine kleine Sonne?«, wird sie anschließend fragen. Dabei wird sie das »R« herrlich rollen, das »S« so unfassbar sanft aussprechen und mir einen Kuss auf die Stirn drücken.

Schon meine ich, das Klirren ihrer Hausschlüssel und ihr warmes Lachen zu hören, aber mein Kopf weiß, dass das nicht der Fall ist. Und nie wieder sein wird.

Mein Herz zieht sich zusammen, die Sehnsucht raubt mir den Atem, aber nicht einmal mehr weinen kann ich, so viele Tränen sind schon geflossen.

Ja, ich bin zum Studium vom Land in die Stadt gezogen, um nicht so viel Zeit mit Pendeln zu verlieren. Aber auch, um der Trauer in den Augen meines Vaters zu entgehen. Den Stichen, die mir sein verhärmter Anblick versetzt. Und dem Vorwurf darin, an unserem Unglück schuld zu sein.

* * *

»Alles in Ordnung, Mari?«, begrüßt mich Vanessa, als ich Stunden später das Besprechungszimmer der Frauenheilkundeabteilung der Klinik betrete. Sie ist im Begriff zu gehen, zieht gerade ihre Jacke an.

»Du siehst total fertig aus«, ergänzt Elsa, die Ärztin, die ich ablöse.

»Ich bin einfach müde.« Das ist zumindest die halbe Wahrheit. Auf der Zugfahrt habe ich versucht zu schlafen, aber es gelang mir nicht. Wie nach jedem Besuch bei meinem Vater ging mir zu viel im Kopf herum.

Vanessa, die den wahren Grund ahnt, drückt mir mitfühlend einen Kaffeebecher in die Hand. »Ich hoffe, eure Nacht wird ruhig. Und wenn du heimkommst, Mari, gibt es Pfannkuchen für dich.«

»Danke! Du bist definitiv nicht nur die beste Freundin, sondern auch die beste Mitbewohnerin, die man sich nur wünschen kann.«

»Sag das mal Erik«, gibt sie zurück und schneidet eine Grimasse. »Der geht mir gerade dermaßen auf den Geist. Ich bin wirklich froh, dass ich jetzt Urlaub habe. Da kann er mich nur die Hälfte der Zeit nerven.«

»Selbst schuld«, sagt Elsa neckend. »Wer gründet auch mit Kollegen eine WG?«

»Hey, so habe ich immerhin einen Krankenpfleger und eine Ärztin zu Hause«, gibt Vanessa zurück.

Einige der Pflegerinnen, die mit mir zusammen Nachtschicht haben, stoßen zu uns, wir flachsen noch ein wenig herum, und dann umarme ich meine Freundin zum Abschied.

Elsa und ich setzen uns für die Übergabe zusammen. Als sie mich über alle Patienten informiert hat, verabschiedet auch sie sich, ich bespreche mich noch mit den Hebammen und mache mich dann auf meine Runde durch die Station. Wie immer beginne ich in den Kreißsälen, um mich den in den Wehen liegenden Frauen vorzustellen, sie nötigenfalls zu beruhigen und ihnen ihre Ängste zu nehmen. Ebenso den dazugehörigen Partnern, die bei den meisten dabei sind. Einen Mann komplimentiere ich auf Bitten seiner Frau hinaus, weil er sie mit all seinen Ratschlägen in den Wahnsinn treibt. Einem anderen Paar lege ich nahe, der Mann solle lieber draußen warten, weil er schon jetzt grün um die Nase ist und uns höchstwahrscheinlich umfallen wird, sobald es richtig losgeht.

Vanessas Hoffnung, es möge eine ruhige Nacht werden, bewahrheitet sich jedenfalls nicht: Auf zwei Spontangeburten erfahrener Drittgebärender ohne Komplikationen folgen ein Kaiserschnitt und eine eingeleitete Geburt. Ich komme kaum zum Luftholen. Die teils furchtbaren Schreie der Frauen gehen mir durch Mark und Bein. Wenn ich nicht wüsste, dass die Verzweiflung über die seit Stunden andauernden Schmerzen, die eine Gebärende erleidet, in den Hintergrund tritt, vielleicht sogar vergessen sein wird, sobald ihr Baby auf der Welt ist, hätte ich wohl schon längst darum gebeten, auf Station anstatt im Kreißsaal eingesetzt zu werden. Bei einer Frau rufe ich die Anästhesistin, da sie eine PDA möchte. Einer anderen muss ich erklären, dass die Geburt für eine PDA bereits zu weit fortgeschritten ist.

Schließlich – es geht bereits auf vier Uhr in der Frühe zu – ruft mich die Hebamme erneut. Bei einer von vierzehnstündigen Wehen bereits völlig kraftlosen Frau geht die Geburt trotz weit geöffnetem Muttermund plötzlich nicht mehr voran und die Herztöne des Babys im Mutterleib werden bei jeder Wehe schwächer. Ich vermute, dass sich die Nabelschnur um seinen Hals gewickelt hat. Leise bespreche ich mich mit den Hebammen und alarmiere den Kinderarzt, bevor ich zu einem Dammschnitt ansetze und das Baby mit Hilfe einer Saugglocke im Hauruck-Verfahren hole. Sofort befreie ich das Neugeborene von der Nabelschnur und reiche es an den Kinderarzt weiter, der es auf dem dafür vorgesehenen Tisch untersucht, während ich den Dammschnitt der Frau nähe.

Schweißgebadet und sichtlich am Ende ihrer Kräfte beobachtet die Mutter ängstlich den Kinderarzt bei seiner Untersuchung. »Was ist mit meinem Baby? Geht es ihm gut? Sagen Sie doch etwas!« Ihrem Mann, der ihre Hand umklammert, laufen Tränen über die Wange.

Hebamme und Pflegerin reden beruhigend auf das Paar ein und obwohl meine Konzentration der Wundversorgung der Frau gilt, krampft sich mein Innerstes mitleidend zusammen, schlägt mein Herz wild in Sorge um das Kind.

Endlich ertönt ein zaghaftes Wimmern, erleichtertes Aufatmen geht durch den ganzen Raum. »So weit ist alles in Ordnung«, vernehme ich die Stimme des Kinderarztes. »Sie beide haben die schwierige Geburt ganz großartig gemeistert. Wir werden den Kleinen aber, sobald Sie sich kennengelernt haben, noch ein wenig ins Wärmebettchen legen, hier gleich neben ihnen. Sein Bilirubinwert ist etwas erhöht, aber machen Sie sich keine Sorgen, das ist nichts Ungewöhnliches.«

Kaum bin ich mit meiner Erstversorgung fertig, tritt auch schon die Hebamme mit dem in eine Decke gewickelten Bündelchen Mensch zu der Mutter. Sie legt es ihr in die Arme und löst das Tuch ein Stück weit, sodass sich das Kind Haut an Haut anschmiegen kann. Es ist verschrumpelt, mit Blut und Käseschmiere bedeckt, hat einen Abdruck von der Saugglocke und wirkt alles in allem zerknittert und ein wenig unförmig. Und doch sehe ich am Leuchten in den Augen der Mutter und ihrem unendlich glücklichen Gesicht, dass es für sie das schönste Wesen auf Erden ist.

Und das ist einer dieser Momente, die zu den wundervollsten in meinem Beruf gehören und die mich immer wieder aufs Neue zutiefst berühren: Ein neues Leben auf dieser Welt begrüßen und das überwältigende Glück einer Mutter miterleben zu dürfen, die ihr Baby zum ersten Mal in den Armen hält. Stumm wünsche ich ihnen von ganzem Herzen, dass diese Bindung ein Leben lang andauern möge und dass sie Jahrzehnte miteinander verbringen dürfen.

Ich atme tief durch, räume leise die Instrumente beiseite und desinfiziere meine Hände. Kinderarzt, Hebamme und Pflegerin haben bereits leise das Zimmer verlassen, um der jungen Familie Raum und Zeit für sich zu geben. Nur ich bleibe noch, um auf die Nachgeburt zu warten. Ich dimme das Licht, damit es nicht zu grell ist für das Neugeborene, und will mich auf den Stuhl neben dem Wickeltisch setzen, als ich aus dem Augenwinkel eine Bewegung wahrnehme. Ich wende den Kopf zum Fenster – und sehe mich meiner Mutter gegenüber.

Adrenalin jagt heiß durch mich hindurch, Endorphine tanzen in meinem Blut.

Bis mir beim nächsten Wimpernschlag klar wird, dass das Bild dort zu müde aussieht, zu erschöpft und zu traurig, um meine Mutter zu sein. Dass es nur mein Spiegelbild im Fenster ist. Schmerz krallt sich um mein Herz, drückt es fast zu Tode, aber ich rühre mich nicht, nur mein Puls rast noch immer.

Reglos betrachte ich mein Abbild. Ich habe Mamas welliges dunkles Haar geerbt, trage es aber im Gegensatz zu ihrer stets offenen Mähne zu einem festen Zopf geflochten. Mein Gesicht ist blass und ungeschminkt, mit dunklen Müdigkeitsschatten unter meinen braunen Augen. Sähe ich mich tatsächlich meiner Mutter gegenüber, wäre ihr Gesicht leicht gebräunt und ihre ebenfalls braunen Augen würden fröhlich funkeln. Und mit Sicherheit würde sie feuerroten Lippenstift tragen.

Plötzlich habe ich das Gefühl, dass etwas passieren wird. Etwas, das mit meiner Mutter zu tun hat. Das ist natürlich Blödsinn. Das eine wie das andere. Dennoch kann ich dieses Gefühl nicht abschütteln. Es sitzt mir im Nacken, schaut mir über die Schulter.

Mit einem Mal ist da eine Unruhe in mir, die es mir fast unmöglich macht, mich zu konzentrieren. Ich bin heilfroh, dass es die letzten Stunden meiner Schicht über relativ ruhig zugeht.

Erst als ich die Klinik verlasse und weder ein Notruf meines Vaters eingegangen noch etwas anderes passiert ist, habe ich mich vollständig beruhigt.

Kaltfeuchter Frühnebel hängt schwer zwischen den Gebäuden. Das Licht ist diffus, die Sonne schiebt sich gerade über den Horizont. Noch kann sie sich durchsetzen. Dies ist meine liebste Tageszeit. Die Welt ist in der Morgendämmerung eine andere. Eine bessere. Sie birgt so viele Versprechen. Es ist noch nicht hell genug, um das Leben in seiner ganzen brutalen Klarheit zu sehen, und die Welt des Traumes verschwimmt noch mit der Wirklichkeit.

Für einen Moment bleibe ich auf der Eingangstreppe stehen, atme tief die frische Luft ein. Plötzlich klingelt mein Handy und die Nummer meiner Großeltern leuchtet auf dem

Display auf. Um diese Uhrzeit? Erneut hämmert mein Herz los und ich reiße das Handy ans Ohr. *»¡Hola!«*

»Marisol?« Meine Großmutter! Sie klingt völlig aufgelöst. Eiskalte Angst packt mein Herz.

»Ja, ich bin es, *Yaya*! *¿Qué pasa?* Was ist geschehen? *¿Estás bien?* Oder ist etwas mit *Yayo*?« Vor Schreck bin ich in einen Mischmasch aus Deutsch und Spanisch verfallen, aber sie hat mich dennoch verstanden und lässt einen spanischen Redeschwall los, bei dem ich nicht hinterherkomme. Nur die Worte *Yayo* – Großvater –, Sturz und Krankenhaus verstehe ich, und mir wird schlecht. Auch wenn es nichts mit meiner Mutter zu tun hat, hat meine Vorahnung mich nicht getrogen.

»Komm bitte her«, fleht meine Großmutter auf Spanisch. »Ich weiß nicht, was ich tun soll.«

Ich schließe die Augen, lehne mich nach einem festen Halt suchend gegen das Treppengeländer.

Es steht außer Frage, dass ich zu ihr fliege. Doch es gibt genau einen Ort, an dem mich ein längerfristiger Aufenthalt noch mehr Überwindung kostet als das Haus meiner Eltern. Und das ist das meiner Großeltern. In Andalusien.

Nahe Granada.

1974

Mina

»Und so kehrte der siegreiche Ali Baba mit der befreiten Mardschana zurück nach Hause, wo sie bis an ihr Ende glücklich und zufrieden lebten«, beendete Mina das Märchen und setzte noch ein »Fertig!« hinterher, damit es ganz deutlich wurde. Vergeblich, denn als sie sich vorbeugte, um Felicia einen Gutenachtkuss auf die Stirn zu geben, zog diese sich das Laken über das Gesicht, um den Schlusspunkt hinauszuzögern.

»Noch eine Geschichte. Bitte!«

Durch die horizontalen Lamellen der hölzernen Fensterläden warf die Abendsonne rötliche Streifen auf das Bett des Mädchens. Staubkörnchen tanzten durch die Luft und funkelten auf, wenn sie einen der Lichtstreifen passierten.

»Das waren schon drei, Feli, und es ist bereits spät«, widersprach Mina, konnte es ihrer kleinen Schwester aber nicht verdenken, dass sie nicht einschlafen wollte. Trotz geschlossener Fenster drang von draußen das übliche Geräuschkonzert herein: Lachen und Streit, Rufe und Musik, das Knattern eines Motorrollers und das Klirren von Geschirr. Je wärmer die Tage wurden, umso später am Abend erwachte die Stadt erst richtig zum Leben. Und seit Tagen war es viel zu warm für Ende April. Heute war das Thermometer sogar schon auf siebenundzwanzig Grad geklettert, obwohl die heißeste Zeit des Jahres noch gar nicht angebrochen war. Das sei ein schlechtes Omen, hatte Pilar aus dem Stockwerk unter dem ihren heute Mittag besserwisserisch und mit einer gewissen Genugtuung in der Stimme verkündet. Für wen, das hatte sie allerdings nicht gesagt. Vermutlich generell für alle, die nicht ihrer Meinung waren.

Zwar waren Fenster und Läden seit dem Morgen geschlossen gewesen, aber da die kleine Wohnung direkt unter dem Dach lag, hatte sie sich wie immer trotzdem aufgeheizt. Dennoch hätte Mina nicht mit einer anderen tauschen wollen, denn sie wohnten im Albaicín, dem alten maurischen Stadtviertel auf dem Hügel gegenüber der Alhambra, dieser atemberaubenden Festung aus Tausendundeiner Nacht.

Sie hob die Hand, um die Lamellen der Fensterläden vollends zu schließen, hielt aber einen Moment inne. Der Blick von ihrer Dachwohnung aus über Granada war unvergleichlich schön. Und jetzt in der Abendsonne erstrahlte die Alhambra so rot wie der Granatapfel, der ihrer Stadt angeblich den Namen gegeben hatte. Fast widerwillig drückte sie den Hebel nach unten und die hölzernen Lamellen der Läden klappten zu.

Feli zog das Laken wieder ein Stück nach unten. »Nur noch eine einzige Geschichte, danach schlafe ich auch wirklich sofort ein, ich verspreche es.« Mit großen Knopfaugen sah sie Mina auf herzerweichende Weise an. Die Kleine war zwar erst sieben Jahre alt, aber wusste bereits, wie man jemanden um den Finger wickeln konnte.

»Dieses Versprechen kommt mir sehr bekannt vor«, erwiderte Mina schmunzelnd. »Habe ich das nicht vor zwei Geschichten schon einmal gehört? Du musst jetzt wirklich schlafen, sonst bist du morgen in der Schule furchtbar müde. Stell dir vor, Schwester Consuela würde dich nach den Zehn Geboten fragen und als Antwort müsstest du gähnen.«

Das Mädchen biss sich erschrocken auf die Lippen, aber José, der nebenan am Küchentisch über Schulaufgaben brütete, wie sie durch die offene Tür sehen konnte, machte eine wegwerfende Handbewegung. »Schwester Consuela ist inzwischen so gut wie taub. Solange man den Mund öffnet, bleibt es gleich, was dabei herauskommt, sie hält es für richtig.«

Feli kicherte los und um ein Haar hätte es auch Mina getan. Sie konnte sich noch aus ihrer eigenen Schulzeit bei den Nonnen gut an die gemütliche Schwester Consuela erinnern, die gern mal mitten im Unterricht wegdöste und schon damals schlecht hörte. Zum Glück konnte Mina sich das Kichern verkneifen. Dafür ertönte ein leises Lachen von der Tür zwischen der kleinen Wohnküche und dem Schlafzimmer her.

Diego lehnte am Rahmen, die Hände locker in den Hosentaschen, die Ärmel seines Hemdes über die Ellbogen hochgekrempelt, und seine braunen Augen mit dem dichten schwarzen Wimpernkranz funkelten belustigt.

José, von dieser Reaktion ermutigt, setzte sofort grinsend nach: »Und sie riecht immer ganz schrecklich nach Knoblauch. Man weiß stets fünf Minuten vorher, dass sie im Anmarsch ist.«

»Jetzt reicht es aber!«, schalt Mina ihn. »Du bist viel zu frech für deine dreizehn Jahre! Und davon abgesehen stimmt natürlich nicht, was du da sagst!«

Diego nickte. »Ganz recht, José, das stimmt nicht.« Er beugte sich vor und flüsterte dem Jungen augenzwinkernd zu: »Schließlich riecht man sie schon eine Viertelstunde vorher.«

José grinste, aber Mina schüttelte missbilligend den Kopf.

»Schwester Consuela mag fast taub sein, aber ich bin es nicht! Solche Worte will ich hier nie wieder hören«, mahnte sie. »Die Schwestern vom Orden der mildtätigen Nächstenliebe haben Respekt verdient. Darüber hinaus müssen wir ihnen von Herzen dankbar sein dafür, dass sie Feli und dich, mein lieber José, nicht nur unterrichten, sondern dass ihr von ihnen sogar ein kostenloses Mittagessen erhaltet!« Ohne dieses wären sie tatsächlich kaum über die Runden gekommen. Sie hoffte inständig, dass ihre Mutter, wenn sie nachher nach Hause käme, wenigstens einen weiteren Laden als Abnehmer für die von ihnen genähten Kleider gewonnen haben würde.

»Die Portionen sind immer winzig«, murrte José. Er war im letzten Jahr unfassbar in die Höhe geschossen und hatte seitdem gefühlt rund um die Uhr Hunger.

»Nur für dich. Himmel, um dich satt zu kriegen, müssten wir mehr Kleider verkaufen, als Granada Einwohner hat«, sagte Mina scherzend.

»Und es schmeckt nicht«, beschwerte sich nun auch Feli, die diese Chance, das Zubettgehen weiter hinauszuzögern, natürlich sofort ergriff. Zwar wurden Jungen und Mädchen in getrennten Gebäuden unterrichtet, aber das Essen war das gleiche. »Außerdem dürfen wir nicht tanzen oder singen!«

José nickte. »Und wir dürfen nur Bilder aus der Bibel zeichnen und nie eigene.« Seine Miene wurde düster. »Erst recht nicht richtig.«

Minas Herz wurde schwer, denn mit *richtig* meinte er mit seiner linken Hand. Mina hatte ihn immer zeichnen lassen, wie er wollte, aber die Nonnen sagten, es sei gegen Gottes Ordnung, mit links zu schreiben oder dergleichen, und hatten ihn »auf den rechten Pfad gebracht«, wie sie es nannten. Doch noch heute wechselte er, wenn er in Gedanken war, unbewusst die Hand – und kam mit roten Striemen auf dem Handrücken nach Hause. Die Nonnen wussten ihr Lineal zu gebrauchen. Lediglich die alte Schwester Consuela und die sehr junge Schwester Rosalita drückten diesbezüglich ein Auge zu.

Es schmerzte Mina, wie sehr ihre beiden Geschwister unter den strengen Regeln litten. Feli war ein aufgewecktes Mädchen, das am liebsten den ganzen Tag sang und tanzte, während sie in beängstigenden Situationen zu stottern begann. José hingegen war häufig verträumt und brachte dann seine Gedanken in verrückten bunten Zeichnungen zu Papier. Mina fand seine Bilder einmalig und wundervoll. Die Nonnen leider nicht.

Bedrückt schüttelte sie den Kopf. »Es ist, wie es ist, und wir müssen dankbar für die Hilfe sein, die wir von den Schwestern erhalten.«

»Aber …«, setzte Feli an.

»Schluss jetzt, es ist Schlafenszeit!« Mina rieb sich die Schläfen und wandte sich erschöpft an Diego. »Da siehst du, was du angerichtet hast. Wie soll ich sie denn jetzt ins Bett kriegen, so aufgekratzt wie sie nun ist?«

»Ich erledige das«, bot er an.

»Ach, und wie?«

Er grinste spitzbübisch. »Ich erzähle ihr einfach noch eine Geschichte.«

Bevor Mina protestieren konnte, brach Feli bereits in Jubel aus und Mina warf Diego einen vorwurfsvollen Blick zu.

»Keine Sorge«, sagte er. »Sie wird anschließend auch wirklich fest schlafen, nicht wahr, Feli?«

Die Kleine nickte so heftig, dass die Löckchen ihres braunen Kraushaares, das wie immer in alle Richtungen von ihrem Kopf abstand, wild umherhüpften.

»Na, da bin ich aber gespannt.« Mina stand auf, überließ Diego den Platz am Bett und ging in die Küche. Dort lagen auf dem Tisch ausgebreitet Rechenhefte. »Kommst du zurecht, Pepito?«, fragte sie.

»José, nicht Pepito!«, protestierte der Junge gegen die Koseform seines Namens. »Ich bin doch kein Kind mehr!«

»Für mich wirst du immer mein ›Pepito‹ sein«, gab sie zurück und verpasste ihm einen zärtlichen Nasenstüber. Mit empörtem Schnauben drehte er sich weg und Mina machte sich daran, den Abwasch zu erledigen.

Verstohlen lehnte sich José Richtung Tür, um besser der Geschichte von Diego lauschen zu können, dessen warme Stimme aus dem Schlafzimmer herübertönte

Mina lächelte in sich hinein. Ihr Pepito war eben doch noch ein Kind.

* * *

Die Sonne war untergegangen, als Diego mit einem »Gute Nacht, kleine Tänzerin« das Schlafzimmer verließ und leise die Tür hinter sich schloss.

Durch das inzwischen geöffnete Küchenfenster stiegen Mina der Duft von in würziger Marinade eingelegtem Grillfleisch und das rauchige Aroma der Holzkohle in die Nase. Zwar waberte noch immer die Luft über den roten Ziegeldächern, aber die Hitze des Tages ließ langsam nach.

Die Häuser drängten sich hier im Albaicín, dem ältesten Stadtteil Granadas, eng zusammen, waren meist drei- oder vierstöckig. Aus dem Labyrinth der Gassen zwischen ihnen tönte das rhythmische Stampfen von Flamencotänzern, mischte sich mit den Stimmen der Sänger und den Klängen der Gitarren.

Mina legte den letzten abgewaschenen Topf in das Abtropfgestell. »Und? Hat sie sich ohne weiteres Betteln schlafen gelegt?«

»Hat sie«, antwortete Diego. »So, wie sie es mir versprochen hat.«

»Wie schaffst du es nur immer, alle um den kleinen Finger zu wickeln?«

Er richtete seinen Blick auf José, der nun wieder mit dem Rücken zur Spüle und dem Kopf in den aufgestützten Armen grübelnd über sein Rechenbuch gebeugt war, trat dann hinter Mina und legte seine Hände um ihre Taille. »Ich bin eben unfassbar liebenswert, oder siehst du das anders?« Er hauchte ihr einen Kuss auf die nackte Haut ihres Halsansatzes, der sie wohlig erschauern ließ.

»Hängt davon ab.«

»Davon, ob ich das hier tue?« Sacht strich er ihr glattes kastanienbraunes Haar zur Seite, das ihr offen über den Rücken bis zu den Hüften fiel, und fuhr mit seinen Lippen zart über ihren Nacken.

Nur mit Mühe unterdrückte sie es, genussvoll aufzuseufzen. Obwohl Diego sich heute Morgen rasiert hatte, waren die Stoppeln bereits ein wenig nachgewachsen und das sanfte Schaben auf ihrer bloßen Haut im Wechselspiel mit seinen weichen Lippen und dem warmen Atem ließ ihre Knie gefährlich weich werden. Unwillkürlich wünschte sie sich, er würde den breiten Träger ihres Kleides über ihre Schulter schieben, sie auch dort küssen, aber das kam selbstverständlich nicht infrage. Nicht jetzt und nicht hier, immerhin saß José bei ihnen.

Sie hob – noch immer mit dem Rücken zu Diego – das Handtuch in die Höhe. »Davon, ob du mir beim Abtrocknen hilfst.«

Er lachte leise. »Für dich tue ich doch alles.« Kurzerhand griff er beiderseits an ihr vorbei nach dem Handtuch und einem Teller, sodass sie sich in seinen Armen wiederfand. Nirgendwo wäre sie lieber gewesen.

»Du wirst noch etwas fallen lassen«, warnte sie ihn, nahm ihm den Teller aus der Hand und stellte ihn ab, bevor sie sich in seinen Armen umdrehte. Sie legte ihre eigenen um seinen Hals und sah liebevoll zu ihm auf.

Sein Kinn war kantig, aber seine Augenpartie wie mit sanftem Pinselstrich gezeichnet. Er war einen halben Kopf größer als sie und niemand, der seine von der Arbeit in der Werkstatt breiten Schultern und seine kräftigen Arme sah, hielt es für möglich, dass seine Finger einer Gitarre die wundervollsten Töne entlocken konnten. Zärtlich fuhr sie mit den ihren durch sein weiches schwarzes Haar.

»Was Josés Behauptung von vorhin angeht«, flüsterte Diego ihr zu und seine Augen funkelten amüsiert. »Irgendwie meine ich, mich an ein gewisses starrköpfiges Mädchen zu erinnern, das seinerzeit ebenfalls über den Knoblauchgeruch von Schwester Consuela Witze gemacht hat.«

Sie legte ihm die Hand auf den Mund. »Sei bloß still, immerhin …« Sie vergaß, was sie noch hatte sagen wollen, denn er küsste einfach ihre Finger.

Ein Kichern ertönte hinter der Schlafzimmertür. Wie der Schatten unter der Tür verriet, versuchte Feli, durchs Schlüsselloch zu spähen.

Hastig löste Mina sich aus Diegos Armen, während José verwirrt über die Schulter zu ihnen sah.

Mina warf Diego einen vielsagenden Blick zu. »Sie schläft, nicht wahr?«

Mit verschmitztem Grinsen hob er entschuldigend die Hände. »Sie hat mich reingelegt.«

Mina ging vor der Schlafzimmertür in die Hocke und wandte sich an das Schlüsselloch. »Jetzt aber sofort ab ins Bett und keinen Mucks mehr, sonst werde ich nicht an deinem Kleid weiterarbeiten!«

Sofort war eiliges Fußgetrappel zu hören, dann ein Quietschen, als das Mädchen sich ins Bett warf.

Diego lachte und sagte leise: »Irgendwann wird ihr klar werden, dass du ein viel zu weiches Herz hast, um auch nur eine einzige deiner Drohungen wahr zu machen.«

Sie schnitt eine Grimasse. »Hoffentlich dauert das noch lange.«

»Darauf würde ich nicht wetten.« Er griff sich einen der Granatäpfel aus der Holzkiste auf dem Boden und schnitt ihn auf. Er wusste, dass sie diese Früchte liebte, und brachte ihr immer welche mit, wenn Markttag war. Die saftigen, prallen Kerne glänzten im Abendlicht und die süße rote Flüssigkeit tropfte auf die weiße Keramik.

»Da fällt mir ein …« Sie wandte sich José zu. »Bitte trödele morgen nach der Schule nicht, sondern komm schnell heim, es ist Markttag.«

José riss den Kopf hoch. »Nicht schon wieder Kleider verkaufen!«

»Das ist nun einmal, womit wir unser Geld verdienen.«

»Das ist etwas für Mädchen! Nicht für einen Mann! Wieso muss ich das tun?«

»Nun, statt sie zu verkaufen, kannst du sie auch gern nähen«, sagte sie augenzwinkernd.

José schnaubte. »Miguel und Fernando lachen schon über mich!«

»Wenn sie unsere Miete zahlen, dürfen sie das von mir aus. Wenn sie das nicht tun und dennoch lachen, solltest du dir neue Freunde suchen«, gab Mina ungerührt zurück.

Der Junge stöhnte auf. »Wenn ich endlich mit der Schule aufhören dürfte, wäre das alles nicht nötig! Dann könnte ich Geld mit richtiger Arbeit verdienen. Arbeit für Männer!«

»Wenn du mit etwas Männlicherem Geld verdienen willst, musst du deinen Schulabschluss machen und einen Beruf erlernen.«

»Muss ich nicht!« Trotzig hob er das Kinn. »Als Soldat brauche ich keinen Schulabschluss!«

Allein schon die Vorstellung, ihn bei der Armee zu sehen, ließ ihr das Blut in den Adern gefrieren. Mühsam bewahrte sie die Fassung. »Zur Armee wirst du noch früh genug müssen. Und spätestens dann wirst du hoffentlich begreifen, dass es kaum etwas Schlimmeres gibt.«

»Abgesehen davon, Mädchenarbeit zu erledigen!«, beharrte er.

Verärgert holte sie tief Luft, aber Diego legte ihr beruhigend eine Hand auf den Arm und setzte sich zu dem Jungen an den Tisch. »Weißt du, was einen echten Mann ausmacht?«, fragte er und José blickte erwartungsvoll zu ihm auf. »Dass er seine Männlichkeit nicht unter Beweis stellen muss. Ein echter Mann braucht nicht die Unterstützung einer Waffe in seiner Hand, um männlich zu sein. Ein echter Mann trägt seinen Kopf stolz erhoben, wenn dumme Jungen über ihn lachen, weil er Kleider verkauft. Denn er weiß, dass er mit dieser ehrlichen Arbeit seiner Familie hilft. Das ist Männlichkeit. Das ist Stärke.«

José guckte ihn mit offenem Mund an, sagte schließlich kleinlaut: »Aber ich könnte auch einfach in deiner Werkstatt arbeiten, anstatt in die dämliche Schule zu gehen.«

»Damit du dem Lieferanten zu viel zahlst? Oder die Arbeit vieler Wochen zunichtemachst, weil du den Umfang des Gitarrenkorpus falsch berechnet hast?« Er schüttelte den Kopf. »Ich würde mich sehr freuen, wenn du bei mir eine Ausbildung anfangen willst. Aber erst, sobald du deinen Schulabschluss hast. Abgemacht?« Er streckte ihm die Hand hin.

Der Junge presste die Lippen zusammen, starrte mit gesenktem Kopf auf die Tischplatte, reichte ihm dann aber seine Hand. »Na gut.«

Diego nickte. »Und bitte reiß dich in der Schule zusammen, ich will nicht wieder zu hören kriegen, dass die Ordensschwestern sich über dich beschwert haben.«

»Die beschweren sich doch andauernd«, murrte José.

»Solltest du es dennoch hinkriegen, gehen wir zusammen in die Plaza de Toros, sobald die Stierkampfsaison beginnt, okay? Wir Männer unter uns, ja?«

Josés Augen leuchteten auf. Sicher weniger wegen des Stierkampfes an sich als vielmehr, weil Diego ihn als Mann bezeichnet hatte.

Obwohl er es nicht zeigen wollte und sich um einen nichtssagend gelassenen Gesichtsausdruck bemühte, streckte er sichtlich das Kreuz durch und die Brust heraus, als er nickte.

Mina wurde so warm ums Herz, dass sie sich zurückhalten musste, Diego nicht zu küssen, bis ihm die Luft wegblieb. Sie liebte ihn für so unendlich viele Dinge. Und eines davon war die Art, wie er mit ihren Geschwistern umging.

Doch dann fiel ihr Blick auf die Uhr und sie zog erschrocken die Luft ein. »Himmel, ist es schon so spät?« Ihre Mutter war sicher bereits auf dem Heimweg. Wenn sie Diego um diese Uhrzeit noch hier anträfe … Nein, das wollte sie sich lieber nicht ausmalen! »Du musst gehen!«

»Sicher?« Ein schiefes Lächeln zupfte an seinen Mundwinkeln.

»Leider ja«, sagte sie, obwohl alles in ihr nach dem Gegenteil verlangte. Sie zog ihn an der Hand zur Wohnungstür.

»Bis bald«, verabschiedete sich Diego von José mit einem kumpelhaften Klaps auf die Schulter, der den Jungen erneut strahlen ließ, denn so verabschiedeten sich echte Männer nun einmal.

Mina folgte Diego durch den schmalen Flur, aber vor der Tür wandte er sich noch einmal um. »Du machst dir Sorgen um José, richtig?«

»Wie …?«

»Ich kenne dich.«

Es war unglaublich, wie er ihre Gefühle erspürte, ihre Gedanken las. Sie brauchten schon lange keine Worte mehr, um sich zu verständigen. Sie lächelte sanft, wurde aber gleich wieder ernst und nickte.

»Wieso? Er erinnert mich stark an dich in dem Alter.«

»Genau das beunruhigt mich ja. Ich hoffe inständig, dass er sich nicht so oft Ärger einhandelt, wie ich es getan habe. Außerdem ist es nicht leicht für ihn, nur von Frauen umgeben zu sein, ihm fehlt eine Vaterfigur, die ihm genau das vorlebt, was du vorhin gesagt hast. Ich bin so unfassbar froh, dass er wenigstens dich hat. Dass du ihm wie ein großer Bruder bist.«

Diego nickte langsam. »Ich werde noch einmal mit ihm reden und ein Auge auf ihn haben. Aber glaub mir: Er kämpft mehr gegen sich selbst an als gegen dich. Er ist ein Junge, der noch auf der Suche nach seiner Bestimmung ist. Er hat noch nicht einmal sich selbst gefunden.«

»Und du?«

»Ich habe mich in dir gefunden. Du bist meine Bestimmung.«

Gott, wie sie ihn liebte! Wenn sie jetzt doch nur allein gewesen wären! So jedoch konnte sie nur liebevoll ihre Hand an seine Wange legen. »Was täte ich nur ohne dich?«, flüsterte sie.

»Das Gleiche wie *mit* mir«, gab er lächelnd zurück. »Vergiss nie, wie klug du bist und wie viel innere Stärke du besitzt! Und deshalb mach dir weniger Sorgen. Wenn er auch nur halbwegs so ist wie du, wird er sich mit Tatkraft und Köpfchen aus jeder schwierigen Lage lavieren, du meine Scheherazade.«

Er zwinkerte ihr zu und auch dafür liebte sie ihn: Dass er ihre Sorgen ernst, aber ihnen das Gewicht nahm. Und dass er sie, Mina, bedingungslos unterstützte, wo immer er konnte.

Er strich ihr eine Strähne hinter das Ohr und sie schmiegte sich mit der Wange gegen seine Handfläche. Dabei wollte sie viel mehr als das. Sie wollte in seine Arme sinken und an seinen Lippen vergehen. Aber sie musste sich gedulden.

»Bis nachher«, flüsterte sie stattdessen. Es kostete sie all ihre Kraft, ihn loszulassen, aber es war wirklich höchste Zeit, wie ihr klar wurde, als sie die Tür ganz aufzog.

Jedoch nicht, weil die meisten anderen Wohnungstüren des schmalen, alten Steinhauses offen standen – das war fast immer der Fall. Ebenso wurde immer irgendwo gerade gebrutzelt oder gekocht. Der Geruch von gebratenen Zwiebeln zog durch das Treppenhaus und mischte sich mit dem von marinierten Gambas und aromatischer Chorizo-Pfanne.

Nein – der Grund war Pilar.

Die alte Krähe aus der Wohnung unter ihnen fegte nämlich bereits das Treppenhaus. Obwohl sie das zwei Stunden zuvor bereits getan hatte.

Wie immer ganz in Schwarz gekleidet, das Kopftuch fest unter dem knochigen Kinn verknotet, linste sie sensationslüstern durch das Treppenauge nach oben. Ihr Gesicht erinnerte an das eines schlecht gelaunten Galgo Español, dieser von den orientalischen Windhunden abstammenden Rasse. Und Mina war sich sicher, so etwas wie Befriedigung über ihre Züge huschen zu sehen, als Pilar klar wurde, dass sie etwas zu beanstanden haben würde. Sie war die Neugier – und im Moment auch die Missbilligung – in Person.

Kaum war Diego an ihr vorbei und zur Tür hinaus, rief Pilar schon im Tonfall abgrundtiefer Entrüstung: »So spät noch Herrenbesuch, Fermina? Ich hoffe doch sehr, dass deine Mutter zu Hause ist!«

»Selbstverständlich«, gab Mina zuckersüß zurück und hoffte, dass Pilar dies keiner Prüfung unterziehen würde. »Ich würde mich doch niemals um diese Uhrzeit ohne Aufsicht mit einem Mann treffen. Das wäre zutiefst unmoralisch und verstieße gegen sämtliche Regeln von Anstand und Sitte. Ich würde meinen Ruf ruinieren und den meiner ganzen Familie. Meine Vorfahren würden sich im Grabe umdrehen. Das könnte ich niemals verantworten – nicht vor allen Heiligen, geschweige denn vor Pater Ignacio.«

Pilars Mund klappte zu. Und auf. Und wieder zu. Mina hatte ihr die Worte vorweg- und damit den Wind aus den Segeln genommen. Offensichtlich wusste Pilar nicht, was sie dem noch hinzufügen sollte.

Mina atmete auf. Doch im nächsten Moment erschien der Kopf einer zweiten Person neben dem von Pilar und Mina wurde kalt.

Bautista! Auch das noch! Seit wann war er wieder da? Und wie lange blieb er?

Wie immer bei seinem Anblick, so hatte sie auch jetzt alle Mühe, nicht angewidert das Gesicht zu verziehen. Pilars Sohn war vier Jahre älter als Mina und damit nur ein Jahr älter als Diego. Er war nicht größer als dieser, aber ein Muskelberg mit zahlreichen Narben und einer gebrochenen Nase. Ein Stück seines rechten Ohres fehlte seit einer Messerstecherei im Alter von vierzehn Jahren. Auch zwei der unteren Schneidezähne sowie einen Eckzahn hatte er bereits bei einer Prügelei verloren. Bautista war eben ein Schlägertyp. Noch dazu einer von der feigen Sorte, die sich ausschließlich an Schwächeren vergriff.

Inständig hoffte sie, dass er nur für einen kurzen Besuch bei seiner Mutter war. Andererseits hatte er bisher nie den Eindruck erweckt, besonders an ihr zu hängen. Gerade die letzten vier Jahre hindurch schien er keine übermäßige Sehnsucht nach ihr verspürt zu haben, denn er hatte nie bei ihr vorbeigesehen. Das machte es leider sehr wahrscheinlich, dass er länger bleiben würde. Allein schon bei dieser Vorstellung machte sich ein ungutes Gefühl in ihrem Magen breit.

Jetzt hatte er die Unterarme auf das Geländer gestemmt, sah zu Mina hinauf und das Glitzern in seinen Augen gefiel ihr gar nicht. Ein Schauer überlief sie.

»Das sollte es auch!«, giftete Pilar, die offenbar ihre Sprache wiedergefunden hatte, auch wenn ihr keine bessere Antwort eingefallen war.

Mina ließ sie und ihren Sohn stehen, wandte sich um und ging zurück in die Wohnung. Sie warf die Tür hinter sich ins Schloss, aber noch immer war ihr, als würde Bautistas Blick an ihr kleben wie stinkender, zähflüssiger Teer. Es schüttelte sie und sie hatte das dringende Bedürfnis, sich zu waschen. Das ungute Gefühl in ihrem Magen ignorierte sie.

* * *

Stunden später hatte die Nacht ihren sternenfunkelnden Mantel ausgebreitet. Der Mond stand voll und hoch am Himmel und in seinem silbrigen Licht leuchteten die weiß getünchten Häuser regelrecht.

Mina gab Feli einen Kuss auf die verschwitzte Stirn mit den daran klebenden Löckchen, zog das Laken über die Füße ihres Bruders, die er im Schlaf freigestrampelt hatte, und strich ihm liebevoll über das Haar. Ja, sie würde bald siebzehn werden und war damit nur wenige Jahre älter als er, fühlte sich aber so verantwortlich für die beiden, als seien es ihre eigenen Kinder. Sie schlich zum Schlafzimmer ihrer Mutter, auch von ihr kamen tiefe und regelmäßige Atemzüge. Erleichtert kehrte Mina zurück ins erste Zimmer. Sie flocht ihr Haar zu einem festen Zopf, damit es ihr nicht in die Quere kam, und stieg aus dem offenen Fenster auf den schmalen Dachvorsprung, der sich unterhalb des Fenstersimses die Hauswand entlang zog. Die Dachziegel hatten sich kaum abgekühlt.

Auf brüchige und lose Ziegel achtend, ertastete Mina sich mit nackten Füßen vorsichtig ihren Weg bis zum unmittelbar angrenzenden Nachbarhaus.

Zum Glück besaßen fast alle Wohnungen Balkone, gleich ob maurischer Machart oder mit schmiedeeisernem bauchigem Geländer versehen. Zwei Balkone weiter gelangte sie über eine kleine Dachterrasse auf die nächsthöhere Hausebene und von dort aus zurück auf das Flachdach über ihrer eigenen Wohnung.

Ihr Herz schlug in freudiger Erwartung schneller, suchend blickte sie sich um und Ernüchterung erstickte ihre eben noch aufkeimende Freude. Sie war allein. Es hatte wohl zu lange gedauert, bis endlich auch ihre Mutter eingeschlafen war. Diego war gegangen.

Enttäuscht ließ Mina sich zu Boden sinken, umschlang mit den Armen ihre Beine und sah voller Sehnsucht über die Stadt zu ihren Füßen. Granada. Die »Stadt der tausend Paläste«.

Enge gepflasterte Gassen, Souks voller Gewürzmärkte und Teestuben, ganz oder teilweise im orientalischen Stil errichtete Häuser – alles verströmte die Exotik des Morgenlandes, wie ihr Vater ihr dieses geschildert hatte, als sie ein kleines Mädchen gewesen war.

Und über allem thronte auf dem vom satten Grün der Zypressen und Orangenbäume überzogenen Sabikah-Hügel, mit dem imposanten Gebirge der Sierra Nevada im Rücken, die prächtige Alhambra – der gewaltige Maurenpalast, in dessen Schatten Mina groß geworden war. Majestätisch, uneinnehmbar und überwältigend schön.

Die nächtliche Beleuchtung ließ die mächtigen Mauern der rötlichen Festung mit ihren quadratischen Wachttürmen geheimnisvoll erglühen. Und vor dem Hintergrund des nachtblauen Himmels und der im Mondlicht weiß schimmernden Bergspitzen der Sierra wirkte sie wie eine Fantasie, wie ein Traum.

Nichts von ihrem asketisch anmutenden, schroffen Äußeren verriet, welche Pracht sich dahinter entfaltete: atemberaubende Paläste, verschwenderische Wasserspiele, paradiesische Gärten. Eine wahre Oase.

Jahrhunderte war die Alhambra alt und würde noch weitere Jahrhunderte lang existieren. Dieser Gegensatz aus der Ewigkeit des Steins und der Vergänglichkeit der Pflanzen in ihren traumhaft schönen, im persischen Stil angelegten Gärten war Monument gewordene Faszination. Ebenso wie der zwischen der sengenden Hitze der Sonne und der plätschernden Kühle des Wassers.

Mina war schon oft dort oben gewesen und zwischen den Palästen der Nasriden, dieses alten maurischen

Herrschergeschlechts, umhergewandelt. Dennoch konnte sie nicht genug davon bekommen, hatte die Alhambra bisher für sie nichts von ihrer Faszination verloren. Vielmehr wurden bei ihrem Anblick die Märchen aus Tausendundeiner Nacht, die ihr Vater ihr erzählt hatte und die sie an Feli weitergab, lebendig.

Und eines Tages, da würde sie mit ihren Kindern hier sitzen und ihnen mit Blick auf die Alhambra ebenjene Märchen erzählen, dessen war sie sich absolut sicher. Und mit Diego, denn selbstverständlich würde er der Vater ihrer Kinder sein.

Lächelnd gab sie sich ihren Träumereien hin.

Noch immer durchdrangen Stimmen, Gerüche und Musik die Nacht, wurden aber zunehmend leiser und weniger und auch die Lichter in den Fenstern gingen nach und nach aus. Langsam schwanden die Düfte, auch die Ausdünstung der erhitzten Dachziegel, und machten dem überwältigenden Aroma des Nachtjasmins Platz – dieser Schönheit, die im Dunkeln blühte. So wie ihre Liebe.

Sie schloss die Augen und sog den süßen Duft tief ein, der in der windstillen Nacht übermächtig war. Bis ein anderer sich hineinmischte, ein sogar noch wundervollerer. Lächelnd sah sie über die Schulter zurück und auf Diego, der am nächsten Schornstein lehnte. »Wieso stehst du da und gibst keinen Ton von dir?«

»Weil ich mir gerade vorstelle, alt zu sein.«

Sie hob eine Augenbraue und stand auf. »Auf solche Gedanken kommst du, wenn du mich siehst?«

Er nickte und trat auf sie zu. »Ganz recht. Ich stelle mir nämlich vor, dass wir auch in sechzig Jahren noch so glücklich sind wie jetzt. Dass wir auch dann noch hier sitzen, weißhaarig und faltig, inmitten einer Heerschar von Enkeln, aber unsere Liebe sich noch so jung anfühlt wie heute.«

Die Kehle wurde ihr eng bei seinen Worten. Sie teilten die gleichen Träume. »Etwas wenig Platz hier oben für so viele Menschen.«

Er zog sie sanft an sich. »Wo Liebe ist, gibt es immer Platz. Sie macht das Unmögliche möglich.«

Zärtlich strich sie über seine Wange. »Genau deshalb liebe ich dich so: Weil du ein unerschütterlicher Optimist bist.«

»Ich dachte, weil ich so umwerfend küssen kann.«

»Ist das denn der Fall?«

»Braucht da jemand einen Beweis?«

»Unbedingt.«

Mit verschmitztem Lächeln nahm er ihr Gesicht in seine Hände und sie schloss die Augen. Seine Lippen berührten die ihren so sanft, als seien es Schmetterlingsflügel, die sie streiften. Sie waren warm und weich und liebkosten sie zärtlich. Ein wohliger Schauer überlief ihren Körper und sie drängte sich enger an ihn. Seine Zungenspitze fuhr lockend über ihre Unterlippe, bis sie ihren Mund leicht öffnete und ihn einließ. Der Kuss wurde inniger und sie erwiderte ihn mit noch größerer Intensität, während ihr Herz wild gegen ihre Rippen schlug, ihr Puls raste.

Als er sie wieder freigab, wirkten die Farben der Nacht satter, die Zikaden lauter, die Düfte stärker.

»Und?«, fragte er neckend.

»Hm.« Nachdenklich tippte sie sich mit dem Finger ans Kinn. »Ich bin mir noch nicht ganz sicher. Ich brauche eine weitere Kostprobe, um ein Urteil fällen zu können.«

Er lächelte und wiederholte das Kunststück, ihr den Atem zu rauben und sie die Welt um sich herum vergessen zu lassen.

Als sie sich schließlich voneinander lösten, seufzte sie selig auf. »Doch. Auch wegen deiner umwerfenden Küsse liebe ich dich.«

Diego griff schmunzelnd nach ihrer Hand, ließ sich auf das Dach sinken und zog sie mit zu sich hinunter. Er lehnte sich gegen den Schornstein, sie kuschelte sich mit dem Rücken an seinem Brustkorb in die behütende Wärme seiner Umarmung.

»Ich dachte vorhin, du seist bereits fort oder gar nicht erst gekommen«, flüsterte sie.

»Ich werde immer zu dir zurückkommen und auf dich warten, egal wie lange, das schwöre ich dir.« Seine Finger streichelten über ihren Handrücken und selbst diese zarte, ja unschuldige Berührung ließ sie erschauern. »Fermina, meine Mina.« So wie er ihren Namen aussprach, klang er wie eine Melodie, ein Lied. Jede Silbe war eine Liebkosung.

»Und wenn *ich* schon wieder gegangen wäre?«, fragte sie und verschränkte ihre Finger mit den seinen. »Was hättest du dann getan?«

Leise lachte er und das Geräusch vibrierte herrlich in ihr nach. »Dann hätte ich etwas tun müssen, das deiner Mutter sicher nicht gefallen hätte.«

»Du wärst bei uns eingestiegen und hättest mich geweckt?«

»Hm. Ich dachte eher daran, auf der Straße vor deinem Fenster Gitarre zu spielen, bis du herausgekommen wärst – oder deine Mutter etwas nach mir geworfen hätte. Aber vielleicht sollte ich stattdessen deine Idee mal ausprobieren.«

»Untersteh dich!« Sie hob leicht den Kopf, sah ihn über ihre Schulter hinweg in gespielter Entrüstung an. »Wenn Pilar das sähe, würde sie eine Woche lang rund um die Uhr durch die Stadt rennen müssen, um jedem zu erzählen, was für ein unsittliches Mädchen ich bin. Das können wir der armen Frau nicht zumuten!«

Diego schnitt eine Grimasse. »Hat sich die alte Krähe vorhin also doch nicht zurückhalten können, was?«

Natürlich hatte Pilar auf der Lauer gelegen und es mitbekommen, als Minas Mutter heimkam. Sie hatte ihr sofort genüsslich unter die Nase gerieben, dass Mina zu später Uhrzeit und ohne Aufsicht »Herrenbesuch«, wie sie es nannte, empfangen hatte.

Mina zuckte mit den Schultern. »Soll sie doch. Du weißt ja, wie die Leute sind. Vor allem die unzufriedenen wie Pilar.«

»Ich kann sie verstehen«, erwiderte er und umfasste sanft ihr Gesicht. »Jeder, der nicht das Glück hat, dich in seinen Armen halten zu dürfen, muss doch einfach zutiefst verzweifelt sein.«

»Du bist ein fürchterlicher Charmeur, Diego Alvarez«, schimpfte sie scherzhaft.

»Aber einer, der nur die Wahrheit sagt«, gab er zurück und strich sacht mit dem Daumen über ihre Lippen. Ein Schauer überlief sie und sie spürte, wie sich ihr Inneres sehnsuchtsvoll zusammenzog.

Diego schien es ähnlich zu gehen, denn sein Blick verschleierte sich. Doch bevor sie sich vorbeugen konnte, um ihn erneut zu küssen, ließ er seine Hand sinken und Sorge zeichnete sich in seiner Miene ab. »War deine Mutter sehr wütend auf dich?«

Natürlich war sie das gewesen, aber Mina wollte ihn nicht belasten. Außerdem war es plötzlich auch nicht mehr wichtig. Nichts war mehr wichtig außer Diegos Nähe. »Es ging. Ich habe ihr erklärt, dass wir schlichtweg die Zeit vergessen haben, aber Feli und José immer bei uns waren.«

»Zum Glück war das der Fall.«

»Ja. Nicht auszudenken, was es sonst für einen Aufschrei der Empörung im gesamten Viertel gegeben hätte. Pilar hätte nämlich sicher keine Sekunde gezögert, es herumzuerzählen – und dafür vermutlich sogar bei allen Nachbarn Sturm geklingelt, selbst wenn es mitten in der Nacht gewesen wäre.« Sie verdrehte die Augen. »Dieses Theater ist absolut lächerlich! Wir kennen uns schließlich, seit wir als Kleinkinder im Hof miteinander gespielt haben.«

»Und genau so lange schon liebe ich dich.«

»Seit wir Kleinkinder waren?«, hakte sie schmunzelnd nach.

Er nickte ernst. »Seit du mir meinen Sandeimer weggenommen hast.«

Sie prustete los. »Tatsächlich?«

»Ja. Und endgültig verfallen bin ich dir dann gleich bei unserem allerersten Kuss.«

Ihr wurde warm ums Herz. »Bei unserem allerersten Kuss warst du fünf und ich drei. Und es war Teil einer Mutprobe, wenn man den Erzählungen der anderen Glauben schenken kann. Zuvor hast du Sand gegessen. Ich spüre heute noch das Knirschen zwischen meinen Zähnen.«

Er grinste. »Ich wusste eben schon früh, was ich will.«

»Sand?«

»Dich.«

Liebevoll sah er sie an und verschränkte seine Finger mit ihren.

Und trotz ihrer scherzhaften Kabbelei ging es ihr wie ihm: Seit sie sich das erste Mal begegnet waren, liebte sie ihn. Anfangs wie einen großen Bruder, der sie beschützte. Der immer für sie da war und zu dem sie lief, als sie vom Tod ihres Vaters erfahren hatte. Irgendwann wurde ihr klar, dass das, was sie für ihn empfand, weit darüber hinausging. So weit, dass sie nicht einmal Worte dafür fand. Nur ihre Mutter wollte einfach nicht einsehen, dass Diego das Beste war, was Mina hatte passieren können.

»Trotzdem hat deine Mutter recht und ich werde mich bei ihr entschuldigen und versuchen, es wiedergutzumachen«, sagte er, als hätte er ihre Gedanken gelesen.

Sie schüttelte den Kopf. »Ich will jetzt nicht an sie denken.«

»Sondern?«

Mina legte ihren Kopf in die Kuhle zwischen seinem Hals und seiner Schulter. Bald schon würde der Morgen grauen. Würde die Sonne sich die Stadt zurückerobern. Würde sich die Hitze in den Gassen zwischen den Häusern stauen und die

Luft sich mit dem Lärm der Marktschreier, dem Gelächter der alten Frauen und dem Dröhnen von Motoren füllen. Wehmut machte sich in ihr breit. Hätte sie doch für immer hier oben bleiben können, in Diegos Armen!

»Die Geschichte, die du Feli erzählt hast …«, sagte sie leise.

»Die von Castor und Pollux?«

Sie nickte. »Sie ist wunderschön. Zwei Brüder, die sich so nahestehen, dass der eine um des anderen willen auf seine Unsterblichkeit verzichtet, woraufhin Zeus beide als Sterne am Himmel leuchten lässt.«

Er nickte. »Für alle Zeiten vereint.«

»Castor hat auf alles verzichtet für den Menschen, den er liebte. Damit jener glücklich war. Das ist so traurig. Aber auch wundervoll und bewegend. Warum nur enden alle großen Liebesgeschichten unglücklich?«

»Das stimmt nicht«, widersprach er. Sanft führte er ihre ineinander verschränkten Finger nach oben, bis sie auf das Sternbild der Zwillinge deuteten. »Dort oben sind sie. Siehst du sie? Sie sind glücklich.« Sanft zog er ihre Hand an seine Lippen, hauchte einen Kuss in die Innenfläche, der sie wohlig erschauern ließ. »Und auch unsere Geschichte wird glücklich enden, denn alle Märchen enden gut.«

Dankbar für seinen unerschütterlichen Optimismus hauchte sie einen Kuss auf sein Schlüsselbein.

Eine Weile sahen sie stumm auf die schlafende Stadt und die über ihr thronende Alhambra.

»Gibt es etwas Erhabeneres als die Königlichkeit der Alhambra vor den ewigen Gipfeln der Sierra?«, murmelte er schließlich sinnend. »Sie konkurrieren nicht um die Gunst ihrer Untertanen, sie ergänzen sich, gehören zusammen.«

»Wie du und ich.«

»Wie du und ich«, wiederholte er und schlang seine Arme fester um sie.

Mina seufzte wohlig auf. »Ich weiß gar nicht, zu welcher Jahreszeit der Anblick der Alhambra schöner ist«, flüsterte sie schließlich. »Ob im Sommer oder im Winter. Und ob tagsüber oder nachts.«

»Im Winter«, meinte Diego. »Das Weiß der schneebedeckten Gipfel der Sierra Nevada, das Grün des bewachsenen Hügels, die rötlichen Mauern der Burg – das ist wie … ein magischer Dreiklang.«

Sie lächelte. »Du bist wirklich Musiker durch und durch.«

»Und du meine Muse.« Er hauchte ihr einen Kuss auf das Haar, und Wärme füllte sie angesichts seiner Worte. Wärme von einer Art, wie sie keine Sonne, kein Feuer erzeugen konnte.

»Und die Tageszeit?«, hakte sie nach.

»Die Nacht. Nichts ist schöner als die Alhambra im Mondlicht«, stimmte Diego ihr leise zu, bevor er seine Hand aus ihrer löste, an ihre Wange legte und ihr Gesicht sanft zu sich drehte. »Abgesehen von dir.«

Wenn sie ihn nicht schon so unfassbar geliebt hätte, dann hätte sie es spätestens jetzt getan. Nicht wegen seiner Worte, sondern wegen der Art, wie er sie dabei ansah. Sie konnte die Liebe in seinem Blick regelrecht spüren. Sie umhüllte Mina wie ein Kokon, schützte sie, wärmte sie, ließ sie schweben und ihr Herz sich vor Glück weiten, bis sie meinte, es könne gar nicht mehr in ihren Körper passen.

»Sicher?«, fragte sie neckend. »Weder du noch ich haben viel gesehen von der Welt. Ich war noch nie weiter weg als bis zur Stadtgrenze und noch nie bei Mondschein auf der Alhambra.«

»Brauchst du auch nicht. Ich werde dir die Welt zu Füßen legen.«

»Wie willst du das schaffen?«

»Ich weiß es noch nicht, aber für dich mache ich alles möglich.«

Sie glaubte ihm. Vielleicht nicht gerade, dass er alles möglich *machen* würde, aber dass er für sie alles Menschenmögliche *versuchen* würde. Und sie für ihn.

Mina war glücklich. Unfassbar und unendlich glücklich. Und so würde es bleiben. Voller Träume und Möglichkeiten lag ihre gemeinsame Zukunft vor ihr, funkelnd wie das Firmament. Alles, was sie brauchte, war Diego an ihrer Seite.

Kapitel 2

Alle neugierigen Reisenden tragen
Granada in ihrem Herzen,
auch ohne es besucht zu haben.
– William Shakespeare –

Heute

Regen prasselt auf die gläserne Überdachung zwischen Parkplatz und Halle des Kieler Flughafens. Eingekeilt zwischen Koffern und Ellbogen etlicher anderer Menschen, haben Vanessa, Erik und ich hier Schutz gesucht, als der Himmel urplötzlich seine Schleusen geöffnet hat.

»Wie lange wollt ihr noch hier herumstehen?«, fragt Erik. »Ihr verpasst noch das Check-in.«

»Das Unwetter lässt sicher gleich nach«, sagt Vanessa hoffnungsvoll.

»Blödsinn, es wird nur noch stärker«, widerspricht Erik.

Auch ich sehe skeptisch zum düsteren Himmel hinauf. Als ich den Blick wieder senke, bleibt er an der digitalen Anzeigentafel hängen, über die wechselnde Werbebanner flimmern. Im Moment eine Bildercollage: Meer, Weinberge, ein den Strand entlangpreschendes weißes Pferd und eine Gruppe von Frauen in farbenfrohen Flamencokleidern. Darübergelegt steht in geschwungener Schrift der Text:

Entdecke Andalusien!
Die schönsten Pferde,
die besten Weine,
temperamentvoller Flamenco
und eine unvergleichliche Landschaft.
Pure Leidenschaft erwartet dich!

Mit gemischten Gefühlen betrachte ich die Worte. Meine eigenen Erinnerungen an Andalusien bestehen aus einem ganz anderen Sammelsurium: azurblaues Meer und goldgelbe Sierra, lautes Lachen und stille Andacht, euphorisches Glück – und absolute Verzweiflung.

»Mari?«

Ich fahre zusammen, reiße mich vom Bildschirm los und sehe zu Vanessa. »Hm?«

»Was ist? Hast du etwas zu Hause vergessen?« Ihre Worte gehen beinahe unter in dem ohrenbetäubenden Trommeln der Regentropfen, ich höre sie dennoch und schüttele den Kopf.

»Wo bleibt ihr denn?«, erklingt nun auch Eriks Stimme. Er hat bereits den Eingang zum Terminal erreicht, steht mit unseren Koffern unter dem Vordach und winkt uns ungeduldig heran.

»'tschuldigung, wir kommen schon!«, rufe ich zurück und sehe ein letztes Mal zum Monitor, aber dort leuchtet bereits Werbung für ein anderes Reiseziel auf.

Sechs Jahre war ich nicht in Andalusien und vor Nervosität zieht sich mir der Magen zusammen.

Ich fasse die Trageriemen meiner Tasche fester und renne aus dem Schutz des Glasdaches über den kleinen Vorplatz auf das Terminal zu.

Regentropfen klatschen mir eiskalt ins Gesicht und als Vanessa und ich ebenfalls den Eingang zum Terminal erreicht haben, sind meine Haare und meine Leinenhose durchnässt.

Die Klimaanlage bläst uns kalt entgegen und der Lärm eines Gemischs aus Lautsprecherdurchsagen, Gesprächen, Rufen und den Lauten piepsender, Golfcart-ähnlicher Flughafenfahrzeuge empfängt uns. Hektik, wohin ich auch sehe.

Fröstelnd dirigiere ich uns durch die Menschenmenge in der Halle, in der es nach nassem Hund und Schweiß riecht, zur nächsten Anzeigetafel und studiere sie.

So weit sieht alles planmäßig aus, der Flug ist weder gestrichen noch verschoben. Ich weiß nicht, ob ich erleichtert oder enttäuscht sein soll.

Bevor ich mir darüber im Klaren bin, klingelt mein Handy. Ich ziehe es aus der Umhängetasche und beiße mir sogleich auf die Lippe.

»Dein Vater?«, fragt Vanessa, die einen Blick auf das Display erhascht hat.

»Ja. Bin gleich wieder da.« In meinem Magen scheint ein Stein zu liegen, als ich ein paar Schritte beiseite hinter die nächste Säule trete, um nicht ständig von vorbeieilenden Passanten angerempelt zu werden.

»Hallo, Papa«, nehme ich den Anruf an.

Seine Antwort verstehe ich bei all dem Lärm kaum und halte mir das freie Ohr zu.

»… dich auf dem Festnetz nicht erreichen, Marisol, und …«

Eine Durchsage unterbricht ihn.

»Bist du etwa am Flughafen?«, hakt er entgeistert nach, als sie verklungen ist.

»Ja«, sage ich mit fester Stimme, obwohl ich mich bei Weitem nicht so sicher fühle, wie ich mich gebe.

Er schweigt, aber ich höre seinen schweren Atem, sehe meinen Vater förmlich vor mir, wie er mit gerunzelter Stirn und zusammengepressten Lippen durch das Zimmer tigert. Das tut er immer, wenn er aufgelöst ist.

»Dein Großvater hat doch versichert«, sagt er schließlich, »dass es nur ein Schwächeanfall war und er schon wieder zu Hause ist.«

»Die Tickets sind gekauft, Papa«, setze ich sanft nach.

»Die kann man stornieren«, wendet er ein.

»*Yaya* braucht mich. Sie schafft es nicht allein.«

Er schnaubt. »Von wegen. Du weißt doch, wie deine Großmutter ist. Sie ist nur glücklich, wenn sie im Mittelpunkt steht. Sie bräuchte einen ganzen Hofstaat, der um sie herumspringt. Und was soll das heißen, sie könne es nicht allein schaffen und würde dich brauchen? Sie ist nicht allein! Sie hat Angestellte!«

Ich schließe die Augen. Seit dem Anruf meiner Großmutter vorgestern und meiner Zusage, schnellstmöglich zu ihr zu fliegen, diskutieren Papa und ich nun schon über dieses Vorhaben. Fast so erbittert wie damals über meinen Auszug aus meinem Elternhaus. »Bitte, versuch nicht schon wieder, es mir auszureden. Die Entscheidung fiel mir auch so schon schwer genug.«

Er atmet tief durch. »Gut. Das werde ich nicht. Aber wenn du wenigstens … Ich meine … es würde keinen Unterschied machen, noch eine Woche oder so zu warten, dann könnte ich sicher ebenfalls Urlaub nehmen und mitkommen.«

Mir wird warm in der Brust, weiß ich doch, dass die Überwindung, die ihn das kosten würde, noch weitaus größer ist als bei mir. »Das weiß ich zu schätzen, danke, aber … der Körper eines Menschen ist keine Maschine, schon gar nicht in *Yayo* Estebans Alter. Da kann sich der Zustand wahnsinnig schnell ändern und ich würde es mir nie verzeihen, wenn ich … zu spät käme. Und länger als eine Woche werde ich ohnehin nicht bleiben. Allerhöchstens werden es zwei Wochen.«

Ein tiefer Seufzer erklingt. Wahrscheinlich massiert mein Vater sich dabei wie so häufig müde die Schläfen. Aber er macht keine Anstalten mehr, mich von der Reise abzubringen.

»Mach dir keine Sorgen«, sage ich. »Ich packe das schon und … wenn es dich beruhigt: Ich bin nicht allein. Vanessa kommt mit.«

Er holt tief Luft, seine Stimme klingt belegt, als er stockend fortfährt: »Versprich mir nur, dass du mich sofort anrufst, wenn … wenn dich etwas bedrückt oder … verunsichert … in Bezug auf …« Er bricht ab.

»In Bezug auf was?«

Es braucht so lange, bis er antwortet, dass ich schon meine, er habe die Frage gar nicht mitbekommen. Gerade will ich sie wiederholen, da entgegnet er leise: »Nichts. Versprich mir einfach, dass du zu mir zurückkommst.«

Ich spüre, wie meine Brust eng wird, denke an ihn, so allein im stillen, einsamen Haus, und blinzele gegen die Tränen an. »Natürlich, Papa. Mach dir keine Sorgen, immerhin … Oh, warte kurz.« Ich lasse das Handy für einen Moment sinken, um der Lautsprecherdurchsage zu lauschen. »Okay, da bin ich wieder, Papa, aber mein Flug wurde gerade aufgerufen. Ich muss jetzt zum Gate. Ich hab dich wahnsinnig lieb.«

»Ich dich auch. Pass auf dich auf, Mari. Du bist alles für mich, das weißt du.« Damit legt er auf.

Tief hole ich Luft, bevor ich mich wieder zu meinen Freunden geselle.

»Und?« Vanessa sieht mich mitfühlend an.

»Er wünscht uns eine gute Reise. Er hat meine Entscheidung, gegen seinen Willen nach Málaga zu fliegen, besser aufgenommen als erwartet.«

»Dein Vater hat etwas dagegen, dass du deine Großeltern besuchst? Wieso das denn?«, hakt Erik erstaunt nach. Er hatte gestern tagsüber Dienst und von meiner Diskussion mit meinem Vater nichts mitbekommen.

»Sie haben ein sehr unterkühltes Verhältnis zueinander. Und seit sechs Jahren reden sie gar nicht mehr miteinander. Sämtliche Kommunikation zwischen ihnen läuft über mich.«

»Aber ich dachte, deine Großeltern hätten dich schon öfter hier in Deutschland besucht.«

»Das stimmt, aber dann haben sie immer in einem Hotel übernachtet und tagsüber war ich die meiste Zeit mit ihnen unterwegs. Auf Sightseeingtour, in Cafés, in der Oper und so. Wenn sie doch einmal zu uns ins Haus kamen, hat Papa immer Termine vorgeschützt, um nicht anwesend sein zu müssen. Und wenn das nicht ging, fand er urplötzlich etwas im Keller oder auf dem Dachboden zu tun.«

»Krass. Und das bei deinem zurückhaltenden Vater. Dann sind deine Großeltern wohl sehr schwierig, was?«

»Meine Großmutter, ja. Mein Opa absolut nicht.«

»Mehr als das«, stimmt Vanessa mir zu, die meine Großeltern bereits von etlichen Videotelefonaten her kennt. »Er ist wahnsinnig charmant, großzügig, liebenswürdig und einfach nur süß!«

»So, wie du von ihm schwärmst, scheint es, als würdest du neuerdings auf Hundertjährige stehen«, zieht Erik sie auf.

»Hängt davon ab, welche«, entgegnet sie ungerührt. »Bei dir würden auch hundert Jahre nicht reichen, um zu wissen, wie man ein Gentleman ist!«

»Außerdem ist *Yayo*, also mein Opa, keine hundert, sondern dreiundachtzig Jahre alt«, stelle ich richtig. »Aber das Flirten hat er tatsächlich nicht verlernt. Nein, die treibende Kraft hinter dem Kontaktabbruch ist meine Großmutter.«

»Aber wieso?«

Ich möchte nicht über meine Mutter reden, kann Erik aber auch nicht einfach so stehen lassen. »Sie hat es meinem Vater nie verziehen, dass er ihr ihre Tochter quasi geraubt hat, als sich meine Mutter in ihn verliebt hat und mit ihm nach Deutschland gegangen ist.« Bevor er weitere Fragen stellen kann, ergänze ich eilig: »Wir sollten jetzt los, sonst wird die Schlange am Check-in zu lang.«

Wir verabschieden uns von Erik, geben unser Gepäck auf und überbrücken die restliche Wartezeit bis zum Start mit dem Herumstreunen in den Duty-free-Shops.

Als wir endlich im Flugzeug sitzen und das verregnete Deutschland unter uns immer kleiner wird, lege ich Vanessa die Hand auf den Arm. »Danke.«

»Wofür?«

»Dafür, dass du so kurzfristig umgeplant hast und mitkommst.«

»Hallo? Mal abgesehen davon, dass dies das Mindeste ist, was ich für eine Freundin tun kann, die mich durch meine Prüfungen geschleift hat, bin ich diejenige, die sich bedanken muss! Eine Woche lang freie Kost und Logis auf einer Finca! Ein Traum! Außerdem habe ich ohnehin Urlaub.«

»Trotzdem hast du in deiner freien Zeit etwas anderes vorgehabt, also: danke!«

Sie macht eine wegwerfende Handbewegung und taucht in die Zeitschrift ab, die sie sich am Flughafenkiosk besorgt hat.

Ich lehne mich zurück und sehe aus dem Fenster auf die immer kleiner werdende Stadt. Irgendwann durchbrechen wir die dichte Wolkendecke, blauer Himmel erstreckt sich über uns.

Wieder verspüre ich die gleiche Unruhe wie gestern.

Wir fliegen der Sonne entgegen.

Und der Vergangenheit.

* * *

»Palmen! Endlich Palmen!«, ruft Vanessa begeistert aus, als wir knapp drei Stunden später in Málaga aus dem Flughafengebäude treten – mitten im schönsten andalusischen Frühling. »Da fühlt man sich sofort im Urlaub.«

Sie hat recht. Sogar meine Stimmung hebt sich, obwohl nicht Urlaub der Anlass für meinen Aufenthalt hier ist. Doch Palmen, Sonne und Meer rücken meine Sorgen in den Hintergrund.

»Und wie warm es ist!«, fährt sie begeistert fort.

Tatsächlich fühlen sich die Sonnenstrahlen auf meinem Gesicht nach dem wochenlangen nasskalten Regenwetter in Deutschland wie eine Streicheleinheit an. Das Thermometer zeigt dreiundzwanzig Grad im Schatten, den blauen Himmel trübt kein Wölkchen und die Sonne strahlt so hell, dass ich auf den ersten paar Metern die Augen zusammenkneifen muss.

»Die Temperaturen steigen hier viel früher im Jahr an als überall sonst in Europa«, bestätige ich. »Und im Hochsommer ist Andalusien sogar eines der heißesten europäischen Urlaubsziele.«

»Ich sehe schon – ich muss wiederkommen.«

»Vielleicht schaffst du es dann ja endlich einmal, etwas mehr als nur ein paar Brocken Spanisch zu lernen«, ziehe ich meine Freundin auf, während ich mich der Jacke entledige, die ich im klimatisierten Gebäude noch getragen habe.

Sie winkt lachend ab. »Das habe ich aufgegeben. Du hast es ja oft genug versucht.«

»Vielleicht hat nur der richtige Ansporn gefehlt.«

»Nein, ich bin einfach nicht sprachbegabt. Wo ist denn dieser Gärtner, der uns abholt?«

Suchend schauen wir uns um. Alle Menschen eilen geschäftig über den Platz. Niemand macht den Eindruck, auf jemanden zu warten oder nach jemandem Ausschau zu halten.

Verwirrt ziehe ich mein Handy hervor und entdecke eine Nachricht meiner Großmutter. »Der Gärtner meiner Großeltern, der uns ursprünglich abholen sollte, ist unterwegs mit dem Wagen meines Großvaters liegen geblieben. Zum Glück ist meiner *Yaya* rechtzeitig eingefallen, dass Emilio in Málaga wohnt. Er holt uns ab.«

»Wie sieht er denn aus?«

»Tja ... gute Frage.« Schnell schreibe ich noch meinem Vater, dass wir gut angekommen sind, bevor ich mich inmitten der Menschen auf dem Vorplatz ratlos umsehe. »Hoffentlich ein bisschen wie seine Tante.«

»Und die wäre?«

»Die ehemalige Haushälterin meiner Großeltern und spätere enge Freundin der Familie. Die ich übrigens auch unbedingt besuchen muss, während wir hier sind.«

»Na, dann mal los ...« Sie sieht sich um. »Ist hier jemand gestorben?«

Erstaunt folge ich ihrem Blick. Sie meint offenbar den kleinen blumengeschmückten Schrein mit Kreuz und Heiligenbildnis unweit des Eingangs.

»Nein, keine Sorge. Das ist ein Heiliger, aber frag mich bitte nicht, welcher. Die Spanier sind sehr gläubig und Andalusier bilden da keine Ausnahme. Du wirst hier Marienstatuen an jeder Straßenecke und Kreuzung finden und ebenso Bildnisse von Schutzheiligen. Glaub mir, nichts lieben die Andalusier so sehr wie ihre Schutzheiligen. Es gibt für so gut wie alles welche. Von Angst vor Finsternis bis Impotenz, von kalten Füßen bis hin zu Computerabstürzen.«

»Du nimmst mich auf den Arm.«

Lachend schüttele ich den Kopf. »San Isidro aus Sevilla hilft gegen Computerabstürze. San Pancracio oder auch San Ginés gegen kalte Füße ...«

Vanessas Augen werden immer größer, aber ich bin noch nicht fertig.

»... und es gibt nicht nur Schutzheilige, die gegen Mückenstiche, Nasenbluten und Hinkefüße helfen sollen, sondern auch solche, die dafür sorgen, dass du keine Hinkearme kriegst – was immer das sein mag.«

Vanessa prustet los.

»Hey, nicht lachen – so steht es in der Informationsbroschüre einer Kirche. Und wenn du Kopfschmerzen hast, sind sogar um die fünfundzwanzig Heilige zuständig, wenn ich mich nicht verzählt habe. Weiter verbreitet als Kopfschmerzen scheint nur Übelkeit auf Booten zu sein. Dafür gibt es noch sehr viel mehr Heilige, die man anrufen kann.«

»Und wer hilft mir, hier einen heißen Typen aufzureißen?«

»Hm. Keine Ahnung.«

»Na, dann muss eben unser Valentinstagsheiliger herhalten.«

»Oder du wartest auf den Katalog meiner Großmutter.«

»Wie meinst du das?«

»Na, wann immer sie mich in Deutschland besucht, präsentiert sie mir Fotos und Lebensläufe irgendwelcher andalusischer Männer, die sie mir schmackhaft machen will.« Bei der Erinnerung an ihre letzten Besuche dieser Art verziehe ich das Gesicht.

Vanessa schüttelt sich. »Ich glaube, da versuche ich es lieber mit dem guten alten Valentin.« Sie breitet in theatralischer Geste die Arme aus und ruft laut: »Oh, du heiliger Valentin, ich würde hier gern einen richtig heißen Spanier kennenlernen.«

»¡Hola!«, ertönt es in diesem Moment fröhlich und ein braun gebrannter Mann mit Sonnenbrille auf der Nase und freiem Oberkörper winkt uns aus einem roten Cabrio mit offenem Verdeck zu.

Vanessa strahlt. »Das funktioniert ja tatsächlich.«

Ich unterdrücke mühsam ein Lachen und gehe dem jungen Mann entgegen. Er ist vermutlich Mitte zwanzig, also im selben Alter wie Vanessa und ich. Und offenbar kommt er direkt vom Strand, denn er trägt eine Beachhose, hat noch Sand im dunkel gelockten Haar und ein Wakeboard auf der Rückbank seines Wagens. *»¿Tú eres Emilio?«*

»Sí. ¿Y tú Marisol?«

»Sí.«

Schon ist er elegant aus seinem Wagen gesprungen und im nächsten Moment bei mir. Ich reiche ihm die Hand, aber er ignoriert sie und begrüßt mich mit Wangenküsschen. Stimmt ja. Hier laufen die Dinge zwischen Bekannten anders und unsere Verbindung über seine Tante reicht dafür offenbar aus. Wobei diese Art der Begrüßung aus Luftküssen besteht, bei denen sich nur die Wangen sanft berühren.

»Vielen Dank, dass du eingesprungen bist und uns abholst«, sage ich auf Spanisch.

»Kein Thema. Aber wer ist *uns*? Deine Großmutter hat nur von dir gesprochen.«

»Oh, dann hat sie vergessen, meine Freundin zu erwähnen.« Ich gehe mit ihm zu Vanessa, stelle die beiden einander vor, und seine Brauen wandern in die Höhe. Er schiebt seine Sonnenbrille ins Haar und strahlt sie mit einem Lächeln an, das mich beinahe geblendet die Augen schließen lässt.

»*¡Hola! ¿Qué tal? Me llamo Emilio.* Wie gehts? Ich heiße Emilio.«

Vanessa sieht nicht minder beeindruckt aus als er. »Holla die Waldfee!«, kann sie gerade noch in diesem flirtenden Tonfall zurückgeben, den sie so gut draufhat, als er sie auch schon auf die gleiche Weise begrüßt wie zuvor mich. Bei ihr jedoch verweilt er deutlich länger an den Wangen als bei mir.

»Ist das dein Gepäck?«, fragt er anschließend auf Spanisch und deutet auf den Koffer neben Vanessa.

Sie hat seine Geste verstanden und nickt.

»Na, dann los!« Schon hat er sich den Koffer geschnappt und nimmt ihr auch den Rucksack ab. Während er ihre Sachen zum Auto trägt, redet er – nicht ahnend, dass sie kaum ein Wort versteht – überschwänglich auf sie ein.

Ich blicke den beiden nach, sehe auf mein eigenes Gepäck, verdrehe resigniert die Augen und schultere es selbst.

Erst als ich sie nach einigen Metern eingeholt habe, fällt Emilio offenbar wieder ein, dass es mich auch noch gibt, und er verzieht schuldbewusst das Gesicht. »Ich wäre natürlich gleich gekommen, um deine Sachen ebenfalls zu holen.«

»Natürlich.« Ich unterdrücke ein Augenrollen, nehme es ihm aber nicht allzu übel, dass er meine Existenz für einen Moment vergessen hat. Vanessa ist auch in Deutschland ein Hingucker, aber in Andalusien zieht sie mit ihrem honigblonden Haar und ihren blauen Augen natürlich erst recht die Blicke auf sich. Ich muss mich wohl daran gewöhnen, hier in Vanessas Gegenwart unsichtbar zu sein.

»Dieser Emilio ist einfach oh, là, là!«, flüstert Vanessa mir zu, während besagter Mann unser Gepäck in sein Auto einlädt.

»Ist das jetzt Spanisch oder Französisch?«, frage ich augenzwinkernd, während wir Emilio über den Parkplatz folgen.

»Französisch, Spanisch, Japanisch, ist doch egal – der Typ ist einfach nur zum Anbeißen!«

»Ich seh schon, die Reise hat sich gelohnt.«

»Hängt davon ab, ob er eine Freundin hat. Kannst du das unauffällig herauskriegen?«

»Kann ich.«

Als es ans Einsteigen geht, wirft Vanessa mir einen flehenden Blick zu, also überlasse ich ihr resigniert den Platz neben Emilio und quetsche mich auf die Rückbank neben das hochkant verstaute Wakeboard, das zum Glück längst nicht so groß ist wie ein Surfbrett.

Vanessa ist entgegen ihrer sonstigen Art in der ersten Viertelstunde sehr ruhig. An der Sprachbarriere scheiternd, himmelt sie Emilio stumm an. Dieser spricht nur ein klein wenig mehr Englisch als Vanessa Spanisch, sodass sich eine dreisprachige Unterhaltung entspinnt, bei der ich immer dann einspringe, wenn die beiden nicht weiterkommen.

Es stellt sich heraus, dass er als Kellner sowie Lehrer für diverse Wassersportarten arbeitet und sich ziemlich an Vanessa interessiert zeigt. Jedenfalls fragt er mich keine weitere Viertelstunde später bereits, ob sie in festen Händen ist.

»*Vanessa está soltera*«, kläre ich ihn über ihren Beziehungsstatus auf. »*¿Y tú?*«

»*Yo también*«, erwidert er sehr zufrieden.

Kaum habe ich Vanessa weitergegeben, dass er ebenfalls Single ist, als sie schon nach meinem Handgelenk fasst. »Mari, du musst mir unbedingt Spanisch beibringen!«

»Offenbar ist der Ansporn endlich aufgetaucht, was?«, stelle ich schmunzelnd fest.

Bevor sie antworten kann, meldet sich Emilio wieder zu Wort: »Hat deine Freundin vielleicht Lust, Wakeboarden oder Surfen zu lernen? Ich habe Urlaub.«

Und wie sie das hat!

Ich ahne, dass ich die nächsten Tage als fünftes Rad am Wagen oder alleine verbringen werde.

Aufseufzend konzentriere ich mich auf das azurblaue Meer, das immer wieder zwischen den Häusern aufblitzt, um die wir uns im zähen Berufsverkehr herumschlängeln.

* * *

Málaga ist riesig und doch schön und vielfältig. Gelegen zwischen Meer und Bergen. Picassos Geburtsstadt strotzt vor Museen, Theatern und Konzerthallen. Moderne Hochhäuser umringen in seltsamem Kontrast das an ein römisches Amphitheater erinnernde Stierkampfstadion. Über der Stadt erhebt sich majestätisch die Alcazaba, eine maurische Festungsanlage.

»Und was ist das?«, fragt Vanessa Emilio, der den Reiseführer gibt.

Ich übersetze ihr seine Antwort. »Das ist die Santa Iglesia Catedral Basílica de la Encarnación, eine wunderschöne Renaissance-Kathedrale. Sie trägt den Spitznamen La Manquita, also Die kleine einarmige Dame, weil ihr zweiter Turm aus Geldmangel nie fertiggestellt wurde.«

»Und das dort?«

»Das sind die Ruinen des Castillo de Gibralfaro.«

Ich bin unheimlich froh, dass Vanessa bei mir ist, weil sie am laufenden Band Neues entdeckt und Fragen stellt. Auch wenn ich nicht das Gefühl habe, dass es ihr wirklich um die Antwort, sondern um Emilios Aufmerksamkeit geht, drängt das Übersetzen meine Nervosität zurück. Es wird sicher nicht so schlimm sein, wie befürchtet, an den Ort zurückzukehren, an dem ich meine Mutter das letzte Mal sah. Und an dem ich … Nein! Nicht daran denken! Ich schüttele so heftig den Kopf, dass Vanessa mich fragend ansieht. »Eine Mücke«, murmele ich und sehe beiseite.

Endlich haben wir Málaga und seine Vororte hinter uns gelassen.

Mal führt uns unser Weg näher ans azurblaue Meer heran, dann wieder schlängeln wir uns durch das hügelige und üppig bewachsene Hinterland. Zwischen Olivenhainen und Orangenplantagen winken weiße und rosafarbene Wattebäusche, die sich beim Näherkommen als blühende Obst- und Mandelbäume herausstellen, deren Kronen sich im Wind bewegen und Blütenblätter regnen lassen. Zwischen gelb und pinkfarben betupften Sträuchern ragen Zypressen und Palmen wie Fackeln auf, und die bunten Blumen am Wegesrand scheinen einander in ihrer Farbenpracht übertreffen zu wollen.

»Schau dir nur all diese Farben an!«, ruft Vanessa staunend. »Ich habe mir alles viel kahler und trockener vorgestellt!«

»Ehrlich gesagt, ich habe das alles auch anders in Erinnerung, weder so farbenprächtig noch mit solch üppiger Vegetation. Aber wahrscheinlich war ich nie im Frühling hier.«

»Und obendrein als Kind sicher auf andere Dinge fixiert.«

»Ja, das stimmt, vor allem natürlich auf das Meer und den Strand.«

Ihre Begeisterung erfüllt mich mit Stolz auf die Heimat meiner Mutter. Dennoch – als wir schließlich Rincón de la Victoria erreichen, das Küstenstädtchen, in dem meine Großeltern wohnen, schlägt mein Herz plötzlich ganz unregelmäßig und meine Hände werden feucht.

Wieder ist es Vanessa, die mich ablenkt. »Das ist ja traumhaft schön!«, verkündet sie hingerissen. »Diese weiß gekalkten Häuser! Und die Farbe des Wassers! Guck mal, dort ist es azurblau und ein paar Meter weiter türkisgrün! Und dann erst dieser tolle Kontrast zu dem satten Grün all der Pflanzen! Was ist das überhaupt alles, was da wächst?« Sie wartet meine Antwort gar nicht erst ab, sondern spricht direkt weiter. »Und es ist größer, als ich erwartet habe. Ich hatte schon befürchtet, wir würden in einem Zweihundert-Seelen-Ort landen.«

»Das würde ich dir doch niemals antun«, gebe ich scherzend zurück. »Allerdings habe ich es tatsächlich deutlich kleiner und verschlafener in Erinnerung. Hier muss sich in den letzten sechs Jahren eine Menge getan haben. Allerdings sollte ich dich vorwarnen: Die Finca meiner Großeltern liegt außerhalb des Ortskerns.«

Es ist zwar Frühling, aber die Eisdielen haben längst geöffnet. Da zu dieser Jahreszeit noch kaum Touristen hier sind, tummeln sich fast nur Einheimische in den Straßencafés. Allein schon an ihrer Art, beim Reden wild zu gestikulieren, sind sie gut zu erkennen. Die Ärmel hochgekrempelt sitzen sie in Grüppchen beisammen, essen Tapas und trinken *una cervecita*, ein Bierchen. Und der eine oder andere hält auch auf einer Bank an die Hauswand gelehnt ein Nickerchen.

»Ist das deren Ernst?«, fragt Vanessa plötzlich und deutet nach vorn.

Auf der Kreuzung stehen mitten auf der Straße zwei Pickups mit den Ladeflächen voller Obst und Gemüse und die beiden Fahrer unterhalten sich bei heruntergelassenen Scheiben seelenruhig.

»Ist es. In Andalusien läuft alles mit erstaunlicher Gelassenheit und Muße ab. *Tranquilidad* nennen das die Menschen hier.« Erst im Nachhinein wird mir bewusst, dass es meine Mutter war, die mir die andalusische Lebensart erklärt hat. Sofort treibt die Sehnsucht mir die Tränen in die Augen.

»Und was ist ein *Cueva del Tesoro*?«, fragt Vanessa und deutet auf ein Schild, das an der Kreuzung nach links zeigt.

Sofort meldet sich Emilio mit spanischen Erläuterungen zu Wort und ich bin froh darüber, dass ich mich wieder aufs Übersetzen konzentrieren kann. Ich räuspere mich und blinzele die Tränen weg.

»Er sagt, dass das die einzige begehbare Meeresgrotte in ganz Europa sei.« Meine Stimme klingt gepresst und ich räuspere mich, bevor ich fortfahre. »Auch Höhlenmalereien findet man dort. Und nicht weit entfernt, in Nerja, gibt es eine sehr berühmte Tropfsteinhöhle, die den größten und längsten Stalaktiten der Welt beinhaltet.«

»Wow!«, stößt Vanessa aus, allerdings vermutlich weniger von den Höhlen, sondern eher von Emilio beeindruckt.

Der wiederum strahlt und verkündet voller Überschwang, dass Spanien das schönste Land der Welt sei, Andalusien der schönste Teil Spaniens und er Vanessa liebend gern die schönsten Flecken seiner Heimat zeigen würde. »Äh. Und dir natürlich, Marisol«, setzt er etwas verspätet hinterher.

»Natürlich«, wiederhole ich trocken.

Emilio grinst mich so verschmitzt an, dass ich ihm nicht böse sein kann.

* * *

Kaum haben wir den Ortskern durchquert, holpern wir über unbefestigte Serpentinen die Anhöhe hinauf, auf der meine Großeltern direkt an der Steilküste über dem Meer wohnen.

Emilio fährt das Verdeck hoch und versucht, Vanessa mit diversen weiteren Spielereien zu beeindrucken, die sein Auto zu bieten hat. Während er ihr irgendetwas am Armaturenbrett zeigt, betrachte ich durch das Seitenfenster die Umgebung und entdecke den Pfad zum Strand hinunter.

»Als ich klein war, hat mein Großvater mit mir am Strand immer ›Teezeit bei der Prinzessin‹ gespielt«, erinnere ich mich lächelnd, während wir um die letzte Kurve vor der Einfahrt zum Grundstück meiner Großeltern biegen. Emilio stößt einen deftigen Fluch aus und bremst so abrupt ab, dass er infolgedessen den Motor abwürgt und wir in die Gurte geworfen werden.

»¡Idiota!«, schimpft er.

Perplex zucke ich zusammen und stelle im nächsten Moment erleichtert fest, dass das nicht mir oder meiner Aussage galt, sondern dem Motorradfahrer, der uns auf der schmalen Einfahrt entgegenkam. Da Emilio so abgelenkt von Vanessa war, dass er die Kurve geschnitten hat, konnte der Motorradfahrer mit Müh und Not gerade noch rechtzeitig ausweichen und am Seitenstreifen anhalten.

»Das war knapp!«, kommt es von Vanessa, während Emilio noch immer über den Motorradfahrer schimpft. Der Beinahe-Unfall war zwar seine Schuld, aber ich sage nichts dazu.

Emilio will den Motor neu starten, hantiert mit Blick auf das Armaturenbrett an der Gangschaltung herum, aber der Wagen will nicht anspringen.

Währenddessen wendet der Motorradfahrer den behelmten Kopf ein paarmal zwischen uns und der Einfahrt hin und her.

Ist er bei meinen Großeltern gewesen?

Jetzt steigt er von seinem Motorrad, tritt zur Fahrerseite des Cabrios. Wegen des Helms kann ich kaum etwas von seinem Gesicht erkennen, gerade einmal den frei gelassenen schmalen Streifen der Augenpartie – und seine Augen sind dunkel, die Brauen darüber zornig zusammengezogen.

Mit angespannter Körperhaltung hebt er die zur Faust geballte Hand und der Schreck fährt mir in die Glieder. Will er nur ans Fenster klopfen oder es eher einschlagen? Das aufbrausende Temperament der Menschen hier ist nicht zu unterschätzen und mitunter genauso hitzig wie die Temperatur in der Sierra Nevada im August zur Mittagszeit. Mein Magen verkrampft sich, beunruhigt beuge ich mich vor, um nach einem Stein oder so in seiner Faust Ausschau zu halten. Doch da ist nichts. Erleichtert sehe ich in sein Gesicht – oder das, was der Helm davon preisgibt – und treffe auf seinen überraschten Blick. Hat er jetzt erst Vanessa und mich im Wagen entdeckt?

Das Auto springt an, Emilio bekreuzigt sich dankbar und schaut vom Armaturenbrett auf, während der Motorradfahrer noch immer Vanessa und mich anstarrt und die Hand sinken lässt, ohne geklopft zu haben. Als hätte unser Anblick ihn aus dem Konzept gebracht.

»He, weg da!«, ruft Emilio empört, der ihn offenbar jetzt erst zur Kenntnis genommen hat, und wedelt mit der Hand, als wolle er eine lästige Fliege verscheuchen. Der Fremde jedoch verharrt an Ort und Stelle. Allerdings scheint nicht Emilio ihn zu interessieren und auch Vanessa beachtet er zu meinem Erstaunen nicht weiter.

Stattdessen ist mir, als würde er nur mich anstarren. Fast schon in mich hineinsehen. Als würde er versuchen, mein Geheimnis zu ergründen …

Verärgert murmelt Emilio irgendetwas, zuckt mit den Achseln und fährt schließlich äußerst knapp an dem Mann vorbei an. Das Gesicht des Mannes zieht an meinem Fenster vorüber, während er mir noch immer direkt in die Augen sieht. Seine sind von einem dichten schwarzen Wimpernkranz umgeben und es liegt eine solche Wut in ihnen, dass ich erschrocken nach Luft schnappe. Wild hämmert mein Herz gegen meine Rippen. Woher kommt diese Wut auf mich? Weiß er etwa, was ich getan habe?

Halt, stopp! Er kennt mich gar nicht. Er kann nicht wissen, was ich verberge … Und selbst wenn – was sollte es ihn interessieren? Nein, seine Wut meint nicht mich. Aber wen dann? Wer ist er und warum war er bei meinen Großeltern?

Dann sind wir endlich an ihm vorbei und ich atme durch.

»Heiß«, kommentiert Vanessa.

»Warte mal den Sommer ab«, murmele ich geistesabwesend.

»Doch nicht das Wetter! Der Typ! Das mit den Männern hier wird ja immer besser. Hast du seine Arme gesehen? Das nenne ich mal durchtrainiert.«

»Er hatte Motorradkluft an.«

»Trotzdem. Glaub mir, ich erkenne Muskeln, wenn ich welche vor mir habe.«

Mag sein, doch das war nun wirklich das Letzte, worauf ich gerade eben geachtet habe.

»Die Gegensprechanlage des Gartentores ist kaputt«, unterbricht Emilio meine Gedanken, »und du weißt ja, was die Standardantwort der Handwerker hierzulande ist, wenn man sie fragt, wann sie kommen.«

»Mañana«, antworte ich. Also: morgen. Und das durchaus über Monate hinweg. »Ja, das habe ich noch sehr gut in Erinnerung.«

»Aber es hieß, dein Großvater würde das Tor offen lassen, hoffentlich hat er es nicht vergessen.« Er hält am Ende der Einfahrt vor dem schmiedeeisernen Tor mit den eingearbeiteten metallenen Weintrauben und schnallt sich ab.

»Warte, ich mache das«, wende ich ein, steige aus und laufe hinüber. Ich drücke gegen das Tor, das zum Glück tatsächlich – wenn auch nur schwergängig – nach innen aufschwingt.

Als Emilio hindurchgefahren ist und ich mich umdrehe, um es hinter ihm zu schließen, fällt mein Blick auf die Stelle des Beinahe-Zusammenstoßes vorhin und ich fahre zusammen.

Der Typ steht noch immer dort – und starrt herüber.

Mir ist mulmig, ich will eilig das Tor zudrücken, doch es schließt sich nur langsam. Der Fremde lässt mich nicht aus den Augen, folgt jeder meiner Bewegungen. Der Schweiß bricht mir aus, das Herz schlägt mir bis zum Hals.

Endlich fällt das Tor mit einem metallischen Klang ins Schloss, ich haste zum Auto und steige erleichtert ein. Mein Puls rast. »Der Typ ist immer noch da und schaut zu uns hoch«, flüstere ich Vanessa zu, während Emilio durch den weitläufigen Garten auf das Haus zuhält.

»Echt?« Sie sieht interessiert über die Schulter, dreht sich dann aber enttäuscht wieder nach vorn, da das geschlossene Tor die Sicht versperrt. »Hättest du das nicht früher sagen können?«

Ich gehe nicht auf ihre Frage ein. »Er hat mich angestarrt. Wieso?«

Sie zuckt mit den Schultern. »Neugierde vermutlich.«

Verunsichert schlinge ich die Arme um meinen Oberkörper. »Aber er wirkte so wütend!«

»Sicher nicht auf dich persönlich, sondern auf uns alle. Und das ist auch nicht verwunderlich, immerhin wäre es unsretwegen beinahe zu einem Unfall gekommen.«

Klingt logisch. Fühlt sich nur leider nicht so an. Aber das ist Blödsinn, das weiß ich.

Tief durchatmend versuche ich, mich zu beruhigen. Ich bin einfach nervös und übermüdet, das ist alles.

Trotzdem verfolgt mich das Bild der Wut in seinem Blick und ich bin mir plötzlich absolut sicher, dass ich diesen Mann wiedersehen werde.

Eine Vorstellung, die mich ängstigt und verwirrt – aber auch eine kribbelnde Aufregung in mir weckt.

1974

Diego

Eine leichte Brise ließ die Holzperlen des Vorhangs klimpern, der in der Türöffnung zwischen Hinterzimmerwerkstatt und Verkaufsraum angebracht war.

Um Diego herum standen, lagen und hingen inmitten von Sägespänen Zargen, Wirbel und Saiten. Eine frisch lackierte Gitarre lehnte in ihrer Halterung an der Wand. Sie wies eine wundervoll getigerte Maserung in schimmerndem Rotbraun auf und ihre Wirbel waren mit rosenförmigen Intarsien aus Perlmutt versehen. Allein an diesen Details hatte Diego eine ganze Woche lang gearbeitet. Die fertigen Instrumente waren nebenan im Verkaufsraum ausgestellt. Vor allem Flamencogitarren, aber auch klassische Modelle.

Diego betrachtete die Resonanzplatte, die er gerade fertiggestellt hatte, prüfend von allen Seiten. Am zweiten Arbeitstisch, der vor dem zum Innenhof führenden Fenster aufgestellt war, saß sein Vater, das von grauen Strähnen durchzogene Haar am Hinterkopf stark gelichtet, die Schultern gebeugt.

Im Raum roch es nach Orangenöl und Leder, nach Harz und den verschiedenen Hölzern, die alle ihre eigene Duftnote verströmten. Ahorn besaß eine süßliche, Olive eine herbe, Kirsche eine völlig unverwechselbare, für die er gar keine Worte fand, die er aber jederzeit sofort erkannt hätte.

Diego konnte sich noch gut erinnern, wie er sich als kleiner Junge zum ersten Mal bewusst in der Werkstatt seines Großvaters umgesehen und diese eigentümliche Duftmischung aufgesogen hatte. Dieser Raum mit all seinen geheimnisvollen Werkzeugen, den glänzenden Instrumenten in schimmernden

Rot- und Brauntönen war ihm als einer voller Wunder erschienen.

Schon damals hatte er seinem Vater mit leuchtenden Augen bei der Arbeit über die Schulter geblickt. Hatte beobachtet, wie dieser eine gerade fertiggestellte Gitarre zum ersten Mal bespannte. Anschließend hatte sein Großvater ihn auf die Knie gehoben, seine kleinen Hände auf den Gitarrenkorpus gelegt und die Saiten angespielt. »Fühlst du die Schwingungen?«, hatte er gefragt. »Jedes Holz hat seine Eigenheiten, die sich im Klang der Gitarre äußern.«

Und Diego hatte sie gespürt und in jenem Moment gewusst, dass er in seinem Leben nichts lieber tun wollte, als ebenso wie sein Großvater und sein Vater aus einem unscheinbaren Stück Holz etwas zu erschaffen, das solche Töne produzieren konnte. Es erschien ihm wie Zauberei und sein Vater wie ein Magier.

In diesem Moment wandte sein alter Herr den Kopf. Die Augen hinter der kleinen Nickelbrille waren von geplatzten Äderchen durchzogen. Er nahm die Brille ab und rieb sich über die Nasenwurzel, bevor sein Blick suchend umherirrte. Seine Hände zitterten. Doch nicht vor Müdigkeit, das wusste Diego.

»Leg eine Pause ein«, bat Diego, stand auf und stellte ihm eine Wasserflasche auf den Tisch. Er sprach nicht aus, dass sein Vater sonst vielleicht die Arbeit von Wochen oder Monaten ruiniert hätte. Das wusste dieser selbst. Dennoch betrachtete Salvador mit beinahe angeekelter Miene das Wasser.

Diego legte ihm seine Hand auf den Arm. »Denk dran, was du mir geschworen hast.«

Sein Vater fuhr sich mit der Zunge über die rissigen Lippen, schluckte sichtbar hart und nickte. »Ich gehe eine rauchen«, murmelte Salvador.

Holz schabte auf Holz, als er den Stuhl zurückschob, sich erhob und zur Tür trat, die in den Innenhof führt.

Frustriert sah Diego ihm nach. Die Zeiten, in denen Salvador ebenso wie vor ihm Diegos Großvater der beste Gitarrenbauer weit und breit gewesen war und Musiker aus ganz Andalusien ihre Instrumente hier in Auftrag gegeben hatten, lagen lange zurück. Doch Diego war fest entschlossen, ihre Werkstatt wieder groß zu machen. Auch wenn er im Herzen Musiker war. Denn davon allein würde er in diesen Zeiten keine Familie ernähren können und sein Vater war nicht mehr in der Lage, den Betrieb ohne ihn zu führen.

Langsam ging Diego zu seinem Platz zurück und setzte sich. Sein Blick glitt zum Bild seiner Mutter an der Wand. Sie war die Einzige gewesen, die Salvador dauerhaft vom Trinken hatte abhalten können. Doch sie war bei der Geburt von Diegos Schwester an einer Blutvergiftung gestorben, als er selbst gerade einmal sechs Jahre alt gewesen war. Warum nur? Und warum nur war ihr seine Schwester wenige Tage später gefolgt? Und warum … Schluss! Die Dinge waren, wie sie waren, und er musste damit zurechtkommen.

Erneut sah er durch das Fenster zu seinem Vater, der im Schatten unter den Weinreben unruhig hin und her schritt und sich mit nervösen Fingern eine Zigarette ansteckte. Eine ausgemergelte Gestalt mit umherschweifendem Blick, hängenden Schultern und blutunterlaufenen Augen, die sich kaum länger als eine halbe Stunde auf die Arbeit konzentrieren konnte. Hatte ein Magier je eine größere Entzauberung erfahren? Wohl kaum.

Natürlich war Salvadors Kunst auch damals keine Magie gewesen, wie Diego schon bald begriffen hatte, sondern das Ergebnis harter Arbeit und vieler Lehrstunden, aber ebenso von Talent, Hingabe, Perfektionismus sowie Liebe für diesen Beruf geprägt. All das brachte auch Diego mit. Er liebte seine Arbeit. Und er liebte den sanften Klang der geschaffenen Instrumente, seit sein Großvater ihn als Baby damit in den Schlaf geleitet hatte. Der einzige Klang, den er noch mehr liebte – ungleich mehr –, war der von Minas Stimme.

Mina …

Resigniert zog er den Zargenkranz heran, um die Resonanzplatte darauf festzuleimen, bevor er das Formbrett herausziehen und den Korpus schließen würde. Seit einer Woche hatte es keine Gelegenheit für ein nächtliches Treffen auf dem Dach gegeben. Bis spät in die Nacht hatte in ihrer Wohnung das Licht gebrannt, weil sie und ihre Mutter an den Nähmaschinen saßen.

Vorgestern hatte sie es zwar geschafft, während des Tages vorbeizuschauen, als sie Stoff nachkaufen musste. Doch der Besuch dauerte nur kurz an, da ihre Mutter sie daheim erwartete. Außerdem waren sie nicht unbeobachtet geblieben, weil sich ausgerechnet in jenem Moment ein potenzieller Kunde im Laden aufgehalten hatte.

Natürlich freute es ihn einerseits, dass Mina wie jedes Jahr um diese Zeit viel Arbeit hatte, denn das bedeutete auch dringend benötigte Einnahmen. Die *Semana Santa*, die heilige Karwoche, war zwar vorbei, aber der *Día de la Cruz* – das Fest des heiligen Kreuzes – stand vor der Tür und vier Wochen darauf wäre schon Corpus Christi. Diese Feierlichkeit rund um Fronleichnam war das wichtigste Fest Granadas, hier sogar bedeutender als die *Semana Santa*. Und sie brachte Mina viele Aufträge für die Flamencokleider ein, die sie und ihre Mutter schneiderten.

Andererseits war er sich nicht sicher, wie er es überleben sollte, wenn noch ein weiterer Tag oder eine weitere Nacht verging, ohne dass er Mina in seinen Armen halten konnte. War es normal, jemanden so sehr zu lieben, wie er sie liebte? So sehr, dass jede Minute, die er ohne sie verbringen musste, eine Ewigkeit anzudauern schien? Es war verrückt, aber wenn sie bei ihm war, brauchte er sonst nichts. Hatte er keinen Hunger, keinen Durst, war er einfach nur glücklich. Ohne sie hingegen waren die Tage grau und die Nächte endlos.

Wenigstens hatte er eine Beschäftigung. Nein, es war weit mehr als das. Er liebte seine Arbeit. Vor allem das unglaubliche Gefühl, wenn er ein vollendetes Instrument zum ersten Mal anspielte. Die Aufregung vor diesem Moment, das Kribbeln in seinem Magen erinnerten ihn jedes Mal an jenes vor seinem ersten richtigen Kuss mit Mina, damals, als er noch ein Schuljunge gewesen war. Das Glücksgefühl, das ihn dabei durchströmt hatte, ließ ihn seither nicht mehr los.

Mina …

Er schüttelte den Kopf. Wie nur sollte er den restlichen Tag überstehen, bis er sie endlich wieder in die Arme schließen konnte?

Erneut versuchte er, sich auf das Werkstück zu konzentrieren, fuhr prüfend mit dem Finger über das Holz des Gitarrenbodens. Es war glatt geschliffen. Fühlte sich so warm und makellos an wie Minas Wangen. Die Zargen waren geschwungen wie die Konturen von Minas Brüsten. Und die …

Schluss!

Er schloss die Augen, atmete tief durch und war erleichtert, als im nächsten Moment die Türglöckchen bimmelten.

»Einen Augenblick, ich bin gleich da!«, rief er.

»Bleib ruhig sitzen, ich komme rüber«, erklang eine ihm bekannte Stimme.

»Ramón!«, rief Diego erfreut und stand doch auf.

Sein Freund trat durch den leise klackernden Perlenvorhang. In dem seine schmächtige Gestalt umschlotternden grauen Anzug und mit der Aktentasche in der Hand wirkte der junge Mann in der Werkstatt fehl am Platz. Als hätte er sich verirrt.

Diego begrüßte ihn mit einem Klaps auf die Schulter. »Schön, dich zu sehen. Und sehr passend, ich habe nämlich etwas für dich.« Rasch angelte er aus seiner eigenen Gitarrentasche eine Eintrittskarte für seinen Auftritt hervor, die sein Vater nicht in Anspruch nehmen würde. »Ich bin am *Día de la Cruz* mit meiner Gitarre als Begleitung einer Flamencoaufführung gebucht. Señora Carmen Calviño hat mir diese Gelegenheit verschafft, und ich bin wahnsinnig dankbar dafür – endlich kommt etwas Geld rein.«

Ramón nahm die geprägte Karte entgegen und staunte nicht schlecht. »Du meine Güte, das sieht nach einer sehr exklusiven Veranstaltung aus. Da werden sicher nur Leute sein, die Geld oder Rang und Namen haben, nicht wahr?«

Diego nickte. »Die Künstler haben jeweils zwei Freikarten für Verwandte oder Freunde erhalten, und einige von ihnen haben mir ihre abgetreten, weil sie von außerhalb kommen und hier niemanden kennen, den sie einladen könnten. Wenn du möchtest, kannst du die Freikarte meines Vaters haben.« Die regulären Karten für diesen Auftritt waren sehr teuer, im Gegensatz zu all den Aufführungen in den Lokalen und auf den Plätzen der Stadt, für die das Publikum nichts bezahlen musste.

»Das ist ja großartig! Sehr gern, vielen Dank!«

»Und was führt dich zu dieser frühen Uhrzeit her?«

»Ich hatte ein Vorstellungsgespräch.«

»Und das sagst du erst jetzt? Komm erzähl schon, wie es war! Das sind großartige Neuigkeiten.«

Ramón verzog das Gesicht.

Diego sah ihn fragend an. »Oder etwa nicht?«

Sein Freund schnaubte, stellte die Tasche ab und setzte sich ungeachtet des Staubs und Sägemehls auf die Fensterbank. »Ich wurde abgelehnt. Mal wieder. Das war jetzt schon der achte Fehlschlag in den letzten beiden Monaten.«

Mitfühlend nickte Diego. »Lass dich davon bloß nicht entmutigen.«

»Fällt langsam echt schwer. Es ist zum Verrücktwerden, aber ohne Empfehlungen und entsprechende Kontakte hat man keine Chance.«

Das war sicher zu achtzig Prozent richtig. Doch die restlichen zwanzig lagen vermutlich an Ramón selbst. Er war klein und dürr, blass und schüchtern. Darüber konnte auch der wichtige Aufzug mit Anzug und Aktentasche nicht hinwegtäuschen. Sie kannten sich seit Beginn ihrer Schulzeit und von Anfang an hatte Diego den ängstlichen Jungen vor den anderen beschützt. Ramón hatte im Gegenzug dafür gesorgt, dass Diego, der mehr mit der Musik in seinem Kopf beschäftigt war als mit dem Unterricht, den Stoff mitbekam. Lernen war etwas, das Ramón gut konnte. Er fühlte sich inmitten von Büchern wohl, in der Gegenwart von Menschen hingegen unsicher. Diego fiel es schwer, sich den Freund in einem Gerichtssaal oder auch nur bei einer Konfrontation im kleinen Rahmen vorzustellen. »Wie sieht es denn für die nächste Zeit finanziell bei dir aus? Kannst du die Miete aufbringen?«

Ramón sah zur Seite. »Ich halte mich mit Gelegenheitsjobs über Wasser.«

»Du weißt, dass du jederzeit zu mir kommen kannst, wenn du Hilfe benötigst.«

»Danke dir, du bist ein echter Freund. Aber weder kann ich das annehmen noch wird es nötig sein. Davon abgesehen, du kämpfst ja selbst um eure Existenz. Da kann ich dein Geld erst recht unmöglich annehmen.« Ramón sah zu Salvadors Tisch.

Auch ohne dass er es aussprach, war klar, dass er wusste, warum die Werkstatt so wenig Kunden hatte. Obwohl Diegos Arbeit der seines Vaters in nichts nachstand, war es noch immer dessen Werkstatt und sein Alkoholproblem kein Geheimnis. Ergo mieden die Leute ihren Laden.

Diego strich ein paar Späne vom Tisch. »Die Auftragslage ist nicht gut, das stimmt. Es wird zu viel marschiert und zu wenig getanzt. Vor allem seit der Nelkenrevolution in Portugal.«

Ramón sah sich hastig um. »Sprich leiser, um Himmels willen.« Als hätten die Wände Ohren.

Und tatsächlich war dem oft so. Früher zwar weitaus häufiger als heute, aber ganz sicher, dass keiner mithörte, durfte man sich nie sein. Es gab genügend neid- und hasserfüllte Menschen, die nur darauf warteten, dem Regime durch Denunziation ihre Treue beweisen und zugleich unliebsame Nachbarn, Kollegen oder Konkurrenten loswerden zu können.

»Mag sein, dass die Portugiesen ihren Diktator gestürzt haben«, flüsterte Ramón. »Aber das ist erst wenige Tage her, also warte erst einmal ab, ob das auch wirklich in die Demokratie führt. Wie es auch immer ausgehen mag, wir sind es, die darunter zu leiden haben! Oder willst du, dass wieder wie damals der Ausnahmezustand verhängt wird?«

»Wie könnte ich!«, stieß Diego mit Bitterkeit in der Stimme hervor. Damals waren etliche Grundrechte außer Kraft gesetzt worden und eine Welle von Durchsuchungen, Verhaftungen und Deportationen rollte durch das Land. Sie hatte auch Minas Vater getroffen und seinen eigenen. Ersterer war ihr zum Opfer gefallen, Salvador war ihr entkommen.

»Zurzeit werden ohnehin die Zügel wieder fester angezogen«, riss Ramón ihn aus seinen düsteren Erinnerungen, »jetzt, wo Franco alt ist und es auch innerhalb seiner Partei Querelen gibt.«

»Ja, du hast recht, mein Freund, dennoch …« Diego hielt inne, griff dann aber unter seinen Tisch und zog ein Flugblatt hervor. »Das lag im Briefkasten, schau doch nur: Im Untergrund wollen sie Gewerkschaftsstrukturen errichten und …«

»Herr im Himmel, mach bloß keine Dummheiten!« Ramón riss ihm das Papier hastig aus den Fingern und warf es in den

Mülleimer. »An so etwas kannst du dir sehr viel mehr als nur die Finger verbrennen!«

»Keine Sorge, ich werde nichts tun. Mein Vater und Mina haben schon genug gelitten, aber …« Er seufzte und warf dem Blatt einen sehnsüchtigen Blick zu. »Unter anderen Umständen würde mich niemand davon abhalten können.«

Ramón schüttelte den Kopf. »Das ist der falsche Weg. Die einzige Möglichkeit ist, die Situation für sich zu nutzen. Von ihren Strukturen zu profitieren. Nach oben zu kommen. Das ist der beste Weg, sich dafür zu rächen, wie mit uns umgesprungen wird.«

»Nein, niemals! Auch wenn ich notgedrungen versuche, mich mit dem System zu arrangieren, werde ich um keinen Preis davon profitieren. Bis wieder bessere Zeiten anbrechen, versuche ich so viele Engagements als Gitarrist an Land zu ziehen wie möglich. Es gibt wahrlich Schlimmeres, schließlich liebe ich das Musizieren genauso sehr wie das Gitarrenbauen.« Er lächelte fast entschuldigend.

»Wie machst du das nur?«, fragte Ramón kopfschüttelnd. »Immer so positiv zu sein und so vollkommen davon überzeugt, dass alles gut werden wird.«

Diego hob die Schultern, obwohl er es wusste. Es lag an Mina. An ihrer Liebe. Solange er die besaß, würde er alles schaffen. Doch er wollte seinen Freund, der dieses Glück nicht hatte, nicht verletzen. »Soll ich dir einen Kaffee machen?«, wechselte er das Thema.

»Mir ist grad mehr nach einem Schnaps, immerhin … Oh. Entschuldige.« Ramón sah sich hastig um, aber Diego winkte ab.

»Keine Sorge, mein Vater ist draußen. Und davon abgesehen – es ist okay. Aber was dich angeht: Wieso versuchst du es nicht mit Ausschreibungen für kleinere Stellen?«

Ramón zuckte mit den Schultern. »Das große Geld ist da nicht zu holen.«

»Muss es das denn sein?«

»Und ob! Ich bin all die Zurückweisungen so unfassbar leid. Die der Frauen ebenso wie die all derer, die etwas zu sagen haben. Ich bin es so satt, nur Dreck unter den Fingernägeln derer zu sein, die Macht haben, und ich sage dir, Diego …« Er sprang von der Fensterbank auf. »… eines Tages werde ich viel Geld verdienen, verdammt viel Geld! Du wirst sehen! Und dann werden sie plötzlich alle angekrochen kommen! Und auch die Frauen werden bei mir Schlange stehen und …« Er hielt inne, wirkte selbst erschrocken von seinem Ausbruch.

Diego legte ihm beruhigend eine Hand auf den Arm. »Geld ist nicht alles. Und bei Weitem nicht alle Mädchen sind darauf aus, einen reichen Mann zu finden.«

Ramón schnaubte. »Doch, das sind sie. Abgesehen von deiner Mina. Sie ist anders als der Rest.« Sein Blick ging in die Ferne. »Ich könnte glatt neidisch werden. Du hast so viel Glück mit ihr. Sie ist etwas ganz Besonderes! In jeglicher Hinsicht.«

»Das ist sie wirklich.« Diego lächelte, wurde dann aber wieder ernst. »Trotzdem – du wirst den richtigen Job schon finden. Und das richtige Mädchen.«

»Dein Wort in Gottes Ohr«, murmelte Ramón düster und fuhr sich durchs Haar, was seine sonst immer penibel gescheitelte Frisur durcheinanderbrachte. »Aber ich sage dir … ich habe es so satt, herumgeschubst zu werden. Von Vorgesetzten, Vermietern, Frauen. Was ich will, ist: nach oben zu kommen! Ganz nach oben! Nur dort gibt es Freiheit. Und die erlangt man eben nur durch Geld. Durch viel Geld.«

Diego musterte ihn besorgt. Geld war wichtig, keine Frage, aber nicht das Wichtigste. Das Wichtigste war die Liebe. Liebe war Freiheit. Die Fixierung seines Freundes auf Geld und Einfluss beunruhigte ihn, weit mehr, als er zugeben wollte.

Doch er wollte ihn nicht vor den Kopf stoßen. Zudem ging es ihm selbst nicht viel besser – er brauchte ebenfalls Geld, wenn auch nur, um Minas Mutter von seiner Eignung als zukünftiger Ehemann ihrer Tochter überzeugen zu können. Schon lange legte er dafür so viel wie möglich von der Gage für seine Auftritte als Musiker beiseite.

Ramón schien ohnehin das Thema wechseln zu wollen, denn er trat zu der Halterung, in der die frisch lackierte Gitarre ruhte. »Schade, dass ich so unmusikalisch bin. Deine Instrumente sehen allesamt wunderschön aus, vor allem dieses hier.«

»Und sie klingt sogar noch wunderschöner, als sie aussieht«, sagte Diego stolz. »Sie ist mein persönliches Meisterwerk.« Er beugte sich prüfend vor und stellte zufrieden fest, dass der Lack vollends getrocknet war.

»Ist es dir nicht zu schade, das Ergebnis stundenlanger Arbeit wegzugeben?«

»Du meinst eher wochenlanger Arbeit«, korrigierte Diego mit schiefem Lächeln. »Doch, natürlich. Am liebsten würde ich alle meine Instrumente behalten, aber von irgendetwas muss man schließlich leben. Doch nicht von dieser hier. Sie ist etwas ganz Besonderes.« Liebevoll strich er über die schimmernden Intarsien aus Perlmutt, die er in die Stimmwirbel und ins Griffbrett eingearbeitet hatte. Allein das hatte mehrere Tage in Anspruch genommen.

»Sie ist also für dich selbst?«

»Nicht ganz.« Diego lächelte geheimnisvoll.

»Für wen dann? Jetzt spann mich nicht auf die Folter, rück schon heraus mit der Sprache.«

»Sie wird das erste Erbstück an die Kinder werden, die ich einmal haben werde.«

Ramón blinzelte perplex. »Du sprichst schon von Kindern? Mit Mina?«

»Mit wem sonst? Du weißt, dass es für mich immer nur sie gab und immer nur sie geben wird.«

»Ja, aber dass es schon so ernst ist zwischen euch …« Ein seltsamer Ausdruck huschte über das Gesicht des Freundes. »Seid ihr etwa schon verlobt?«

»Nein, du wärst doch der Erste, dem ich davon erzählen würde.«

Ramón entspannte sich, lehnte sich mit hinter dem Rücken aufgestemmten Armen an den Werktisch.

»Allzu lange möchte ich allerdings nicht mehr mit der Verlobung warten, jedoch …« Diego seufzte. »… wird mir ganz anders, wenn ich daran denke, dass ich zuvor ihre Mutter um Zustimmung zur Heirat bitten muss.«

»Nun ja, rein vom Gesetz her ist das nicht nötig, die Ehemündigkeit liegt bei uns in Spanien noch immer bei vierzehn Jahren, sodass …« Ramón brach ab, wirkte, als würde ihm erst jetzt bewusst, was er soeben gesagt hatte. »Natürlich solltest du sie dennoch vorher um Erlaubnis bitten«, ergänzte er hastig.

»Da spricht der Anwalt.« Diego lachte. »Ja, ich kenne die Gesetzeslage. Und natürlich würde ich Mina auch ohne die Billigung ihrer Mutter heiraten, aber ich weiß, wie sehr Mina ihre Familie liebt, und möchte keinen Keil dazwischen treiben. Nichts wünsche ich mir mehr auf der Welt, als dass sie glücklich ist.«

Ramón nickte. »Und bei deinem Auftritt am Tag des Kreuzes wird Mina dabei sein?«

»Das hoffe ich doch sehr. Und wenn ich ganz besonders großes Glück habe, wird sie auch tanzen. Sie legt so viel Gefühl und Ausdruck hinein.«

»Ich weiß, was du meinst. Sie tanzt den Flamenco wirklich wie eine waschechte *Gitana*.«

»Sie behauptet zwar, sie sei darin nicht gut genug, aber ich könnte ihr stundenlang dabei zusehen. Wobei – es ist egal, was sie tut, ich könnte ihr bei allem stundenlang und länger zusehen.«

»Ich weiß, was du meinst.« Ramón sah versonnen in die Ferne, drückte sich dann abrupt vom Werktisch ab und klopfte Sägespäne von seinem Anzug. »Und wann sprichst du mit ihrer Mutter?«

»Wegen der Verlobung? Das weiß ich noch nicht. Erst einmal steht mir eine Entschuldigung bevor.« Er verzog das Gesicht.

»Wieso?«

»Ich fürchte, ich habe ein bisschen was wiedergutzumachen, damit sie mir gegenüber milde gestimmt ist«, gestand Diego, ohne auf die Details einzugehen. »Wünsch mir Glück.«

Ramón sah ihn neugierig an, nickte aber, ohne weiter nachzufragen. »Natürlich. So schlimm wird das schon nicht werden.«

* * *

Die Tür zum Haus, in dem Mina wohnte, stand offen, wohl um das aufgeheizte Treppenhaus durchzulüften. Ein paar Katzen rekelten sich in der Morgensonne auf den kantigen Steinen der Eingangsstufen. Er stieg über sie hinweg und die knarzende Holztreppe hinauf.

Pilars Wohnungstür war wie immer halb geöffnet, sodass sie von ihrem Platz in der Stube aus einen freien Blick auf das Treppenhaus hatte. Als er vorbeilief, kam sie sofort mit sensationslüsterner Miene herausgeschossen.

»Was tust du hier um diese Uhrzeit? Und wozu die Blumen?«

»Ich habe meine Werkstatt aufgegeben und bin Gärtner geworden.«

Sie schnappte nach Luft. »Einer unverschämter als der andere!«

Er sparte sich eine Antwort und ließ sie stehen.

»Ich hoffe nur, dass Minas Mutter zu Hause ist!«, keifte sie ihm hinterher, während sie sich so weit wie möglich über das Geländer beugte und regelrecht verrenkte, um ihm durch das Treppenauge hinauf hinterhersehen zu können. Hauptsache, nichts verpassen, über das man anschließend herziehen konnte.

Endlich stand er vor Minas Wohnung und strich nervös sein Hemd zurecht, bevor er anklopfte.

Zu seiner Erleichterung war es Mina, die öffnete, und nicht ihre Mutter. Doch auf einen Begrüßungskuss verzichtete sie, lächelte ihn lediglich glücklich an und augenblicklich klopfte sein Herz lauter als zuvor seine Hand an der Tür.

»Komm herein, Mama weiß Bescheid, dass du vorbeischauen willst.«

Er folgte ihr in die Wohnung, hinter ihm fiel die Tür ins Schloss und sperrte die neugierige Pilar aus.

In der Stube lagen neben einer Steckpuppe verschiedene Stoffe auf dem Boden ausgebreitet, während Diego durch die Küchentür die Nähmaschinen sowie das Sammelsurium an Nähutensilien auf dem Esstisch erkennen konnte. Wie immer waren Küche und Stube in Abwesenheit von Minas jüngeren Geschwistern zum Atelier umfunktioniert worden. Juanita stand mit Stecknadeln bewaffnet vor der Schneiderpuppe, um die sie ein Kleid drapiert hatte. Obwohl sie sein Eintreten bemerkt haben musste, sah sie nicht auf.

Diego räusperte sich. »Guten Morgen, Juanita.«

»Von *gut* sind wir gerade weit entfernt!«, kam es barsch zurück, noch immer ohne dass sie sich zu ihm umwandte.

Mina verdrehte die Augen, trat zu ihr und nahm ihr die Schachtel mit den Nadeln aus der Hand. »Ich mache das.«

Ihrer Aufgabe beraubt, sah sich Juanita nun doch gezwungen, ihn zur Kenntnis zu nehmen, sie drehte sich um und griff dabei nach einem Zollstock im Regal. Diesen umklammerte sie, als sei er ein Schwert.

Unwillkürlich hielt Diego die Blumen wie einen Schutzschild vor sich und streckte ihr eine Schachtel Turrón entgegen, das in diesen Zeiten so teure andalusische Mandelnougat. Es hatte so einiges an Aufwand und Geld erfordert, diese Köstlichkeit zu besorgen. »Ich … ähm … habe dir etwas mitgebracht. Mina sagte, du würdest es mögen.«

»Der Arzt hat mir davon abgeraten«, kam es schmallippig zurück.

Mina verpasste ihrer Mutter einen sanften Stoß in die Seite. »Gestern hast du noch welches gegessen. Außerdem hat Diego auch Blumen mitgebracht.«

»Und was soll ich mit dem Grünzeug?« Juanita schaute unwillig zum Strauß in seiner Hand.

Diego unterdrückte ein Seufzen.

»Ins Wasser stellen!«, machte Mina entnervt klar. Sie nahm anstelle ihrer Mutter die Blumen entgegen und ging in die Küche.

Durch die offene Tür sah er sie in den Schränken nach einer geeigneten Vase suchen und sie mit Wasser befüllen.

Juanita rührte sich nicht, betrachtete ihn nur weiterhin mit zusammengepressten Lippen. Also blieb auch Diego, wo er war.

Die ganze Sache gestaltete sich noch schwieriger als gedacht. Das mochten ein paar äußerst anstrengende Stunden werden. Vielleicht hätte er am Nachmittag kommen sollen, wenn auch Feli und José zu Hause gewesen wären. Die beiden freuten sich immer riesig über seinen Anblick, das hätte es wesentlich entspannter gemacht. Aber er war niemand, der eine unangenehme Sache vor sich herschob. Zudem wollte er Mina schnellstmöglich entlasten und dafür musste er mit ihrer Mutter ins Reine kommen. Ob daraus allerdings auch so schnell etwas werden würde, daran kamen ihm gerade mächtig Zweifel. Sie hatte ihn noch nie gemocht – warum auch immer –, aber so unfreundlich wie heute war sie bislang nicht zu ihm gewesen. Pilar musste sich nach seinem Besuch neulich furchtbar aufgeführt haben.

Wie nur sollten sie sich jemals annähern? Doch aufgeben war für ihn keine Option. War es nie gewesen und würde es niemals sein. In egal welcher Hinsicht.

Diego räusperte sich. »Ungewöhnlich warm für diese Jahreszeit, was?«

Die Antwort bestand in einem Blick, der so eisig war, dass er seine Aussage gedanklich korrigierte.

Als Mina zurück in die Stube kam und die Vase auf das niedrige Couchtischchen gestellt hatte, standen Diego und Juanita immer noch an Ort und Stelle. Juanita hatte keine Anstalten gemacht, ihm einen Platz anzubieten.

»Setz dich doch, Diego«, schlug Mina betont fröhlich vor und deutete auf das Sofa.

Erleichtert ließ er sich auf der rechten Seite nieder. Mina setzte sich auf die andere. Und ehe er sichs versah, quetschte sich ihre Mutter zwischen sie.

Großer Gott, so nah hatte er ihr dann doch nicht kommen wollen. Sie benahm sich, als gelte es, um jeden Preis körperlichen Kontakt zwischen Mina und ihm zu verhindern. Die Situation war derart absurd, dass er unter anderen Umständen gelacht hätte.

Stattdessen bemühte er sich erneut, zum Einstieg etwas leichte Konversation zu machen. Etwas, das sich jedoch als schwierig herausstellte. Juanita saß nämlich mit verschränkten Armen und zusammengepressten Lippen da und war nicht willens, sich zu unterhalten. Und mit Mina konnte er nur von Angesicht zu Angesicht sprechen, indem sie beide sich vornüberbeugten. Es wurde – unter Juanitas Argusaugen – ein äußerst verkrampftes Gespräch.

Schließlich gaben sie auf und er wandte sich erneut an die Frau des Hauses, suchte nach einem unverfänglichen

Gesprächsthema, um die Stimmung zu lockern. »Was macht die Arbeit, Juanita?«

»Geht nicht voran, wenn nichts getan wird. Und es wird nichts getan, wenn wir hier herumsitzen.«

Gut, das war offenbar die falsche Themenwahl. Lieber erst einmal einen Schritt zurück machen. »Und wie geht es dir, Juanita? Ich hoffe, du bist bei guter Gesundheit.«

»Wie es einer Frau nun einmal geht, wenn die eigene Tochter es darauf anlegt, sie vor der gesamten Stadt bloßzustellen.«

»Mamá!«, meldete sich Mina gereizt zu Wort. »Ich habe dir doch schon erklärt, dass wir nicht allein zu Hause waren und nur die Uhrzeit nicht im Blick hatten!«

»Ja, hast du. Es ändert allerdings nichts am Ergebnis.«

Diego räusperte sich erneut. »Da wir nun beim Thema sind: Ich möchte mich von ganzem Herzen dafür entschuldigen, dass meine Anwesenheit neulich hier zu solch später Stunde für Unmut gesorgt hat.«

»Und was bringt uns das jetzt?«, fragte Juanita schnippisch.

Mina auf der anderen Seite des Sofas legte ihren Kopf in den Nacken, sodass er ihr Gesicht sehen konnte, und verdrehte die Augen.

Er straffte sich. »Ich versichere dir, Juanita, dass ich niemals absichtlich etwas tun würde, das Mina oder dem guten Ruf eurer Familie schadet.«

Juanita zog nur eine Augenbraue hoch.

Er suchte nach passenden Worten, als in die zwischen ihnen entstandene unangenehme Stille hinein grölender Gesang erklang, der ihn erstarren ließ.

Er kannte die Stimme!

Auch das noch!

Sein Magen zog sich zusammen und inständig hoffte er, dass Juanita den Betrunkenen dort draußen nicht beachten würde. Vergebens.

»Was ist denn das für ein Lärm?« Juanita runzelte die Stirn und sah durch die Zimmertür zum offenen Küchenfenster.

»Warum nur, oh, warum nur?«, grölte es vor dem Haus und Mina riss die Augen auf, als ihr ebenfalls klar wurde, um wen es sich bei dem Sänger handelte. Eilig stand sie auf, um das Fenster zu schließen, aber ihre Mutter war schneller. »Moment!«

Und da war es auch schon zu spät. »Diego, mein Diego …«, grölte es vor dem Haus und Diego stand abrupt auf. »Ich … muss aufbrechen.«

Er rannte aus der Wohnung, die Treppe hinunter und aus dem Haus.

Schon öffneten sich die ersten Fenster. »Ruhe da unten, verdammt!«

Der Gesang verstummte, stattdessen kam ein gebrülltes »Ihr könnt mich mal!« zurück und etwas krachte gegen eine Wand. Ein Klappstuhl? Nein, bitte nicht, bitte keine Randale!

»Das ist doch die Höhe! Die Polizei sollte dich einsperren, Salvador!«

Nein, nein, nein!

Diego rannte schneller und bog um die Ecke. Und da stand er, sein Vater, und bot einen erbärmlichen Anblick. Das schief zugeknöpfte Hemd war schweißnass und er trug nur einen Schuh, den anderen hatte er wohl irgendwo verloren. Sein Anblick brach Diego das Herz, dennoch stieg Wut in ihm auf.

»Diego! Mein Diego!« Sein Vater breitete die Arme aus, als er ihn erblickte, aber Diego packte ihn bei den Schultern und rüttelte ihn.

»Was soll das? Wieso tust du mir das an?«

Salvador blinzelte und fuhr sich verwirrt mit der Hand durchs Haar. »Was denn?«

Mit wütendem Laut entriss Diego ihm die Flasche.

»He!«, protestierte sein Vater. »Gib sie wieder her!«

»Großer Gott, *Papá*, reiß dich zusammen!«, fuhr Diego ihn an. »Du hast mir versprochen, nichts mehr anzurühren! Es mir geschworen!«

Sein alter Herr nuschelte etwas Unverständliches, wedelte unkoordiniert mit der Hand durch die Luft, als sei Diego eine lästige Fliege, und wollte nach der Flasche greifen.

Diego ließ das nicht zu, hätte sie am liebsten gegen die Wand geworfen und zog den widerstrebenden Mann mit sich.

»Wohin gehen wir?«, murmelte Salvador undeutlich.

»Nach Hause!« Denn bei Minas Mutter würde er sich erst einmal nicht mehr blicken lassen können. Eine ganze Weile nicht.

Er fluchte in sich hinein.

Mina

»Was sollte das, *Mamá*?«, fuhr Mina ihre Mutter an, kaum dass die Tür hinter Diego ins Schloss gefallen war.

»Ich weiß nicht, was du meinst.« Juanita stand noch immer am Küchenfenster, durch das sie mit triumphierendem Nicken die peinliche Szene mit Salvador verfolgt hatte. »Du wolltest, dass er vorbeikommt und ich ihn hereinlasse, und das ist geschehen.«

»Wieso gibst du ihm nicht den Hauch einer Chance?«

»Das habe ich doch getan und schau, was dabei herausgekommen ist.« Mit einem abfälligen Schnauben wandte sie sich vom Fenster ab und ging wieder in die Stube. Für einen Moment verharrte sie vor dem Wandspiegel. Müde strich sie sich über ihr Haar, das zu einem tiefen Knoten streng nach hinten gekämmt war, und versuchte, ein paar graue Strähnen unter den schwarzen zu verstecken. Sie war noch keine fünfundvierzig, sah aber zehn Jahre älter aus, mit tiefen Sorgenfalten auf der Stirn und Schatten unter den Augen. Kein Wunder, war sie doch mit ihren drei Kindern auf sich allein gestellt.

In Minas Erinnerung war sie früher nie ohne Lippenstift aus dem Haus gegangen, hatte ihr Haar stets gefärbt und es kunstvoll geflochten getragen. Für Kosmetika oder Friseurbesuche fehlte jedoch seit Jahren das Geld.

»Überhaupt nichts ist herausgekommen, weil du dich ja geweigert hast, vernünftig mit Diego zu reden!«

»Was gibt es da zu bereden? Du weißt, was ich von ihm und euren Treffen halte. Dieser Junge ist nicht gut genug für dich!«

»Das ist nicht wahr! Wie oft sollen wir denn noch darüber streiten?«

»Was ist mit Manolo?«

»Dem Sohn unseres Vermieters? Hör doch bitte auf damit!«

»Was denn? Er hat schon ein paarmal nach dir gefragt. Er ist zum Assistenten der Rathausverwaltung aufgestiegen, hat gute Kontakte. Du solltest mit ihm einen Kaffee trinken gehen!«

»Ach ja? Soll ich das vielleicht mit allen Männern im Rathaus tun?«

»Mina!« Ihre Mutter zog scharf die Luft ein und sah sich um, als könnte Pilar jeden Moment unter dem Couchtisch hervorgesprungen kommen. Eine Vorstellung, bei der Mina sich das Lachen verbeißen musste. Trotz dieser verfahrenen Situation.

»Ich weiß nicht, was an solch einer ordinären Bemerkung lustig ist«, sagte Juanita verärgert. »Wenn du nicht aufpasst, wird dich dein vorlautes Mundwerk noch in echte Schwierigkeiten bringen! Willst du mir noch mehr Leid bereiten?«

Mina biss sich auf die Lippe. »Natürlich nicht. Es tut mir leid.«

Juanita atmete durch und sagte etwas besänftigend: »Er wird zweifellos Karriere machen.«

»Das freut mich für ihn. Es ändert aber nichts.«

Kopfschüttelnd ließ Juanita sich auf den schmalen Schemel sinken, der neben der Steckpuppe stand. »Wie kann man nur so unvernünftig sein? Wie sollen wir langfristig über die Runden kommen?«

Natürlich wusste Mina, dass das Geld knapp war und jede vom Notwendigsten abweichende Ausgabe dreimal überdacht werden musste. Immerhin kaufte sie deshalb erst am Abend ein. Dann gaben die Bäckereien das Brot günstiger heraus und die Bauern auf den Märkten waren froh, noch etwas von dem Obst und Gemüse loszuwerden, das schon den ganzen Tag zuunterst in den Kisten gelegen hatte. Trotzdem sagte sie beruhigend. »So wie bisher: Wir schneidern Kleider und verkaufen sie.«

Jede Frau, die etwas auf sich hielt, trug während Festlichkeiten und Feiern aller Art traditionelle Tracht. Ja, natürlich – der wirtschaftliche Aufschwung der letzten Jahre hatte vor allem die erreicht, denen es ohnehin besser ging als der Masse. Der Rest konnte sich nur selten ein neues Kleid kaufen. Zudem war die Konkurrenz groß. Viele ältere Frauen hatten ihre Männer im Bürgerkrieg verloren. Und in den Jahren danach ihre Töchter durch Verhaftungen und Hinrichtungen. Die Frauen mussten ihre Familien allein durchbringen. Und etliche von ihnen versuchten dies auf die gleiche Weise wie Mina und ihre Mutter. Als Schneiderinnen, die von Ladeninhabern die Aufträge bekamen und damit ihren Lebensunterhalt verdienten. Doch die Kleider, die sie und ihr Mutter in aufwendiger Handarbeit herstellten, bestachen durch fantasievolle Kreationen und hohe Qualität. Leider waren sie von den Launen der Ladeninhaber abhängig, für die sie schneiderten, sowohl was die Aufträge betraf als auch das, was diese ihnen zu zahlen bereit waren. Daher kamen sie nur über die Runden, indem sie ihre Kleider zusätzlich auf Wochenmärkten verkauften. Ihre Mutter träumte von einem eigenen Laden, doch woher sollten sie das Geld dafür nehmen? Dennoch blickte Mina optimistisch in die Zukunft. »Ja, die Konkurrenz ist groß, aber unsere Kleider sind besser als die meisten der anderen. Wir schaffen das schon.«

Ihre Mutter ließ sich unglücklich auf den Hocker sinken, der neben der Steckpuppe stand. »Neuerdings werden Flamencokleider auch in Fabriken hergestellt und billig verkauft.«

Mina zuckte mit den Schultern. Die Herstellung eines guten Flamencokleides war sehr aufwendig und erforderte großes handwerkliches Geschick. Jedes dieser Kleider war ein Unikat. »Ich habe davon gehört, aber das ist hässliche Massenware ohne Qualität und Herz. Welcher Ladeninhaber wird sich damit blamieren, so etwas anzubieten? Und welche Frau will es riskieren, auf einem Fest zehn anderen mit dem gleichen Kleid zu begegnen?«

Ihre Mutter schüttelte den Kopf. »Es sind unsichere Zeiten. *El Caudillo* …« Sie spuckte den Titel, der nur einer der vielen war, die Franco sich gegeben hatte, regelrecht aus, wie sie es immer tat, wenn niemand anderes als Mina es hören konnte. »… ist alt, in der Partei rumort es. Wer weiß, was auf uns zukommen wird, wenn unser ›Führer von der Gnade Gottes‹ nicht mehr sein wird. Und wenn das Geld fehlt, sind Menschen wahrlich noch zu ganz anderen Dingen bereit, als dem Risiko, das gleiche Kleid zu tragen wie jemand anderes, glaub mir. Und was dann? Aber Manolo wird bestimmt einmal viel Geld verdienen. Du wirst ausgesorgt haben.«

Mina seufzte. »Ich habe kein Interesse an ihm.«

»Bitte, Kind, denk doch etwas weiter als nur bis morgen!«

»Das tue ich. Diego ist mein *morgen*. Und mein übermorgen und alles, was danach kommt ebenso. Für den Rest meines Lebens!«

Ihre Mutter schnaubte abfällig. »Das weißt du doch gar nicht. Du hast dich da in etwas verrannt, ohne auch nur einmal ernsthaft über die Alternativen zu diesem Jungen nachgedacht zu haben.«

»Hör auf, ihn *diesen Jungen* zu nennen.«

»Er ist nicht gut für dich!«, beharrte ihre Mutter.

»Er heißt Diego! Und davon abgesehen …« Sie verschränkte die Arme vor der Brust. »… gibt es keine Alternative und du kannst mich auch nicht davon abhalten, mich weiterhin mit ihm zu treffen. Wir lieben uns!« Wütend stapfte sie zur Tür und nahm ihre Schuhe aus dem Regal.

»Was tust du da? Wo willst du hin?«

»Feli von der Schule abholen!«

Ihre Mutter fasste sie scharf ins Auge. »So früh? Du willst nicht etwa davor noch zu Diego?«

»Nein.« Sie wollte *danach* zu Diego. Und sich für das unsägliche Benehmen ihrer Mutter entschuldigen, das war ihr sehr wichtig. Heute Nacht würden sie sich nicht treffen können, dafür hatte sie noch zu viel Arbeit zu erledigen. Auf die letzte Minute waren etliche Kleider bei ihnen eingegangen, die bis zum *Día de la Cruz* abgeändert werden mussten. Sie würden sicher nicht nur heute bis in den frühen Morgen hinein an den Nähmaschinen sitzen. »Ich muss noch Garn besorgen.« Das war nicht einmal gelogen. »Das grüne ist ausgegangen und weitere Farben neigen sich ebenfalls dem Ende zu.«

Ihre Mutter atmete aus. »Gut. Denn dieser Junge wird dein Leben zerstören! Sieh dir seinen Vater an!«

Mina fuhr herum. »Das ist nicht fair!«

»Was ist nicht fair? Dass ich mir Sorgen um dich mache? Wie der Vater, so der Sohn! Und genau dieser Vater ist ständig sturzbetrunken, wie er gerade eben mal wieder unter Beweis gestellt hat.«

»Diego ist nicht wie Salvador! Außerdem ist es nicht das, was ich mit *unfair* gemeint habe. Sondern, dass du nur deshalb gegen Diego bist, weil …« Mina zögerte.

»Weil *was*?«, hakte ihre Mutter mit gerunzelter Stirn nach.

Mina holte tief Luft und schüttelte den Kopf. »Nichts.« Sie wollte ihre Mutter nicht verletzen, aber das, was sie sagen wollte, hätte es getan.

»Unabhängig von Salvador – ihr seid keine Kinder mehr! Es gibt schon Gerede! Was ihr tut, wird beobachtet, wie auch du jetzt festgestellt haben dürftest«, wechselte Juanita das Thema.

Mina verdrehte die Augen. »Nicht erst jetzt, glaub mir.«

»Siehst du! Willst du unseren Ruf endgültig ruinieren? Du weißt, dass wir ohnehin einen schweren Stand haben, seit dein Vater …« Nun war sie es, die stockte. Schmerz überflog ihr Gesicht und sie wandte sich abrupt ab, um es zu verbergen, tat, als müsste sie ihren Haarknoten neu binden, dabei saß er perfekt. »… fort ist.«

Fort. So, als könnte er jederzeit wieder hereinspaziert kommen, spätestens nächsten Sonntag. Und insgeheim hoffte Minas Mutter das wohl immer noch. Minas Herz zog sich zusammen. Vor Mitleid mit ihrer Mutter, Sehnsucht nach ihrem Vater und der unendlichen Trauer, die sie jedes Mal bei der Erinnerung an ihn zu überwältigen drohte. Ohne Diego hätte sie damals nicht aus diesem Meer der Traurigkeit zurück an die Oberfläche gefunden. Ihre Mutter hatte keinen Diego. Sie, Mina, war seitdem ihre Stütze und ihr Anker.

Eine ganze Weile standen sie so da, bis ihre Mutter ihr den Arm tätschelte. »Schon gut«, sagte sie mit erstickter Stimme. »Ist schon gut.«

Vorsichtig ließ Mina sie los. »Sicher?«

Juanita nickte.

»Und Diego?«

»Lass uns ein anderes Mal über ihn reden. Geh schon und kauf das Garn, damit wir die Kleider rechtzeitig fertig bekommen.« Sie winkte Mina mit einer Handbewegung hinaus, ehe sie sich mit dem Handrücken verstohlen über die Augen wischte.

* * *

Bedrückt stieg Mina die Treppe hinunter, den Blick gesenkt und in Gedanken versunken. Sie bemerkte Bautista erst, als ein säuerlicher Schweißgeruch, gemischt mit viel zu starkem Aftershave und Zigarettenqualm, sie aufsehen ließ. Auch das noch – ihre Befürchtung, dass sein Besuch bei seiner Mutter länger andauern würde, bestätigte sich hiermit. Er lehnte in Uniform an der Wand neben Pilars Wohnungstür, die brennende Zigarette zwischen den Fingern.

»Hallo, meine Schönheit«, begrüßte er sie nasal.

Sie rang sich der Höflichkeit halber ein knappes »Hallo« ab und ging zügig weiter.

Das Knarzen der Treppenstufen zeigte ihr, dass er ihr folgte. Dafür musste sie sich nicht erst umsehen. Wider besseres Wissen hoffte sie, dass er das nur tat, um seine Zigarette draußen weiterzurauchen.

Eine Hoffnung, die sich zerschlug, kaum dass sie das Haus verlassen hatte, denn im nächsten Moment holte er sie bereits ein. »Wohin so eilig?«

»Das ist meine Sache.« Sie bemühte sich, Abstand zwischen sie beide zu bringen, aber es war, als würde er an ihr kleben.

»Ich könnte dich fahren.«

»Nicht nötig.«

Er wich ihr nicht von der Seite. »Dann begleite ich dich eben zu Fuß weiter.«

»Ebenfalls nicht nötig!«

Er ignorierte ihre Antwort und hielt ihr seine Zigarettenpackung hin.

Ohne stehen zu bleiben, schüttelte sie den Kopf. »Selbst wenn ich rauchen würde, wärst du der letzte Mensch auf Erden, von dem ich etwas annehmen würde.«

Er grinste, als hätte sie einen Witz gemacht, und sein Haar glänzte ölig im Sonnenlicht. »Du brauchst dich nicht zu zieren. Ich weiß, dass du mich vermisst hast.«

»Ungefähr so, wie ich Zahnschmerzen vermisst habe.« War er wirklich so ignorant oder machte es ihm Spaß, sie zu quälen? Vermutlich beides. Sie bog links ab, realisierte einen Moment zu spät, dass diese Seitengasse sehr schmal war, wodurch Bautista ihr noch näher kam.

»Ach, komm schon. Wir haben uns doch bei unserer letzten Begegnung so gut verstanden.«

»Du meinst, als du mich betrunken angefasst hast und ich dir eine runtergehauen habe?«

»Tatsächlich?« Er kratzte sich am schlecht rasierten Kinn. »Na, vielleicht. Aber wie du schon sagtest: Ich war betrunken, das zählt nicht. Und es ist lange her, schließlich haben wir uns eine Ewigkeit nicht mehr gesehen.«

»Nicht lange genug«, gab sie zurück. Er widerte sie an und sie überlegte, ob sie, um ihn loszuwerden, in das kleine Straßencafé am Ende der Gasse einkehren sollte. Aber vermutlich wäre er ihr auch dorthin gefolgt und hätte sich einfach zu ihr gesetzt. »Hast du nichts zu tun? Keinen Dienst?«

»Urlaub«, kam es mit nikotingelbem Grinsen zurück.

Großartig. Er war ein Typ, der nur auf Ärger aus war. Und offensichtlich war ihm langweilig. Was hatte sie nur für ein Glück? Es wunderte sie nicht, dass er, obwohl er angeblich nicht im Dienst war, seine Uniform dennoch trug. Er war einer jener Menschen, die auf Machtwirkung aus waren. Einer, der es liebte, jemanden unter sich zu haben, nach dem er treten konnte. Er hielt sich für unwiderstehlich und seine Uniform für einen Türöffner. Leider lag er mit Letzterem gar nicht so falsch. Sie lebten in einer Zeit, in der eine Uniform Macht bedeutete. Viel zu viel Macht.

»Hör zu, Bautista. Ich habe im Gegensatz zu dir sehr wohl etwas zu tun und deshalb keine Zeit für eine Unterhaltung. Lass mich bitte in Ruhe meine Sachen erledigen, ja?«

»Aber ich kann dir doch dabei helfen.« Mit zwei Schritten war er vor sie getreten und versperrte ihr den Weg. Die Pose selbstgefällig, den Mund spöttisch verzogen, sodass seine Zahnlücke sichtbar wurde. Als er jetzt seine Zunge hindurchschob, sah es aus, als würde eine dicke Schnecke dort herauskriechen.

Es schüttelte sie vor Ekel. »Nicht nötig!«, wiederholte sie mit Nachdruck. Sie machte einen Schritt beiseite, um an ihm vorbeizugehen, aber erneut versperrte er ihr den Weg.

Sie atmete tief durch. »Was willst du, verdammt noch einmal?« Sie würde für den Fluch sicher so einige Rosenkränze extra beten müssen, aber das war ihr im Moment egal. Auch war ihr klar, was er wollte.

Bautista zündete sich seelenruhig eine neue Zigarette an, ohne sie aus den Augen zu lassen.

»Ich mache mir lediglich Sorgen um dich.« Er schnipste die Reste seiner alten Zigarette rücksichtslos neben sich. Eine Mutter mit einem Kleinkind an der Hand konnte dieses gerade noch zur Seite ziehen, bevor die Asche ihm in die Augen geflogen wäre.

»Du machst dir Sorgen um mich«, wiederholte Mina trocken. »Weil du ein so mitfühlender Mensch bist, ja?«

Wieder dieses eklige Schneckengrinsen. »In der Tat.«

Er hatte etwas von einer Katze, die mit einer Maus spielte. Oder eher von einer schleimigen Kröte.

»Es könnte sein, dass du meine Hilfe einmal bitter benötigen wirst.«

Ihr wurde flau im Magen. »Was willst du damit andeuten?«

Er beugte sich vor und sein Übelkeit erregender Geruch raubte ihr den Atem. Sie wandte den Kopf ab, verzog vor Ekel das Gesicht.

»Eine Frau, deren Vater als Verleugner der Größe unseres *Generalísimo* im Straflager gelandet ist, könnte einen Beschützer wirklich gut gebrauchen.«

Heiß und kalt im Wechsel schoss es ihr durch den Körper. Vermutlich hätte sie damit rechnen müssen, dass irgendwann jemand wie Bautista versuchen würde, dies gegen sie auszuspielen. Dennoch war sie wie erstarrt, während Wut in ihr hochkochte. Nur aus Sorge um ihre Mutter und ihre Geschwister beherrschte sie sich. »Ich habe keine Ahnung, worauf du hinauswillst«, behauptete sie. Ihre Stimme klang zu hoch und gepresst. »Und noch viel weniger, wieso du plötzlich ein solches Interesse an mir hast. Ich will es auch gar nicht wissen, denn ich habe keines an dir, also lass mich in Ruhe!« Aufgewühlt und wütend hastete sie weiter.

»Ach, ich bin sicher, das mit dem Interesse lässt sich ändern!«, rief er ihr höhnisch nach, »Männerbesuch zu später Stunde scheinst du schließlich nicht abgeneigt zu sein.«

Abrupt blieb sie stehen, spürte, wie ihr das Blut aus dem Gesicht wich, und drehte sich langsam um. »Wie kannst du es wagen?!«

»Nun, wie meine Mutter mir erzählte, bist du doch sonst, nun ja …« Er grinste dreckig. »… kein Kind von Traurigkeit.«

Jetzt revoltierte ihr Magen endgültig, um ein Haar hätte sie sich übergeben. »Was fällt dir ein? Und was erlaubt deine Mutter sich?«, stieß sie fassungslos hervor. »Es gibt nur einen Mann in meinem Leben, und das ist Diego, der mehr wert ist als Tausende von deiner Sorte, also scher dich davon und sag deiner Mutter, sie soll gefälligst vor ihrer eigenen Tür kehren! Dort liegt der meiste Dreck!«

Ihre Stimme war so laut geworden, dass Passanten stehen geblieben waren und auch die im Straßencafé sitzenden Leute wandten sich auf ihren Flechtstühlen um und reckten die Köpfe nach ihnen.

Bautista sah sich unbehaglich um, seine Zunge schnellte mehrfach zwischen der Zahnlücke hindurch wie eine Schlange. »Das wird sich noch zeigen«, sagte er schließlich, zog ein letztes Mal an seiner Zigarette und drückte sie dann ungeniert an dem ihm zunächst stehenden Flechtstuhl aus. Ein letzter verschlagener Blick in ihre Richtung, dann drehte er sich um und ging.

Mit zittrigen Beinen und ungutem Gefühl im Magen sah sie ihm nach. Als er endlich außer Sichtweite war, erlaubte sie es sich, Schwäche zu zeigen, und ließ sich für einen Moment auf den Stuhl sinken. Erst als sie den Kopf drehte, bemerkte sie den schwarzen Brandfleck darauf.

Ein schlechtes Omen? Nein! Das war Unfug!

Dennoch überlief sie ein Schauer.

Kapitel 3

Ich weiß nicht, wie dieses Land genannt wird, auf dem ich stehe. Wenn das unter meinen Füßen das Paradies ist, was ist dann die Alhambra? Der Himmel?
– Lope de Vega –

Heute

»Deine Großeltern sind ja reich!«, ruft Vanessa staunend, als wir die Einfahrt hinauf auf die Finca zuhalten.

Im ersten Anflug der Gefühle will ich den Kopf schütteln, kenne das alles hier schließlich nicht anders und habe mir als Kind nie groß Gedanken darüber gemacht, wie viel es gekostet haben könnte. Dann aber sehe ich das Anwesen mit ihren Augen: Der Garten ähnelt mehr einem Park und ist wunderschön gestaltet. Schlanke Zypressen wechseln mit buschigen Palmen. Bougainvilleen in leuchtendem Pink ranken sich die Fassade des Hauses hinauf und der Wendeplatz vor dem Eingang ist von in herrlichem Lila blühenden Jacaranda-Bäumen umgeben. Die Finca selbst ist zweigeschossig, groß genug, um vier Familien Platz zu bieten und besitzt den für andalusische Häuser typischen Patio, einen Innenhof.

»Na ja …«, sage ich ein wenig verlegen. »Reich würde ich nicht sagen, aber sehr wohlhabend. *Yayo* war nun einmal jahrzehntelang Ärztlicher Direktor der Abteilung Frauenheilkunde und Geburtshilfe einer Klinik.«

Mit knirschenden Reifen hält Emilio auf dem Kies vor dem Eingangsbereich. Kaum bin ich ausgestiegen, als bereits jemand laut nach »Señora Constanza« und »Señor Esteban« ruft und ihnen mitteilt, die Mädchen seien da. Vermutlich die aktuelle Haushälterin meiner Großeltern.

Da tritt auch schon meine Großmutter aus der Tür und schwebt anmutig die Eingangstreppe herunter. »Marisol, endlich!«

»¡Hola! Yaya«, begrüße ich sie.

Sie ist schlank, fast schon knochig, trägt ein elegantes dunkelblaues Kleid und eine mehrreihige Perlenkette sowie Perlenohrringe. Kein einziger Silberfaden zeigt sich in ihrem makellos schwarz gefärbten und in Wellen geföhnten schulterlangen Haar. Ihr sorgfältig aufgelegtes Make-up lässt viele der Fältchen verschwinden, von denen sie mit ihren knapp sechzig Jahren ohnehin erstaunlich wenige besitzt. Eine wunderschöne Frau war meine Großmutter und ist es bis heute. Sie macht den Eindruck, auf dem Weg in die Oper zu sein. Das ist charakteristisch für sie. Sie ist das, was man wohl eine Dame nennt. In diesem Fall sogar eine Dame von altem andalusischem Adel. Darüber hinaus war sie schon immer eine Diva und liebt den großen Auftritt.

Auf der untersten Stufe bleibt sie stehen, breitet die Arme aus und wartet darauf, dass ich zu ihr komme. Typisch *Yaya*, aber ich tue ihr den Gefallen.

»Wie geht es dir?«, frage ich sie, als ich auf sie zutrete.

»Furchtbar. Einfach nur furchtbar.« Sie hält mir ihre Wange für ein Küsschen hin und haucht mir ebenfalls eines entgegen. »Diese ganze Aufregung hat mir schrecklich zugesetzt. Ich weiß wirklich nicht, was dein Großvater sich dabei gedacht hat, mir solch einen Schrecken einzujagen. In dem einen Moment sitzt er in seinem Sessel und liest die Zeitung, im nächsten ringt er nach Luft und bricht zusammen. Es war grauenvoll. Noch nie habe ich solche Angst gehabt.« Tatsächlich blitzt trotz ihrer so lapidar klingenden Worte allein schon bei der Erinnerung Panik in ihren Augen auf.

»Es tut mir sehr leid, das zu hören.«

Meine Großmutter seufzt erneut und nimmt meine Hand. »Zum Glück bist du nun endlich da und ich muss das alles nicht länger allein durchstehen.«

»Aber *Yayo* ist doch bereits daheim, dachte ich.« Ganz zu schweigen von diversen Angestellten.

»Das stimmt zwar, aber im Moment ist von ihm herzlich wenig zu sehen, geschweige denn zu erwarten«, stellt sie mit leidender Miene fest. »Esteban! Esteban, wo bleibst du denn? Hast du nicht gehört: Marisol ist da!«

Das Lachen meines Großvaters ertönt. »Als ob man all dieses Geschrei überhören könnte! Leider bin ich alter Kerl nicht mehr ganz so schnell wie früher.« Dann biegt er selbst um die Hausecke. Mein Großvater war schon immer eine eindrucksvolle Gestalt und das Alter hat seiner Ausstrahlung nicht geschadet, im Gegenteil. Mit seinem sorgsam gestutzten Kinnbart und dem mit Pomade zurückgestrichenen weißen Haar ist er die Eleganz in Person. Er trägt ein weißes Hemd zu einer Stoffhose in hellem Beige sowie einen Panamahut in derselben Farbe und stützt sich auf einen Gehstock aus dunklem Holz mit Silbergriff. In diesem Aufzug erinnert er mich stark an Sir Peter Ustinov als Hercule Poirot in den Agatha-Christie-Verfilmungen.

»*Yayo!*«, rufe ich, eile ihm entgegen und kann mich gerade noch davon abhalten, ihm überschwänglich um den Hals zu fallen. Stattdessen schließe ich ihn vorsichtig in die Arme.

»*¡Hola, Doctora Marisol!*«, begrüßt er mich mit faltenreichem Lächeln.

»Ich bin Ärztin, aber habe keinen Doktortitel, das weißt du doch«, korrigiere ich ihn liebevoll.

»Egal, ich bin unglaublich stolz auf dich! Ich habe dich so unfassbar vermisst!«

Anstelle einer Antwort drücke ich ihn noch fester. »Ich dich auch!«

»Aber … aber weinst du etwa, meine kleine *Doctora*?«

Ich schlucke ein Schluchzen hinunter. »Ich habe mir solche Sorgen um dich gemacht. Wie geht es dir?«

»Mich wirft so leicht nichts um. Und jetzt, wo du hier bist, könnte es mir nicht besser gehen!«

Ich trete zurück und mustere ihn gründlich. Er ist offensichtlich etwas unsicher auf den Beinen und stützt sich fester als sonst auf seinen Gehstock, scheint aber ansonsten tatsächlich in guter Verfassung zu sein. Vor Erleichterung kommen mir beinahe abermals die Tränen.

»Ach, meine süße Marisol, es war entsetzlich im Krankenhaus«, tut meine Großmutter mit schwacher Stimme kund und legt ihre Hand auf seinen Arm. »Ich wusste weder ein noch aus.«

»Nun, der Eingang ist links, der Ausgang rechts«, scherzt mein Großvater. Dass er seinen Humor behalten hat, beruhigt mich sehr.

»Ach, du wieder! Wie kannst du über so etwas noch Witze reißen? Du hast mir einen fürchterlichen Schrecken eingejagt!«, schimpft sie, bevor sie mich leidend ansieht. »Wie du siehst, Marisol, habe ich hier einen schweren Stand, so ganz allein. Was für ein Glück, dass du jetzt da bist!«

Lächelnd habe ich den Kabbeleien der beiden zugehört, denn die liebevollen Blicke und zärtlichen Berührungen sprechen eine deutliche Sprache.

Trotz ihrer harschen Worte an meinen Großvater weiß ich, dass sie ihn von ganzem Herzen liebt, und umgekehrt ist es genauso. Mehr noch – mein Großvater vergöttert seine Frau richtiggehend und liest ihr jeden Wunsch von den Augen ab. Etwas, das ihrem ohnehin schon fordernden Wesen über die Jahre sicherlich nicht gutgetan hat.

»*¡Señorita Vanessa!*«, wendet er sich nun in seinem gebrochenen und wundervoll knorrigen Deutsch mit dem übermäßig gerollten R meiner Freundin zu. »Was für große Freude, zu sehen dich. *¡Dios mío!* Bist du schöner noch tausendmal als auf Bildschirm! Augen wie der Tau am Morgen und Lippen, *o madre mía*, der Sonnenaufgang erblassen vor Neid!«

»Oh … ähm … vielen Dank, Señor García«, stottert Vanessa und läuft tatsächlich rot an.

»*¡Esteban, por favor!* Nenne Esteban mich! *Yo* freue mich *mucho*, sehr.«

»Danke. Und vielen Dank noch einmal für die Einladung.«

»*¡No!* Keine Danke! Freundin von mein klein *Doctora* immer willkommen! Einfach tanze mit mir, *Princesa*, und mache alten Mann sehr, sehr glücklich.«

»Gern«, haucht sie mit diesem hingerissenen Gesichtsausdruck, den die Schmeicheleien meines Opas bei den meisten Frauen gleich welchen Alters hinterlassen.

»*Yayo*, du alter Charmeur«, sage ich lächelnd und mein Großvater kichert zufrieden in sich hinein.

»Wie soll ich denn nicht charmant sein inmitten so schöner Frauen?«

»Esteban, du bringst die Mädchen in Verlegenheit!«, schimpft meine Großmutter und wirkt leicht angesäuert. Wobei vermutlich der Grund dafür eher der ist, dass nicht mehr sie im Mittelpunkt steht, sondern wir.

»Von denen die schönste selbstverständlich du bist, meine liebe Constanza«, kriegt er elegant die Kurve.

Besänftigt tastet sie lächelnd nach dem Sitz ihrer Frisur, während mein Großvater zu Emilio tritt und ihn mit einem Klaps auf den Oberarm begrüßt. »Danke, dass du eingesprungen bist.«

»Hab ich doch gern gemacht.«

»Grüß deine Tante von mir«, sagt meine Großmutter.

»Und von mir«, ergänze ich. »Ich möchte sie unbedingt besuchen, während ich hier bin.«

»Das passt gut«, stellt *Yaya* fest. »Ich wollte ebenfalls wieder einmal zu ihr. Wir können zusammen fahren.«

»Wohnt sie denn immer noch hier in der Nähe?«

»Sie ist nach Frigiliana gezogen, was ganz furchtbar ist, denn ohne sie fühle ich mich hier entsetzlich einsam.«

»Obwohl du hier nicht nur *Yayo*, sondern auch eine Haushälterin und einen Gärtner hast und dich wöchentlich mit deinem Damenkränzchen triffst?«

»Das ist doch nicht das Gleiche.« Sie seufzt theatralisch. »Die Angestellten wechseln heutzutage so schnell durch, dass ich manchmal gar nicht mehr weiß, wer gerade bei uns arbeitet. Und die Frauen aus dem Damenkränzchen sind … ach, wie soll ich das sagen … sehr … ichbezogen.«

»Ah ja …« Ich verkneife mir mühsam das Grinsen. Und noch mühsamer einen Kommentar.

»Wir beide müssen unbedingt zusammen nach Sevilla oder Córdoba fahren, dort war ich schon so lange nicht mehr.«

»Mal schauen, ob es meine Zeit zulässt«, antworte ich ausweichend. »Jetzt helfe ich erst einmal Emilio beim Ausladen.« Ich versuche, meine Hand aus dem Griff meiner Großmutter zu lösen, aber sie umklammert sie nur noch fester und beugt sich mit verschwörerischem Blinzeln zu mir vor. »Wäre Emilio nicht jemand für dich?«

Mir fällt die Kinnlade hinunter. Ich bin kaum eine Viertelstunde hier und schon will sie mich verkuppeln? Noch dazu mit Emilio, der seit unserer Ankunft kaum zwei Worte mit mir gewechselt und nur Augen für Vanessa hat?

»Er ist doch ein stattlicher junger Mann«, fährt sie mit leicht flehendem Unterton fort.

»Das stimmt, aber er ist wirklich nicht mein Typ. Außerdem ist er bereits anderweitig interessiert.«

Sie sieht zu Emilio, der in betont cooler Pose am Auto lehnt, und presst missbilligend die Lippen zusammen, da er gerade Handynummern mit Vanessa tauscht und dabei offensiv mit ihr flirtet. »Er ist sowieso nur ein Kellner«, stellt sie schließlich fest. »Und so gut sieht er ohnehin nicht aus. Aber er hat sicher eine Menge Freunde und unter denen wird sich schon jemand Passendes finden und …«

»*Yaya*, ich bin nicht hier, um einen Freund zu finden!«, schneide ich ihr das Wort ab.

»Ich weiß, mein Kind, ich weiß, aber wäre es nicht schön, wenn sich etwas ergeben würde?«

Unausgesprochen schwingt ein *Und du dann hierbleiben würdest* mit. Ich seufze. »Nein, wäre es nicht, denn ich habe in Deutschland Job und Wohnung. Ich lebe dort.«

»Das lässt sich alles regeln«, erklärt sie mit wegwerfender Geste entschieden.

Ich sehe Hilfe suchend zu meinem Großvater.

»Constanza …« Großvater legt ihr die Hand auf die Schulter. »Das Mädchen ist doch gerade erst angekommen.«

»Danke, *Yayo*.«

»Nach dem Essen ist genügend Zeit für deine Kuppelei.«

»*Yayo!*«

Er zwinkert mir zu und lacht verschmitzt, wirkt glücklich darüber, mich ein bisschen an der Nase herumgeführt zu haben. »Jetzt kommt erst einmal herein. Der Tisch ist schon gedeckt.«

»Danke für deine Hilfe«, wendet sich meine Großmutter an Emilio. »Du kannst wieder an den Strand.«

»Ach, dafür ist es schon zu spät. Und ich habe auch nichts anderes mehr vor heute.« Erwartungsvoll sieht er meine Großmutter an.

»Nun, dann richte deinen Eltern einen Gruß aus«, kommt die abweisende Antwort und Emilio wirkt enttäuscht. Sicherlich hatte er gehofft, zum Essen eingeladen zu werden, aber mit *Yaya* hat er es sich offenbar verscherzt, weil er Vanessa mir vorgezogen hat.

»Danke dir noch einmal für deine Hilfe, Emilio!«, versuche ich, die Abfuhr etwas zu mildern.

»Gern geschehen. Und … ähm … also, falls ihr noch einmal eine Fahrgelegenheit braucht … Vanessa hat ja meine Nummer.«

»Glaub mir, ich bin ziemlich sicher, dass sich da eine Notwendigkeit ergeben wird.« Ich habe Mühe, eine ernste Miene zu wahren, verabschiede mich von ihm und greife nach meinem Gepäck.

* * *

»O mein Gott, ich platze gleich, aber das Essen war so gut«, stöhnt Vanessa nach dem köstlichen Mahl, das wir im Patio eingenommen haben.

Er ist begrünt und teils mit auf Kacheln gemalten Heiligenbildern ausgekleidet. Auch der für andalusische Innenhöfe typische Brunnen fehlt nicht, führt allerdings schon lange kein Wasser mehr.

»Wie heißt das alles noch mal? Damit ich bestellen kann, wenn ich mal auswärts essen gehe«, will Vanessa wissen.

»Der Salat aus sonnengetrocknetem Gemüse, Kabeljau und schwarzen Oliven nennt sich Zalamandroña. Die kalte Suppe aus Tomaten, Olivenöl, Weißweinessig und Toast heißt Salmorejo Andaluz und die warme Suppe aus Bohnen, Wurst und Reis trägt den Namen Olla de San Antón. Ach, und diese gegrillten Sardinen hier werden als Moraga de Sardinas bezeichnet.«

»Jetzt muss ich mir das nur noch alles merken können«, sagt Vanessa mit leicht verzweifeltem Unterton.

»Noch ein Grund mehr, Spanisch zu lernen, obwohl es vermutlich ohnehin keinen gibt, der Emilio toppt.«

Eine Weile flachsen wir herum und ich entspanne mich zunehmend. »Und wo du dich schon mit andalusischen Sitten und Bräuchen befasst, kann ich dich schon mal auf das Frühstück vorbereiten.«

»Wieso das?«

»Wenn du es echt andalusisch haben willst, musst du Weißbrot toasten und mit Olivenöl bestreichen. Oder auch darin ertränken, je nachdem wie hart du im Nehmen bist.«

»Und dann?«

»Nichts mehr.« Ich lache. »Das ist tatsächlich das Lieblingsfrühstück vieler Andalusier. Du kannst es aber variieren, indem du auf dem gerösteten Brot Tomate und Knoblauch verreibst.«

»Äh … ich denke, darauf verzichte ich. Gibt es auch eine süße Frühstücksvariante?«

Ich nicke. »Magdalenas. Das ist eine Art kleine Muffins. Die musst du allerdings in Milch oder Kaffee tunken. Und damit meine ich: Nicht nur dippen, sondern ebenfalls wirklich darin ertränken. Am besten, indem du die Magdalena in

Stückchen brichst, sie in die Tasse gibst und danach mit einem Löffel wieder herausfischst.«

Als wir schließlich aufstehen, wandert die Sonne dem Horizont entgegen.

Während meine Großmutter Vanessa durchs Haus führt, helfe ich Inés, der Haushälterin, den Tisch abzuräumen.

»Vielen Dank noch einmal für das Essen, Inés«, sage ich und stapele die Teller. »Es war mehr als nur großartig!«

»Ach, das war doch nichts Besonderes«, behauptet sie und wird vor Freude ganz rot.

»Doch, das war es und du hast sicher den ganzen Tag dafür in der Küche gestanden. Bitte, mach dir nur wegen Vanessa und mir in Zukunft nicht unnötig Arbeit, wir sind wirklich mit allem zufrieden.«

Sie winkt ab und ich weiß, dass sie es natürlich dennoch tun wird, typisch andalusisch eben.

»Aber sag mal, wo sind denn die ganzen Fotos meiner Mutter hin?« Bei allen Videotelefonaten habe ich sie im Hintergrund gesehen.

»Deine Großmutter hat sie vorübergehend weggeräumt.«

»Weggeräumt?« Ich runzele verwirrt die Stirn.

»Damit du nicht … na ja … nicht traurig bist, sondern dich hier wohlfühlst.«

Das berührt mich, weiß ich doch, wie viel die Fotos meinen Großeltern bedeuten. In meiner Brust wird es warm, auch wenn sich zugleich natürlich ebendiese Trauer, die vermieden werden sollte, zu Wort meldet. Manchmal ist meine Großmutter überraschend feinfühlig.

Mein Großvater döst im Wohnzimmer in seinem Lehnstuhl. Auch wenn er es nicht zeigen will, ist er noch wackelig auf den Beinen und wird schnell müde. Auf dem Beistelltischchen neben ihm liegen sein Sonnenhut und ein geschnitztes Brettspielkästchen. Über ihm dreht der Deckenventilator seine

Kreise und lässt die Seiten der Zeitung, die auf *Yayos* Schoß liegt, flattern. Als ich sie ihm vorsichtig wegnehmen will, bevor sie sich im Raum verteilen, öffnet er ein Auge. »Eine Runde Dame, Mari? Wie früher?«

»Du willst also verlieren? Wie früher?«, ziehe ich ihn scherzhaft auf, denn neunzig Prozent unserer Spiele hat er gewonnen.

»Wir werden ja sehen.« Herausfordernd greift er nach dem Kästchen, aber da ruft meine Großmutter schon ungeduldig nach mir.

»Ein andermal, *Yayo*«, sage ich und drehe in entschuldigender Geste die Hände mit den Handflächen nach außen.

Er seufzt. »Mir haben unsere Dame-Abende wirklich gefehlt.«

»Mir auch. Es wird nachgeholt, versprochen. Aber eine Frage noch: Hattet ihr heute Besuch? Abgesehen von uns, meine ich. Ein Mann mit einem Motorrad.«

»Nicht, dass ich wüsste. Vielleicht ein Lieferant, der Inés etwas zum Kochen Benötigtes gebracht hat.«

»Wahrscheinlich. Das wird es gewesen sein.« Ich gebe ihm einen Kuss und folge meiner Großmutter und Vanessa ins Obergeschoss hinauf.

»Wir haben euch zwei nebeneinanderliegende Zimmer im Gästetrakt vorbereitet«, sagt *Yaya*, die mich oben im Flur erwartet. »Ich hoffe, dass das in Ordnung ist.«

»Natürlich.« Erleichtert atme ich aus. Auch hier hat *Yaya* mitgedacht. Ich hatte befürchtet, im alten Kinderzimmer meiner Mutter schlafen zu müssen. Das hätte mir den Rest gegeben. Es mir unmöglich gemacht, den Abstand zu wahren, den ich brauche, um weiterhin funktionieren zu können. Denn dort haben wir beide immer gewohnt, wenn wir hier zu Besuch waren. So auch beim letzten Mal. An jenem Tag, der mich seit sechs Jahren verfolgt. Den ich nicht aus meinem Gedächtnis löschen kann.

Das Atmen fällt mir plötzlich schwer, aber wieder bewahrt mich Vanessa, die bereits den ersten Raum erkundet, davor, von Erinnerungen gequält zu werden.

»Meeresblick!«, jubelt sie. »Und was für einer!«, legt sie nach. »Wahnsinn!«

Meine Großmutter nickt stolz, hat zwar nicht die Worte, wohl aber die Reaktion verstanden. »Wenn ihr euch eingerichtet habt, kommt einfach runter, dann können wir noch in Ruhe plauschen.«

»Danke, *Yaya*, aber wir sind ziemlich geschafft von der Anreise. Ich für meinen Teil werde gleich ins Bett gehen.«

Sie macht ein enttäuschtes Gesicht, fängt sich aber rasch wieder. »Nun gut. Ihr seid ja noch eine ganze Weile da.«

»Äh … ich habe des familiären Notfalls wegen für zwei Wochen freibekommen, das habe ich dir doch am Telefon gesagt.« Es besteht zwar die Option, zu verlängern, sollte es meinem Großvater schlechter gehen, was hoffentlich nicht der Fall sein wird, aber das behalte ich lieber erst einmal für mich.

»Warte erst einmal ab. So viele Jahre warst du nicht hier, da kannst du es nicht bei ein paar Tagen belassen. Und wenn doch, wirst du hoffentlich schon sehr bald wiederkommen und dann für deutlich länger. Es stehen so viele schöne Feste an: *Semana Santa, Día de la Cruz*, Corpus Christi und …«

»Es tut mir leid«, falle ich ihr ins Wort, »aber ich bin wirklich nur hergekommen, um zu sehen, wie es *Yayo* geht, und wenn ich wieder in Deutschland bin, werde ich auch erst einmal dortbleiben.«

»Aber das kannst du mir nicht antun!«

»Ich fürchte, ich muss. Schließlich habe ich einen Job und …«

»Du wirst deinen Dienstplan doch sicher so einrichten können, dass du wenigstens zu *Semana Santa* frei hast!«, konstatiert sie in einem Tonfall, der keinen Widerspruch zulässt.

»Immerhin findet sie schon in drei Wochen statt und über Ostern habt ihr doch auch in Deutschland Feiertage.«

Ich beschließe, diese Diskussion zu vertagen, da ich zu müde dafür bin. »Mal schauen.«

Vanessa ist unserer Unterhaltung verwirrt gefolgt und nachdem meine Großmutter uns eine gute Nacht gewünscht hat und gegangen ist, erkläre ich ihr kurz, worum es ging.

»Was sind denn das für Feste?«, hakt sie interessiert nach.

»Der *Día de la Cruz* ist der Tag des Kreuzes, auch *Fiesta de las Cruces*, Fest der Kreuze, oder *Cruces de Mayo* genannt, also Fest der Maikreuze. Er findet, wie der Name schon sagt, im Mai statt. An diesem Tag werden in den meisten Städten auf Plätzen, Straßen, Schulen und Balkonen Kreuze aufgestellt, die mit weißen und roten Nelken geschmückt sind und deren zugehörige Altäre von kunstvoller Handwerksarbeit umgeben und mit einem Apfel dekoriert werden, in den eine Schere gebohrt wird.«

»Du meine Güte, das mit der Schere klingt gruselig.«

»Ist es auch«, stimme ich zu. »Oder war es zumindest für mich als Kind. Wahrscheinlich erinnere ich mich deshalb so gut an diesen Tag. Dabei soll die Schere nur symbolisch jede Kritik an der Dekoration des Kreuzes sozusagen zerschneiden.«

»Die *Semana Santa* ist die heilige Karwoche zu Ostern«, erkläre ich weiter. »Tag und Nacht gibt es Prozessionen, die durch die von Tausenden von Zuschauern gesäumten Gassen ziehen. Corpus Christi meint Fronleichnam und wird ebenfalls eine Woche lang mit Prozessionen und anderem Spektakel gefeiert. Die Aufmärsche in der *Semana Santa* sind eher andächtig und still, die an Corpus Christi hingegen größtenteils ausgelassen und fröhlich. Letztere sind wie ein riesiger Jahrmarkt. Wobei das von Stadt zu Stadt unterschiedlich ist, soweit ich weiß. Beides hat eine lange Tradition und wird hier in Andalusien ausgiebig zelebriert.«

»Und du hast auch beides schon miterlebt?«

»Nur theoretisch. Ich war noch sehr klein und wohl auch etwas überfordert von all den Eindrücken. Doch ich weiß noch, dass ich mich bei der *Semana Santa* eher geängstigt habe. Wegen dieser Gewänder mit den spitzen Kapuzen und Augenlöchern drin, die diverse Bruderschaften bei den Prozessionen tragen. Corpus Christi hingegen ist in meiner Erinnerung ein wirbelnder Rausch aus bunten Farben. Was auch kein Wunder ist, denn da tragen – wie bei fast allen offiziellen Anlässen und Festen außer eben solchen wie der *Semana Santa* – Männer und Frauen hierzulande die traditionelle Kleidung und die ist vor allem bei den Frauen wahnsinnig farbenfroh.«

»Du meinst Flamencokleider?«

»Genau.«

»Und was ziehen Männer zu so einem fröhlichen Anlass traditionellerweise an?«

»Eine Stoffhose in Grau, Blau oder Schwarz und den *Traje de corto*. Das ist eine Jacke, die nur bis zur Taille reicht, so ähnlich wie der Bolero bei den Toreros. Darunter wird ein weißes Hemd getragen und um die Hüfte ein farbiges Tuch geschlungen. Das Schuhwerk besteht aus Rindslederstiefeln und natürlich darf der *Sombrero cordobés* nicht fehlen, der breitrandige lederne Hut.«

Sie legt den Kopf zur Seite, ihre Miene wird abwesend.

»Sag bloß, du versuchst gerade, dir Emilio in dieser Aufmachung vorzustellen.«

»Schon möglich. Aber ich denke, dass er mir oberkörperfrei besser gefallen würde.« Grinsend öffnet sie die Balkontür. »Guck mal! Unsere Zimmer sind über den Balkon miteinander verbunden.«

»Wir können uns darüber besuchen.«

»Oder auch einfach über den Flur gehen.«

»Das wäre ja langweilig.«

Sie lacht, wir machen uns ans Auspacken und ich gönne mir anschließend eine erfrischende Dusche.

Als ich das Badezimmer verlasse, ist die Sonne bereits vollends untergegangen. Wie ein seidenes Tuch zieht sie den letzten Hauch von Rosa zu sich hinter den Horizont und macht damit dem Dunkel der Nacht vollends Platz. Dennoch bleibt es trotz der frischen Meeresbrise angenehm mild.

Vanessa setzt sich mit ihrem Handy auf den Balkon, ich hingegen gehe tatsächlich gleich zu Bett. Obwohl mein Körper müde ist, finde ich nicht in den Schlaf. Stundenlang wälze ich mich herum, gebe schlussendlich auf und steige wieder aus dem Bett.

Mit nackten Füßen tappe ich im Schlafshirt aus dem Zimmer. Auch das Obergeschoss verläuft um den eckigen Patio, und ich folge dem Flur, bis ich auf die gegenüberliegende Seite gelange. Durch eines der Fenster sehe ich in den Innenhof hinunter. Dort brennt noch ein Tischlicht und meine Großeltern sitzen bei einem Glas Wein zusammen. Sie gehen in der Regel erst gegen Mitternacht zu Bett, halten dafür aber Mittagsruhe, wie es hierzulande üblich ist.

Auf dem Flur zwischen dem Schlafzimmer meiner Großeltern und dem ehemaligen Kinderzimmer meiner Mutter verharre ich.

Unzählige Fotos von ihr hängen an den Wänden.

Ein paar zeigen sie zusammen mit meiner *Yaya*, aber auf den meisten ist sie mit *Yayo* zu sehen. Mir ist früher nie aufgefallen, wie wenige Bilder es von meiner Großmutter zusammen mit ihrer Tochter gibt. War es ihr nicht wichtig? Hat Großvater einfach sehr viel mehr Zeit mit Mama verbracht, als *Yaya* es tat? Oder ist die Antwort viel einfacher: nämlich dass *Yaya* dabei war und die beiden fotografiert hat?

Langsam gehe ich die Bilderreihe entlang. Mama und *Yayo* beim Sandburgenbauen am Strand, beim Radfahrenlernen – er hält ihr Rad am Sattel fest und läuft gebückt nebenher – und beim Kuscheln auf dem Sofa. Auf anderen Fotografien tollt Mama im Garten herum, pflückt mit *Yayo* Orangen vom Baum oder rutscht auf seinem Schoß die Rutsche auf einem Spielplatz hinunter. Ich sehe sie mit ihm am Steuerrad eines Bootes – er hat ihr seine viel zu große Kapitänsmütze aufgesetzt. Und wieder auf einem anderen hält sie eine Schultüte im Arm und an der anderen Hand meinen Großvater.

Die Bilder sind dem aufsteigenden Alter meiner Mutter nach geordnet. Sie als Teenager, als Schulabgängerin und schließlich auch ein Bild, auf dem sie das Zertifikat ihres Universitätsabschlusses in Händen hält. Neben ihr mein Großvater, der fast vor Stolz platzt. Und das, obwohl sie nicht einmal Medizin studiert hat, sondern Altertumswissenschaft. Etwas, mit dem er überhaupt nichts anfangen konnte. Trotzdem strahlt er wie auf allen Fotos vor Liebe und Stolz auf seine Tochter über das ganze Gesicht. Sein Ein und Alles, so hat er sie immer genannt, erzählte mir *Yaya* einmal und diese Bilder hätten es nicht deutlicher belegen können.

Ich reiße mich vom Anblick der Fotos los, wende mich zu der Tür zum ehemaligen Zimmer meiner Mutter und meine Kehle wird eng.

Wie in Trance lege ich meine Hand um den Türgriff, drücke ihn hinunter, gehe ins Zimmer und schließe die Tür hinter mir.

Alles sieht aus wie immer. Wie früher. Als hätte es jenen Unglückstag nie gegeben. Als hätte das Leben nur einen Moment lang die Luft angehalten und würde im nächsten weiteratmen.

Da ist das breite, aber für deutsche Verhältnisse recht kurze Bett, in dem ich mich als Kind an sie gekuschelt habe, während sie mir vorlas. Links davon der Schreibtisch, an dem wir gemeinsam alberne Postkarten an Papa verfasst haben, der lieber in Deutschland geblieben war, als sich der Abneigung und den spitzen Kommentaren meiner Großmutter zu stellen.

Und als ich die Tür des Schrankes öffne, hängen dort sogar noch drei der Kleider, die sie damals für den Urlaub mitgenommen hatte. Mit dem einen Unterschied, dass der Geruch der Lavendelpäckchen den für meine Mutter so typischen zitronigen Duft inzwischen überlagert.

Tränen brennen in meinen Augen und ich schlucke gegen das Schluchzen an, das meine Kehle hinaufklettert.

Langsam gehe ich auf Mamas Betthälfte zu. Es kostet mich so viel Kraft, als würde ich gegen einen reißenden Strom anschwimmen müssen. Erschöpft lasse ich mich auf die Kante sinken, streiche sacht über ihre Decke.

Stille, Leere. Im Haus und in meinem Inneren. Hier und jetzt gestehe ich dem Schmerz zum ersten Mal seit langer Zeit seinen Raum zu.

Und dann stürzen die Erinnerungen auf mich ein: das bleiche Gesicht meiner Mutter, der verstörte Ausdruck in ihren Augen, ihre tonlose Stimme. Wie sie aufgewühlt aus dem Haus rennt.

Dick und schwarz und tonnenschwer setzt sich dieses Bild auf meine Brust. Ich kriege keine Luft, der Schweiß bricht mir aus. Nach Atem ringend springe ich auf, stolpere durch den Flur zurück in mein Zimmer. Ich reiße die Balkontür auf und stürze hinaus.

Kühle trifft mich, bringt mich wieder zur Besinnung. Der Druck auf meiner Brust löst sich und ich sauge die Luft tief in meine Lungen, schmecke das Salz in der Meeresbrise.

Erschöpft stütze ich mich auf der Balustrade ab, schließe die Augen und atme den leicht modrigen Duft der roten Erde ein und den bittersüßen der Kräuter. Der Geruch nach Jasmin legt sich so schwer darüber, dass ich mich regelrecht berauscht davon fühle. Alles, was die Hitze des Tages aus den Pflanzen gepresst hat, breitet sich nun mit doppelter Macht aus, jede noch so zarte Duftnote kann sich entfalten.

Langsam beruhigt sich mein Puls wieder und ich öffne die Augen.

Das Meer ist ein Silbertablett und die Sterne spiegeln sich darin. Ein funkelndes Tuch, dessen Gewebe nach hinten hin immer dunkler wird. Ich kann den Horizont nicht mehr ausmachen, nicht erkennen, wo das Meer endet und der Nachthimmel beginnt. Ab und an höre ich das Wasser an den Felsen lecken. Davon abgesehen ist das Zirpen der Zikaden das einzige Geräusch, das mich erfüllt.

Hier und da werden einige der Palmen von unten her mit Lichtern angestrahlt. Motten umschwärmen die Lampen, Fledermäuse huschen vorbei.

Natürlich habe ich damit gerechnet, dass hier die Erinnerungen auf mich einstürmen, aber nicht mit dieser Wucht, mit der sie mich nach so vielen Jahren noch getroffen haben. Die emotionale Achterbahnfahrt der letzten Tage war wohl einfach zu viel für mich und mein Herz.

Ein lauter Meldeton meines Handys durchbricht die Stille. Eine Nachricht ist eingegangen. Aber wo habe ich das Handy nur hingelegt? Ich schalte das Licht ein und finde es nach kurzem Suchen unter meinem auf den Stuhl geworfenen Kleid.

Es zeigt tatsächlich etliche verpasste Anrufe meines Vaters an und eine Nachricht.

Ist alles in Ordnung, mein Schatz? Geht es dir gut?

Rasch tippe ich eine Antwort.

Ja, es ist alles okay. Mach dir keine Sorgen. Ich habe bloß das Handy nicht gehört, weil es im Zimmer lag, wir aber unten waren. Tut mir furchtbar leid. Hab dich lieb.

Ich drücke auf »Senden«, schließe das Handy ans Ladekabel an und schalte das Licht wieder aus. Gerade will ich wieder ins Bett gehen, als ich aus dem Augenwinkel eine Bewegung wahrnehme.

Eine Gestalt steht im Garten, schwarz vor der Palmenbeleuchtung.

Reflexartig hebe ich die Hand, um meinem Großvater zu winken, auch wenn er es wohl nicht sieht, als mir klar wird, dass die Konturen nicht zu meinem Großvater gehören können.

Heiß schießt mir der Schreck durch die Glieder.

Wer ist das? Was tut er mitten in der Nacht dort?

Bilder sämtlicher Thriller, die ich je gesehen habe, schießen mir durch den Kopf. Beobachtet der Kerl die Finca? Plant er einen Einbruch? Ist er ein Spanner?

Schlagartig wird mir bewusst, dass ich zuvor im erleuchteten Zimmer wie auf einem Präsentierteller stand, und ein Schauer läuft mir über den Rücken.

Ich springe auf, schließe hastig die Balkontür und ziehe die Vorhänge mit solch heftigem Ruck zu, dass ich sie fast von der Laufschiene reiße.

Mit klopfendem Herzen stelle ich mich an die Wand neben dem Fenster, schiebe dort den Vorhang mit dem Finger ein klein wenig zur Seite und spähe durch den Spalt.

Der Mann ist fort.

Gott sei Dank!

Ich atme auf und lasse mich gegen die Wand sinken.

Langsam beruhigt sich mein Puls wieder.

Ich muss meinen Großeltern Bescheid geben! Sie müssen die Polizei verständigen!

Ich haste aus dem Zimmer und zum Patio, bleibe aber abrupt stehen, als ich meinen Großvater mit einem fremden Mann dort sitzen sehe.

»Marisol!«, ruft *Yayo* überrascht. »Ich dachte, du würdest längst schlafen. Was ist los? Du siehst aufgelöst aus.«

»Ich … ich habe jemanden im Garten gesehen und bin erschrocken«, stottere ich.

»Jemanden? Du meinst Julio hier?« Mein Großvater klopft dem Mann auf die Schulter. »Er ist seit einem Jahr unser Gärtner und hat den Wagen zurückgebracht, mit dem er heute auf dem Weg nach Málaga liegen geblieben ist.«

Julio, ein unscheinbarer Mann mittleren Alters, nickt mir höflich zu.

Verlegen räuspere ich mich. »Schön, Sie kennenzulernen, Julio.«

»Du kannst beruhigt schlafen«, fährt mein Großvater fort. »Das Haus ist mit einer Alarmanlage gesichert. War es schon immer. Und ich achte darauf, dass die Technik immer auf den neuesten Stand gebracht wird.«

»Ah … okay … wie gut, das zu wissen.« Ich komme mir lächerlich vor, verabschiede mich eilig und kehre auf mein Zimmer zurück.

Doch als ich wieder im Bett liege, frage ich mich plötzlich, wie Julio so schnell aus dem Garten in den Patio kommen konnte, ohne außer Atem zu sein. Oder war er das und ich habe es in meiner Aufregung nicht registriert? Und was ist mit den breiten Schultern der Gestalt aus dem Garten? Habe ich mir das nur eingebildet oder Julio in Bezug darauf nicht genau genug betrachtet?

Vermutlich. Den Wagen habe ich schließlich auch nicht kommen hören. Gut, die Einfahrt liegt auf der anderen Hausseite und Julio ist sicher langsam gefahren – immerhin ist es dunkel – und womöglich hat Großvater neuerdings ein Elektroauto. Zuzutrauen wäre es ihm. Ja, so muss es sein: Die Gestalt im Garten war ganz bestimmt Julio!

Dennoch liege ich die ganze Nacht wach, lausche auf Geräusche – und plötzlich habe ich das Bild des Mannes vom Nachmittag wieder vor Augen. Wie er da stand und mich beim Schließen des Tores beobachtet hat. Dieselben breiten Schultern. Dieselbe Körperhaltung.

Nein! Ich rufe mich selbst zur Ordnung. Ich bin mit den Nerven am Ende und sehe Gespenster. Der Motorradfahrer kann unmöglich hier im Garten herumgelungert haben.

Oder doch?

Aber wenn ja, warum?

1974

Diego

Die Sonne stand im Zenit, keine Brise ging und die überall gehissten Fahnen hingen schlaff herunter. Hitze staute sich zwischen den Häusern, dennoch summte und brummte es in den engen Gassen wie in einem Bienenstock.

Übermorgen war *Día de la Cruz* und die Stadt wurde bereits für das Fest geschmückt. Es würde getanzt und gefeiert werden, doch im Moment herrschten noch Hektik und Eile vor.

Immer wieder traf Diego auf offene Kutschen, die auf Hochglanz poliert wurden und am Morgen des Festtags zudem mit Blumen geschmückt werden würden. Wer es sich leisten konnte, würde die zahlreichen Kreuze nicht zu Fuß besuchen, sondern sich eine Droschke mieten und durch die Stadt chauffieren lassen. Aufregung und Vorfreude lagen in der Luft, waren regelrecht mit Händen zu greifen. Sogar die Pferde, normalerweise ruhig und gelassen, ließen sich von der allgemeinen Aufregung anstecken, schüttelten die Köpfe und scharrten unruhig mit den Hufen.

Auch der Platz vor dem maurischen Dar-al-Horra-Palast war voller geschäftig umhereilender Menschen. Insgesamt trugen mehr Männer und Frauen traditionelle Tracht als sonst. Die leuchtend bunten Farben der Flamencokleider standen in starkem Kontrast zu den olivfarbenen Uniformen von Polizei und Militär, die ihre Präsenz seit den Studentenprotesten, die brutal niedergeschlagen worden waren, noch weiter verstärkt hatten.

Sein Blick fiel auf die Zeitungen vor einem der Läden.

Gleich auf der ersten Seite prangten wieder einmal die Bilder der beiden erst vor zwei Monaten hingerichteten Männer.

Das Regime hatte Härte beweisen wollen und nun sollte die Warnung offenbar nicht in Vergessenheit geraten.

Ärger brodelte in Diego. Wie immer ging es darum, den Menschen vor Augen zu führen, wer hier die Macht hatte. Darum, zu demonstrieren, dass trotz aller Fröhlichkeit oder Religiosität nicht die Kirche oder gar das Volk die Oberhand hatten.

Wimpel wurden angebracht und die Balkone mit Flaggen, Fahnen oder bunten Mantillas behängt. Überall begegnete man dem Konterfei von Franco, das von riesigen Plakaten und Bannern auf das Volk herabstarrte. Diego presste die Lippen zusammen und sah stur zu Boden. Die einzige Möglichkeit, dem Bild des *Generalísimo* zu entgehen.

Er bog in eine Seitengasse ab und zwängte sich an einem mit Gemüse beladenen Eselskarren vorbei, der den Weg blockierte. Der dazugehörige Bauer hatte große Mühe, sein Tier dazu zu bewegen, endlich weiterzugehen. Als es ihm schließlich gelang, hallte das Klappern der Hufe auf dem Kopfsteinpflaster durch die Gasse, als würde es den Kastagnetten vorgreifen, die beim Fest während vieler Tanzaufführungen zu hören sein würden.

Die Glocken der Kirchen verkündeten die Mittagszeit und er beschleunigte seine Schritte, wollte Mina um keinen Preis verpassen. Er eilte an der Kirche San Nicolás vorbei, die im Zentrum des Albaicín stand und vor der gerade ein mit Tausenden von Nelken geschmücktes, vier Meter hohes Kreuz aufgerichtet wurde. Wie jedes Jahr würde es in der Stadt einen Wettbewerb um das schönste Kreuz in verschiedenen Kategorien geben.

Erst kurz vor dem Kloster von Santa Catalina de Zafra atmete er auf und wurde langsamer. Denn da war sie, seine Mina.

Sie stand vor der mannshohen Mauer, die den kleinen Hof der von Nonnen geleiteten Schule umgab. In einem schlichten gelben Sommerkleid, das lange, seidenweiche Haar – in dem er so gern seine Finger vergrub – lediglich auf der linken Seite hinter das Ohr zurückgeschoben. Sie brauchte weder Schmuck noch Schminke, um wunderschön zu sein. Vorübergehende Männer warfen ihr bewundernde Blicke zu, die sie nicht einmal bemerkte, und Diego hätte rasende Eifersucht plagen müssen, aber er wusste, dass Mina nur ihn liebte. Er fühlte unfassbaren Stolz und überwältigende Dankbarkeit dafür, dass dieses Mädchen sein Mädchen war.

Jetzt stellte sie sich auf die Zehenspitzen und reckte den Hals, um über das Tor auf den Schulhof spähen zu können.

Lächelnd trat er zu ihr, strich sanft über ihren Arm.

Mit einem leisen Schrei fuhr sie herum, stieß jedoch bei seinem Anblick erleichtert einen Schwall Luft aus. »Diego!«

Beschwichtigend hob er die Hände. »Entschuldige, ich wollte dich nicht erschrecken.«

»Schon gut, ich dachte nur, es wäre …« Sie brach ab, sah sich suchend um.

»Es wäre …?«, hakte er nach, als sie nicht weitersprach. Wen hatte sie denn an seiner Stelle erwartet?

»Ach … keine Ahnung, vergiss, was ich gesagt habe.«

Er runzelte die Stirn, sah sich ebenfalls um. »Ist alles in Ordnung, Fermina, meine Mina?«

Sie atmete tief durch, lächelte ihn an. »Jetzt, wo du bei mir bist: Ja.«

Wieder war da diese Wärme in seiner Brust, die ihm das Gefühl gab, es zur Not mit der ganzen Welt aufnehmen zu können.

»Ich habe dich so vermisst und konnte es nicht aushalten. Gestern und auch vorhin bin ich zum Laden gelaufen, aber es war niemand da.«

»Wir haben uns verpasst?« Er stöhnte auf und schüttelte den Kopf, hielt dann plötzlich inne. »Gestern haben mein

Vater und ich eine Holzladung abgeholt, aber heute ist er im Laden.«

»Der war aber verschlossen.«

Ein ungutes Gefühl machte sich in seinem Magen breit. Sein Vater würde sich doch nicht schon wieder betrinken? Nein. Er hatte es ihm geschworen. Und er wusste doch, dass Diego gleich wieder zurück sein würde.

»Sicher ist er nur in einem Café etwas essen gegangen«, versuchte Mina, ihn zu beruhigen.

Sie wusste einfach immer, was er dachte und fühlte. Mina kannte ihn wie niemand sonst. Und wieder war da dieses Glücksgefühl darüber, dass sie sein Mädchen war. Dieses Gefühl war so umfassend und allgegenwärtig, dass er wie auf Wolken schwebte, wenn er nur an sie dachte. Alle Sorgen traten in den Hintergrund, alle Probleme schienen so leicht zu sein wie Seifenblasen. »Ja, du hast sicher recht.«

Er griff nach ihrer Hand. »Zwei Tage und Nächte ohne dich sind einfach zu viel! Pure Folter!«

Ihre Augen funkelten verschmitzt. »Du hättest mich tagsüber besuchen und uns beim Nähen helfen können.«

»Ich war tatsächlich kurz davor, aber wollte nicht noch den letzten Geduldsfaden deiner Mutter zum Zerreißen bringen. Davon abgesehen …« Er schnitt eine Grimasse. »Ein Nachmittag in Gegenwart deiner Mutter, die mich anguckt, als würde sie überlegen, ob sie mich lieber vergiften oder erdolchen soll, ist leider nicht ganz dasselbe, wie mit dir auf dem Dach zu sitzen und dich im Arm zu halten.«

Sie lachte auf. »Müsste ich nicht so viel arbeiten, nichts würde mich von deiner Seite weichen lassen.«

»Dann brauchen wir wohl einen Olivenbaum«, scherzte er. Du weißt ja, dass es heißt: Ein Olivenbaum lebt ewig, es sei denn, man tötet ihn. Und wer einen Olivenbaum besitzt, stirbt niemals arm.«

»Er bietet Holz, Wärme, Nahrung, das stimmt. Aber keine Liebe.«

»Dafür hast du ja auch mich.«

Mit liebevollem Blick legte sie ihre freie Hand an seine Wange. »Meine Mutter ist schwierig, aber sie liebt mich und will das Beste für mich. Und sie wird einsehen, dass das nun einmal du bist.«

Jetzt konnte er nicht anders, als sie an der Hand hinter die Palmengruppe neben dem Tor zu ziehen. Verborgen von den breiten Blättern küsste er sie zärtlich. »Gott, wenn wir jetzt allein wären!«, raunte er an ihren Lippen.

Sie seufzte wohlig auf und es kostete ihn alle Kraft, nicht mit seinem Mund ihren Hals hinunterzuwandern und …

Das Quietschen rostiger Scharniere zeigte an, dass das Schultor geöffnet wurde. Eilig löste Mina sich von Diego. »Feli kommt jeden Moment.« José hatte länger Schule und lief danach allein nach Hause. Mit einem Augenzwinkern ergänzte sie: »Außerdem sind wir hier in der Öffentlichkeit. Willst du einen Skandal heraufbeschwören?«

»Am liebsten würde ich das tatsächlich«, scherzte er und strich ihr zärtlich eine Strähne aus dem Gesicht. Ihm gingen ganz andere Dinge durch den Kopf als nur ein Kuss. Mit erhitztem Gesicht und glänzenden Augen sah sie sogar noch begehrenswerter aus als ohnehin schon.

Gott, dieses Verlangen in ihren Augen, dieses Versprechen … Er war sich sicher, sterben zu müssen, wenn es sich nicht bald erfüllte.

Doch um keinen Preis wollte er ihr Schaden zufügen, indem er ihren Ruf ruinierte. Er betete sie an und würde alles für sie tun, alles für sie ertragen.

Tief atmete er durch und zwang sich, während sie zurück zum Schultor gingen, an unverfängliche Dinge zu denken. An Tische. Stühle. Bäume. Mit Äpfeln dran. Er warf einen kurzen

Blick auf ihr Dekolleté, das sich noch immer heftig hob und senkte. Nein, Bäume waren keine gute Idee. Und Äpfel erst recht nicht.

»Übrigens …« Er räusperte sich, holte aus seiner Hosentasche die Einladung für den Flamencoabend auf der Alhambra hervor und reichte sie ihr. »Ich spiele dort und hoffe, dass du an dem Abend noch nichts vorhast. Ramón wird ebenfalls da sein.«

»Oh, das ist ja wundervoll! Natürlich komme ich!« Das Leuchten in ihren Augen über die gelungene Überraschung machte ihn glücklich. Doch dann huschte ein Schatten über ihr Gesicht. »Mama wird mich nicht allein gehen lassen.«

»Weshalb ich für sie, Feli und José auch Karten besorgt habe«, sagte er lächelnd und zog auch die anderen Karten hervor.

Ihre Augen wurden groß, ihr Erstaunen und ihre Freude waren unbezahlbar.

»Meinst du, deine Mutter würde jetzt zustimmen?«

»Mit Sicherheit. Diesen Tag auf der Alhambra zu feiern, wird sie sich nicht entgehen lassen. Außerdem hatten wir in dieser Woche so viele Aufträge für Anpassungen von Kleidern wie schon lange nicht mehr, das hat Geld eingebracht und deshalb ihre Laune gehoben. Wir haben uns eine solche Belohnung wirklich verdient. Mir wäre allerdings lieber, wir würden statt der vielen Änderungsarbeiten Aufträge für neue Kleider erhalten. Und du weißt ja, dass Mamas großer Traum ein eigener Laden ist, aber bei einem Traum wird es leider bleiben.« Resigniert hob sie die Schultern. »Wie sollten wir jemals das Geld für einen eigenen Laden aufbringen? Es ist schon schwer genug, es für die Wohnung zusammenzukriegen.«

Er presste die Kiefer aufeinander. Wenn *er* doch nur genug Geld beisammengehabt hätte, er hätte auch den sehnlichsten Traum ihrer Mutter erfüllt. Dann hätte sie ihm nicht so abweisend gegenubergestanden und Mina nicht darunter gelitten. Tja, wenn doch nur, wenn doch nur … Wo er schon dabei war, konnte er sich auch gleich wünschen, der König von Spanien zu sein. Aber er war niemand, der aufgab. Und wenn Mina bei ihm war, fühlte er sich ohnehin, als könnte er im Alleingang eine zweite Alhambra errichten. Was war dagegen die finanzielle Last eines Ladens? Wenn sie einmal verheiratet wären, würde er einfach noch mehr arbeiten, Gitarren bauen und verkaufen, auf noch mehr Festen aufspielen und genug Geld beiseitelegen, um Mina alles bieten zu können, was sie brauchte, um glücklich zu sein.

»Woran denkst du?«, fragte Mina und fuhr mit dem Finger über seine gerunzelte Stirn.

»Nur daran, dass …«

Er brach ab, denn Schritte waren zu hören.

Aber nicht normale, sondern solche im Gleichmaß. Sein Magen verkrampfte sich, und im nächsten Moment bog ein Trupp Soldaten um die Ecke.

Sofort zog Diego Mina an den äußersten Rand der Gasse und auch die anderen Menschen wichen den Marschierenden so hastig aus, dass einige von ihnen stolperten. Eine alte Frau in schwarzem Kleid, das Gesicht faltig wie das einer vertrockneten Dattel, verlor ihre Einkäufe. Granatäpfel und Feigen kullerten über das Kopfsteinpflaster. Er wollte zu ihr laufen, um sie einzusammeln, aber da lag das Obst schon unter den Stiefeln der Soldaten.

Unbehagen kroch Diego den Rücken hinauf und klammerte sich an seine Schultern.

Während die Soldaten vorbeimarschierten, rissen etliche der Menschen ihren rechten Arm hoch und skandierten Francos Namen. Manche aus voller Kehle mit vor Fanatismus verzückten Mienen, andere eher verhalten und mit gesenktem Blick. Nur wenige blieben so reglos und still wie die alte Frau, Diego und Mina. Erstarrt vor Grauen. Dem Grauen ihrer Erinnerungen. Sie mussten so deutlich sein wie seine eigenen. Die Schreie, die Tränen, die Angst, als sein Vater aus der Werkstatt gezerrt worden war. Nur weil er sich unter Menschen, von denen er glaubte, es seien Freunde, für die Bildung von Gewerkschaften ausgesprochen hatte. Bis heute wusste er nicht, wer ihn denunziert hatte.

Trotz wolkenlosem Himmel schienen die Sonne mit einem Mal schwächer, die Gasse dunkler, die Luft kälter zu sein.

Auch Mina fühlte offensichtlich, was er fühlte, und sah aus, als würde sie frösteln. Er zog sie an sich und legte beschützend seinen Arm um sie.

Endlich waren die Soldaten hinter der Hausecke am Ende der Gasse verschwunden. Ihre harten Schritte jedoch waren noch immer zu hören. Für ein oder zwei Minuten wagte keiner, das erste Wort zu sagen.

Und das war fast noch bedrückender als der Stechschritt zuvor.

Erst als die Kirchenglocke ertönte, brach der Bann und die Menschen rührten sich wieder. Wenig später war es, als hätte es diesen bedrückenden Moment nie gegeben, und der Lärmpegel glich dem vor dem Auftauchen der Soldaten.

Nur die zu einer breiigen Masse getrampelten Feigen zeugten noch von dem unerfreulichen Trupp. Und die alte Frau, die nach wie vor reglos dastand.

Mina

Die Granatäpfel waren das leichte Gefälle der Gasse hinuntergerollt, einige lagen mitten auf der Straße, andere im Rinnstein.

Als würden sie sich einen Kopf teilen, liefen Mina und Diego im selben Moment los, um sie aufzusammeln.

Als sie mit dem, was vom Obst noch zu retten gewesen war, zu der alten Frau zurückkehrten, stand diese noch immer stumm da und starrte zu Boden. Schmerz zeichnete sich in ihrem faltigen Gesicht ab. Und das ganz sicher nicht wegen der verlorenen Früchte. Mit einer Hand umklammerte sie den Anhänger ihrer Kette.

»Bitte sehr«, sagte Mina leise und ließ die Granatäpfel von ihrem geschürzten Kleid, in das sie die Früchte gesammelt hatte, in den Korb der alten Frau rollen.

Jetzt erst sah diese langsam auf. »Danke«, flüsterte sie, ließ den Anhänger los und Mina erkannte, dass es ein geöffnetes Medaillon war. Die Frau schloss es eilig, aber Mina hatte bereits gesehen, dass die Fotografie darin das Gesicht eines Mannes zeigte. War er ihr Ehemann? Sohn? Bruder? Wessen Bild auch immer es war, Mina ahnte, warum die Frau Schwarz trug und das Auftauchen der Soldaten sie in Schockstarre versetzt hatte: Den Mann auf dem Foto musste ein ähnliches Schicksal ereilt haben wie ihren Vater. Mina schluckte schwer.

Diego trat zu ihnen, legte seine Granatäpfel ebenfalls in den Korb und den Arm um Mina.

Die alte Frau sah zwischen ihnen hin und her und ihre Falten verzogen sich zu einem traurigen Lächeln. »Dass es überhaupt noch Liebe gibt …«

»Liebe gibt es immer«, entgegnete Mina sanft.

Ihr Gegenüber stieß ein leises, bitteres Lachen aus. »Es ist eine schlimme Zeit und ich bin froh, dass ich nicht mehr viel davon miterleben muss. Jetzt jung zu sein, ist grausam.«

Während Mina noch nach Worten suchte, gab die alte Frau ihr einen der Granatäpfel zurück. »Ich wünsche euch, dass eure Liebe stärker ist als das Schicksal.« Damit wankte sie gramgebeugt davon.

Verwirrt blickte Mina ihr nach und erneut fröstelte es sie. Vielleicht sollte sie Diego doch von Bautista erzählen. Der hatte ihr heute wieder im Treppenhaus aufgelauert und schmierige Komplimente gemacht. Ganz so, als hätte sie ihn gestern nicht deutlich genug in seine Schranken gewiesen. Es hatte ihm sichtlich Spaß bereitet, sich ihr trotz ihrer unmissverständlichen Zurückweisung aufzudrängen. Erst kurz vor der Schule war sie ihn endlich losgeworden. Als Diego sie zuvor am Arm berührt hatte, war sie deshalb so erschrocken, weil sie geglaubt hatte, es sei Bautista. Doch Diego hatte schon mit seinem Vater genug Sorgen, sie wollte ihn nicht noch mehr belasten.

Außerdem – auch wenn Diego ein ungewöhnlich zartfühlender Mann war, blieb er trotz allem Andalusier und damit ein Mann voller Stolz. Sicher hätte er Bautista aufgesucht und zur Rede gestellt. Und das konnte nicht gut ausgehen!

Zudem ging es Bautista nicht um sie als Person, sondern nur darum, dass sein Ego keine Zurückweisung akzeptieren konnte. Dennoch würde er irgendwann das Interesse verlieren, da war sie sich sicher. Sie musste nur standhaft bleiben.

Oder ging es Bautista um etwas ganz anderes? Darum, Diego zu treffen, auf den er seit jeher einen Hass hatte, der seinesgleichen suchte? Ein Grund mehr, Diego nichts davon zu sagen. Ja, es war wirklich besser, er wusste nichts davon.

»Unsere Liebe *ist* stärker als das Schicksal«, murmelte sie, als müsste sie es sich selbst bestätigen, und griff nach der Hand ihres Liebsten.

»Natürlich ist sie das!«, sagte er beruhigend. Die Zuversicht in seiner warmen Stimme vertrieb die Kälte aus ihrem Inneren. Sie konnte nicht anders, als den überraschten Diego erneut zu küssen. Und zwar sehr viel inniger, als es sich an einem solch öffentlichen Ort gehörte, aber mein Gott, es war niemand hier, der sie kannte.

»Himmel, Mina, das mit dem Skandal war doch nur ein Scherz«, keuchte er mit heiserer Stimme, als sie wieder auf ihre Fersen zurücksank.

»Tut mir leid.« Verlegen strich sie ihr Kleid glatt und atmete tief durch. Als sie sich der Schule zuwandte, stand eine

Nonne auf dem oberen Treppenabsatz bei der Schultür. Nicht die füllige und fröhliche Schwester Consuela, sondern eine hagere und asketisch wirkende Frau, deren blutleere Lippen zu einem schmalen Strich zusammengepresst waren. Hatte sie den Kuss gesehen? Bei dieser Vorstellung fühlte Mina ihre Wangen glühen.

Die Schultür öffnete sich und früher wäre jetzt Feli aus dem Gebäude gestürmt und hätte sich ihr in die Arme geworfen. Doch es kam keine Horde fröhlich durcheinanderrennender Kinder aus dem Schulgebäude. Vielmehr verließen sie es still und mit gesenkten Köpfen, in Zweierreihen und im Gleichschritt. Ein Anblick, der Mina erschreckte, erinnerte er doch zu sehr an die Soldaten von zuvor.

Ihr Blick suchte nach ihrer kleinen Schwester. Da! Da war sie, wie die anderen in einen marineblauen Rock sowie ein weißes Hemd gekleidet, und den Riemen ihrer Schultasche fest umklammert. Ihr Haar war noch immer zu zwei ordentlichen Zöpfen geflochten, anstatt wie früher vom Herumtoben in der Pause einem Vogelnest zu gleichen. Selbst als sie bereits aus dem Schultor schritt, hielt sie den Kopf noch gesenkt.

»Feli!«, rief Mina, das Mädchen sah auf und sein Gesichtchen erhellte sich, als es die große Schwester erblickte. Und noch etwas mehr, als sie realisierte, wer hinter ihr stand. »Diego!«

»Hallo, kleine Tänzerin«, begrüßte er sie.

Sie rannte nun doch auf sie beide zu und schlang ihre Ärmchen um ihn, sah sich aber furchtsam über die Schulter nach der Nonne in der Schultür um.

»Wer ist das?«, fragte Diego.

»Schwester Blanca, die uns jetzt unterrichtet«, murmelte Feli und zog ihn und Mina hastig an der Hand zur Seite hinter die nächste Mauer und damit außer Sichtweite von besagter Schwester.

»Was ist mit Schwester Consuela?«, hakte er nach.

»Sie ist krank«, sagte Mina düster. »Schwester Consuela ist zwar nicht die beste Lehrerin, so schwerhörig, wie sie ist, aber sie ist ein guter Mensch und hat ein Herz für Kinder. Schwester Blanca ist ihre Vertretung.« Sie ging vor Feli, die wieder wie ein Häuflein Elend zu Boden blickte, in die Hocke. »Was ist los? Ist in der Schule etwas vorgefallen?«

Das Mädchen biss sich auf die Lippe, nickte zaghaft und sagte leise: »Ich darf am *Día de la Cruz* nicht bei der Aufführung mitmachen.«

»Was? Wieso das denn? Du hast wochenlang dafür geübt, kannst den Text selbst im Schlaf aufsagen und bist die beste heilige Helena, die es jemals gab!«

»Weil … weil … i-i-ich h-a-a-ab …« Sie brach ab, Tränen traten ihr in die Augen.

»Ganz ruhig, atme tief durch, wir sind bei dir«, sagte Mina und nahm ihre kleine Schwester in den Arm. Sie so zu erleben, zerriss ihr das Herz. Wenn Feli ins Stottern geriet, dann nur in Gegenwart von Fremden oder in Situationen, die ihr Angst machten. Was auch immer im heutigen Unterricht vorgefallen war, es hatte ihr offenbar so zugesetzt, dass noch die Erinnerung daran sie aus der Bahn warf. »Geht es um Schwester Blanca?«

Feli nickte unglücklich. »Sie ha-at gesagt, die Ge-ge-ge …«

»Geschichte?«

»Ist hei-hei-heidnisch.«

»Welche Geschichte?«, fragte Mina verwirrt.

»Die vo-vo-von Diego.« Felis verschämter Blick huschte zu ihm.

Mina runzelte verständnislos die Stirn, aber dann dämmerte ihr, wovon sie sprach. »Die von Castor und Pollux? Du hast sie in der Schule erzählt?«

»Und Schwester Blanca hat dich ausgeschimpft?«, ergänzte Diego fassungslos.

Feli nickte mit zitternder Unterlippe. »Und mi-i-ich gefragt, wa-a-as wir ü-ü-übermo-mo-morgen …«

»Was ihr übermorgen feiert?«, half Mina ihr behutsam nach. »Aber das weißt du doch, hast es mir noch heute Morgen vorgetragen: Die Entdeckung des Kreuzes von Jesus Christus durch die heilige Helena, Mutter des Eroberers Konstantins des Großen, während ihrer Pilgerreise nach Jerusalem im Jahr 326.«

»Ja. A-a-ber i-i-ich habe gestot-tot-tottert.« Vor Scham lief sie rot an.

»Und sie hat dich dafür vor allen bloßgestellt? Was hat sie gesagt?« In Mina kochte es und auch Diego war ganz blass vor Zorn.

Schluchzend zog Feli Minas Kopf zu sich und flüsterte ihr etwas ins Ohr.

Mina schnappte nach Luft. »Gotteslästerlich?! Wie kann sie nur so etwas sagen! Das ist es nicht! Und du kannst nichts dafür!« Sie sprang auf, wollte auf Schwester Blanca zustürmen, aber Diego hielt sie am Arm zurück.

»Beruhige dich erst«, sagte er. »Sonst machst du alles nur schlimmer für Feli.«

Er hatte recht. Sie blieb also, wo sie war, und atmete tief durch, während er nun seinerseits vor Feli in die Hocke ging. »Sicher wird Schwester Consuela bald gesund sein, euch vielleicht schon nächste Woche wieder unterrichten. Außerdem hast du dafür übermorgen Abend etwas vor, das dich dafür, dass du mittags bei der Aufführung nicht mitmachen darfst, mehr als entschädigen wird, glaub mir.«

Feli sah verdutzt auf. »Ich? Nein.«

»Doch. Ich bin für einen Auftritt in der Alhambra gebucht, benötige aber noch eine umwerfend gute Tänzerin. Ich hoffe, du hast Zeit.«

»Um zuzuschauen?« Vor Überraschung waren Scham und Angst vergessen und damit auch ihr Stottern.

»Eine Tänzerin, sagte ich doch.«

Mina fiel die Kinnlade hinunter, Felis Augen dagegen wurden kugelrund. »Ich? Tanzen auf der Alhambra?«

»Ganz genau.«

Mina war fassungslos. Feli war schon oft auf Festen aufgetreten, aber nur auf öffentlichen Veranstaltungen und zusammen mit ihrer Kinder-Tanzgruppe. »Bist du sicher, Diego, dass der Veranstalter damit überhaupt einverstanden sein wird? Oder die anderen Tänzer?«

Er nickte. »Ich kenne die Flamencogruppe, die ich begleiten werde, seit vielen Jahren und die wiederum hat freie Hand bei der Gestaltung ihres Auftritts. Vertrau mir.« Er wandte sich wieder Feli zu. »Also? Wirst du mir die Ehre erweisen, dich beim Tanzen auf der Gitarre begleiten zu dürfen?«, fragte er, bevor Mina ihre Sprache wiederfand.

»Etwa vor Publikum?«, hakte sie noch immer ungläubig nach.

Er lachte leise. »Ohne wäre es ja kein Auftritt, oder? Natürlich nur, wenn du möchtest.«

»Ja!«, rief das Mädchen mit leuchtenden Augen, bevor es plötzlich besorgt die Stirn runzelte und den Blick zur Schwester richtete. »Aber Mama …?«

»Ich werde dafür sorgen, dass sie es erlaubt«, gab sich Mina bestimmt.

Jetzt endlich strahlte Feli über das ganze Gesicht und fiel erst ihrer Schwester, dann Diego um den Hals. »Mina hat mir ein neues Kleid genäht. Das werde ich anziehen! Es ist himmelblau mit leuchtend orangefarbenen Punkten und Rüschen und Fransen«, sprudelte es aus ihr heraus. »Es ist einfach das schönste Kleid der Welt und …«

Ihre Worte überschlugen sich regelrecht vor Aufregung und Minas Herz ging auf, sie wieder so glücklich zu sehen.

Wie Diego mit Feli lachte und schäkerte – er konnte so gut mit Kindern umgehen und würde einmal der beste Vater sein, den eine Frau sich für ihre Kleinen wünschen konnte. Allein dafür, wie er ihre Schwester aufgeheitert hatte, hätte sie ihn am liebsten erneut geküsst. Wobei – das hätte sie ohnehin gern ununterbrochen getan.

Doch jetzt hatte etwas anderes Priorität.

»Dann besprecht ihr mal euren Auftritt, ich muss noch schnell etwas besorgen.« Sie warf Diego einen bedeutsamen Blick zu und er verstand sofort.

»Na, komm, kleine Tänzerin, setzen wir uns so lange drüben auf die Mauer in den Schatten.«

Feli hüpfte an seiner Hand davon und Mina eilte zurück in den Schulhof. Auch dort stand ein geschmücktes Kreuz.

Der blaue Habit verschwand gerade in der Schultür.

»Schwester Blanca? Auf ein Wort, bitte.«

Die Nonne hielt inne, drehte sich um. »Ich bin in Eile, das Gebet ruft.«

»Das tut mir leid, ich möchte Sie nicht aufhalten und es wird auch nicht lang dauern.« Mina lief zu ihr hinüber und die Handvoll Stufen hinauf.

Schwester Blanca war überraschend jung, sicher nicht älter als fünfundzwanzig. Ihre Haut war von ungesund gelblicher Blässe, als hätte sie soeben seit Monaten zum ersten Mal einen Schritt aus dem Gebäude getan. Ihre Haube umschloss fest das hagere Gesicht und ihre dürren Finger erinnerten an Vogelkrallen. Die Augen der Nonne waren ungewöhnlich wasserblau, was den blutleeren Eindruck unterstrich.

»Es geht um meine Schwester Felicia.«

Die Nonne faltete die Hände vor dem Bauch, lächelte milde und gab mit einem Nicken zu verstehen, dass sie wusste, von wem die Rede war.

»Sehen Sie, Feli sagte, sie sei bestraft worden, weil sie die Geschichte von Castor und Pollux erzählt habe. Ich bin sicher, dass es sich nur um ein Missverständnis handelt und …«

»Nein.« Die Nonne lächelte unbeirrt weiter. »Gottesfürchtige Menschen sollten sich mit der Heilsgeschichte befassen, mit unserem Herrn Jesu und der lieben Muttergottes, nicht mit den Geschichten von Völkern, die heidnische Götter angebetet haben.«

»Aber es handelt sich um klassische Literatur!«, protestierte Mina.

»Auch die kann irren. Einzig der Herr ist unfehlbar.«

»Das mag sein, aber …«

»Das *ist* so«, unterbrach Schwester Blanca sie scharf und ihr Lächeln verschwand.

»Ja, natürlich, das meine ich doch, ich … ich wollte nur darauf hinaus, dass es sich um eine griechische Sage handelt! Das ist kein heidnisches Zeug, sondern Mythologie und Weltliteratur!«

»Das gilt für viele Machwerke, die junge Seelen vom rechten Glauben abbringen«, gab die Nonne unbeeindruckt zurück. »An einer Schule, deren Schüler im Glauben an den Herrn zu Frömmigkeit und Demut erzogen werden, hat solcherlei Verführung nichts zu suchen.«

Mina blinzelte, sie musste sich verhört haben. »Das ist doch keine Verführung! Und überhaupt, wie sollen die Schüler dann etwas über die Welt und ihre Geschichte lernen?«

»Gar nicht. Alles, was sie benötigen, ist der Glaube an Gott und Demut. Und an Letzterem mangelt es diesem Kind doch sehr.«

Wieder zog Mina scharf die Luft ein. »Dem Charakter meiner Schwester mangelt es an überhaupt nichts. Sie ist ein wundervolles Kind! Sie sagte allerdings, sie sei dafür, dass sie diese Sage nacherzählt hat, bestraft und bloßgestellt worden. Sie hätten es überdies als Gotteslästerung bezeichnet, dass Feli stotternd aus der Bibel vorlas!«

»Das ist richtig.«

Die Ruhe ihres Gegenübers brachte Mina aus der Fassung. »Aber das Stottern ist keineswegs Absicht oder Böswilligkeit, geschweige denn ein Zeichen fehlender Achtung vor der Bibel. Feli kann rein gar nichts dafür.«

»Nun. Der Herr wird sie nicht ohne Grund mit diesem Leiden gestraft haben.«

Das verschlug Mina dann doch für einen Moment die Sprache und so fuhr Schwester Blanca mit kaltem Blick und hartem Ton fort: »Wenn es denn keine sündhaften Taten sind, so zumindest mit Sicherheit unsittliche Gedanken, die das Kind umtreiben.«

»Das kann nicht Ihr Ernst sein!«, stieß Mina wütend hervor und es fiel ihr trotz ihrer anerzogenen Ehrerbietung gegenüber den Nonnen schwer, sich nicht im Ton zu vergreifen.

»Nun …«, setzte Schwester Blanca begütigend an. »Natürlich ist mir klar, dass es schwer ist, sich sittlich zu verhalten und tugendhaft zu sein, wenn dafür ein Vorbild fehlt. Umso härter muss ich durchgreifen, um …«

»Moment! Inwiefern soll denn ein Vorbild fehlen? Sie ist von ausschließlich tugendhaften Menschen umgeben!«

Schwester Blanca zog offensichtlich zweifelnd eine Augenbraue hoch. »In der Öffentlichkeit auf diese Art und Weise … Intimitäten auszutauschen, ist alles andere als sittsames Verhalten.«

Meinte sie etwa … Minas Blick flog zurück zum Schultor, wo sie zuvor Diego geküsst hatte.

»Noch dazu fehlt eurer Verbindung offenbar Gottes Segen«, fuhr die Nonne mit scharfem Unterton fort und sah missbilligend auf Minas Hand hinab. »Weder ein Ehe- noch ein Verlobungsring.«

Unwillkürlich versteckte Mina ihre Hand hinter einer Rockfalte, ärgerte sich gleich darauf über dieses Schuldeingeständnis und straffte sich. »Es geht hier nicht um mich, sondern darum, dass ich die Strafe für Felicia als unangemessen erachte und die …«

»Ich handele stets nach bestem Wissen und Gewissen im Sinne des Herrn. Mir geht es allein um das Wohl der Kinder.«

»Das mag sein, aber Feli ist zutiefst verunsichert und verletzt von der Bloßstellung.«

»Nun, auch wenn ich die Chance, ein Kind auf den rechten Pfad zurückzuführen, ungern verstreichen lassen – es ist der Mutter der Kinder unbenommen, sie von dieser Schule zu nehmen und auf eine zu schicken, die solch heidnischen Dingen anders gegenübersteht.«

Mina schluckte. Genau das war der Punkt. Dafür fehlte ihnen das Geld. Wenn sie doch nur die Möglichkeit gehabt hätten, Feli und José auf eine Schule zu schicken, in der sie Kind sein und ihre Stärken leben durften – sie hätte alles dafür gegeben.

Schwester Blanca nickte, ein triumphierendes Lächeln umspielte ihre Mundwinkel. Sie hatte selbstverständlich gewusst, dass Minas Mutter keine andere Schule bezahlen konnte.

»Gibt es weitere Fragen?«

Verbissen schüttelte Mina den Kopf.

Die Nonne richtete ihren Blick zum Himmel, die Hände noch immer gefaltet. »Allein der Herr ist der Richter. Und er richtet über uns alle. Ich hoffe, dass Felicia und auch ihr Bruder José von ihrer Mutter gottesfürchtiger erzogen werden als von ihrer Schwester.«

Mina biss sich auf die Zunge. Das musste sie in letzter Zeit häufig tun. Die Menschen waren so verbohrt! So engstirnig! Manchmal meinte sie, daran zu ersticken, immer den Mund halten zu müssen. Immer ihre Meinung hinunterschlucken zu müssen.

Schwester Blanca neigte den Kopf zur Verabschiedung und ging. Im nächsten Moment war sie in der dämmrigen Düsternis und der Stille des Gebäudeinneren verschwunden. Als hätte sie es kaum erwarten können, der bunten und fröhlichen Welt hier draußen zu entkommen.

Zornig und verbittert stapfte Mina zum Schultor zurück, wandte sich dort angekommen noch einmal um.

Schwester Blanca stand an einem der Fenster und sah zu ihr herunter. Jetzt tat sie einen Schritt zurück und verschmolz mit den Schatten, aber Mina meinte, ihren Blick weiterhin auf sich zu spüren, und ein Schauer überlief sie. War sie zu weit gegangen? Würde Feli die Konsequenzen tragen müssen? Das war das Letzte, was sie wollte. Plötzlich fröstelte es sie.

Kapitel 4

Granada ist der perfekte Traum und die perfekte Fantasie, für immer unbeschreiblich.
– Federico García Lorca –

Heute

»Natürlich war es der Gärtner, den du gesehen hast, wer denn sonst?«, meint Vanessa, als wir es uns nach dem Mittagessen auf der Terrasse gemütlich gemacht haben. Vanessa nimmt ein Sonnenbad, während ich ihr von meiner letzten Nacht erzähle.

Weil meine Großmutter mich unentwegt mit Beschlag belegt hat, komme ich erst jetzt dazu. Den ganzen Vormittag über hat *Yaya* meinen Arm kaum einmal losgelassen, wollte mich stattdessen unentwegt in ihrer Nähe haben. Erst die jetzige Siesta bringt mir die nötige Erholungspause.

Zum Glück werde ich, da Großvaters Zustand zu meiner Erleichterung keinen Grund zur Besorgnis bietet, wie geplant in einer Woche wieder abreisen, auch wenn ich noch nicht die Kraft gefunden habe, das meiner Großmutter zu sagen.

Abgesehen davon, dass *Yayo* schnell erschöpft ist und ab und an unter Schwindel leidet, geht es ihm gut. Und im Gegensatz zu meiner Großmutter beharrt er darauf, keine übermäßige Aufmerksamkeit zu benötigen.

»Die Gestalt hatte aber breitere Schultern und auch sonst eine ganz andere Statur. Die Körperhaltung war die eines viel jüngeren Mannes, als es der Gärtner ist.«

»Das hast du dir nur eingebildet, immerhin war es dunkel«, fährt Vanessa fort. »Außerdem bist du völlig überarbeitet, hast seit Wochen zu wenig Schlaf bekommen und warst gestern obendrein von der Anreise erschöpft.« Sie betrachtet mich und ich fürchte, dass ich dabei nicht besonders gut wegkomme. Mit ihrer extravaganten und vor allem überdimensionalen Sonnenbrille, den zu zwei *Braids* geflochtenen Haaren und ihrem vom ebenfalls im Süden verbrachten Winterurlaub noch leicht gebräunten Teint sieht sie aus wie ein Model. Ich hingegen bin zwar mit Sicherheit nicht hässlich, aber in den letzten Monaten kaum vor die Tür gekommen. Daher ist meine Haut inzwischen so blass wie die Wand hinter mir und mein Gesicht nach der letzten Nacht mit Augenringen gezeichnet – so tief und dunkel wie der Marianengraben. Noch immer unsicher kaue ich auf meiner Wange herum.

»Dazu die Sorge um deinen Großvater, der Streit mit deinem Vater, die überstürzte Abreise, davor die ganzen Nachtschichten. Kein Wunder, dass du mit den Nerven am Ende bist.«

Ganz zu schweigen von der Sache mit meiner Mutter …

Ich nicke langsam. »Du hast recht. Wahrscheinlich war tatsächlich alles etwas viel.«

Sie dreht sich auf die Seite und stemmt sich mit dem Ellbogen auf. »Du musst einfach mal abschalten. Und deshalb gehen wir heute Abend aus.«

»Was? Wohin?«

Lächelnd hält sie mir ihr Handy hin. »Emilio hat mir geschrieben.«

Ich hebe die herabhängende breite Krempe meines Sonnenhutes an, um auf das Display spähen zu können. »Eine Tapasbar? Warum nicht? Ich freue mich für dich, aber ich glaube nicht, dass er begeistert davon sein wird, wenn ich als fünftes Rad am Wagen mit von der Partie bin. Außerdem will ich mich entspannen.«

»Mit all den Lehrbüchern und Fachzeitschriften, die du mitgeschleppt hast?«, fragt sie scheinheilig.

Ich bedenke sie mit einem finsteren Blick. Ich sollte wohl weniger über meine Arbeit sprechen.

»Na, also. Natürlich kommst du mit. Erstens, weil ich nicht ohne dich gehe. Zweitens, weil du mal abschalten musst. Und drittens, weil ich doch nicht mit jemandem, den ich kaum kenne und mit dem ich mich nicht zu hundert Prozent verständigen kann, allein weggehe.«

Ich weiß, dass sie Letzteres nur sagt, um mich zum Mitkommen zu bewegen, denn zu Hause hat sie diesbezüglich wenig Hemmungen. »Emilio ist der Neffe einer Freundin der Familie, insofern musst du da wirklich überhaupt keine Bedenken haben.«

»Trotzdem. Ohne dich gehe ich nicht. Außerdem kannst du ihn dann auch nach letzter Nacht fragen.«

»Das kannst du auch.«

»Komm schon, es wird bestimmt lustig.«

Ich schüttele den Kopf.

»Marisol?«, ertönt die Stimme meiner Großmutter.

Verflixt, ist ihre Siesta etwa schon rum? »Ja?«

»Also, wenn du heute nirgendwohin fahren möchtest, dann will ich dir wenigstens ein paar alte Fotos zeigen. Damit du endlich eine Vorstellung von deinen andalusischen Vorfahren bekommst.«

Ich seufze auf und sage leise: »Man könnte meinen, nicht mein Großvater, sondern sie sei diejenige, die ins Krankenhaus eingeliefert worden ist und jetzt Fürsorge benötigt.«

»Emilio würde uns schon am frühen Abend abholen«, wirft Vanessa mit schelmischem Lächeln ein. »Ich wollte es nur mal so erwähnt haben.«

Ich sehe Richtung Wohnzimmer, wo meine Großmutter sich vor einer von unten bis oben mit Fotoalben vollgestopften Regalwand postiert hat und gerade die ersten vier Alben aus dem Regal zieht. Meine Entscheidung steht schlagartig fest. »Ich komme mit!«

* * *

»Du auch?«, fragt Vanessa, während Emilio den Motor startet und zum Tor fährt.

Sie hält mir den Lipgloss hin, mit dem sie gerade am Sonnenblendenspiegel letzte Hand an ihr Make-up angelegt hat.

Ein wahrer Fotoalbenmarathon liegt hinter mir. Ich fühle mich regelrecht erschlagen von all den Schwarz-Weiß-Fotos mir unbekannter, in immer gleicher Pose auf Stühlen sitzender und ernst in die Kamera blickender Menschen. Erst als die Zeit wirklich knapp wurde, ließ mich meine Großmutter gehen. Ich konnte mich gerade noch rasch umziehen, mir das Haar kämmen und es zu einem Pferdeschwanz binden. Trotzdem schüttele ich den Kopf. »Danke, nein.«

»Und wenn in der Bar haufenweise heiße Typen warten?«

»Haben sie Pech gehabt. Hast du dich etwa mit meiner Großmutter verbündet? Ich bin nicht hier, um jemanden kennenzulernen. Ich will nicht in Spanien bleiben, kann also einen spanischen Freund definitiv nicht gebrauchen.«

Sie lacht hell auf. »Wieso musst du immer gleich vom Allerschlimmsten ausgehen und etwas Festes ins Auge fassen? Geh die Sache doch locker an und hab einfach Spaß. Es muss ja nicht gleich ein One-Night-Stand sein.«

»Da bin ich aber beruhigt«, entgegne ich ironisch.

»Zwei Nächte sind auch okay.« Sie zwinkert mir zu.

»Was habe ich nur für eine unmoralische Freundin«, erwidere ich in gespielter Empörung.

»Danke«, gibt sie fröhlich zurück. »Also, was darfs sein? Lippenstift? Wimperntusche? Wobei – eigentlich benötigst du nichts von alledem. O Mann, ich gäbe alles für deine langen dunklen Wimpern und deine vollen Lippen.«

»Brauchst du wirklich nicht. Hier in Spanien dreht sich allein schon dank deiner blonden Haare jeder Mann nach dir um, bei mir dagegen nur dann, wenn ich ihn versehentlich angerempelt habe«, flachse ich.

Es ist mir schleierhaft, wie eine so hübsche junge Frau wie Vanessa dennoch immer Bestätigung für ihr Aussehen benötigt. Sie errötet vor Freude und ich gönne sie ihr. Auch wenn Vanessa eitel ist, hat sie ein gutes Herz.

Und sie sieht wirklich toll aus in ihrem eng anliegenden zitronengelben Minikleid und den High Heels. Ihrem Protest zum Trotz habe ich mich mit einer marineblauen Caprihose, einem weißen Top und Segelschuhen begnügt.

»Wusstest du, dass der Papst den Katholiken 1968 künstliche Empfängnisverhütung wie Kondom und Pille verboten hat und das bis heute immer noch gilt?«

Ich lasse beinahe mein Handy fallen. »Was?«

»Doch ist so. Ich hab es gegoogelt.«

»Ich meinte eher: Wie kommst du denn jetzt darauf?«

»Ach, nur so …«, behauptet sie mit Unschuldsmiene. »Man soll sich doch mit Kultur und Geschichte des Landes, welches man besucht, vertraut machen, nicht wahr?«

»Dafür hast du aber erstaunlich wenig Interesse an den historischen Bauten in Málaga gezeigt.«

Sie grinst, legt dann aber nachdenklich die Stirn in Falten. »Glaubst du, Menschen in unserem Alter legen das alles ebenso streng aus wie der Vatikan?«

»Du meinst Leute wie deinen neuen Schwarm hier?«, hake ich belustigt nach und nicke mit dem Kinn zu Emilio hinüber. »Tendenziell nicht.«

»Gott sei Dank. Man muss schließlich auf alles vorbereitet sein.« Sie zwinkert mir zu und ich unterdrücke ein Lachen.

Vor dem Tor steige ich erneut aus, um es zu öffnen, und schließe es wieder, nachdem Emilio durchgefahren ist.

»Wie heißt die Bar, zu der wir unterwegs sind, überhaupt?«, frage ich Emilio, als ich die Tür wieder öffne, um einzusteigen.

»El toro negro.«

Vanessa mustert mich fragend.

»Der schwarze Stier«, übersetze ich.

»Sie liegt zwar etwas abgelegen am Stadtrand«, ergänzt Emilio und fährt an, »aber ist ziemlich cool und …«

Mehr kriege ich nicht mit, denn aus dem Augenwinkel nehme ich eine Bewegung wahr und drehe mich um. Leider sind wir bereits weitergefahren und nun verdeckt ein Gebüsch die Sicht. Verärgert recke ich den Hals.

»Was ist?«, fragt Vanessa.

»Ich …« Schon will ich ihr sagen, dass mir so war, als stünde jemand neben der Pinie an der Mauer, aber dann sind wir am Gebüsch vorbei und der Platz an dem Baum ist leer.

»Mir ist nur etwas eingefallen«, murmele ich und reibe mir die Schläfe. Toll, jetzt habe ich schon Wahnvorstellungen. Das sind dann wohl die Nachwirkungen des Schrecks von letzter Nacht. Kopfschüttelnd sehe ich wieder nach vorn.

* * *

Emilio hat nicht übertrieben. Die Bar scheint *der* Treffpunkt schlechthin der jüngeren Generation sein. Der Parkplatz ist voll und auch auf der Straße vor dem Eingang herrscht reger Andrang. Aneinandergeschmiegte Pärchen, Grüppchen voll lachender und schäkernder Mittzwanziger.

Kaum haben wir die Bar betreten und steuern die Theke an, stößt Emilio auf zahlreiche Bekannte, Männer und Frauen, und wir sind eine gefühlte Viertelstunde damit beschäftigt, der Reihe nach Wangenküsse auszutauschen. Vanessa und ich werden sofort mit Fragen bestürmt und in die Gespräche eingeschlossen. Der Geräuschpegel ist heftig. Niemand spricht in gedämpftem Ton, vielmehr schreien sich alle an, während sie Weingläser schwenken oder sich ein Bier bestellen.

In all dem Trubel ist für Erinnerungen oder Grübeleien kein Platz und ich bin daher heilfroh, mitgekommen zu sein.

Wie in spanischen Bars üblich, baumeln auch in dieser luftgetrocknete Schinken von der Decke und der verführerische Duft macht mich hungrig, sodass ich beherzt bei den schwarzen Oliven und den Mandeln zugreife, die in Schälchen auf der Theke verteilt stehen.

»Mandeln spielen in Andalusien eine große Rolle«, erklärt Emilio auf Vanessas Nachfrage hin. »Die süßen als Snacks oder zur Herstellung von Marzipan und Likören und natürlich für die Tarta de almendras, das ist ein flacher Kuchen. Aus den bitteren Mandeln werden Öle, Cremes oder Seifen hergestellt, die es in jedem Tante-Emma-Laden zu kaufen gibt.« Kaum habe ich ihr das übersetzt, ergänze ich: »Nimm dich allerdings in Acht vor den Patatas bravas.« Ich deute unauffällig auf den gut mit frittierten Kartoffelwürfeln gefüllten Teller, mit dem sich ein anderer Gast gerade an uns vorbeischiebt.

»Vor den *tapferen Kartoffeln*?«, hakt Vanessa verwirrt nach.

»Sieh an, der gut aussehende Ansporn trägt bereits Früchte: Die ersten Vokabeln sitzen.«

»So schnell kann's gehen«, stimmt sie mir feixend zu. »Aber wieso sind die Kartoffeln tapfer?«

»Weil sie es nicht nur mit viel Gewürz, sondern auch mit einer scharfen Soße und Aioli, der unvergleichlich schmackhaften Knoblauchmayonnaise, aufnehmen. Daher solltest du dich in Acht nehmen, wenn du würzig oder scharf nicht verträgst.«

»Das ist die Enkelin von Señor Esteban García«, stellt Emilio mich überall vor und der Name ist den Reaktionen zufolge offenbar allen bekannt. Einige von Emilios Freunden studieren, andere arbeiten in der Touristikbranche, meist in Hotels, und mit allen unterhalte ich mich angeregt, ohne dass einer der Männer mein über seine Tätigkeit hinausgehendes Interesse weckt.

Es ist süß, wie Emilio sich um Vanessa bemüht und vor den anderen keinen Zweifel daran lässt, dass sie zu ihm gehört.

Je später der Abend wird, umso lauter wird die Musik und umso ausgelassener die Stimmung. Zu meiner Erleichterung verzichtet Emilio auf Alkohol, immerhin muss er nachher wieder fahren. Die inzwischen gut gefüllte Bar platzt aus allen Nähten und es werden auch Songs von Shakira und Jennifer Lopez bis hin zu Carlos Santana und Enrique Iglesias gespielt. Die Lichtmaschine kommt zum Einsatz und ihr flackernder Schein taucht die tanzende Menge in flammendes Rot und Orange. Es ist heiß und der Schweiß läuft mir inzwischen den Rücken hinunter. Am gegenüberliegenden Ende der Bar befindet sich ein Podest, das offenbar für Auftritte von Musikern oder Flamencotänzern dient, auf dem sich jetzt aber ebenfalls ausgelassen tanzende Besucher drängen.

»Un, dos, tres, un pasito pa'lante, María!«, schallt es aus Hunderten von Kehlen. Auch Vanessa und ich grölen den Song mit – bis mein Blick an einer reglosen Gestalt auf dem Podest hängen bleibt und ich verstumme.

Ein Mann in Jeans und kurzarmigem Shirt, mit dunklem Dreitagebart und ebensolchem Haar, das ihm offen und leicht wellig bis zu den Schultern fällt.

Während um ihn herum alles in Bewegung ist und selbst das Licht zu tanzen scheint, rührt er sich nicht. Inmitten der wogenden Fröhlichkeit fällt er auf wie ein falscher Akkord in einem Klavierkonzert. Das Bild hat etwas Surreales, und für einen Moment frage ich mich, ob der eine Cocktail von vorhin für mich bereits einer zu viel war.

Und er starrt mich an! Zwar liegt sein Gesicht im Dunkeln und wird nur ab und zu von zuckenden Farben gestreift, dennoch bin ich mir sicher. Ich fühle seinen Blick regelrecht.

Mein Herz schlägt schneller. Allerdings vor Panik.

Wäre ich zu Hause, hätte ich sicher anders reagiert. Aber mal abgesehen davon, dass ich in ein paar Tagen abreisen werde und in Sachen One-Night-Stand anders ticke als Vanessa, sitzt mir noch immer der Schreck der letzten Nacht in den Knochen.

Plötzlich macht er einen Schritt nach vorn und das reißt mich aus meiner Starre, ich fahre herum und stoße gegen Vanessa.

»Was ist?«, ruft diese über den Lärm der Musik hinweg und streicht sich eine Strähne aus der verschwitzten Stirn. »Was ist los?«

»Der Typ auf dem Podest! Er kommt zu uns herüber!« Ich muss ebenfalls schreien, um mich verständlich zu machen.

»Wo denn? Wer?«

»Nein! Dreh dich nicht um!«

Zu spät. Sie verrenkt sich schon höchst auffällig fast den Hals. »Warum denn nicht? Wow! Dieser Körper! Diese Haare! Dieser Bart! Der sieht aus wie Orlando in ›Königreich der Himmel‹!«

»Wer?« Mühsam widerstehe ich dem Drang, mich ebenfalls nach ihm umzudrehen.

»Orlando Bloom. Sag bloß, du hast den Film nicht gesehen. Obwohl – zugegeben, der ist nicht so dolle. Also der Film, nicht Orlando.«

»Der ist mir unheimlich.«

»Orlando? Aber der ist doch so was von zum Anbeißen und …«

»Nicht Orlando! Der Typ da.«

»Wieso das denn?«

»Weil er mich die ganze Zeit so komisch angestarrt hat.«

»Das nennt man flirten«, gibt sie lachend zurück.

»Ach ja? Und warum hat er dann mit *mir* geflirtet und nicht mit dir, obwohl du mit deinem blonden Haar und deinen blauen Augen die Aufmerksamkeit aller anderen Männer hier drin auf dich ziehst?«

»Vielleicht steht er eben auf heiße Spanierinnen wie dich statt auf kühle Blondinen.«

»Ich weiß nicht …« Verunsichert tippe ich Emilio auf die Schulter. »Sag mal, kennst du den Typen dort hinten auf dem Podest neben der Musikbox?« Die Chance besteht, immerhin ist diese Stadt zwar größer als früher, aber dennoch nicht so groß, als dass man sich nicht ab und an über den Weg laufen würde.

Emilio schüttelt den Kopf. »Ich bin zwar oft hier, aber wohne schon lange in Málaga. Ich kenne nicht jeden.«

Vanessa schüttelt den Kopf. »Meine Güte, Mari, was hast du denn?«

»Gestern dieser Motorradfahrer, dann diese Gestalt heute Nacht und jetzt dieser Typ dort?«

Vanessa lacht erneut auf. »Du bist wirklich schon lange nicht mehr ausgegangen, was? Du klingst etwas paranoid. Im Übrigen – guck mal. Er wollte zu den Mädels dort hinten. Du kannst also beruhigt sein – niemand verfolgt dich.«

Nun drehe auch ich mich um. Tatsächlich. Er ist bei einer Gruppe von vier Frauen stehen geblieben und begrüßt sie mit Wangenküssen. Er wollte gar nicht zu mir. Wahrscheinlich habe ich mir sogar seinen Blick nur eingebildet. Ich komme mir total bescheuert vor.

Durcheinander kaue ich auf meiner Wange, verspüre etwas, das sich fast ein wenig anfühlt wie … Enttäuschung? Himmel, was denke ich denn da? Eben noch hatte ich Angst, verfolgt zu werden, und jetzt bin verletzt, dass dem nicht so ist? »O Mann, Vanessa, ich vertrage einfach keine Cocktails. Und ich gehöre eindeutig ins Bett.«

Sie beißt sich auf die Lippe, ihr Blick huscht zu Emilio rüber. »Äh …«

»Du bleibst! Ich nehme mir ein Taxi.«

»Nein, auf keinen Fall, ich …«

»Ich bin alt genug, mich selbst ins Bett zu bringen«, beruhige ich sie mit einem Augenzwinkern. »Und der Taxistand ist in der Querstraße gleich hinter der Bar, wir sind da vorhin dran vorbeigefahren. Die Nacht ist noch jung und ich würde mich wirklich schlecht fühlen, wenn du meinetwegen auf eine tolle Nacht verzichten müsstest.«

Sie sieht erneut von mir zu Emilio und zurück. »Ganz sicher?«

»Absolut. Ich gebe dir den Hausschlüssel. Wenn ich jetzt heimfahre, ist mein Großvater noch wach und kann mir öffnen. Also bleib und hab Spaß. Verlier nur den Schlüssel nicht und sperr gut hinter dir ab, okay? Oder hast du vor, die Nacht woanders zu verbringen?«

»Also hör mal, so weit sind wir noch nicht.« Mit einem Grinsen ergänzt sie: »Aber hoffentlich bald.«

Ich verabschiede mich von ihr, ermahne Emilio streng, gut auf Vanessa aufzupassen und sie nicht zu spät heimzubringen, und schneide im nächsten Moment eine Grimasse, weil ich mich wie mein eigener Vater anhöre.

Mühsam schiebe ich mich zwischen den Menschen hindurch zur Tür. Bevor ich nach draußen trete, drehe ich mich noch einmal um, aber der Fremde sieht nicht zu mir, ist ins Gespräch mit den Frauen vertieft. Erleichtert verlasse ich die Bar.

Nach der stickigen Hitze im Inneren trifft mich die frische Frühlingsluft wie ein Eimer kaltes Wasser und ich atme tief ein. Auch hier draußen ist nach wie vor viel los, überall stehen Leute beisammen, denen es wahrscheinlich drinnen zu laut oder zu voll ist oder die eine Zigarettenpause machen. Ich schlendere an ihnen vorbei und die Gasse entlang.

Nach wenigen Metern stelle ich fest, dass der Taxistand zwar tatsächlich hinter der Bar liegt, sich aber ein Baustellenzaun dazwischen befindet. Seine einzelnen Elemente sind verkettet, sodass ich sie nicht aus der Verankerung heben kann. Ich müsste einmal um den ganzen Häuserblock laufen, um zur Querstraße zu gelangen.

Unschlüssig sehe ich mich um, aber die Straße ist gut beleuchtet, also gehe ich los.

Das Gelächter und die Musik, die jedes Mal aus der Bar dringen, wenn jemand die Tür öffnet, werden leiser und leiser. Die zunehmende Ruhe ist eine Wohltat für mein strapaziertes Trommelfell.

Ein Pärchen kommt mir Hand in Hand entgegen, ein anderes küsst sich ein Stück weiter eng umschlungen an einer Hauswand. Vermutlich werden Vanessa und Emilio es ihnen später gleichtun. In mich hineinlächelnd spaziere ich weiter.

Als ich um die Ecke des letzten Hauses an dieser Straße biege, zögere ich erneut. Der Strom scheint hier abgeschaltet worden zu sein, wohl wegen der Baustelle. Keine der Laternen leuchtet. Die Gasse ist noch enger als die vorige und der Mond kann sie kaum erhellen, denn die schmalen alten Häuser, die sich hier aneinanderdrängen, beschatten sie. Das gefällt mir nicht. Ganz und gar nicht! Ein flaues Gefühl macht sich in meinem Magen breit.

Ich beiße mir auf die Lippe, sehe unsicher zurück, dann wieder nach vorn, aber die Straße ist menschenleer. Außerdem ist es kein abgelegenes Industriegebiet oder so, sondern ein Wohnviertel, also was sollte schon passieren? Es wäre albern, mich von irgendwelchen irrationalen Ängsten leiten zu lassen und umzukehren.

Ich nicke, wie um mir selbst Mut zu machen, gehe zögerlich weiter und tauche immer tiefer in die Dunkelheit ein. Nur langsam gewöhnen sich meine Augen an sie. In den schmalen Spalten zwischen den Häusern sind die Schatten noch finsterer und meine Fantasie malt Gestalten hinein.

Doch natürlich ist dort niemand.

Ganz sicher nicht.

Hoffe ich.

»Angsthase!«, schimpfe ich mich leise und gehe trotz meiner wackligen Knie entschlossen weiter. Immerhin habe ich die Gasse bereits zur Hälfte durchquert, den Rest werde ich ja wohl auch noch schaffen!

Irgendwo schreit eine Katze, ein Geräusch, das mir eine Gänsehaut über den Rücken jagt, dann herrscht wieder Stille.

Mein Atem geht stoßweise, ich schlinge die Arme um meinen Oberkörper.

So angenehm ich die Ruhe zuvor empfand, so sehr zerrt sie jetzt an meinen Nerven. Nichts ist zu hören, bis auf meine Schritte auf dem Kopfsteinpflaster. Sie sind viel zu laut, dabei will ich doch keine Aufmerksamkeit erregen.

Noch immer warte ich darauf, dass mein Puls sich beruhigt, da dringt etwas an meine Nase. Meine Nasenflügel blähen sich, als ich dem Geruch nachschnuppere. Aftershave! Nur ein

Hauch davon. Normalerweise hätte ich ihn nicht einmal wahrgenommen, aber meine Sinne sind plötzlich geschärft.

Mein Magen verkrampft sich. Grundlos natürlich. Und doch ist mir mit einem Mal ganz mulmig zumute.

Hektisch sehe ich mich um, die Gasse ist voller Mauervorsprünge. Versteckt sich da jemand? Blödsinn! Vanessa hat recht, ich bin wirklich bereits paranoid. Wenn hier außer mir noch jemand ist, dann nur, weil er hier wohnt!

Ich versuche, die Dunkelheit mit meinen Blicken zu durchdringen, aber nichts rührt sich. Doch obwohl ich niemanden entdecken kann, weiß ich plötzlich, dass da jemand ist. Und mich beobachtet. Ich spüre es. Es lässt meinem Nacken kribbeln. Die Härchen an meinen Armen stellen sich auf.

In der Ferne höre ich ein Moped knattern. Der Motorradfahrer kommt mir wieder in den Sinn. Und die Wut in seinen Augen. War es doch Wut auf mich? Ist er es, der mich hier belauert? Eiskalt kriecht mir Angst den Rücken hinauf.

Nein, ich darf nicht schon wieder damit anfangen! Niemand belauert mich! Und warum sollte der Motorradfahrer auf mich wütend sein? Es sei denn, er hat mich mit jemandem verwechselt oder was weiß ich.

Oh, verdammt, warum nur bin ich nicht bei Vanessa geblieben? Okay, es reicht. Vorsicht ist besser als Nachsicht. Ich laufe zurück!

Ich sehe über die Schulter, im selben Moment bewegt sich hinter mir die Dunkelheit und das Blut gefriert mir in den Adern: Eine Gestalt tritt auf die Straße. Ein Mann, der Statur nach zu urteilen.

Hastig gehe ich weiter. Mein Herz hämmert wild gegen meine Rippen. Dabei gibt es keinen Grund für Angst. Der Typ ist rein zufällig da. Definitiv!

Dennoch kribbelt mein Nacken. Folgt er mir? Mein Herz klopft so laut, dass ich nicht sicher bin, ob ich hinter mir Schritte höre.

Ich sehe erneut zurück und fahre zusammen. Er folgt mir tatsächlich, ist knapp zehn Meter hinter mir.

Meine Eingeweide verkrampfen sich.

Und doch versuche ich, nicht in Panik zu verfallen. Der Typ wohnt hier nur, arbeitet möglicherweise irgendwo in der Nachtschicht und ist auf dem Weg zum Bus. Trotzdem gehe ich schneller.

Das Ende der Gasse ist nicht mehr weit, ich sehe schon Licht von den Laternen aus der Querstraße einfallen.

Ist der Kerl hinter mir noch da oder vielleicht abgebogen? Nein, ich bilde mir ein, Schritte zu hören. Schritte, die schneller werden. Ich sehe erneut über die Schulter und es durchfährt mich heiß und kalt zugleich. Es ist keine Einbildung! Er folgt mir definitiv! Ich kann von ihm nicht viel mehr erkennen als kurzarmiges Shirt und ein Baseballcap – und dass er ebenfalls seine Schritte beschleunigt.

Mir wird schlecht.

Wieso nur habe ich kein Pfefferspray eingepackt?

Mit meinen zittrigen Händen wühle ich mein Handy aus der Tasche, während ich noch einen Zahn zulege. Aber auch die Schritte hinter mir werden noch schneller. Scheiße, scheiße, scheiße!

Mit einem Mal habe ich das Bild von letzter Nacht vor Augen. Der Mann im Garten. Und die Gestalt, die ich heute wahrzunehmen meinte, als wir aus dem Tor gefahren sind und ich Emilio gefragt habe, zu welcher Bar wir unterwegs seien. Hatte derjenige – wer auch immer dort stand – die Antwort gehört? Ist es derselbe Mann wie letzte Nacht? Ist er uns gefolgt? *Mir* gefolgt?

Angst pulsiert heiß durch meine Adern. Plötzlich hämmern die Schritte hinter mir in schnellem Stakkato auf das Pflaster, Panik flutet mich endgültig. Keine Zeit, jemanden anzurufen. Ich renne los.

Der Mann hinter mir auch.

Und er ist schneller.

Ein Ruck, ein Stoß, ich stolpere und stürze mit einem Aufschrei zu Boden, mein Handy fliegt aus meiner Hand und ich spüre, wie mir die Handtasche entrissen wird. Ich will um Hilfe rufen, aber der Aufprall presst mir die Luft aus den Lungen.

Schmerz schießt durch mein Knie, Tränen in meine Augen. Ich höre den Kerl davonlaufen. Plötzlich ertönt ein zweiter Schrei, viel tiefer als meiner. Der Dieb? Ich hebe den Kopf. Zwei Männer? Im wütenden Handgemenge? Wo kommt der zweite her? Ist er gerade um die Ecke gebogen? Noch ein Dieb?

Spanische Schimpfworte, ein Geräusch wie von reißendem Stoff, einer der beiden stürzt, der andere rennt davon. Ohne meine Tasche. Die hat jetzt der auf dem Boden. Er stößt einen Fluch aus, springt wieder auf und scheint dem Flüchtenden nachsetzen zu wollen, sieht dann jedoch zu mir.

Das weckt mich aus meiner Schockstarre. Ich rappele mich auf, humpele zur nächsten Haustür. Scheiß auf die Tasche oder das Geld! Wer weiß, was das für ein Kerl ist?

Mein Puls rast, das Blut rauscht mir in den Ohren.

Verzweifelt suche ich die Klingel, drücke sie wieder und wieder, aber niemand meldet sich.

»Sie sollten die Polizei rufen.«

Ich halte inne. Das ist nicht unbedingt ein Satz, den man von einem Taschendieb erwarten kann.

Ich sehe über die Schulter, gleichzeitig geht im oberen Stockwerk das Licht an und in seinem Schein kann ich den Typen zum ersten Mal deutlich erkennen. Erneut schießt mir der Schreck glühend heiß und kalt durch die Glieder – der Typ aus der Bar! Zufall? Sicher nicht! Aber warum ist er mir gefolgt?

»Wer sind Sie?«, rufe ich panisch und presse erneut wie wild meinen Finger auf die Klingel. »Was wollen Sie? Bleiben Sie mir bloß vom Leib!«

»Hey, alles gut. Ganz ruhig. Ich will Ihnen nur Ihre Tasche zurückgeben. Soll ich Ihre Freunde holen? Sie können Sie auch von meinem Handy aus anrufen, wenn Sie wollen.«

Er steht so gelassen da, spricht so ruhig mit mir, dass meine Panik tatsächlich etwas nachlässt. Auch wenn mein Kopf sagt, dass das möglicherweise nur eine Masche ist und er weitaus Schlimmeres vorhat, als nur mein Geld zu stehlen.

In diesem Moment jedoch wird das Fenster über mir aufgerissen und ein kahlköpfiger Mann steckt seinen Kopf heraus. »Seid ihr völlig verrückt geworden?«, brüllt er. »Was soll dieser Tumult um diese Uhrzeit! Ich werde die Polizei rufen und …«

»Unbedingt! Bitte!«, fällt mein Unbekannter ihm in die Schimpftirade. »Die junge Frau hier wurde gerade von einem Taschendieb überfallen.«

Das stoppt den Wütenden. Er runzelt die Stirn, fasst mich scharf ins Auge, offenbar unsicher, ob das nicht eine Lüge von uns beiden ist. »Moment.«

Sein Kopf verschwindet, ich höre eine weibliche Stimme, vermutlich seine Frau.

Ich wende mich eilig wieder dem Fremden zu. Er ist für einen Spanier sehr groß, überragt mich um gut einen Kopf.

»Bleiben Sie, wo Sie sind!«, rufe ich, obwohl er das ohnehin tut. Er hat sich noch keinen Millimeter vom Fleck gerührt. Als wolle er mich nicht ängstigen. Diese Rücksichtnahme beruhigt mich mehr, als Worte es könnten. Aber sicher ist sicher. Mit zitterndem Finger deute ich auf ihn. »Sie … Sie waren in der Bar! Sie haben mich angestarrt!«

»Das stimmt, aber da werde ich sicher nicht der einzige Mann gewesen sein.«

»Ihre Komplimente können Sie sich sparen! Sie sind mir gefolgt, oder wollen Sie behaupten, das hier sei Zufall?«

»Nein, ich …«

In diesem Moment wird die Haustür aufgeschlossen und bei vorgehängter Kette einen kleinen Spalt weit aufgezogen. Der Mann von gerade eben mustert mich misstrauisch, aber ich muss genauso furchtbar aussehen, wie ich mich fühle, denn sein Blick wird weich. Dennoch murmelt er: »Ich rufe die Polizei, aber Sie warten draußen.«

Seine Frau schiebt ihn zur Seite und schimpft nach einem Blick auf mich: »Jetzt lass das Mädchen schon herein, siehst du nicht, dass es am ganzen Körper zittert?«

Grummelnd löst er die Kette und die Tür öffnet sich ganz. Im Zimmer stehen eine kleine Spanierin um die fünfzig mit Lockenwicklern im Haar und ihr noch kleinerer Mann mit Nudelholz in der Hand.

»Danke«, stoße ich aus. Meine Stimme klingt zu hoch und dünn und erst jetzt merke ich, dass meine Beine zittern.

»Du armes Ding, komm herein«, sagt sie. »Ich hole dir Verbandszeug. Und du, Juan, rufst endlich bei der Polizei an.«

Verbandszeug?

Ich sehe an mir hinunter und entdecke, dass Blut aus meinem aufgeschlagenen Knie läuft. Jetzt erst nehme ich auch den Schmerz wahr, setzt das Brennen ein.

Plötzlich fühle ich mich ganz schwach.

Nicht des Blutes wegen, denn damit habe ich kein Problem, sondern wegen der Vorstellung, was noch hätte passieren können.

»Gehört er zu dir?«, fragt die Frau.

Ich folge ihrem Blick zu dem Unbekannten, der noch immer mit meiner Tasche in der Hand an Ort und Stelle verharrt. Er ist noch immer keinen Schritt näher gekommen.

»Ja«, flüstere ich einfach, unfähig zu großen Erklärungen.

Erneut folgt eine misstrauische Musterung durch den Ehemann, wohl weil der Fremde ebenfalls mitgenommen aussieht – sein Shirt ist gerissen und sein Arm aufgeschürft. Dann wird er hereingewunken. »Na gut. Kommen Sie rein. Aber ich warne Sie …« Wieder hebt der Hausherr drohend das Nudelholz an.

Irre ich mich, oder zuckt es für einen Moment um die fein geschwungenen Lippen des Fremden? Verständlicherweise, denn er überragt unser kleines, rundes Gegenüber um gute drei Köpfe und ist so durchtrainiert, dass Vanessa vermutlich vor Verzückung vergangen wäre. Ein Nudelholz würde bei Weitem nicht gegen ihn ausreichen. Doch aus irgendeinem Grund habe ich nicht mehr das Gefühl, er könne eine Bedrohung darstellen.

»Vielen Dank«, entgegnet er höflich und kommt jetzt erst langsam auf mich zu, reicht mir meine Tasche sowie mein Handy, das er vom Boden aufgelesen hat.

»Das Display ist gesplittert, aber vielleicht funktioniert es noch.«

»Danke«, flüstere ich erschöpft.

Die nette Andalusierin nimmt mich an der Hand. »Nun komm schon mit, du armes Ding, ich mache dir einen Tee.«

Mein Retter folgt uns in die Küche, ohne vom bereits telefonierenden Hausherrn aus den Augen gelassen zu werden.

Ich bin so unfassbar froh, dass es so gutherzige Menschen gibt wie diese beiden Nerjaner. Nennt man die Einwohner von Nerja so? Ich weiß es nicht und ein Teil von mir will über dieses Wort lachen, weil es nach Marsianer klingt – gerade noch kann ich einen hysterischen Anfall hinunterschlucken. Der andere Teil, die analytische Arztseite in mir, diagnostiziert einen Schock.

Als wir schließlich am Tisch sitzen und die Hausherrin den Wasserkocher befüllt, mustert mich mein Retter besorgt. »Keine gute Idee, mitten in der Nacht allein durch dunkle Gassen zu spazieren. Sie haben Glück gehabt.«

»Glück, dass Sie da waren«, korrigiere ich müde – und bin im nächsten Augenblick wieder hellwach. Alarmiert richte ich mich auf. »*Warum* waren Sie da? Sie waren schließlich zuvor in der Tapasbar! Und haben mich angestarrt, ganz bestimmt! Da kann es doch kein Zufall sein, dass sie anschließend auch in der Gasse waren.«

»Das ist richtig. In der Bar war ich aus demselben Grund wie Sie. Und gefolgt bin ich Ihnen, weil …«

»Weil?« Argwöhnisch mustere ich ihn. Vor allem seine Augenpartie. Hat sie Ähnlichkeit mit der des Motorradfahrers? Ich bin nicht sicher. Er hat braune Augen und dichte schwarze Wimpern, das stimmt. Aber das haben sicher neunundneunzig Prozent aller Spanier. Ohne diese Wut im Gesicht und im Blick lässt sich einfach kein Vergleich ziehen. Zudem war ich bei der Begegnung damals müde und nervös.

Er kratzt sich im Nacken. »Klingt vermutlich komisch, aber … ich habe mir schlichtweg Sorgen um Sie gemacht, nachdem ich mitbekommen hatte, dass Sie allein zum Taxistand wollten. Sie sind nicht von hier und wussten daher nicht, dass hier eine Baustelle ist.«

»Ach ja? Und woher wollten Sie wissen, wo ich hinwollte und dass ich nicht von hier bin?«, hake ich skeptisch nach und überlege, ob ich ihn bitten soll, furchtbar wütend zu gucken.

»Nun, der Begleiter Ihrer Freundin hat ja lautstark verkündet, dass sie aus Deutschland seien.«

»Oh. Stimmt.«

»Und als Sie plötzlich ohne Ihre Begleitung weg waren, war klar, dass Sie zum Taxistand wollten.«

Klingt logisch. Glaube ich, wobei ich im Moment nicht wirklich klar denken kann, wie ich mir eingestehen muss, aber …

»Halt!« Sofort schrillen meine Alarmglocken erneut, rutsche ich an die äußerste Kante meines Stuhles und bin bereit, aufzuspringen und davonzurennen. »Sie haben also gemerkt, dass ich fehle? Das heißt, Sie haben mich wirklich angestarrt! Warum?« Im Stillen ergänze ich: Und komm mir bloß nicht mit »schöne Frau« und so.

»Nun, also anstarren wollte ich Sie wirklich nicht. Tut mir leid, wenn es so rübergekommen ist. Ich war einfach interessiert, wer die Enkelin von Señor García ist.«

Auch wenn er nicht argumentiert hat, wie vermutet, versetzt mir seine Antwort seltsamerweise trotzdem einen kleinen Stich. Nun, zumindest ist er ehrlich. Oder? »Woher wollten Sie wissen, wessen Enkelin ich … oh. Schon klar.« Ich seufze. Im Nachhinein behagt es mir gar nicht, dass mich dank Emilios lautstarker Vorstellung nun offenbar mehr Leute kennen, als mir bewusst war, geschweige denn, lieb ist.

»Fabio«, sagt er und reicht mir die Hand.

Ich zögere noch einen Atemzug lang, ergreife sie dann aber und lasse die Bitte, wütend zu gucken, unter den Tisch fallen. Ich kann mir plötzlich beim besten Willen nicht mehr vorstellen, dass er der Motorradfahrer mit der Wut im Blick ist. Und ich will mich nicht vor ihm lächerlich machen. Mal ganz davon abgesehen, dass es mich mit Sicherheit nicht weiterbringen würde, ihn wütend zu sehen, ohne Helm und in einer völlig anderen Situation. »Marisol«, stelle ich mich vor.

Er lächelt verschmitzt. »Ich weiß.«

»Woher … ah, ja. Natürlich.« Verlegen lächele ich zurück. Und zum ersten Mal, seit ich die dunkle Straße betreten habe, entspanne ich mich wieder etwas.

* * *

»Ist Ihnen im Vorfeld des Überfalls noch etwas aufgefallen?«, fragt mich der Polizeibeamte, nachdem er unsere Aussagen zu dem Tathergang zu Protokoll gebracht hat. Leider konnte ich, abgesehen von der Größe des Angreifers und dass dieser dunkle Kleidung und ein Baseballcap getragen hat, nicht viel zur möglichen Aufklärung beitragen. Fabio ist wenigstens noch der Schnitt des Shirts und das Logo auf dem Basecap aufgefallen und dass er einen Dreitagebart trug. Auch das trifft leider auf unzählige Männer zu, aber immerhin.

Die Kollegin des Polizisten hat derweil im Wohnzimmer die Aussage der beiden freundlichen Bewohner dieses Häuschens aufgenommen. Das Nudelholz hatte der Ehemann allerdings erst beim Eintreffen des Streifenwagens niedergelegt.

»Nicht heute Abend«, sage ich zögerlich. »Aber … bei der Ankunft meiner Freundin und mir vor dem Grundstück meiner Großeltern, gab es, äh, einen Beinahezusammenstoß unseres Wagens mit einem Motorradfahrer, der daraufhin sehr wütend war.« Ich schiele zu Fabio hinüber. Er hat die Stirn gerunzelt, wirkt aber nicht, als würde ihn diese Aussage persönlich berühren.

»Wütend über den Zusammenstoß?«, hakt der Polizist nach.

»Das weiß ich nicht.«

»Hat er Ihnen gedroht?«

»Äh, nein.«

»Was hat er denn gesagt?«

»Nun ja … nichts«, gebe ich zu. »Wir … haben nicht miteinander gesprochen.« Ich räuspere mich verlegen. »Aber er hat sehr wütend … geguckt.« O Gott, ausgesprochen klingt das total bescheuert!

Das scheint auch der Polizist zu denken, der seine Skepsis nicht verhehlen kann. »Können Sie ihn beschreiben?«

»Er war breitschultrig. Obwohl dieser Eindruck auch durch die Bikerjacke entstanden sein könnte.«

Der Polizist, der bereits seinen Stift gezückt hat, hält inne.

»Die Jacke war aber ganz sicher schwarz«, setze ich hastig hinzu und spüre meine Wangen glühen. »Ebenso die Motorradhose.«

»Und sein Gesicht? Die Haarfarbe? Die Augen?«

»Braune Augen und schwarze Wimpern.«

Der Polizist mustert mich skeptisch. »Und sonst?«

»Na ja … er trug einen Motorradhelm. Einen von diesen alten, mit dem schmalen Schlitz, wissen Sie? Daher … weiß ich es nicht«, gestehe ich verlegen.

Der Polizist lässt sein Büchlein sinken. »Das Motorradkennzeichen?«

»Weiß ich leider ebenfalls nicht.«

»Aber zumindest die Motorradmarke?« Ihm ist anzusehen, dass er keine Antwort erwartet.

»Ich, äh, kenne mich leider überhaupt nicht mit Motorrädern aus. Aber es war schwarz. Und rot.«

Der Polizist schlägt das Büchlein resigniert zu. Ich wage gar nicht erst, zu Fabio zu schauen. Hätte ich doch bloß meinen Mund gehalten.

Auf die Erwähnung des nächtlichen Besuches und meiner Vermutung, es könne jemand an der Gartenmauer gestanden haben, verzichte ich lieber. Fabio muss mich ohnehin schon für bescheuert halten. Davon abgesehen war das im Garten mit Sicherheit Julio und wer auch immer an der Mauer stand, womöglich ein Besucher oder Spaziergänger.

»Schon gut, vergessen sie es«, murmele ich verlegen. »Das hat sicher nichts mit dem zu tun, was heute Abend passiert ist.«

»Das denke ich auch. Taschendiebstähle kommen leider häufig vor, insbesondere rund um von Touristen häufig frequentierten Orten. In diesem Fall die Tapasbar, die …«

Er hält inne, als seine Kollegin nach ihm ruft.

»Entschuldigen Sie mich einen Moment«, sagt er an uns gewandt und geht zu ihr in den Flur, wo die beiden leise miteinander reden.

»Was ist?«, fragt Fabio mich. Jetzt erst wird mir bewusst, dass ich über mich selbst den Kopf schüttele.

Ich drehe die Handflächen in einer Geste der Kapitulation nach außen. »Ich komme mir dämlich vor, weil ich nicht besser aufgepasst habe und kaum etwas über den Dieb sagen konnte«, gestehe ich.

»Hey, das ist okay«, sagt Fabio beruhigend. »In solch einer Situation denkt man wirklich an andere Dinge als daran, was man später zu Protokoll geben kann.«

»Du warst im Gegensatz zu mir dazu in der Lage.« Ich weiß gar nicht, wann wir in der letzten halben Stunde zum Du übergegangen sind, es hat sich irgendwie ergeben.

»Ich hatte ja auch mehr Zeit, ihn zu betrachten.«

Jetzt muss ich lachen, wenngleich noch immer etwas hysterisch, wie ich mir eingestehen muss.

Er guckt mich verwirrt an.

»Entschuldige. Aber das ist ja wohl die Untertreibung des Jahrhunderts. Es hört sich an, als hättest du dich mit dem Dieb zu einem Kaffee getroffen.«

»Und außerdem bin nicht ich derjenige, der ausgeraubt wurde und unter Schock steht«, ergänzt er.

»Ich stehe nicht unter Schock.«

»Du zitterst.«

»Okay, vielleicht stehe ich ein klein wenig unter Schock.«

Er füllt wortlos meine Tasse erneut mit Tee auf und schiebt sie mir zu. »Trink noch etwas.«

Dankbar sehe ich ihn an und plötzlich laufen mir Tränen über die Wangen.

»Tut mir leid«, schniefe ich und wische mir hastig über die Augen. »Ich wollte nicht heulen.«

»Hey, schon gut. Wieso denn nicht?«

»Weil ich mir total unfähig vorkomme.«

»Blödsinn. Wer würde in solch einer Situation nicht die Nerven verlieren?«

»Aber ich bin Ärztin! Ich sollte in der Lage sein, im Notfall einen Daumen zu amputieren!«

»Sagtest du dem *Polizisten* eben nicht, du wärest Gynäkologin?«

»Bin ich auch, aber was, wenn ich irgendwo im Urlaub bin, wo kein Arzt in der Nähe ist, und jemand erleidet einen Unfall und ich muss ihm den Daumen amputieren?« O Gott. Ich glaube, ich bin wirklich hysterisch.

Fabio schüttelt den Kopf. »Selbst als Ärztin wird man nicht unbedingt andauernd ausgeraubt.« Mit einem Augenzwinkern ergänzt er: »Hoffe ich jedenfalls.«

Ich lächele zaghaft.

Als der Polizist zurückkommt, wirft er noch einmal einen Blick in seinen Block, nickt dann aber. »Das wars fürs Erste. Sollte einem von Ihnen noch etwas einfallen, kontaktieren Sie uns bitte.« Er reicht jedem von uns eine Karte. »Natürlich werden wir die Ermittlungen aufnehmen, allerdings will ich ehrlich sein und ihnen keine großen Hoffnungen machen, dass wir den Täter aufgrund dieser wenigen Angaben ermitteln können. Seien Sie bitte zukünftig vorsichtig und vermeiden Sie es, unbegleitet dunkle Ecken aufzusuchen. Aber haben Sie keine

Angst, weiterhin auszugehen.« Er klappt seinen Block zu und verabschiedet sich.

Das Ehepaar kommt in die Küche, ich bedanke mich überschwänglich für ihre Hilfe und die Hausherrin fragt sogar noch, ob sie uns ein Taxi rufen sollen.

»Nicht nötig, vielen Dank. Ich werde meine Freundin anrufen. Sie ist noch in der Bar.« Zu meiner Erleichterung funktioniert mein Handy noch, auch wenn es wirklich bedauernswert aussieht, das Glas ein Spinnennetz an Sprüngen aufweist und die rechte obere Ecke kein Bild mehr zeigt. Unglücklicherweise jedoch meldet sich nach etlichen Freitönen immer nur die Mailbox. Ebenso bei Emilio.

»Mist. Also entweder kriegen die bei der lauten Musik nichts vom Anruf mit oder sie schlafen schon oder …« Ich verschlucke den Rest meines Satzes und räuspere mich.

Fabios Lippen kräuseln sich belustigt, er weiß wohl, in welche Richtung meine Vermutung geht. »Ich kann dich nach Hause fahren. Sofern du dich mir anvertraust. Natürlich verstehe ich, wenn das nicht der Fall ist, immerhin bin ich ein Fremder.«

»Na ja, inzwischen nicht mehr so ganz, immerhin weiß ich sogar, wie deine Adresse und deine Telefonnummer lauten.«

»Du hast sie dir gemerkt?«

»Äh …« Verdammt. »Ich besitze ein gutes Gedächtnis für Zahlen«, murmele ich mit glühenden Wangen.

Er schmunzelt, sagt aber nichts weiter dazu. »Also, mein Angebot steht.«

Ich beiße mir auf die Lippen, zwirbele nervös eine Haarsträhne in meiner Hand, bin plötzlich doch unsicher.

Aber hey, die Polizei hat seinen Ausweis kontrolliert und seine Daten aufgenommen und das Ehepaar hat unsere Unterhaltung mit angehört und weiß, zu wem ich ins Auto steige. Mehr Sicherheit geht kaum bei einem Quasi-Fremden, oder? Der mir nach der letzten Stunde auch gar nicht mehr so fremd vorkommt. So ein Erlebnis schweißt irgendwie zusammen.

»Danke«, sage ich leise und nicke.

* * *

»Heilige Muttergottes! Was da alles hätte passieren können!«

Yaya sieht noch immer aus, als würde sie gleich in Ohnmacht fallen. Und ist damit nicht die Einzige. Ich fühle mich selbst noch etwas schwach auf den Beinen.

Mein Großvater hingegen läuft aufgebracht durchs Zimmer. »Nirgends ist man mehr sicher vor diesem diebischen Pack!«, grollt er zum wiederholten Male, bevor er sich abrupt zu Fabio umwendet und seine Hand ergreift. »Junger Mann, Sie sind ein Held!«

Fabio läuft rot an und schüttelt den Kopf. »Nein, überhaupt nicht. Ich habe nur geholfen, das hätte jeder getan.«

Gott, ist seine Verlegenheit süß!

Kaum habe ich das gedacht, runzele ich die Stirn. Was ist los mit mir, dass ich nach solch einem Erlebnis etwas dermaßen Albernes denke? Ich sollte mich jetzt auf das Wesentliche konzentrieren anstatt darauf, ob Fabio süß ist oder nicht. Obwohl er eher heiß als süß ist und … Verdammt, Schluss damit!

»Schön wär's«, grummelt mein Großvater. »Doch leider hat bei Weitem nicht jeder so viel Courage und Mut, sich einem Verbrecher entgegenzustellen.«

Ein seltsamer Ausdruck huscht über Fabios Gesicht. Ich kann ihn nicht deuten, aber als mein Großvater sich jetzt umdreht und kurz aus dem Zimmer geht, folgt ihm Fabio mit seinem Blick. Eine seltsame Intensität liegt darin. Und sein ganzer Körper ist angespannt, seine Kiefer sind aufeinandergepresst.

Dann bemerkt er, dass ich ihn ansehe, und der Ausdruck auf seinem Gesicht ist wie weggewischt. Im nächsten Moment lächelt er mich ein wenig schief an und mein Herz macht einen seltsamen Hüpfer. Es steht ganz eindeutig ebenfalls unter Schock.

Meine Großmutter jammert derweil noch immer, sinkt jetzt auf die Chaiselongue. »Ich fühle mich so schwach.« Wie Kleopatra höchstpersönlich liegt sie dort und hält sich in dramatischer Geste den Handrücken an die Stirn. »Erst die Sache mit deinem Großvater, jetzt der Überfall. Was kommt als Nächstes? Wie soll ich die kommenden Wochen nur durchstehen – mit solchen Ängsten und nach allem, was mit deiner Mutter …« Sie bricht ab, kann es auch nach so vielen Jahren noch nicht aussprechen, greift nach meiner Hand, sieht mich bittend an. »Du musst einfach hierbleiben, bei mir sein, du kannst mich nicht in solch einer Situation alleinlassen.«

O Mann, irgendwie dachte ich, dass ich hier diejenige sei, die gerade Zuspruch benötigen würde.

Wie gut, dass ich ihr gegenüber nicht auch die Sache mit dem Mann im Garten und an der Mauer erwähnt habe – sie wäre wohl hysterisch geworden. Ich werde es nachher nur *Yayo* erzählen. Zumindest weiß ich jetzt definitiv, warum Mama es auf Dauer nicht mit meiner Großmutter ausgehalten hat. Wobei ich nicht ungerecht sein will.

Klar, sie hat sich schon immer als Nabel der Welt gesehen, aber war sie auch schon immer so fordernd und erdrückend in ihrer Anhänglichkeit? War das der Grund dafür, dass meine Mutter sich geweigert hat, mit meinem Vater und mir nach Spanien zu ziehen? Oder verhält *Yaya* sich nur deshalb so, weil ihr meine Mutter fehlt. Ist sie erst so geworden, als meine Mutter mit meinem Vater nach Deutschland ging? Oder sogar erst nach dem, was mit Mama geschehen ist?

»Ich muss schauen«, antworte ich ausweichend. »Schließlich habe ich berufliche Verpflichtungen.«

Zu meiner Erleichterung kommt mein Großvater aus dem Nebenzimmer zurück, bevor sie mich weiter bedrängen kann.

In der Hand hält *Yayo* sein Portemonnaie, aus dem er etliche Scheine hervorholt, die er Fabio in die Hand drücken will.

Der wiederum runzelt die Stirn, tritt zurück und schüttelt mit abwehrend erhobenen Händen den Kopf. »Das nehme ich nicht an! Auf gar keinen Fall!«

»Ich möchte mich aber für Ihre Hilfe bedanken.«

»Was ich getan habe, war eine Selbstverständlichkeit! Wenn Sie mir dafür Geld geben, beleidigen Sie mich, Señor!« Stolz reckt er das Kinn in die Höhe.

Die Miene meines Großvaters erhellt sich und er steckt das Geld zurück. »Sie sind ein Mann von Ehre! Ein Mann nach meinem Geschmack! Gibt es heutzutage nur noch selten!« Mit beifälligem Nicken klopft er Fabio auf die Schulter, bevor er sich an meine Großmutter wendet. »Wie können wir uns sonst erkenntlich zeigen, Constanza? Vielleicht sollten wir den jungen Mann zum Essen einladen, meinst du nicht?«

Meine Großmutter blinzelt, setzt sich plötzlich aufrecht hin – ihr Schwächeanfall scheint Geschichte zu sein. »Natürlich! Ein sehr guter Vorschlag!« Bei dem Leuchten in ihren Augen ahne ich Schlimmes. »Sofern Ihre Freundin oder Verlobte nichts dagegen hat?« Mit Blicken sucht sie seine Hände ab und Zufriedenheit macht sich in ihrer Miene breit, als sie keinen Ehering entdeckt.

O mein Gott, wo ist das nächste Mauseloch?

»Ich habe weder eine Freundin noch eine Verlobte oder eine Ehefrau.« Fabio unterdrückt sichtlich ein Schmunzeln, das Manöver ist auch wirklich viel zu leicht zu durchschauen gewesen. Meine Wangen glühen. Geht es noch peinlicher?

»Ich fühle mich geehrt von Ihrer Einladung«, fährt er fort. »Und nehme sie sehr gern an, vielen Dank.«

Trotz meiner Verlegenheit kann ich nur knapp einen Seufzer der Erleichterung unterdrücken. Ich werde ihn wiedersehen!

Dieser Gedanke braust durch meine Adern wie Adrenalin. Ja, ich reise bald ab. Und ja, ich will nichts mit einem Spanier anfangen. Trotzdem kribbelt freudige Aufregung durch meinen Magen.

»Gleich morgen?«, fragt *Yaya*, als befürchte sie, er könne einen Rückzieher machen, wenn zu viel Zeit verginge.

»Constanza, meine Liebe, es *ist* schon morgen.« Mein Großvater deutet auf die Standuhr, die halb zwei anzeigt.

»Umso besser«, verkündet sie begeistert.

»Machen wir übermorgen daraus, meine Liebe«, bremst *Yayo* sie sanft. »Wir brauchen alle etwas Schlaf und die Gelegenheit, uns von dem Schrecken zu erholen.«

Widerstrebend gibt meine Großmutter nach. »Dann eben übermorgen. Seien Sie gegen halb sechs da.«

Ihr Tonfall schließt jede Widerrede aus und so bedankt sich Fabio erneut und erwidert höflich, dass er sich schon darauf freue.

»Dann bringe ich Fabio jetzt zu seinem Wagen, damit er diese Nacht wenigstens noch etwas Schlaf bekommt«, sage ich eilig, bevor *Yaya* ihn mit weiteren Forderungen verschrecken kann.

Er verabschiedet sich und ich begleite ihn peinlich berührt und schweigend nach draußen. Unter unseren Füßen knirscht der sandfarbene Kies der Einfahrt. Erst als er die Tür seines Autos geöffnet hat, räuspere ich mich. »Bitte entschuldige meine Großmutter. Ihr fehlt es des öfteren mal an Feingefühl.«

»Alles in Ordnung, mach dir keine Gedanken. Ich freue mich sehr auf übermorgen.«

»Ich mich auch«, rutscht es mir heraus, bevor ich mir auf die Zunge beißen kann. Hoffentlich nimmt er diese Aussage als reine Höflichkeitsfloskel, so wie auch die seine es mit Sicherheit nur war. »Komm gut heim, bis zu deinem Haus ist es ja zum Glück nicht weit.«

»Das stimmt, es ist nicht weit. Aber es ist nicht mein Haus oder meine Wohnung. Ich bin nur vorübergehend für ein paar Tage hier in der Gegend.«

»Ach … und wieso?«

»Um … etwas zu regeln. Beruflich.«

»Okay, und wo lebst du normalerweise?«

Er neigt den Kopf zur Seite und seine Augen haben mit einem Mal einen seltsam intensiven Ausdruck. Oder liegt es daran, dass nun das Licht anders auf ihn fällt? »In Granada.«

Granada …

Ich bin wie erstarrt, alles um mich herum tritt für einen Moment in den Hintergrund. Überdeutlich spüre ich meinen Herzschlag und höre das Rauschen des Blutes in meinen Ohren.

Wieder sehe ich den Papierfetzen mit diesem einen Wort vor mir. Und ich sehe meine Mutter. Ihre Aufgelöstheit, ihre Verwirrung.

Eine Schraubzwinge legt sich um meinen Brustkorb, die sich immer weiter zusammenzieht, es mir unmöglich macht, Luft zu holen.

»Marisol?«

Fabios Stimme bricht den Bann, ich ziehe scharf die Luft ein, sehe auf. In Granada leben sicher Zigtausende von Menschen. Also warum nicht auch Fabio?

»Ist alles in Ordnung?« Er mustert mich besorgt. »Du warst plötzlich so blass. Ich dachte schon, du würdest mir nun doch noch umfallen.«

»Ja … nein … ich meine … der Schock … und die Müdigkeit …«

Mit seinem Blick tastet er vorsichtig mein Gesicht ab. »Sicher, dass es nur das ist?«

Ich nicke schwach. Genau das ist der Grund, warum ich nicht nach Andalusien kommen wollte. Weil meine Erinnerungen hier übermächtig sind.

Er sieht mich noch immer mit gerunzelter Stirn an und mir scheint, als läge hinter seiner Sorge noch etwas anderes … Als würde er meine Reaktion analysieren und sich bestätigt sehen. Aber worin? Und wieso? Nein, ich muss es mir einbilden, sehe Gespenster. Immerhin ist es nur Zufall, dass er ausgerechnet aus Granada stammt.

»Ich sollte schnellstens ins Bett«, murmele ich.

Er sieht von mir zum Eingang, als wolle er abschätzen, ob es nicht zu weit für mich ist.

»Alles gut, fahr ruhig!«, setze ich mit etwas mehr Nachdruck hinzu.

»Okay. Bis übermorgen.«

Ich nicke, er steigt ein, zieht die Tür zu und startet den Motor.

Langsam rollt der Wagen über den knirschenden Kies an und der wandernde Lichtkegel der Scheinwerfer erhellt für einen Moment Büsche und Bäume, bevor sich wieder Dunkelheit über sie legt und sie sich nur noch als Schattenrisse gegen den sternenklaren Himmel abheben.

Er kommt aus Granada!

Allein schon das Wort lässt mein Herz erneut schmerzhaft gegen meine Rippen hämmern.

Ich habe das Gefühl, dass unser Zusammentreffen etwas zu bedeuten hat. Als wäre es ein Zeichen, das meine Mutter mir schickt. Aber das ist natürlich Blödsinn. Die Begegnung mit Fabio ist Zufall. Nichts weiter als das. Und doch …

Granada …

Nur ein Wort auf einem Stück Papier, mehr nicht. Ein Wort, das geheimnisvoll und exotisch klingt, nach Sonne und Orangen, nach Rubinen und Granatäpfeln.

Und nach Verzweiflung. Nach Fragen. Und Schuld.

Meiner Schuld.

1974

Diego

Die Tür war tatsächlich verschlossen. Diegos Magen verkrampfte sich. Er öffnete sie und trat ein. »Papa?«

Stille umfing ihn.

Das ungute Gefühl, das ihn überkommen hatte, als Mina ihm vor Felis Schule erzählte, der Laden sei zu gewesen, wurde stärker. Er eilte in den Patio, in der Hoffnung, dass sein Vater dort nur ein Schläfchen hielt, aber auch dort befand sich niemand.

Verdammt! War er wieder in einer Bar hängen geblieben? Torkelte gerade betrunken durch die Gassen?

Diego fuhr herum, rannte durch den Perlenvorhang zurück und hielt abrupt inne – sein Vater stand in der Tür.

»Wo warst du?«, fuhr Diego ihn an.

»Fernando brauchte meine Hilfe.« Salvador deutete auf die Werkstatt gegenüber, vor welcher silberbeschlagene Pferdegeschirre auf einem Holzbarren in der Sonne blitzten. »Er kommt nachher noch vorbei.«

Kein Alkoholgeruch! Sein Gefühl hatte ihn getrogen. Erleichtert und zugleich von schlechtem Gewissen geplagt, weil er seinem Vater gedanklich unrecht getan hatte, folgte er ihm in die Werkstatt und band sich die lederne Schürze um. Anschließend nahm er sein Meisterstück aus der Halterung. Er wollte gerade ansetzen, um es anzuspielen, als die Türglöckchen klingelten. Diegos Laune hob sich weiter. Endlich würde Geld in die Kasse kommen. Das war mehr als dringend nötig. Es war lange her, dass sie ein Instrument verkauft hatten. Stattdessen hatten sie sich mit Reparaturarbeiten oder kleineren Aufträgen über Wasser gehalten.

Mit der Gitarre noch in der Hand trat er durch den Perlenvorhang in den Verkaufsraum. »Wie kann ich ...« Er hielt inne, als er Bautista erblickte. In Soldatenuniform. Pilars Sohn war der Letzte, den in einem Laden für Gitarren anzutreffen er erwartet hätte. Schon als Kind war es Bautistas Lieblingsbeschäftigung gewesen, Schwächere zu verprügeln. Daran hatte sich in all den Jahren, die er ihn mittlerweile kannte, nichts geändert. Nur die Methoden waren andere geworden. Brutalere. Und nun war er auch noch beim Militär.

»Was willst du?«, fragte Diego knapp.

»Aber warum denn gleich so abweisend?«, fragte Bautista mit falschem Lächeln und schlich wie eine Hyäne im Laden umher. Als wäre er auf der Lauer.

»Wir haben uns lang nicht mehr gesehen und ich dachte, ich besuche mal den guten alten Diego und kaufe eine Gitarre.« Er schob seine Zunge mal rechts, mal links zwischen die Lücken seiner Zähne. Er hatte etwas von einer Hyäne an sich, die es kaum abwarten konnte, sich auf ihre Beute zu stürzen.

Diego antwortete nicht. Der Mistkerl führte zweifellos etwas im Schilde, aber was? Misstrauisch und mit wachsendem Ärger beobachtete er, wie Bautista die Instrumente grob betatschte und fettige Fingerabdrücke darauf hinterließ. »Suchst du etwas Bestimmtes?«

»Ich denke schon.«

»Und was?«

»Das werde ich wissen, wenn ich es sehe.«

Diego presste die Zähne aufeinander.

Bautista zuckte mit den Schultern. »Da schaut eine aus wie die andere.«

»Bei einem Instrument kommt es auf den Klang an«, stellte Diego verärgert klar.

»Ach ja? Wie klingt dann diese hier?« Bautista hob eine der Gitarren aus ihrer Halterung und hielt sie, als sei sie ein

Stück Schinken, nicht etwa ein zerbrechlicher und wertvoller Gegenstand.

Vorsichtig legte Diego sein Meisterstück auf der Theke ab, bevor er hastig zu Bautista trat, um die Gitarre aus dessen Händen zu befreien, bevor sie Schaden erlitt. »Soll ich sie für dich anspielen?«

»Ja, mach mal. Das ist was für Weicheier, nichts für echte Männer.« Bautista grinste. Es sah aus, als würde eine Hyäne ihre Lefzen hochziehen.

Diego schluckte mühsam eine Erwiderung hinunter und spielte ein paar Akkorde. »Der Klang ist tief und voll.«

Bautista verzog abfällig den Mund. »Ich suche etwas *Besonderes*. Aber keine von denen hier sieht danach aus.«

Unwillkürlich huschte Diegos Blick zu der Gitarre, die er gerade gefertigt hatte. Die er seinen Kindern vermachen wollte.

Bautista folgte seinem Blick. »Ich will die da.« Er machte einen Schritt darauf zu, Diego trat ihm eilig in den Weg.

»Die ist unverkäuflich.«

Bautistas Augen funkelten bedrohlich. Diego ahnte, dass er falsch reagiert hatte. Dass seine Weigerung Bautista erst recht anstacheln würde.

»Alles ist käuflich.«

»Diese hier nicht. Sie ist bereits vergeben.«

»So? Nun, dann wirst du eben für wen auch immer eine andere fertigen müssen. Ist doch schließlich dein Job. Was soll sie kosten?«

»Wie ich schon sagte – sie steht nicht zum Verkauf.«

Bautista beugte sich vor. »Und wie *ich* schon sagte: Ich will sie haben.«

»Aber … der Klang ist nicht gut. Der von dieser dort ist viel besser.« Er zeigte auf ein Instrument rechts der Theke.

Bautista grinste, hob aber zu Diegos Erleichterung das Preisschild der besagten Gitarre an und zählte dann ein paar Scheine auf die Theke.

Diego runzelte die Stirn. »Das ist nicht der volle Preis.«,

»Es ist für die hier.« Er deutete nach Diegos Meisterstück. »Und wie du gerade sagtest, ist deren Klang nicht so gut und ihr Wert kann daher nicht so hoch sein wie der der anderen.«

Mühsam atmete Diego durch. »Tja, dann hoffe ich, dass jemand anderes deine Vorstellungen besser umsetzen kann als ich. Die hier ist, wie ich bereits mehrfach gesagt habe, unverkäuflich.« Er schob ihm das Geld wieder zu und griff nach der Gitarre, aber auch Bautistas Hand schoss nach vorn und schloss sich um den zarten Hals.

»Ich werde nicht ohne das, was ich will, den Laden verlassen!«

»Und ich werde meine Arbeit nicht unter Wert verkaufen und diese hier schon einmal gar nicht!«, stellte Diego klar und packte mit seiner freien Hand Bautista am Ärmelaufschlag.

Der kniff die Augen zusammen, beugte den Oberkörper ein Stück vor und zischte: »Überlege dir gut, was du jetzt vorhast!«

»Oh, ich weiß genau, was ich vorhabe.« Eher würde er sein Meisterstück zerstören, als es diesem Mistkerl zu überlassen.

Die Türglöckchen klingelten und Fernando von gegenüber trat ein. »Hallo, Diego, ist dein Vater …« Er hielt inne, runzelte die Stirn. »Alles in Ordnung?«

»Hängt davon ab«, gab Diego düster mit Blick auf Bautista zurück. Der wiederum besah sich Fernando – und zog seine Hand von der Gitarre zurück. Kein Wunder. Fernando war ein Riese. Noch dazu einer, dessen muskulösen Armen man wahrlich ansah, dass er jeden Tag bei der Arbeit den Hammer schwang.

Also alles beim Alten. Bautista war ein verdammter Feigling und riss nur dann die Klappe auf, wenn er im Vorteil war.

In diesem Moment trat Diegos Vater durch die klimpernden Perlenschnüre. »Fernando, gehst du schon mal rüber? Ich komme gleich.« Er schob auffordernd den Vorhang beiseite.

Fernando sah stirnrunzelnd von Diego zu Salvador, folgte dann aber dessen Aufforderung und ging in die Werkstatt.

Diegos Vater hingegen blieb im Raum.

»Unverkäuflich!«, wiederholte Diego mit Nachdruck, ließ Bautista los und stellte die Gitarre außer dessen Reichweite hinter sich in eine Halterung. Er verzichtete darauf, seinem Vater zu erklären, worum es ging, denn der konnte gar nicht anders, als alles mit angehört zu haben.

Bautista knirschte hörbar mit den Zähnen. »Dann nehme ich die da.« Er griff nach der Gitarre, die Diego ihm zuvor angespielt hatte. »Aber für die Hälfte.«

Diego griff ebenfalls nach dem Instrument. »Auf keinen Fall!«

»Richtig«, sagte sein Vater hastig. »Señor Bautista erhält sie als ein … ein Geschenk von uns.«

Ungläubig starrte Diego seinen alten Herrn an. Dieser löste indes Diegos verkrampfte Finger vom Hals der Gitarre, sodass Bautista sie zu sich ziehen konnte.

»Mit Empfehlung der Firma«, sagte Salvador mit regloser Miene.

Ein Grinsen machte sich auf Bautistas feistem Gesicht breit und wieder schnellte seine Zunge durch seine Lücke. »Du hast Glück, solch einen vernünftigen und weitblickenden Vater zu haben.«

»Das ist *meine* Arbeit«, presste Diego wütend heraus und packte Bautista erneut am Ärmel, als dieser mit der Gitarre den Laden verlassen wollte. Es war *seine* Arbeit und er brauchte das Geld. Für Mina. Damit sie endlich heiraten konnten. »Ich werde das nicht zulassen!«

»Du wirst!«, gebot sein Vater, ohne ihn anzusehen. »Denn das hier ist noch immer meine Werkstatt und mein Laden.«

Diego spürte, wie ihm das Blut aus dem Gesicht wich.

Bautistas Grinsen wurde noch breiter. »Wenn du jetzt also endlich meine Uniform nicht weiter beschmutzen würdest«, höhnte er.

Diego presste die Zähne so fest aufeinander, dass er sich selbst darüber wunderte, dass sie nicht splitterten.

Er ballte die freie Faust und brachte es einfach nicht über sich, Bautistas Ärmel loszulassen. Am liebsten hätte er ihm das höhnische Grinsen aus dem Gesicht geschlagen.

Doch sein Vater hatte die Hand wie einen Schraubstock um seinen Arm gelegt, als ahnte er, was er vorhatte. Für einen so dünnen und verhärmten Mann hatte er erstaunlich viel Kraft.

Langsam öffnete Diego den Griff um Bautistas Ärmel, obwohl es ihm regelrecht Schmerzen bereitete, so sehr widerstrebte es ihm, den Mistkerl ungestraft ziehen zu lassen.

Bautista trat zurück, fegte sich mit angewiderter Miene imaginäre Spuren von Diegos Berührung vom Ärmelaufschlag und ging zur Tür. In deren Rahmen drehte er sich noch einmal um. »Nächstes Mal solltest du dir mehr Mühe geben bei deiner Arbeit, dann würdest du vielleicht auch dafür bezahlt werden«, sagte er süffisant, bevor er, ein Lied pfeifend, den Laden mit dem Instrument verließ.

Die Tür fiel ins Schloss, die Glöckchen bimmelten erneut, aber auch als sie verstummten, stand Diego noch immer mit geballten Fäusten da, zugleich fassungslos und unfassbar wütend.

Erst als sein Vater sich wortlos umdrehte und mit hängenden Schultern zurück in die Werkstatt gehen wollte, brach es aus Diego heraus: »Du hast dich wie ein Feigling verhalten!«

Salvador blieb nicht einmal stehen. »Für dich.«

Diego zog scharf die Luft ein. »Gib mir nicht die Schuld an deinem fehlenden Rückgrat! Wieso hast du ihn nicht zum Teufel gejagt? Ihm nicht die Stirn geboten?«

Jetzt blieb sein Vater doch stehen, drehte sich langsam um, sein Blick unendlich müde. »Und damit riskiert, dass du Probleme bekommst?«

Diego schnaubte. »Du meinst größere Probleme, als wenn du versäufst, was ich einnehme, oder meine Arbeit verschenkst?«

Sein Vater schloss mit gequälter Miene die Augen.

»Es tut mir leid. Ich wollte dich schützen. Du weißt, dass Bautista dich hasst. Du hast dich ihm immer entgegengestellt, schon als Kind. Er will dir alles heimzahlen und sucht nur einen Anlass, um …«

»Du willst dich also dein Leben lang unterdrücken lassen? Von solch widerlichen Schlägern mit Hasenherz und Spatzenhirn wie Bautista? Ohne mich!« Diego wollte etwas gegen die Wand werfen, wollte seine Wut aus sich hinausschreien. Aber er tat nichts davon. Trotz allem war Salvador sein Vater. Ein denkbar schlechter Vater, der den größten Teil von Diegos Leben entweder körperlich oder geistig abwesend gewesen war. Aber irgendwo in diesem verfallenen Häuflein Elend steckte noch immer der Mann, der ihn die Musik lieben gelehrt hatte. »Und was ist mit Großvater? Er war nicht nur beim Militär, verdammt, sondern hat sogar einen verfluchten Orden verliehen bekommen!«

Sein Vater ließ sich wortlos auf den Stuhl vor der Werkbank fallen, fuhr sich müde mit der Hand über die Augen. »Das ist nichts, worauf ich stolz bin«, flüsterte er. »Nichts, womit ich mich jemals brüsten würde oder …«

»Es spielt keine Rolle. Er hat ihn erhalten und du bewahrst ihn sogar immer noch auf. Wieso berufst du dich nicht einmal darauf, um unsere Lebensgrundlage zu schützen? So wie auch alle anderen ihre Beziehungen nutzen? Dann wäre dieses verdammte System auch mal für uns zu etwas nütze. Dann wäre diese vermaledeite Uniform mit dem verfluchten Orden wenigstens ein einziges Mal zu etwas zu gebrauchen!«

Sein Vater sackte in sich zusammen, schüttelte aber weiter den Kopf. »Niemals! Niemals wieder werde ich diese Uniform anziehen. Lieber sterbe ich!«

Er sah bemitleidenswert aus, aber Diego wehrte sich gegen das Mitgefühl. »Du willst nicht vom System profitieren, aber du willst dich auch nicht dagegen wehren. Glaubst du wirklich, sich immer wegzuducken und zu nicken wird uns vor der Willkür von denen da oben bewahren? Tja, dann habe ich Neuigkeiten für dich: Wird es nicht!« Aufgebracht zog er sich seinen Arbeitskittel über den Kopf, warf ihn mit Wucht zu Boden und stürmte zur Tür.

»Diego, warte!«

Unwillig hielt er inne, die Hand schon am Türgriff.

»Was deinen Auftritt am Tag des Kreuzes angeht …« Er zögerte.

Angespannt runzelte Diego die Stirn. »Ja?«

»Ich … denke, ich werde nicht auf das Fest gehen, sondern den ganzen Tag in der Werkstatt bleiben.« Schuldbewusst sah er beiseite. »Es gibt noch viel Arbeit zu erledigen.«

»Was spielt das noch für eine Rolle?«, stieß Diego frustriert aus und riss die Tür auf. Natürlich war sein alkoholisierter Vater das Letzte, was er vor seinem Auftritt gebrauchen konnte, dennoch war er zu wütend, um erleichtert zu sein.

»Diego …«

Die Stimme klang so brüchig, so flehend, dass er doch noch einmal innehielt.

»Ja, ich bin ein Feigling«, flüsterte sein Vater.

Diego wandte sich langsam zu ihm um.

»Ja, ich habe Angst. Vor den Soldaten. Vor der Polizei. Du hast nicht gesehen, was *ich* gesehen habe. Im Gefängnis. Im

Straflager. Was mich seit zwanzig Jahren verfolgt. Am Tag. In der Nacht. In meinem Träumen …« Er sank auf die Kiste neben der Tür, presste sich die Fäuste gegen die Schläfen.

Diego starrte ihn an. War es das, weshalb sein Vater so oft schreiend und schweißgebadet aus dem Schlaf hochschreckte? Was ihn zum Alkohol greifen ließ? Diese vier Wochen vor zwanzig Jahren, die es gedauert hatte, bis Diegos Großvater ihn dort herausholen konnte, indem er alle seine Beziehungen mobilisierte? Wie grauenhaft mussten sie gewesen sein.

Voll schlechtem Gewissen trat er zu ihm, legte die Hand auf seinen Arm. »Es tut mir leid, *Papá*.«

Sein Vater sah blicklos ins Leere, Diego war sich nicht sicher, ob er ihn überhaupt gehört hatte.

»Niemals!«, stieß Salvador plötzlich aus. »Niemals wieder will ich auch nur in die Nähe von solch einem Ort kommen!«

»Musst du auch nicht«, versprach Diego ihm leise. »Nie wieder.«

Mina

Während sie mit Feli durch das Albaicín zurück nach Hause ging, erzählte diese unaufhörlich und voll Begeisterung davon, was sie und Diego für den Auftritt am *Día de la Cruz* geplant hatten und dass sie morgen dafür üben würden.

Mina hingegen rechnete in Gedanken Einnahmen und Ausgaben durch, war auf der Suche nach einem Ausweg für Feli und José. Sie konnten einfach nicht auf dieser Schule bleiben, wenn Schwester Blanca dort weiterhin das Zepter schwang. Doch wie sie es auch drehte und wendete, sie fand keine Lösung. Selbst wenn sie es schaffte, schneller zu nähen, hieß das nicht, dass sie mehr Aufträge bekam oder mehr Kleider verkaufen konnte. Frustriert schüttelte sie den Kopf. Hoffentlich war

Schwester Consuela bald wieder in der Schule. Es half ja alles nichts. Den Kopf voller Gedanken lief sie mit ihrer Schwester an der Hand weiter.

Als sie wenig später zu Hause ankamen, hoffte Mina inständig, dass Bautista nicht da war, und stieg die knarzende Treppe so leise wie möglich nach oben.

»Mina?«, erklang die Stimme von Clara aus dem ersten Stock herauf. Sie war vor zwei Jahren hierher zu ihrer kinderlosen Tante gezogen, um eine Ausbildung zur Krankenschwester zu beginnen, die sie vor einiger Zeit beendet hatte.

Mina mochte die etwas weltfremde, aber herzensgute Señora Isabella sehr und hatte auch deren Nichte mit der offenen, wenn auch etwas naiven Art sofort ins Herz geschlossen. Schnell waren sie ein Herz und eine Seele geworden.

Mina beugte sich über das Treppengeländer, spähte durch das Treppenauge hinunter.

Ihre Freundin winkte ihr zu. »Hast du kurz Zeit?«

»Ja, natürlich, ich …«

Weiter kam sie nicht, da neben ihr Pilars Tür aufgerissen wurde.

Aber es war zum Glück nicht Bautista, sondern Pilar selbst, die herausgeschossen kam. Fast erwartete Mina ein »Ha, auf frischer Tat ertappt!«. Die alte Krähe ließ ihre Tür immer einen Spaltbreit offen, um nur ja nicht die Gelegenheit zu verpassen, sich über etwas mokieren zu können.

Die Augen zu Schlitzen zusammengekniffen, sah sie den Flur rauf und runter und Enttäuschung zeichnete sich auf ihrem Gesicht ab. Hatte sie etwa gehofft, Mina in Begleitung einer Horde von Männern zu sehen, oder was?

Wut stieg in Mina hoch, als sie an Bautistas Worte dachte. Und daran, was Pilar über sie erzählte!

»Was hast du im Korb?«, bohrte diese auch schon nach.

»Lebensmittel aus dem Laden, den ich überfallen habe.«

»Du hast …?!«, keuchte Pilar entsetzt auf, bevor ihr dämmerte, dass Mina sich über sie lustig machte. Sie zog scharf die Luft ein. »Du solltest dich was schämen, in derart frechem Ton mit mir zu reden! Mangelnder Respekt gegenüber Älteren ist gottlos!«

»Tatsächlich? Ich dachte, das gelte für übermäßige Neugierde und Tratscherei.«

Pilar lief rot an, presste die Lippen zusammen, ihre Nasenflügel blähten sich, aber sie fand offenbar nichts, was sie dem entgegensetzen konnte.

Mina gab ihrer Schwester einen liebevollen Klaps. »Lauf schon hoch, Feli, ich komme gleich nach.«

Das Mädchen hüpfte leichtfüßig die Treppe hoch, summte dabei vor sich hin, während Mina Pilar stehen ließ und die Treppe wieder hinunterstieg.

Pilar schnaubte empört und rief: »Sag deinem Bruder, dass er nicht vor dem Haus Fußball spielen soll! Er wird noch ein Fenster zertrümmern!«

Nur weil sich bereits weitere Köpfe neugierig über das Treppengeländer beugten und zu ihr herabspähten, biss Mina die Zähne aufeinander, anstatt mit weiteren sarkastischen Bemerkungen Pilars Unmut zu verstärken. Denn das hätte am Ende ihrer Mutter noch mehr Leid beschert.

»Und deine Schwester soll diese Singerei sein lassen«, legte Pilar nach, »und nicht ständig wie eine Wilde die Treppen hinunterrennen! Sie weckt jedes Mal das ganze Haus auf mit ihrer Trampelei!«

Das wagte Mina stark zu bezweifeln, so leichtfüßig, wie Feli war, die überdies kaum etwas wog. Sie konnte ihren Ärger nicht länger zurückhalten, drehte sich um und holte gerade Luft für eine saftige Erwiderung, als Clara sie am Arm griff, in ihre Wohnung zog und eilig die Tür schloss.

»Heilige Maria, ständig führt die sich auf, als würde das Mietshaus ihr gehören!«, schäumte Mina.

»Du solltest es dir nicht mit ihr verscherzen«, flüsterte ihre Freundin, die ihr offenbar angesehen hatte, was ihr auf der Zunge lag. »Du weißt schon, wegen Bautista.«

Mina schnaubte. »Ein widerlicher Kerl, der allem hinterhersteigt, was einen Rock trägt, egal wie jung oder alt!«

»Mina!« Clara sah sich erschrocken um, bevor sie sich vermutlich daran erinnerte, dass ihre Tante nicht zu Hause war, und erleichtert aufatmete. »Du redest dich noch um Kopf und Kragen. Bautista ist doch beim Militär! Wo war er die letzten vier Jahre gleich noch stationiert? Sevilla? Málaga?«

Sie zuckte mit den Schultern. »Ich weiß es nicht, es ist mir auch gleich. Ich hoffe einfach nur, dass er schnellstmöglich wieder dorthin verschwindet.«

»Sieht leider nicht so aus. Auch wenn seine Mutter es als besonderes Verdienst herausstellen will, dass er wieder hier ist – wenn du mich fragst, wurde er zeitweise suspendiert oder so. Irgendeine Disziplinarmaßnahme.«

Sie nickte. »Und das wohl kaum wegen übermäßiger Brutalität, denn das ist Standard unter seinen Leuten. Bestimmt wegen Feigheit oder so. Das würde zu ihm passen.«

»Vermutlich. Trotzdem heißt das nicht, dass sein Arm nicht mehr lang ist, also sei vorsichtig. Vor allem gegenüber Pilar.«

Mina schnaubte. »Pilar ist ein verbittertes und vor allem altes Klatschweib, das niemandem auf der Welt auch nur das kleinste bisschen Spaß gönnt, weil sie selbst keinen mehr hat! Solch eine bigotte Heuchlerin! Spioniert jedem hinterher, lästert, dass sich die Balken biegen, hält sich aber für die größte Christin auf Erden. Damit passt sie ja bestens zu ihrem Sohn!«

»Sei doch ruhig!« Clara zog sie entsetzt von der Tür fort ins Innere der kleinen Wohnung. »Hast du vergessen, was für

Unglück ein unbedachtes Wort zur falschen Zeit heraufbeschwören kann?«

Mina atmete durch. »Nein, natürlich nicht, du hast recht. Ich weiß es sogar sehr gut. Schließlich hat Großvater damals auf der falschen Seite gekämpft.« Nämlich auf der der Verlierer. Die war im Nachhinein immer die falsche Seite.

Der spanische Bürgerkrieg war zwar vorbei, aber seine Nachwehen ließen selbst nach all den Jahrzehnten nicht nach. Und egal, ob die Seite der Verlierer oder die der Gewinner, aus der das Regime von General Franco hervorgegangen war – beide hatten einen hohen Blutzoll gezahlt. Mina kannte kaum eine Familie, die in diesem Bruderkrieg nicht jemanden verloren hatte. Doch wessen Familie damals auf der falschen Seite stand, litt bis heute unter Repressalien. Es gab Zeiten, da reichte schon ein laut ausgesprochener Regime-kritischer Gedanke dafür, dass derjenige, der ihn geäußert hatte, verhaftet wurde, so wie damals Minas Vater. Ganz so schlimm wie früher war es nicht mehr, zumindest war auch das letzte Straflager vor acht Jahren aufgelöst worden. Für ihren Vater war das jedoch zu spät gewesen. Ebenso für die Hunderttausenden, die Franco ebenfalls hatte … verschwinden … lassen. Sie blieben verschollen, waren mit aller Wahrscheinlichkeit tot. Sie hoffte es sogar, wenn sie an ihren Vater dachte. Denn die Alternative bedeutete jahrzehntelange Folter und Misshandlung. Und Gefängnisse gab es noch immer mehr als genug.

Doch das alles waren Dinge, die man nur denken durfte, nicht laut aussprechen.

Sie rieb sich die Schläfen. »Tut mir leid. Die Selbstgerechtigkeit dieser alten Krähe regt mich so furchtbar auf. Entschuldige. Sie hat ein Herz, so groß und so schrumpelig wie eine alte Dattel! Aber jetzt erzähl doch, wie war es diese Woche in der Klinik?«

Sofort hellte sich das Gesicht ihrer Freundin auf. »Anstrengend, aber auf eine gute Weise.« Sie stellte Minas Tasche unter einem der Heiligenbilder ab, die im Flur und auch in der restlichen Wohnung hingen.

»Es ist so wundervoll, helfen zu können«, fuhr Clara fort und zog Mina mit sich in die Küche auf die Bank.

»Du hättest Nonne werden sollen«, antwortete Mina auflachend.

»Darüber denke ich tatsächlich nach, seit ich die Arbeit der Schwestern im Krankenhaus gesehen habe«, gab Clara ernst zurück. »Ich habe diesbezüglich bereits mit Schwester Inocencia vom Orden der mildtätigen Nächstenliebe gesprochen, die in der Klinik Beistand leistet.«

Mina starrte sie perplex an. Clara war achtzehn und damit nur ein knappes Jahr älter als sie selbst und ein Jahr jünger als Diego. Sie hatte doch noch kaum etwas vom Leben gehabt! »Bist … bist du dir sicher?«

Clara prustete los. »Du hättest dein Gesicht sehen sollen.«

»Du hast mich veralbert? Ich fasse es nicht, wie konntest du mir nur solch einen Schreck einjagen?« Sie wischte sich imaginäre Schweißperlen von der Stirn.

»Was denkst du nur von mir? Wir haben doch vereinbart, noch mit sechzig zusammen im Café gegenüber unter den Palmen zu sitzen und über die Pilars dieser Welt den Kopf zu schütteln.« Clara lachte noch immer. »Die Arbeit der Schwestern in allen Ehren – ich bewundere sie dafür. Aber ich bin eindeutig viel zu weltlich angehaucht, um Nonne werden zu können. Ich will schließlich mindestens zehn Kinder. Und einen anständigen Mann!«

»Na, umgekehrt wäre auch schlimm.«

»Da hätte Pilar etwas zu tratschen.«

Mina musste bei der Vorstellung laut lachen. »Sie würde vermutlich die Inquisition neu gründen, um sie dir auf den

Hals zu hetzen. Jetzt aber im Ernst: Gefällt dir die Arbeit in der Klinik noch immer so gut wie erhofft?«

»Noch besser!«

»Wegen des charmanten Doktors, den du so oft erwähnt hast?«

»Nein. Ja.« Ihre Freundin wurde rot. »Ich meine: nicht nur. Ich liebe meine Arbeit. Es ist so erfüllend, sich um andere zu kümmern, zu helfen. Ganz zu schweigen von all den süßen Babys, die da zur Welt kommen. Hach … bei deren Anblick kann man gar nicht anders, als selbst eine Familie gründen zu wollen.«

»Das glaube ich dir, dieser Job ist auch wirklich genau das Richtige für einen so warmherzigen Menschen wie dich. Ich freue mich so sehr, dass du deine Berufung leben kannst. Und wie sind die Kollegen?«

»Die anderen Pflegerinnen sind freundlich, die Nonnen ebenfalls, vor allem Schwester Inocencia ist eine Seele von Mensch. Du musst sie unbedingt einmal kennenlernen.«

»Lieber nicht. Mir reicht schon Schwester Blanca, die neue Lehrerin von Feli. So streng wie die legt vermutlich nicht einmal der Heilige Vater die Schrift aus.« Mina schnitt eine Grimasse.

»Schwester Inocencia ist ganz anders. So warmherzig und mitfühlend zu den Frauen, die bei uns entbinden. Sogar zu den …« Sie senkte die Stimme, als hätten die Wände Ohren. »… ledigen Müttern.«

»Ledige Mütter?«

Clara nickte. »Ab und zu kommt es tatsächlich vor, dass Mütter bei uns entbinden, die … nicht verheiratet sind.« Sie klang so verschämt, als wäre sie selbst diejenige, die ohne Mann schwanger war. »Aber es sind keine leichten Mädchen.«

Dass sie das extra betonte, machte deutlich, dass das für die Mehrheit der Menschen gleichbedeutend war. Für Pilar war es das mit Sicherheit. Mina verspürte ungeheures Mitleid mit den armen Frauen. Wieso galt alles, was sie zuvor geleistet hatten, als hinfällig, nur weil sie unverheiratet schwanger geworden waren? Weshalb war immer die Frau diejenige, der an einer solchen Situation die Schuld gegeben wurde? Warum klammerten sich sogar Frauen wie ihre Mutter an die Tiraden über die ewige Sündhaftigkeit des Weibes, die Pater Ignacio sonntags von seiner Kanzel donnerte? Als würde die Unterdrückung, der sie auch sonst überall ausgesetzt waren, nicht reichen!

»Eine Kollegin habe ich«, riss Clara sie aus ihren Gedanken, »die sich sogar jedes Mal bekreuzigt, bevor sie ins Zimmer einer solchen Patientin geht. Sie nennt sie immer ›gefallene Mädchen‹.«

»Und diese Schwester Inocencia begegnet ihnen nicht mit Verachtung?«, vergewisserte Mina sich. Es gab unter gläubigen Katholiken kaum etwas Schlimmeres für eine Frau, als unverheiratet schwanger zu werden.

»Nein, ganz im Gegenteil. Sie bemüht sich in ganz besonderer Weise um diese Frauen. Und ihre Vorgängerin, ebenfalls aus dem gleichen Orden, hat sich, wie mir eine Kollegin erzählte, sogar ganz besonders um …« Jetzt wurde sie noch leiser, bald würde Mina sie nicht mehr verstehen können. »… die Frauen von Regierungsgegnern gekümmert, deren Männer im Gefängnis gelandet sind. Sie macht dem Namen ihres Ordens wirklich alle Ehre. Noch mitfühlender ist nur der Doktor selbst. Der nämlich … Ach, der ist einfach nur … hach …« Mit verklärter Miene seufzte sie.

»Du meine Güte. Dich hat es ja richtig erwischt.«

»Nicht nur mich. Alle auf der Station sind ein bisschen in ihn verliebt, egal ob Patientin oder Krankenschwester.«

»Alle? Auch die Nonnen?«

»Vielleicht«, flüsterte Clara kichernd, schlug dann aber doch vorsichtshalber ein paar Kreuzzeichen und schickte eine Entschuldigung Richtung Himmel hinterher. »Auf jeden Fall sieht er wahnsinnig gut aus, hat für jeden ein offenes Ohr und ist ungeheuer charmant. Er hat gesagt, ich würde heute bezaubernd aussehen. Stell dir das mal vor: bezaubernd.« Sie seufzte erneut beseelt auf.

»Soso, ich hoffe nur, dass er das nicht zu jeder Frau sagt«, gab Mina zu bedenken.

»Doch, natürlich tut er das, ich bin ja nicht naiv. Aber er sagt es zu den anderen nicht mit so viel … Leidenschaft!« Claras Augen leuchteten.

Mina musterte ihre Freundin besorgt, ahnte aber, dass es zum jetzigen Zeitpunkt nicht viel bringen würde, ihr mit Vernunft zu kommen. Vermutlich würde die ernüchternde Erkenntnis, dass dieser Engel von einem Arzt sicher nicht einmal Claras Namen kannte, früh genug kommen.

»Wie heißt er denn überhaupt, dein leidenschaftlicher Doktor?«

»Esteban García.«

Kapitel 5

Bei Sonnenuntergang auf dem Albaicín zu stehen, im Angesicht der Alhambra und der Sierra Nevada, das ist ein Fest für die Sinne, ein Anblick, von dem Menschen aus dem Norden sich keine Vorstellung machen können.
– Théophile Gautier –

Heute

Als es gegen Viertel nach fünf an der Tür klingelt, bin ich überrascht. »Er ist schon da?«

»Nun, es war doch halb sechs ausgemacht«, erinnert mich Vanessa.

»Ja, aber hierzulande ist eine halbe Stunde Verspätung Standard.« Hastig binde ich mir mein Haar zu einem Pferdeschwanz und zupfe mein legeres Sommerkleid zurecht.

»Das bedeutet dann wohl, dass es da jemand nicht abwarten konnte, dich wiederzusehen«, frohlockt sie.

»Blödsinn.« Ich winke ab, spüre jedoch, wie mir bei dieser Vorstellung warm wird.

»Er ist auch wirklich heiß!«, ergänzt sie passenderweise grinsend.

»Danke, dass du mich daran erinnerst.« Aufseufzend sehe ich erneut in den Spiegel und verfluche die dunklen Schatten unter meinen Augen.

Seit dem Vorfall mit dem Taschendieb habe ich nicht mehr richtig schlafen können. Auch Vanessa war vollkommen schockiert, als sie am nächsten Morgen davon erfahren hat – sie hatte meine Anrufe schlichtweg nicht gehört, weil die Musik zu laut gewesen war. Eine Folgeverabredung mit Emilio für den nächsten Abend hatte sie abgesagt, um mich nicht allein zu lassen, auch wenn ich ihr versichert habe, dass das nicht nötig sei. Das rechne ich ihr noch immer hoch an.

Auch am Tag danach kam ich nicht dazu, den fehlenden Schlaf nachzuholen. Mein Großvater hatte offenbar dem Elektriker dermaßen Feuer unter dem Hintern gemacht, dass dieser tatsächlich *sofort* aufgetaucht war, um – leider mit lautstarker Musik – die Elektrik des Tores zu reparieren. Und kaum war er damit fertig gewesen, fing der Gärtner an, mit der Säge zu hantieren.

Yayo hatte ihm aufgetragen, alle Bäume hinter der Grundstücksgrenze, deren Äste über oder zu nahe an die Mauer ragten, abzusägen. Dass mein Großvater derart drastisch auf meine Anmerkung reagierte, hat mich dann doch überrascht.

Wieso, verdammt, denke ich jetzt über Bäume nach? Frustriert betaste ich die Schatten unter meinen Augen.

»Du hast sehr wohl etwas für den heißen Fabio übrig«, stellt Vanessa belustigt fest.

»Blödsinn«, murmele ich, kann aber vor mir selbst nicht leugnen, dass mein Herz beim Gedanken an ihn erneut so heftig schlägt wie die letzten Stunden, in denen er sich immer wieder in meinen Kopf geschlichen hat. Doch jetzt ließ es sich beim besten Willen nicht mehr auf den ursprünglichen Schock schieben.

»Ich kann es dir auch wirklich nicht verdenken«, fährt sie, meinen Widerspruch ignorierend, fort. »Er ist wahrlich ein Bild von einem Mann.«

»Ach, und was ist mit Emilio?«

Sie grinst. »Du versuchst nur, von ihm abzulenken.«

»Gar nicht wahr«, behaupte ich.

»Doch. Aber sei es drum: Emilio ist wirklich süß und ich hätte nichts dagegen gehabt, ihn neulich Nacht zu ihm nach Hause zu begleiten.« Mit verträumter Miene seufzt sie auf.

»Und was hat dich davon abgehalten?«

»Er hat nicht gefragt. Leider. Aber das wird er schon noch.« Sie lehnt sich lächelnd zurück und schlägt in selbstbewusst eleganter Art die Beine übereinander.

Ihren Optimismus hätte ich gern. Und ihre Leichtigkeit in Liebesdingen.

»Zurück zu dir und Fabio. Du hast dich also in ihn verguckt.«

»Habe ich nicht! Allerhöchstens leide ich an einer Art Pendant zum Stockholm-Syndrom.«

Sie zieht die linke Augenbraue hoch. »Dir ist schon klar, dass er dich nicht entführt hat, oder?«

»Ja, natürlich. Mit Pendant meine ich schließlich so eine Art Geretteten-Komplex: Irgendein Teil meines Gehirns hat allein aufgrund der Tatsache, dass Fabio mir zu Hilfe geeilt ist, eine emotionale Bindung zu ihm aufgebaut.«

»Ich glaube eher, ein Teil deines Herzens«, widerspricht sie amüsiert. »Und von so einem Pendant habe ich auch noch nie gehört.«

Ich auch nicht. Aber es gibt ja quasi nichts, was es nicht gibt.

»Nun … wie auch immer …« Sie schüttelt den Kopf und reicht mir ihre Schminktasche. »Etwas Concealer und du siehst aus wie frisch aus dem Ei gepellt.«

»Danke.« Ich nehme die Tasche entgegen und wundere mich über mich selbst, schließlich lebe ich nach dem Motto: »Nimm mich, wie ich bin, oder verzieh dich!« Aber dem »wie ich bin« ein wenig nachzuhelfen, wird ja wohl erlaubt sein.

* * *

Kaum haben wir mein Zimmer verlassen, hören wir schon auf der Treppe die hohe, säuselnde Stimme meiner Großmutter und den sanften, ja tiefen Klang von Fabio.

Sofort kribbelt es verdächtig in meinem Magen.

Und das Kribbeln breitet sich über meinen ganzen Körper aus, als er mich mit den üblichen Wangenküsschen begrüßt. Seine Wärme, sein Duft, sein Lächeln – ich muss mich zusammenreißen, um nicht beseelt aufzuseufzen.

Er trägt ein sehr dezentes Aftershave, das nach Holz und heißem Sand duftet, was zu seiner kantigen, männlichen Ausstrahlung passt. Wie in der Bar, so hat er auch heute eine Jeans an, darüber aber anstelle eines Shirts ein hellblaues Hemd. Doch auch diesem etwas gediegeneren Aufzug verleiht er lässige Eleganz, indem die beiden obersten Knöpfe geöffnet sind.

Hinter seinem Rücken deutet Vanessa grinsend auf seine Armmuskeln und reckt den Daumen in die Höhe.

Ich hoffe inständig, dass er sie nicht bemerkt, und schüttele, als er nicht hinsieht, verärgert den Kopf in ihre Richtung, was sie jedoch nur noch breiter grinsen lässt.

»Was für eine wundervolle Arbeit. Vielen Dank, aber das wäre nicht nötig gewesen. Sieh mal, Marisol, was Fabio deinem Großvater und mir mitgebracht hat.«

Staunend betrachte ich die ganz aus Perlmutt kunstvoll gestaltete Schmuckschatulle mit Blattgoldverzierung sowie die kleinere, aber nicht minder edel aussehende Schatulle für Manschettenknöpfe oder Ähnliches aus dunklen Hölzern mit herrlichen Intarsien aus Bernstein.

»Aber das ist doch alles viel zu …«, setze ich etwas schockiert an, werde aber von Fabio unterbrochen.

»Keine Widerrede. Gastgeschenke werden angenommen.«

»Und dann noch diese zauberhaften Blumen!« Meine Großmutter schnuppert beseelt an dem filigranen Strauß aus exotischen Blumen.

»Der war eigentlich für dich gedacht«, flüstert Fabio mir entschuldigend zu.

»Lass sie ruhig meiner Großmutter, sie freut sich so darüber«, gebe ich mit einem Lächeln leise zurück.

Das tut sie in der Tat. Natürlich könnte ein Teil ihrer Freude darauf zurückzuführen sein, dass der von ihr als potenzieller Freund ihrer Enkelin ins Auge gefasste Fabio offenbar gutsituiert ist.

Kopfschüttelnd betrachte ich sie und muss trotz ihres allzu offensichtlichen Planes schmunzeln. Sie hat alles darangesetzt, Eindruck auf Fabio zu machen. Im hochgesteckten Haar funkeln zwei Kämme, an den Ohren baumeln lange Ohrgehänge und den Hals umschließt ein mehrreihiges sternförmiges Collier, das rundum, also selbst am Rücken, mit strahlenförmigen Elementen versehen ist.

Als auch Vanessa und Fabio offiziell miteinander bekannt gemacht worden sind und die allgemeine Begrüßungsrunde endlich beendet ist, begeben wir uns ins Esszimmer.

Meine Großmutter, untergehakt bei meinem Großvater, vorneweg und wir drei hinterher.

»Was meinst du«, fragt mich Vanessa leise, »ob ich nächstes Mal Emilio ebenfalls einladen kann?«

»Nächstes Mal? Wer sagt denn, dass es ein nächstes Mal gibt?«

»Ich bitte dich, hast du nicht bemerkt, wie er dich angesehen hat? Glaub mir, er wird nicht so schnell lockerlassen.«

»Meinst du?« Unsicher wende ich mich wieder Fabio zu – der mit finsterer Miene und zusammengepressten Lippen den Schmuck meiner Großmutter anstarrt. Oder kommt mir das nur so vor?

»Okay, vielleicht doch nicht«, sagt Vanessa langsam.

»Alles in Ordnung?«, frage ich Fabio.

Er fährt zusammen. »Was? Ja. Natürlich. Ich habe nur gerade über etwas nachgedacht.«

»Schien etwas wenig Erfreuliches zu sein.«

»Das stimmt«, sagt er ernst und sieht mich dabei so durchdringend an, dass ich ganz nervös werde.

»Nämlich?«, hake ich nach, aber er schüttelt den Kopf.

Er winkt ab. »Das ist kein Thema für heute Abend.«

Ich runzele die Stirn. Meint er damit: »Das ist nichts, was ich dir mitteilen möchte?« Oder eher, wie Vanessa behauptet hat, dass er von weiteren Treffen ausgeht?

Wieder ist da dieses völlig unangebrachte Kribbeln in meinem Bauch.

Ratlos setze ich mich an meinen Platz. Natürlich hat meine Großmutter geschickt Fabio neben mich dirigiert, sich und Großvater uns gegenüber, Vanessa hingegen rechts von mir am Kopfende der reich gedeckten Tafel platziert. Ich hoffe nur, dass *Yaya* mich nicht erneut dermaßen abgrundtief blamiert wie in den letzten Tagen.

»Sagen Sie doch, wo kommen Sie her?«, legt sie schon mit dem Verhör los, als gerade einmal alle Teller gefüllt sind und wir uns guten Appetit gewünscht haben.

»Meine Familie stammt aus Lanjarón.«

Etwas verwundert sehe ich ihn an, aber gut, vielleicht wohnt er ja nur vorübergehend in Granada. Oder es zählt tatsächlich mehr, wo man geboren ist, als wo man aktuell wohnt.

»Ah, das ist solch ein schöner Ort in der unvergleichlichen Sierra Nevada!« Meine Großmutter seufzt beseelt auf.

Großvater schenkt uns noch ein Glas von seinem geliebten andalusischen Sherrywein ein und ergänzt: »Wusstest du, Mari, dass der Nationalpark der Sierra Nevada sogar als eines der sieben Naturweltwunder nominiert wurde?«

Nein, wusste ich nicht, aber bevor ich etwas dazu sagen kann, hat meine Großmutter sich schon wieder an Fabio gewandt: »Und was sind Sie von Beruf?« Sie sieht ihn erwartungsvoll an.

Er zieht eine Karte hervor. *Yaya* wirft einen Blick darauf und macht ein enttäuschtes Gesicht. »Schreiner?«

»Auch.« Er lächelt. »Allerdings habe ich mich auf die Restauration antiker Möbel und anderer Holzarbeiten spezialisiert. Und ich bin zertifizierter Gutachter für diesen Bereich. Meine Meinung wird nicht nur eingeholt, wenn es um den Zustand, sondern auch um den Wert diverser Antiquitäten geht.«

»Restauration«, wiederholt sie, noch immer sichtlich unzufrieden, und scheint das Wort in ihrem Mund zu drehen und zu wenden wie an den Zähnen klebende Lakritze.

»Zum Beispiel alte maurische Schnitzereien in Palästen«, setzt Fabio erklärend hinzu.

Sofort erhellt sich das Gesicht meiner Großmutter. Ich vermute stark, dass das Wort »Paläste« den Ausschlag gegeben hat. »Ein äußerst ehrbarer Beruf«, verkündet sie. Offenbar ist sie zu dem Ergebnis gekommen, dass ein andalusischer Schreiner für ihre Enkelin besser ist als gar kein Andalusier.

Sie nickt meinem Großvater zufrieden zu, der dem Gespräch schweigend, aber mit einem Schmunzeln auf den Lippen gefolgt ist.

Mich wundert nur, dass die Frage nach Fabios Beruf nicht schon in der Nacht des Überfalls gefallen ist, kaum dass sie in Erfahrung gebracht hatte, dass er Single ist. Dieser Umstand muss dem Schreck über den Taschendiebstahl zuzuschreiben sein.

»Aber … sind die Schmuckschatullen etwa von dir?«, frage ich. Ein Blick in das Funkeln in seinen Augen und ich kenne die Antwort. »Du hast sie hergestellt!«

»Ertappt«, sagt er mit einem Augenzwinkern.

»Wow! Das ist ja … Wahnsinn! Deine Arbeiten sind umwerfend!«

Er winkt bescheiden ab. »Meine Arbeit macht mir Spaß.«

Erneut ist da dieses Kribbeln in meinem Magen. Ich kann mir nicht vorstellen, dass er bei jedem Besuch ein solch wertvolles Gastgeschenk mitbringt.

»Sie besitzen doch sicherlich sehr viele alte Möbel, nicht wahr?«, wendet er sich erneut an meine Großmutter.

»Nun ja …« Sie sieht sich suchend um. »Meinen Sie so etwas wie diesen Esstisch hier?«

»Auch. Aber sehr viel wertvoller sind oftmals antike Schreibtische, Bücherwände oder Sekretäre. Sie haben sicher etwas in der Art in Ihrem Arbeitszimmer, Señor García, nicht wahr?«

»Doch, natürlich«, bestätigt mein Großvater, ohne von seinem Gazpacho Andaluz aufzusehen.

»Viele Menschen unterschätzen den Wert eines solchen Stückes. Wenn Sie möchten, kann ich Ihnen eine Einschätzung geben. Natürlich kostenfrei, das versteht sich ja von selbst.«

»Wie überaus freundlich von Ihnen. Am besten gleich nach dem Essen.« *Yaya* ist sichtlich erfreut über diese Möglichkeit, seinen Besuch hier zu verlängern.

Auch ich bin nicht gerade unglücklich darüber. Mein Großvater hingegen hält jetzt inne und sieht mit gerunzelter

Stirn auf. »Wieso muss das in meinem Arbeitszimmer sein? Sie können doch sicher auch den Wert der Möbel hier in der Stube schätzen, damit meine Frau zufrieden ist, nicht wahr?«

»Esteban!« *Yayas* Blick wird vorwurfsvoll. »Du arbeitest doch seit Jahren nicht mehr, Esteban. Dort drin findet sich nichts außer staubbedeckten Büchern.«

Großvater seufzt tief auf, aber wie immer kann er seiner großen Liebe einfach keinen Wunsch abschlagen. »Na schön. Meinetwegen. Ich zeige Ihnen nach dem Essen den Tisch im Arbeitszimmer.«

»Ach was, lass das die Mädchen tun! Mari wird Fabio sicher gern herumführen.«

Ich werfe ihr einen verärgerten Blick zu, denn ich treffe meine Entscheidungen wirklich gern selbst. Sie ignoriert es und strahlt Fabio an, während sie unter dem Tisch meinen Großvater, der gerade zu erneutem Protest ansetzen wollte, mit dem Knie anstößt.

Um ein Haar hätte ich zusammen mit ihm aufgeseufzt, wenn auch definitiv aus anderem Grund.

»Sehen Sie, was herauskommt, wenn ein Mann sein Herz verliert?«, wendet sich *Yayo* augenzwinkernd an Fabio und schenkt ihm Sherry nach. Offenbar hat er sich mit der Situation ab- und seinen Humor wiedergefunden. »Er kann seiner Dame einfach nichts abschlagen. Hüten Sie sich bloß davor! Wobei mir niemand einen Vorwurf machen kann, hat mich doch die Schönste der Schönen in ihren Bann gezogen.«

»Esteban!«, ertönt es erneut von Yaya, aber dieses Mal mit deutlich weniger Entrüstung und einem rosigen Schimmer auf den Wangen.

Ich schmunzele in mich hinein. Es ist nicht zu übersehen, dass die beiden auch nach so vielen Jahren noch ineinander verliebt sind.

Die Zeit vergeht wie im Flug und ich versuche mich während des Essens als Simultandolmetscherin für Vanessa, die sonst keinen Schimmer hätte, worüber gesprochen wird.

Fabio schlägt sich tapfer. Er hat schnell erkannt, wie meine Großmutter tickt und dass sie sich nach dem Flair adliger oder anderer elitärer Kreise sehnt. Er unterhält sie sehr charmant mit amüsanten Geschichten rund um die Begegnungen mit den Besitzern oder Verwaltern der Villen und Paläste, in denen er schon Holzarbeiten restauriert hat.

Kurz male ich mir aus, wie sie reagieren würde, hätte sich herausgestellt, dass er bei der Müllabfuhr arbeiten würde. Beinahe hätte ich losgelacht.

Ihre nächste Aussage jedoch vertreibt meine Belustigung schlagartig: »Wissen Sie, unsere Mari ist nicht nur äußerst hübsch, sondern auch ungemein klug und fleißig! Sie hat ihr Studium mit Auszeichnung bestanden und liest in ihrer Freizeit ständig Fachzeitschriften!«

»*Yaya!*«, zische ich.

»Was denn? Es ist doch nur die Wahrheit! Du sagst immer, du fändest sie spannend.«

Wütend funkele ich sie an, aber es ist schon zu spät, denn Fabio fragt: »Worum geht es denn im Artikel, den du aktuell liest?«

»Ach, es ist für Außenstehende ziemlich langweilig«, weiche ich aus, schließlich will ich ihn nicht vergraulen. Die meisten männlichen Nichtärzte, mit denen ich in der Vergangenheit zu tun hatte, zeigten sich schnell gelangweilt oder angeekelt, wenn ich auf meine Arbeit zu sprechen kam, sei es in Form meiner eigenen Erfahrung oder dem, was ich gelesen hatte.

»So ein Unfug«, entrüstet sich nun mein Großvater, »Ich habe in deine Zeitschrift hineingelesen, als du sie auf der Couch draußen liegen gelassen hast. Deine neuen Forschungsergebnisse rund um Gestationsdiabetes und Blasenekstrophie sind höchst interessant!«

»Da hörst du es«, sagt Fabio lächelnd. »Also schieß los! Ich bin ganz Ohr.«

Nur zögerlich setze ich an, aber er scheint ehrlich interessiert, hört konzentriert zu und stellt viele Fragen. Das lässt mich meine Scheu verlieren und bald schon bin ich voll in meinem Element. Da auch *Yayo* es sich nicht nehmen lässt, seine Meinung zu meinen Thesen zu äußern, diskutieren wir schon bald lebhaft und gestenreich miteinander. Bis meine Großmutter sich pikiert einschaltet. »Ich finde nicht, dass dies ein geeignetes Tischgespräch ist. Deine Freundin versteht kein Wort von dem, was ihr da redet, Marisol.«

Da Vanessa nicht gerade unglücklich darüber wirkt, sondern vollauf damit beschäftigt ist, sich durch die süßen Nachspeisen durchzuprobieren, ist es wohl eher meine Großmutter, die sich ausgeschlossen fühlt.

»Du hast recht, meine Liebe«, lenkt mein Großvater ein und legt ihr begütigend die Hand auf den Arm, bevor er sich wieder mir zuwendet. »Wir diskutieren deine Thesen später weiter, Mari.«

»Ja, natürlich.« Jetzt erst spüre ich, dass mein Gesicht richtig glüht, weil ich mich so in Rage geredet habe, und ich sehe unsicher zu Fabio. Doch der scheint weder gelangweilt noch angeekelt zu sein, eher überrascht. Von mir? Dem Thema meiner Arbeit? Oder wegen meiner Begeisterung? Ich bin mir nicht sicher, weiß nur, dass ich sein Interesse genieße. Und seine Nähe. Seinen Duft. Sein Lächeln. Den warmen Farbton seiner Augen, die mich je nach Lichteinfall an dunklen Honig oder Bitterschokolade erinnern.

»Sie haben Ihren Beruf offensichtlich sehr geliebt, Señor García«, sagt er jetzt. »Wo Sie doch auch nach so vielen Jahren noch mit solcher Leidenschaft zumindest gedanklich dabei sind.«

»Das ist wohl wahr.« *Yayo* nickt und lehnt sich zufrieden zurück, um zu einem seiner heiß geliebten Vorträge über den Beruf des Arztes anzusetzen, die *Yaya* und ich inzwischen in- und auswendig kennen. Im selben Moment seufzen wir beide tief auf, sehen uns erstaunt an und lachen. Ein Moment der Vertrautheit mit meiner Großmutter, wie ich ihn schon lange nicht mehr erlebt habe.

Fabio folgt dem Vortrag meines Großvaters mit konzentrierter Miene. Der wiederum nimmt sein Interesse mit großem Wohlwollen zur Kenntnis und verlängert sein Referat noch um einige Gedanken, bevor er endlich zu seinem üblichen Schlusswort kommt. Er faltet die Hände über seinem Bauch und verkündet pathetisch: »Arzt zu sein, ist nicht nur ein Beruf – es ist eine Berufung! Nicht jeder ist dafür gemacht. Man gibt sehr viel mehr, als man nimmt, muss jede Menge Entbehrungen und Enttäuschungen erleiden. Und doch ist es der schönste Auftrag der Welt, denn man kann helfen, Leben retten, Menschen glücklich machen.«

»In Ihrem Fall dann natürlich auch Mütter und Väter oder solche, die es werden wollen«, konkretisiert Fabio.

»Natürlich. Das liegt in der Natur meines Fachgebietes als Gynäkologe.«

Fabio nickt und sinniert: »Es muss ein unbeschreiblich schönes Gefühl sein, Zeuge sein zu dürfen, wie eine Mutter zum ersten Mal ihr Neugeborenes im Arm hält. Vielleicht sogar eine Mutter, die sich schon seit vielen Jahren vergeblich ein Kind gewünscht hat.«

Für einen Moment huscht Irritation über das Gesicht meines Großvaters. »Unter Umständen, natürlich.«

Auch ich wundere mich ein wenig über Fabios Worte. Sie klingen zu konkret, um als beliebiges Beispiel gedacht zu sein.

Aber warum auch nicht – es kann ja durchaus sein, dass es in seinem Verwandten- oder Bekanntenkreis eine solche Mutter gibt.

Doch bevor ich dem nachgehen kann, reißt meiner Großmutter offenbar der Geduldsfaden. »Fakt ist«, meldet sie sich wieder zu Wort, »so ein Mädchen wie Mari finden Sie kein zweites Mal.«

O Gott, Hitze schießt mir ins Gesicht und ich wünsche mir ein Loch, in das ich mich verkriechen kann. *»Yaya!«*, zische ich und frage mich, ob es eine Option wäre, mein Weinglas umzustoßen, um der Sache ein Ende zu setzen. Ich komme mir vor wie ein Pferd auf dem Markt. Wie peinlich kann das denn noch werden?

Offenbar sehr viel mehr, denn meine Großmutter hat sich, wie es scheint, gerade erst warmgelaufen. »Du solltest mit Fabio nach dem Essen unbedingt die Klippen hinunter ans Wasser gehen. Dort ist es im Sonnenuntergang immer so romantisch.«

Ich stöhne innerlich auf und werfe meinem Großvater einen flehenden Blick zu, der mir schmunzelnd, aber verständnisvoll zunickt.

»Wolltest du nicht, dass Fabio sich mein Arbeitszimmer besieht, meine Liebe? Und was restaurieren Sie denn überhaupt im Moment, Fabio?« Damit bringt er das Gespräch zu meiner Erleichterung auf ein neutrales Thema zurück. Und tut das auch im Folgenden jedes Mal, sobald meine Großmutter es erneut zielbewusst Richtung Romantik – oder in diesem Fall »Unromantik« – steuert, Fabio mit allerlei äußerst persönlichen Fragen zu Leibe rücken will oder erneut Anstalten macht, mich ihm anzupreisen.

Ich hätte ihn knutschen können.

Auf *Yayo* ist immer Verlass. Er ist und bleibt einfach der beste Großvater, den es gibt.

* * *

»Was wird denn das?«, frage ich Vanessa, als sie es sich nach dem Essen auf der Terrasse gemütlich macht. »Willst du etwa nicht mit uns ins Arbeitszimmer kommen?«

»Spinnst du?«, entgegnet sie lachend. »Deine Großmutter würde mich lynchen. Sag Fabio einfach, dass ich telefonieren muss.« An ihn gewandt zieht sie ihr Handy aus der Hosentasche und deutet erst darauf, dann auf sich selbst.

»Sí, claro«, antwortet er.

Sie grinst mich breit an. »Ein wenig romantische Zweisamkeit kann euch nicht schaden.«

»Fang du nicht auch noch an wie *Yaya*!«, murre ich und bin mir noch nicht sicher, ob ich ihr dankbar oder böse sein soll für besagte Zweisamkeit mit Fabio, denn auch wenn ein Teil von mir genau das möchte, fürchtet sich der andere davor.

»Du liest Lorca?«, erklingt plötzlich Fabios erstaunte Stimme.

Er hat seine Aufmerksamkeit dem neben den Liegestühlen stehenden Tischchen zugewandt. Aufgeschlagen liegen dort meine Fachzeitschrift und darüber der Gedichtband von Lorca, mit dem ich mich heute Nachmittag von meiner Aufregung abzulenken versucht habe, als die Forschungsergebnisse zur Gestationsdiabetes nicht mehr weiterhalfen.

»Du kennst diesen Autor?«, frage ich überrascht.

»Jeder Andalusier kennt Federico García Lorca. Er ist der berühmteste andalusische Dichter und Schriftsteller und übrigens Granadiner.«

»Das wusste ich nicht«, gestehe ich verlegen. »Das Buch gehört meinen Großeltern. Die Gedichte darin sind wunderschön.«

Er nickt traurig. »Was hätte dieser großartige Dichter noch alles zu Papier bringen können, wenn er nicht ermordet worden wäre.«

»Ermordet? Von wem?«

»Von den spanischen Faschisten unter Franco.« Sein Blick verdunkelt sich. »Er wurde abtransportiert und zusammen mit drei Republikanern am Straßenrand erschossen. Weil er Dichter war. Und homosexuell.«

»Wie furchtbar!«, stoße ich betroffen aus. Ich … Ich muss gestehen, dass ich mich mit Francos Herrschaft nie groß befasst habe. In der deutschen Schule war es nie Thema und meine Großeltern haben nie darüber gesprochen.«

Er nickt, als hätte er das gewusst. »Die meisten Spanier tun sich bis heute schwer damit. Das waren Zeiten, die an Grausamkeit kaum zu überbieten waren, aber es hat nach dem Ende des Franco-Regimes keine echte Aufarbeitung dieser Zeit stattgefunden. Nach dem Amnestiegesetz von 1977, das allen Tätern Straffreiheit zusichert, blieben die schrecklichen Verbrechen der Diktatur ungestraft. Erst seit ein paar Jahren hat man ganz zaghaft damit begonnen, sich mit dieser Zeit wirklich auseinanderzusetzen. Noch immer gibt es zu viele Anhänger Francos – die überdies an wichtigen Stellen sitzen. Die Opfer jener Zeit finden allerdings nach wie vor kaum Gehör.«

Er sieht mich so durchdringend an, dass ich verwirrt die Arme um mich schlinge und unwillkürlich Hilfe suchend durch die offene Terrassentür in die Stube schaue. Großvater sitzt reglos da und starrt auf sein Dame-Kästchen. Meine Großmutter hingegen tritt kopfschüttelnd zu uns heraus.

»Worüber redet ihr denn da, um Himmels willen? Der Abend ist zu schön für solch furchtbare Themen!«

Fabio nickt ihr zu. »Sie haben recht, Entschuldigung.«

Schon befürchte ich, dass meine Großmutter stattdessen erneut über Romantik sprechen möchte, aber zum Glück wird sie von meinem Großvater gerufen.

Ich werfe ihm durch das Glas der Terrassentür hindurch einen dankbaren Blick zu, bevor ich unsicher zu Fabio sehe.

»Tja, also … soll ich dir gleich das Arbeitszimmer zeigen oder machen wir doch erst einen Spaziergang?« Mir ist nach dieser schrecklichen Geschichte plötzlich nach frischer Luft. Als mir klar wird, wie das wirken könnte, ergänze ich hastig: »Natürlich nicht aus … äh … romantischen Gründen.«

Er zieht eine Braue hoch.

Ich laufe rot an und versuche, die Kurve zu kriegen. »Nur zur Verdauung.« O Gott, das klingt ja noch peinlicher. Tatsächlich vertieft sich seine Belustigung. Mit glühenden Wangen räuspere ich mich. »Und um etwas Abstand zwischen meine Großmutter und uns zu bringen.«

Er lacht leise. Ein wundervoll samtiger, angenehmer Klang. Ich war schon immer der Meinung, dass ein Lachen viel über einen Menschen verrät. Und Fabio hat eines, das mitreißt.

»Dagegen habe ich nichts einzuwenden«, sagt er nun.

Ich bin erleichtert, dass er nicht auf meinen peinlichen Ausführungen herumreitet, und wir betreten den Garten.

»Es tut mir wirklich schrecklich leid, dass du ihre inquisitorischen Fragen über dich ergehen lassen musstest«, sage ich, als wir den mit Platten ausgelegten Pfad erreicht haben, der sich in Schlangenlinien zwischen Palmen und Blumen durch den ganzen Park hindurchwindet. Das Licht hat sich verändert, ist milder, der Farbton, in den es die Umgebung taucht, wärmer geworden. Ein wenig wie auf alten Fotos. Wie in meiner Erinnerung. »Sie ist … Wie soll ich sagen …«

»Interessant?«

»Furchtbar übergriffig und das Gegenteil von feinfühlig«, korrigiere ich und schneide eine Grimasse.

»So schlimm?« Noch immer funkeln seine Augen belustigt.

»Nein.« Ich schüttele den Kopf und ergänze halb im Scherz, halb im Ernst: »Schlimmer.«

Wieder lacht er und, Himmel, ich liebe diesen Klang. Ich muss mich zusammenreißen, um Fabio nicht verzückt anzustarren.

»Immerhin weiß ich jetzt, an wen ich mich wenden muss, sollte ich mal wieder einen Lebenslauf verfassen müssen«, sagt er scherzend. »Bis auf meine Schuhgröße weiß sie nun so ziemlich alles über mich.«

»Da bist du noch gut davongekommen. Sie stammt von altem andalusischem Adel ab, weiß, was sie will, und ist gewohnt, es zu bekommen. Nur bei meiner Mutter konnte sie sich nicht durchsetzen.« Kaum ist mir das herausgerutscht, bereue ich es schon, kann es aber nicht zurücknehmen. Auch wenn es sich nicht so anfühlt, ist Fabio ja doch ein Fremder.

Ich will nicht mit ihm über meine Mutter reden, aber da kommt schon seine Nachfrage: »Inwiefern?«

»Sie hat keinen Andalusier geheiratet, sondern einen Deutschen und für ihn ihre Heimat verlassen«, sage ich knapp und wechsele eilig das Thema. »Aber auch wenn meine Großmutter sehr anstrengend ist, liebt sie ihre Familie über alles und möchte nichts mehr, als *Yayo* und mich glücklich zu sehen.«

»Und dein Großvater?«

»Natürlich ebenfalls.« Lächelnd pflücke ich im Vorbeigehen eine der pinkfarbenen Oleanderblüten. »Er ist der selbstloseste, gutherzigste und beste Mensch, den man sich nur vorstellen kann.«

»Wobei du, wenn ich das während des Essens richtig verstanden habe, ja als Schulkind nur während der Ferien bei ihm warst und in den letzten Jahren gar nicht.«

Perplex blinzele ich. »Ja, mag sein. Aber was hat das damit zu tun?«

Er zögert, sieht mich ganz seltsam von der Seite an und wendet sich dann ab. »Nichts, das war nur … nur so dahingesagt. Entschuldige bitte.«

»Schon gut«, antworte ich, unsicher, ob ich nachbohren soll, was er gemeint hat, oder ob ich mich damit vollends blamiere. Vermutlich habe ich zu viel Wein getrunken und mir das Merkwürdige an seiner Reaktion nur eingebildet.

Bevor ich zu einer Entscheidung gelangt bin, fragt er: »Die Haushälterin arbeitet sicher schon lange bei deinen Großeltern, nicht wahr?«

»Inés? Nein, erst seit einem Jahr, glaube ich.«

»Auch nicht der Gärtner?«

»Der ist sogar gänzlich neu.«

Fabio presst die Lippen zusammen, fährt sich geistesabwesend mit der Hand über das Kinn. Das leise Schaben löst bei mir völlig unangebrachte Assoziationen aus, nämlich Bilder davon, wie er mit seiner stoppelbärtigen Wange meine Haut streift.

Hastig schüttele ich den Kopf, um diese Bilder zu vertreiben. »Angestellte halten es nie lange mit meiner Großmutter aus. Die große Ausnahme ist da wohl Nani.«

»Nani?« Er wendet mir stirnrunzelnd wieder sein Gesicht zu.

Ich nicke. »Sie war vor vielen Jahren die Haushälterin meiner Großeltern.«

»Dann hat sie sicher jahrelang hier gelebt, oder?«

Fast ist mir, als würde etwas über sein Gesicht huschen, etwas wie … Hoffnung? Doch da ist es auch schon wieder fort. »Wieso fragst du?«

Er zuckt mit den Schultern. »Bekannte von mir suchen nach einer Stelle und wenn es jemanden gab wie diese Nani, die es auch länger bei deiner Großmutter ausgehalten hat, kann es nicht allzu schlimm sein, hier arbeiten zu müssen.«

»Zwischen Nani und meiner Großmutter war es aber mehr Freundschaft als Angestelltenverhältnis. Und befreundet sind sie bis heute.«

»Ach so. Na, dann werden meine Bekannten wohl anderweitig suchen müssen«, sagt er, wirkt aber seltsamerweise nicht enttäuscht, eher im Gegenteil. Vermutlich, weil es ihm doch zu heikel gewesen wäre, meine Großmutter einer Bekannten von ihm zuzumuten. Also frage ich ihn nach seinen Geschwistern, die er beim Essen erwähnt hat.

»Ich habe es immer noch nicht verwunden, Einzelkind zu sein«, sage ich teils im Scherz, teils ernst gemeint. »Es muss wundervoll sein, eine große Familie zu haben.«

»Das stimmt, aber auch anstrengend.« Nun schneidet er eine Grimasse, aber sein Tonfall ist so liebevoll, dass kein Zweifel daran besteht, wie er zu seiner Familie steht. Während er allerlei Anekdoten von Erlebnissen vor allem mit seinen drei jüngeren Geschwistern – zwei Brüdern und einer Schwester – erzählt, lausche ich ihm fasziniert. Wie gern hätte ich Geschwister gehabt, Onkel und Tanten und eine richtig große spanische Familie! Wenn ich an Deutschland zurückdenke und an das große Haus meines Vaters, scheint es mir plötzlich noch leerer zu sein. Ich schüttele diese Gedanken ab und konzentriere mich wieder auf Fabios Erzählungen.

Er ist charmant und witzig, intelligent und einfühlsam. Und entweder vertrage ich wirklich keinen Wein mehr oder es ist Fabios Nähe, die mich fühlen lässt, als wäre ich ein wenig beschwipst. Ich könnte den Spaziergang und das Gespräch mit ihm ewig fortsetzen.

Erst als er plötzlich stehen bleibt, realisiere ich, dass ich unbewusst den Weg zu den Klippen eingeschlagen habe. Wir stehen an der Felskante vor dem Zaun, der mich als Kind davor bewahrt hat, hinunterzustürzen. Gute zehn Meter unter uns schwappt das Wasser sanft gegen die Felsen und vor uns erstreckt sich bis zum Horizont das Meer.

»Ein wundervoller Ausblick«, sagt Fabio. »Die Lage der Finca ist wirklich ein Traum.«

Traumhaft finde ich eher, wie das goldene Abendlicht Fabios gebräunte Haut zum Schimmern bringt und rötliche Reflexe in seinen Bart zaubert. Alles an ihm wirkt in diesem milden Abendlicht so weich und seidig. Das leise Rauschen der Wellen mischt sich mit dem Gesang der Zikaden. Eine milde Brise streichelt mein Gesicht und – ach, verflixt noch einmal, wieso nur bin ich mit Fabio zu den Klippen gegangen? *Yaya* hat recht. Das hier *ist* romantisch. Und das ist nicht gut.

Plötzlich fühle ich mich wieder wie ein Teenager beim ersten Date mit meinem Schwarm. Was absolut absurd ist, denn zum einen bin ich eine erwachsene Frau, zum anderen ist Fabio weder mein Schwarm noch mein Date – und drittens …

Ich hole tief Luft. Oder versuche es zumindest, denn wieder huscht mir das Bild meiner Mutter durch den Kopf und sofort legt sich der mir nur allzu bekannte Schraubstock um meine Brust.

Drittens habe ich nicht vor, mich ernsthaft in jemanden zu verlieben. Niemals wieder!

Abrupt wende ich mich ab. »Wir sollten zurückgehen, sonst schickt mein Großvater noch einen Suchtrupp los.«

* * *

»Dort vorn ist das Arbeitszimmer«, sage ich und zeige auf die Tür am Ende des Flures.

Fabio betrachtet die Bronzeskulpturen, die an den Wänden stehen. »Deine Großeltern sammeln Kunst?«

»Mein Großvater. Ein teures Hobby, ich weiß, aber er spendet auch regelmäßig Geld.« Aus irgendeinem Grund habe ich das Gefühl, ihn in Schutz nehmen zu müssen.

»An Künstlervereinigungen?«

»Nein, ich glaube an irgendwelche kirchlichen Einrichtungen, einen Orden oder ein Kloster.«

»Einen Orden?«, wiederholt er.

»Zumindest meine ich, das mal gehört zu haben, aber es ist schon lange her.«

»Dann weißt du vermutlich nicht mehr, um welchen es sich gehandelt hat, oder?« Mit einem Mal sieht er mich sehr konzentriert an.

Verwirrt streiche ich mir eine Strähne hinters Ohr. »Nein, aber ich kann fragen, wenn du möchtest. Wieso?«

»Ich war einfach überrascht, das ist alles.« Er zuckt mit den Schultern, öffnet geistesabwesend die Hemdsärmel und krempelt sie hoch.

Wie ein Blitzlicht schießt mir die Vorstellung durch den Kopf, er würde als Nächstes weitere Knöpfe auf seiner Brust öffnen. Das bringt mich dann doch etwas aus dem Konzept.

»Mari?«

Ich fahre zusammen. »Hm? Was hast du gesagt?«

»Bist du wegen deines Großvaters Ärztin geworden?«

»Auch. Ich bewundere ihn sehr.« Jetzt erst wird mir bewusst, dass Fabio mich nicht mit Marisol, sondern mit Mari angesprochen hat. Ein wohliger Schauer läuft mir über den Rücken.

»Wofür?«

»Wofür?«, wiederhole ich erstaunt.

Er räuspert sich. »Ich meinte: Bewunderst du ihn für seine medizinische Kompetenz oder für etwas anderes?«

Eine seltsam formulierte Frage. Aber vermutlich ist er einfach nur vorsichtig, um nicht erneut versehentlich so einen Moment wie am Tisch heraufzubeschwören.

»Ich bewundere ihn als Mediziner *und* als Menschen«, sage ich. »Für seine Fachkenntnis, aber auch für seine Menschlichkeit im Umgang mit Patienten, Kollegen und ihm unterstellten Mitarbeitern.«

Fabio nickt zwar, sagt aber nichts weiter dazu. Seine Miene ist angespannt. »Er hat die Frauenheilkunde-Abteilung der Santa-María-Klinik in Granada geleitet, richtig?«

»Mein Großvater? Ja.« Kurz wundere ich mich, dass er das weiß, denn ich habe gar nicht mitbekommen, dass *Yayo* erwähnt hat, in welcher Klinik er tätig gewesen ist. Aber das ist vermutlich im Dorf überall bekannt.

»Du hast sicher vor, dich dort um eine Stelle zu bewerben.«

Ich schüttele hastig den Kopf. »Mein Lebensmittelpunkt liegt in Deutschland. Und selbst wenn das nicht der Fall wäre, würde ich mich niemals an einer Klinik bewerben, zu der es derartige Verbindungen gibt. Würde ich genommen werden, hätte ich immer das Gefühl, dass es nur aufgrund dieser Beziehungen geschah.«

»Und das wäre schlecht?«

»Natürlich! Ich möchte nur aufgrund meiner eigenen Leistung genommen werden! Dafür will ich respektiert werden.«

Erstaunt hebt er die Brauen. Klar, er muss ein ganz anderes Bild von mir haben. Das kann ich ihm nicht verdenken. Wer das hier sieht – den Garten, die Finca, die Kunst –, muss davon ausgehen, dass ich ein Mädchen bin, dem alles geschenkt wird, und keines, das sich seine Stellung im Leben selbst erarbeitet hat oder erarbeiten möchte.

»Das ist eine seltene Einstellung.« Er lächelt schief.

»Mag sein oder auch nicht, aber es ist meine Einstellung!«, beharre ich. »Ich will mir mein Leben lang im Spiegel in die Augen sehen und sagen können: Mari, du hast alles gegeben und dir nichts vorzuwerfen. Du kannst stolz auf das sein, was du erreicht hast, denn du hast es dir selbst zu verdanken und …« Ich breche ab und räuspere mich. Es ist mir peinlich, dass ich mich erneut so ereifere. Wieso nur kann ich meinen Mund nicht halten?

Doch zu meiner Überraschung liegt Anerkennung in seinem Blick und das macht mich seltsam glücklich und nervös zugleich.

»Gut gebrüllt, Löwin.«

Ich spüre, wie ich rot anlaufe. »Das ist mein Ernst!«

»Das ist nicht zu übersehen«, antwortet er mit diesem leisen Lachen, dessen warmer Klang irgendetwas in meinem Inneren zum Vibrieren bringt. Doch dann wird er wieder ernst. »Aber du warst bestimmt schon mit deinem Großvater dort und kennst dich dort aus.«

»In der Klinik? Nein, noch nie.«

»Obwohl dein Großvater dort eine ganze Abteilung geleitet hat?«

»Und? Eine Klinik ist weder ein Kinderspielplatz noch ein geeigneter Ort für Familientreffen der behandelnden Ärzte.«

»Auch wieder wahr.« Er sieht nachdenklich nach vorn, scheint mit seinen Gedanken woanders zu sein.

»Warum fragst du?«

Er fährt sich über die Stirn. »Rein aus beruflichem Interesse. Viele der Kliniken sind zwar modern eingerichtet, aber befinden sich in alten Gebäuden mit zum Beispiel einer restaurierungsbedürftigen Kapelle.«

Ich zucke mit den Schultern. »Da müsste ich meinen Großvater fragen.«

»Nicht nötig, er weiß sicher auch nicht, wie es um den heutigen Zustand bestellt ist. Ich werde einfach im Sekretariat der Klinik anrufen.« Er wirkt enttäuscht und diese Enttäuschung steigert sich noch, als er mir ins Arbeitszimmer folgt und sein Blick es überfliegt.

Hat er etwas Nobleres erwartet? Das zum Rest des Hauses passt? Aber dort hat meine Großmutter das Zepter bei der Einrichtung geschwungen, hier jedoch behielt mein Großvater die Oberhand und der mag es schlichter.

An zwei Raumseiten erstrecken sich über die gesamte Länge Schrankwände, die mit Büchern vollgestellt sind. Vor dem Fenster steht ein lederner Ohrensessel mit Schemel und in der Mitte des Raumes besagter alter Schreibtisch aus Mahagoni mit Perlmuttintarsien, um den herum sich teils vergilbte Fachzeitschriften stapeln.

»Es ist nicht besonders eindrucksvoll«, sage ich entschuldigend.

»Ach was, der Tisch ist auf jeden Fall interessant.« Dennoch tritt er nicht zuerst auf ihn zu, sondern wandert langsam die Schrankwände entlang, fährt mit dem Zeigefinger seiner linken Hand über die Buchrücken mit all der Fachliteratur. »Braucht er all die Bücher noch, wo er doch im Ruhestand ist?«

»Nun ja, er wird hin und wieder von Kollegen um Rat gefragt.«

Fabios Finger stockt, er sieht mich nachdenklich an. »Bist du sicher?«

»Äh. Ja.« Ich lache verwirrt. »Wieso?«

»Die Zeitschriften und Bücher scheinen mir arg veraltet zu sein.«

»Das sind sie auch, aber heutzutage hält man sich ohnehin über das Internet auf dem neuesten Stand.«

»Ich sehe keinen Laptop.«

Ich zucke mit den Schultern. »Der ist irgendwo im Haus. Aber wieso wunderst du dich über die Sache mit den Kollegen?« Fabios Fragen kommen mir zunehmend merkwürdig vor.

»Ach, nur so. Ich meine … entweder ist er so gut oder die Kollegen sind so schlecht«, scherzt er. »Letzteres würde mir Angst machen.«

»Mein Großvater *ist* so gut!«, stelle ich etwas verärgert klar.

»Entschuldige, das sollte nicht verletzend rüberkommen.«

Ich nicke, fühle mich aber dennoch gezwungen, *Yayo* weiter zu verteidigen. »Selbst noch zu der Zeit, in der ich als Kind hier zu Besuch war, kam ein Kollege ab und zu vorbei.«

Er lässt die Hand sinken, dreht sich zu mir um. »Hierher? Der Kollege hat nicht nur angerufen, sondern kam mehrfach vorbei?«

»Ja. Ich kann mich gut an ihn erinnern, weil er wie der Kater meiner Freundin hieß, nämlich Ramón.«

»Nur um einen Rat in medizinischen Fragen einzuholen, die man sicherlich auch am Telefon oder per E-Mail klären konnte?« Er fährt sich mit der Hand immer wieder über das Kinn, wirkt aufgewühlt.

Ich bin mir nicht sicher, ob seine Frage nicht nur rhetorischer Art war, antworte aber dennoch: »Sie waren sicher befreundet und haben die Gelegenheit genutzt, sich zu treffen. Obwohl …, wenn ich so darüber nachdenke …« Ich halte inne.

»Obwohl *was*?«, drängt er.

»Wenn ich so an diesen Ramón zurückdenke, könnte es auch sein, dass er kein Arzt, sondern Anwalt war. Oder zumindest wie einer aussah – mit seinem Anzug und seinem Aktenkoffer und … Wie auch immer, ich war ja noch klein.« Langsam werde ich aber doch ungehalten und verschränke die Arme vor der Brust. »Warum interessiert dich das überhaupt so sehr?«

Fabio starrt mich noch zwei Atemzüge lang mit rätselhafter Miene an, dann jedoch entspannt er sich und lächelt schief. »Entschuldige bitte. Dein Großvater hat offenbar mächtig Eindruck bei mir hinterlassen und ich bin jemand, der sich zu viele Gedanken macht und Dinge hinterfragt. Tut mir leid.«

Er sieht ehrlich zerknirscht aus und ich lasse meine Arme wieder sinken. »Nein, schon okay. Dinge zu hinterfragen, ist gut.« Ich sehe aus dem Fenster in die anbrechende Dunkelheit. »Und was die Gedanken angeht – ich bin genauso. Leider.«

»Wieso leider?«

»Weil das Grübeln mich nicht weiterbringt«, flüstere ich. »Weil ich keine Antworten finde. Weil es Dinge gibt, die sich nicht ändern lassen, egal, wie furchtbar sie sind.«

»Welche Dinge?«

Erst bei seiner Frage wird mir bewusst, dass ich es nicht leise genug gesagt habe. Ich weiß gar nicht, warum ich es überhaupt ausgesprochen habe. Verdammt, der Sherry ist mir offenbar noch stärker zu Kopf gestiegen als vermutet. Wie es auch jetzt der Blick von Fabio tut, als ich mich ihm wieder zuwende.

Er schaut mich an, als sähe er mich zum ersten Mal. Überrascht und so intensiv, dass ich für einen Moment befürchte, er könne meine Gedanken lesen.

»Spielt keine Rolle«, murmele ich und bücke mich, um einen der Zeitschriftenstapel ein wenig zur Seite zu rücken. Fabios Blick spüre ich weiter auf mir ruhen. Das macht mich so nervös, dass ich zu hektisch agiere und der Stapel umkippt und zwei weitere mitreißt. »Ach, so ein Mist!«, schimpfe ich und gehe auf die Knie, um die auf dem Boden verteilten Journale wieder einzusammeln.

Im nächsten Moment jedoch legt sich Fabios Hand auf meine und die Berührung lässt mein Herz einen Schlag lang aussetzen.

»Alles in Ordnung?«, fragt er, seine Stimme klingt dabei so sanft wie seine Berührung. Mein Herz hämmert in einem Tempo los, als wolle es die verlorene Zeit aufholen.

»Ich bin nur keinen Wein mehr gewöhnt«, hauche ich und sehe verwirrt auf seine Hand hinab, die noch immer an Ort und Stelle liegt. »Ich muss das Durcheinander hier aufräumen. *Yayo* wird es nicht gefallen.«

»Lass mal, ich mach das schon«, sagt er in rauem Ton, der mir eine wohlige Gänsehaut den Rücken hinunterjagt.

»Okay«, erwidere ich mit trockener Kehle, aber rühre mich nicht. Er sich auch nicht. Meine Haut prickelt und … das Telefon im Flur klingelt.

Erschrocken zucke ich zusammen und erhebe mich hastig.

Verärgert und dankbar zugleich über die Unterbrechung, streiche ich fahrig über meine Kleidung, als könnte ich das Kribbeln dadurch verjagen.

Natürlich sammele ich trotz Fabios Angebot ebenfalls Zeitschriften ein und stapele sie wieder. Dabei achte ich auf größtmöglichen Abstand zu ihm, dennoch berühren sich immer wieder unversehens unsere Hände und ich begegne jedes Mal seinem Blick, wenn ich ihn verstohlen ansehe.

Die sich daraufhin explosionsartig vermehrenden Schmetterlinge in meinem Bauch machen mich zusätzlich nervös. »Was ist jetzt mit dem Tisch?«, versuche ich, von mir abzulenken, als die Zeitschriften endlich wieder aufgeräumt sind.

Noch ein paar Atemzüge lang sieht er mich an, bis mein Mund ganz trocken wird, meine Hände hingegen schwitzig sind.

»Ja. Natürlich. Entschuldige.« Er wendet sich dem Möbelstück zu, betrachtet es von allen Seiten, selbst von unten her, fährt prüfend mit den Fingern die Kanten und Schnitzereien entlang. »Andalusien ist berühmt für seine Intarsienarbeit und die Holzschnitzereien. Die Mauren haben sie ins Land gebracht. Die geometrischen Strukturen und Ornamente finden sich nicht nur in Bauwerken, sondern auch auf Möbeln, Behältnissen, Lederwaren und vielem mehr.« Er kommentiert alles und weist auf weitere Besonderheiten wie die fein ziselierten metallenen Umrandungen der Schubladenschlösser hin, deren Schlüssel allerdings nirgendwo zu entdecken sind. Wobei ich selbstverständlich auch dann nicht hineinschauen würde, wären die Schubladen unverschlossen oder steckten die Schlüssel.

Ich kann mich jedoch nur schwer auf den Inhalt seiner Worte konzentrieren, bin zu sehr damit beschäftigt, meine Gedanken und Gefühle zu sortieren.

»… die Intarsien sind wundervoll gearbeitet. Hier war wirklich ein Meister seines Faches zugange«, erklärt Fabio gerade, als mein Großvater das Arbeitszimmer betritt.

»Und?«, fragt er. »Wie sieht es aus?«

»Esteban, du solltest doch nicht stören!«, schimpft meine Großmutter und folgt ihm ins Zimmer. Nur einen Atemzug später schiebt sich auch Vanessa in den kleinen Raum und ich muss mir das Lachen verbeißen, so absurd erscheint mir die ganze Situation.

Mein Großvater geht, von der Kritik seiner Frau unberührt, zum Ohrensessel und lässt sich darauf nieder, während meine Großmutter herumwuselt, als hätte sie zu viel Zucker in ihrem Kaffee gehabt.

»Ich schätze, der Schreibtisch ist gute achthundert Euro mehr wert, als Sie, wie ihre Frau sagte, dafür gezahlt haben«, stellt Fabio fest. »Der gepflegte Zustand hat seinen Wert noch einmal gesteigert. Glückwunsch.«

»Danke«, gibt mein Großvater verhalten zurück und wirft einen prüfenden Blick in die Runde. Beinahe hätte ich gelacht. Als würde jemand seine alten Zeitschriften klauen wollen. Vor allem Fabio, der mich und meine Handtasche verteidigt hat!

Fabio räuspert sich. »Ihre Enkelin ist voller Bewunderung für Sie, wie sie mir deutlich gemacht hat. Und das ist kein Wunder, denn Sie haben eine wirklich erstaunliche Karriere hingelegt, Señor García.«

»Das stimmt«, meldet sich an dessen Stelle meine Großmutter zu Wort. »Als wir uns begegneten, kannte er niemanden und besaß nichts außer seinem Charme. Ein völlig mittelloser junger Arzt.«

»Und trotzdem habe ich dein Herz erobert«, gibt er verschmitzt zu bedenken.

»Nur galt das leider nicht für das meiner Eltern«, erinnert sie ihn mit leisem Lachen. »Du hast wirklich hart kämpfen müssen, um sie von dir zu überzeugen. Aber du hattest Ehrgeiz. Sehr viel Ehrgeiz. Und du hast dich hochgekämpft.«

»In der Tat.« Er lehnt sich zurück und verschränkt lächelnd die Hände vor seinem Bauch.

Und ich lächele mit ihm. Auch wenn meine Großeltern mir diese Geschichte schon oft erzählt haben, geht sie mir jedes Mal aufs Neue ans Herz. Fabio jedoch offenbar nicht.

Wieder ist da dieser seltsam intensive Blick, mit dem er meinen Großvater mustert. Als wolle er irgendetwas finden, das hinter diesen Worten, hinter dem Lachen verborgen liegt.

Ich schüttele den Kopf über mich. Was ist nur los mit mir? Das muss an Fabios Nähe liegen, die mich nicht klar denken lässt.

»In Rekordtempo, wenn ich richtig informiert bin«, sagt er. »Eine wirklich außergewöhnliche Leistung. Vor allem in der damaligen Zeit, in der man ohne die richtigen Beziehungen keine Chance hatte.«

Das Lächeln meines Großvaters verblasst, er wirkt für einen Moment irritiert. »In der Tat«, sagt er langsam.

»Zum Glück ging damals alles nicht so bürokratisch zu wie heute, nicht wahr?«, fährt Fabio fort.

Yayos Blick richtet sich forschend auf ihn, wird wachsam. »Wie kommen Sie darauf? Und was wollen Sie damit sagen?«, fragt er gedehnt.

Erstaunt mustere ich die beiden und weiß nicht, ob ich Fabios Frage oder die Reaktion meines Großvaters merkwürdiger finden soll. War in Fabios Aussage tatsächlich ein unterschwelliger Vorwurf enthalten?

Fabio zuckt mit den Schultern. »Nun ja … im Rahmen meiner Arbeit verzweifele ich oft an dem ganzen Papierkram, den es für all die Genehmigungen braucht, die oftmals nötig sind, bevor ich mich in einem alten oder gar denkmalgeschützten Gebäude an die Restauration machen kann.«

Yayo entspannt sich etwas. »Das ist natürlich nervenraubend, aber unumgänglich.«

»Stimmt. Wobei es früher immer Mittel und Wege gab, sie zu umgehen. Sei es, dass man die richtigen Leute kannte oder die richtigen Hände bezahlte.«

Abrupt ziehen sich die Augenbrauen meines Großvaters zu grauen Wolken zusammen. »In meiner Klinik lief alles immer exakt nach Vorschrift!«

Erschrocken hebt Vanessa den Blick von ihrem Handy und sieht ratlos von einem zum anderen, wie ich aus dem Augenwinkel bemerke. Auch ich bin irritiert. Zum einen von der Frage, zum anderen von der Heftigkeit, mit der *Yayo* darauf reagiert. Selbst meine Großmutter sieht ihren Mann perplex an.

Nur Fabio wirkt für den Bruchteil einer Sekunde zufrieden. Dann ist der Moment verschwunden. »Selbstverständlich«, sagt er. »Etwas anderes hätte ich auch niemals für möglich gehalten. Ich sprach vom Baubereich, mit dem ich tagtäglich zu tun habe.«

»Selbstverständlich«, greift meine Großmutter, die offenbar die Chance, uns zu verkuppeln, schwinden sieht, hastig seine Worte auf. »Natürlich sprach er vom Baubereich, Esteban. Wovon denn sonst?« Beruhigend legt sie ihre Hand auf die seine.

Fabio nickt. »Sie glauben gar nicht, was die Menschen aus der Baubranche, mit denen ich mich im Rahmen meiner Arbeit oft unterhalte, mir alles für haarsträubende Geschichten darüber erzählen, wie es früher zuging.«

»Soso …«, sagt mein Großvater langsam und lässt Fabio dabei nicht aus den Augen.

Als stummer Zuschauer dieser Szene bin ich zu überrascht und verwirrt, um etwas zu sagen. Mir ist, als hätte ich etwas verpasst oder als wäre ein Teil der Unterhaltung in einer für mich unhörbaren Tonfrequenz gelaufen.

»Und Sie haben absolut recht«, meldet sich meine Großmutter eilig erneut zu Wort. »Sie glauben nicht, was wir alles durchgemacht haben, bis die Finca hier meinen Vorstellungen entsprach. Ich sage Ihnen, oft hatte ich das Gefühl, die Handwerker und ich würden verschiedene Sprachen sprechen. Allein schon die Sache mit …«

Sie redet und redet und nie war ich ihr dankbarer für ihre Art, die Aufmerksamkeit auf sich zu ziehen und im Mittelpunkt stehen zu wollen. Langsam lockert sich die Stimmung wieder auf und ich atme tief durch.

Als wir schließlich ins Wohnzimmer zurückkehren, flüstert Vanessa augenzwinkernd: »Ihr wart über eine Stunde weg, ich will doch hoffen, dass wenigstens ein Quickie drin war.«

»Da muss ich dich enttäuschen. Und was die Stunde angeht – Gott, wahrscheinlich ist meine Großmutter kurz davor, eine Hochzeitsanzeige zu schalten oder etwas ähnlich Peinliches zu veranstalten.«

»Ach was, mach dir keine Sorgen. Sie hat erreicht, was sie wollte, nämlich: ein Wiedersehen zwischen euch. Sie wird dich schon nicht noch mehr blamieren. Ich meine – wie denn auch?«

* * *

»Vielen Dank für Ihre Einschätzung des Wertes unseres Schreibtisches, Fabio«, flötet meine Großmutter, als sie ihn und mich eine Stunde später und nach der allgemeinen Verabschiedungsrunde zur Haustür begleitet. »Sie haben nicht zufällig Lust, meiner Enkelin in den nächsten Tagen ein bisschen die Gegend zu zeigen? Sie kennt hier noch kaum jemanden, geschweige denn die Region mit all ihren Sehenswürdigkeiten, und bei Ihnen weiß ich sie ja in sicheren Händen.«

Großartig. So viel zu Vanessas Vermutung.

Überrumpelt starrt Fabio meine Großmutter an und hat vermutlich ebenso große Schwierigkeiten wie ich, ihrem Gedankengang vom Tisch zum Ausflug zu folgen.

»Ich bin sehr wohl in der Lage, für mich selbst zu sprechen!«, wende ich verärgert ein.

»Dafür bist du viel zu schüchtern.«

»Bin ich nicht! Und er hat sicherlich andere Pläne!« Ich werfe ihr einen warnenden Blick zu, den sie aber geflissentlich ignoriert.

»Die lassen sich ganz bestimmt für eine so bildhübsche und intelligente junge Frau wie dich ändern«, flötet sie und strahlt ihn an.

»*Yaya!*«, zische ich mit glühendem Gesicht, versinke vor Verlegenheit fast im Boden und sehe mich Hilfe suchend nach meinem Großvater um, aber von dem fehlt leider gerade jede Spur. Wie macht er das nur?

Fabio räuspert sich, aber bevor er mir einen Korb geben kann, ergreife ich hastig erneut das Wort: »Ich muss mich noch in viele spezielle Themen einarbeiten, habe so viele Lehrbücher mitge…«

»Papperlapapp, wenn du nicht ab und zu entspannst, kannst du auch nicht arbeiten. Und du wolltest ohnehin Nani in Frigiliana besuchen. Ich habe sie bereits kontaktiert. Übermorgen erwartet sie dich zum Mittagessen.«

»Was? Aber ich …«

Weiter komme ich nicht, denn sie hat sich bereits Fabio zugewandt. »Eigentlich wollte ich mit Marisol hinfahren, aber … äh … mir ist etwas dazwischengekommen. Es wäre wundervoll, würden Sie Marisol an meiner Stelle begleiten.«

Mein Ärger darüber, dass sie mich in Sachen Terminplanung übergangen hat, wird von einem anderen übertönt. »Du kannst ihn doch nicht einfach mit so etwas überfallen!«

»Das tue ich auch nicht«, behauptet sie, ohne mit der Wimper zu zucken. »Ich gebe nur zu bedenken, dass Frigiliana ein zauberhaftes Dorf ist. Außerdem ist es sehr romantisch.«

Ich täusche einen Hustenanfall vor – in der Hoffnung, ihre letzten Worte zu vertuschen.

Fabio räuspert sich erneut – was soll er auch sonst tun – und hastig komme ich einer möglichen Antwort von ihm zuvor: »Er hat definitiv keine Zeit dafür und möchte sicherlich …«

»… mit dir dorthin fahren«, fällt er mir ins Wort und sieht mich schmunzelnd an. »Wirklich.«

Mir klappt die Kinnlade hinunter.

»Siehst du?« Zufrieden nickt meine Großmutter mir zu.

Ruhig bleiben.

Ganz ruhig bleiben. Das muss ich mir einfach immer wieder einreden.

»Ich bringe Fabio zum Wagen«, verkünde ich eilig, verlasse beinahe fluchtartig den Eingangsbereich und ziehe ihn am Arm mit mir.

»Bitte, fühle dich auf gar keinen Fall gezwungen, wiederzukommen oder mich nur wegen *Yaya* irgendwohin begleiten zu müssen«, stoße ich außer Hörweite meiner Großmutter hervor und lasse ihn eilig los. »Überhaupt hat sie …«

»Und wenn ich es gern tun würde?«

»… sich einfach unmöglich be…« Ich breche ab, starre ihn perplex an.

»Wenn deine Großmutter nicht gefragt hätte, hätte ich es getan«, sagt er lächelnd.

»Oh. Ähm. Tja …« Ich bin verwirrt und erleichtert und tausend Dinge dazwischen.

In seinen dunklen Augen spiegelt sich das Licht der Gartenlaternen. Winzig kleine leuchtende Punkte, die sie wie Kohlestücke wirken lassen, in denen die glimmende Glut jederzeit zu einem Feuer anwachsen kann. Ob ich mich daran verbrennen werde? Will ich das Risiko eingehen?

»Gleich morgens?«

»Okay«, hauche ich und wünschte, mein Herz würde nicht jedes Mal stolpern, wenn er mich so ansieht, wie er es gerade tut.

»Zehn Uhr? Dann kannst du dir Nerja und seine Höhlen anschauen, bevor wir nach Frigiliana fahren. Die Höhlen sind nicht weit entfernt und morgens ist der Ansturm noch nicht so groß. Dann hast du im Anschluss daran genug Zeit, dich ausgiebig mit dieser Nani zu unterhalten.« Er macht eine kleine Pause und sieht zum Haus, bevor er weiterspricht: »Sie kennt deine Großeltern offensichtlich schon sehr lange.« Sein Zusatz verwundert mich etwas, und das sieht man mir wohl an, denn er ergänzt: »Ich meine, da gibt es sicher viel zu erzählen – sowohl von ihrer als auch von deiner Seite aus.«

»Ja …«, sage ich zögerlich, denn es gibt etwas, über das ich definitiv nicht reden möchte: den Tag vor sechs Jahren. An dem ich meine Mutter das letzte Mal gesehen habe. Den Tag, an dem ich so unverzeihlich falsch gehandelt habe.

»Also, zehn Uhr?«, fragt er.

Wieder nicke ich.

»Dann bis übermorgen. Ich hole dich ab.«

Und ehe ich mich darauf vorbereiten kann, beugt er sich schon zu mir herab und nur einen Moment später spüre ich das sanfte Schaben seiner Bartstoppeln an meiner Wange, die einen Schauer durch meinen Körper rieseln lassen. Ganz zu schweigen von seiner unerwarteten Nähe. Seiner Wärme. Seinem Duft.

Gott, dieser Duft! Und der Tatsache, dass er sehr viel länger an meiner Wange verbleibt, als üblich wäre. Und das Spiel bei meiner anderen Wange wiederholt.

Ich habe meine Fassung noch nicht wiedergefunden, als er sich bereits aufrichtet. Fabios intensiver, regelrecht brennender Blick dringt mir unter die Haut. Im nächsten Augenblick hat er sich abgewandt, geht zum Wagen und steigt ein.

Seltsam atemlos und mit wild schlagendem Herzen sehe ich ihm nach, wie er davonfährt.

Erst lange, nachdem sich der Schein der Rücklichter von Fabios Wagen in der Dunkelheit verloren hat, kehre ich ins Haus zurück.

Meine Großmutter höre ich vergnügt vor sich hin summend die Treppe zu dem Hausflügel hochgehen, in dem ihr Schlafzimmer liegt. Auch Vanessa scheint bereits hochgegangen zu sein, um sich bettfertig zu machen. Mein Großvater hingegen sitzt wie immer noch bei einem Glas Wein im Patio und winkt mich zu sich, als er mich durch dessen gläserne Schiebetür erblickt.

»Na, hast du die Verkupplungsversuche deiner Großmutter überstanden?«, fragt er mit verschmitzter Miene.

»Da bin ich mir noch nicht sicher.«

Er lacht und klopft mit der Hand leicht auf den wundervoll handgeschnitzten Brettspielkasten, der neben ihm auf dem Tisch steht. »Eine Runde Dame?«

»Heute nicht mehr. Ich bin ziemlich müde.«

Er drückt seufzend meine Hand.

»Wir holen es nach.« Ich gebe ihm einen Kuss auf das weiße Haar. »Gute Nacht, *Yayo*.«

»Gute Nacht, meine kleine *Doctora*.«

* * *

Kaum lasse ich mich erschöpft auf mein Bett fallen, kommt Vanessa herüber und setzt sich neben mich.

»Und? Werdet ihr euch wiedersehen?«

Ich nicke und erzähle ihr von dem Ausflug, weiche aber ihren Nachfragen über meine Gefühlslage aus. Die ist mir ja selbst nicht klar.

Doch was, wenn ich tatsächlich auf dem besten Weg bin, mich in ihn zu vergucken? Oder mehr? Plötzlich kriege ich Panik. »Ich packe das nicht!«, stoße ich aus und reiße mein auf dem Nachttisch liegendes Handy an mich.

»Was denn?«, fragt Vanessa verwirrt.

»Mit ihm allein zu sein! Ich werde ihm absagen. Das Ganze war eine saublöde Idee meiner Großmutter.«

»Nein, eine saublöde Idee ist nur, das Ganze jetzt noch abzusagen. Wie sähe das denn aus?« Schon hat sie sich vorgebeugt und mir das Handy abgenommen.

»He!«

Sie ignoriert meinen Protest. »Emilio und ich wollen übermorgen nach Marbella. Sollen wir stattdessen mit euch mitkommen?«

Ein Ausflug zu viert? Ich kaue auf meiner Wange. Ich wäre nicht mit Fabio allein und es gäbe weniger Gelegenheit für Berührungen, tiefgehende Gespräche und andere Dinge, die dazu beitragen könnten, unpassende Gefühle zu entwickeln. Stattdessen würde es locker und unverbindlich werden. Ein Ausflug unter Freunden. Dieser Gedanke beruhigt mich und ich nicke. »Danke.«

»Gut, ich schreibe es Emilio.« Sie reicht mir mein Handy zurück, steht auf und wünscht mir gähnend eine gute Nacht, bevor sie in ihr Zimmer geht.

Obwohl ich endlich im Bett liege, kann ich nicht schlafen.

Meine Gedanken kreisen weiter um Fabio. Um seine Fragen zu meinem Großvater. Um den seltsamen Blick, den er

Richtung Haus – oder Richtung meines Großvaters? – geworfen hat, als er von dem Besuch bei Nani sprach. Und um den, mit dem er mich betrachtet hat. Der so intensiv war, als könne er in meinen Kopf schauen, meine Gedanken lesen, meine Gefühle kennen.

Oder als wüsste er mehr über mich als ich selbst …

Doch was wäre das?

Unwillkürlich schlinge ich die Arme um meinen Körper, im Versuch mein Inneres damit zu schützen. Es hat schon genug mit meinem Geheimnis zu kämpfen …

1974

Mina

»Beeil dich doch, Mina, beeil dich!«, rief Feli und trat ungeduldig von einem Bein auf das andere. »Ich darf meinen Auftritt nicht verpassen! Wir kommen noch zu spät!«

»Nur, wenn du weiter so herumzappelst«, mahnte Mina, während sie das Haar ihrer kleinen Schwester zu dem üblichen strengen Knoten nach hinten band, mit einem Schmuckkamm feststeckte und große rote Nelken darin befestigte, wie auch sie welche trug.

Diese Frisur war ebenso ein Muss wie die großen Hängeohrringe oder Kreolen und die bunten Armbänder und Halsketten. Minas Schmuck war aus roten Korallen gefertigt und Feli trug eine kleinere Variante davon.

Seit dem frühen Morgen war das Mädchen ausgelassen und aufgeregt durch die Wohnung gehüpft und hatte sein neues Kleid bewundert. Und jetzt, zur Mittagszeit, war es kaum mehr zu halten. »Aber ich muss rechtzeitig da sein! Versprich mir, dass wir rechtzeitig da sein werden!«

»Ja. Wir haben noch viel Zeit.« Mina versuchte, ihre kleine Schwester zu beruhigen, aber auch sie selbst hatten Vorfreude und Aufregung gepackt, sodass sie schon seit dem Morgengrauen wach gelegen hatte.

Sie hatte alles gegeben, ihrer Mutter die Zustimmung dafür abzuringen, dass Feli mit Diego zusammen auftreten durfte, und die Einladung für die Veranstaltung auf die Alhambra nicht abzulehnen. Es ging Juanita gewaltig gegen den Strich, von Diego etwas anzunehmen.

Doch nicht einmal sie konnte schlussendlich Felis flehendem Kulleraugenblick widerstehen.

Außerdem konnte sie nicht verheimlichen, dass sie vor Stolz darüber, dass ihre Tochter auf der Alhambra tanzen würde, fast platzte.

Mina legte sich ihre *Mantón de Manila* um die Schultern. Auf den weißen Seidengrund hatte ihre Mutter leuchtend grüne Kolibris gestickt. Die Fransen waren im selben Farbton gehalten wie die Vögel.

Bei Feli hatte Juanita die Fransen stattdessen direkt am Ausschnitt des Kleides angebracht. Das war das Geschickteste und auch üblich, weil Kinder die Manila oft verloren.

Für ihr eigenes Kleid hatte Mina einen roten Stoff mit grünen Punkten gewählt. Sie hatte sich für eine ärmellose Variante mit großzügigem Rückenausschnitt entschieden, den ihre Mutter nur unter der Voraussetzung durchgehen ließ, dass sie ihre Manila nicht ablegen würde. Die schmalen Träger des Kleides lagen auf ihren Schultern auf und waren mit Volants besetzt, deren Saum ebenso wie bei den mehrreihigen Volants am Rock in Grün abgesetzt war.

Das Kleid ihrer Mutter hingegen war einfarbig grün. Lediglich die Volants, die ebenfalls in mehreren Reihen am Rock und an den langen Ärmeln angebracht waren, hatten am Saum einen roten Besatz.

Wie die meisten Flamencokleider reichten auch ihre bis zu den Knöcheln und die Farben der Stoffe – ob grün, rot oder ein anderer Ton – waren intensiv und leuchtend.

Im Unterschied zu den Kostümen professioneller Tänzerinnen, die mehr Bewegungsfreiheit ermöglichten, waren die Kleider auf Taille geschnitten, körperbetont und lagen bis fast zum Knie recht eng an.

Außerdem trugen in der Regel nur die professionellen Tänzerinnen Kleider mit einer Schleppe, der *Bata de cola*. Bei deren Kleidern mussten auch die Volants an den Ärmeln sehr viel kleiner ausfallen, um das Gesicht der Tänzerin nicht zu verdecken.

»Vergesst die Fächer nicht!«, rief ihre Mutter aus dem Schlafzimmer, als Mina gerade im Flur in die Schuhe mit dem hohen Blockabsatz schlüpfte, die zu einem Flamencokleid ebenso gehörten wie die Volants.

Es klopfte an der Tür und Feli lief aufgeregt an Mina vorbei, um zu öffnen. »Es sind Clara und Señora Isabella!«, rief sie erfreut.

»Seid ihr so weit?«, fragte Clara, bevor sie sich zu Feli beugte und deren Kleid gebührend bewunderte.

»Es ist nämlich wahnsinnig heiß im Treppenhaus«, ergänzte Claras Tante, eine kleine und rundliche Frau. Sie war in der Tat schon jetzt rot im Gesicht vom Aufstieg und fächelte sich Luft zu.

Da Feli laut Diego als auftretende Künstlerin keine Karte benötigte und José andere Pläne hatte, hatte Mina diese Karten an Clara und die Señora weitergegeben.

Mina begrüßte die beiden und musterte anschließend zufrieden deren Kleider, die ebenfalls sie und ihre Mutter geschneidert hatten.

Clara trug ein ärmelloses orangefarbenes Flamencokleid mit Blumenmuster. Ihre Tante hatte sich für ein langärmeliges Kleid in Lila mit roten Streifen und einer dazu passenden Manila entschieden. Auf Claras hochgestecktem Haar thronte eine orangefarbene Blüte, auf dem ihrer Tante eine dunkelrote. Auch die bunten Fächer fehlten nicht.

»José? Wie lange brauchst du noch?«, rief Mina, aber erst, als sie auch ihren zweiten Schuh angezogen hatte, trat ihr Bruder aus dem Bad. Hose und *Traje de corto* waren dunkelblau, das um die Hüften gebundene Tuch grün. Die Rindslederstiefel glänzten und er hatte sich den *Sombrero cordobés* ein wenig schief aufgezogen, wohl um verwegener zu wirken.

Feli klatschte vor Begeisterung in die Hände und Juanita wischte sich verstohlen die Tränen aus den Augen. »Wie euer Vater«, flüsterte sie, woraufhin José das Kinn hob und die Brust herausstreckte.

Mina war unglaublich stolz auf ihn. »Auf gehts, junger Mann«, sagte sie liebevoll und musste schmunzeln, denn es hatte ein bisschen was vom Gebaren eines Hahns, wie er den ganzen Morgen über vor dem Spiegel posiert hatte.

Kaum waren sie auf die Straße getreten, standen sie schon mitten im Trubel. Unzählige Menschen bevölkerten die Gassen und es würde einige Zeit dauern, bis sie sich zwischen ihnen hindurch zum Sabikah-Hügel geschoben haben würden, um zur Alhambra hinaufzugehen.

Der Duft unzähliger Nelken mischte sich mit dem nach geschmortem Lamm und die Stimmung in den Gassen sowie die Musik, die aus den Lokalen drang, waren so fröhlich, dass sogar ihre Mutter lockerer wurde.

Nur Clara wirkte irgendwie bedrückt, wie Mina auffiel. Sie ahnte den Grund, aber zwischen all den Menschen war nicht der richtige Zeitpunkt, die Freundin nach dem charmanten Doktor zu fragen.

Erst auf der Plaza de Santa Ana, wo es nicht ganz so eng war und sie Ramón treffen wollten, hakte sie ihre Freundin unter, während Juanita Saladillas con habas kaufte, das Salzbrot mit den Bohnen darin, welches zum *Día de la Cruz* gehörte wie die Kreuze.

Sie ließ sich mit Clara ein paar Schritte hinter die anderen zurückfallen. »Du hattest, meine ich, gestern noch Dienst im Krankenhaus. Wie war es?«

»Doktor García hat mir eine leitende Stelle angeboten.«

Mina sah ihre Freundin verwirrt an. »Ist das nicht ein Grund zur Freude?«

»Doch natürlich. Es ist nur …« Clara seufzte. »Er ist verheiratet. Seine Frau hat ihn gestern in der Klinik besucht.«

Sie hatte also den richtigen Riecher gehabt. »Das habe ich mir schon gedacht. Unfassbar, dass er dennoch mit dir geflirtet hat!«

»Ja. Nein. Ich meine: Ich habe zu viel hineininterpretiert. Er ist einfach wahnsinnig liebenswürdig.«

»Such die Schuld bitte nicht bei dir!«

»Ist schon in Ordnung. Es ändert aber nichts. Er ist verheiratet. Und wirklich großherzig: Er hat mir sogar eine bessere Bezahlung in Aussicht gestellt.«

»Obwohl du erst seit so kurzer Zeit fest dort angestellt bist?«

Clara nickte. »Das ist doch toll.«

»Ja, natürlich ist es das, und ich freue mich für dich. Es … verwundert mich nur.«

Clara zuckte mit den Schultern. »Falls du befürchtest, er würde mich damit zu, äh … du weißt schon was … bewegen wollen.« Sie lief rot an und schüttelte den Kopf. »So ist er nicht. Er ist nicht nur verheiratet, sondern liebt seine Frau über alles. Kein Wunder – sie ist bildschön. Und außerdem von altem Adel.«

»Na und? Du hast viel mehr zu bieten als dein Äußeres oder einen modrigen Stammbaum«, widersprach Mina. »Du hast ein gutes Herz, bist aufopferungsvoll und eine großartige Krankenschwester. Und deshalb hast du jemand noch viel Besseres verdient als deinen Doktor García.«

»Danke.« Clara lächelte schief. »Dennoch ist es bewegend, wie sehr er seine Frau liebt. Die Oberschwester hat erzählt, dass er hart um die Einwilligung ihrer Eltern kämpfen musste, denn er war zu Beginn der Romanze nur ein armer junger Arzt. Aber mit viel Ehrgeiz und Können hat er es in nur wenigen Jahren zu sehr viel Geld gebracht und darüber hinaus auch zum Leiter der Frauenheilkundeabteilung, sodass ihr Vater letztlich seine Zustimmung zur Heirat gab. Ist das nicht erstaunlich? Was für ein Mann!« Sie seufzte auf.

»Binnen weniger Jahre ist er zu viel Geld gekommen?«, meldete sich hinter ihnen eine männliche Stimme. »Könnte er mir bitte sein Rezept verraten?«

»Ramón!«, rief Mina erfreut, wandte sich Diegos bestem Freund zu und begrüßte ihn herzlich. Ein wenig musste sie bei seinem Anblick schmunzeln, denn selbst in traditioneller Kleidung mit *Traje de corto* sah man ihm den Anwalt an. Vielleicht weil seine Kleidung grau und nicht einmal das Tuch um seine Hüften bunt war, sondern weiß.

»Wie geht es dir?«, fragte Mina, als die allgemeine Begrüßung durch war und ihre Mutter und Claras Tante zu Feli und José aufgeschlossen hatten.

Er zuckte resigniert die Schultern und seufzte schwer. »Nicht gut. Ich habe noch immer keine Stelle in Aussicht.«

»Du bist Rechtsanwalt, richtig?«, vergewisserte sich Clara. »Warum versuchst du es nicht in der Klinik, in der ich arbeite?«

Überrascht sah Ramón zu ihr. »Suchen die denn jemanden?«

»Ich denke schon, auch wenn ich nicht weiß, welche Fachrichtung es sein muss. Aber letzte Woche hat Doktor García sich furchtbar darüber aufgeregt, dass der bisherige Anwalt, der über viele Jahre in seiner Abteilung angestellt war, gekündigt und eine eigene Kanzlei aufgemacht habe. Er hat geschimpft, dass der wohl zu viel verdient habe.«

»Zu viel verdient?«, wiederholte Ramón und seine Augen glänzten. Im nächsten Moment jedoch ließ er wieder den Kopf hängen. »Selbst wenn sie genau mein Fachgebiet suchen sollten, werden sich jede Menge Anwälte mit Reputation, langjähriger Erfahrung und guten Kontakten bewerben. Wieso sollte er jemanden wie mich nehmen?«

»Weil er dafür bekannt ist, Leuten wie uns eine Chance zu geben. Er hat sich schließlich bei der Personalabteilung auch für meine Einstellung ausgesprochen, obwohl sich zeitgleich Krankenschwestern mit langjähriger Erfahrung beworben hatten.«

»Und dann stellt er dir auch noch direkt eine leitende Stelle und damit ein besseres Gehalt in Aussicht?« Ein ungutes Gefühl beschlich Mina. »Also entweder ist er ein Heiliger oder …« Sie brach ab.

»Oder was? Er ist eben jemand, der weiß, was ich zu leisten in der Lage bin. Jemand, der mir eine echte Chance gibt!«, verteidigte Clara ihren Doktor gekränkt. »Ich weiß nicht, was du daran auszusetzen hast!«

»Nichts, tut mir leid, ich mache mir nur Sorgen.«

»Brauchst du nicht!«

»In Ordnung, lass uns nicht mehr darüber reden, sondern den Tag genießen.« Sie legte ihrer Freundin beruhigend die Hand auf den Arm, aber das ungute Gefühl blieb.

»Beeilt euch, beeilt euch doch!«, ertönte Felis aufgeregte Stimme. Das Mädchen hatte bereits die nächste Hausecke erreicht und winkte ihnen ungeduldig. Lachend sah Mina zu, dass sie wieder Anschluss an den Rest ihrer Gruppe fand, und zog Ramón und Clara mit sich.

Zufrieden bemerkte sie, dass Clara Gefallen an Ramón gefunden hatte, sich die beiden lebhaft unterhielten. Das würde die Freundin hoffentlich von der Sache mit dem Doktor ablenken.

* * *

Die Straßen waren bunt vor Menschen, die Lokale voll und in jeder Gasse spielte Musik, hallte von den Häuserwänden wider und vermischte sich zu einem vielstimmigen Konzert.

Auf sämtlichen Plätzen, an denen ein Kreuz stand, fanden sich Tänzer ein. Siesta hielt heute niemand und es war seit dem frühen Morgen stündlich nicht nur lauter und fröhlicher, sondern auch heißer geworden.

»*¡Hola!* José, hier!«, erklang es plötzlich und aus einer großen Gruppe jugendlicher und junger Männer heraus winkte jemand Minas Bruder zu.

»Ich muss los«, beschied José prompt. »Da sind Miguel und Fernando.«

»Moment!« Mina hielt ihn am Arm zurück. »Du hast nicht gesagt, dass da außer deinen Freunden noch mehr Jungs sind, geschweige denn so viele.«

Auch ihre Mutter runzelte die Stirn. »Kennst du die überhaupt alle, Pepito?«

»Ihr sollt mich nicht Pepito nennen!«, gab er verärgert zurück und sah sich hastig um, ob jemand von seinen Freunden es gehört haben konnte. »Ich bin kein Kind mehr! Und was spielt es für eine Rolle, ob ich die Jungs alle kenne?«

Mina sah erneut von ihm zu der Gruppe. »Nun. Einige davon sind deutlich älter als du, und ich mache mir Sorgen, dass du dich zu irgendeinem Unfug überreden lässt.«

José stieß mit grimmiger Miene einen Schwall Luft aus. »Hört endlich damit auf, mich wie ein Kind zu behandeln!«

Je länger sie mit ihm darüber diskutierten, umso wütender wurde er, zumal etliche der jungen Männer inzwischen herübersahen. Schließlich gab ihre Mutter seufzend auf und ließ ihn mit einer festen Vorgabe, wann er zu Hause zu sein habe, gehen.

Mina sah ihrem hitzköpfigen Bruder schweren Herzens nach und hätte ihn am liebsten zurückgerufen, aber das hätte ihn vor seinen Freunden vollends in Verlegenheit gebracht. »Mir ist nicht wohl dabei.«

Claras Tante winkte ab. »Was soll denn schon passieren? Es sind schließlich keine Mädchen dabei.«

Juanita nickte. »Du hast recht«, sagte sie und ihr bedeutsamer Seitenblick auf Mina machte deutlich, dass alles besser war als ein solches Desaster wie das mit ihr und Diego. Sie zog Mina beiseite und flüsterte: »Ein ausgesprochen höflicher und gut erzogener junger Mann, dieser Ramón.«

»Ach.«

»Sehr gebildet«, legte ihre Mutter nach.

»Aha.«

»Und er ist Anwalt.«

Ohne Job, wollte Mina dagegenhalten, fand das aber Ramón gegenüber nicht fair und seufzte stattdessen nur. Sie ahnte, was auf sie zukommen würde. Und tatsächlich: Obwohl sie den ganzen Weg zum Sabikah-Hügel darauf achtete, dass Clara neben Ramón laufen konnte, schaffte ihre Mutter es immer wieder, sobald sie eine Pause machten, Mina zwischen den beiden zu platzieren.

Gerade passierten sie die Puerta de las Granadas, das Granatapfeltor, und machten sich an den Aufstieg den Hügel hinauf, als Clara sie plötzlich anstieß. »Schau mal, da ist Doktor García! Dort, in der Kutsche! Mit seiner Frau.«

Mina folgte Claras Blick zu einer der offenen Kutschen, die neben ihnen die Pappelallee entlang den Berg hinauffuhren. Der Mann im Gefährt mit dem offenen Verdeck hatte einen Schnäuzer und strahlte Würde und Eleganz aus. Die Frau ihm gegenüber war zart, zierlich und sehr hübsch. »Sie scheint mir sehr viel jünger zu sein als er.«

»Ist sie auch.«

»Was Geld alles möglich macht«, seufzte Ramón.

Oben verschwand die Kutsche des Doktors durch den monumentalen steinernen Torbogen des Torre de la Justicia, den Turm der Gerechtigkeit, im Inneren der Alhambra.

»Meinst du, du könntest mich ihm vorstellen?«, fragte Ramón Clara.

»Nein!« Zutiefst schockiert sah sie ihn an. »Das geht nicht!«

»Wieso denn nicht?«

»Er … ich … ich bin nur eine Krankenschwester, während er … Ich kann ihn doch nicht einfach mit solch einem Anliegen ansprechen!«

»Sehe ich genauso«, gab Mina ihrer Freundin stirnrunzelnd recht.

»Du bist hier ebenso Gast wie er, warum also nicht?«, widersprach Ramón. »Natürlich nur, wenn sich eine passende Gelegenheit ergibt.«

Clara sah nicht glücklich aus, sah ihn fast schon flehend an, nickte aber schließlich. »Gut. Aber nur wenn es wirklich passt und er allein ist«, stellt sie klar.

»Großartig! Danke!« Ramón umarmte sie voll Überschwang.

Überrascht schnappte Clara nach Luft, lief rot an und nahm ihre Augen den Rest des Weges kaum mehr von Ramón.

Ja, sie war eindeutig mehr als angetan von Diegos Freund. Mina hoffte, dass dies helfen werde, ihren Liebeskummer bezüglich des Doktors zu heilen. Was wäre das schön, wenn ihre beste Freundin und Diegos bester Freund ebenfalls ein Paar würden! Ihre Kinder würden gemeinsam aufwachsen können! Konnte es etwas Schöneres geben?

Lächelnd hakte sie sich bei ihrer Freundin ein. Was für eine wundervolle Zukunft vor ihnen lag!

* * *

»Eine Pause!«, stieß Señora Isabella aus, als auch sie endlich den Torre de la Justicia erreicht hatten. Sie war leuchtend rot im Gesicht vor Anstrengung, fächelte sich heftig Luft zu und ließ sich auf den nächstbesten Mauervorsprung plumpsen. »Ich brauche eine Pause!«

Ungeduldig wartete Mina mit den anderen, bis Claras Tante nicht mehr wie eine Dampflok schnaufte.

Aufregung und Vorfreude prickelten durch ihre Adern und alles rückte in den Hintergrund, als sie durch das Tor der roten Festung traten und deren einschüchterndes Bollwerk aus gigantischen Mauern und Wachttürmen hinter sich ließen.

Doch zu ihrem Leidwesen konnten sie sich nicht frei über das Areal bewegen. Alle Wege, die anderswohin als zum Palast von Karl V. führten, in welchem die Veranstaltung stattfinden würde, oder zur Kirche Santa María de la Alhambra waren abgeriegelt. Das ergab natürlich Sinn und sie hätten es sich denken können, aber etwas enttäuscht war Mina trotzdem. Sie hatte gehofft, auch die Nasridenpaläste seien heute frei zugänglich. Doch Hauptsache, sie würde Diego sehen.

Also betraten sie den viereckigen Palast und wurden nach der Kontrolle ihrer Karten in den säulenumrandeten Innenhof geführt. Feli hatte von Diego eine Karte für Mitwirkende erhalten. Aus der Luft besehen musste dieser Palast wie eine Stierkampfarena wirken.

Die in diesem Innenhof vor einem großen Holzpodest aufgebauten Tische waren bereits dicht bevölkert, wobei die besten Plätze natürlich für Parteifunktionäre und andere prominente Besucher reserviert waren. Die olivfarbenen Uniformen stachen zwischen den bunten Kleidern ihrer Begleiterinnen heraus wie ein falscher Ton in einem Konzert und riefen ein beklemmendes Gefühl in Mina hervor. Unwillkürlich zerrte sie am Oberteil ihres Kleides in der Hoffnung, mehr Luft zu bekommen.

Auf dem Holzpodium standen fünf Stühle. Einer war leer, auf den anderen saßen die Tänzerinnen und Tänzer.

Dann, endlich, entdeckte sie Diego und ihr Herz machte einen Satz.

Er lehnte auf der anderen Seite des Podiums an der Treppe und stimmte seine Gitarre.

Plötzlich hob er den Kopf und sah sich suchend um, als hätte er ihre Nähe gefühlt. Ihre Blicke trafen aufeinander und das schönste Lächeln der Welt breitete sich auf seinem Gesicht aus.

Sie konnte nicht anders, als bis über beide Ohren zu strahlen. Ihr Herz schlug vor Glück bis zum Hals und sie musste sich zurückhalten, nicht sofort zu ihm zu rennen.

Er legte seine Gitarre beiseite und kam vom Podest herunter und zwischen den Tischen hindurch auf sie zu.

Sein Anblick verschlug Mina glatt den Atem.

Und nicht nur ihr – auch etliche der anderen anwesenden Frauen drehten sich nach ihm um und Señora Isabella fächelte sich noch etwas hektischer Luft zu. Kein Wunder, Diego war ein Bild von einem Mann. Auch er trug selbstverständlich eine *Traje de corto* und einen *Sombrero cordobés*, aber seine Tracht war bis auf das rote Tuch um die Hüften schwarz. Es waren schlicht seine warmen Augen und der Ausdruck, mit dem er Mina bedachte, die sie dahinschmelzen ließen. So voller Liebe und Stolz.

»*¡Hola!*« Diegos sanfte Stimme schob alle Sorgen beiseite.

Mit seinem sanften Blick streichelte er ihr Gesicht und sie wünschte sich sehnlichst, er würde dies auch mit seinen Händen tun. Doch das ging hier und jetzt natürlich nicht. Noch nicht.

Zuvorkommend begrüßte er Juanita sowie Clara und deren Tante, bevor er auch Mina einen – allerdings sehr zurückhaltenden – Wangenkuss und Ramón einen freundschaftlich-männlichen Schulterschlag verpasste.

»Wo ist José?«

»Hat eine Verabredung mit Freunden.« Auf die Gegenfrage nach dem Verbleib seines Vaters verzichtete sie, um mit dessen Erwähnung nicht ihrer Mutter die Laune zu trüben. »Ich habe die beiden übrigen Karten Clara und ihrer Tante gegeben und hoffe, dass das in deinem Sinne war.«

»Natürlich.«

Diego ging vor Feli in die Hocke. »Na, kleine Tänzerin, bist du bereit?«

Das Mädchen nickte eifrig.

»Du bist ganz sicher, dass du dir das zutraust?«, fragte er sie, wie auch Mina es gestern und heute bereits mehrfach getan hatte. »Du kannst deine Meinung jederzeit ändern, das weißt du.«

»I-i-ich weiß, aber das scha-a-affe ich schon«, winkte Feli mit großer Geste ab. Sie war sichtlich nervös, aber auch voller Vorfreude. Ihre Augen glänzten und sie strahlte über das ganze Gesicht.

»Na, dann komm, ich stelle dir deine Kolleginnen vor.« Er führte sie an der Hand zur Bühne und Feli platzte sichtlich fast vor Stolz darüber, dass er sie mit dieser Bezeichnung auf eine Ebene mit professionellen Tänzerinnen hob.

Damit war sie nicht die Einzige. Auch wenn Juanita nicht glücklich mit der ganzen Situation war und der mit Diego gewechselte Wangenkuss sehr steif und mit viel Abstand zueinander ausgefallen war, genoss sie dennoch sichtlich die Abwechslung vom Alltag und platzte ebenfalls sichtlich fast vor Stolz auf Feli.

Mina ging es da nicht anders. Es war einfach zu süß, wie ihre kleine Schwester dort auf der Bühne neben den Tänzerinnen saß, die sie lächelnd in ihre Reihe aufnahmen. Als sie sich auf den freien Stuhl setzte, erreichten ihre Füße den Boden nicht und sie ließ sie fröhlich baumeln. Die mehrreihigen Volants ihres Kleides bauschten sich um sie, sodass sie aussah wie von Blumen umgeben.

Unter den weiteren Gästen herrschte wohlwollende Belustigung über den Anblick dieser Puppenversion der anderen Tänzerinnen.

Neben Diegos durchtrainierter Gestalt wirkte Feli noch kleiner und zierlicher als ohnehin schon und Mina ging das Herz auf, als sie sah, wie er behütend den Arm um das Mädchen gelegt hatte und wie stolz und glücklich es dort vor ihm saß.

Während ihre kleine Schwester auf ihren großen Moment wartend mit den Füßen wippte, wanderte die rosa Zungenspitze immer wieder von einem Mundwinkel zum anderen. Glücklich sah Feli den anderen Darbietungen zu und schien überhaupt nicht aufgeregt, so sicher fühlte sie sich in Diegos Nähe. Dafür war Mina ganz schlecht vor Nervosität.

Diego füllte den Hof mit sanften und zarten Klängen, bevor drei Tänzerinnen sich in ihren emotionalen Aufführungen gegenseitig übertrafen. Die Mienen der Tänzerinnen waren ein Bild von Schmerz, Wut und Trauer – und dabei dennoch in jeder Sekunde königlich, anmutig und bis in die kleinste Bewegung ihrer Finger hinein atemberaubend schön anzuschauen.

Und Diegos Stimme spiegelte und intensivierte die Verzweiflung, die in der Melodie zum Ausdruck kam. Er hatte die Augen geschlossen und klang rau, brüchig und doch zugleich kraftvoll. So wie es die fließenden, eleganten Armbewegungen der Tänzerinnen im Zusammenklang mit den wilden Rhythmen taten, die ihre mit Nägeln beschlagenen Absätze in den Boden stampften.

Ihre Interpretation dieser schwermütigen, ja ernsthaften Form des Flamencos mit seiner Traurigkeit und Melancholie ging Mina ans Herz und ließ Señora Isabella schniefen.

Anschließend betrat ein Paar für einen feurigen Paso Doble die Bühne. Diegos Finger flogen nur so über die Saiten und es schien, als würde er jeden Augenblick explodieren, um die geballte Energie von Rhythmus und Melodie in die Welt zu entlassen. Mina hielt es kaum auf ihrem Platz. Die Lust zu tanzen pulsierte durch ihre Adern.

Und dann war Feli plötzlich an der Reihe. Mina bekam schweißnasse Hände und Herzrasen. Ihrer Mutter ging es offenbar ähnlich, denn sie hatte wie im Gebet die Hände vor der Brust gefaltet.

Das Mädchen rutschte – noch ganz das verspielte Kind, das es war – von seinem Stuhl auf den Boden, doch schon im nächsten Moment war es, als hätte ein Zauber es verwandelt: Feli warf sich in Positur, den linken Arm angewinkelt und elegant über ihrem Kopf und mit dem rechten den Saum ihres Kleides gerafft, das Kinn voll Stolz in die Höhe gereckt – und war mit dem ersten Ton von Diegos Gitarre ganz in ihrem Element. Ein Flamenco festero: lebhaft, ausgelassen, voller Leidenschaft, Temperament und Elan.

Zu Diegos Spiel ging sie völlig in der Musik auf und gab sich der Freude an der Bewegung hin. Mit dem Absatz ihrer beschlagenen Schuhe mal schnell, dann wieder langsam tänzelnd unterlegte sie die Melodie mit einem mitreißenden Rhythmus, der durch den ganzen Innenhof hallte. Ruckartige, ja impulsive Bewegungen wechselten mit fließenden, eher tranceartigen. Natürlich konnte Feli nicht mit der Technik oder der Dramatik in Mimik und Gestik der Erwachsenen mithalten, aber was ihr daran fehlte, machte sie mit kindlicher Anmut und Begeisterung wett. Und das Publikum ging mit. Immer wieder erklangen die üblichen anfeuernden Laute und das begleitende Klatschen und Stampfen – nicht nur von den anderen Tänzerinnen, sondern auch von den Zuschauern.

Als der letzte Akkord verklang, verharrte Feli in stolzer Pose: den Saum des Kleides mit der linken Hand vor sich gezogen und den rechten Arm in eleganter Wölbung über ihren Kopf nach oben gestreckt.

Mina hielt die Luft an und wagte es nicht, überhaupt zu atmen, bis im nächsten Moment Applaus losbrach.

Feli strahlte über das ganze Gesicht und es gab keine Worte dafür, wie dankbar Mina Diego dafür war, die kleine Schwester so glücklich zu sehen. Sie war sich sicher, dass es ihrer Mutter, die sich immer wieder verstohlen die Tränen abtupfte, genauso ging. Sie würde endlich begreifen, was für ein wundervoller Mensch Diego war, und ihre Abneigung gegen ihn aufgeben. Da war sich Mina absolut sicher. Dieser Auftritt musste die Mutter einfach überzeugt haben.

* * *

Die Nacht hatte ihren Mantel bereits über der Stadt ausgebreitet, als in der Pause eine der Tänzerinnen Minas Mutter beiseitenahm, während Feli ein paar Tische weiter noch immer von allen Seiten Lob und Naschereien einheimste. Mina sah sich suchend um, aber auch Diego war noch in ein Gespräch mit einem anderen Musiker vertieft.

Kellner wuselten zwischen den Tischen herum. Auf den meisten standen teure Weine und Speisen. Sie selbst hatten sich mit Wasser begnügt. Zum Glück war das Essen – eine Unmenge delikatester Tapas – im Preis der Karte enthalten. Nicht weit entfernt eilte mit glockenhellem Lachen die junge Frau des Doktors an Mina vorbei. Einem Schmetterling gleich flatterte sie ruhelos mal zu diesem Grüppchen, dann wieder zu jenem und genoss es sichtlich, überall umschwärmt zu werden und im Mittelpunkt zu stehen.

»Wie schade, dass es vorbei ist«, seufzte Señora Isabella. »Ich hätte Diego die ganze Nacht lang lauschen können.«

Zu Minas heimlicher Belustigung hatte Claras Tante Diego während seines gefühlvollen Spiels mindestens so sehr angehimmelt, wie es all die um zwanzig Jahre jüngeren Frauen unter den Zuhörern getan hatten. Ganz zu schweigen von Mina selbst.

»Nun, das wird leider nicht möglich sein!«, stellte Juanita, die in diesem Moment wieder zu ihnen trat, entschieden klar. »Wir werden demnächst aufbrechen. Feli hat letzte Nacht vor Aufregung kaum geschlafen und ist jetzt nur noch am Gähnen. Außerdem wird José bald nach Hause kommen.«

Isabella winkte ab. »Aber das ist doch kein Problem, meine liebe Juanita. Ich werde hierbleiben und ein Auge auf das junge Volk haben.«

Angespannt sah Mina zu ihrer Mutter.

Die fächelte sich unschlüssig Luft zu. Ihr Blick glitt von Diego, der offensichtlich noch länger beschäftigt sein würde, zu Ramón, der gegenüber von Mina und Clara saß, aber immer wieder das Gespräch mit Mina suchte.

»Gut«, sagte sie schließlich zögerlich. »Aber lasst es nicht zu spät werden.«

Sie hoffte eindeutig noch immer, dass Mina sich für Ramón begeistern würde. Was, bitte, war denn noch alles nötig, damit sie sich endlich für Diego erwärmte? Mina hätte wütend sein müssen, aber dafür war sie zu glücklich.

»Was wollte die Frau?«, fragte sie stattdessen neugierig und nickte in Richtung der Tänzerin, die mit ihrer Mutter gesprochen hatte.

Juanita sah sich nach Feli um, die noch immer außer Hörweite war, und seufzte schwer. »Sie erzählte von einem Tanzinstitut in Sevilla, in welchem Feli optimal gefördert werden würde. Sie sei zwar schon recht alt, um dort anzufangen, immerhin würden die meisten Schülerinnen mit drei Jahren beginnen, aber sie sähe ein echtes Talent in ihr.«

»Aber das ist doch großartig«, sagte Ramón, von ihrer Leidensmiene verwundert.

»Dass es solche Schulen gibt, ist nichts Neues für uns«, erklärte Mina. »Doch wir können uns die Gebühren solcher Institute nicht leisten.«

»Oh. Aber … nun ja …« Ramón tätschelte ihr unbeholfen den Arm. »Es wird sich schon ein Weg finden.«

»Sicher«, sagte sie, auch wenn sie nicht wusste, wie das der Fall sein sollte. »Ich hole mal Feli«, sagte sie unglücklich. »Bevor sie sich noch vollends den Magen mit all dem Süßzeug verdirbt.«

Mit tiefem Seufzen stand sie auf und ging zwischen den Tischen auf Feli zu, als jemand sie ansprach.

»Was für ein ausgesprochen schönes Kleid Sie tragen!«

Mina drehte sich um und registrierte überrascht, dass es die Frau von Claras Doktor war.

»Ebenso wie die anderen an Ihrem Tisch«, fuhr diese fort. »Sie müssen mir verraten, in welchem Laden Sie und Ihre Freundinnen einkaufen.«

»Oh. Es ist nicht gekauft. Ich habe es selbst genäht.«

»Selbst?« Erstaunt ließ die Frau die Augenbrauen in die Höhe wandern und wedelte heftig mit ihrem Fächer. Sie konnte nicht viel älter als Mina sein. »Was für ein ungewöhnlicher Zeitvertreib.«

»Ähm. Na ja. Nicht ganz. Damit verdiene ich mein Geld«, erklärte Mina etwas verlegen. »Ich bin Näherin.«

Der Fächer stockte. »Tatsächlich?«

Die Tatsache, dass hier eine Frau stand, die einen Beruf ausübte, schien ihr Gegenüber völlig aus dem Konzept zu bringen. Doch schon im nächsten Moment hellte sich das Gesicht der Dame auf. »Das ist ja fantastisch! Das muss Schicksal sein!« Jetzt flatterte ihr Fächer wieder los.

Zu Minas Verwunderung griff die Frau nach ihrer Hand und zog sie beiseite. »Ich benötige nämlich aus einem …« Sie hüstelte. »… dringenden Grund unbedingt eine wirklich fähige Näherin, die meine Kleider abändert. Oder mir am besten gleich neue anfertigt.«

»Oh. Ähm. Natürlich. Sehr gern.« Mina wunderte sich zwar, warum sie sich dann keine neuen Kleider kaufte, aber beschweren wollte sie sich darüber weiß Gott nicht.

»Großartig! Sie sind meine Rettung! Constanza García ist mein Name.« Sie bat einen vorbeikommenden Kellner um Stift und Papier und notierte Mina eine Adresse. »Kommen Sie am besten gleich nächste Woche vorbei, um Maß zu nehmen. Das Personal wird Ihnen sagen, wann ich zu Hause bin, und Ihnen einen Termin geben.«

»Constanza, meine Liebe, ich habe dich schon gesucht!«, ertönte eine tiefe Stimme und ihr Mann – der Doktor – trat zu ihnen. Er begrüßte Mina zuvorkommend und wandte sich seiner Frau zu. »Bitte, Liebste, übernimm dich nicht. Du weißt doch, dass du dich schonen und nicht so viel herumlaufen sollst.«

»Du hast recht.« Constanza strahlte ihn glücklich an und verabschiedete sich von Mina. Auch ihr Mann nickte Mina freundlich zu, bevor er seiner Frau galant den Arm reichte, um sie zu einem Stuhl zu führen. Geistesabwesend legte die sich für einen Moment die Hand auf den Bauch und Mina schmunzelte in sich hinein, denn nun hatte sich ihre Ahnung bestätigt, warum die Kleider abgeändert werden mussten.

Neugierig sah sie dem Doktor hinterher, wie er seiner Frau fürsorglich ein Glas Wasser holte. Mit allen, denen er unterwegs begegnete, ging er höflich und hilfsbereit um. Clara hatte offenbar nicht übertrieben. Er schien tatsächlich ein so großartiger Mensch zu sein, wie die Freundin behauptet hatte.

Diego

Mit einem Klacken rastete der Verschluss des Gitarrenkoffers ein, Diego ergriff denselben und steuerte zwischen den Tischen hindurch auf Mina zu.

Auf der Bühne hatte sich nur wenige Minuten zuvor die beste Tänzerin, die er je erlebt hatte, selbst übertroffen. Und doch hatte er das lediglich am Rande registriert, nur Augen für Mina gehabt und es nicht erwarten können, seine Gitarre einpacken zu dürfen.

Er hatte seine große Liebe noch nicht einmal erreicht, da sah sie schon auf, als würde sie sein Nahen spüren. Ihr Blick fand sofort den seinen und ein strahlendes Lächeln erhellte ihr Gesicht. Sofort weitete sich seine Brust, durchströmte ein warmes Glücksgefühl seinen Körper. Er dachte an Ramóns Worte von neulich über Geld und schüttelte innerlich den Kopf darüber. Auch wenn er, Diego, nicht viel Geld besaß, fühlte er sich dennoch reicher als alle hier Anwesenden zusammengenommen.

»Diego, ich muss Ihnen sagen, dass Ihr Spiel einfach atemberaubend war«, begrüßte ihn Claras Tante mit in dramatischer Geste auf den Busen gelegter Hand. »Setzen Sie sich zu uns und stärken Sie sich erst einmal.«

»Danke, aber ich habe genug gesessen für heute und die Alhambra ist zu schön, um nicht mehr von ihr zu genießen als nur diesen Hof. Wie wäre es mit einem kleinen Spaziergang?«

»Auf jeden Fall!«, rief Mina.

»Schon wieder laufen?« Señora Isabella ächzte.

Mina nickte. »Am besten auf zum Torre de la Justicia. Dort ist die Festungsmauer nicht abgesperrt. Wir können hinauf und die Aussicht genießen.« In ihren Augen funkelte es schelmisch.

»Die Mauer hinauf?« Claras Tante sah besorgt hinüber. »Das sind aber sicher viele Stufen.«

Nun zuckte es um Minas Mundwinkel herum, aber sie verbiss sich ein Lachen. »Sehr viele.«

Señora Isabella sank förmlich in sich zusammen.

»Aber es ist doch gerade so gemütlich«, widersprach auch Clara – zu Señora Isabellas sichtlicher Erleichterung – und rückte auf den freien Platz bei Ramón hinüber.

Der jedoch war bereits aufgestanden. »Ich bin ebenfalls für einen Spaziergang.«

»Wenn ich es mir recht besehe, habe ich tatsächlich genug gesessen.« Nun schob auch Clara hastig ihren Stuhl zurück.

Señora Isabella seufzte abermals gequält auf.

»Du musst nicht mitkommen, Tante Isabella.«

»Doch. Ich fürchte schon«, gab diese unglücklich zurück.

»Aber du würdest die nächste Runde Tapas verpassen, die gleich gereicht werden.«

»Oh …« Señora Isabella fuhr sich gedankenverloren mit der Zunge über die Lippe, während sie auf ihren Teller sah und in ihrer Miene Pflichtbewusstsein und Appetit miteinander kämpften.

»Keine Sorge, wir werden uns nicht weit entfernen«, bekräftigte Clara. »Außerdem hast du es doch im Kreuz. Es macht dir immer zu schaffen, wenn du dich zu viel bewegst.«

Die Tante nickte erleichtert. »Ja, natürlich, du hast recht.« Dankbar griff sie nach dem gereichten Strohhalm. »Ich sollte mich tatsächlich schonen.«

In sich hineinschmunzelnd reichte Diego Mina den Arm, doch noch während sie den Platz überquerten, hielt Ramón plötzlich inne. »Geht mal ohne Clara und mich weiter.«

Überrascht sah Diego über die Schulter zu seinem Freund.

»Dort drüben steht nämlich Doktor García! Und er ist allein.«

Claras Lächeln, mit dem sie Ramón eben noch angehimmelt hatte, verrutschte.

Diego sah nur kurz zu der Gestalt hinüber, die ein Stück entfernt unter einer Palmengruppe eine Zigarette rauchte. Er wusste nicht, von wem die Rede war, und es interessierte ihn in diesem Moment auch nicht, er war einfach nur froh über die unverhoffte Möglichkeit, schneller als erwartet mit Mina allein zu sein.

»Na, komm schon, Clara!«, rief Ramón, der bereits vorauseilte.

Minas Freundin wirkte verkrampft. »Wir treffen uns nachher wieder am Tisch«, sagte sie zögerlich zu Mina, bevor sie Diegos Freund folgte.

Minas Finger verschränkten sich mit seinen. »Und jetzt?«, fragte sie mit schelmischem Grinsen.

»Habe ich eine Überraschung für dich.«

Sie blinzelte erstaunt. »Welche denn?«

»Du weißt schon, was das Wort ›Überraschung‹ bedeutet, oder?« Schmunzelnd zog er sie über den Platz und an der Absperrung entlang bis hinter den Palast des alten Karl. Dorthin, wo die Nasridenpaläste begannen, und zu dem Wachmann, der dort stand.

»¡Hola! Carlos«, grüßte er ihn.

»¡Hola! Amigo«, kam es zurück. Carlos musterte Mina neugierig. »Das ist sie also, deine Herzensdame?«

Minas Wangen färbten sich bei dieser Betitelung rosa und Diego hätte sie am liebsten auf der Stelle an sich gezogen und geküsst.

»Das ist sie«, bestätigte er und lächelte sie liebevoll an.

Der Wachmann sah sich um, aber hier hinter der Ecke des Gebäudes war weit und breit niemand außer ihnen. »Na dann …«, sagte er und hob das Absperrband an.

»Was …?«, fragte Mina verwirrt, aber Diego zog sie bereits an Carlos vorbei und unter dem Absperrband hindurch.

»Danke, mein Freund.«

»Kein Thema. Du hattest etwas gut bei mir.«

Diego wusste, was er meinte. Carlos' Mutter wohnte am Ende der Straße, in der die Werkstatt lag. Als Carlos' kleiner Bruder sechzehn gewesen war, hatte sich herausgestellt, dass er homosexuell war. Er wurde verhaftet und nach Huelva gebracht, dessen Gefängnis von Franco für Homosexuelle

Gefangene »spezialisiert« worden war. Nach seiner Entlassung wollte ihn niemand einstellen, da er als Krimineller galt und zudem die Polizei jeden potenziellen Arbeitgeber über seine sexuelle Gesinnung in Kenntnis setzte. Als Diego das von Carlos' Mutter hörte, bot er sofort an, den Jungen einzustellen. Leider kam es nie dazu, weil der Junge für sich keinen Platz mehr in dieser Welt sah.

Tröstend legte er seine Hand auf Carlos' Arm.

Der nickte ihm dankbar zu. »Aber in spätestens anderthalb Stunden bist du wieder hier, sonst garantiere ich für nichts.«

»Du kannst dich auf mich verlassen.«

»Was hast du vor?«, fragt Mina mit großen Augen. Ihre Stimme glich einem Flüstern.

»Nichts ist so schön wie die Alhambra bei Nacht, außer dir«, wiederholte Diego leise seine Worte von neulich und zog sie mit sich.

Die Nacht war sternenklar, der Mond stand weiß und voll am Himmel.

Er war schon oft auf der Alhambra gewesen, aber noch nie nachts oder zumindest ohne Tausende anderer Menschen. Mina ebenso wenig, wie er wusste.

Eine milde Brise trug den Lärm der Feier unten in der Stadt von der Alhambra fort und auch Stimmen und Gelächter hinter ihnen wurden immer leiser. Bis sie nur noch ein leises Rauschen im Hintergrund waren.

Völlig allein, im Wechsel beschienen nur vom Mond oder den kunstvoll verzierten Laternen, wandelten sie Hand in Hand unter den Arkaden hindurch bis zu den Nasridenpalästen, jenen Schlössern der maurischen Könige, die den Märchen von Tausendundeiner Nacht entsprungen zu sein schienen.

»Wir können da nicht hinein«, flüsterte sie, was Diego zum Lächeln brachte. »Nachts ist alles verschlossen.«

Mit einem liebevollen Blick öffnete er die Tür.

Sie sah ihn ungläubig an.

»Du weißt doch: Für dich mache ich alles möglich.« Damit zog er sie ins Innere des Gebäudes.

Ihre Augen waren groß, ihr Atem ging schnell und vor Aufregung umklammerte sie seine Hand.

Die Nasridenpaläste waren schon bei Tag geheimnisvoll und atemberaubend, bei Nacht jedoch besaßen sie einen noch größeren Zauber.

Wände und Decken entwickelten im Mondlicht ein Eigenleben. Es spielte mit den Strukturen, verwandelte sie und hob Details hervor, die bei Tag unsichtbar blieben. Mal waren die Wände der offenen, licht- und luftdurchfluteten Säle mit filigranen Arabesken und arabischen Schriftzügen versehen. Dann wieder mit Stuckarbeiten, die in einem Saal wie zarte Spitze, im nächsten hingegen wie im Fluss erstarrter weißer Honig wirkten.

Die von zierlichen Säulen getragenen Bögen der Arkaden leuchteten im Mondlicht bläulich.

»Sie erscheinen wie Tore in eine fremde Welt«, flüsterte Mina.

Das stimmte. Und der Wandschmuck aus bunten Fliesen leuchtete ihnen den Weg dorthin.

Mina drückte seine Hand. »Ich fühle mich wie in einem Märchen.«

Stumm vor Ehrfurcht schritten sie unter Kuppeln hindurch, die auf der Innenseite mit Tausenden von Muqarnas verziert waren, jenen spitzbogenartigen Elementen, die in- und übereinandergesetzt waren und mal wie Stalaktiten, dann wieder wie Waben wirkten.

»Schließe die Augen«, bat er sie schließlich, als sie den Löwenpalast mit den Gemächern des Sultans erreichten.

Verwundert tat sie ihm den Gefallen und er führte sie vorsichtig zwischen den filigranen Säulen und überquellend kunstvoll verzierten Bögen hindurch in die Mitte des dortigen Innenhofes zu den zwölf weißen Marmorlöwen, die einen runden Brunnen trugen.

»Du kannst die Augen jetzt öffnen.«

Sie tat es und hob sich im nächsten Moment überwältigt die Hand vor den Mund, wie er anerkennend registrierte.

Der Mond stand direkt über ihnen und tauchte den Hof in sein silbriges Licht. Er spiegelte sich im Wasser des Brunnens und brachte die Säulen und Bögen um sie herum mit all ihrer überbordenden Vielfalt an fein ziselierten Ornamenten zum Leuchten. Sie wirkten wie verzaubert. Nichts war zu hören außer dem leisen Plätschern, mit dem das Wasser aus den Mäulern der Löwen rann. Ein so unsagbar friedlicher, verwunschener Ort, als wäre er nicht von dieser Welt.

»Du weißt, was auf diesem Brunnen steht«, flüsterte Diego. »›Selig ist das Auge, das diesen Garten der Schönheit sieht‹.«

Sie nickte.

»Aber er gilt nicht für mich. Ich bin selig, wenn du bei mir bist und deshalb …« Er holte tief Luft. »Ich habe nicht viel Geld, aber mit dir an meiner Seite bin ich reich, fühle ich mich, als würde dieser ganze Palast uns gehören. Ich kann dir die Welt nicht kaufen, aber ich möchte sie zusammen mit dir entdecken. Dein Lächeln lässt die Farben um mich herum strahlender erscheinen und die Welt ist eine andere, eine bessere, wenn du bei mir bist. Ich werde noch härter arbeiten, noch mehr Gitarren bauen, auf noch mehr Veranstaltungen spielen und alles geben, um deine Mutter davon zu überzeugen, dass ich dir ein guter Mann und unseren Kindern ein guter Vater sein werde. Ich wollte warten, bis ich mehr Geld zurückgelegt habe, bevor ich dich frage, aber die Welt ändert sich so schnell und wer weiß, wie sie nächstes Jahr aussieht oder übernächstes. Ich will nicht mehr warten. Werde meine Frau, Mina. Teile mein Leben mit mir. Mein Herz besitzt du schon lange.«

Stumm sah sie ihn an, Tränen traten ihr in die Augen.

»Warum weinst du?«, fragt er erschrocken.

»Weil ich glücklich bin. Ich weine vor Glück.«

»Dann willst du mich heiraten?«

Eine Träne lief ihr über die Wange. »Natürlich. Mein Herz gehört dir, seit du in mein Leben getreten bist.«

Voll Überschwang schlang sie die Arme um seinen Nacken und küsste ihn.

Um sie herum erstrahlte eines der größten Kunstwerke der Welt im Mondlicht, so perfekt, dass es beinahe schmerzte. Und doch nicht annähernd so wundervoll wie das Mädchen in seinen Armen.

Er wünschte, dieser frühe Moment würde ewig dauern.

* * *

Müde, aber glücklich wie nie zuvor schloss Diego die Tür zu seiner Wohnung auf. Der Morgen dämmerte bereits. Eine frische Brise wehte durch die offene Balkontür herein und voller Erleichterung registrierte er, dass sein Vater in der Wohnung war und es weder nach Alkohol roch, noch irgendwo Flaschen zu sehen waren. Vielmehr war er auf dem Sofa am Radio eingeschlafen, aus dem mal wieder rund um die Uhr Ansprachen und Reden von General Franco tönten.

Nur mit halbem Ohr hatte Diego, als sie wieder zu den anderen gestoßen waren, mitbekommen, dass Doktor García zu Claras Erleichterung und Freude von Ramón angetan gewesen war und ihn zu einem Vorstellungsgespräch eingeladen hatte. Señora Isabella hatte auf dem Heimweg eine Bekannte getroffen, die ihr eine Mitfahrgelegenheit in ihrer Kutsche anbot. Natürlich hatte Claras Tante das nicht ausschlagen können. Leider mussten – sehr zu Ramóns und Diegos Verdruss – auch

Clara und Mina mitfahren, sodass er sie nicht bis nach Hause hatte begleiten können.

Dennoch war er so glücklich, dass er nicht wusste, wie er es schaffen sollte, sich nicht aus dem Fenster zu lehnen und in die Nacht hinauszuschreien, dass die wundervollste Frau auf der Welt die seine werden würde. Vor sich hin summend ging Diego ins Bad, zog seine Jacke aus und löste den Knoten seines Tuches, als es plötzlich an die Tür hämmerte.

Verärgert ging er zum Fenster und riss es auf. »Was zum …?« Erschrocken brach er ab. »Mina? Was ist los?«

»José! Es geht um José! Ich weiß nicht, was ich tun soll!« Ihre Stimme überschlug sich. Sie schien aufgewühlt und den Tränen nahe, was sein Herz sich zusammenziehen ließ.

»Warte, ich lass dich rein.« Er lief aus der Wohnung und das Treppenhaus nach unten.

Kaum hatte er die Tür geöffnet, als Mina völlig aufgelöst hereinstürzte, das Gesicht aschfahl. »Diego! Was soll ich tun? Ich weiß nicht, was ich tun soll und …«

»Was ist passiert?«, unterbrach er sie und fasste sie fest an den Schultern, um sie zu beruhigen.

»José …« Sie zitterte am ganzen Körper und ihm wurde eiskalt.

»Was? Was ist mit ihm? Um Gottes willen, so rede doch! Was ist passiert?«

Schluchzend sank sie in seine Arme. »Sie haben ihn verhaftet! Sie haben meinen kleinen Bruder einfach festgenommen!«

Kapitel 6

In den Gewässern Granadas reihen sich nur die Seufzer.
– Federico García Lorca –

Heute

In gleichmäßigem Tempo jogge ich durch das Dorf, das allmählich aus dem Schlaf erwacht, zurück zur Finca.

Erstes Geschirrklappern dringt mir ans Ohr. Großmütter mit Schürzen treten vor die Haustüren und klopfen Teppiche sauber oder fegen die Pflastersteine. Frauen mit schwarzen Kopftüchern klappen die Fensterläden der Häuser auf oder ziehen die Wäscheleinen heran, die quer über die Gassen gespannt sind, um sie neu zu beladen, sodass mir Hosenbeine zuwinken und Hemdsärmel fröhlich flattern.

Pinienhaine, über denen der Nebel wie eine Decke liegt und langsam von der aufgehenden Sonne aufgesaugt wird, rahmen meinen restlichen Weg.

Tief atme ich noch einmal den süßen Pinienduft ein, der in der Luft liegt und sich mit dem vom Meer mischt, bevor ich den Code zum Öffnen des Tores eingebe und zum Haus laufe.

Drinnen ist noch alles ruhig und ich gehe so leise wie möglich die Treppe hoch und in mein Zimmer.

Den gestrigen Tag habe ich komplett vor dem Laptop verbracht. Eigentlich wollte ich in meinen Fachzeitschriften lesen und mich weiterbilden, aber meine Gedanken sind immer wieder zu Fabio gewandert. Zu dem, was seine Nähe mit meinen Gefühlen angestellt hat und mit meinem Körper. Zu seinen Worten bezüglich meines Großvaters, zu mir, zu Lorca und der Franco-Zeit.

Nachdem ich denselben Absatz zum fünften Male gelesen hatte, ohne zu wissen, was darin stand, gab ich auf. Stattdessen las ich im Netz über Federico García Lorca nach, kam von ihm auf das Franco-Regime. Und konnte nicht mehr aufhören. Den ganzen Tag lang klickte ich mich von Artikel zu Artikel durch das Internet und all die Schicksale gingen mir brutal an die Nieren.

Ich habe Vanessa davon erzählte, dass im Anschluss an den Spanischen Bürgerkrieg, der ja bereits genug Opfer gefordert hatte, dem Franco-Regime laut Schätzungen des spanischen Nationalen Gerichtshofes mindestens 114 000 Menschen zum Opfer gefallen sind. Und dass deren Angehörige ebenfalls jahrzehntelang unter Repressionen zu leiden hatten. Zwar war auch sie darüber bestürzt, wollte sich dann aber nicht weiter damit befassen. Das kann ich verstehen, immerhin fühlt sie sich nicht persönlich davon betroffen, wie das bei mir der Fall ist. Und Letzteres ist genau der Grund, aus dem ich heute Morgen laufen gegangen bin: Um den Kopf freizubekommen und meine Gedanken zu sortieren.

Es war die richtige Entscheidung. Die Ruhe dieses wundervollen Landes erfüllt mich. Ja, sie färbt bereits auf mich ab, diese ganz besondere *Tranquilidad* hier. Wie auch nicht, wo eine so friedliche Stille über der Landschaft liegt und das Licht der Morgensonne sanft in mein Zimmer fällt. Nur das Zwitschern der Vögel und das Rauschen des Meeres, das durch meine offene Balkontür hereindringt, sind zu hören.

Während die Sonne sich den Himmel hinaufschraubt, kriecht ihr Licht in jede Spalte, jeden Winkel. Als würde es keine Geheimnisse dulden und langsam, aber umso beharrlicher jedes aufspüren und aufdecken. Aufregung und Angst erfüllen mich gleichermaßen.

Ich springe unter die Dusche, ziehe mich an und betrachte mich unsicher noch einmal vor dem Spiegel. Vielleicht sollte ich doch die marineblauen Bermudas und das weiße Shirt gegen einen Rock mit Bluse eintauschen? Nein! Entschlossen schüttele ich den Kopf und schnappe mir meine Umhängetasche. Mein Outfit ist praktisch und komfortabel und ich habe nicht vor, irgendjemanden zu beeindrucken. Schon gar nicht Fabio.

Wie zur Bestätigung nicke ich meinem Spiegelbild zu und versuche, mir einzureden, dass ich mein Haar nur offen trage, weil es noch feucht ist von der Dusche, die ich nach meiner morgendlichen Laufrunde genommen habe. Ganz sicher liegt es nicht daran, dass ich Fabio gefallen möchte.

Ich gehe zu Vanessas Tür und klopfe an. Doch erst beim dritten Mal kommt als Antwort zumindest ein verschlafenes Murmeln, das ich großzügig als »Herein« interpretiere.

»Hey, du Schlafmütze, worauf wartest du?«

»Auf Ruhe«, kommt es undeutlich zurück. »Es ist mitten in der Nacht!«

»Es ist neun Uhr.«

»Sag ich doch – mitten in der Nacht.« Sie zieht sich die Decke über das Gesicht.

Und ich dachte, *ich* sei diejenige, die hundemüde ist, weil sie die ganze Nacht mit Grübeleien verbracht hat. »Dann gehe ich schon mal runter und richte uns ein Frühstück, während du dich bitte anziehst.«

»Ne, nix da«, tönt es dumpf unter der Decke hervor. »Ich schlafe noch ’ne Runde.«

»Hast du den Ausflug vergessen? Du hast gesagt, ihr würdet mitkommen.«

»Nein, ich sagte nur: Ich schreibe Emilio diesbezüglich.«

Mir schwant nichts Gutes. »Und?«

»Wir fahren nach Málaga an den Strand und er bringt mir das Surfen bei.«

Misstrauisch kneife ich die Augen zusammen, trete auf sie zu und ziehe die Decke herunter.

Quietschend greift sie danach, um sie festzuhalten, ist aber nicht schnell genug, als dass ich ihr Grinsen nicht hätte sehen können.

»Du hast Emilio gar nicht gefragt! Du hattest nie vor, mich zu begleiten!«

»Natürlich nicht. Deine Großmutter würde mich lynchen.«

»Das darf doch nicht wahr sein!« Ich schnaufe wütend, erinnere mich dann aber, dass es jetzt Dringenderes gibt, als auf sie sauer zu sein, und ziehe hastig mein Handy aus meiner Tasche.

»Du kannst ihm nicht so kurzfristig absagen«, wendet Vanessa ein. »Das wäre megaunhöflich, schließlich ist er sicher schon unterwegs und wird jeden Augenblick hier sein.«

Mist, sie hat recht. »Und so was nennt sich Freundin!« Ich funkele sie an.

»Ganz genau. Du wirst mir noch dankbar sein. Es ist wirklich Zeit, dass du mal aus deinem Schneckenhaus herauskommst und nicht im letzten Moment einen Rückzieher machst. Und an mir klebst, anstatt diese Möglichkeit zu nutzen, Fabio näher kennenzulernen.«

»Du bist eine noch schlimmere Kupplerin als meine Großmutter!«

»Danke«, kommt es fröhlich zurück. »Und jetzt würde ich gern noch eine Runde schlafen.«

»Erwarte bloß nicht, dass ich dir jemals wieder Kaffee koche, wenn du Nachtschicht hast«, murre ich.

Feixend wirft sie mir eine Kusshand zu und ich stapfe leise vor mich hin schimpfend aus dem Zimmer.

* * *

Wenig später schimpfe ich nicht mehr, sondern tigere nervös vor dem Tor zum Grundstück auf und ab. Mit meiner Ruhe ist es vorbei.

Als schließlich Fabios Wagen in der Morgensonne aufblitzend die Serpentinen herauffährt, kriege ich sofort schwitzige Hände und schüttele über mich selbst den Kopf. Ja, es ist ein Ausflug mit einem Mann, der mir Herzklopfen bereitet, aber es ist eine ganz andere Situation als vor sechs Jahren! Vanessa hat recht: Ich kann mich nicht mein Leben lang in meinem Schneckenhaus verkriechen und alles meiden, was zu einer Situation führen könnte, die der damaligen ähnelt …

Fabio hält vor mir an, steigt aus und um ein Haar hätte ich nach Luft geschnappt bei seinem Anblick.

Er trägt Bluejeans und ein blaues Shirt, dessen kurze Ärmel über seinem Bizeps spannen. Sein leicht gelocktes Haar fällt ihm heute offen bis auf die Schultern. In Kombination mit seinem gepflegten Dreitagebart und den umwerfend schönen Augen bringt es mein Herz dazu, schneller zu schlagen. Und sein Lächeln lässt auch die restlichen Ängste und Zweifel in meinem Kopf verstummen.

»Guten Morgen«, sagt er, als er auf mich zutritt.

»Hey«, entgegne ich verlegen und schaue für einen Moment zu Boden, ehe ich mich besinne.

Schon beugt er sich für den üblichen Wangenkuss zu mir herab. Und obwohl ich diese Begrüßung natürlich habe kommen sehen, wirft es mich doch etwas aus der Bahn, als sein Duft mich einhüllt und sein Bart sacht erst an meiner linken, dann an meiner rechten Wange schabt und dabei jedes Mal ein Kribbeln durch meinen ganzen Körper jagt.

Als er sich wieder aufrichtet, fühle ich Hitze in mein Gesicht steigen und hoffe inständig, dass er diese verräterische Reaktion meines Körpers nicht bemerkt. Was vermutlich nur möglich wäre, wenn es Nacht wäre.

»Wieso stehst du denn hier?«, fragt er. »Ich hätte dich auch vor der Haustür abgeholt.«

»Ach, schon gut, ich wollte dir keine Umstände bereiten.« Mit gequältem Lächeln ergänze ich: »Und meiner Großmutter keine Gelegenheit geben, mich noch mehr zu blamieren.«

Er lacht. »Ich liebe deine Offenheit.«

Und ich deine wundervollen warmen Augen. Und die Lachfältchen neben ihnen.

Ich kann die Worte gerade noch daran hindern, von meiner Zunge zu rutschen, sage stattdessen: »Und ich dein Talent, zur richtigen Zeit am richtigen Ort zu sein. So wie neulich Nacht.«

»Das habe ich in der Tat.« Er sieht zu mir und wird wieder ernst. »Vor allem jetzt und hier.«

Obwohl ich mir vor Augen zu halten versuche, dass das witzig gemeint war, scheint eine tiefere Bedeutung in seinen Worten, seinem Tonfall mitzuschwingen.

Verwirrt streiche ich mir ein paar meiner Locken hinter das Ohr, während er – ganz Gentleman – mir die Beifahrertür öffnet und hinter mir schließt. Unruhig rutsche ich auf dem Sitz umher, während er um den Wagen herumgeht.

Etwas über eine halbe Stunde Fahrt liegt vor uns, wie mir Google Maps verraten hat, und ich fürchte, dass mir jede Menge verkrampfter Gespräche bevorstehen. Doch kaum ist Fabio eingestiegen, als er schon amüsant und lockerleicht von seinem missglückten Frühstück aus verbranntem Spiegelei erzählt, sich nach Emilio und Vanessa erkundigt und mir jede Menge interessanter Dinge über die Gegend erklärt, durch die wir fahren werden.

Schon nach kurzer Zeit entspanne ich mich, genieße die Fahrt mit ihm durch die malerische Landschaft Spaniens. Er fährt sehr gemütlich, um mir die Zeit zu geben, alles in mich aufzunehmen. Dadurch werden wir um vieles länger als eine halbe Stunde benötigen, aber nun bin ich darüber sehr froh.

Wir passieren Orangenplantagen, deren schneeweiße Blüten uns entgegenleuchten, sehen Bauern ihre Maultiere auf die Felder treiben und ich bewundere die Olivenbäume, in deren Schatten es sich Ziegenherden gemütlich gemacht haben.

Die Stämme und Äste sind in sich verdreht und knorrig, weit ausladend und von unerschütterlicher Haltung. »Ein Olivenbaum stirbt nie.«

»Bitte?«

»Kennst du nicht diese Redensart?«

»Ich fürchte, nein.«

»Nun, Olivenbäume wachsen zwar langsam, werden dafür aber sehr alt. Einer der nachweislich ältesten Spaniens steht im Valle de Travedell und ist um die zweitausend Jahre alt, aber es gibt Olivenbäume, die nachgewiesenermaßen sogar doppelt so alt sind.«

»Viertausend Jahre alte Olivenbäume …«, murmele ich beeindruckt. »Und wegen des hohen Alters dieser Bäume heißt es in Spanien, dass ein Olivenbaum niemals stirbt?«

»Richtig.«

»Auf jeden Fall sehen sie sehr majestätisch aus.«

»Wenn du das schon majestätisch findest, was sagst du dann dazu?«, fragt er und deutet auf den Horizont. »Die Sierras de Tejede, Almijara y Alhama.«

Die zerklüfteten Hänge und schroffen Schluchten der Gebirge haben mit ihren messerscharfen Konturen den Namen »Sierra«, was im technischen Sinne »Säge« bedeutet, wirklich verdient. Eine bizarre Landschaft mit kurvenreichen, nicht ungefährlichen Straßen.

»Wow!«

Er nickt zufrieden. »Und doch sind sie nichts im Vergleich zur Sierra Nevada, dem ›schneebedeckten Gebirge‹.« Seine Stimme hat mit einem Mal einen sehnsüchtigen Klang. »Im Sommer wirkt sie mit ihren zerklüfteten Hängen kahl und abweisend. Nur wer genau hinsieht, entdeckt die in den bizarren Formen verborgene Schönheit. Im Winter hingegen ist die Sierra Nevada weich und sanft unter dem Brautkleid ihrer Schneedecke. Und wenn dann die Morgenröte den Bergen einen rosigen Schimmer verleiht und die Sonne sie zum Funkeln bringt, könnte man meinen, auf das Paradies zu blicken.«

Ich halte die Augen geschlossen, sehe es bildlich vor mir und lächele. »Das hört sich traumhaft an.«

»Ja …« Er schweigt einen Moment. »Es ist wie oft im Leben: Unter einer auf den ersten Blick hässlichen, kahlen oder abweisenden Schale kann sich ein wunderschöner Kern befinden. Während unter funkelnder Pracht manchmal Kargheit verborgen liegt.«

Ich öffne die Augen wieder. Es klang seltsam ernst, wie er das gesagt hat, und seine Worte kommen mir irgendwie … bedeutungsschwer vor.

Irritiert betrachte ich ihn, seine Stirn ist gerunzelt, aber er schweigt.

Verwirrt sehe ich wieder aus dem Fenster.

Wie Farbkleckse sind mal auf Hügeln, mal in den Tälern Dörfer verstreut, von denen manche kaum mehr als ein Dutzend Häuser aufweisen. Weiß schimmernd liegen sie eingebettet in goldgrünen Pinienhainen oder vor der blauen Kulisse des Meeres – oft am steilen Abhang einer Schlucht.

»Die ›Route der weißen Dörfer‹«, murmele ich. »Ich hatte ganz vergessen, wie malerisch sie sind.«

»Eines schöner als das andere«, bestätigt Fabio.

»Erik wäre begeistert. Schade, dass er nicht ebenfalls mitgekommen ist.«

»Erik?«

»Mein zweiter Mitbewohner.«

»Mitbewohner?«

»Vanessa und Erik.« Nun wende ich mich doch wieder Fabio zu. »Wir teilen uns die Miete. Ohne sie könnte ich mir die Wohnung nicht leisten.«

Ein zweifelnder Blick streift mich.

»Entgegen landläufiger Meinung verdient man nicht gerade viel als Assistenzärztin«, verteidige ich mich.

»Obwohl deine Großeltern nicht gerade arm sind?«

»Natürlich möchten mein Vater und meine Großeltern mich finanziell unterstützen, aber *ich* will das nicht. Sie haben mir zwar die Studiengebühren bezahlt, doch auch die werde ich ihnen bis auf den letzten Cent zurückgeben. Ich wohne in einer WG und komme selbst für meine Miete auf.«

»Du verzichtest also auf Geld?«

»Ich sehe es nicht als Verzicht an. Und davon abgesehen: Geld ist wichtig, ja. Aber nicht so wichtig wie das Gefühl, mit seinem Tun etwas Wertvolles geleistet zu haben oder wie so viele andere Dinge im Leben.« Zum Beispiel die Tatsache, eine Mutter zu haben.

Wieder sieht er mich so merkwürdig an, wie schon neulich im Arbeitszimmer meines Großvaters. Bis mir auch diesmal ganz kribbelig zumute ist.

»Würdest du dich bitte auf die Straße konzentrieren?«

Ein Schmunzeln huscht über sein Gesicht. »Weil hier so viel Verkehr herrscht, tue ich dir den Gefallen«, sagt er scherzend.

Tatsächlich ist uns seit unserem Aufbruch kaum eine Handvoll anderer Autos begegnet.

Doch dann wird er wieder ernst. »Ich bewundere deine Sichtweise und Einstellung. Nur sehr wenige würden an deiner Stelle so denken und handeln. Es erfordert einen starken Charakter, Mut und Durchhaltevermögen, um das, was einem in den Schoß gelegt wird, auszuschlagen und sich selbst durchzukämpfen.«

Mir wird warm und ich fühle mich seltsam leicht. Seine Anerkennung freut mich sehr viel mehr, als ich erwartet hätte, und vermutlich auch sehr viel mehr, als sie es tun sollte.

»Du bist wirklich anders«, murmelt er und es klingt, als würde er das mehr zu sich selbst sagen als zu mir.

Dennoch frage ich neugierig: »Anders als wer?«

»Anders als … als ich anfangs dachte.«

Aus irgendeinem Grund bin ich sicher, dass das nicht ist, was er ursprünglich gemeint hat. Für den Moment hake ich jedoch nicht weiter nach, sondern blicke wieder nach draußen.

* * *

Wenig später holpern wir über das Kopfsteinpflaster eines dieser beschaulichen Dörfer, die ich zuvor noch aus der Ferne bewundert habe. Blendend weiß spiegeln die Mauern der mit blassroten Ziegeldächern versehenen Häuser das einzigartige Licht Andalusiens wider, scheinen fast von innen heraus zu strahlen. Malerisch heben sich die kleinen Siedlungen vor den Sierras de Tejeda, Almijara und Alhama ab, die sich im Hintergrund gen Himmel recken.

»Willkommen in Nerja«, verkündet Fabio. »Einem der berühmten ›weißen Dörfer‹. Bis zu den Höhlen sind es nur noch ein paar Kilometer.«

Ich lasse das Fenster herunter und muss lächeln, als ich den Geruch von Waschmittel wahrnehme.

»Woran denkst du?«, fragt Fabio, dem meine Reaktion offenbar nicht entgangen ist.

»Ach, nur daran, dass dieser vormittägliche Waschmittelgeruch noch immer typisch für andalusische Ortschaften ist. Das war schon in meiner Kindheit so, ich kann mich daran erinnern.«

»O weh, ich hoffe, du hast ansonsten nur schöne Erinnerungen an Andalusien«, blödelt er.

Ich denke an Schmerz, Verzweiflung, Wut, Ratlosigkeit. »Klar«, gebe ich tonlos zurück.

»Das hört sich aber nicht sehr überzeugend an.«

Ich spüre seine Verwirrung förmlich, suche noch nach den richtigen Worten, als etwas in der Sonne aufblitzt. »Was ist das?«

»Der Balcón de Europa. Eine der schönsten, wenn nicht sogar *die* schönste Aussichtsplattform ganz Andalusiens, mit einer atemberaubenden Sicht auf das Mittelmeer. Hinter der Glasfront befindet sich ein Restaurant und obendrauf eine frei zugängliche Terrasse als Verlängerung der Fußgängerpromenade. Die Plattform wurde auf den Fragmenten eines im 19. Jahrhundert zerstörten Bollwerkes errichtet. Darunter liegt die hübsche Bucht mit den alten Wachtürmen. Beziehungsweise dem, was davon noch übrig ist.«

Prompt fährt er einen Umweg, um mir einen Blick auf besagte Bucht zu ermöglichen. Sie wird beiderseits von der Steilküste begrenzt, auf der das weiße Dorf thront und vor der gewaltige Felsen aus dem azurblauen Wasser ragen.

Erinnerungen steigen in mir auf, als ich die Glasfront eines riesigen halbrunden Baues erblicke, die gut sechzig Meter über dem Meeresspiegel auf einer ins Meer hineinragenden Landzunge steht. Gerade noch so unterdrücke ich ein Stöhnen.

»Man kann bei klarem Wetter bis Afrika sehen«, flüstere ich bedrückt und mein Magen fühlt sich an, als würden Steine darin herumrollen. »Und ab und zu trägt der Wind Wüstensand herüber.«

»Du kennst ihn? Warst du schon einmal dort?«

»Als kleines Mädchen. Mit meiner Mutter«, sage ich leise. »Ich hatte es ganz vergessen. Oder mir war der Name nicht mehr präsent. Mit ihr habe ich auch die Höhlen besucht, aber auch das ist so lange her, dass es mir völlig entfallen war.«

Im nächsten Moment frage ich mich, warum ich ihm das überhaupt erzähle. Bevor ich mir darüber im Klaren bin, stößt er ein bestürztes »Ich Idiot!« aus.

Verwirrt wende ich mich ihm wieder zu.

»Entschuldige bitte, ich hätte das mit den ›nur schönen Erinnerungen an Andalusien‹ nicht sagen dürfen!« Zerknirscht reibt er sich die Stirn. »Das war unfassbar pietätlos.«

Ich muss nicht nachhaken, wie er darauf kommt. »Woher weißt du vom Tod meiner Mutter?«, frage ich dennoch langsam. »Sag bloß, das war auch Thema unter den anderen Besuchern der Tapasbar.«

Er zögert, nickt dann aber. »Ja.«

»Großartig.« Ich bedecke kurz meine Augen mit der Hand und atme tief durch.

Im nächsten Moment fährt er rechts ran und bleibt stehen. »Es tut mir wirklich leid. Ich habe nicht nachgedacht.« Er sieht so betroffen aus, dass ich beinahe ihn trösten will, dabei wurde in mir der Schmerz alter Tage wachgerufen.

»Schon gut.«

»Nein, ist es nicht. Ich weiß nicht, wie ich das wiedergutmachen kann. Ich meine, das geht natürlich gar nicht, aber …«

»Hey, es ist okay, wirklich.« Nervös reibe ich mir mit der Faust über meinen Oberschenkel.

Plötzlich legt sich seine Hand sanft darüber und bringt sie zum Stillstand. »Willst du darüber reden?«, fragt er vorsichtig.

»Über … über ihren Tod?« Ich schüttele den Kopf. »Nein.«

Er nickt. »Ich werde nicht mehr nachfragen, versprochen.«

»Danke«, gebe ich leise zurück.

»Sollen wir eine Pause machen, bevor wir uns die Höhlen ansehen? Irgendwo etwas trinken oder essen?« Er mustert mich besorgt.

»Nein, es ist okay«, behaupte ich, obwohl mir der Gedanke, jetzt in die kalte Dunkelheit meiner Erinnerungen hinabsteigen zu müssen, plötzlich unangenehm ist und ich die Höhlen lieber verschieben würde.

»Wir könnten auch erst einmal etwas anderes als die Höhlen besichtigen«, schlägt er vor, als hätte er meine Gedanken gelesen.

Erleichtert atme ich auf. »Ehrlich gesagt – ich würde doch lieber gleich nach Frigiliana fahren.«

»Natürlich.« Er stellt keine weiteren Fragen, wirft mir nur einen letzten besorgten Blick zu, bevor er wieder anfährt. Abermals breitet sich diese herrliche Wärme in meiner Brust aus. Diese Fürsorglichkeit ist ungewohnt. Und schön.

Nie zuvor bin ich einem derart verwirrenden Mann begegnet. Einerseits sind da sein teils seltsames Verhalten und die irritierenden Fragen zu meinem Großvater. Andererseits ist er in Bezug auf mich so feinfühlig, dass mir dieser Tag plötzlich gar nicht lang genug dauern kann.

* * *

Ein paar Kilometer kurven wir auf der Ruta del Sol y del Vino entlang, die sich hinter Nerja in die Berge frisst, dann sind wir da.

Die Zeit hat gerade für ein Lebenszeichen an meinen Vater samt der Ermahnung, regelmäßig an die frische Luft zu gehen, gereicht. Sowie für einen Nachrichtenaustausch mit Vanessa. Offenbar hat sie jetzt ausgeschlafen, denn sie gibt mir prompt per Voice so viele Liebesratschläge, dass ich heilfroh darüber bin, dass Fabio kein Deutsch versteht.

Frigiliana liegt nicht weit von den Höhlen und doch ein Stück von der Küste entfernt auf circa dreihundert Metern über dem Meer. Ebenso abenteuerlich wie malerisch klebt das Dorf dort am Rande einer Schlucht und eines Naturparks.

Die weißen Häuser inmitten der Hügel unter azurblauem Himmel haben uns schon aus der Ferne entgegengeleuchtet. Mit ihren nahezu oder gänzlich flachen sowie ziegelgedeckten Dächern wirken sie wie neben- und übereinandergestapelte Würfel.

Wir parken am Dorfeingang und aus der Nähe ist diese Ansiedlung noch um ein Vielfaches schöner als aus der Ferne. Ein *Pueblo blanco* wie aus dem Bilderbuch. Verwinkelte Treppengässchen, weiß gekalkte Häuserwürfel und bunte Blumenkübel entlang der Gassen, aus denen sich Bougainvilleen in allen Schattierungen von dunklem Lila über Rot bis hin zu leuchtendem Pink die Mauern hinaufranken.

Ich bin völlig hingerissen, aber kaum, dass wir aus dem Auto gestiegen sind, muss ich meine Augen zusammenkneifen. Ich habe meine Sonnenbrille vergessen und die hellen Fassaden reflektieren die Sonnenstrahlen regelrecht.

Fabio öffnet die Beifahrertür wieder und beugt sich zum Handschuhfach hinunter. »Die ›weißen Dörfer‹ beruhen auf dem, was die Mauren ins Land brachten, nämlich: eine Kultur des Lichts und der Farben, der Gärten und des Wassers«, erklärt er und reicht mir eine Aviator-Sonnenbrille.

»Und du?«, frage ich ihn.

»Ich bin dieses helle Licht gewohnt«, beruhigt er mich. »Wirklich.«

»Na gut. Danke.« Ich ziehe die Sonnenbrille auf und drehe mich um mich selbst, atme tief den würzig-süßen Duft der Pinien ein. »Ich verstehe, warum Frigiliana, wie du vorhin erzählt hast, immer wieder Preise als eines der schönsten Dörfer Andalusiens gewinnt.«

»Dabei hast du noch gar nicht alles gesehen. Komm mal mit dort hinüber.« Lächelnd nimmt er mich an der Hand. Einfach so.

Seine Berührung jagt mir einen wohligen Schauer über den Körper, vor allem weil diese Geste bei ihm so völlig selbstverständlich wirkt. Für mich ist sie das nicht, aber ich lasse sie zu.

Während er mich zwischen den Häusern, neben denen wir geparkt haben, hindurchführt, schlägt mein Herz wild in meiner Brust.

Im nächsten Moment jedoch wird das zur Nebensache, denn ich finde mich auf einem kleinen terrassenartigen Vorsprung mit herrlichem Weitblick wieder. Ich löse mich von Fabio, stemme die Hände auf die steinerne Brüstung auf und blicke staunend über dunkelgrüne Wälder und blühende Mandelbäume bis hinunter zur azurblauen Costa del Sol, die sich wie ein Teppich ein Stück weit vor uns ausbreitet. Sogar Nerja kann ich ausmachen.

»Siehst du den wolkenartigen Schatten am Horizont?«, fragt Fabio. »Das ist die nordafrikanische Küste.«

»Ich bin mehr als beeindruckt. Was für ein Panorama!«

»Und du wirst gleich merken, dass du es von so gut wie jedem Punkt des Dorfes aus genießen kannst«, sagt Fabio nicht ohne Stolz.

Und damit hat er recht.

Fasziniert steige ich mit ihm die ebenso steilen wie krummen Sträßchen hinauf, die sich ihren Weg zwischen den weißen Häusern hindurchbahnen.

»Ich fühle mich wie in einem Dorf in Marokko«, stelle ich fest, als ich einen Moment verschnaufe.

Fabio nickt. »Dieser obere Teil von Frigiliana ist der maurische Teil, gebaut im Mudéjar-Stil.«

»Gut, dass es hier nie friert«, scherze ich mit Blick auf die stark abfallende Straße.

»Dafür muss man bei Regen sehr vorsichtig sein.« Fabio lehnt sich an eine Mauer. »Wobei die maurischen Bauherren Meister der Mathematik und Architektur waren. Sie haben das Gefälle des Berges perfekt berechnet und alle Gassen so angelegt, dass das Regenwasser schnell abläuft.«

»Die hätten mal mein Wohnviertel daheim berechnen sollen. Und die Malermeister hätten sie mir auch gleich vorbeischicken können.« Begeistert sehe ich mich um.

Wohin ich auch blicke, sind die Türen in leuchtenden Pastellfarben bemalt. Kachelbilder an den Hauswänden erinnern an die maurische Vergangenheit. Alle Gassen sind beidseits von üppig bepflanzten Blumenkübeln gesäumt. Auch auf den Fensterbrettern und sogar direkt an den Hausmauern sind überall Blumentöpfe aufgestellt und angebracht. Wir laufen durch ein regelrechtes Blütenmeer. Ich bin wie berauscht von all den Farben und Düften.

Und noch etwas lässt mich staunen. »Sag mal, sind die Blumentöpfe in jeder Gasse in einer anderen Farbe gehalten?«

Fabios Augen funkeln fröhlich. »In der Tat. Das Erscheinungsbild nicht nur ihres Dorfes, sondern auch ihrer jeweiligen Straße ist den Bewohnern sehr wichtig. Manchmal entbrennt daraus ein regelrechter Konkurrenzkampf um die schönste Gasse. Dazu gehören natürlich auch die Blumentöpfe, die, wie du hier siehst«, er deutet in die nächste Gasse, »nicht nur alle dieselbe Farbe haben, sondern exakt von derselben Form und Machart sind.«

Tatsächlich. Hier hängen nur runde grüne Töpfe an der Wand, dort sind es blaue eckige, in der nächsten Straße wiederum rote mit weißen Punkten und wieder eine Gasse weiter altrosafarbene mit nach außen gewölbtem Rand. Und in manchen sind nicht nur die Blumentöpfe identisch, sondern auch die darin blühenden Blumen von derselben Art.

»Unfassbar schön«, murmele ich.

Immer wieder stoßen wir auf herrliche Aussichtspunkte mit atemberaubenden Ausblicken auf die umliegende Landschaft und gelangen auf kleine Plätze mit plätschernden Brunnen, im Schatten der Häuser sitzen alte Männer, die sich mal lachend, mal lebhaft unterhalten. Ab und zu erhasche ich einen Blick in mit Keramikfliesen geschmückte Innenhöfe voller grüner Pflanzen.

Dorfkatzen sonnen sich auf den Mauervorsprüngen, Kinder spielen hinter Blumenkübeln Verstecken und nicht wenige der alten Männer und Frauen schlurfen gar in Pantoffeln durch die Sträßchen. Kein Wunder, denn diese – gepflastert mit schwarzweißen Kieselmosaiken, Marmor- oder Terrakottaplatten – bieten mehr das Bild einer heimischen Terrasse als das eines öffentlichen Ortes.

»Also wenn dir dieses weiße Dorf hier schon die Sprache verschlägt, dann solltest du erst mal Ronda sehen! Die Stadt ist durch eine gigantische Schlucht geteilt und die beiden Stadthälften werden mittels einer mächtigen, bis auf den Boden der Schlucht reichenden steinernen Brücke verbunden, die an ein römisches Aquädukt erinnert! Ein absolut atemberaubender Anblick, sag ich dir!«

Ich muss angesichts seiner Begeisterung lächeln. Er liebt seine Heimat wirklich. Man spürt es in jedem seiner Worte, in jeder Faser seines Seins. Und plötzlich sehne ich mich danach, dieses Land genauso zu lieben. Doch wie sollte das möglich sein nach allem, was geschehen ist? Sofort legt sich ein Schatten auf mein Herz, verfliegt mein Lächeln.

»Oder kennst du Ronda bereits?«

»Was? Wie? Ach so. Nein, leider nicht, was vermutlich ebenfalls ein Sakrileg darstellt, nicht wahr?«

»Hm. Ich seh schon: Du hast jede Menge Nachholbedarf.« Er legt den Kopf zur Seite und sagt mit einem Augenzwinkern: »Ich sollte mir die kommenden Tage wohl alle freihalten, was?«

Mein Herz gerät für einen Moment aus dem Takt.

»Wenn du möchtest …«, gebe ich betont gleichgültig zurück, sehe aber an dem belustigten Funkeln in seinen Augen, dass er mich durchschaut hat.

»Möchtest *du* denn?« So leicht will er es mir offenbar nicht machen.

Wieder spüre ich meine Wangen glühen und plötzlich schmeiße ich meine Vorsicht über Bord. Natürlich will ich mich nicht verlieben. Aber, Himmel noch mal, Vanessa hat recht, ich muss nicht immer gleich vom Schlimmsten ausgehen. Locker zu sein und Spaß zu haben, wird ja wohl in Ordnung sein. Ich hole tief Luft. »Warum nicht? Es könnte für uns beide Neuland zu entdecken geben«, erwidere ich nun meinerseits mit einem Augenzwinkern und frage mich sofort, was um alles in der Welt ich hier tue. Neuland, echt jetzt? Für uns beide? Gott, ich muss das mit dem Flirten wirklich öfter üben.

Er hebt eine Braue, bevor sein Schmunzeln sich über das ganze Gesicht ausbreitet. »Du überraschst mich immer wieder.«

Ich mich auch, seit du in mein Leben getreten bist.

Ich schiebe mir die Sonnenbrille ins Haar und schenke ihm einen aufreizenden Augenaufschlag. »Ist mein ganz besonderes Talent.« Mit Betonung ergänze ich: »In jeglicher Hinsicht.«

Himmel, wer ist diese Frau, die mit diesem umwerfenden Mann flirtet?

Auch Fabio scheint sich das zu fragen. Er reibt sich mit der Hand über das Kinn und wirkt, als sei er sich nicht sicher, ob er meine Aussage wirklich so auffassen soll, wie sie klingt. Schließlich jedoch nickt er und erwidert mit breitem Grinsen: »Ich bin gespannt …«

Ein wohliger Schauer überläuft mich – scheint zum Dauerzustand in seiner Gegenwart geworden zu sein –, aber zu meiner eigenen Überraschung bereue ich meine Worte nicht. Ich will mehr von dieser Wärme in meiner Brust und diesem verlockenden Prickeln in meinen Adern …

Da es noch viel zu früh ist für den Besuch bei Nani, schlendern wir weiter durch Frigiliana.

Fabios Gegenwart fühlt sich erstaunlich vertraut an. Wir lachen über dieselben Dinge, essen Eis, besuchen Läden voller Kunsthandwerk und flirten unentwegt miteinander. Doch es bleibt alles auf einer scherzhaften Ebene ohne erneuten körperlichen Kontakt. Obwohl ein Teil von mir darauf hofft, dass er noch einmal seine Hand auf meine legt, ist ein anderer froh darüber, dass er es nicht tut.

Als wir in eine weitere Gasse abbiegen, höre ich plötzlich Musik. Aber nicht irgendeine, sondern mitreißende, fiebrige Gitarrenklänge, begleitet von rhythmischem Stampfen und Klatschen. Sie erwecken mein Innerstes sofort zum Leben.

Mit einem Mal bekomme ich Gänsehaut, lädt mein Körper sich mit Spannung auf.

Ich gehe schneller und schneller und als ich mich am Ende der Häuserzeile über eine steinerne Brüstung beuge, hätte ich vor Begeisterung beinahe aufgejauchzt. »Dort unten vor dem Lokal wird Flamenco getanzt!«

»Du weißt schon, dass wir in Andalusien sind, oder?«, neckt mich Fabio. »Hier wird immer irgendwo Flamenco getanzt, schließlich ist er hier entstanden.«

»In der Tat«, gebe ich gespielt gelassen zurück. »Zwar gibt es verschiedene Theorien über den Ursprung des Flamencos, aber die bekannteste besagt, dass sie von den andalusischen Roma, der als Gitanos bezeichneten Volksgruppe, abstammt. Jahrhundertelang wurden die Roma unterdrückt und brachten ihre Gefühle in einem rauen, orientalisch anmutenden Gesang zum Ausdruck. Später kamen Tanzschritte und Gitarrenbegleitung hinzu. Flamenco ist also eine Verbindung der Musik der Gitanos mit spanischer Folklore und zugleich eine Verschmelzung orientalischer und andalusischer Musikstile. Wobei es heutzutage sehr viele verschiedene Richtungen gibt.« Ich sehe ihn triumphierend an. »Soll ich fortfahren?«

Er blinzelt perplex und ich bin mir sicher, dass ihm, wenn er sich nicht so unter Kontrolle hätte, bei meinen Ausführungen die Kinnlade heruntergefallen wäre. »Nicht … nötig«, sagt er langsam.

»Du bist nicht der Einzige hier, der Ahnung von Flamenco hat«, necke nun ich ihn.

»Du überraschst mich in der Tat immer wieder aufs Neue.« Er mustert mich belustigt.

»Ich habe dich schließlich gewarnt«, gebe ich übermütig lachend zurück. »Lass uns trotzdem kurz hierbleiben, okay?«

»Willst du tanzen?« Er deutet auf die steinerne Treppe, die ein Stück von uns entfernt nach unten führt.

»Nein, nur zusehen!«, entgegne ich hastig, denn mein Wissen über Flamenco ist ziemlich theoretischer Natur. »Ich … äh … habe kein passendes Kleid dabei.«

Seine Mundwinkel zucken und ich bin mir sehr sicher, dass er mich durchschaut hat. »Das brauchst du nicht. Das Schöne am Flamenco ist ja gerade, dass er in egal welcher Kleidung jederzeit überall und von jedem getanzt werden kann: auf den Straßen, in den Lokalen oder auf den Plätzen. Von Kindern oder Alten. Von schlanken ebenso wie von beleibten Menschen.

Das Einzige, was man mitbringen muss, ist Gefühl. Und das hast du. Oder?« Seine Stimme ist eine Nuance tiefer geworden, sein funkelnder Blick hält den meinen gefangen. Er will mich nur aufziehen, das ist mir klar. Dennoch wird mein Mund trocken und beschleunigt sich mein Puls.

Mühsam reiße ich meinen Blick von ihm los, sehe erneut auf den Platz hinab. Tatsächlich sind in der Menge so gut wie alle Altersstufen vertreten, trägt nur eine Handvoll Frauen und Männer, die vor dem Gitarristen tanzen, Flamencokostüme. Vermutlich eine vom Lokal gebuchte Flamencogruppe. Die Menschen um sie herum hingegen tragen Alltagskleider oder gar Berufskleidung und tanzen dennoch nicht weniger begeistert. Immer wieder ertönt ein die Musiker und Tänzer anfeuerndes »*Olé!*«. Unter anderen Umständen hätte ich wohl eingestimmt, aber im Moment bin ich vollauf damit beschäftigt, die diversen Reaktionen meines Körpers auf Fabio unter Kontrolle zu halten, denn der ist unmittelbar neben mich getreten und hat damit die Luft um uns herum förmlich zum Knistern gebracht.

»Flamenco ist mehr als Theorie.« Ich höre das Schmunzeln in seiner Stimme, komme aber nicht dazu, verlegen darüber zu sein, dass er mich ertappt hat, denn er stemmt die Ellbogen nun ebenfalls auf die Brüstung. So nah bei mir, dass sich unsere nackten Arme berühren und eine wohlige Gänsehaut mich überläuft. Die Sonne lässt die Härchen auf seiner gebräunten Haut schimmern und beim Anblick seiner muskulösen Oberarme schreit mein Bauch geradezu nach noch mehr Nähe. Mein Kopf hingegen reagiert mit Panik und besteht darauf, dass ich ganz dringend mindestens auf drei Meter Abstand zu ihm gehen solle. Keiner von beiden gewinnt die Oberhand und so bleibe ich reglos und mit klopfendem Herzen stehen.

»Flamenco ist mehr als ein Tanz«, fährt er leise fort, »es ist eine Empfindung. Und das ist, was die wirklich guten Tänzer aus der Menge herausstechen lässt: Sie *fühlen* die Musik! Nicht nur den Rhythmus, sondern das, was sie ausdrückt, egal ob Glück, Verzweiflung oder Schmerz. Flamenco ist Liebe, Leid und Leidenschaft.«

Gott, wie das Wort »Leidenschaft« aus seinem Mund klingt! Mit dieser Stimme, die so rau ist, dass sie mein Innerstes vibrieren lässt. Bilder fluten meinen Kopf, die definitiv nicht jugendfrei sind, und ich schlucke schwer.

»Flamenco ist eine Rhythmus gewordene Klage über erlittenes Leid. Eine in Bewegungen zum Ausdruck gebrachte Geschichte. Ein Aufbegehren gegen das Leben, das Schicksal. Flamenco umarmt den Schmerz und stößt ihn zugleich von sich. Flamenco ist Leben und Tod, Glück und Trauer, Freude und Schmerz. Flamenco ist pure Emotion und ein Spiegel der Seele.«

Atemlos starre ich ihn an. Seine Worte berühren mich zutiefst.

Wecken eine Sehnsucht tief in mir. Eine Verbundenheit. Mit den Tänzern dort unten, den Menschen um uns herum, diesem ganzen wundervollen Land. Vielleicht sind es meine Wurzeln, die ich so lange vernachlässigt habe, die sich da regen und nach mir rufen.

»Jeder kann Flamenco tanzen«, fährt er gedankenverloren fort. »Aber den besten und intensivsten Ausdruck dafür kann nur jemand finden, der sämtliche Gefühle wirklich durchlebt hat. Vom größten Glück bis zur tiefsten Verzweiflung. Nur dann kann man ihn so tanzen, wie er einst bei den Gitanos entstand. Mit solcher Intensität, mit solcher Wahrhaftigkeit und Inbrunst, dass er die tiefsten und verwundbarsten Stellen eines jeden Herzens erreicht. Nur dann kann man ihn so tanzen, wie diese alte Frau dort.«

Ich folge seinem Blick zu der Gestalt direkt unter uns. Nur wir können sie sehen, denn dem Rest der Tanzenden ist sie durch ein Stück Mauerwerk verborgen. Als sei ihr Tanz etwas zu Intimes, um ihn mit den anderen zu teilen.

Sie trägt ein sehr schlichtes braunes Flamencokleid, aber ihre Bewegungen stehen denen der Tänzerin auf dem Podium in nichts nach, ganz im Gegenteil. Ihre Haltung ist die einer Königin mit voll Stolz erhobenem Kopf, ihre Silhouette schlank. Ihre Glieder sind zierlich, sie wirkt regelrecht zerbrechlich und strahlt doch eine Kraft aus, wie ich sie selten gesehen habe.

Fabio hat recht: Ihre mal wütend ruckartigen, mal sehnsüchtig fließenden Bewegungen haben eine ungeheure Kraft und sind dennoch voller Eleganz. Ihre Mimik spiegelt Zorn, Verzweiflung und Trauer wider und die Emotionen sind so wahrhaftig und unmittelbar, dass ich meine, nun auch zu spüren, was sie spürt, und sich mir das Herz zusammenzieht vor Schmerz.

Fabios Worte geistern mir im Kopf herum: »Flamenco ist ein Spiegel der Seele.« Unwillkürlich frage ich mich, wie es – wenn das stimmt – in dieser Frau wohl aussehen und was sie durchgemacht haben muss.

Ich beuge mich weiter vor, stoße gegen meinen Papp-Eisbecher, der prompt über die Brüstung segelt und knapp zwei Meter neben der Frau aufkommt.

Diese hält abrupt inne und schaut sich hastig um, als sei es ihr unangenehm, wenn sie jemand so verwundbar sehen könnte.

»Entschuldigung!«, rufe ich verlegen.

Sie sieht hoch, stutzt und runzelt erstaunt die Stirn. »Marisol?«

Überrascht starre ich sie an, brauche einen Moment, bis mir klar wird, wen ich vor mir habe. »Nani!«

Ich eile zur Treppe und die Stufen hinunter und falle ihr im nächsten Moment in die Arme.

»Mari! Marisolita!« Sie zieht mich an ihren wogenden weichen Busen und ich atme tief ihren Duft nach Apfelsinen und Jasmin und Kindheit ein.

Schließlich hält sie mich auf Armeslänge von sich. »Du siehst so erwachsen aus«, staunt sie ungeachtet der Tatsache, dass ich das tatsächlich bin. »Kann ich dich da überhaupt noch meine kleine Marisolita nennen?«

»Doch natürlich, ich bitte darum!«

Sie legt lächelnd ihre Hände an meine Wangen, betrachtet mich liebevoll und traurig zugleich. In ihren Augen schimmert es verdächtig. Ich ahne, was sie denkt. Dass ich meiner Mutter ähnlich sehe.

Und plötzlich werde ich von Erinnerungen überschwemmt: das Lachen meiner Mutter, ihre Wärme, ihr Duft, ihre Umarmung. Nie habe ich Nani getroffen, ohne dass auch meine Mutter dabei gewesen wäre, und jetzt hier ohne *Mamá* zu stehen, ist für einen Moment zu viel für mich. Es brennt in meinen Augen, aber bevor ich meine Tränen fortwischen kann, hat Nani mich erneut in ihre Arme gezogen und ich berge meinen Kopf an ihrem Hals.

Jetzt erst wird mir bewusst, wie sehr ich sie vermisst habe.

Tränen laufen mir über die Wangen. »Entschul… ’tschuldigung«, stammele ich aufschluchzend.

»Nein, weine ruhig, mein Kind.« Ihre Hand streichelt beruhigend über meinen Rücken. »Weine, bis du nicht mehr weinen kannst, und dann schließe den Schmerz ein. In ein Kästchen in deiner Seele, fest verschlossen. Er wird immer Teil von dir sein, aber du wirst wieder leben können. Weine, wann immer dir danach ist. Damit die Trauer aus deinem Körper fließt und du wieder lachen kannst.«

Und das tue ich. Es ist verrückt, dass ich bei ihr weinen kann, aber nicht bei meiner Großmutter. Erst als die Musik eine Pause macht, richte ich mich wieder auf und fühle mich tatsächlich erleichtert. Auch ihr laufen die Tränen über die Wangen. Sie hat mich genauso vermisst wie ich sie. Das schlechte Gewissen drückt mich nieder.

»Es tut mir so leid, dass ich dich nicht früher besucht habe!«, flüstere ich.

Sie schüttelt sacht den Kopf. »Da gibt es nichts, was dir leidtun müsste, meine Kleine. Ich verstehe es. Glaub mir, ich weiß, wie du dich fühlst. Ich weiß es so sehr.« Sie fährt sich über die Augen und atmet tief durch.

Und ich drücke sie erneut fest, bis mir einfällt, dass ich ja nicht allein gekommen bin.

Zutiefst verlegen sehe ich über die Schulter zu Fabio, der am Fuße der Treppe steht und uns offenbar nicht stören wollte. Doch zu meiner Erleichterung scheint er von dieser Szene nicht peinlich berührt zu sein, eher wirkt er hilflos und wahnsinnig besorgt zugleich.

Das berührt mich. Ich kenne ihn kaum und doch macht er sich Sorgen um mich.

»Und wer ist dieser junge Mann?«, fragt Nani, der mein Blick natürlich nicht entgangen ist.

»Er heißt Fabio und ist … ähm …« Ich breche ab, unsicher, wie ich ihn und seine Beziehung zu mir bezeichnen soll. »… Restaurateur«, beende ich schließlich befangen meinen Satz.

»Soso …« Nani sieht von ihm, der nun herbeikommt, zu mir und das Schmunzeln, das dabei über ihr Gesicht huscht, verrät mir, dass sie ahnt, was hinter meinem Gestottere steckt.

Fabio tritt zu uns, scheint zum Glück nicht böse über meine merkwürdige Vorstellung seiner Person zu sein. Ich räuspere mich. »Fabio, das ist Nani, also nein, eigentlich heißt sie Fermina.«

1974

Diego

Nervös lief Diego vor dem Zimmer auf und ab, in dem Ramón seit einer Stunde mit dem für Josés Fall zuständigen Hauptmann sprach. Es hatte lange gebraucht – und jede Menge Schmiergeld gekostet –, bis sie herausbekommen hatten, wo der Junge hingebracht worden war.

Niemand wusste, warum er verhaftet worden war. Keiner hatte ihnen Auskunft erteilen wollen. José war nicht nach Hause gekommen und Juanita hatte erst durch einen Freund von ihm erfahren, dass er verhaftet worden war. Diego war sofort zu Ramón gelaufen. Was auch immer geschehen war, José brauchte einen Anwalt.

»Mein Baby … mein Junge!«, rief Juanita wieder und wieder. »Lasst mich doch zu ihm, ich bin seine Mutter!« Sie war tränenüberströmt und völlig aufgelöst. »Sagt mir doch wenigstens, was ihm vorgeworfen wird! Was immer es ist, er hat es nicht getan! Er …«

»Ruhe!«, herrschte der Beamte, der in diesem Flur Wache hielt, sie zum wiederholten Male an.

»Aber ich muss zu ihm, er ist mein Sohn!«, schrie Juanita verzweifelt.

Der Mann vor ihnen maß sie nur mit herablassendem Blick, bevor er sich an Diego wandte. »Wenn die da …« Er nickte mit dem Kinn in Richtung Juanitas. »… nicht sofort damit aufhört, hier herumzuschreien, lasse ich sie gewaltsam entfernen.«

Juanita heulte erneut auf, aber Mina schlang ihre Arme um sie, zog sie von ihm fort und drückte sie auf einen der zerbrochenen Plastikstühle, die an der Wand standen.

Diego ballte die Hände zu Fäusten. Nicht einmal seinem ärgsten Feind hätte er gewünscht, durchmachen zu müssen, was Juanita gerade erlitt. Er vermochte sich nicht einmal vorzustellen, wie es ihm an ihrer Stelle ergangen wäre. Wie es gewesen wäre, wenn ihm gedroht hätte, das eigene Kind zu verlieren.

Hemmungslos weinend kauerte Juanita auf dem Stuhl, die Arme um ihren Oberkörper geschlungen. »Mein Baby … mein José …«

»Beruhige dich, Mama, bitte, wir müssen kühlen Kopf bewahren.« Mina zitterte selbst am ganzen Körper und Diego sah ihr an, dass sie kurz davor war, ebenfalls zusammenzubrechen. Dennoch gab sie alles, um ihrer Mutter eine Stütze zu sein. Er wusste nicht, wo sie die Kraft dafür hernahm. Sie war so stark, so selbstlos. Er ertrug es nicht, sie derart leiden zu sehen, machte zwei große Schritte auf sie zu und zog sie an sich.

»Wie können sie das tun?«, stieß sie aus. »Er ist noch ein Kind! Sie können ihn nicht einfach so hier festhalten. Das ist doch reine Willkür.«

Ja, das war es. Und ebenso war es gegen Recht und Ordnung. Aber beides galt in diesen Zeiten nicht für jedermann. Das wusste er nur zu gut.

»Es wird alles gut«, flüsterte er. »Ich werde ihn da herausholen, das verspreche ich dir.«

Endlich öffnete sich die Tür, Ramón trat mit einem der beiden Hauptmänner heraus und hielt seinen Aktenkoffer beinahe schützend vor sich, als Juanita auf ihn zustürzte. »Wo ist José? Wann kann ich endlich zu ihm?«

»Überhaupt nicht!«, fuhr einer der Diensthabenden sie an, bevor Ramón etwas sagen konnte.

»Aber warum denn nicht? Er hat nichts getan! Ich verlange auf der Stelle …«

»Gar nichts!«, schnauzte der Polizist. »Gar nichts haben Sie zu verlangen! Hier geht es nicht um einen Ladendiebstahl, sondern um Unterstützung einer terroristischen Vereinigung!«

»Was?« Diego dachte an Carlos Bruder, der drei Monate in Haft gewesen war und sich danach aus Verzweiflung erhängt hatte. Dachte an das Bild der beiden im März hingerichteten Männer in der Zeitung. Ihm drehte sich der Magen um.

»Niemals!«, stieß Mina mit kalkweißem Gesicht aus und taumelte. Hätte Diego nicht ihre Hand gehalten, wäre sie gestürzt.

»O doch. Er hat sich heute Nachmittag mit Verbindungen zu einer Organisation gebrüstet, die widerwärtige Versuche unternimmt, unserem großartigen faschistischen Spanien und unserem glorreichen *Caudillo de España* zu schaden!«

»Nein! Auf keinen Fall!«

»Mehrere Zeugen haben ihn gehört.«

»Dann hat er es nur so dahinsagt!«, rief Diego.

Mina rang verzweifelt die Hände. »Er weiß doch gar nicht, was er da redet!«, rief sie. »Er wollte sich bestimmt nur vor seinen Freunden großtun und …«

»Er ist doch nur ein Kind!« Juanita war völlig in Panik. »Nur ein Kind!«

»Mag sein«, fiel der Hauptmann ihr grob ins Wort, »aber unter den gegebenen Umständen können wir ihn nicht so behandeln.«

»Welchen Umständen? Wovon reden Sie!«, fuhr Mina auf.

Mit einer gehobenen Braue erhielt sie Antwort: »Muss ich Ihnen wirklich in Erinnerung rufen, dass der Vater des Jungen wegen ähnlicher Vergehen verurteilt und ins Straflager geschickt worden ist?«

»Er war unschuldig! Er hatte nichts getan!«, schrie Juanita am Rande eines neuerlichen Nervenzusammenbruchs.

Höhnisches Gelächter war die Antwort. »Erstaunlich, wie viele unschuldige Straftäter es in Ihrer Familie gibt, finden Sie nicht?«

Juanita sank in sich zusammen. Mina konnte sie gerade noch auffangen, Diego sprang herbei, hob sie auf die eilig zusammengeschobenen Stühle, wo sie in sich zusammengekauert hemmungslos weiterweinte.

»Es muss doch etwas geben, das wir tun können!« Mina sah den Hauptmann flehend an. »Alles! Wir tun alles!«

Dieser neigte den Kopf zur Seite und konnte kaum ein zufriedenes Lächeln unterdrücken, bevor er den wachhabenden *Cabo* anherrschte: »Mann, jetzt gehen Sie schon und holen Sie der Frau ein Glas Wasser!« Er deutete auf Juanita. »Die ist ja hysterisch!«

Er sah dem Polizisten hinterher, bis dieser außer Hörweite war, und wandte sich dann an Ramón. »Regeln Sie das!«, sagte er unwirsch und verschränkte die Arme vor der Brust.

Ramón rieb sich erneut die Stirn. »Nun, der werte *Señor* hier hat sich nach ... äh ... ausgiebiger Prüfung der ... äh ... Umstände ...« Er räusperte sich und Diego konnte sich denken, um welche Umstände es ging, die da geprüft worden waren. Nämlich die, wie viel Geld hier noch zu holen war. Korruptes Pack!

»... und in Anbetracht des Alters des Jungen sowie vor dem Hintergrund jugendlichen Leichtsinns die Möglichkeit eröffnet, José unter strengen Auflagen der Aufsicht eines männlichen Verwandten zu unterstellen, der die Verantwortung und Haftung für ihn übernimmt.« Ramón atmete durch und sah erwartungsvoll zu Mina und ihrer Mutter. Doch Juanita war nicht mehr aufnahmefähig und die von ihm wohl erwartete Erleichterung in Minas Gesicht blieb aus.

»Es gibt niemanden«, sagte Diego leise an ihrer Stelle.

Ramóns Schultern sanken herab. Der Hauptmann hingegen runzelte die Stirn. »Was soll das heißen? Es wird doch wohl irgendein Großvater oder Onkel aufzutreiben sein!«

Mina schüttelte hilflos den Kopf.

»Nun …«, sagte er und schnaubte verärgert. »Dann sehe ich mich natürlich außerstande …«

»Er gehört zu mir«, stieß Diego hastig aus und hörte Mina nach Luft schnappen. »Nicht als Verwandter, aber als Lehrling. Ich übernehme die volle Verantwortung und Haftung für ihn.«

Unschlüssig verzog sein Gegenüber das Gesicht, aber Diego hätte es gewundert, wenn der Kerl diese Gelegenheit, noch mehr Geld aus der Sache zu schlagen, hätte verstreichen lassen.

»Ich muss mit meinem Kollegen besprechen, wie da die … rechtlichen Möglichkeiten aussehen«, schnarrte der Mann und verschwand wieder im Zimmer nebenan.

»Wir haben kaum noch etwas, das wir hergeben können.« Mina klang zunehmend verzweifelt.

»Ich kümmere mich darum«, versprach Diego, aber Ramón zog ihn zur Seite. »Bist du sicher, dass du weißt, was du da tust? Was du da riskierst? Wenn der Junge sich noch irgendeinen Fehltritt leistet, nehmen sie dich gleich mit!«

Mina stieß einen erstickten Laut aus, aber Diego nickte. »Das weiß ich, aber ich muss ihm helfen, egal was es …« Er hielt inne, denn der Polizeibeamte war wieder auf den Flur getreten.

»Wir haben eine … rechtliche Möglichkeit gefunden«, verkündete er zufrieden. »Natürlich erfordert das zusätzlichen Arbeitsaufwand, der entschädigt werden muss.« Prüfend musterte er Diego und die Gier blitzte in seinen Augen.

Diego nickte steif. »Natürlich.«

* * *

Eine Stunde später hatte er das Geld besorgt – das Geld, das er für die Hochzeit beiseitegelegt hatte – und sie konnten José endlich in ihre Arme schließen.

Er war verweint und verängstigt, zitterte wie Espenlaub und klammerte sich an Mina und Juanita. »Es tut mir leid!«, brach es aus dem Jungen hervor und erneut stürzten Tränen aus seinen Augen. »Ich wollte nur nicht, dass sie weiter über mich lachen. Es tut mir so furchtbar leid! So schrecklich leid und es …«

»Pst, das wissen wir doch«, sagte Mina, José fest an sich drückend. »Wir haben dich wieder, das ist alles, was zählt.«

»… es tut mir leid!«, sprach der Junge wie in Trance immer wieder, von quälenden Schluchzern geschüttelt.

»Wir haben dich so unendlich lieb. Beruhige dich, alles ist gut. Beruhige dich.«

Diego wusste nicht, ob Mina ihren Bruder oder ihre Mutter tröstete, die noch heftiger weinte als José.

»Alles ist gut«, flüsterte sie erneut und sah voll Dankbarkeit zu Diego.

Mina

Stille war eingekehrt in der »Stadt der tausend Paläste«, als Mina endlich zu Diego auf das Dach kletterte. Nur die Zikaden waren noch zu hören.

Minas Mutter war ebenso wie Feli und José völlig erschöpft im großen Ehebett eingeschlafen, die Arme fest um ihre beiden jüngsten Kinder geschlungen. Mina selbst hatte José kaum mehr loslassen können. Er hatte geweint, bis er vor Erschöpfung nicht mehr weinen konnte und eingeschlafen war.

Kaum hatte Diego sie erblickt, als er sie schon in seine Arme zog. Und endlich erlaubte sie sich, schwach zu sein. Mina sank nun ihrerseits weinend gegen ihn und mit ihm zu Boden. Trotz ihres Strickjäckchens war ihr unfassbar kalt, zitterte sie am ganzen Körper.

»Sch«, machte Diego und wiegte sie beruhigend hin und her, bis ihr Zittern nachließ. »Es ist alles gut.«

»Weil du da warst«, schluchzte sie.

»Ich werde immer da sein«, sagte er, zog seine Jacke aus und legte sie über ihre Schultern.

»Versprichst du es mir?«

Er nahm ihr Gesicht in seine Hände. »Ich schwöre es dir.«

»Danke«, flüsterte sie, noch immer von der Angst und dem Schock der letzten Stunden geschüttelt. »Danke dafür und danke für José und danke für …«

»Nein.« Er schüttelte den Kopf. »Da gibt es nichts zu danken. Mir wäre nie etwas anderes in den Sinn gekommen, als José zu helfen.«

»Du hast alles riskiert und auf dein Geld verzichtet und …« Sie brach ab, als er ihr den Finger sanft auf den Mund legte.

»Ich würde auf alles verzichten, nur damit es dir gut geht. Nur damit du glücklich bist. Weil ich dich liebe.« Sanft küsste er ihr die Tränen von den Wangen und hauchte Küsse auf ihre Augenlider. Seine warmen, weichen Lippen strichen über ihre rechte Schläfe und ihren Wangenknochen bis zu der Stelle unterhalb ihres Ohres, die eine direkte Verbindung zu ihrem Unterleib zu haben schien.

Selig seufzte Mina auf, fuhr mit den Fingern durch sein Haar und über seine Schultern, die fest und muskulös unter dem dünnen Stoff seines Hemdes fühlbar waren. Zärtlich umfasste er ihr Gesicht, während seine Lippen die ihren fanden und sie von deren tröstender Süße kostete. Doch mit jedem Atemzug wurden ihre Küsse verlangender und seine nicht minder. Seine

Jacke, die er ihr über die Schultern gelegt hatte, fiel zu Boden, aber keiner von ihnen reagierte darauf.

Seine linke Hand wanderte zu ihrem Rücken, die andere an ihren Hinterkopf, und er presste Mina so fest an sich, als würde er ohne ihren Halt ertrinken. Sie war sich sicher, an seinen Lippen zu verglühen, so viel Hitze loderte mit einem Mal zwischen ihnen beiden. Und dennoch wurden seine Küsse immer fordernder, bis sie ihren Kopf in den Nacken legte. Sofort zog er mit seinen Lippen eine prickelnde Spur ihren Hals hinunter und hinterließ auf ihrer nackten Haut ein verheißungsvolles Kribbeln. Er schob die Ärmel des Jäckchens samt der breiten Träger ihres Kleides beiseite, um sich ihre Halskuhle und ihre Schultern entlangzuküssen.

»Fermina, meine Mina«, raunte er und bei seinem heiseren Tonfall überlief sie ein heißer Schauer, der die Glut in ihrem Inneren nur noch weiter anfachte.

Sie wollte mehr, sie *brauchte* mehr. Fahrig nestelte sie an den Knöpfen seines Hemdes, hastig kam er ihr zu Hilfe, hielt dann aber plötzlich inne und sprang auf.

»Wir … dürfen … nicht …«, keuchte er und stützte sich am Schornstein ab. Sein Brustkorb hob und senkte sich heftig,

»Doch, Diego«, stieß sie schwer atmend hervor und sprang ebenfalls auf. Alles in ihr schrie danach, diesem Verlangen in ihrem Inneren endlich nachzugeben. All die Regeln waren ihr egal. »Es ist unser Leben! Unsere Liebe! Niemand hat das Recht, sich einzumischen! Du hast Feli glücklich gemacht, hast José gerettet. Meine Mutter wird nicht mehr anders können, als zuzustimmen. Und wenn nicht, ist es mir egal. Wir lieben uns, wir werden heiraten. Heute habe ich wieder gesehen, wie schnell das Leben unerwartete Wendungen nehmen kann. Ich will keine Sekunde mit dir verlieren, will endlich deine Frau werden. Mit allem, was dazugehört. Jetzt!«

Er ächzte. »Gott im Himmel, weißt du überhaupt, was du mir gerade antust? Welche Selbstbeherrschung es mich gekostet hat, mich so lange zurückzuhalten? Wie soll ich das jetzt weiterhin schaffen, wenn ich weiß, dass du …«

»Gar nicht!«, unterbrach sie ihn. »Gib sie auf. Nichts kann uns trennen. Wir gehören zusammen. Jetzt und für immer.« Mit wild schlagendem Herzen und zittrigen Fingern öffnete sie die restlichen Knöpfe ihres Kleides.

Minutenlang starrte er sie reglos an, in einem inneren Kampf gefangen.

»Bist du dir wirklich sicher, dass du das willst?«, fragte er schließlich heiser.

Anstelle einer Antwort ließ sie ihr Kleid zu Boden fallen. »Nie wollte ich etwas mehr«, flüsterte sie.

Diego keuchte auf und ihr schlug das Herz bis zum Hals, als sie seinen Blick über ihren Körper streichen spürte. Mit zittrigen Fingern, bangend ob seiner Reaktion, griff sie hinter sich, löste auch ihren BH und ließ ihn zu Boden fallen.

Diegos Brustkorb hob und senkte sich heftig, aber noch immer rührte er sich nicht, sah sie im Mondlicht den Kampf in seinem Gesicht.

Sie atmete tief durch und streifte auch ihr Höschen hinunter. Sie wusste nicht, wo sie den Mut dafür hernahm. Sie wusste nur, dass sie es nicht bereuen würde, denn sie liebte Diego mehr als alles andere auf der Welt.

»O Gott, du bist so wunderschön«, flüsterte er und streckte langsam seine Hand nach ihrem Gesicht aus, so als fürchtete er, dies sei ein Traum, und eine zu ruckhafte Bewegung würde ihn daraus aufwecken.

Erst, als er sie berührte, schien er zu glauben, dass dies wirklich geschah, er nahm ihr Gesicht in seine Hände und küsste sie erneut, zärtlich, vorsichtig. Und genauso vorsichtig ließ er seine

Hände über ihren Körper gleiten. So, als sei sie so zerbrechlich und kostbar wie feinstes Porzellan.

Seine Hände berührten ihre Brüste und liebkosten sie, seine Fingerkuppen streifen sanft ihre Brustwarzen und sie zog scharf die Luft ein, als etwas durch sie hindurchschoss, das Elektrizität sein musste. Erneut loderte die Sehnsucht, die schon so lange in ihr glühte, mit Macht auf, drohte sie zu verbrennen, wenn sie nicht bald gestillt wurde. Fahrig nestelte sie an seinen Hemdknöpfen und er ließ sie für einen Moment los, um ihr dabei zu Hilfe zu kommen, sein Hemd auszuziehen und auf ihre Jacke fallen zu lassen. Seine Haut schimmerte im Mondlicht und mit trockenem Mund legte sie ihrerseits ihre Hände an seine Wangen und ließ sie langsam hinuntergleiten, folgte der Linie seines Kinns und den Hals hinunter über seinen Brustkorb. Die Hitze in ihrem Inneren wurde übermächtig. Sie hatte seinen Oberkörper schon einige Male nackt gesehen, wenn es im Hochsommer in seiner Werkstatt zu heiß gewesen war, aber ihn zu ertasten war ungleich eindrucksvoller und sie wollte mehr als das, wollte ihn überall berühren und überall von ihm berührt werden.

Er schien ihre Gedanken lesen zu können, entledigte sich auch seiner restlichen Kleidung und sank mit ihr auf das Lager aus Hemd, Kleid und ihren Jacken. Es war kaum groß genug geschweige denn dick genug, um einen Unterschied zu machen, aber das war ihr in diesem Moment egal. Das Einzige, was zählte, war Diego! Seine Nähe! Seine Liebe!

Sie rang nach Atem und sein eigener ging schwer, während seine Hände federleicht über ihre Haut strichen, wohlige Schauer durch sie hindurchsandten, und seine Lippen folgten der prickelnden Spur. Und seine Berührungen und Küsse wurden im gleichen Maße hitziger und begieriger, wie es ihre eigenen taten. Sie ließen sie zittern und beben und setzten sie in Brand. Je tiefer er wanderte, umso größer wurde die Hitze in ihrem Inneren. Auch ihre Finger folgten den Konturen seines Körpers, vergruben sich aber in seinem Haar, als seine Hände über ihre Hüften wanderten. Das Sehnen in ihrem Inneren nahm ungekannte Ausmaße an, während er mit seinem Mund ihre Brüste liebkoste. Als seine Finger sie an genau der Stelle streichelten, die sich am meisten nach ihm sehnte, rang sie nach Atem und ihre Begierde wurde übermächtig. Lustvoll wand sie sich unter seinen Berührungen, die sie in eine nie gekannte Erregung trieben. Sie hielt es kaum mehr aus, zog Diego zu sich nach oben. Im nächsten Moment war er über ihr, stützte sich mit seinen Ellbogen beiderseits von ihr ab und küsste sie mit einer Leidenschaft wie nie zuvor. »Ich liebe dich, Mina«, stieß er heiser hervor. »Ich liebe dich mehr als mein Leben.«

All das Verlangen, das sich in ihr aufgestaut hatte, brach sich Bahn. Sie umschlang ihn mit ihrem Armen, und sein Stöhnen, als er sie endlich ausfüllte, ließ sie erbeben. Und dann gab es kein Halten mehr, liebten sie sich mit absoluter Hingabe. Sie meinte zu sterben in diesem Rausch aus Glück und Sehnsucht, den seine Bewegungen, seine Berührungen, seine Küsse in ihr auslösten. Gemeinsam ergaben sie sich diesem Beben, das die Zeit verdrängte und die ganze Welt auf sie beide beschränkte.

Zu ihren Füßen lag das schlafende Granada, vor ihnen erhob sich im Mondschein der »Palast der Märchen« und über ihnen glitzerte das leuchtende Band der Milchstraße.

Nichts zählte mehr außer diesem keuchenden, ekstatischen Moment purer Leidenschaft, nichts außer Diego. In seinen Armen hörte sie auf zu existieren und wurde neu geboren. Ihrer beider Aufschrei hallte durch die Nacht und sie fühlte sich den Sternen so nah wie nie zuvor.

Als der Morgen graute, hielt er Mina noch immer in seinen Armen und lauschte ihrem Atem. Ohne sie wäre das Leben sinnlos gewesen.

»Ich werde sterben, wenn ich sie verliere«, flüsterte er der Alhambra zu. Ob der Wind seine Worte zu den alten Mauern trug, die schon so viel gesehen, so viel gehört hatten? Die schon so viele andere Geheimnisse bargen?

Als die ersten Vögel sich zu Wort meldeten, strich er sanft mit den Fingerkuppen über Minas Schläfe.

Sie schlug die Augen auf, blinzelte erst verwirrt und lächelte ihn dann an. »Es war also kein Traum?«

»Es tut mir leid«, flüsterte er. »Ich hätte mich beherrschen müssen.«

»Nein. Nein, es ist alles gut. Mehr noch: Es war und ist perfekt.« Liebevoll sah sie ihn an, während er mit den Fingerkuppen die Linien ihres Gesichts nachfuhr.

»Du solltest zurückgehen. Nicht dass uns noch jemand sieht oder deine Mutter zu früh wach wird.«

Sie seufzte schwer. »Muss es wirklich sein?«

»Ja. Leider. Aber nicht mehr lang, und wir müssen uns niemals wieder trennen. Sobald deine Mutter sich von den Ereignissen der gestrigen Nacht erholt hat, spreche ich mit ihr.«

»Sie wird einsehen, was du für ein großartiger Mensch bist. Immerhin hast du José gerettet. Wie könnte sie dir da nicht dankbar sein? Und auch wenn nicht – ich liebe dich und werde dich heiraten. Auch gegen ihren Willen«, wiederholte sie ihr gestriges Versprechen. »Das hier ist mein, nein, unser Leben. Und wir sollten entscheiden dürfen, wie wir es führen.«

Erneut meinte er, sein Herz würde bersten, wusste er doch, was ihre Familie ihr bedeutete und wie sehr sie ihre Mutter liebte.

»Ich werde alles daransetzen, dass sie ihre Zustimmung gibt«, versprach er ihr. »Wir schaffen das.« Ihre Finger verschränkten sich ineinander. »Ich liebe dich mehr als mein Leben, Mina. Du bist meine Musik, der Schlag meines Herzens. Du bist die Anmut und die Schönheit der Alhambra.«

»Und du der ewige Stein der Sierra. Mein Fels. Mein Halt. Meine Vergangenheit, mein Jetzt und mein Morgen.«

Kapitel 7

Gib ihm Almosen, Frau. Denn nichts in der Welt, nichts,
ist schlimmer, als blind zu sein in Granada.
– Spanisches Sprichwort, vermutlich zurückgehend auf
den Dichter
Francisco A. de Icaza –

Heute

Das Klirren des Bestecks mischt sich mit dem Klappern der beschlagenen Schuhe der Flamencotänzer, während eine milde Brise die Musik durch die weit geöffneten Balkontüren ins Zimmer trägt.

Nanis Wohnung im zweiten Stock liegt direkt gegenüber der Mauerbrüstung, über die ich mich eine Stunde zuvor gebeugt hatte. Sie ist klein, aber der Balkon mit dem Ausblick bis hin zum Meer macht das doppelt wieder wett und ich musste während des Essens immer wieder nach draußen schauen.

»Vielen Dank, Nani, das Essen war großartig, aber du hättest dir nicht so viel Mühe machen sollen.«

Sie winkt ab, schlägt sich aber im nächsten Moment mit der Hand vor die Stirn. »Das Beste habe ich vergessen. Einen Moment, bitte.« Sie schiebt ihren Stuhl zurück und geht in die Küche.

Ich weiß, dass sie in etwa so alt ist wie meine Großmutter, dennoch sieht sie älter aus, aber ohne sich dessen zu schämen. Ihr kastanienbraunes Haar ist von zahlreichen Silberfäden durchwirkt und trotz der Zeichen, die die Zeit und das Leben in ihrem Gesicht hinterlassen haben, ist sie noch immer eine bildschöne Frau mit großen dunklen Augen, hohen Wangenknochen und vollen Lippen.

Lächelnd taucht sie mit einer großen Schüssel wieder auf, platziert diese zwischen all den anderen Köstlichkeiten und zieht die Abdeckung weg.

»Churros!«, jubele ich wie ein kleines Kind beim Anblick der frittierten Krapfen aus Brandgebäck mit dem sternförmigen Querschnitt. Sie sind mit Puderzucker bestäubt und zur Hälfte dick von Schokolade umgeben.

Fabio sieht mich belustigt an.

»Ich liebe diese Dinger einfach!«, erkläre ich mit entschuldigendem Grinsen – und obwohl ich proppenvoll bin, angele ich sofort nach einem, um es mir in den Mund zu schieben. »Mhmm«, gebe ich genießerisch von mir. Himmel, es gibt noch sehr viel mehr Dinge, die ich in Deutschland vermissen werde, als mir bewusst war.

»Ich habe nicht vergessen, was dir schmeckt«, sagt Nani lächelnd und schiebt mir etliche weitere Stücke auf meinen Teller. »Wie geht es deinem Großvater inzwischen?«

Während des Essens hatte sie mich zu meinem Studium und meinem Leben in Deutschland ausgefragt, nun sind wir bei dem in Andalusien angekommen.

»Du weißt von seinem Schwächeanfall?«

Sie nickt. »Constanza rief mich an und ich bin vorbeigekommen, um ihr beizustehen.«

»Ich fasse es nicht. So viel zum Thema, dass sie ganz allein war und mich so dringend brauchte.« Ich schneide eine Grimasse. »Ich liebe sie ja. Wirklich. Aber sie lässt mir kaum Luft zum Atmen. Und – lass mich raten – sie hat dich nicht gefragt, ob dir dieser Termin heute überhaupt recht ist, nicht wahr? Es ist unter der Woche und du hast einen Laden zu führen.«

»Mach dir keine Gedanken, gleich ist erst mal Siesta«, antwortet sie ausweichend.

»Ich habe also recht mit meiner Vermutung«, stelle ich schnaubend fest. »Wie kann man nur so fordernd und ichbezogen sein?«

Nani schüttelt sanft den Kopf. »Sei nicht so hart zu ihr. Sie hat nie einen Tag arbeiten müssen und alle Sorgen und Entscheidungen wurden ihr zeitlebens abgenommen. Sie kennt es nicht anders, es ist nicht ihre Schuld. Doch auch die größte Party geht irgendwann zu Ende und was bleibt, sind Kopfschmerzen und ein schaler Geschmack im Mund. Ihr fehlt eine Aufgabe im Leben.«

Ich seufze. »Das stimmt wohl, trotzdem ist es schwer mit ihr. Ich frage mich wirklich, wie du es so viele Jahre bei uns ausgehalten hast. Oder war es nicht so schlimm, als …« Ich räuspere mich. »… als Mama noch bei ihr wohnte?«

Sie nickt.

»Sie hat Papa nie verziehen, ihr die Tochter geraubt zu haben.«

»Und mir nicht, dass ich deine Mutter dazu ermutigt habe, ihrem Herzen zu folgen.«

»Ich weiß, Mama hat es mir erzählt.« Es hat ein ganzes Jahr gedauert, bis meine Großmutter wieder mit Nani gesprochen hat. Doch offenbar konnte sie auch nicht ohne sie.

Gedankenverloren stapelt Nani die benutzten Teller und Fabio greift sofort danach, um sich hilfsbereit zu zeigen und sie in die Küche zu bringen. Während des Essens war er still, hat uns rücksichtsvoll die Zeit gegeben, uns ungestört auszutauschen. Doch er wirkte auch unruhig, als würde ihm etwas unter den Nägeln brennen. Ich nehme mir vor, ihn später danach zu fragen.

»Da fällt mir ein«, sagt sie plötzlich, »ich wollte dir etwas mitgeben. Komm, bevor ich es ebenso wie die Churros vergesse.«

Neugierig folge ich ihr durch eine angrenzende Tür in ihr Näh-Atelier, von dem aus eine Wendeltreppe in ihren darunterliegenden kleinen Laden führt.

Aus den entlang der Wände aufgereihten Regalen quellen Stoffe in allen möglichen Farben. Halb bekleidete Schneiderpuppen kämpfen mit Garderobenstangen um den Platz, von denen atemberaubende Kleider hängen. Und vor dem Fenster stehen auf einem großen Arbeitstisch inmitten allerlei Utensilien verschiedene Nähmaschinen.

»Sie haben all die Kleider genäht, die unten verkauft werden?«, fragt Fabio erstaunt, der nun ebenfalls im Atelier steht.

»Richtig.« Sie geht die Garderobenstangen ab, hebt hier und da ein Kleid herunter, begutachtet es kritisch und hängt es wieder zurück. »Und meine Mutter hat sie unten im Laden verkauft. Du erinnerst dich wahrscheinlich nicht mehr an sie, Mari, hast sie nur einmal gesehen, glaube ich. Aber dieser Laden war ihr Lebenstraum und ich bin froh, dass ich ihn ihr verwirklichen konnte.«

»*Yaya* sagte, sie sei vor ein paar Jahren gestorben. Das tut mir furchtbar leid.«

Sie nickt. »Danke. Aber sie hat ihren Laden geliebt, hat ihre Enkel kennengelernt und mitbekommen, wie ihre jüngste Tochter zu einer berühmten Tänzerin heranwuchs. Ich denke, sie ist glücklich gestorben.«

Während ich noch nach den richtigen Worten darauf suche, schiebt sie weiter Kleiderbügel für Kleiderbügel zur Seite. Plötzlich hält sie inne, wirft mir einen prüfenden Blick zu und dreht sich mit einem Traum von einem Kleid in der Hand zu mir um. »Das hier ist perfekt für dich.«

»Für mich? Aber ich … Wo soll ich das denn tragen?« Fassungslos betrachte ich den schimmernden nachtblauen Stoff mit den bordeauxroten Tupfen und kunstvollen Volants.

»Erst kommt das Kleid, dann die Gelegenheit«, sagt sie augenzwinkernd. »Es ist ein Geschenk.«

»Was? Nein! Du hast mir doch schon als Kind jedes Jahr ein Kleid geschenkt. Ich habe alle aufbewahrt, sollte ich selbst einmal …« Ich breche ab. Äußerst unpassendes Thema in Fabios Gegenwart. »Wie auch immer – das hier kann ich nicht annehmen.«

»Ich bestehe darauf.«

»Dann bezahle ich es natürlich und …«

»Willst du mich verletzen?« Ihre Empörung steht der von Fabio neulich in nichts nach und ich gebe mich geschlagen. Spanier und ihr Stolz sind einfach eine Sache für sich.

»Nein, natürlich nicht. Danke, Nani. Vielen, vielen Dank.«

»Probier es an, damit ich sehen kann, wo ich es ändern muss.«

»Okay …«, sage ich und nehme ihr mit Blick auf Fabio zögerlich das Kleid ab.

Doch Fabio ist am Nähtisch stehen geblieben und betrachtet die auf dem Fensterbrett aufgestellten Bilder ihrer Familie.

Nur ihre Mutter und Emilio habe ich davon jemals persönlich kennengelernt.

»Wann haben Sie eigentlich begonnen, für Maris Großeltern zu arbeiten?«, fragt er jetzt, wirkt dabei ungewöhnlich angespannt – oder bilde ich mir das nur ein? – und hebt einen Bilderrahmen an, der mit dem Rücken zu mir stand.

»Ach, die Zeit geht so schnell vorbei …« Nani seufzt. »Ich kann gar nicht mehr genau sagen, wie lange es her ist, dass wir Granada verlassen haben.«

Ich zucke zusammen. Fabio zu meiner Überraschung ebenso. Samt Bilderrahmen tritt er zu uns und seine Stimme klingt drängend, ja atemlos. »Sie kennen sie noch aus der Zeit, als sie in Granada gelebt haben?«

Schon wieder dieses Wort, das mein Herz einen Schlag aussetzen lässt. »Warum denn auch nicht?«, frage ich achselzuckend, aber mit trockener Kehle. »Sie haben schließlich dort gelebt.«

Nani hat weder von seiner noch von meiner Reaktion etwas mitbekommen, starrt geistesabwesend aus dem Fenster. »Du, mein Granada …«, murmelt sie leise. »Königin der Städte … Stadt der tausend Paläste … Schönste unter der Sonne.« In ihrer Stimme liegt eine solche Sehnsucht, dass mich ein Schauer überläuft. »Es gibt nichts Magischeres als das Bild der roten Festung bei Sonnenuntergang.«

»Der roten Festung?«, frage ich ratlos.

»Die Alhambra«, antwortet Fabio leise an ihrer Stelle, als sie nicht reagiert. »Das Wort stammt vom arabischen *al-qal'at al-ḥamrā'* ab. Es gibt verschiedene Theorien über die Interpretation dieses Ausdrucks. Die bekannteste deutet ihn als ›die rote Festung‹.«

»Wenn du Granada so vermisst«, frage ich perplex, »warum bist du dann hierhergezogen, anstatt dorthin zurückzukehren?«

Sie reagiert nicht.

Hilfe suchend sehe ich zu Fabio, der das jedoch gar nicht bemerkt, sondern sie so konzentriert anstarrt, als versuche er, ihre Gedanken zu lesen. Ich sollte nachher wirklich mit ihm reden – was beschäftigt ihn nur so sehr?

»Nani?«, hake ich leise nach.

»Zu viele Erinnerungen …«, flüstert sie und wendet endlich den Kopf. So langsam, als könne sie sich nicht losreißen von dem Bild. Oder der Vergangenheit?

Sie lässt den Blick durch das Zimmer wandern, als sei sie auf der Suche nach etwas, an dem sie sich festhalten könnte. Und bleibt doch nirgendwo hängen. Mit einem Mal wirkt sie verloren und einsam. Und plötzlich ist da wieder diese Aura von Traurigkeit, habe ich wieder vor Augen, wie sie draußen getanzt hat, und denke an Fabios Worte: *Flamenco ist ein Spiegel der Seele.*

»Welche Erinnerungen?«, frage ich vorsichtig. »Was ist denn dort geschehen?«

Sie sieht mich an, ohne mich wahrzunehmen, und der Schmerz in ihren Augen verschlägt mir den Atem.

Doch schon im nächsten Moment hat sie sich abermals abgewandt und klappt einen kleinen Paravent auseinander, der mir zuvor nicht aufgefallen ist. »Du solltest das Kleid anprobieren.«

Noch immer wie paralysiert von dem, was ich in ihren Augen gesehen habe, brauche ich einen Moment, bis ich mich gesammelt habe. Kann es sein, dass ich sie so wenig kenne? Dass sie ihren Schmerz so fest eingeschlossen hat? Was ist passiert, was sie auch nach so vielen Jahren noch derartig leiden lässt?

Mir ist, als hätte eine weitere der sicheren Säulen, die mein Leben bisher getragen haben, Risse bekommen. Was, wenn sie einstürzt?

Dann fällt mein Blick auf das Bild in Fabios Hand und ein Kloß bildet sich in meiner Kehle. Es zeigt meine Mutter. Nani hat das Bild meiner Mutter inmitten derer ihrer engsten Familienmitglieder stehen. Ihr Herz ist so groß.

Vorsichtig nehme ich ihm das Bild ab.

»Du hast Mama geliebt wie eine Mutter. Und hast ihr dennoch geraten, Papa nach Deutschland zu folgen. Im Gegensatz zu *Yaya*. Warum?«

»Man hat nur dieses eine Herz. Und ich weiß, wie es sich anfühlt, wenn es zerbricht.«

Überrascht sehe ich auf und mir wird klar, wie wenig ich von ihr weiß. Wie wenig sie je von sich erzählt hat.

Plötzlich steht sie neben mir, streicht liebevoll mit dem Finger über Mamas Gesicht. »Sie hat mich gerettet«, flüstert sie. Als hätte sie meine Gedanken vernommen.

Überrascht sehe ich zu ihr, unsicher, ob ich sie richtig verstanden habe. Sie hat es so leise gesagt, als spräche sie zu sich selbst, und ihr Blick ist wieder aus dem Fenster in die Ferne gerichtet.

»Was meinst du damit?«

Sie antwortet nicht, scheint mit ihren Gedanken unendlich weit entfernt zu sein. Und als sie sich wieder vom Fenster abwendet, ist da immer noch dieser Schmerz in ihren Augen. Ich rechne schon gar nicht mehr damit, da ergänzt sie plötzlich leise: »Das ist fest verschlossen in meinem eigenen Kästchen. Nur so konnte ich weiterleben.«

Das macht mich leider nicht schlauer, aber ich will auch nicht den Finger auf ihre Wunde legen. Vielleicht weiß meine Großmutter mehr darüber? Ich nehme mir vor, sie gleich bei meiner Rückkehr danach zu fragen, als plötzlich die Türglöckchen bimmeln und Nani zusammenfährt. »Ich habe vergessen, den Laden abzuschließen. Einen Moment.«

Sie eilt die Treppe hinunter und ich höre sie aufgeregt mit einer Frau reden. Als sie wieder hochkommt, hebt sie entschuldigend die Hände. »Es tut mir leid, aber einer langjährigen Kundin ist das Kleid gerissen, mit dem sie in einer Stunde einen Auftritt hat. Ihr könnt einfach hier warten und die Aussicht genießen. Ihr könnt aber auch in den Laden mitkommen. Ganz so, wie ihr wollt.«

»Warten wir doch einfach hier«, schlägt Fabio vor, aber ich schüttele den Kopf.

»Die Siesta ist vorbei, du hast ein Geschäft zu führen. Ich möchte dich nicht unter Zeitdruck setzen oder aufhalten und werde einfach noch einmal wiederkommen, bevor ich abreise. Und zwar zu einem Termin, der *dir* passt und nicht *Yaya.*« Ich lächele schief.

»Sicher?«

»Ganz sicher.« Scherzend ergänze ich: »Ich muss ja schließlich noch das Kleid anprobieren.«

Sie streicht mir liebevoll über die Wange und ich lege meine Hand auf ihre.

Fabio wirkt nicht sonderlich glücklich über meine Entscheidung, wäre lieber geblieben, hat aber bei der Verabschiedung seine gute Laune wiedergefunden. »Und ich komme sicher ebenfalls in den nächsten Tagen mal mit meiner Schwester vorbei«, kündigt er an und ergänzt mit einem Augenzwinkern: »Dann müssen Sie sich allerdings in Acht nehmen, denn sie wird sicher Ihren halben Laden leer kaufen.«

Aufgewühlt und voller Fragen kehre ich mit ihm zum Auto zurück.

Was war es, das Nani das Herz gebrochen und ihr das Weiterleben beinahe unmöglich gemacht hat?

* * *

»Der Besuch hat dich sehr mitgenommen, nicht wahr?«, fragt mich Fabio besorgt, als wir vor seinem Auto angekommen sind. »Sollen wir zurück nach Rincón de la Victoria fahren?«

Ich zögere, atme dann aber tief durch. »Ja. Doch vorher sehen wir uns die Höhlen von Nerja an.«

Er sieht überrascht auf. »Sicher?«

Ich nicke entschieden. Die Begegnung mit Nani, vor der ich mich so lange gedrückt habe, hat mich aufgewühlt, aber zugleich auch befreiend gewirkt.

Die Fahrt dauert nicht lange, dafür müssen wir vor den Höhlen eine Weile anstehen. Doch da ich mit meinen Gedanken woanders weile, bekomme ich kaum etwas davon mit. Mir brennen so viele Fragen auf der Seele, dass ich gar nicht weiß, welcher ich mich zuerst widmen soll. Oder welche zu stellen, ich mich wage. Die in diesem Moment naheliegendste wäre die an Fabio nach seinem ab und an so merkwürdigen Verhalten. Mein Kopf weist mich darauf hin, dass ich ihn direkt darauf ansprechen sollte, der Rest von mir will dagegen das warme Gefühl, das Fabios Nähe in mir auslöst, nicht verlieren. Später ist ja auch noch Zeit für ein Gespräch.

Als wir endlich durch das imposante Höhlenportal hinabsteigen, weiß ich, dass es die richtige Entscheidung war.

Dieses magische unterirdische Reich nimmt mich sofort gefangen und lässt meinen Kopf verstummen. Vor uns breitet sich eine geheimnisvoll schimmernde Welt aus: Alabasterweiße Stalagmiten und rosafarbene Stalaktiten, umrahmt von prunkvollen Wänden in grünlichen Farbtönen. Keine fünf Meter weiter wechselt das Farbenspiel. Tropfsteine in kräftigem Gelb, dunklem Ziegelrot und allen Schattierungen dazwischen.

Vorneweg geht der Höhlenführer, der den Touristentrupp darüber aufklärt, dass das gesamte Höhlensystem vier Kilometer lang sei und es für uns in der kommenden Stunde vierhundert Stufen zu bewältigen gebe. Dass sich in diesen Höhlen einige der größten Stalaktiten der Welt finden ließen und hier vor dreißigtausend Jahren die ersten Menschen wohnten. Dass der sogenannte Wasserfallsaal bis vor zwei Jahren jeden Sommer für Aufführungen genutzt worden und somit der wohl ungewöhnlichste Konzertsaal ganz Spaniens sei, in dem sogar Legenden wie José Carreras, Montserrat Caballé oder Yehudi Menuhin auftraten.

Irgendwann blende ich seine Stimme aus und lasse einfach nur die märchenhaften Gesteinsskulpturen auf mich wirken.

Steingewordene Zeit, bizarre und atemberaubend schöne Formen und Farben – glitzernd, schimmernd und von einer Erzählgewalt, die ihresgleichen sucht. Ein Königreich unter der Erde, das jahrtausendelang im Verborgenen geschlummert und darauf gewartet hat, wiederentdeckt zu werden. Wach geküsst zu werden wie Dornröschen.

»Wunderschön«, flüstere ich.

»›Kathedrale der Vorzeit‹«, sagt Fabio leise. »So werden die Höhlen von Nerja auch genannt.«

»Zu Recht. Eine verzauberte unterirdische Kathedrale.«

Eine Galerie ist schöner und geheimnisvoller als die andere. Ein magisches versenktes Paradies. Mal hängt die Decke voller Stalaktiten, dann wieder erwecken Stalagmiten den Eindruck eines versteinerten Wasserfalls. Wir bewundern dreißigtausend Jahre alte Höhlenmalereien von Delfinen und Spukgestalten bildende Tropfsteinformationen. Ich staune über an ein Schloss erinnernde Stalagmiten und lausche den Gesteinsfalten der sogenannten Orgel, die beim Anschlagen in unterschiedlichen Tonhöhen schwingen. Spukgestalten und Geisterschlösser zeigen sich im Karst und wir machen uns einen Spaß daraus, ihnen die Namen derjenigen Märchengestalten zu geben, an die sie uns erinnern. Wie zum Beispiel die sieben Stadtmusikanten oder die böse Hexe. Der Weg, der durch das Gewölbe führt, ist an vielen Stellen sehr schmal und Fabios Körper immer wieder so nah bei mir zu spüren, dass ich trotz meines dünnen Jäckchens nicht friere.

Als hätten wir uns abgesprochen, haben wir uns etwas zurückfallen lassen und bilden das Schlusslicht des Trupps.

»Wie im Märchen«, sage ich wiederholt und meine Stimme hallt von den Wänden wider. »Oder als wäre man auf einem anderen Planeten, nicht wahr?«

»Ich dachte eher an Jules Vernes ›Reise zum Mittelpunkt der Erde‹.« Auch Fabios Stimme hat ein geheimnisvoll klingendes Echo, vibriert in mir nach. »Pass auf, je tiefer wir kommen, umso feuchter und rutschiger wird der Untergrund«, warnt er mich nur einen Moment später.

Ich nicke, aber es fällt mir schwer, mich darauf zu konzentrieren, wo ich meine Füße hinsetze, zu verlockend ist der Anblick seiner muskulösen Oberarme, die unter dem Shirt spannen.

»Pass auf, hier ist es besonders steil«, sagt er und reicht mir fürsorglich seine Hand. Die bräuchte ich nicht, da es überall Geländer oder Seile gibt. Dennoch lege ich nach kurzem Zögern meine Hand zaghaft in seine, die sich genauso wundervoll anfühlt wie zuletzt: warm und weich, während sein Griff vertrauenerweckend fest ist.

Die Stimme des Höhlenführers dringt nur noch leise zu uns durch und ich gehe völlig auf in dem Zauber dieser so unwirklichen Welt.

Als der Weg wieder geradeaus führt, machen seltsamerweise weder er noch ich Anstalten, uns loszulassen.

Und als wir zwei Stunden später wieder ans Tageslicht treten, wo um uns herum alles grünt und blüht, erscheint die Welt nach der dunklen, kühlen Höhle umso wärmer, bunter und wundervoller.

Vielleicht auch, weil Fabio noch immer meine Hand hält. Ich spüre dem Gefühl nach und …

Als mir das bewusst wird, lasse ich sie los, frage mich plötzlich, was ich hier überhaupt tue. Wieso um alles in der Welt ich zuvor mit ihm geflirtet habe. Was ich mir dabei nur gedacht habe.

Mitten in Frigiliana, von Menschen umgeben und im hellen Licht des Tages, fiel es mir so leicht, nicht daran zu denken, wo das hinführen könnte. Doch jetzt, wo es auf den Abend zugeht, werde ich nervös. Ich kenne ihn kaum und ich reise bald ab. Gut, wenn es nach Vanessa gehen würde, wäre das kein Argument, um auf Spaß zu verzichten, aber ich bin nicht Vanessa. Ich bin kein Mensch für One-Night-Stands oder kurze Urlaubsromanzen. Oder vielleicht doch? Ich habe es nie ausprobiert. Also warum nicht hier? Heute? Mit Fabio? Mein Kopf protestiert, weist mich auf all die Fragen hin, die ich noch immer habe. Doch erneut wird er überstimmt. Ich will das, was sich hier anbahnen könnte, nicht bereits im Keim ersticken. Fragen kann ich auch später noch stellen.

»Die Sonne geht bald unter«, sagt er leise. »Das Meer ist nicht weit. Wir könnten hinfahren. Den Sonnenuntergang zu verpassen, wäre …«

»… ebenfalls ein Sakrileg, was?«, falle ich ihm ins Wort, mich in Flachserei flüchtend.

»Na, ganz so schlimm vielleicht nicht, aber es wäre mehr als schade – vor allem bei so guter Gesellschaft«, nimmt er meinen Scherz auf.

»Na, dann sollten wir uns das nicht entgehen lassen«, entgegne ich übertrieben forsch.

Und so finde ich mich eine halbe Stunde später auf den Klippen wieder. Unter mir türkisfarbenes Wasser, über mir der Abendhimmel und neben mir Fabio, ganz dicht auf dem schmalen Felsvorsprung.

In einträchtigem Schweigen sitzen wir da und sehen aufs Meer hinaus. Ich habe die Beine angezogen, meine Arme um sie geschlungen und spüre dem verlockenden Flattern nach, das seine Nähe in meinem Magen auslöst. Ich bin hin- und hergerissen zwischen der Hoffnung, er würde seinen Arm um mich legen, und dem Wunsch, dass er das besser nicht tun sollte.

»Marisol … *Mar y sol …*«, murmelt er versonnen. Meer und Sonne. Als könne er Gedanken lesen. »Oder eher ›Tochter der Sonne‹?«

Die Wärme in meiner Brust, die in direktem Zusammenhang mit seiner Nähe stehen muss, nimmt ungeahnte Ausmaße an. Es fällt mir unendlich schwer, nicht dahinzuschmelzen.

Ich fühle mich gelöst und frei von der Vergangenheit wie lange nicht mehr. Weil seine Augen mich so warm ansehen. Weil sein Lächeln so wunderschön ist. Weil ich am liebsten mit den Fingern durch sein Haar fahren würde, um zu testen, ob es wirklich so weich ist, wie es aussieht. Und weil ich wissen möchte, wie sich im Unterschied dazu sein Bart anfühlte, wenn seine Lippen mich küssen würden …

* * *

Trotz allem, was dagegenspricht, genieße ich es, die Wärme seines Körpers zu spüren, in seinem Duft nach warmem Sand zu baden und seiner sanften Stimme zu lauschen.

Das ist verrückt. Ich kenne ihn nicht, weiß kaum mehr über ihn als das, was meine Großmutter beim Abendessen aus ihm herausgeholt hat, und doch fühlt sich seine Anwesenheit an wie etwas, das ich lange gesucht und endlich gefunden habe.

»Es ist so wunderschön hier«, sage ich verträumt.

»Schön genug, um in Andalusien zu bleiben?«

Überrascht blinzele ich und zögere. Fragt er, weil er sich ein Ja erhofft? Fragt er, weil er sich etwas mit mir vorstellen kann? Nein! Blödsinn! Es ist reiner Small Talk, sonst nichts. »Nein«, sage ich und schüttele mit Nachdruck den Kopf.

Er lacht leise. »Was liebst du denn an Deutschland mehr als an Andalusien, dass es dich dorthin zurückzieht?«

»Ach, da ist so vieles, dass ich gar nicht weiß, wo ich anfangen soll. Allem voran natürlich mein Vater. Aber auch der

Winter gehört auf jeden Fall dazu. Nach einem Spaziergang in klirrender Kälte durch den in der Sonne funkelnden Schnee mich mit heißem Kakao, frischen Waffeln und Wolldecke auf die Couch zu kuscheln – das würde mir fehlen.«

»Nun, Schnee kannst du hier in den höheren Lagen auch haben. Und in den Bergen sowieso. Das Skigebiet in der Sierra Nevada ist das südlichste ganz Europas. Gerade jetzt im Frühling gleiten dort die letzten Skifahrer die Hänge hinab, während die ersten Sonnenanbeter sich schon an den Stränden bräunen. Selbst Granada ist manchmal von Schnee bedeckt und wirkt dann wie ein Puderzuckertraum.«

»Granada …«, flüstere ich unwillkürlich, ehe mir bewusst wird, was ich da tue.

Er nickt langsam. »Eine atemberaubende Stadt«, sagt er leise. »Ein rätselhafter Ort, an dem man das Gefühl hat, etwas finden zu können, wonach man schon so lange sucht.«

Mein Herz schlägt plötzlich unregelmäßig und ein Schauer läuft mir über den Rücken. Weiß er etwa, wonach ich suche? Auf welche Frage ich seit so vielen Jahren eine Antwort finden will? Wenn ja, woher? Und wenn nicht – wonach sucht *er*?

Ich will ihn fragen, aber damit riskiere ich seine Gegenfrage und das kann ich nicht tun. Als hätte er meine stumme Frage dennoch gehört, räuspert er sich plötzlich und als er weiterspricht, klingt er sachlich und nüchtern. »Auf jeden Fall nichts Schöneres als Granada, egal ob im Winter oder im Sommer. Aber das weißt du ja.«

»Ich war noch nie dort«, rutscht es aus mir heraus und ich hätte mir am liebsten auf die Zunge gebissen.

Jetzt wendet er sich mir perplex zu. »Im Ernst? Ich dachte, du wärest nur nie in der Klinik gewesen, in der dein Großvater gearbeitet hat. Doch dass du überhaupt noch nie in Granada warst, das ist … das ist … wirklich ein regelrechtes Sakrileg!« Seine gespielte Empörung entlockt mir ein kleines Lächeln.

»Ein Sakrileg?«

»Ganz recht!« Er wirft sich in Pose und deklamiert voll übertriebener Dramatik: »Die Alhambra, die Generalife, das Albaicín – das ist alles Weltkulturerbe! Man muss Granada einfach gesehen haben! Die größten Schriftsteller und bekanntesten Köpfe der Weltgeschichte von Hemingway bis Obama waren dort und haben davon geschwärmt. Und du willst mir erzählen, dass du schon oft in Andalusien warst, aber das Paradies auf Erden nicht gesehen hast?«

»Das Paradies auf Erden?«

»Na, die Alhambra natürlich! Du bist ja eine ganz schlechte Andalusierin!«

»Und du ein schlechter Theaterdarsteller.«

»Dafür aber ein Experte in Sachen Granada. Ich kann dir die Stadt zeigen.«

Meine Belustigung erstirbt schlagartig.

Bilder rauschen an mir vorbei, die mich nicht loslassen: meine Mutter, ihre Aufgelöstheit, die Notiz auf dem Block.

Plötzlich spüre ich seine Hand auf meiner, sehe erschrocken auf.

Seine Stirn ist gerunzelt. »Du bist ganz blass. Ist alles okay?«

Tief atme ich durch und versuche, die Erinnerungen nach hinten zu schieben. »Ja. Natürlich. Es sind nur … die Wellen. Mir wird davon übel.«

Er zieht eine Augenbraue hoch. »Du wirst an Land seekrank?«

»So … ähnlich …« Ich räuspere mich peinlich berührt.

Zum Glück klingelt in diesem Moment sein Handy und er zieht es aus der Hosentasche. »*Mamá*? Was gibt es? Hm … Nein … heute noch nicht, wieso? Keine Ahnung, wo sie ist, vermutlich am Strand und … Was? Ich fasse es nicht … und einen anderen Termin gibt es nicht? Okay … ja … ich verstehe … nein, heute nicht mehr. Ich muss sie erst einmal erreichen …

Nein, natürlich … nein … ja … Mach dir keine Sorgen, das schaffen wir. Bis morgen.«

Er legt auf und wählt eine andere Nummer auf seinem Display an.

»Probleme?«, frage ich.

»Nicht für mich. Aber meine Schwester wird ganz gewaltige Probleme bekommen, wenn ich sie in die Finger kriege«, murmelt er finster, während er darauf wartet, dass jemand den Anruf annimmt. Schließlich gibt er auf und seufzt. »Wie es aussieht, muss ich morgen früh zurück nach Granada.«

Oh. Seine Ankündigung verursacht unerwartetes Chaos in meinem Inneren. Ich habe größte Mühe, es mir nicht anmerken zu lassen und gelassen zu nicken.

»Aber in diesem Zusammenhang möchte ich mein Angebot von vorhin erneuern: Das wäre doch die perfekte Gelegenheit, um dir in Granada …«

»Fang jetzt nicht schon wieder von einem Besuch in der Klinik oder von meinem Großvater an«, falle ich ihm entnervt ins Wort, »sonst frage ich ihn, ob *er* das nächste Mal mit dir Händchen halten kann.«

Er stutzt und lacht dann so laut, dass eine Möwe erschrocken aufflattert.

»Verdammt, du musst mich für einen verrückten Fan deines Großvaters halten«, sagt er schließlich, noch immer lachend, wird dann jedoch ernst und streicht sich das Haar zurück. »Es tut mir leid, wenn es so wirkt, als würde ich den Tag nur seinetwegen mit dir verbringen wollen. Glaub mir, so ist es nicht. Ich würde mich sehr freuen, wenn ich dir meine Stadt, mein Granada, zeigen darf. *Deinet*wegen. Du bist nicht nur hübsch, sondern auch witzig, interessant und wahnsinnig klug und ich …« Er holt tief Luft. »Ich genieße die Zeit mit dir wirklich.«

Ich starre ihn an, kann aus dem Durcheinander von Gefühlen und Gedanken, das jetzt über mich hereinbricht, keinen brauchbaren Satz herausfiltern.

Meine Schuldgefühle kämpfen gegen Fabios sanfte Stimme, den hypnotischen Blick seiner braunen Augen und das Herzklopfen, das seine Nähe in mir auslöst.

Ich blicke über die Schulter. In Richtung der zerklüfteten Bergspitzen der Sierras. Irgendwo dahinter liegt Granada.

Stadt der tausend Paläste.

Stadt der Granatäpfel und Rubine.

Stadt der Fragen ohne Antworten.

Oder vielleicht eher Stadt der Angst vor Antworten?

Und der Angst, erneut dermaßen aus der Bahn geworfen zu werden wie damals bei Mamas Tod.

»Danke, das ist wirklich nett von dir, aber …« Ich schüttele den Kopf und starre auf das Wasser hinab, das mit sanftem Rauschen die Steine umspielt. »Nein.«

»Wenn nicht mit mir«, sagt er mit entschuldigend nach außen gedrehten Handflächen, »dann zumindest ohne mich, aber du solltest Granada wirklich einmal besuchen.«

»Das hat nichts mit dir zu tun, sondern …«

»Sondern?«

Ich schlucke. »Mit meiner Mutter.«

Seine Augenbrauen heben sich, dann wird sein Gesicht weich. »Ich habe versprochen, nicht mehr nachzufragen«, sagt er behutsam. »Aber wenn du darüber reden willst, ich bin da.«

»Danke«, sage ich leise.

Über uns leuchten Kondensstreifen vor lilafarbenem Himmel pinkfarben auf, während sich der Himmel Richtung Horizont bereits in kräftigen Farben von Violett über Lavendel und Rosa bis hin zu Orange verfärbt.

Die Sonne ist knapp einen Daumen breit über der Grenze zum Wasser erkennbar. Schweigend betrachte ich, wie sie sich ihr nähert.

Aus dem Augenwinkel bemerke ich fasziniert, wie das Licht Fabios Unterarme mit einem warmen Goldschleier überzieht. Seine Haut sieht so weich aus, dass ich am liebsten über sie streichen würde. Natürlich gebe ich diesem Drängen nicht nach.

Der untere Rand der Sonne berührt den Horizont und sie scheint aufzulodern wie Glut, aus der ein letztes Mal die Flammen schlagen, bevor sie langsam mit ihm verschmilzt.

Plötzlich stupst Fabio mich sanft an, deutet aufs Meer hinaus und ich staune.

Ein ganzer Schwarm Fliegender Fische pflügt durch das Wasser, hinterlässt schimmernde Schlieren im schillernden pinkfarbenen Abbild des Sonnenuntergangs. Immer wieder durchbrechen einige der Fische die Oberfläche, gleiten vor dem leuchtenden Orange am Horizont in einem Bogen durch die Luft und tauchen wieder ins Wasser ein.

Der Anblick ist noch magischer als die Höhlen vorhin. Als würde Quecksilber durch einen Feuerreifen springen.

Gebannt verfolge ich das Schauspiel, bis auch der letzte der Fische so weit entfernt ist, dass er wie ein hüpfender Wassertropfen aussieht – und die Sonne ins Meer übergeht.

Ich seufze bedauernd auf, drehe den Kopf – und treffe auf Fabios Blick.

Hat er mich etwa die ganze Zeit betrachtet? Mit diesem rätselhaften Ausdruck in seinen Augen, der mich in seinen Bann schlägt und dafür sorgt, dass mein Puls sich beschleunigt? Mein Atem schneller geht?

Ich sollte mich abwenden, bevor es zu spät ist.

Aber ich tue es nicht. Und versinke in Fabios Augen wie die Sonne im Meer.

Er hebt die Hand, streicht mir sanft eine Strähne hinter das Ohr. Seine Berührung jagt mir einen wohligen Schauer über den Rücken und weckt in mir den Wunsch, mich gegen seine Hand zu schmiegen. Mit seinem Blick streichelt er mein Gesicht, gleitet zu meinen Lippen und mein Herz schlägt heftig gegen meine Rippen. Was, wenn er sich jetzt vorbeugen würde, um mich zu küssen? Was wäre es für ein Gefühl, seine Lippen auf den meinen zu spüren? Meine Finger in seinem Haar zu vergraben?

Plötzlich blinzelt er. Und zieht seine Hand so abrupt zurück, als habe er seine Handlung jetzt erst realisiert und sei überrascht über sich selbst.

Ich starre ihn an und weiß nicht, ob ich darüber oder über meine Reaktion auf seine Berührungen schockierter sein soll.

Denn er hat recht. Vollkommen recht. Ich denke an das letzte Mal, dass ich mich jemandem nach solch kurzer Zeit so nahe gefühlt habe, und sofort schließt sich der Schraubstock um mein Herz. Was tue ich denn hier, verdammt? Ich *will* mich nicht verlieben. *Darf* mich nicht verlieben. Nicht nach allem, was damals passiert ist!

Ich springe auf. »Es ist spät, wir sollten los.«

Fabio reibt sich mit der Hand über die Stirn – wie so oft am heutigen Tag – und wirkt fast verwirrter, als ich es bin. Dann jedoch strafft er sich. »Du hast recht.«

* * *

Wenig später sitzen wir wieder im Wagen. Während aus dem Autoradio Popsongs leise vor sich hin dudeln, sehe ich verkrampft aus dem Seitenfenster. Dieses Mal gibt Fabio richtig Gas.

Ich bin noch immer völlig durcheinander und weiß nicht, ob ich gekränkt oder froh darüber sein soll, dass Fabio rechtzeitig die Reißleine gezogen hat. Ihn darauf ansprechen möchte ich nicht, um mir keine Blöße zu geben. Immer wieder spüre ich seinen Blick auf mir ruhen, doch auch der Versuchung, mich zu ihm zu drehen, widerstehe ich. Ein paarmal versucht Fabio, ein unverfängliches Gespräch zu beginnen, aber ich behaupte, ich sei zu müde. Mir ist jetzt nicht nach Small Talk. Dafür geht mir zu viel im Kopf herum, ist es zu laut in meinen Gedanken. Und in meinem Herzen. Alles, was ich unbewusst auf die lange Bank geschoben habe, weil Fabios Nähe mir ein so wundervolles Gefühl vermittelt hat, dass ich es weiter auskosten wollte, drängt sich mir nun auf. Und als wir auf die Einfahrt zum Haus meiner Großeltern zuhalten, ist mir klar, dass damit nun Schluss sein muss.

Der Kies knirscht unter den Reifen und die Gartenbeleuchtung setzt vereinzelte Bäume und Sträucher ins rechte Licht. Mücken führen darin Freudentänze auf. Doch in mir ist gerade keine Freude mehr.

Fabio hält vor der Treppe. »Sag mal … weißt du, ob es Ausnahmen für die Dauer geben könnte, nach der Klinikakten in der Regel vernichtet werden?«

»Keine Ahnung.« Ich zucke entnervt mit den Schultern. Immer wieder nur die Klinik, wieso interessiert ihn das alles so?

Er nickt seufzend und steigt aus, um mir die Tür zu öffnen.

Doch ich bleibe sitzen, hole tief Luft. »Okay, was haben all diese merkwürdigen Fragen zu bedeuten?« Endlich finde ich den Mut, anzusprechen, was mich schon die ganze Zeit stört.

Er erstarrt. »Was?«

Jetzt erst steige ich aus, verschränke die Arme vor der Brust. »All die Fragen zu meinem Großvater und der Klinik!«

Mit der linken Hand stützt er sich auf dem Rahmen der Autotür ab, fährt sich mit der rechten über die Augen, seine Kiefer mahlen.

»Was sollte all das?«, lege ich nach.

Er lässt die rechte Hand sinken, seufzt schwer. »Du liebst ihn sehr, nicht wahr?«

Ich schnaube. »Die Antwort darauf solltest du inzwischen kennen! Und auch den Grund! Mein Großvater ist ein wundervoller Mensch und Arzt! Liebenswürdig, charmant, höflich, witzig, liebevoll, professionell. Das einzige Mal, dass ich ihn vollständig die Fassung habe verlieren sehen, war, als er von Mamas Tod erfuhr. Und bei ihrer Beerdigung erlitt er einen Schlaganfall. Davon weiß ich allerdings nur vom Hörensagen, denn als ihr Sarg in die Erde gelassen wurde, bin ich zusammengebrochen! Kein Elternteil sollte sein Kind beerdigen müssen, aber auch kein Kind sollte den viel zu frühen Tod eines Elternteils erleben müssen! Und ich habe Angst, dass alles wieder hochkommt, wenn ich nach Granada fahre. Weil es das Letzte war, was sie vor ihrem Tod sah. Sie … sie starb dort … als sie … aus der Stadt fuhr … Sie … ist zu schnell gefahren … hat die Kontrolle verloren …« Ich breche ab, kann gerade noch die letzten Worte zurückhalten, die mir auf der Zunge liegen: *Und ich bin schuld daran.*

Verdammt, ich habe wieder zu viel gesagt! Ich spüre Feuchtigkeit auf meiner Wange, wische hastig die Tränen weg und verschränke die Arme wieder vor der Brust. »Also? Was stört dich an meinem Großvater?«

Minutenlang starrt er mich betroffen an. »Nichts«, sagt er schließlich leise und wirft abrupt die Autotür ins Schloss. »Es ist besser, wenn ich jetzt gehe …«

»Wie bitte? Das kann nicht dein Ernst sein!« Perplex eile ich ihm hinterher um das Auto herum. »Du bist mir ein paar Antworten schuldig, verdammt noch einmal! Unser Tag war so schön, bis auf all die seltsamen Fragen und Anmerkungen.«

Er öffnet die Fahrertür, wendet sich zu mir um und sieht mich gequält an »Es tut mir leid.«

»Was?« Verständnislos blinzele ich. »Was tut dir leid?«

Er bleibt mir die Antwort schuldig, steigt ein, zieht die Tür zu und fährt davon. Einfach so.

Fassungslos sehe ich ihm hinterher.

Keine fünf Minuten später öffnet sich die Haustür und ich höre die Stimme meiner Großmutter.

»Oh, er ist schon weg? Wie schade, ich wollte ihn doch noch auf einen Sherry hereinbitten. Na, vielleicht beim nächsten Mal. Wie war es denn? Hab ihr euch gut amüsiert? Hast du Hunger? Ihr seid ja sehr lange weggeblieben und … Marisol?«

Ich rühre mich noch immer nicht.

»Wieso sagst du denn nichts?«

Langsam drehe ich mich um und gehe die Eingangstreppe hinauf. »Ich … bin einfach sehr müde.«

»Aber erzähl doch wenigstens ein bisschen was«, bettelt sie. »Ich habe den ganzen Tag wie auf glühenden Kohlen gesessen und wusste nichts mit mir anzufangen und …«

»Morgen, okay?«, unterbreche ich sie und gehe geistesabwesend an ihr vorbei ins Haus.

Ihre Antwort klingt enttäuscht, aber was sie sagt, bekomme ich schon nicht mehr mit, bin mit meinen Gedanken ganz woanders. Jetzt gerade geht es nicht um sie, sondern um mich und meinen Schmerz.

Kaum bin ich im Haus, kommt Vanessa die Treppe herunter, ein breites Grinsen im Gesicht. »Da bist du ja wieder, ich dachte schon …« Ihr Lächeln fällt in sich zusammen. »Was ist passiert?«

»Ich … weiß es nicht«, antworte ich ehrlich und reibe mir die Stirn.

Verdutzt guckt sie mich an.

»Und bei dir?«, frage ich.

»Du lenkst vom Thema ab! Aber nur fürs Protokoll: Sollte ich jemals wieder den Wunsch äußern, Surfen zu lernen, hau lieber du mir ein Brett vor den Kopf, anstatt dass es die Wellen tun. Die tun das nämlich mit sehr viel mehr Wucht.« Sie schneidet eine Grimasse, streicht sich die Haare zur Seite und ich ziehe scharf die Luft ein, als ich die schillernde Beule auf ihrer Stirn sehe.

»Auweia.« Ich trete eilig auf sie zu und nehme die Verletzung genauer in Augenschein. »Warst du beim Arzt? Hast du dich durchchecken lassen und …«

»Hallo-o. Ich bin Krankenschwester, schon vergessen?« Sie zwinkert mir zu. »Alles okay. Emilio hat mich trotzdem zum Arzt gefahren und der hat es bestätigt. Ich werde es einfach die nächsten paar Tage ruhiger angehen lassen und mich damit begnügen, heißen Surfern zuzusehen. Das macht eh viel mehr Spaß. Außerdem war es wirklich süß, wie Emilio sich um mich gekümmert hat.« Ihr Blick bekommt etwas Verträumtes, wird dann aber wieder fokussiert. »Jetzt aber zu dir. Was ist los?«

Ich seufze. »Nachher, okay? Ich … muss noch mit meinem Großvater sprechen.« Ihm einige dringende Fragen stellen.

»Wie du meinst. Ich mache mich dann schon mal bettfertig, der Tag hatte es in sich.«

»Das kannst du laut sagen«, murmele ich, während ich in den Patio gehe.

Wie erwartet sitzt mein Großvater dort bei einem Glas Wein.

»Hallo, Kleines.« Er hebt fröhlich das Glas in meine Richtung. »Du bist wieder da. Wie sieht es mit einer Partie Dame aus?«

Zögerlich knete ich meine Finger. »Wenn ich dich dabei etwas fragen darf …«

»Ja, natürlich, was du willst. Du weißt, wo das Kästchen steht, nicht wahr?«

Ich nicke und hole es aus der Stube herbei.

Er öffnet es, schüttet die Steine aus, schiebt mir die weißen herüber, und wir bauen jeder unsere Seite auf.

Ich fange an, setze meinen Stein und eine Weile spielen wir schweigend, aber ich kann mich nicht auf das Spiel konzentrieren und schon nach wenigen Zügen liegt mein Großvater klar vorn.

»Hast du die Spielregeln etwa verlernt?«, fragt er scherzhaft.

»Mir geht zu viel im Kopf herum.«

»Ach richtig, deine Fragen.« Er setzt seinen nächsten Stein, schlägt erneut etliche von meinen. »Also? Was willst du wissen?«

Ich mache meinen nächsten Zug und hole tief Luft. »Dieser Ramón, der dich früher besucht hat, war der Arzt oder Anwalt?«

»Anwalt«, antwortet er geistesabwesend, bevor er überrascht aufsieht. »Wie kommst du jetzt auf ihn?«

»Habe mich heute an ihn erinnert. Wieso hast du dich damals so häufig mit ihm getroffen?«

»Keine Sorge, wir waren nie insolvent und hatten auch keinen Rechtsstreit mit unseren Nachbarn«, scherzt er. »Seine Besuche waren rein freundschaftlicher Art.«

»Woher kanntet ihr euch denn?«

»Ach, das weiß ich gar nicht mehr genau. Wahrscheinlich über gemeinsame Freunde.« Er deutet auf die Flaschen auf dem Beistelltischchen. »Möchtest du ein Glas Wein?«

»Nur Wasser, danke.«

Schon angelt er Glas und Flasche vom Tischchen und schraubt das Mineralwasser auf.

»Aber ihr seht euch jetzt nicht mehr, oder? Der letzte Besuch liegt schon viele Jahre zurück, nicht wahr? Warum?«

»Nun ja, wie es eben manchmal so kommt im Leben – man entfremdet sich mit der Zeit und verliert sich aus den Augen. Ich weiß nicht einmal, in welcher Stadt er heute lebt, ob er überhaupt noch in Spanien lebt.«

Er setzt die Flasche an und schenkt mir ein. Es gluckert und perlt im Glas.

»Spendest du eigentlich noch immer an den Orden?«

Die Flasche verrutscht, etwas Wasser spritzt über den Rand des Glases. »Welchen Orden?«

»Sie meint sicher den Orden der mildtätigen Nächstenliebe«, antwortet meine Großmutter für ihn, die in diesem Moment ebenfalls den Patio betreten hat. Sie bekreuzigt sich reflexhaft.

»Ach den …« Er räuspert sich und schiebt mir das Glas zu. »Das ist tatsächlich schon eine ganze Weile her, ich hatte es beinahe vergessen.«

»Ich habe dich immer dafür bewundert, dass du ihn so freigiebig finanziell unterstützt hast. Du stehst ihm in Selbstlosigkeit und Gottesfürchtigkeit wirklich in nichts nach.« Sie beugt sich herab, um *Yayo* einen Kuss auf die Wange zu geben.

»Das ist zu viel des Lobes, ich habe nur meine Christenpflicht getan. Aber geh dich ruhig schon bettfertig machen, meine Liebe, ich werde auch gleich kommen. Ich fühle mich heute sehr erschöpft, werde früh schlafen gehen.«

»Ist gut. Du solltest ebenfalls nicht mehr lange aufbleiben, Mari. Und morgen erzählst du mir dann aber von deinem Tag mit Fabio.« Sie gibt auch mir einen Kuss auf die Wange und murmelt, als sie sich wieder aufgerichtet hat: »Ach ja, waren das noch Zeiten damals … Die Schwestern waren immer so aufmerksam und nett. Allen voran Schwester Inocencia. Eine Seele von Mensch.« In Erinnerungen versunken verlässt sie den Innenhof und ich bin wieder allein mit *Yayo* und ein paar Motten, die um die Lampe herumflattern. Er macht seinen nächsten Zug und auch ich setze meine Steine, bevor ich nach meinem Wasserglas greife.

»Wann hast du denn aufgehört, die Schwestern zu unterstützen, und warum?«

Er zuckt mit den Schultern. »Wann das war, kann ich gar nicht genau sagen, da müsste ich in meine Unterlagen schauen. Und warum? Nun ja, weil unter den Schwestern dort niemand mehr war, den ich noch aus meiner Zeit dort kannte, sodass der persönliche Bezug abhandengekommen ist.«

Ich schlage etliche seiner Steine, schiebe sie zu mir vor das Brett und während er sich seinen nächsten Zug überlegt, drehe und wende ich das Glas in meiner Hand. Nachdenklich starre ich auf die schwankende Flüssigkeit darin. »Warum waren wir nie in Granada?«

Er macht einen sehr unüberlegten Zug und ich kann erneut etliche seiner Steine schlagen.

»Waren wir«, sagt er. »Aber du warst noch ein Kind, kannst dich vermutlich nicht erinnern.«

»Ich habe nie Fotos davon gesehen.« Wieder kann ich Steine schlagen, er spielt unkonzentriert.

»Das wundert mich nicht, bei diesen Bergen an Fotoalben. Ich habe deiner Großmutter immer gepredigt, dass ein ganzes Leben nicht reicht, um die alle durchzublättern.«

Auch wieder wahr. »Und später? Als ich Teenie war?«

»Nun, deine Großmutter zog es immer nach Marbella, nach Málaga, Sevilla und so weiter. Und als dann …« Er bricht ab, Schmerz zeichnet sein Gesicht und er ringt nach Fassung.

»Schon gut«, flüstere ich mit enger Kehle. Er muss nicht weitersprechen, ich weiß genau, was er meint. Nach Mamas Tod wollte sicherlich keiner der beiden mehr nach Granada. Mir geht es schließlich genauso. Ich lange über den Tisch und drücke seine Hand. »Unentschieden, okay?«, frage ich, obwohl ich kurz davor bin, ihn endgültig zu schlagen.

Er nickt mit traurigem Lächeln und tätschelt meine Hand. »Geh schlafen und denk nicht so viel über die Vergangenheit nach. Das ist der Job von alten Knochen wie mir. Junges Volk hingegen sollte immer nach vorn in die Zukunft schauen und leben.«

»Du hast recht.« Ich stehe auf. »Gute Nacht.«

»Gute Nacht, meine kleine *Doctora.*« Mein Großvater zwinkert mir zu und ich drücke ihm einen Kuss aufs Haupt, bevor ich nach meinem Glas greife, um es mit aufs Zimmer zu nehmen.

Alles, was er gesagt hat, ist logisch und nachvollziehbar. Fabio ist wirklich verrückt! Und unverschämt! Und …

»Mari?«

Ich halte auf der Schwelle zum Wohnraum inne, sehe über die Schulter zurück. »Ja?«

»Wie kommst du plötzlich auf all diese Dinge?«

»Ach, ich … ich weiß auch nicht. Fabio hat mich drauf gebracht.«

Das Gesicht meines Großvaters wird starr. »Fabio? Wie meinst du das?«

Ich drehe mich ihm wieder gänzlich zu. »Er hat mir viele Fragen gestellt.«

»So?« *Yayo* runzelt die Stirn. »Und was hat er noch gefragt?«

Ich zucke mit den Schultern. »Nichts Besonderes. Nur, ob ich mich an der Klinik bewerben will, in der du gearbeitet hast. Und ob ich mich dort auskenne.«

»Auskenne?«, wiederholt er und verengt die Augen. »Inwiefern? Im Hinblick worauf? Was genau wollte er dort sehen? Sag es mir!« Mit einem Mal klingt er schroff und ich zucke kurz zusammen.

Irritiert blinzele ich. »Es ging um mögliche Restaurationsarbeiten, die er dort vielleicht ausführen könnte.«

»Ah.« Seine Hand umklammert den Knauf seines Gehstockes. »Und woher kannte er Ramón und die Schwestern?«

»Ähm. Gar nicht. Ich habe sie erwähnt. Ich weiß ehrlich gesagt gerade selbst gar nicht mehr, wie das Gespräch auf sie kam.«

»Hm.« Mit gerunzelter Stirn starrt er auf die Tischplatte. »Ist ja auch nicht so wichtig.« Er sieht wieder auf. »Du wirst dich doch nicht erneut mit ihm treffen, oder? Keine Sorge, ich werde deine Großmutter schon dazu kriegen, dass sie mit dieser fürchterlichen Kuppelei aufhört.«

»Eher nicht. Irgendwie haben wir uns vorhin plötzlich gestritten wegen Granada und … wie auch immer. Jedenfalls ist er auf und davon.«

»Granada?« Sein Kopf ruckt hoch und ich bereue, es erwähnt zu haben. Ich wollte ihn nicht erneut an Mamas Tod erinnern.

»Na ja, er hat immer wieder vorgeschlagen, mir die Stadt zu zeigen, aber ich … habe abgelehnt.« Genauer kann und will ich die merkwürdige Szene vor der Tür nicht wiedergeben, muss sie erst einmal für mich selbst verarbeiten.

Er nickt langsam. Wirkt er erleichtert? Ich bin mir nicht sicher.

»Also wenn überhaupt, gehe ich allein.« Resigniert zucke ich mit den Schultern.

»Nach Granada?« Seine Brauen ziehen sich zusammen. »Warum?«

»Ich … na ja … Wie du schon sagtest, war ich damals sehr klein und kann mich überhaupt nicht daran erinnern. Aber man sollte die Stadt gesehen haben, wo sie doch ein Weltkulturerbe beheimatet.«

»Das stimmt, aber … Deine Mutter … der Unfall … Tu dir das doch nicht an …« Seine Stimme klingt brüchig, Trauer spricht daraus.

Ein Kloß bildet sich in meiner Kehle. »Du hast recht«, sage ich bedrückt. »Es war ohnehin nur so ein Gedanke.«

Er nickt. »Kümmere dich lieber um deine Fortbildung.«

»Mach ich. Gute Nacht, *Yayo*.«

»Gute Nacht, Prinzessin.«

Ich gehe endgültig ins Haus, aber an der Treppe sehe ich noch einmal über die Schulter.

Mein Großvater sitzt reglos im Patio und starrt auf das Dame-Kästchen.

Langsam steige ich die Stufen hoch.

Ein Blick in Vanessas Zimmer zeigt, dass sie beim Warten auf mich eingeschlafen ist. In Pyjamashorts, aber noch mit BH und ohne Oberteil, das Handy neben ihrem Gesicht, so liegt sie im Bett. Also werde auch ich zu Bett gehen.

Schlafen kann ich jedoch nicht. Stattdessen tigere ich durchs Zimmer. Meine Gedanken kreisen endlos. Um Fabio. Um seine seltsamen Aussagen und Fragen zu meinem Großvater. Und um dessen Reaktion gerade eben, die mir zunehmend merkwürdiger vorkommt …

Meine Gedanken kreisen endlos.

Schließlich steht meine Entscheidung fest.

In diesem Moment öffnet sich meine Zimmertür einen Spaltbreit und Vanessa blinzelt verschlafen herein. »Du bist ja immer noch wach«, nuschelt sie. »Ich musste aufs Klo und hab das Licht unter deiner Tür gesehen. Stimmt was nicht?«

»Ich muss wohl dorthin, wohin ich nie wollte.«

»Wie? Was? Wohin?«

Ich atme tief durch. »Granada.«

1974

Mina

»Niemand kann von mir erwarten, dass ich mir während der Corpus-Christi-Woche, dem wichtigsten Fest ganz Granadas, die Blöße gebe, nicht nach der neuesten Mode gekleidet zu sein, nur weil ich in anderen Umständen bin! Doch alles, was ich in den Läden gefunden habe, ist – um es vorsichtig auszudrücken – grausig.« Constanza legte sich in theatralischer Geste die Hand an die Stirn. »Da kann ich genauso gut in Sack und Asche gehen oder …«

Sie redete und redete, aber Mina hörte ihr nur mit halbem Ohr zu, während sie, ein paar Nadeln im Mundwinkel, das Kleid für letzte Änderungen absteckte. Ihre Gedanken waren, wie im Grunde genommen rund um die Uhr, bei Diego. Und seit jener Nacht vor vier Wochen, die ihr eine ganz neue Welt eröffnet hatte, wurde sie getragen von dem Gefühl, sie müsse vor Glück durch die Straßen tanzen. Sie bekam das Lächeln kaum mehr aus ihrem Gesicht.

»… aber zumindest ist mein Bauch noch nicht so groß, dass man mehr als zu viel Nascherei als Grund vermuten könnte. Sonst könnten möglicherweise nicht einmal deine Nähkünste mich davor bewahren, wie ein bunter Sack auszusehen. Ist es nicht entsetzlich, dass um der Schicklichkeit willen eine schwangere Frau ihren Bauch verstecken und verhüllen muss? Als ob nicht ohnehin jeder weiß, was los ist, wenn eine Frau wie in ein Zelt gekleidet herumläuft und …«

Mina war anfangs völlig überrumpelt gewesen von der übertriebenen Dramatik, mit der diese Frau sprach, ebenso wie von ihrer Offenheit. Eine Schwangerschaft war tatsächlich nichts, das in der Öffentlichkeit thematisiert wurde, schon gar nicht

Fremden gegenüber. Doch vermutlich fiel Mina für sie unter die Kategorie Dienstleister und zählte darum nicht wirklich.

Am ersten Nachmittag hatte Mina sich von dem Wortschwall, der aus Constanzas Mund kam, überfordert gefühlt. Doch zu ihrer Erleichterung stellte sie bald fest, dass die Frau des Arztes keine Antwort erwartete, sondern nur eine Zuhörerin brauchte. Vielleicht nicht einmal das. Vielleicht hörte sie sich einfach nur selbst gern reden. Sie wirkte unreif, ja kindlich, und Mina war nicht erstaunt, als im Gespräch deutlich wurde, dass sie kaum älter war als sie selbst. Doch sie wollte nicht zu hart von ihr denken. Constanza schien ein verwöhntes und vom Glück geküsstes Wesen zu sein, aber nicht böswillig, sondern auf ihre eigene Art und Weise durchaus liebenswürdig. Immer gab sie Mina Leckereien für Feli mit, und als sie erfuhr, dass es noch einen Bruder gab, wies sie das Zimmermädchen an, die abgelegten Hemden des Doktors für José zusammenzusuchen.

»Und dann all die alten Matronen mit ihren schwarzen Kopftüchern und ihren Rosenkränzen, die mit Adleraugen aufpassen, dass man sich bloß anständig benimmt. Meine Güte, ich kann dir gar nicht sagen, wie glücklich ich darüber bin, endlich verheiratet zu sein und all die Bevormundung dieser alten Krähen los zu sein …«

Das war tatsächlich das Einzige, worum Mina sie ein wenig beneidete. Sie und Diego hatten mit Juanita noch nicht einmal über ihre Heiratspläne sprechen können.

Es hatte eine gute Woche gebraucht, bis Minas Mutter sich von ihrem Nervenzusammenbruch einigermaßen erholt hatte und das vom Arzt verordnete Beruhigungsmittel nicht mehr einnehmen musste, das bewirkt hatte, dass sie fast den ganzen Tag lang vor sich hin döste. Mina wusste gar nicht, wie sie in dieser Zeit ohne Diegos Hilfe zurechtgekommen wäre. Er hatte Feli jeden Tag von der Schule geholt und es sogar geschafft, dem noch immer völlig verängstigten José wieder ein Lachen zu entlocken. Er hatte immer gespürt, wann Mina in den Arm genommen und geküsst werden musste. Hatte sie getröstet, ihr Mut zugesprochen und ihr stets zugeflüstert, wie sehr er sie liebte.

Penibel hatten sie darauf geachtet, dass er nie nach der Abenddämmerung bei ihr gewesen war und sie nicht allein in der Wohnung waren, denn gefühlt waren die Augen aller Bewohner des Viertels auf sie gerichtet. Pilar hatte die Verhaftung von José natürlich umgehend publik gemacht.

Mina wollte ihrer Mutter ersparen, später, wenn sie wieder ganz bei sich war, noch mehr schiefe Blicke und Getuschel ertragen zu müssen.

Doch es hatte weiter keine passende Gelegenheit gegeben, mit ihr zu sprechen, denn die Festtage rund um Corpus Christi würden morgen beginnen und da ihre Mutter so lange ausgefallen war, kamen sie mit den erteilten Aufträgen kaum hinterher. Parallel dazu nahm Constanza Mina so sehr in Anspruch, dass sie kaum noch zum Luftholen kam. Mit ein paar Änderungen war es nämlich nicht getan, vielmehr hatte die Frau des Doktors täglich andere Wünsche. Verlangte hier noch mehr Rüschen, dort kürzere Ärmel und änderte zwei Tage später doch wieder ihre Meinung, sodass Mina oft bis in die frühen Morgenstunden hinein an der Nähmaschine saß. Einzig die Hoffnung auf viele Nachfolgeaufträge hielt Mina noch bei der Stange. Zudem wollte sie in Ruhe mit ihrer Mutter sprechen und nicht, wenn sie beide ohnehin schon erschöpft und überreizt waren.

Damit, so entschied Mina, hatte es nun ein Ende. Während der ganzen Festwoche rund um Corpus Christi würde es keine Aufträge geben, sie waren rechtzeitig mit allem fertig geworden. Heute wäre es endlich so weit: Sie würden mit ihrer Mutter sprechen.

Allein beim Gedanken daran machte ihr Herz einen Satz.

»Granada, ach, mein Granada«, plapperte Constanza, während Mina noch einmal die Taille ihrer Kundin nachmaß und überlegte, wie sie den wachsenden Bauch mit raffinierten Raffungen des Stoffes kaschieren konnte. »Wenn da nicht die unselige Sache mit meinen Lungen wäre – nichts und niemand würde mich je aus Granada fortlocken können. Doch leider ist frische Meeresluft das Einzige, was mir dauerhaft Erleichterung bringt. Wir werden daher ans Meer ziehen, sobald das Baby da ist. Und ohnehin …«

Als Mina endlich fertig war, brummte ihr der Kopf, als hätte sie zu viel Wein getrunken. Constanza gab ihr noch Süßes für die Kinder mit und auch Granatäpfel, weil Mina erwähnt hatte, wie sehr sie diese liebte.

Die Taschen mit ihren Arbeitsmaterialien geschultert durchquerte sie den großen Eingangsbereich. Bevor sie die Tür erreichte, öffnete diese sich bereits und der Doktor trat ein, fröhlich pfeifend. Offenbar kam er gerade von seiner Arbeit im Krankenhaus. Manchmal war er sehr unruhig, fast schon nervös und gedankenverloren, wenn er heimkam, dann wieder sehr guter Dinge. So wie heute.

Mit freundlichem Gruß lupfte er den Hut und hielt ihr die Tür auf. »Na, bald haben Sie es geschafft, nicht wahr?«, sagte er mit verständnisvollem Zwinkern.

»Mal schauen«, gab sie lächelnd zurück und machte sich auf den Heimweg. Der Doktor hatte in den letzten Wochen hin und wieder hereingeschaut, verhielt sich wie gewohnt höflich und charmant zu Mina und seiner Frau gegenüber fürsorglich und liebevoll. Vor allem rührte es Mina, wie sehr er sich auf das Kind freute. Immer wieder sprach er davon, was er alles für das Baby besorgt habe oder noch kaufen werde und was er alles mit dem Kind unternehmen wolle, wenn es größer sei. Clara konnte wirklich froh sein, einen so menschlichen Chef zu haben!

* * *

Schnaufend trug sie die Taschen mit ihren Materialien durch die Straßen, die vor Menschen überquollen. Aufregung und Vorfreude lagen in der Luft und überall wurde mit Hochdruck daran gearbeitet, alles für morgen vorzubereiten und die Stadt herauszuputzen.

Wimpel und Fahnen wurden aufgehängt, Balkone geschmückt. Sie schob sich an den Werkstätten der Kupferschmiede vorbei, aus denen die Hammerschläge dröhnten, und an denen der Töpfer, deren Scheiben sich endlos drehten. Bunte Kacheln und mit Ornamenten versehende Krüge waren davor aufgereiht.

Auf dem Obst- und Gemüsemarkt herrschte unfassbarer Andrang, weil jeder vor den Festtagen alle Einkäufe erledigt haben wollte, und die Händler schrien sich die Seele aus dem Leib, um Kunden an ihre Stände zu locken.

Auf dem Blumenmarkt ging es zwar etwas leiser zu, der Andrang war jedoch genauso groß, vor allem bei den Nelken. Es brauchte eine Ewigkeit, bis Mina sich hindurchgekämpft hatte. Immer wieder musste sie innehalten, weil Schwindel sie packte. Und während sie es sonst genoss, sich von all den Düften berauschen zu lassen, verursachten sie ihr heute leichte Übelkeit. Die Hitze setzte ihr dieses Jahr offenbar mehr zu als sonst. Vielleicht lag es aber auch an der vielen Arbeit und zu wenig Schlaf. Doch der Gedanke an Diego ließ ihr Herz trotz aller Erschöpfung vor Glück hüpfen und sie ihre schmerzenden Füße kaum spüren. Auf den letzten Metern zu ihrem Haus lächelte sie so breit, dass die ihr entgegenkommenden Menschen sich verwirrt nach dem Grund umsahen.

Als sie jedoch um die Ecke ihres Hauses bog, keuchte sie erschrocken auf, als sie mit jemandem zusammenstieß. »Verzeih…«

Die Entschuldigung blieb ihr im Halse stecken, als sie sah, in wen sie hineingerannt war: Bautista.

Sie wollte zurückweichen, aber er hielt sie an den Armen fest. »Hallo, meine Schönheit, ich freue mich auch, dich zu sehen. So stürmisch heute, was?«

»Lass mich auf der Stelle los!«

Er grinste dreckig und seine fleischige Schneckenzunge schob sich durch die Zahnlücke. »Ich kenne ein Eckchen, wo wir ungestört sein können.«

Sie schnappte nach Luft, riss sich mit einem Ruck los und wich vor ihm zurück. »Fass mich noch einmal an und du wirst es bitter bereuen!«

»*Du* willst *mir* drohen?« Er schob seine Daumen in den Gürtel seiner Uniform, reckte die Brust und sein fieses Grinsen wurde noch breiter.

»Glaub mir, ich kann mit Scheren umgehen und weiß, wie ich dafür sorgen kann, dass du nie eine Frau belästigen kannst!«

Er brauchte einen Moment, bis er begriff, was sie damit andeutete. Reflexhaft wich er zurück, bevor ihm bewusst wurde, dass er sich damit vor ihr eine Blöße gegeben hatte. »Du kleines Flittchen!«, stieß er hervor.

»Auch da liegst du falsch«, gab sie verächtlich zurück. »Ich bin verlobt und werde bald heiraten!« Gut, das war etwas voreilig, aber Hauptsache, es hielt ihn ihr vom Leib.

»Etwa den kleinen Feigling von Schreiner, der nicht einmal seine Gitarren verteidigen kann?« Er lachte höhnisch. »Glaub nicht, dass der dich beschützen wird. Dazu ist er gar nicht in der Lage.«

»Muss er nicht. Meine Schere trage ich stets bei mir, die Tür deiner Mutter steht ja großzügigerweise immer offen und dein Schnarchen ist nicht zu überhören.«

Mit einem Mal wurde seine Miene kalkweiß, seine Hand ruckte reflexhaft vor seinen Schritt.

Jemand lachte heiser und Mina sah verwirrt nach rechts.

Zwei patrouillierende Uniformierte waren aus einer Seitengasse getreten. »Da hat wohl jemand zu scharf geschossen und droht, seine Pistole zu verlieren«, witzelte einer der beiden. Sie hatten offenbar alles mit angehört. Das war gar nicht gut.

Bautistas Gesicht färbte sich vor Wut über diese öffentliche Demütigung fleckig rot.

Minas Magen verknotete sich. Sie ließ ihn stehen, sah sich aber an der Haustür noch einmal nach ihm um.

Die Patrouille machte noch immer Witze auf Bautistas Kosten und dieser starrte ihr aus verengten Schweinsäuglein hinterher.

* * *

Ihre Beine waren zittrig und sie konnte das ungute Gefühl in ihrem Magen nicht loswerden, als sie mit ihren Taschen die knarzenden Stufen hochstieg.

»Mina?«

Sie sah über das Treppenauge zurück nach unten. Clara stand in der Tür der Wohnung ihrer Tante.

»Wieso bist du nicht auf der Arbeit?«, fragte Mina erstaunt. Im nächsten Moment musterte sie ihre Freundin besorgt, denn diese sah furchtbar aus. Sie hatte dunkle Schatten unter den Augen und wirkte völlig übernächtigt und fahrig. »Ist etwas passiert? Warte, ich komme!«

Sie eilte die Treppenstufen hinunter und zu ihrer Freundin, schob sie sanft in ihre Wohnung zurück und schloss die Tür. »Ist etwas mit deiner Tante?«

Clara schüttelte den Kopf. »Ihr geht es gut, es ist … ist die Arbeit. Ich … ich habe einen Fehler gemacht. Einen furchtbaren Fehler.«

»Hast du etwa? O Gott!« Mina schwante Übles. Hatte Clara ihre Schwärmerei für den charmanten Doktor etwa doch nicht überwunden? »Du hast doch wohl nicht mit Doktor García …?«

»Wie? Was?« Clara riss die Augen auf. »Nein!«, rief sie schockiert. Zumindest sorgte der Schock dafür, dass sie ruhiger wurde und sich die Tränen abwischte. »Wo denkst du hin? Ich will doch nicht meinen Ruf ruinieren. Davon abgesehen würde der Doktor so etwas nie tun. Er ist ein durch und durch anständiger Mann.«

»Was hast du dann falsch gemacht?«

Clara fuhr sich verzweifelt durchs Haar. »Ich … ich … ich habe versehentlich eine Krankenakte vertauscht und … und der Patient … hat einen anaphylaktischen Schock erlitten.« Sie brach in Tränen aus.

»Heilige Muttergottes«, stieß Mina erschrocken aus. Sie wusste zwar nicht, was ein solcher Schock war, aber so außer sich, wie ihre Freundin war, ließ es nur einen Schluss zu: »Ist er … ist er tot?«

Clara biss sich auf die Lippen, ihre Hände zitterten. »Nein. Nein, er konnte gerettet werden, aber … aber … sie werden mich feuern. Ganz bestimmt! Was soll ich dann nur tun? Ich werde nirgendwo mehr einen Job finden! Wie soll meine Familie über die Runden kommen, wenn ich ihr kein Geld mehr schicken kann?« Noch immer liefen ihr Tränen über das Gesicht.

»Ruhig, beruhige dich! Haben die … haben die Kollegen gesagt, dass dir gekündigt wird?«

Sie schüttelte den Kopf. »Nein. Niemand von ihnen hat es mitbekommen, nur … nur der Doktor, aber er … er musste zu einem dringenden Termin und … und … hat mich für morgen einbestellt.«

»Dann warte erst einmal ab, Clara. Sprich mit ihm. Schildere ihm deine Situation. Er wird es verstehen, er ist solch ein guter Mensch. Wirst du das tun? Fehler sind menschlich.«

Clara nickte schluchzend.

Mina nahm sie in den Arm, strich ihr sacht über den Rücken, bis das Schluchzen abebbte.

Als sie endlich die Treppen zu ihrer eigenen Wohnung hochstieg, dachte sie daran, wie außergewöhnlich gut gelaunt Doktor García heute gewesen war, als er von der Arbeit heimgekommen war. Doch dafür konnte es tausend Gründe geben. Oder? Wieso sollte er sich über einen medizinischen Fehler so freuen? Das ergab doch keinen Sinn.

Diego

Unbehaglich räusperte sich Diego, verlagerte sein Gewicht auf dem Sofa. Seit einer halben Stunde saß er nun schon Minas Mutter gegenüber und wurde von ihr mit zusammengepressten Lippen angestarrt.

Dabei hatte er gehofft, ihr Verhältnis zueinander habe sich gebessert. Wäre nicht Feli um sie herumgehüpft und hätte Tanzschritte vorgeführt – er hätte draußen auf Mina gewartet.

Er stieß einen Seufzer der Erleichterung aus, als sie endlich in der Tür stand.

»Diego!«, rief sie glücklich und war im nächsten Moment bei ihm. Einen Atemzug lang sah es aus, als wollte sie ihm um den Hals fallen und ihn küssen, dann aber bemerkte sie gerade noch rechtzeitig ihre mit zusammengepressten Lippen auf dem Sofa sitzende Mutter und beließ es bei einem keuschen Streifen seiner Wange. »Es tut mir leid, dass ich mich verspätet habe. Ich wurde aufgehalten. Hoffentlich habt ihr euch gut unterhalten.«

»Natürlich.« Diego rang sich ein Lächeln ab, Juanita guckte noch säuerlicher drein.

»Mina!«, rief nun Feli, die in ihrem Zimmer einen Kleiderwechsel vorgenommen hatte und nun in einem anderen Flamencokleid hereingehüpft kam und ihre dünnen Ärmchen um ihre Schwester schlang.

Mina drückte sie liebevoll und auch ihren Bruder, bei dem sie wie immer darauf achtete, ihn nicht mehr Pepito zu nennen. »Ich habe eine Überraschung für euch«, sagte sie und holte aus ihrer Tasche eine Box mit Turróns hervor. Der Anblick der rechteckigen Tafeln aus weißem Nougat ließ die Kinder sofort in Jubel ausbrechen. »Aber zieh dein gutes Kleid vorher aus, Feli!«, rief Mina lachend und schloss die Küchentür hinter den Kindern.

Dann trat sie zu Diego, nahm seine Hand und wandte sich zu Juanita um. »*Mamá*, Diego und ich würden gern mit dir reden.«

Juanita machte ein Gesicht, als hätte sie Zahnschmerzen. Sie ahnte sicher, worum es ging.

Diego räusperte sich nervös und sah auch Mina ihre Aufregung an. »Juanita, du weißt es seit Langem, dennoch stehe ich heute hier vor dir, um es dir persönlich zu sagen. Ich liebe deine Tochter von ganzem Herzen über alles, wünsche mir nichts sehnlicher, als sie glücklich zu machen. Ich bitte dich daher darum, Mina zur Frau nehmen zu dürfen.«

Juanita schloss die Augen und presste sich die Finger gegen die Schläfen, als hätten seine Worte ihr Kopfschmerzen verursacht. Vermutlich war das tatsächlich der Fall.

»*Mamá*, bitte. Ich liebe ihn. Bitte, tu mir den Gefallen und sei freundlich.«

»Setzt euch«, sagte Juanita kühl und sie ließen sich beide auf dem Sofa nieder. Dieses Mal jedoch eng nebeneinander und er würde nicht zulassen, dass sich jemand zwischen sie schob.

»Fermina, du bist doch noch so jung …«, begann Juanita. »Du weißt doch noch gar nicht, was das Leben noch alles …«

»Fang nicht wieder damit an!«, fiel Mina ihr ins Wort. »Es ist mir völlig egal, was die Zukunft noch bringen könnte – ich liebe Diego und will mein Leben gemeinsam mit ihm verbringen. Und dieses gemeinsame Leben soll jetzt beginnen!«

Juanita schnaubte. »Ach ja? Wie soll das aussehen? Wovon wollt ihr leben?«

»Ich werde noch mehr und schneller nähen als zuvor!«, rief Mina entschlossen, bevor er antworten konnte.

»Und wie? Wenn du erst einmal ein Baby hast, das rund um die Uhr deine Aufmerksamkeit benötigt?«

Mina wollte etwas entgegnen, aber nun war es Diego, der ihr zuvorkam. »Ich habe die Werkstatt …«

»… die dein Vater zielstrebig in den Ruin führt mit seiner Trinkerei.«

»Mamá!«

»Er wird keinen Alkohol mehr anrühren!«, sagte Diego mit fester Stimme. »Und ich nutze jede Möglichkeit, als Musiker Geld zu verdienen.«

»Was wiederum bedeutet, dass du zu diesen Zeiten nicht in der Werkstatt arbeiten kannst, oder besitzt du mir unbekannte Fähigkeiten?«

»Nein, aber ich werde dreimal so hart arbeiten wie jeder andere.«

Juanita schnaubte verächtlich. »Das sagt sich so leicht. Aber wenn dann …«

»Es reicht!« Mina sprang auf. »Wie kannst du dich Diego gegenüber nur so abweisend verhalten nach allem, was er für uns getan hat! Er hat José gerettet!«

»Nein.«

»Nein?«

»Das war Ramóns Verdienst. Ohne Ramón wäre …« Sie brach ab, schloss gequält die Augen.

Mina warf fassungslos die Hände in die Luft. »Wie kann man nur so stur sein? Du weißt genau, dass Diego sein Erspartes für die Rettung meines Bruders verwendet hat!«

Diego war zwar verletzt, aber ihm war es nicht um Dankbarkeit gegangen, sondern um den Jungen. »Beruhige dich, Mina.«

»Nein, das werde ich nicht, Diego. Denn etwas ganz anderes ist ihr Problem!«

»Mein Problem?« Verständnislos sah Juanita ihre Tochter an. Auch Diego war verwirrt.

»Ganz recht! Und zwar das, was ich damals mit ›unfair‹ meinte: Du bist nur deshalb so vehement gegen Diego wegen … wegen …« Sie holte tief Luft. »… wegen Papas Tod. Du machst Diego dafür mitverantwortlich!«

Ihre Mutter zog scharf die Luft ein und wich zurück, als hätte Mina sie geschlagen. »Das ist nicht wahr!«

Diego sah völlig perplex von ihr zu Mina, wusste nicht, ob er eingreifen oder die beiden allein lassen sollte, doch da fuhr seine Liebe schon aufgebracht fort.

»Und du verzeihst Salvador nicht, dass er aus der Haft zurückgekehrt ist und Papa nicht! Und das lässt du an Diego aus!«

Endlich verstand Diego und er fühlte sich erleichtert und bedrückt zugleich.

Juanita war kreidebleich geworden. »Das ist nicht wahr!«, wiederholte sie, aber ihre Stimme zitterte.

»Doch, Mama, das ist es. Sei ehrlich mit dir selbst. Und akzeptiere endlich, dass Diego nichts dafürkann.«

Minas Mutter erwiderte nichts mehr, stumm und reglos stand sie da. Erst als Mina zu ihr trat und sie in den Arm nahm, erbebte ihr ganzer Körper vor Schluchzern.

Leise verließ Diego das Zimmer, um sie in diesem intimen Moment nicht zu stören.

In der Küche beruhigte er geistesabwesend Feli und José, die ihn besorgt aus großen Knopfaugen ansahen. Er war Juanita nicht böse, er konnte sie verstehen.

Als schließlich Mina hereinkam, musterte er sie nervös. Ihre Augen waren gerötet. Sie hatte ebenfalls geweint.

»Komm«, sagte sie, griff nach seiner Hand und zog ihn zurück in die Stube.

Juanita putzte sich die Nase und räusperte sich. »Also, dann haben wir jetzt eine Hochzeit zu planen.«

Unsicher wandte er sich Mina zu. Sie lächelte ihn an.

Da erst konnte er es glauben. In diesem Moment war es ihm egal, ob ihre Familie anwesend war. Schier übersprudelnd vor Freude und Erleichterung zog er Mina an sich und küsste sie.

Sehr zur Begeisterung von Feli, die das Wort »Hochzeit« vernommen hatte und nun jubelnd auf sie zustürmte. »Dann bist du mein Onkel, Diego! Kann ich Blumenmädchen sein? In einem weißen Kleid?«

Auch José strahlte über das ganze Gesicht. Zum ersten Mal seit jenem schlimmen Vorfall vor ein paar Wochen.

Und selbst Juanita ließ sich, wenngleich nicht ohne resigniertes Seufzen, zu einem Lächeln hinreißen. Und schließlich sogar – wenn auch erst, als Mina sie heranzog – zu einer versöhnenden Umarmung.

Endlich würde Mina die seine werden. War es möglich, noch glücklicher zu sein?

* * *

Nein, es war nicht möglich. Dessen war er sich auch nach zwei Tagen noch immer sicher. Er bekam das Lächeln selbst jetzt, wo er sich zwischen den Menschenmassen hindurchschob, nicht mehr aus seinem Gesicht. Die ganze Stadt war auf den Beinen – und er hätte jeden einzelnen Bewohner umarmen können.

Die letzten Tage waren wie in einem Rausch aus Farben, Musik und Glück verflogen, denn Mina und er hatten die ausgelassenen Festtage zusammen verbringen können, wenn auch nicht ohne Juanita und Minas Geschwister. Doch selbst seine baldige Schwiegermutter war aufgetaut, vor allem, weil sie die Planung der Verlobungsfeier übernehmen durfte. Auf Minas Drängen hin hatte sie sogar zugestimmt, dass sie sich alle gemeinsam mit Diegos Vater das *Alumbrao* ansahen, das mitternächtliche Entzünden Tausender Lichter, welches die Feiertage einläutete.

Bei der Erinnerung daran musste Diego schmunzeln. Salvador hatte sich für diese offizielle Begegnung der zukünftigen Brauteltern allen Ernstes in den einzigen Anzug geworfen, den er besaß, auch wenn der uralt und schon etwas fadenscheinig war. Und die ganze Zeit über war er unter Juanitas strengem Blick so nervös gewesen, dass er kaum ein Wort hervorbrachte und ununterbrochen seine Brille putzte.

Der Donnerstag von Corpus Christi war angebrochen. Fronleichnam war Granadas höchster Feiertag, und jeder, der nicht ans Bett gefesselt war, würde der Prozession des Allerheiligsten durch die Stadt beiwohnen.

Seit Stunden schon waren die Straßen und Plätze, durch die die Fronleichnams-Prozession ziehen würde, von Abertausenden wartender Menschen gesäumt. Und das, obwohl es schon am Vormittag heiß war wie nie zuvor und die Temperaturen weiter anstiegen. Die Älteren hielten das nur durch, indem sie auf mitgebrachten Klappstühlen ausharrten.

Es war der einzige Tag im Jahr, an dem das Allerheiligste aus der Kathedrale getragen werden würde und die Gläubigen fieberten diesem Moment seit Monaten entgegen. Die Fächer flatterten hektisch, die Luft vibrierte regelrecht vor Aufregung. Wie an den Festtagen üblich hingen Wimpel an den Häusern, allerorten waren Fahnen gehisst und die Balkone mit Mantillas und Blumen geschmückt. Ein Blumenmeer würde dem Leib Christi den Weg ins Himmelreich bereiten, entlang der Route, die der Festzug nehmen würde, war das Pflaster mit Millionen von Blüten bedeckt, die kunstvolle Mosaike bildeten.

»Diego! He, Diego!«, drang Ramóns Stimme an sein Ohr.

Suchend sah er sich nach seinem Freund um und vermutete ihn dort, wo ein wild winkender Arm zwischen den schwitzenden Menschenmassen herausragte.

Tatsächlich drängte sich kurz darauf Ramón endgültig zu ihm durch und strahlte über das ganze Gesicht. »Diego, mein Freund, du wirst es nicht glauben!«, rief er und tupfte sich mit einem Tuch den Schweiß von der Stirn. »Doktor García hat mir mitgeteilt, dass er sich für mich entschieden hat! Ich bin bei der Klinik angestellt! Ist das nicht unfassbar?«

Diego staunte. Dass dieser Arzt einem unerfahrenen und gehemmten jungen Anwalt eine Chance gab, war bemerkenswert. Diego war sehr froh darüber. »Das ist ja großartig! Ich gratuliere dir!« Begeistert umarmte er ihn. »Ich freue mich so sehr für dich.«

»Heute muss gefeiert werden!«

»Das kannst du laut sagen! Zweifach sogar, denn Juanita hat ihr Einverständnis gegeben – Mina und ich werden baldmöglichst heiraten!«

Ramón stockte. »Das … das ist ja fantastisch.« Er räusperte sich und zog nun seinerseits Diego an sich. »Ganz ehrlich – ich müsste verdammt neidisch darauf sein, dass sich eine so tolle Frau wie Mina in dich verliebt hat. Doch niemandem gönne ich es so sehr wie dir.«

Diego legte ihm bewegt die Hand auf den Arm. »Danke, mein Freund. Und, weil du genau das bist – mein bester und treuester Freund –, möchte ich dich auch bitten, mein Trauzeuge zu sein. Würdest du mir diesen Dienst erweisen?«

»Natürlich!«, gab Ramón gerührt zurück. »Ich fühle mich unglaublich geehrt!«

»Diego!«, ertönte es erneut. Dieses Mal jedoch mit Felis piepsiger Mädchenstimme. Suchend blickte er sich um, konnte sie aber in der bunten Menschenmenge nicht ausmachen, bis sie mitsamt ihrem Bruder neben ihm stand und kichernd an seinem Ärmel zupfte.

»He, du kleiner Wirbelwind«, begrüßte er sie lachend und hob sie hoch. Sie trug ein hellgrünes Flamencokleid und ihre Wangen waren vor Aufregung fast so leuchtend rot wie dessen Rüschen.

»Weißt du«, plapperte sie sofort los, »Mama sagt, wenn ich immer fleißig bete und ganz artig bin und Pater Ignacio mich für würdig befindet, darf ich nach meiner Kommunion auch mitlaufen. Und dann kriege ich auch so ein weißes Kleid.« Ihre Augen leuchteten. »Ich wünsche mir unbedingt solch ein Kleid. Glaubst du, ich schaffe das?«

»Mach dir keine Sorgen, du bist ein Engel, natürlich wirst du mitlaufen dürfen.«

Sie strahlte glücklich. Er ließ sie wieder zu Boden, um sich José zuzuwenden.

»Hallo, mein Freund«, begrüßte Diego ihn so männlich wie möglich und versehen mit einem kumpelhaften Schulterklopfen. »Wo hast du denn den Rest deiner Familie gelassen?«

»Mina ist gleich hier«, gab der Junge mit schelmisch blitzenden Augen zurück, denn natürlich wusste er genau, um wen es Diego wirklich ging.

»Auch Mama und Claras Tante«, ergänzte Feli. »Nur Clara nicht. Sie hat Nachtschicht, sagt Mina.«

Da schälte sich auch schon Juanita mit Claras Tante aus der Menge und einen Atemzug später sah er sich endlich wieder seiner Mina gegenüber.

Ihr Lächeln war die schönste Melodie und die Liebe, die aus ihrem Blick sprach, mehr wert als alles Gold der Welt.

Am liebsten hätte er sie an sich gezogen und so geküsst, als wären sie beide ganz allein. Stattdessen beließ er es bei einem liebevollen Kuss auf die Wange und freute sich darauf, sie später beim Tanz für sich zu haben.

»Hat Mina nicht ein wunderschönes Kleid an?«, fragte Feli begeistert.

Jetzt erst nahm er den Blick für einen Moment von Minas Lächeln. »Absolut!«, bestätigte er. »Sie strahlt wie die Sonne.« Doch sie hätte auch einen einfachen Sack tragen können und wäre für ihn dennoch die schönste Frau Granadas gewesen.

»Ich kann es noch immer nicht fassen, dass wir den Rest unseres Lebens gemeinsam verbringen werden«, flüsterte Mina ihm glücklich ins Ohr und sprach damit seine eigenen Gedanken aus.

»Die Prozession kommt!«, rief Feli und hüpfte von einem Fuß auf den anderen. »Ich höre schon die Musik.«

Mina lachte. »Es ist mir ein Rätsel, wie du so viel Energie haben kannst, wo du doch schon seit dem Morgengrauen wach bist!«

Doch nicht nur Feli konnte es kaum erwarten, auch um sie herum reckten sich die Köpfe, wurde ein Raunen laut. Dann bogen die ersten Fahnenträger mit schleppenden Schritten um die Ecke.

Trommelschläge gaben den Takt vor, erklangen langsam und dumpf, beinahe bedrohlich. Wurden lauter, je näher sie kamen. Als wollten sie den Herzschlag der Menschen ihren Schritten anpassen. Jetzt drang auch die melancholische Musik der hinter der Monstranz gehenden Blaskapelle bis zu ihnen.

Diego wusste, dass unter einem Tuch verborgen zwei Dutzend Männer nötig waren, um den meterhohen Altaraufbau auf ihren Schultern durch die Straßen zu tragen. Aber noch waren sie zu weit entfernt, um einen Blick auf die Monstranz zu erhaschen. Erst kamen die Blumenmädchen, in unschuldiges Weiß gekleidet, und nach Kräften bemüht, sich an das langsame Tempo der Trommelschläge zu halten. Sie streuten Blütenblätter aus ihren Körbchen auf den ohnehin schon blumenbedeckten Weg. Die Messdiener folgten und der schwere Geruch von Weihrauch verursachte Diego ein Kratzen im Hals. Er hatte ihn noch nie gemocht.

Der Erzbischof schritt unter einem golddurchwirkten Baldachin einher. Doch beim Anblick der vier mit Orden und Schärpen behängten Würdenträger der Stadt, die die Ehre hatten, den Baldachin zu halten, verkrampfte sich Diegos Magen – sie trugen olivfarbene Uniformen.

Ein ehrfürchtiges Raunen ging durch die Menge und endlich näherte sich der über und über mit weißen Blumen geschmückte Altaraufbau. Die strahlenförmige goldene Monstranz, die das Allerheiligste enthielt, die geweihte Hostie, blitzte in der Sonne auf und von den Balkonen der umliegenden Häuser ließen die Menschen Rosenblätter herabregnen. Überall neben Diego bekreuzigten sich die Menschen und beugten die Knie.

Schmunzelnd betrachtete er, wie Feli begeistert versuchte, die Blätter aufzufangen, als Juanita sie schon in scharfem Ton zu mehr Ehrfurcht aufforderte.

Diego presste die Lippen zusammen, wollte Feli gerade trösten, als Unruhe auf der gegenüberliegenden Seite der schmalen Straße aufkam. Durch die Lücken zwischen den Prozessionsteilnehmern hindurch sah er, dass ein alter Mann der Hitze nicht mehr gewachsen und in sich zusammengesunken war. Eine Gruppe Ordensschwestern stand daneben, den

Rosenkranz zwischen den gefalteten Händen, die Lippen im stummen Gebet bewegt. Doch jetzt wandten sie sich eine nach der anderen erschrocken um und sie beugten sich eilig zu dem Mann, um zu helfen. Alle bis auf eine junge Nonne, die so vertieft war in ihr Gebet, dass sie nichts mitbekam. Ihre fiebrig glänzenden Augen waren stier und glasig auf die Monstranz gerichtet und pure Verzückung sprach aus ihrem geröteten Gesicht.

Religiöser Übereifer war Diego unheimlich. Er wandte sich ab und erschrak, als er Minas Gesicht sah – es war bleich wie die Blumen auf dem Altar.

Mina

Sie spürte Diegos Hand an ihrem Arm.

»Was hast du? Geht es dir nicht gut?«, fragte er besorgt.

Mühsam riss sie sich vom Anblick der Nonnen auf der anderen Seite der Prozession los. »Doch, doch. Es … es sind nur … all die Gerüche«, murmelte sie. »Sie verursachen mir Übelkeit.« Das stimmte auch. Das Durcheinander von Weihrauch, Parfums und dem starken Geruch der unzähligen verwelkenden Blüten verursachte ihr mehr als das. Es drehte ihr regelrecht den Magen um. Aber das allein war es nicht, was ihr so zusetzte. Sondern das Bild, wie die Ordensschwestern sich zu dem alten Mann hinabgebeugt hatten, um ihm zu helfen. Für einen Moment hatte sich dabei ihr Habit gebauscht, als seien ihnen schwarze Flügel gewachsen. Wie eine Schar Raben, die sich auf ein wehrloses Lamm stürzten.

Ein Schauer lief ihr über den Rücken. Hastig wandte sie sich ab. »Schon in Ordnung«, behauptete sie, aber eine unbestimmte Angst hatte von ihr Besitz ergriffen und eine eisige Klaue um ihr Herz gelegt.

»Trotzdem solltest du dich setzen«, sagte Diego und wandte sich besorgt an Minas Mutter. »Juanita – wir treffen uns nachher neben der Pforte.« Er deutete auf die Kathedrale. »Mina braucht eine Pause und ein Glas Wasser.«

Ehe ihre Mutter protestieren konnte, zog er Mina bereits an der Hand hinter sich her und aus der Menschenmasse hinaus in eine Seitengasse und zu einem Mauervorsprung im Schatten eines Granatapfelbaumes. »Setz dich, ich besorge dir etwas zu trinken.«

Sie ließ sich auf dem Stein nieder, hielt aber seine Hand fest. »Bleib hier, bitte.« Sie wollte jetzt nicht allein sein, bekam das Bild der Raben nicht aus dem Kopf. Es steckte ihr in den Knochen, lag ihr kalt und schwer im Magen. »Es geht schon wieder«, behauptete sie und fächelte sich Luft zu.

»Sicher?«

»Ja. Ich weiß auch nicht, was mit mir los ist, aber seit ein paar Wochen reagiere ich ganz empfindlich auf Gerüche.« Sie hielt inne. Irgendetwas klopfte an die Hintertür ihres Bewusstseins. Schon seit Tagen, aber sie war so aufgeregt gewesen, dass sie nicht darauf hatte achten können. Ihr Blick fiel auf einen vom Baum gefallenen überreifen Granatapfel. Seine Schale war aufgeplatzt und der rote Saft der süßen Kerne auf das Kopfsteinpflaster gelaufen. Sie stutzte, runzelte die Stirn, rechnete stumm zurück – und fuhr zusammen. »Seit Wochen!«, keuchte sie und starrte Diego aus weit aufgerissenen Augen an.

»Was? Was ist seit Wochen?«, fragte er erschrocken.

»Es ist Wochen her, dass … ich meine, ich hätte schon längst … Also es … ich … O Gott, Diego … ich … bin schwanger.«

Ungläubig starrte er sie an.

Sie fühlte, wie ihr das Blut aus dem Gesicht wich. »Was sollen wir jetzt nur tun?«

Er rührte sich noch immer nicht.

»Diego«, flüsterte sie mit bleichem Gesicht. »Diego, sag doch etwas.« Sie griff nach seiner Hand und das riss ihn aus seiner Starre.

»Feiern!«, rief er, sank vor ihr in die Knie und zog sie an sich. »Du hättest mir kein größeres Geschenk machen können!«

Erleichterung durchspülte sie. Bis ihr Juanita einfiel. »Aber es ist zu früh!«

»Nein! Es ist genau so, wie es ist. Und so ist es perfekt.« Er hielt sie auf Armeslänge von sich. »Mach dir keine Sorgen. Wir werden uns schnellstmöglich trauen lassen und ich werde noch härter arbeiten als zuvor. Es wird alles gut, glaub mir!« Ein Leuchten erschien in seinen Augen, das sie noch nicht gekannt hatte.

Zögerlich erst, doch dann umso heftiger kehrte das Lächeln auf ihr Gesicht zurück. »Ein Baby, Diego, wir bekommen ein Baby.«

Sanft nahm er ihr Gesicht in seine Hände, küsste sie zärtlich auf die Stirn. »Bis gerade eben habe ich geglaubt, es sei nicht möglich, noch glücklicher zu sein, als ich es schon war. Wie sehr ich mich doch geirrt habe!«

»Unser Kind, Diego«, flüsterte sie beseelt. »Ein Teil von mir und dir, für immer vereint.«

Kapitel 8

Wer Granada nicht gesehen hat, hat gar nichts gesehen.
– Spanisches Sprichwort –

Heute

»Okay«, sagt Vanessa, die neben mir im Morgenlicht die staubige Dorfstraße entlangläuft und keucht. »Ich kann nicht gerade behaupten, dass ich das alles verstanden habe, was du mir gerade über den gestrigen Tag erzählt hast.«

»Da bist du nicht die Einzige.« Ich massiere mir die Schläfen.

»Du hoffst also, dass er noch nicht abgereist ist, und willst ihn zur Rede stellen?«

»Richtig.« Ich bin Vanessa wahnsinnig dankbar, dass sie sich trotz der frühen Uhrzeit bereit erklärt hat, mich zu begleiten. Ich weiß nicht, ob ich es allein über mich gebracht hätte, Fabio aufzusuchen und zu konfrontieren. Denn zu all den Fragen, die ich habe, kommt der Verdacht hinzu, benutzt worden zu sein. Bereits der Gedanke löst ein ekelhaftes Brennen in meinem Magen aus. Und in meinem Herzen. Und das, wo ich mir doch so standhaft einzureden versuche, mich nicht in ihn verguckt zu haben.

»Und wenn er doch schon fort ist, willst du nach Granada fahren?«

Ich schlucke. »Ja.«

»Und was genau erhoffst du dir von diesem Besuch dort?«

Das ist der Punkt. »Wenn ich das wüsste.« Hoffentlich kommt es gar nicht erst so weit. Ich gehe noch ein wenig schneller.

Es ist gerade einmal sieben Uhr früh, noch entsprechend kühl und vom Meer her weht heute ein ungewöhnlich rauer Wind. Trotz langer Jeans und des Strickjäckchens, das ich über einer Bluse trage, fröstele ich ein wenig.

Das Dorf liegt ruhig und friedlich da, nur ein paar Katzen auf dem Rückweg von ihren nächtlichen Beutezügen streunen herum.

Plötzlich fasst Vanessa mich am Arm. »Er ist da! Schau!«

Tatsächlich. Sein Auto parkt in der Einfahrt eines Häuschens, welches ein Schild als Ferienunterkunft bewirbt.

Mit einem Mal bekomme ich einen ganz trockenen Mund. Vermutlich ist das Ganze erstens eine Kurzschlussreaktion und zweitens absolut bescheuert. »Es war eine blöde Idee, lass uns umkehren.«

»Kommt gar nicht infrage!« Vanessa stemmt die Hände in die Hüften. »Du hast gesagt, dass du wissen musst, was sein Benehmen sollte! Und du bist kein Feigling, also zieh das jetzt durch!«

Nervös fahre ich mir mit der Zunge über die Unterlippe. Vanessa hat recht, innerlich sammele ich mich. Die Tür besitzt einen Messingklopfer. Noch einmal tief durchatmen, dann betätige ich ihn und halte die Luft an.

Nichts passiert.

Für den Moment erleichtert stoße ich den angehaltenen Atem aus. »Niemand da«, sage ich. »Gehen wir.«

Vanessa verdreht die Augen, deutet auf die kleine Klingel rechts neben der Tür und drückt sie zu meinem Entsetzen auch sofort mit voller Kraft.

Ein ohrenbetäubendes Schellen ertönt.

»Bist du verrückt?«, zische ich. Und das um diese Uhrzeit.

»Ups. Entschuldige.« Sie schneidet eine Grimasse, aber bevor ich dazu komme, etwas zu erwidern, schimpft bereits jemand hinter der Tür. »Etwas Geduld, okay?«

Dann wird die Tür aufgerissen und ich sehe mich Fabio gegenüber. »Ich kann schließlich nicht fliegen und … Was tust du denn hier?!« Perplex starrt er mich an.

Ich räuspere mich. »Ich will wissen, was all diese Bemerkungen zu bedeuten haben!«, schleudere ich ihm mit viel mehr Selbstsicherheit entgegen, als ich gerade empfinde. Gleichzeitig versuche ich zu ignorieren, dass mein Herz beim Anblick seiner warmen Augen erneut unangemessen heftig schlägt. Ich brauche einen Moment, um die Reisetasche neben ihm auf dem Boden zu entdecken. Wir kommen wohl gerade noch rechtzeitig.

»Ich will endlich Antworten!«, beharre ich, da er sich immer noch nicht gerührt hat.

»Und da beschließt du, einfach so bei mir hereinzuplatzen, anstatt vorher mal anzurufen?«

»Damit du mich abwürgen kannst? So wie gestern Abend?«

Er zieht eine Grimasse. »Punkt für dich.«

»Also?«

Jetzt fährt er sich mit der Hand über den Nacken. »Ich sagte doch, dass es mir leidtut. Ich wollte dich da nicht mit hineinziehen.«

»Was tut dir leid? Wo hineinziehen?« Das Brennen in meinem Magen nimmt zu. »Verdammt, wovon redest du? Du kannst mich nicht auf diese Weise abspeisen!«

Wieder ist da plötzlich der gleiche Ausdruck wie gestern Abend in seinem Gesicht. Als würde er mit sich ringen. Seine Kiefermuskeln sind angespannt, die Lippen zusammengepresst. »Es wäre besser für dich, wenn du jetzt gehst.«

»Lass dich bloß nicht abwimmeln!«, macht Vanessa mir Mut, die zwar nicht die Worte, wohl aber sein anschließendes Kopfschütteln verstanden hat.

»Ich bleibe hier!«, bekräftige ich, an Fabio gewandt. »Und wenn ich vor deinem Auto kampieren muss!«

»Ich hatte befürchtet, dass du so etwas sagst«, murmelt er und sieht unbehaglich über seine Schulter.

»Also?« Ich recke das Kinn in die Höhe.

»Okay.« Er seufzt tief auf »Aber können wir das ein andermal in Ruhe besprechen?«

»So kannst du mich nicht abwimmeln!«

»Es ist gerade unpassend.«

»Das war dein gestriges Verhalten auch!«

»Nein, du verstehst nicht …« Erneut schüttelt er frustriert den Kopf. Dieses Gehabe kann er sich sparen. »Es ist gerade wirklich *sehr* unpassend!«

»Das ist mir herzlich egal!«

»Gib ihm Kontra!«, feuert mich Vanessa lautstark an.

Fabio verzieht das Gesicht. »Könntest du deiner Freundin bitte mal sagen, dass sie nicht so herumschreien soll?«

»Fabio, was ist denn da draußen los?«, erklingt eine Stimme. Eine Frauenstimme!

O verdammt! Er ist nicht allein. »Unpassend«, das hat er gesagt. Und in meinem Kopf macht es klick. Die Enttäuschung ballt sich in meinem Magen zu einem schweren Stein zusammen.

»Na toll, zu spät«, murmelt er und ergänzt hastig: »Sag nichts über … das alles. Bitte!«

Wütend funkele ich ihn an. »Ich sage, was ich will und wann ich will! Und überhaupt – erst machst du mich ganz kirre mit all deinen merkwürdigen Fragen und Andeutungen und dann lässt du mich einfach im Regen stehen und …«

»Du hast sie im Regen stehen gelassen?« Eine junge Frau mit locker geflochtenem Zopf, in Trägertop, Shorts und Sneakers schiebt sich neben ihn. Der Stein zerplatzt wie eine Seifenblase, denn die Ähnlichkeit der Gesichtszüge ist unübersehbar. Sie ist seine Schwester. Wenigstens jetzt atme ich für den Moment erleichtert aus.

»Es hat nicht geregnet!«, stellt Fabio mit gerunzelter Stirn klar.

Seine Schwester ignoriert ihn. »Kommt ihr zwei etwa mit nach Granada?«

Äh …

»Nein«, sagt Fabio.

»Doch!«, widerspreche ich aufgebracht. »Es sei denn, wir beide reden jetzt endlich Klartext!«

»Klartext?«, wiederholt seine Schwester neugierig.

»Ich …«

»Sie ist eine Bekannte und heißt Marisol!«, fällt mir Fabio zu meinem Ärger ins Wort. »Und das ist ihre Freundin Vanessa.«

»Und ich bin Gabriella«, verkündet seine Schwester und begrüßt uns herzlich auf die übliche Weise. »Also? Worüber willst du mit meinem Bruder reden? Wir sind nämlich etwas in Eile.«

»Woran das wohl liegt«, gibt er mit finsterer Miene zurück.

»Man kann nicht an alles denken«, erklärt sie fröhlich.

»Aber an den Termin für die persönliche Studienanmeldung sollte man denken!«, weist er sie zurecht. »Eigentlich müsste ich dich auf eigene Kosten mit dem Taxi zurückschicken!«

»Was du aber nicht tust, weil du der beste große Bruder der Welt bist.« Sie lächelt ihn entwaffnend an.

Er schnaubt, aber kann ihr offenbar tatsächlich nicht böse sein, wie der liebevolle Blick zeigt, mit dem er sie trotz des grantigen Tonfalles bedenkt. »Abmarsch zum Auto, Ella, wir müssen los.«

Sie schiebt sich glucksend mit einem Rucksack auf den Schultern an uns vorbei und Fabio greift nach seiner Tasche. Er tritt ebenfalls heraus, schließt die Tür ab und wirft den Schlüssel durch den Briefkastenschlitz in der Tür wieder ins Haus. Er hat offenbar nicht vor, wiederzukommen.

»He, Moment!«, protestiere ich. »Und was ist mit mir?«

»Wir telefonieren nachher, okay?«

»Damit du mich dann wieder hängen lässt? Wer weiß, ob du dich nicht einfach aus dem Staub machst und ich nie wieder etwas von dir sehe oder höre. Also nein, kommt nicht in die Tüte!«

»Welche Tüte?«

Okay, das mit den Redewendungen im Spanischen muss ich noch üben. »Ich komme mit. Jetzt sofort! Und sobald du deine Schwester abgesetzt hast, lieferst du mir Antworten!«

Hastig zieht er mich am Arm beiseite und raunt mit kurzem Seitenblick auf seine Schwester: »Wenn du versprichst, meiner Familie gegenüber nichts zu erwähnen.«

»Wenn *du* versprichst, mir anschließend alles zu erklären.«

Schweigend mustert er mich mit undurchdringlicher Miene, bis mir ganz kribbelig wird.

Ich versuche, es mir nicht anmerken zu lassen, recke das Kinn in die Höhe. »Glaub mir, ich kann …«

»Okay.«

»… hartnäckig sein und … oh. Okay.«

»Abmarsch«, kommandiert er nun auch mich brummig Richtung Auto, in welchem seine Schwester bereits sitzt.

»Steig ein, Vanessa«, wende ich mich meiner Freundin zu. »Wir fahren mit ihm nach Granada.«

»Jetzt?«, entgegnet sie entgeistert.

»Ja. Handy und Portemonnaie habe ich dabei, also warum nicht?«

»Ich dachte, du würdest irgendwann in den nächsten Tagen nach Granada fahren. Doch nicht jetzt auf der Stelle. Emilio hat für heute ein Boot gebucht. Wir wollen einen Turn Richtung Marbella unternehmen.«

»Oh. Okay, dann … dann fahre ich allein mit.«

»Aber du kennst ihn kaum! Bist du sicher?«

»Seine kleine Schwester sitzt mit im Auto. Da wird er mich schon nicht irgendwo am Straßenrand verscharren.«

Zweifelnd beißt sie sich auf die Unterlippe. »Ich kann Emilio auch absagen.«

»Nein! Auf keinen Fall! Es ist alles in Ordnung. Außerdem sollst du dich ohnehin erholen. Da ist eine entspannte Bootstour genau das Richtige.« Ich denke an das Gespräch mit meinem Großvater gestern und seine seltsame Reaktion, als ich äußerte, ich würde mir vielleicht Granada ansehen. Ein Gefühl sagt mir, dass ich mein heutiges Ausflugsziel für mich behalten sollte. »Behaupte vor meinen Großeltern einfach, dass ich mit von der Partie sei und schon am Strand warten würde, weil du ein paar Sachen vergessen hättest. Ich werde ihnen telefonisch das Gleiche sagen.«

»Okay. Aber sollte etwas sein, rufst du mich bitte sofort an.«

»Natürlich.«

»Was ist denn nun?«, drängt Fabio. »Gabriella muss zu ihrem Termin.«

»Ich komme.« Hastig verabschiede ich mich von Vanessa und steige ein.

In mir kämpfen Angst und Mut miteinander, doch für einen Rückzieher ist es nun zu spät. Ich fahre nach Granada. Ich muss verrückt geworden sein.

* * *

Absolut und vollkommen verrückt. Das wird mir mit jedem Kilometer, den wir zurücklegen, bewusster. Und es sind eine Menge Kilometer. Über eine Stunde sind wir bereits unterwegs, während immer wieder rosafarbene Mandelbäume an unseren Fenstern vorbeiziehen und weiß blühende Orangenplantagen sich mit Hainen voll knorriger Olivenbäume abwechseln.

Ich bin heilfroh, dass Gabriella dabei ist, und habe ihr freiwillig den Platz auf dem Beifahrersitz überlassen. Fabios Nähe macht mich auf der Rückbank unruhig genug. Noch immer brodelt es in mir, bin ich wütend und verletzt und verwirrt. Doch Gabriella plaudert unentwegt so fröhlich und unbefangen, dass das Gefühlschaos in mir langsam abebbt. Auch von meiner Nervosität in Bezug auf Granada lenkt sie mich ab.

Wie sich herausgestellt hat, hat Fabio nicht gelogen, als er sagte, dass seine Familie in Lanjarón lebt. Laut Gabriella liegt es etwa eine Dreiviertelstunde Fahrt von Granada entfernt. Sie ist vor Kurzem mit der Schule fertig geworden und hat seitdem ihre Zelte bei ihrem Bruder in Granada aufgeschlagen.

»Angeblich, um sich schon auf die Uni vorzubereiten«, meldet sich Fabio ironisch zu Wort. »Tatsächlich aber, um die Gelegenheit zu haben, die ganze Nacht zu feiern, ohne dass Mama ihr den Kopf wäscht.«

»Als ob du diese Gelegenheit nicht genutzt hättest«, erwidert sie grinsend.

Und genauso hat sie offenbar die Chance, ein paar Tage am Strand zu verbringen, sofort beim Schopf gepackt, als sie erfuhr, dass ihr Bruder nach Rincón de la Victoria fahren würde.

»Und dass es noch so etwas wie deine Einschreibung für die Uni gibt, hast du dabei natürlich völlig ausgeklammert«, stellt er kopfschüttelnd fest.

»Man muss die letzten Tage in Freiheit doch noch nutzen. Du warst schließlich auch dort.«

»Aber ich war es …«, greift er den Faden auf und wirft mir über den Rückspiegel einen eindringlichen Blick zu, »… aus geschäftlichen Gründen, wie du sehr wohl weißt.«

»Ach, komm schon, es ist doch alles gut gegangen«, wischt sie seinen Einwand lachend beiseite.

Ich mag ihre unbeschwerte Art und ihre Fröhlichkeit. Und ebenso, wie sie und Fabio sich die ganze Fahrt über necken und kabbeln. Und das wiederum führt dazu, dass ich nicht mehr wütend auf ihn sein kann. Dafür ist er einfach ein zu toller großer Bruder.

»El Suspiro del Moro«, reißt mich Fabio aus meinen Gedanken und deutet auf ein Schild.

»Der Seufzer des Mauren?«, übersetze ich irritiert. »Was soll das bedeuten?«

»So nennt sich dieser Pass hier«, erklärt er auf Spanisch. »Oder auch ›der Ort, wo der Araber weinte‹. Es ist der letzte Punkt, von dem aus man, wenn man nach Süden fährt, Granada sehen kann. Und als der letzte Emir von Granada seine Stadt an die katholischen Könige Isabel I. de Castilla und Ferdinando II. de Aragon verlor, soll er auf dem Weg ins Exil auf dieser Anhöhe innegehalten haben. Und bei diesem letzten Blick auf das prächtige Granada soll er einen tiefen Seufzer ausgestoßen und bittere Tränen vergossen haben beim Gedanken daran, nie wieder zurückkehren zu können.«

Ich brauche einen Moment, um mich zu sammeln. Die Geschichte berührt mich seltsam.

»Und ich kann dir sagen«, meldet sich Gabriella zu Wort, »ich hätte an der Stelle des Emirs auch geweint.«

»Du hättest nicht nur geweint, sondern eine Sintflut über das Land geschickt – so nah, wie du am Wasser gebaut hast«, zieht Fabio sie auf.

»Sagt der Kerl, dem bereits die Tränen kommen, wenn er ein kaputtes Möbelstück sieht.«

»Vor Wut!«, behauptet er.

Im Rückspiegel sehe ich verlegene Röte über seine Wangen huschen und muss wider Willen schmunzeln.

Doch seine nächsten Worte lassen meine Belustigung schlagartig schwinden. »Wir sind bald da.«

Meine Augen suchen die Straßenschilder ab. Die Polizeifotos haben sich mir ins Gedächtnis gebrannt. Ich kenne die Stelle, weiß, wo die Kurve sich befindet. Mein Atem geht flach, meine Hände werden schwitzig.

»Das dort vorn ist eine ganz fiese Stelle«, stellt Gabriella fest. »Da geht es richtig steil runter.«

Übelkeit steigt in mir hoch, ich presse die Hand auf meinen Mund. Das Blut rauscht in meinen Ohren, mein Herz hämmert schmerzhaft gegen meine Rippen.

»Marisol?«, ertönt Gabriellas erschrockene Stimme. Ich muss einen Laut von mir gegeben haben, auf den hin sie sich zu mir umgewandt hat.

»He! Ist dir schlecht? Du bist ganz weiß im Gesicht.«

Ich nicke. Mir ist so entsetzlich übel wie seit Jahren nicht mehr.

»Bleib stehen, Fabio!«, ruft sie ihrem Bruder zu.

»Nein! Fahr weiter, fahr weiter!«, fordere ich ihn hastig auf, halte die Augen noch immer geschlossen. Ja, mag sein, dass ich mich gleich im Wagen übergebe, aber ich will nicht hinsehen, *kann* nicht hinsehen.

Erst viele Kurven später wage ich es, die Lider langsam wieder zu öffnen, aber sehr viel länger dauert es, bis mein Herz wieder halbwegs normal schlägt.

Fabios besorgter Blick im Rückspiegel ist deutlich weniger verwirrt als der, den Gabriella mir über die Schulter zuwirft. Klar, er erinnert sich an das, was ich ihm von Mamas Tod erzählt habe. Ich kann ihm deutlich vom Gesicht ablesen, dass er sich Vorwürfe macht, mich nicht doch vom Mitkommen abgehalten zu haben.

»Ist schon wieder okay«, behaupte ich mit schwacher Stimme, schließe meine Augen erneut und lasse sie den Rest des Weges geschlossen – in der Hoffnung, dass mein Magen sich noch in diesem Leben wieder beruhigen möge.

* * *

Erst als Fabio anhält, öffne ich meine Augen wieder. »Sind wir da?«

»Nein, aber es geht zu Fuß weiter. Wir sind hier im Stadtteil Albaicín, dem ältesten Viertel von Granada. Der Name kommt vom arabischen Wort für ›Viertel der Falkner‹. Heutzutage hingegen ist es das ›Viertel des Kunsthandwerks‹. Das da vorn ist das alte Stadttor. Sozusagen die Eingangspforte.« Er deutet auf den Rest einer steinernen Stadtmauer mit einem Torbogen darin, durch den eine Straße führt. »Puerta de Elvira« steht auf einem Schild geschrieben. Und die dazugehörige Straße ist auch beschriftet.

»Calle Elvira«, lese ich.

»Richtig. Sie führt direkt ins Herz des Albaicín. Dort drin gibt es aber keine Parkplätze und die meisten Gassen sind so eng, dass man mit dem Auto ohnehin nur langsam vorankäme, wenn überhaupt. Das beste Fortbewegungsmittel hier sind Zweiräder aller Art.«

Also steigen wir aus und die beiden holen ihre Reisetaschen aus dem Kofferraum, während ich Vanessa Bescheid gebe, dass ich noch lebe.

Die Straße ist tatsächlich sehr schmal. Ab und an holpert dann doch noch das eine oder andere – aus gutem Grund – verbeulte Taxi heran, zwingt uns dazu, uns mit dem Rücken an Mauern zu drücken, um nicht gestreift zu werden oder einen Fuß zu verlieren, und schiebt sich in Millimeterarbeit an uns vorbei.

Zum Glück biegen wir kurz darauf ab und die beiden lotsen mich durch ein Labyrinth enger Gassen voller eingestreuter Straßencafés.

Immer mal wieder knattern Motorroller an uns vorüber. Aus einer Seitengasse kreuzen Segways unseren Weg und ich bleibe perplex stehen.

Fabio schmunzelt. »Sagte ich doch: Zweiräder aller Art. Und es funktioniert.«

»Die Nutzung von Zweirädern?«

»Das Nebeneinander von Tradition und Moderne. Genauso wie das Nebeneinander von Kulturen und Religionen, das Granada über Jahrhunderte hinweg ausgemacht hat. Nimm allein die Alhambra als Beispiel: jüdische, muslimische und christliche Baumeister haben darin ihre Vorstellung vom Paradies verewigt.«

Reflexhaft blicke ich mich um, aber die Häuser zu beiden Seiten der Gasse spenden zwar Schatten, versperren mir jedoch den Blick auf die Umgebung.

»Das spiegelt sich auch im Namen der Stadt wider. Granada bedeutet schließlich auf Spanisch Granatapfel und der Granatapfel hat in allen drei großen Religionen, die hier vor allem früher zusammenlebten, eine symbolische Bedeutung. Zum Beispiel gibt es angeblich in jedem Granatapfel exakt 613 Kerne und das ist die Zahl der Gebote im Judentum.«

Als er meinen erstaunten Blick bemerkt, schmunzelt er. »Als Restaurateur sollte man nicht nur Holz zusägen können.«

»Habe ich auch nicht behauptet«, murmele ich und spüre meine Wangen glühen.

Bald jedoch hat mich die Faszination für meine malerische Umgebung wieder voll im Griff und ich fühle mich in eine vergangene Zeit versetzt. Oder in die Fantasiewelt von Disneys »Aladdin«.

Steile Treppen verlaufen zwischen den Häuserzeilen. Schneeweiß getünchtes Gemäuer wechselt mit unverputztem sandsteinfarbenem. Palmen überragen die Häuser, an denen pinkfarbene Bougainvilleen nach oben klettern. An jeder Ecke gibt es etwas zu entdecken: ob orientalische Teestuben oder Handwerksläden. Hier werden granadinische Laternen mit farbigen Gläsern verkauft, die den Zauber des Orients spüren lassen. Dort sind es silberne Granatäpfel in allen Größen und zur verschiedensten Verwendung, ob als Anhänger oder Dekoration. Und eine Gasse weiter stellen Töpfer ihre kunstvoll bemalten Waren aus.

»Das sieht ja aus wie in Marokko!«, entfährt es mir beim Anblick einer Baldachin-überdachten Gasse, in der vor jedem Laden die Tische schier überquellen von bunten Gewürzen, Nüssen und Leckereien.

Fabio lächelt. »Stimmt. Aber Granada hat seinen ganz eigenen Charme, sein eigenes Leben. Hier ist nicht nur die Magie der maurischen Vergangenheit gegenwärtig, sondern auch die der Gitanos und unserer gemeinsamen Flamencotradition. Oben auf dem Sacromonte tanzen die Gitanos auf eine so mitreißende Art, wie es kaum jemand außer ihnen vermag. Und hier im Albaicín werden Flamencokleider und *Mantones de Manila* noch immer von Hand gefertigt. Außerdem sitzen hier die wichtigsten Schulen der Instrumentenbauer. Die Aufträge für Flamencogitarren, aber auch klassische Modelle kommen aus aller Welt.«

Der Stolz auf seine Stadt ist ihm anzumerken und ich kann es verstehen. Beeindruckt laufe ich weiter. Überall wird gelacht, musiziert, das Zusammensein zelebriert. Ich komme aus dem Staunen gar nicht mehr heraus. Alles ist so quirlig und voller Leben. In den Straßencafés unterhält man sich laut und wild gestikulierend. Die Gassen sind voller Touristen, Händler, Handwerker. Alte Männer und Frauen sitzen an ihren Fenstern oder vor den Hauseingängen und sehen dem Treiben gelassen zu.

Hingerissen bestaune ich wenig später die am Hang angesiedelten Cármenes, die von einer mannshohen Mauer umgebenen Häuser inmitten einer Gartenanlage, die von duftenden und exotischen Pflanzen nur so überquillt.

»Der Begriff ›Carmen‹ geht übrigens auf das Hebräische zurück«, merkt Fabio an.

Verblüfft sehe ich zu ihm.

»Er bedeutet so viel wie ›Weingarten Gottes‹.«

»Weil das Weinlaub die Innenhöfe dieser Häuser beschattet, richtig?«

Lächelnd nickt er und bleibt vor genau solch einem Haus stehen.

Von der Mauer hängen Pflanzen voller bunter Blüten, und die in den Torbogen eingelassene Holztür hat ein herrlich altmodisches, verschnörkeltes Schloss.

Hier wohnt Fabio? Ich komme aus dem Staunen nicht mehr heraus.

»Also …«, sagt er zu Gabriella, während er es aufschließt. »Du packst schnellstmöglich die notwendigen Unterlagen zusammen und dann nichts wie ab zur Uni und …«

»Hallo, *Mamá*«, unterbricht ihn Gabriella und winkt der aus dem Haus tretenden Frau gut gelaunt zu. Diese hat ihr gelocktes Haar locker hochgesteckt und trägt ein rotes Wickelkleid. Ansonsten ist sie so klein und zierlich, dass ich mich frage, wie ihr Sohn so groß werden konnte.

Fabio, der hinter mir die Holztür geschlossen hat, fährt herum. »Was machst du denn hier?«

»Was wohl? Natürlich unserer Señorita-ich-vergesse-alles-außer-meinen-Kopf die Hälfte der Unterlagen vorbeibringen, die sie daheim liegen gelassen hat.« Verärgert deutet sie auf ihre Tochter.

Gabriella schneidet eine schuldbewusste Grimasse. »Echt? Ups. Tut mir ehrlich leid. Vielen, vielen Dank, dass du extra dafür hergefahren bist.« Sie lächelt ihre Mutter so entwaffnend an, dass deren Zorn verraucht, sie nur noch seufzend den Kopf schüttelt.

Dann entdeckt sie mich. »Oh, da ist ja noch jemand.«

»Noch jemand *wer*?«, ertönt eine tiefe Stimme und ein großer Mann mit schütterem Haar und Fabios Augen erscheint im Hauseingang.

»Papá!«, stellt dieser entgeistert fest. Das wäre dann wohl die Erklärung für Fabios Wuchs.

»Eine Freundin, die Fabio im Regen stehen gelassen hat«, beantwortet Gabriella indes die Frage seines Vaters.

»Es hat nicht gere…« Weiter kommt Fabio nicht.

»Etwa ohne Schirm?« Entrüstet stemmt ihre Mutter die Hände in die Hüften.

»Wofür denn einen Schirm?« Fabio wirkt langsam verzweifelt. »Und überhaupt …«

»Wer braucht einen Schirm?«, unterbricht ihn eine zweite Stimme. Eine jüngere Version Fabios erscheint in der Haustür.

»Fabios Freundin«, antwortet die Schwester.

»Fabio hat eine Freundin?« Ein Duplikat von Fabios jüngerer Version schiebt sich neben die erste. Zwillinge. So langsam wird es eng im Türrahmen.

»Eine!«, protestiert Fabio. *»Eine* Freundin, nicht *meine* … Nein, Moment, auch nicht …«

»Und wieso lässt du sie dann noch hier im Garten herumstehen?«, schimpft seine Mutter.

Fabio schüttelt resigniert den Kopf, fragt leicht verzweifelt: »Was tut ihr überhaupt alle hier?« Er hat es offenbar aufgegeben, das Missverständnis aufklären zu wollen.

Seine Mutter zuckt mit den Schultern. »Kaum haben sie gehört, dass ich bei dir vorbeischaue, hat jeder einen Grund gefunden, mitzukommen. Alvaro sieht übrigens nachher auch kurz vorbei, ich habe ihn angerufen und gesagt, dass wir dich besuchen. Aber keine Sorge, wir haben noch nicht angefangen.«

»Was? Wie? Womit angefangen?«

»Na, mit dem Grillen«, erklärt sie. »Wenn wir schon einmal alle hier sind, wird auch anständig gegessen.«

»Ui, lecker!«, ruft Gabriella erfreut.

Ihre Mutter zieht tadelnd eine Augenbraue hoch. »Du, Señorita, rennst los zur Einschreibung. Wenn du dich beeilst, ist nachher noch etwas da.«

»Und wie ich mich beeile!« Schon eilt sie tiefer ins Haus hinein, wohl um ihre Unterlagen zu holen.

»Mamá«, sagt Fabio kopfschüttelnd. »Hast du etwa wieder Essen für eine zwölfköpfige Familie vorbereitet? Ich habe

doch schon so oft gesagt, dass du dir nicht so viel Mühe machen sollst, wenn du mich besuchst.«

»Ach was, ich weiß doch, wie sehr du dich in Wahrheit darüber freust, mal wieder etwas Anständiges zwischen die Zähne zu kriegen.«

»*Mamá*, wir sind in Granada. Hier gibt es mehr Tapasbars als Steine in der Straße!«

»Das ist nicht das Gleiche«, behauptet seine Mutter konsterniert, bevor sie sich dem Rest ihrer Familie zuwendet. »Auf gehts, Pedro, das Fleisch grillt sich nicht von allein. Jandro, du kümmerst dich um die Getränke. Carlos, du deckst den Tisch.«

»Darf ich vorstellen?«, fragt Fabio. »Meine Mutter, Oberleutnant Lucía.«

»Ach, du!« Lachend gibt ihm seine Mutter einen Klaps auf die Schulter. »Stell mir lieber endlich deine Freundin vor!«

Vor Faszination war ich bislang wie paralysiert, doch das reißt mich jetzt aus meiner Starre. »Ich bin nicht seine Freundin!«, stelle ich eilig klar.

»Nicht?«

»Nein, aber ich heiße Marisol und bin …« Ich fange einen warnenden Blick von Fabio auf, aber ich hatte nicht vor, seine Bitte zu ignorieren. Warum auch immer. »… das Mädchen, das Fabio vor dem Taschendieb gerettet hat.«

»Fabio! Davon hast du gar nichts erzählt!«

»War keine große Sache.« Er fährt sich mit der Hand über den Nacken.

»Nun, äußerst schade, dass sie nicht deine Freundin ist. Aber was nicht ist, kann ja noch werden.«

»Bitte, fang nicht wieder damit an!«

»Wieso nicht? Du weißt, wie sehr ich mir Enkel wünsche.«

Er stöhnt auf und sie zwinkert mir verschmitzt zu. »Du bleibst natürlich zum Essen, Marisol.«

Ganz offensichtlich zieht sie ihren Sohn nur auf. Angesichts seiner Verzweiflung muss ich lachen. Dabei wollte ich doch wütend auf ihn sein!

Er mustert mich perplex, dann jedoch zuckt es um seine Mundwinkel.

»Warst du mit Marisol schon auf der Alhambra oder …«, setzt seine Mutter an, wird aber von ihm unterbrochen.

»Könntest du dich bitte um das Essen kümmern, *Mamá*!«

»Siehst du – ich wusste, du würdest wollen, dass ich das tue!«, entgegnet sie triumphierend, aber mit Lachfältchen um die Augen. »Und du, Marisol, isst natürlich mit uns.« Bevor ich etwas entgegen könnte, ist sie ebenfalls im Haus verschwunden.

»Danke für deine Unterstützung«, scherzt Fabio.

»Gern geschehen«, gebe ich zuckersüß zurück. »Du hattest was gut bei mir, nachdem du mich gestern so freundlich verabschiedet hast.«

Er verzieht das Gesicht. »Das war nicht die feine Art, das stimmt, und es tut mir wirklich leid, aber …« Er seufzt und macht eine galante Geste Richtung Hausinneres. »Darf ich mich damit entschuldigen, dass ich dich einlade, mit uns zu essen?«

Ich ziehe eine Augenbraue hoch. »Mir scheint, als bliebe dir nichts anderes übrig.«

»Du hast mich erwischt.« Er lächelt auf eine so jungenhaft-entwaffnende Art, dass mein Herz wieder zu einem Sprint ansetzt. Das passiert in seiner Gegenwart viel zu oft.

Dämliches Herz! Aber andererseits hat er mir noch keine Antworten geliefert und vielleicht ist ja alles doch ganz anders? Wie heißt es doch immer? Unschuldig, bis die Schuld erwiesen ist. Ich atme tief durch. »Nein, aber mal im Ernst

– das hier ist offenbar ein Familientreffen«, stelle ich verlegen fest.

»So schauts aus.« Fabio seufzt. »Ich hoffe nur, dass Alvaro der Einzige ist, den meine Mutter angerufen hat. Na, komm rein, dann stelle ich dir auch meine Geschwister und meinen Vater gebührend vor.«

Mein Gesicht glüht. »Nein, nein, das ist völlig unpassend und ich …«

»Vergiss es, aus der Nummer kommst du nicht mehr heraus«, fällt er mir mit einer Mischung aus Resignation und Belustigung ins Wort. »Meine Mutter würde mich sonst teeren und federn, und das willst du mir doch nicht antun, oder?« Er schaut mich gespielt flehend an.

»Da bin ich mir noch nicht sicher«, gebe ich scherzend zurück, werde dann aber wieder ernst. »Was ist mit meinen Fragen?«

Er seufzt erneut tief auf. »Ich tue es nicht gern, aber ich beantworte sie dir nachher, versprochen!«

»Na, wo bleibt ihr beiden denn?«, ruft seine Mutter. »Eine Runde *Baraja Española* vor dem Essen muss drin sein, das ist Tradition!«

Ich werde mit Fabios Familie Karten spielen und essen? Okay, das geplante Fabio-zur-Rede-Stellen läuft irgendwie gar nicht so, wie ich mir das letzte Nacht vorgestellt habe. Aber bei genauerer Betrachtung ist das auch gut so. Nämlich sehr viel schöner.

* * *

Doch auch dieses von Fabio in Aussicht gestellte *nachher* gestaltet sich deutlich anders, als ich es mir vorgestellt habe. Wer auch immer dieser Alvaro sein mag – er ist ganz offensichtlich nicht der Einzige, den Lucía angerufen hat.

Ich verbringe den gesamten Tag mal im schattigen Innenhof des Hauses, mal auf der Terrasse des kleinen, aber traumhaft schönen Gartens. Um mich her nichts als Palmen, Feigenbäume, exotische Blumen – und haufenweise Verwandte von Fabio.

Immer wieder schauen *nur ganz kurz* neue Cousinen und Onkel, Großtanten und Großcousins herein. Die meisten von ihnen gleich mitsamt der kompletten eigenen Familie – und zu der gehören vor allem jede Menge Kinder. Ich bin umgeben von einem einzigen riesigen, lauten, wild gestikulierenden und lachenden Durcheinander – und ich genieße es! Alle verhalten sich mir gegenüber, als würde ich zur Familie gehören, und so gut wie jeder kramt für mich ein paar Brocken Deutsch hervor, was zu noch mehr Gelächter führt.

Nur einer lacht nicht. Ein verhärmt aussehender alter Mann mit grauschwarzem Vollbart und abgegriffenem Caballero-Hut. Er hat ein braun gebranntes, tief gefurchtes Gesicht. Ich weiß gar nicht, wann er gekommen ist, denn er ist der Einzige hier, der nicht sofort auf mich zugesteuert ist, um mich neugierig in Augenschein zu nehmen. Er macht nicht den Eindruck, zur Truppe zu gehören, scheint sich sogar sichtlich unwohl zu fühlen. Mit düsterer Miene steht er abseits und die abweisende Aura, die ihn umgibt, hält alle auf Distanz.

Neugierig schiebe ich mich zu Fabio hindurch, der gerade seiner offenbar ziemlich schwerhörigen Großtante María erklärt, dass wir weder verlobt noch überhaupt ein Paar sind, und tippe ihn an. »Wer ist der Mann dort an der Mauer neben dem Orangenbaum?«

»Wen meinst du?«

Ich folge seinem Blick. Der Mann ist verschwunden. Suchend recke ich den Hals. »Er war …«

»Ich gratuliere euch zu eurer Verlobung«, fällt mir Großtante María strahlend ins Wort.

Fabio macht ein resigniertes Gesicht, ich hingegen stolpere fast über meine Zunge beim Versuch, den Sachverhalt eilig klarzustellen.

Die Großtante nickt meine Worte ab – und drückt mich anschließend fest an ihren großen, weichen Busen. »Ich wünsche euch viele Kinder.«

»Äh …« Entgeistert sehe ich über ihre Schulter zu Fabio.

»Spar dir die Mühe«, murmelt er seufzend. »Mit etwas Glück hat sie bis morgen ohnehin vergessen, mit welchem ihrer ganzen Großneffen sie überhaupt gesprochen hat.«

»Wie du meinst.« Ich zucke belustigt mit den Achseln, immerhin wird das dann ja nicht mehr mein Problem sein.

»Und hör auf zu lachen!« Er guckt mich gespielt finster an, was mich nur noch mehr zum Lachen bringt.

Schließlich zupft ein Lächeln an seinen Mundwinkeln. »Tut mir leid, dass das hier so lange dauert.«

»Dafür musst du dich doch nicht entschuldigen«, widerspreche ich verlegen. Die Tatsache, dass ich mich hier bei einer Familienzusammenkunft aufgedrängt habe, macht mir noch immer zu schaffen. »Du hast eine wirklich wundervolle Familie. So offen und herzlich. Und so … groß.«

»Wir sind hier in Andalusien«, erinnert er mich und setzt sich neben mich auf die mit Kissen ausgepolsterte Bank. »Das ist hier Normalzustand. Hier ist es nicht wichtig, ein teures Haus zu besitzen oder ein dickes Auto zu fahren, sondern eine große Familie zu haben. Sie ist hier das Herzstück des Lebens.«

Wenn das der Normalzustand ist, verstehe ich langsam meine Großmutter. Sie muss sich wirklich sehr einsam fühlen, wenn sie bei ihren Freundinnen oder Bekannten sieht, welch große Familien diese haben. Auch meine Eltern hatten sich mehr Kinder gewünscht, aber leider hat es nicht sein sollen.

»Die Ausdrücke ›Schnitzel‹ und ›Bier‹ sind auf jeden Fall am bekanntesten«, teile ich Fabio mit. »Berührungsängste hingegen sind ein Fremdwort.«

Er lacht und ich liebe dieses Geräusch noch immer. Nein, sogar noch mehr als zuvor.

Ihn inmitten seiner Familie zu sehen, ist wundervoll: Die Kabbeleien mit seinen Geschwistern, die Scherze mit seinem Vater und die liebevolle Art, in der er seine Mutter wieder und wieder dazu zu bewegen versucht, sich auszuruhen. Wie soll man solch einen Menschen nicht mögen? Und wie kann ich solch einen Mann bloß verdächtigen, mich nur als Informationsquelle benutzt zu haben?

»Felipe Sánchez hat gerade angerufen«, ertönt plötzlich neben uns Lucías Stimme und schon drückt Fabios Mutter ihrem Sohn sein Handy, das er wohl in der Küche liegen gelassen hat, und mir einen weiteren Teller mit Tapas in die Hand.

»Was? Warum?«, fragt Fabio mit gerunzelter Stirn, aber seine Mutter ist noch immer mir zugewandt.

»Du musst nachher unbedingt auch die Sopa Granadina probieren, Marisol.«

Granadinische Suppe?

Die Neugier muss mir regelrecht ins Gesicht geschrieben sein, denn sie ergänzt: »Mit Fleischklößchen und Granatapfelkernen. Eine granadinische Spezialität.«

»Das hört sich großartig an, die werde ich auf jeden Fall versuchen, danke.«

»*Mamá*, warum hat Felipe angerufen?«, hakt Fabio ungeduldig nach.

»Wegen der Restaurationsarbeiten in der Iglesia de Santo Domingo. Du sollst vorbeikommen.«

»Verdammt, was hat er denn jetzt schon wieder für ein Problem?« Fabio will sich erheben, aber seine Mutter legt ihm die Hand auf die Schulter.

»Bleib sitzen. Ich habe gesagt, dass wir heute ein Familientreffen haben und du nicht vor morgen Nachmittag vorbeikommen kannst. Er muss endlich lernen, dass Menschen auch ein Privatleben haben und er dich nicht zu jeder Tages- und Nachtzeit herbeizitieren kann, um seine Fehler auszubügeln.«

Fabio zieht eine Augenbraue hoch. »Und das hat er akzeptiert? Ohne darauf zu bestehen, mit mir persönlich zu sprechen?«

»Mein lieber Junge«, erwidert Lucía mit einem Funkeln in den Augen. »Ich dachte, du würdest mich inzwischen kennen.«

»Offenbar noch nicht gut genug«, gibt er bewundernd zurück.

Sie lacht leise in sich hinein, deutet dann auf mich. »Marisol sagte vorhin, dies sei ihr erster Tag in Granada! Wenn du nachher nicht zum Sonnenuntergang mit ihr auf den Balkon oder die Dachterrasse gehst, Fabio, werde ich den Zwillingen ebenfalls erlauben, sich bei dir einzuquartieren.«

»Tu mir das nicht an. Dieses Haus hat nur ein Bad und das blockiert schon Gabriella stundenlang.«

»Dann denk an den Sonnenuntergang«, erinnert ihn seine Mutter fröhlich – und schon ist sie weitergeflattert. So wie sie die ganze Zeit über pausenlos in Aktion und immer darauf bedacht ist, dass alle sich wohlfühlen. Wie meine Mutter. Mama hat die gleiche fröhliche und offene Herzlichkeit besessen.

»Deine Mutter hat Energie für zehn.«

»Und ein Herz für hundert«, ergänzt er liebevoll. »Sie trägt den Namen Lucía wirklich zu Recht. Sie ist unsere Sonne. Außerdem versteht sie es, sich Autorität zu verschaffen. Dieser Felipe, der vorhin anrief, ist ein Choleriker und Chauvinist alter Schule. Er ist dafür bekannt, sich von Frauen nichts sagen zu lassen. Aber bei meiner Mutter ist er offenbar an seine Grenzen gestoßen. Sein Gesicht hätte ich gern gesehen.«

Die Liebe und Bewunderung, die er sichtlich für seine Mutter empfindet, gehen mir ans Herz.

Wehmut beschleicht mich. Und Sehnsucht. Nach genau solch einer großen Familie. Vor allem aber nach meiner Mutter. Meine Augen brennen, ich blinzele heftig.

Doch kaum habe ich es gewagt, mir diese Sehnsucht einzugestehen, legt sich sogleich wieder die alte Schraubzwinge um meine Brust: Hätte ich damals doch nur anders reagiert …

Mein Handy klingelt. Zum Glück. Erleichtert über die Ablenkung reiße ich es ans Ohr.

»Mari?«, dringt Vanessas Stimme heraus. »Wie sieht es aus? Soll ich die Polizei losschicken, damit sie dich ausbuddelt?«

»Du guckst zu viele Krimis. Ich habe Fabios Familie kennengelernt.«

»Wow, das geht ja fix bei euch.«

»Nicht aus diesem Grund. Es war Zufall.«

»Also ein glücklicher Zufall, was? Sag mal, was ist denn da so laut bei dir im Hintergrund.«

»Besagte Familie. Sie ist noch immer hier.«

»Oh. Okay. Das klingt, als hättest du Spaß. Ist es dann in Ordnung, wenn Emilio und ich die Bootstour in einer Strandbar ausklingen lassen? Oder bist du bald zurück? Nicht dass ich deinen Großeltern gegenüber noch behaupten muss, du seist uns aus dem Boot gefallen.«

»Macht euch einen schönen Abend, ich brauche hier noch etwas länger.«

»Okay«, sagt sie langsam und ich merke, dass sie etwas auf dem Herzen hat.

»Rück schon raus mit der Sprache.«

»Na ja … wäre es ein Problem für dich, wenn ich auch die Nacht mit Emilio verbringe?«

»Sofern du das nicht im Haus meiner Großeltern tust, wieso sollte es? Davon abgesehen musst du doch deine Kenntnisse über Sitten und Gebräuche des Landes auf den neuesten Stand bringen, nicht wahr?«

Ich höre sie glucksen. »Exakt. Aber wie kommst du nach Hause?«

»Mit einem Taxi. Das hätte ich so oder so getan.«

»Und es ist ganz sicher in Ordnung für dich, wenn ich dann heute Abend nicht da bin? Ich meine, falls du jemanden zum Reden brauchst?«

»Ja, mach dir keinen Kopf. Und jetzt genieß es in vollen Zügen!«

Ich würde ihr auf keinen Fall den Abend verderben wollen. Davon abgesehen ist der Tag bisher so wundervoll verlaufen, dass ich inzwischen sicher bin, auch der ganze Rest um Fabios merkwürdiges Verhalten zuvor werde sich in leicht zu erklärende Nichtigkeiten auflösen.

* * *

»Dann habt noch einen wundervollen Abend, ihr beiden.« Lucía drückt mich in der kleinen weiß getünchten Küche noch einmal an sich, während Fabio bereits seine Brüder und seinen Vater zum Gartentor begleitet. »Und ich hoffe doch sehr, dass wir dich in Zukunft noch oft bei uns sehen werden.«

Am liebsten hätte ich geantwortet: *ich auch*. Stattdessen nicke ich nur ausweichend.

Als Fabio zurückkehrt, lässt er sich erst einmal auf die Küchenbank fallen und stößt einen tiefen Seufzer aus. »Wie gesagt – wundervoll, aber auch anstrengend.«

Ich kann verstehen, dass er müde ist. Es ist schon nach achtzehn Uhr und die letzten Tanten und Onkel haben sich erst kurz vor seinen Eltern verabschiedet. Doch jetzt hätte ich sie mir um ein Haar zurückgewünscht.

Fabio und ich sitzen uns in der kleinen Küche gegenüber und die plötzliche Stille erscheint viel lauter, als es zuvor der Lärm war.

Ich räuspere mich unbehaglich.

»Ich weiß, ich weiß.« Fabio hebt abwehrend die Hand. »Klartext ist angesagt.«

Wenig begeistert nicke ich. Der eigentliche Grund meiner Anwesenheit hat im Laufe des Tages an Dringlichkeit verloren. Ich muss ihn mir richtiggehend ins Gedächtnis zurückrufen. »Deine Andeutungen, deine Fragen … Was sollte das alles?«

Er reibt sich müde über die Stirn. »Das weiß ich selbst noch nicht.«

»Was soll das heißen?«

»Ich suche nach Antworten.«

»Worauf? Hör endlich damit auf, in Rätseln zu sprechen!«

Er zieht sein Handy hervor, scrollt kurz durch das Display und hält es mir dann hin. »Darauf.«

Stirnrunzelnd blicke ich auf eine Tabelle voller Zahlen, während sich die Enttäuschung meiner wieder bemächtigt. Also lag ich mit meinem Verdacht richtig. Es gibt einen Grund für all seine Fragen. »Was ist das?«

»Eine Statistik.«

»Über?«

»Todesfälle in Kliniken der Provinz Granada.«

Todesfälle?

Irritiert sehe ich auf. »Ja, und?«

Er vergrößert das Bild, legt es vor mich auf den Tisch und rückt zu mir heran. »Schau dir die Zahlen der Neugeborenensterblichkeit an.«

Das tue ich und stelle verwirrt fest, dass sie bei einigen Kliniken deutlich höher sind als beim Rest. Ich beuge mich vor, gehe die Namen der Kliniken durch und runzele irritiert die Stirn – am höchsten ist die Zahl der Todesfälle in der Klinik, in der mein Großvater die Gynäkologie geleitet hat. »Woher hast du das?«

»Ich habe recherchiert.«

»Und wieso?«

»Weil meine Mutter davon betroffen ist.«

»Oh.« Ich schlucke. Seine Mutter hat ein Baby kurz nach der Geburt verloren? »Das tut mir entsetzlich leid, wirklich. Doch das kommt leider ab und an vor. Es gibt viele medizinische Ursachen für …«

»Und das hier?«, unterbricht er mich und wischt zur Seite.

Eine weitere Statistik. Dieses Mal nur in Bezug auf diese spezielle Klinik. Und über einen Zeitraum von zwei Jahrzehnten hinweg.

Ich zucke zusammen.

Die Sterblichkeitsrate bei Neugeborenen war in den Jahren vor und nach der Tätigkeit meines Großvaters signifikant geringer!

Verwirrt und unsicher richte ich mich wieder auf, lehne mich zurück. »Vielleicht gab es in dieser Zeit Probleme mit Keimen in der Luftfilteranlage oder anderem Inventar, das anschließend ausgetauscht wurde, sodass sich die Zahlen wieder gebessert haben.«

Er schüttelt den Kopf. »Es gab keine größeren Umbauten oder Investitionen in die Ausrüstung.«

»Trotzdem kann es alle möglichen Gründe für diese Zahlen geben.«

Er nickt langsam. »Kann es. Dennoch … sind da ein paar andere merkwürdige Dinge.«

Meine Augen verengen sich. »Du unterstellst meinem Großvater also schlampige Arbeit?« Meine Finger trommeln ungehalten auf die Tischplatte.

»Dein Großvater hatte eine leitende Position inne. Ich möchte lediglich ein paar Antworten von ihm haben. Einsicht in die Akten.«

»Einsicht in die Akten? Mit welchem Recht? Du hast sie doch nicht mehr alle!« Ich schnaube verächtlich. »Erstens werden Patientenakten in der Regel nur zehn Jahre lang aufbewahrt, diese hier sind also schon längst vernichtet – und zweitens: Was du da andeutest, ist ausgemachter Blödsinn und eine absolute Unverschämtheit! Dass unter seiner Leitung unsauber gearbeitet oder falsch diagnostiziert wurde?« Ich kann nicht mehr still sitzen bleiben angesichts solcher Verdächtigungen und springe auf. »Das ist absolut lächerlich! Verrückt! Absurd!«

»Ich habe nichts dergleichen gesagt«, entgegnet er vorsichtig. »Ich … versuche nur, das hier zu verstehen.«

»Na, dann gibt es doch eine ganze einfache Lösung – ich rufe meinen Großvater an und frage ihn, worauf diese Zahlen zurückzuführen sind.«

»Und du meinst, dass er dir die Wahrheit sagt?«, fragt mich Fabio ruhig.

Natürlich!, will ich empört entgegnen und ihn angehen, weil er meinen Großvater damit indirekt einen Lügner nennt.

Aber ich kann nicht.

Ich beiße mir auf die Lippe, habe das teils so merkwürdige Verhalten meines Großvaters während Fabios Besuch vor Augen. Er schien, als wäre er … auf der Hut. Und dann diese plötzliche Verteidigung, in seiner Klinik sei immer alles exakt nach Vorschrift gelaufen. Obwohl Fabios Andeutung so minimal war, dass niemand Unbeteiligtes sie hätte verstehen dürfen. Er hätte erstaunt reagieren können oder ratlos. Aber er war regelrecht wütend, wenn ich es rückblickend betrachte.

»Okay, ich will nicht behaupten, dass mein Großvater nichts davon weiß. Doch ursächlich hat er auf gar keinen Fall etwas damit zu tun. Hundertprozentig hat er erst im Nachhinein davon erfahren. Das wäre der einzig denkbare Grund, aus dem er so empfindlich reagiert hat, als du ihn auf die Klinik angesprochen hast. Punkt!«

Fabio schweigt und das regt mich noch viel mehr auf. Ich bin wütend auf ihn und wütend auf mich. Weil da diese beißende Enttäuschung in meinem Inneren ist.

»Sehr viel schlimmer finde ich dein Verhalten!«, fahre ich ihn an.

»Dass ich dich zum Familienessen eingeladen habe?«

»Dass du mich benutzt hast, um an Informationen zu kommen über … über was auch immer zu dieser Statistik geführt hat!« Endlich ist es raus. Mein Herz schlägt wild gegen meine Rippen. Wider besseres Wissen hoffe ich auf eine völlig andere Erklärung.

»Das tut mir leid.«

Ich keuche auf. Seine Worte sind ein Schlag in den Magen. Vielleicht ist es auch die geballte Ladung Enttäuschung, die mich da geboxt hat. Ich schlinge die Arme um meinen Oberkörper, als könne ich dadurch zumindest mein Herz schützen.

Okay, zumindest streitet er es nicht ab. Leichter wird es dadurch für mich aber auch nicht.

Fabio schüttelt müde den Kopf. »Ja, ich bin nach Rincón de la Victoria gefahren, um Antworten zu finden. Ja, ich habe im Klub gehört, wer du bist. Und ja, ich wollte deshalb mit dir reden. Aber du warst plötzlich weg und ich bin dir nachgelaufen. Und dann … tja, haben sich die Ereignisse irgendwie überschlagen und ein Eigenleben entwickelt: Du wurdest überfallen und plötzlich hat mich deine Großmutter zum Essen eingeladen. Wer hätte da Nein gesagt?« Nun springt auch er auf, tigert aufgelöst durchs Zimmer. »Was hättest du denn an meiner Stelle getan?«

»Diese Argumentation ist nicht fair!«, krächze ich, aber zu meinem beinahe noch größeren Ärger empfinde ich sogar Verständnis. Immerhin geht es um seine Mutter. Und um deren Baby. Abrupt wende ich mich ab, doch er kommt um den Tisch herum, fasst mich bei den Schultern und sieht mich eindringlich an.

»Aber was ich dir gestern gesagt habe, ist und bleibt die Wahrheit: Du bist hübsch und klug und witzig und interessant und ich verbringe wahnsinnig gern Zeit mit dir. Sehr viel lieber, als gut für mich ist.«

Ich zucke zusammen, weiche zurück. Er hat auf mein Herz abgezielt. »Warum bist du gestern abgehauen?«, frage ich tonlos.

Und wieder ist da diese innere Zerrissenheit, die sich in seinem Gesicht spiegelt. »Du hast schon genug durchgemacht. Ich wollte dich nicht weiter belästigen. Wollte nicht, dass … dass du noch mehr leidest.« Seine Augen sind so dunkel und traurig und … und scheinen mir bis auf den Grund meines Herzens zu blicken.

Und mein Herz gibt sich geschlagen. Verdammt! Dummes, dummes Herz.

Frustriert starre ich zu Boden.

Ich will ihm nicht glauben, und kann doch nicht anders, als es zu tun. Ja, ich bin noch immer wütend und verletzt. Aber auch … bewegt.

Und davon abgesehen ist da immer noch die Tatsache, dass er nur seiner Mutter helfen will. Das lässt mein Herz nicht los. Denn das ist etwas, das ich nie wieder tun kann.

»Du würdest die Sache an sich aber nicht auf sich beruhen lassen, stimmts?« Ich hebe den Kopf.

Er lächelt schief. »Stimmt. Ich wollte versuchen, auf anderem Weg an Informationen zu kommen.«

»Auf welchem?«

Er hebt in einer hilflosen Geste die Hände. »Gute Frage.«

Nun bin ich diejenige, die in der Küche umhertigert, während ich versuche, das Chaos in meinem Inneren zu ordnen.

Schließlich bleibe ich vor Fabio stehen, sehe angriffslustig zu ihm auf. »Deine Verdächtigungen sind völlig abstrus! Mein Großvater hat seinen Job großartig gemacht. Er ist ein hervorragender Mediziner! Was auch immer zu der hohen Sterblichkeitsrate geführt hat, lag außerhalb seiner Macht.«

Er nickt langsam. »Mir war klar, dass du nichts anderes sagen würdest. Du liebst ihn.«

»Und deshalb helfe ich dir.«

Perplex blinzelt er. »Du hilfst mir?«

»Ganz recht. Ich helfe dir, mehr herauszufinden. Und zwar, um dir zu beweisen, dass du dich irrst!« Und mir. Denn so absurd das auch alles ist, hat Fabio dennoch Zweifel in mir gesät. Ja, ich könnte jetzt gehen und alles zu den Akten legen. Offensichtlich käme Fabio nicht weiter, die Sache würde im Sande verlaufen. Doch selbst wenn ich einfach so gehen könnte – und ich kann es nicht, immerhin geht es hier um eine Mutter und ihr Baby –, wie sollte ich meinem Großvater in Zukunft je wieder in die Augen sehen können, wenn ich diesen Zweifel nicht beseitige?

Ein kleines ungläubiges Lächeln huscht über sein Gesicht. »Habe ich schon erwähnt, dass du mich immer wieder aufs Neue überraschst?«

»Spar dir das Süßholzgeraspel«, grummele ich.

»Geht klar, Chef.« Wieder ist da dieses jungenhaft-schelmische Lächeln, dem ich nicht widerstehen kann, sosehr ich mich auch dagegen wehre. »Darf ich stattdessen fragen, was du vorhast?«

Ich schenke ihm meinen finstersten Blick. »Ich werde herausfinden, was meine Großmutter weiß. Und dann wirst du sehen, dass alles einen ganz anderen Hintergrund hat.«

Er mustert mich skeptisch. »Aber wenn du mit deiner Großmutter sprichst …«

»Ja, klar: Natürlich werde ich ihr direkt den Grund auf die Nase binden.« Ich verdrehe die Augen.

»Na schön«, erwidert er mit einem Anflug von Belustigung. »Dann haben wir also einen Deal?«

Ich verschränke die Arme vor der Brust. »Haben wir.«

Er nickt langsam, wirkt plötzlich verlegen und streicht sich erneut mit der Hand über den Nacken. Eine Geste, die ich schon mehrfach bei ihm beobachtet habe, wenn er verlegen zu sein scheint. »Tja, dann …«

»Wird es Zeit, dass ich mir ein Taxi rufe.«

»Ich fahre dich.«

»Nein, Blödsinn.«

»Es wird bald dunkel. Nichts gegen unsere Taxifahrer, aber es gibt überall schwarze Schafe. Ich werde dich nicht allein mit einem Fremden anderthalb Stunden durch die Dunkelheit fahren lassen. Denk nur an den Taschendieb.«

Okay, das ist ein Argument. Allein bei der Erinnerung daran schießt es mir wieder heiß durch die Adern. »Du spielst unfair!«, beschwere ich mich. »Trotzdem wären das drei Stunden Fahrt für dich, nur um mich zu Hause abzusetzen. Nein, das geht nicht, es wird sich eine andere Lösung finden.«

Er schüttelt den Kopf. »Entweder fahre *ich* dich oder du übernachtest hier.«

Beinahe hätte ich gelacht, denn das muss ein Witz sein.

»Keine Sorge, du wärst nicht mit mir allein.«

Stimmt. Gabriella ist ja nachher auch wieder da. Er meint es tatsächlich ernst.

»Wenn du schon bereit warst, vor meinem Auto zu kampieren«, scherzt er, »wirst du doch wohl auch im selben Haus wie ich schlafen können, oder? Ist wesentlich bequemer.«

Mag sein, ist aber trotzdem eine ganz, ganz schlechte Idee! Körper und Geist sind bei mir gerade schon verwirrt genug. Ich bin mir sehr sicher, dass es dem nicht zuträglich ist, wenn ich jetzt die Nacht Tür an Tür mit Fabio verbringe. Hin- und hergerissen kaue ich auf meiner Wange.

»Wenn du um keinen Preis mit mir fahren willst, dann nimm wenigstens morgen bei Tageslicht ein Taxi. Oder du fährst mit Gabriella. Sie hat offenbar jemanden am Strand kennengelernt und will morgen mit einer Freundin erneut hinfahren. Die beiden können dich mitnehmen, dann sparst du dir die Kosten für ein Taxi. Vor allem für die einer Taxifahrt mit einem Fremden bei Dunkelheit.«

Verdammt, verdammt, verdammt! Ich kann nicht leugnen, dass, je länger ich über eine Fahrt mit einem fremden Mann bei Dunkelheit nachdenke, immer mehr Erinnerungen an den Überfall in mir aufsteigen. Unwillkürlich schlinge ich die Arme um mich. »Ich entscheide noch immer selbst, wann und mit wem ich wohin fahre!«

»Natürlich.«

»Ich habe nicht einmal eine Zahnbürste dabei, geschweige denn Wechselklamotten.«

»Eine verpackte Zahnbürste findest du im Waschbeckenschrank, klamottentechnisch dürfest du in etwa die Größe meiner Schwester haben und eine Waschmaschine besitze ich auch.«

»Na gut«, sage ich zögerlich und hole tief Luft. »Ich bleibe heute Nacht hier und fahre morgen mit Gabriella zurück.«

Ich hole tief Luft und rufe Vanessa an. Kaum habe ich gesagt, wo ich die Nacht verbringen werde, als sie schon kaum zu halten ist.

»*Yeah*, endlich! Du kommst aus deinem Schneckenhaus und hast endlich wieder Spaß und …«

»Vanessa! Ich werde *bei* ihm schlafen, nicht *mit* ihm!«, dämpfe ich eilig ihre Begeisterung. Oder versuche es zumindest, denn sie lässt sich nicht beirren und legt es darauf an, mir mehr Liebestipps mit auf den Weg zu geben, als in einen Ratgeber passen.

»Vanessa!«, falle ich ihr schließlich ins Wort. »So ist es nicht. Wirklich. Aber hör kurz zu: Viel wichtiger ist, dass du meinen Großeltern nicht verraten darfst, wo ich wirklich bin. Ich werde ihnen sagen, dass wir noch in einen Klub oder so wollen und nachher dann bei Emilio übernachten werden. Du musst das ebenfalls behaupten, sollten sie dich fragen.«

»Aber wieso?«

»Das erkläre ich, wenn ich wieder da bin. Bitte tu es einfach.«

»Na schön. Ich bin gespannt. Also hab eine heiße Nacht.«

»Ich werde nicht mit ihm schlafen!«, widerspreche ich erschöpft und sie legt lachend auf.

Anschließend rufe ich bei meinen Großeltern an und bin heilfroh, dass Inés rangeht, weil meine Großeltern einen Spaziergang machen. Ich muss sie also nicht direkt anlügen, zumindest noch nicht. Ich spule das mit Vanessa vereinbarte Programm ab und bitte Inés, es meinen Großeltern auszurichten.

* * *

Eine halbe Stunde später finde ich mich im Obergeschoss im Zimmer von Fabio wieder, der es sich nicht hat ausreden lassen, es an mich abzutreten und selbst auf dem Sofa in der Stube zu schlafen.

Er holt Bettzeug aus dem Schrank und erklärt irgendetwas, aber ich kann mich nicht auf seine Worte konzentrieren.

Ich stehe auf dem kleinen Balkon, stütze mich mit den Händen auf die steinerne Balustrade und starre sprachlos auf das Bild, das sich mir bietet und das ich zuvor der mannshohen Gartenmauer wegen überhaupt nicht habe erahnen können.

Vor mir breitet sich im Abendlicht das prachtvolle Granada aus. Und auf dem Hügel mir gegenüber thront malerisch und magisch unter lilafarbenem Himmel und pinkfarben aufleuchtenden Kondensstreifen die Alhambra.

Fasziniert betrachte ich, wie die Sonne langsam untergeht und dabei die Mauern der Festungsanlage mit jeder Minute stärker rot erglühen. Als wären sie in Brand gesteckt worden und das Feuer würde auf den Himmel übergreifen.

Der Kontrast zu dem satten Grün der Hügel und den selbst zu dieser Jahreszeit noch schneebedeckten Gipfeln der Sierra Nevada im Hintergrund verschlägt mir schier den Atem. Niemals habe ich etwas Schöneres gesehen, da bin ich mir sicher.

»Darum heißt sie ›die rote Festung‹«, erklingt leise Fabios Stimme neben mir und ein wohliger Schauer läuft mir über den Rücken. Ich habe gar nicht bemerkt, dass er zu mir getreten ist, spüre seine Nähe dafür jetzt umso deutlicher. Und das Prickeln, das sie auf meiner Haut auslöst. Trotz allem, was ich zuvor erfahren habe.

Das muss an dem magischen Bild vor mir liegen. Nur daran.

1974

Mina

»Schwanger?« Zutiefst schockiert starrte Minas Mutter sie an. Der Kamm, den sie sich ins Haar hatte stecken wollen, war ihren Fingern entglitten und zu Boden gefallen.

Im nächsten Moment warf sie die Hände in die Luft. »Heilige Muttergottes, hilf! Ich habe es gesagt! Ich habe es immer gesagt! Dieser Junge wird dich ins Verderben stürzen!« Juanita lief aufgebracht durch das Schlafzimmer. »Halte dich von ihm fern, habe ich gesagt! Dieser Junge bringt dir nichts als Unglück, habe ich gesagt! Aber du wolltest ja nicht auf mich hören! Und nun schaue dich an!«

Mina verdrehte die Augen, war aber froh, dass sie die Tür des Zimmers vorsorglich geschlossen hatte. Sie hatte die ganze Nacht überlegt, ob sie es ihrer Mutter sagen sollte, sich schließlich aber dafür entschieden. Das war sie ihr schuldig, fand sie. »*Mamá*, erstens einmal ist er genau das Gegenteil, nämlich mein größtes Glück! Genau wie das Baby. Und zweitens gehören immer zwei dazu, ein Kind zu bekommen, ich dachte, das wüsstest du.«

Ihre Mutter zog zischend die Luft ein. »Wage es nicht, so mit mir zu reden!«

»Entschuldige.« Sie trat auf ihre Mutter zu und griff nach ihrer Hand. »Aber mach dir nicht so viele Sorgen. Wir werden einfach noch schneller heiraten als geplant. Alles, was Diego und ich uns wünschen, ist, unser Leben miteinander zu verbringen. Wir haben doch von Anfang an gesagt, dass wir uns am liebsten auf der Stelle trauen lassen würden und keine große Feier brauchen.«

»Was sollen die Leute sagen, wenn wir keine anständige Feier ausrichten? Ganz zu schweigen davon, wenn wir die Hochzeit so kurzfristig anberaumen? Sie werden wissen, dass es … Gründe für die schnelle Hochzeit gibt. Sie werden reden.« Sie verzog ihr Gesicht zu einer entsetzten Miene.

»Das macht mir nichts aus.«

»*Noch* nicht! Aber mir. Ich bin hier diejenige, die all das Getuschel und die schiefen Blicke wird ertragen müssen, für die du in deiner rosaroten Wolke zu blind und zu taub bist.«

»Weder Worte noch Blicke tun weh, *Mamá*.«

»Mir schon! Ich habe alles gegeben für euch. Mich aufgeopfert, um meinen Kindern ein besseres Leben zu ermöglichen, als ich es hatte. Eines, das nicht nur aus Sorgen und Arbeit besteht. Ich bin allein, habe mich dennoch nach Kräften bemüht, anständige Menschen aus euch zu machen. Und als Dank werde ich mir anhören müssen, die Mutter einer Hure zu sein!«

Das tat weh. Mehr, als Mina es sich hätte vorstellen können. Sie hatte ihrer Mutter kein Leid bereiten wollen. Das hatte sie wirklich nicht verdient. »Verzeih mir, *Mamá*, das wollte ich nicht. Aber dir wird schon irgendein anderer Grund einfallen, aus dem wir so schnell haben heiraten müssen. Und die Leute werden irgendwann andere Themen zum Tratschen finden. So ist es immer.«

Ihre Mutter ließ sich auf das Bett sinken. »Das alles ist eine Katastrophe!«

»Nein, das ist es nicht. Liebe ist keine Katastrophe!« Mina ging vor ihr in die Hocke und legte ihre Hände auf die ihrer Mutter. »*Mamá*, ich kann mir nichts vorstellen, was mich glücklicher machen würde als dieses Baby. Ich liebe es jetzt schon über alles. Ich weiß, dass du nur das Beste für mich möchtest. Und dass ich glücklich bin. Und das bin ich. Ich bin die glücklichste Person auf diesem Planeten!«

Ihre Mutter ganz offenbar nicht, aber Juanita war eine Pragmatikerin und würde sich mit der Situation arrangieren, das wusste Mina.

* * *

Und so war es auch. Zwei Tage lang lief Juanita lamentierend durch die Wohnung und verzweifelte daran, dass über die Festtage kein Pater erreichbar sein, geschweige denn eine Trauung vornehmen würde.

Doch am Sonntag wurde sie ruhiger, vermutlich weil endlich eine Nottrauung in greifbare Nähe gerückt war.

»Nun gut. Es ist, wie es ist«, sagte sie mit schwerem Seufzen. »Morgen spreche ich mit Pater Ignacio. Ihr werdet so schnell wie möglich heiraten, dann haben wir das größte Unglück abgewendet.«

Mina fiel ihr um den Hals, drückte sie fest an sich. »Danke. Du bist die beste Mutter und du wirst die beste Großmutter sein!«

»Schon gut, ist schon gut«, erwiderte Juanita verlegen, aber bevor sie sich abwenden konnte, entdeckte Mina einen versonnenen Ausdruck auf dem Gesicht der Mutter und fast so etwas wie ein Lächeln auf ihren Lippen. Als wäre ihr jetzt erst bewusst geworden, dass sie tatsächlich bald Großmutter werden würde.

Die Tür öffnete sich und Feli schob ihren Kopf ins Zimmer. »Das heißt, wir gehen heute endlich wieder auf das Fest?«, fragte sie besorgt. Sie hatte natürlich gelauscht.

Juanita nickte mit resignierter Miene. »Davon, dass wir den ganzen Tag hier drin hocken und Trübsal blasen, wird die Sache auch nicht besser. Also auf, zieht euch an!«

Feli jubelte und rannte los, um ihr Kleid aus dem Schrank zu holen, und zappelte keine Dreiviertelstunde später ungeduldig in der offenen Wohnungstür. »Beeil dich doch, José!«, rief sie ihrem Bruder zu, der noch im Bad war.

»Ich gehe mit dir vor und wir warten unten«, entschied Mina.

Sofort hüpfte Feli ausgelassen die knarzenden Stufen hinunter und Mina rechnete schon damit, dass Pilar aus ihrer Wohnung geschossen käme, aber sogar die war wohl heute in den Straßen der Stadt unterwegs.

»Hallo, Clara!«, krähte Feli und Mina beeilte sich, zu ihr aufzuschließen.

Sie hatte ihre Freundin die ganze Woche nicht gesehen, da diese Nachtschicht gehabt hatte. Auch jetzt war sie offenbar gerade erst von der Arbeit nach Hause gekommen.

»Wie geht es dir?«, fragte Mina leise und musterte ihre Freundin aufmerksam. Sie sah müde, aber erleichtert aus und verstand auch sofort, worauf Mina hinauswollte.

»Es ist alles in Ordnung«, gab sie zurück und drückte Mina an sich. »Du hattest recht. Doktor García hat es verstanden und wird es für sich behalten. Er ist wirklich ein großzügiger Mensch. Er hat lediglich gemeint, dass ich ihm ab und zu auch einen kleinen Gefallen tun könnte.«

»Welchen Gefallen denn?«

Clara zuckte mit den Schultern. »Vielleicht soll ich Kuchen für ihn an der Oberschwester vorbeischmuggeln, wer weiß«, scherzte sie.

»Oder Blumen für seine Frau besorgen, wenn er ihren Hochzeitstag vergisst«, stimmte Mina ein.

»Wir kommen!«, hallte die Stimme ihrer Mutter durchs Treppenhaus, die noch auf Minas Bruder gewartet hatte.

»Endlich!«, rief Feli erleichtert. Sie wandte sich wieder Clara zu und verkündete fröhlich: »Heute gibt es nämlich ein Feuerwerk!«

»Ich weiß«, antwortete diese belustigt. »Das gibt es immer am letzten Tag von Corpus Christi. Aber wer braucht schon ein Feuerwerk, wenn jemand wie du solch gute Laune versprüht?«

»Das stimmt zwar«, sagte Mina und schnitt eine Grimasse, »aber es wäre wirklich nett, wenn du dies im nächsten Jahr nicht schon ab dem Morgengrauen tun würdest, Feli.«

Ihre Schwester lachte und schlang ihre Ärmchen um Mina. Die konnte natürlich verstehen, dass das Kind jede Minute der Feiertage auskosten wollte, bevor morgen die Schule wieder anfing. Und Schwester Blanca ihr wieder zusetzen würde.

Mina seufzte, aber sie wollte sich heute nicht die gute Laune verderben lassen. »Du wirst dich sicher gleich schlafen legen, nicht wahr? Zu schade, dass du dieses Jahr nicht mitfeiern konntest und auch das Feuerwerk verpassen wirst, aber dafür kannst du dann bald auf meiner Hochzeit tanzen.«

Clara riss die Augen auf. »Was? Wirklich? Gott, ich freue mich so sehr für euch! Wie hast du deine Mutter bloß dazu …« Sie verschluckte hustend den letzten Satz, da Juanita um die Ecke bog.

Verlegen grüßte sie Juanita, die es jedoch bei einer hochgezogenen Augenbraue als Rüge beließ.

»Und du wirst meine Trauzeugin sein«, fuhr Mina fort.

»Wirklich? Oh, hab vielen Dank!« Clara fiel Mina um den Hals. »Ich kann es kaum erwarten. Wann ist die Hochzeit?«

»Schnellstmöglich«, antwortete Mina und ihre Mutter seufzte mit leidender Miene tief auf.

»Kommst du jetzt?«, drängte sie, wohl darum besorgt, dass im Treppenhaus die Gründe für die schnelle Heirat erörtert werden könnten.

»Na, dann habt heute noch viel Spaß«, sagte Clara, »und richte Diego aus, dass ich mich riesig für euch freue. Sicher triffst du ihn gleich, nicht wahr?«

»Das Mesón Don Quijote hat ihn für heute Mittag engagiert, aber danach gibt es nur noch uns.« Sie lächelte. Allein beim Gedanken daran wurde ihr Herz ganz leicht.

Sie verabschiedete sich von Clara, aber kaum hatte sie sich zum Gehen gewandt, als ein Prickeln im Nacken sie hochsehen ließ.

Bautista! Der hatte ihr gerade noch gefehlt.

Er hatte sein feistes Gesicht über das Treppengeländer geschoben und seine Augen glitzerten. Wieso war er noch da? Warum war er an einem solchen Tag nicht draußen unterwegs wie alle anderen?

Eilig verließ sie das Haus. Auf einen betrunkenen Bautista hat sie noch weniger Lust als auf einen nüchternen und an einem Tag wie dem heutigen konnte sie sich ihn gar nicht anders vorstellen als betrunken. Das einzige Verwunderliche war, dass er sich zu Hause betrank statt auf dem Fest. Doch sie schüttelte den Gedanken an Bautista ab. Den heutigen Tag wollte sie sich durch nichts trüben lassen.

* * *

Seit dem frühen Morgen schon waren von draußen Stimmen, Gelächter und Musik in ihre Wohnung gedrungen, und jetzt, kurz vor Mittag, schien die ganze Stadt ein einziger brodelnder Kessel voller Gerüche und Geräusche. Noch immer waren die Häuser und Balkone geschmückt und die Gassen überdies ein Farbenmeer aus bunten Flamencokleidern. Musik und Tanz warteten auf sie und am Abend würde sie in Diegos Armen den großen Höhepunkt, das Abschlussfeuerwerk, bewundern. Gab es etwas Romantischeres?

Die Ausgelassenheit stieg minütlich an, ebenso wie die Hitze. Die Sonne brannte vom Himmel, als würde sie nie wieder Gelegenheit dazu bekommen. Überall waren die Fächer im Einsatz, ein flirrendes Flattern bunter Farben.

Feli war nicht die Einzige, die den letzten Festtag noch voll und ganz auskosten wollte. Die Straßen quollen schier über von Menschen. Alle wollten sich noch einmal richtig amüsieren, wollten bis in die Nacht hinein tanzen, Tapas essen und Wein trinken.

Mina saß mit ihrer Familie an einem der Terrassentische des Mesón Don Quijote und konnte nicht genug davon bekommen, den Melodien zu lauschen, die ihr Liebster der Gitarre entlockte. Ihr schien, als spielte er sogar mit noch mehr Leidenschaft und Feuer als sonst, und das Publikum war hingerissen von seiner Darbietung. Doch Diego bemerkte das scheinbar gar nicht, lächelte immer wieder über die Köpfe der Menschen hinweg Mina zu. Als wären sie allein. Als spielte er nur für sie. Und ihr Herz tanzte im Rhythmus seiner Lieder.

Als er fertig war, eingepackt hatte und zwischen den Tischen hindurch zu ihr trat, folgten ihm alle Blicke. Und als er Mina einen kurzen, aber zärtlichen Kuss auf den Mund gab, hörte sie förmlich, wie etliche Frauen seufzten. Auch ihre Mutter, wenngleich definitiv aus anderem Grund.

Leider konnte Diego nicht lange bei Mina sitzen, denn wenig später trat der rundliche Lokalbesitzer an ihren Tisch.

»Großartig, mein lieber Diego, das war großartig«, verkündete er und sah sich zufrieden in seinem bis auf den letzten Platz gefüllten Lokal um. Viele der Gäste waren erst durch die Musik hergelockt worden.

»Vielen Dank.«

»Wenn du noch nicht ganz ausgebucht bist, würde ich mit dir jetzt schauen, ob sich weitere Engagements terminieren lassen.«

»Sehr gern«, antwortete Diego und folgte dem Besitzer ins Innere des Lokals.

»Ich hole uns noch etwas zu trinken!«, rief Mina und sprang ebenfalls auf. Es wäre doch gelacht gewesen, hätte sich nicht irgendwo ein Eckchen finden lassen, an welchem sie ungestört waren und sie ihn richtig küssen konnte.

Diego sprach an der Theke mit dem Besitzer und sein Gesicht leuchtete auf, als er Mina mit verschmitztem Grinsen auf sich zuhalten sah. »Das Damen-WC ist dort rechts, im selben Gang wie die Hintertür«, verkündete er scheinheilig.

»Danke.« Sie warf ihm augenzwinkernd eine Kusshand zu und stand keine zwei Minuten später in der winzigen Seitengasse hinter der Ecke des Lokals.

Davor schoben sich weiterhin die Menschen durch die Stadt, es wurde gelacht und gefeiert, aber der Lärm drang nur gedämpft zu ihr durch. Eine willkommene Verschnaufpause. Sie lehnte sich gegen die Wand und schloss die Augen.

Bis ein Geräusch hinter ihr sie lächeln ließ. »Ich dachte schon, du würdest nicht kommen«, scherzte sie.

»Falsch gedacht«, erklang eine heisere Stimme. Mina gefror das Blut in den Adern.

Erschrocken fuhr sie auf und blickte in das boshafte Grinsen von Bautista, der im Eingang zur Gasse stand.

»Hab ich's doch geahnt, wohin du verschwunden bist«, gurrte er mit gespielter Freundlichkeit.

Hatte er sie etwa beobachtet, als sie mit ihrer Familie am Tisch gesessen hatte? Ihr wurde mulmig. »Was willst du hier?«, fuhr sie ihn an.

»Warum so giftig? Ich will mich doch nur mit dir unterhalten. Zum Beispiel über deine geplante Heirat mit dem kleinen, verweichlichten Gitarrenklimperer. Mir scheint, als wüsstest du gar nicht, was ein echter Mann ist!«

»Einer, der sich für die Schwachen einsetzt, anstatt sich an ihnen zu vergreifen!«

Seine Augen verengten sich, das aufgesetzte Lächeln bröckelte weg und mit zwei großen Schritten war er bei ihr.

Sie wollte ausweichen, aber da war seine Hand nach vorn geschossen und hatte ihren Arm gepackt.

»Was soll das?«, fuhr sie ihn an und versuchte, sich aus seinem schmerzhaften Griff zu befreien. Vergeblich. Seine Finger bohrten sich in ihr Fleisch.

Sein Gesicht kam ihr widerlich nahe, sein säuerlicher Schweißgeruch ließ Übelkeit in ihr hochkochen und sein schlechter Atem raubte ihr die Luft. »Das wirst du schon sehen …«, zischte er ihr drohend ins Ohr.

»Lass mich auf der Stelle los!«

»Wieso so eilig? Du hast mich doch so sehnsüchtig erwartet. Warum sonst solltest du in diese verlassene Gasse verschwunden sein?« Er lachte dreckig und drückte seine fleischige Zunge zwischen den lückenhaften Zahnreihen hindurch.

»Du weißt nicht, was du da tust!«, fuhr sie ihn an. »Du bist betrunken!«

»Nächster Irrtum, meine Schöne«, sagte er und seine Augen glitzerten kalt.

Da erst merkte sie, dass es stimmte. Er war vollkommen nüchtern – und das machte ihr plötzlich weit mehr Angst, als wenn er betrunken gewesen wäre.

Sie überlegte keine Sekunde mehr, holte tief Luft, doch bevor sie um Hilfe rufen konnte, hatte er ihr schon seine schwitzige Hand auf den Mund gepresst und sie so abrupt gegen die Wand gedrängt, dass ihr Kopf gegen die Mauer schlug und grelle Lichter vor ihren Augen tanzten.

»So nicht, du kleines Flittchen, so nicht!«, zischte er und sein Speichel spritzte auf ihr Gesicht. Noch immer presste er grob seine Hand auf ihren Mund und sie selbst mit seiner ganzen Masse gegen das Mauerwerk.

Panik schoss ihr heiß durch den Körper, verzweifelt schlug sie auf ihn ein. Vergeblich.

»Du weißt nicht, was ein echter Mann ist«, keuchte er mit gierigem Blick. »Aber das werde ich dir gleich zeigen!« Seine Stimme triefte vor Lüsternheit.

Verzweifelt wollte sie das Knie hochziehen und ihm in die Weichteile rammen, aber auch das war nicht möglich, so fest, wie er sie an die Wand presste. »O nein, so nicht! Du bist mir noch etwas schuldig!«, keuchte er und plötzlich lag seine fleischige Hand nicht mehr nur auf ihrem Mund, sondern auch auf ihrer Nase, bekam sie überhaupt keine Luft mehr. Sie zappelte wimmernd weiter im Versuch, sich zu befreien, fühlte aber die Kraft aus ihren Gliedern weichen. Sie hatte keine Chance, sie würde sich nicht wehren können. Tränen liefen ihr über die Wange, als er grob ihr Kleid hochschob. Aber ihr Baby! Was war mit ihrem Baby, wenn Bautista ihr ein Leid antat? Nein! Nein, ihrem Baby durfte nichts geschehen, sie musste es beschützen!

Die Angst um das Wesen unter ihrem Herzen schoss durch sie hindurch, sammelte ihre letzten Kräfte und in einem beinahe übermenschlichen Aufbäumen schaffte sie es, ihren Kopf herumzureißen. Für einen Augenblick verrutschte Bautistas Hand und sie biss mit aller Kraft hinein, schmeckte Blut und würgte.

Bautista brüllte auf und ließ für einen Moment von ihrem Gesicht ab. Sofort rang sie nach Luft, füllte ihre Lungen und fühlte, wie die Kraft in ihre Glieder zurückkehrte.

»Du verdammtes Miststück! Das wirst du mir büßen und …«

Im nächsten Moment wurde er von ihr weggerissen, sah sie Diegos zornentbranntes Gesicht.

»Du mieser Dreckskerl!« Er holte aus, seine Faust traf Bautista ins Gesicht. Blut spritzte aus dessen Nase. Ihr Angreifer brüllte auf, Mina schrie gellend um Hilfe und Diego holte erneut aus, verpasste Bautista einen weiteren Schlag. Und dann waren plötzlich Schritte zu hören, rannten Menschen herbei, Polizisten. Doch sie warfen Diego zu Boden, drückten ihm das Gesicht auf den Stein.

»Nein!«, rief sie schockiert »Nein! Nicht Diego! Der andere! Es war der andere!«

»Er hat mich angegriffen!«, brüllte Bautista, dem das Blut aus der Nase lief und auf seine Uniform tropfte. »Er hat grundlos einen Verteidiger unseres großen Vaterlandes angegriffen!«

»Nein! Nein, das ist nicht wahr!« Mina packte einen der Polizisten am Arm, aber der schüttelte sie ab. »Diego hat mich beschützt, mich gerettet!«

»Lüge!«, brüllte Bautista. »Alles Lüge!«

Vergeblich versuchte Mina, die Polizisten von Diego wegzureißen, der nach Luft rang, während sie ihm die Arme auf den Rücken bogen und ihm Handschellen anlegten.

»Nein! Das ist nicht wahr! Hört ihr mich nicht! Diego hat nichts getan!«

Und dann war die Gasse plötzlich voller Menschen, die von der Straße und aus dem Lokal herbeigerannt kamen, und voller schreiender und wütender Stimmen. Zwei der Polizisten rissen Diego vom Boden hoch und schleiften ihn mit sich zur Straße.

»Was tun Sie da? Sie haben den Falschen!«, schrie Mina wieder und wieder und mit sich überschlagender Stimme. Sie wollte ihm nachlaufen, wurde aber von einem weiteren Polizisten zurückgehalten. »Sie bleiben hier! Wir müssen Ihre Aussage aufnehmen.«

»Hol Ramón, Mina. Hol Ramón«, keuchte Diego mit schmerzverzerrter Miene, dann war er fort.

»Nein! Lassen Sie mich los! Diego! Diego!«

Vergeblich kämpfte Mina gegen den Griff des vermeintlichen Gesetzeshüters an, hörte die panische Stimme ihrer Mutter und das bitterliche Weinen von Feli.

Verzweifelt sah Mina sich nach Hilfe um – und ihr Blick fiel auf Bautistas blutverschmierte Fratze.

»Ich sagte *geplante* Heirat mit diesem Gitarrenklimperer«, zischte er höhnisch. »Ich sagte nicht *bevorstehende* Heirat.«

Jetzt erst begriff sie.

Und ihr wurde eiskalt.

* * *

»Ich muss zu ihm! Lassen Sie mich doch endlich zu ihm!«

Mina zitterte am ganzen Körper und hielt sich am Holz des Tresens fest, hinter dem der Polizist saß.

Es war eine andere Polizeiwache als jene, in der José gewesen war. Überall standen Polizisten an den Wänden und der Vorraum war voller Menschen, von denen manche seit Tagen darauf warteten, vorgelassen zu werden. Es war stickig und heiß hier drin, die Luft völlig verbraucht und der Ventilator unter der Decke drehte sich nur träge.

»Warten Sie, bis Sie aufgerufen werden!« Der Polizist, dem sie bereits vor Stunden ihr Anliegen geschildert hatte, sah nicht einmal auf, blätterte gelangweilt in einer Zeitung. Sein mächtiger Bauch hing wie ein nasser Sack über seinen Gürtel und unter den Achseln wies seine Uniform große dunkle Flecken auf.

»Sie verstehen nicht! Es ist ein Missverständnis! Die ganze Sache ist …«

»Warten Sie, bis Sie aufgerufen werden!«, wiederholte er stur seinen Satz und wischte sich mit dem Handrücken über die schweißglänzende Stirn.

»Aber Diego ist unschuldig festgenommen worden!« Ihre Stimme überschlug sich. Das alles konnte einfach nicht wirklich passiert sein! Es fühlte sich völlig irreal an, war eine absurde, wirre Verkehrung der Situation mit José. »Ich werde hier nicht weggehen, bis Sie mich nicht zu ihm gelassen haben!«

»Haben Sie nicht gehört?«, donnerte der neben dem Tresen Wache haltende Mann. »Hinten anstellen und warten!«

»Nein, ich …«

Ramón zog Mina an der Schulter zurück und zur anderen Seite des Raumes. »Hör endlich auf damit, sonst befolgt er noch deinen Wunsch, hierbleiben zu wollen, und steckt dich auch in eine Zelle!«

»Aber wie lange sollen wir denn noch warten? Tu doch etwas, Ramón, du bist Anwalt!« Sie konnte ihre Tränen kaum noch zurückhalten.

Überfordert fuhr Ramón sich mit der Hand durchs Haar, das ihm bereits wild und wirr vom Kopf stand. »Ich habe dir gesagt, dass das nicht mein Fachgebiet ist. Ich habe keinerlei Erfahrung in solchen …«

»Aber wir können uns keinen anderen leisten! Wen auch immer sie Diego von offizieller Seite als Rechtsbeistand zur Seite stellen werden, er wird sich keine große Mühe geben. Und du hast José aus dem Gefängnis geholt!«

»Das mit José war etwas ganz anderes. Er ist ein Kind, niemand nahm die Anschuldigung wirklich ernst, es ging von Anfang an ums Geldmachen – einen Wunsch, dem Diego nachgekommen ist. Aber Diego selbst ist erwachsen und zudem bereits polizeilich in Erscheinung getreten, dadurch dass er in den Akten mit dem Vorwurf an José in Verbindung gebracht wird. Und zu allem Überfluss gilt das offenbar auch für seinen Vater. Auch Salvador war einmal inhaftiert. Das weißt du doch. Ungünstiger könnten die Umstände nicht sein.«

»Aber …«

»Und obendrein hat er einen Polizisten angegriffen, denn das ist Bautista leider nach wie vor und …«

»Aber Diego hat mich doch nur verteidigt!« Sie schrie die Worte hinaus. »Mich vor Bautista gerettet!«

»Ja, nur leider ist Bautista der Einzige mit einer Verletzung und es gibt Zeugenaussagen, nach denen Diego ihn grundlos angegriffen haben soll. Zeugenaussagen von Militärs.«

»Welche Zeugen denn? Die Gasse war vollkommen leer!« Mühsam hielt Mina an sich. »Es war alles so geplant. Das war Bautistas Rache dafür, dass ich ihn zurückgewiesen habe! Er ist nicht zum Fest gegangen, um mir zu folgen. Er hat auf eine Gelegenheit gewartet, mich irgendwo allein abzupassen. Egal, ob seine Aktion damit geendet hätte, dass er … er mich …« Sie brach ab, fuhr sich mit zittriger Hand über das Gesicht. »Oder dass er Diego provoziert hätte, so wie es der Fall gewesen ist. In beiden Fällen hätte er seine Rache gehabt. Dass die Polizei so schnell da war, ist kein Wunder, die ist während der Festtage überall patrouilliert. Oder auch die Polizisten gehörten dazu, keine Ahnung. Aber woher kommen plötzlich diese Zeugen? Das ist doch von Bautista inszeniert! Siehst du das denn nicht? Er hat sich damit an Diego rächen wollen und an mir.«

»Natürlich sehe ich das.« Ramón wischte sich den Schweiß von der Stirn. »Aber der Haftrichter wird sich blind stellen.«

Minas Herz war ein eisiger Klumpen. Sie wollte schreien, weinen, gegen die Wand schlagen. Nichts davon tat sie, mit einem Mal war es stumm in ihr. Mina fokussierte sich. »Wir besitzen kaum noch Bargeld, aber ich werde irgendwie welches auftreiben, und wenn ich alles verkaufen muss, was ich besitze! Wie viel brauchen wir?«

Ramón schüttelte gequält den Kopf. »Das wird dieses Mal nicht funktionieren. Ich sagte doch, dass das hier ein ganz anderes Kaliber ist als die Sache mit deinem Bruder.«

Verzweifelt griff sie nach seiner Hand. »Bitte, Ramón, hilf ihm. Du bist sein bester Freund.«

»Ich … ich bin der Falsche für diesen Job … und ich … ich riskiere viel, meine … meine Karriere hat gerade erst begonnen …« Unglücklich zerrte er am Knoten seiner Krawatte. »Aber ich … ich werde mein Bestes geben, das … das schwöre ich dir.«

»Danke.« Nun liefen ihr doch wieder Tränen über die Wange. »Danke, Ramón!«

Er nickte bedrückt. »Und jetzt geh nach Hause. Du kannst nicht die ganze Nacht auf der Wache zubringen.«

»Nein, ich werde Diego nicht alleinlassen!«

»Du kannst im Moment nichts für ihn tun. Schau dich um. Es wird mindestens bis morgen früh dauern, bis wir dran sind. Wenn du vorher zusammenbrichst, ist ihm auch nicht geholfen! Geh nach Hause, ich werde hierbleiben.«

Sie wollte nicht weichen und wusste doch, dass er recht hatte. Ihr war unfassbar übel und ihr Körper hörte nicht mehr auf zu zittern. Sie musste auf sich aufpassen – und auf ihr Baby! Für Diego, für sie, für ihre Zukunft.

* * *

»Wie kann es sein, dass es so lange gedauert hat, bis sein Anwalt zu ihm gelassen wurde?«, regte sich Juanita auf.

Mina selbst war zu nervös und zittrig, um noch schimpfen zu können, und froh darüber, dass es wenigstens heute endlich so weit gewesen war.

Zwei Tage und drei Nächte voller Angst lagen hinter ihr. Zwei Tage und drei Nächte, die sie und Ramón im Wechsel im Warteraum ausgeharrt hatten, von Juanita mit Essen und Trinken versorgt. Zu Minas Erleichterung enthielt sich ihre Mutter aller Kommentare und stellte auch ihre Schilderung von Bautistas Übergriff nicht infrage. Bautista selbst hatte Mina nicht mehr zu Gesicht bekommen. Laut Pilar, die überall eifrig herumerzählte, dass Minas Verlobter ein Straftäter sei, war er zurück bei seiner Einheit.

»Und was um alles in der Welt ist das für ein Vater«, fuhr Juanita aufgebracht fort, »der seinen Sohn, sein einziges Kind, in solch einer Situation im Stich lässt?«

Mina wusste, was sie meinte: Nachdem sie Salvador erzählt hatte, was geschehen war, war dieser völlig aufgelöst mit ihr hierhergerannt, aber an der Straßenecke zur Polizeistation abrupt stehen geblieben. Er hatte haltlos zu zittern angefangen und war nicht dazu zu bewegen gewesen, auch nur einen Schritt weiter auf das Gebäude zuzugehen. Sie verstand nicht, warum er sich so verhielt, war aber zu mitgenommen, um sich jetzt auch noch darüber Gedanken zu machen.

Beklommen und mit vor Sorge verkrampftem Magen starrte Mina die Tür an, hinter der Ramón soeben verschwunden war.

Sie fühlte sich wie gerädert. Jeder Knochen tat ihr weh.

Die Sonne brannte vom wolkenlosen Himmel erbarmungslos auf das flache, dem Gefängnis vorgelagerte Gebäude herab, in dem sie warteten.

Die Fenster waren allesamt offen und es ging etwas Wind, aber das machte es sogar noch schlimmer. Der Wind war heiß und trug Staub und Sand herein, was sich beides wie eine Schicht Puder auf Minas Gesicht legte und ihr in den Augen brannte. Schweiß lief ihr den Rücken hinunter. Die rundliche Frau neben ihr fächelte sich ununterbrochen Luft zu und wirkte dennoch, als könnte sie jederzeit umfallen. Es roch nach Urin, Schweiß und Angst.

Immer wieder mahnte Juanita besorgt, dass dies in Minas Verfassung nicht der richtige Ort für sie sei, aber Mina weigerte sich, zu gehen.

Endlich trat Ramón wieder heraus. Sofort sprang sie auf, lief ihm entgegen. »Wie geht es ihm? Was sagt er? Ist er verletzt?«

Ihre Finger krallten sich in ihre Handballen, Übelkeit wallte in ihr hoch.

Ramón fuhr sich mit einem Tuch über die Stirn und ließ sich auf den Stuhl neben ihnen fallen. Er sah genauso erschöpft und müde aus, wie sie sich fühlte. »Gesundheitlich geht es ihm den Umständen entsprechend gut. Er wird anständig behandelt und ist nicht verletzt.«

Wenigstens das. Vor Erleichterung hätte Mina beinahe erneut zu weinen angefangen. Sie hatte sich schon das Schlimmste ausgemalt.

»Aber wie lange wollen sie ihn denn noch festhalten?«, rief Juanita aufgebracht. »Wann kümmert sich denn endlich jemand um seinen Fall?«

»Das kann dauern.« Ramón wirkte bedrückt. »Offenbar haben sich in bestimmten Bereichen eine Menge Anhörungen aufgestaut. Die Behörden kommen nicht hinterher. Ob nun durch äußere Umstände bedingt oder …« Er beendete den Satz nicht, seufzte nur, aber Mina wusste auch so, was er meinte. Wer genug Geld oder gute Kontakte hatte, dessen Verhandlung wurde vorgezogen. Oder er konnte der Gegenseite Steine in den Weg legen. Wie in ihrem Fall mit Sicherheit Bautista. Spanien war in dieser Zeit sehr korrupt.

»Aber wie lange kann es denn dauern, bis sein Fall endlich bearbeitet wird?«, hakte Mina verzweifelt nach.

Ramón fuhr sich hilflos durchs Haar. »Ich weiß es nicht, ich bin kein Anwalt für derartige Dinge. Unter Umständen Wochen.«

»Wochen?« Juanitas Stimme kletterte eine Oktave nach oben. Sie warf einen Blick auf Minas noch unsichtbaren Babybauch. »So viel Zeit haben wir nicht! Gibt es keine Möglichkeit, die beiden hier zu trauen?«

Mina fiel die Kinnlade hinunter. »Mama! Wie kannst du nur in dieser Situation …«

»Gerade in dieser Situation!«, schnitt ihre Mutter ihr das Wort ab. »Also, Ramón? Wäre das möglich?«

»Ich … ich weiß nicht … Es … benötigt sicher Genehmigungen und … und Formulare müssen ausgefüllt werden … verschiedene Anträge … schwierig unter diesen Umständen.« Er hob hilflos die Schultern.

Juanita schlug die Hände vors Gesicht.

Mina schüttelte den Kopf. »Mach dir um diese Dinge keine Gedanken, Ramón. Kümmere dich darum, Diego dort herauszuholen, das ist das Wichtigste.« Das alles konnte nicht wirklich passiert sein. Es musste ein böser Traum sein, aus dem sie jeden Moment erwachen würde!

* * *

Doch sie erwachte nicht und der Albtraum endete auch nicht.

Sie konnte nichts essen, konnte nicht schlafen, starrte in die Dunkelheit, bis eine kleine Hand sich in ihre schob.

»Weißt du, es ist nicht schlimm für mich«, sagte Feli tröstend.

»Was?«, fragte Mina geistesabwesend.

»Dass ich nächstes Jahr kein Blumenmädchen sein werde.«

»Wie? Wer sagt das?«

»Pater Ignacio. Ich habe ihn gefragt und er hat gesagt, es könnte niemand Blumenmädchen sein und vor dem Allerheiligsten hergehen, wenn ein Verwandter im Gefängnis sitzt.«

Mina schloss die Augen. Es fing schon an. Und ihre Mutter hatte recht gehabt. Es tat doch weh, was die Leute sagten. Es tat ihr für ihre Geschwister weh.

»Aber Diego wird doch nicht so lange im Gefängnis sitzen, oder?«, fuhr Feli ängstlich fort. »Und Schwester Blanca hat gesagt, man könnte nicht in einem weißen Kleid heiraten, wenn man bereits schwanger ist. Sie sagt, dass man dann ein schwarzes Kleid tragen muss. Wegen der Schande. Was ist Schande?«

Mina war nicht in der Lage, was auch immer darauf zu antworten.

»Aber wenn du ein schwarzes Kleid hast, kann ich bei eurer Hochzeit kein Blumenmädchen mit weißem Kleid sein, oder? Aber das ist nicht schlimm«, wiederholte Feli tapfer. »Lieber möchte ich, dass wir Diego zurückbekommen als alle weißen Kleider der Welt.«

Jetzt konnte Mina die Tränen nicht mehr zurückhalten und zog Feli an sich. »Ich werde dir stattdessen die allerschönsten Kleider nähen, die du dir nur vorstellen kannst, kleine Tänzerin.«

* * *

Es verging eine weitere Woche, bis sich endlich jemand dazu bequemte, die Genehmigung zu erteilen, dass Diego von jemand anderem als seinem Anwalt Besuch erhalten durfte.

Wenigstens blieb auch Bautista weiterhin verschwunden. Er war wie vom Erdboden verschluckt. Vielleicht fürchtete er, dass sie sonst tatsächlich mit einer Schere auf ihn losgegangen wäre.

Spätestens, als Mina endlich in den Besuchsraum geführt wurde und zwischen den anderen Besuch erhaltenden Inhaftierten Diego sah, war sie sich sicher, dass sie genau das tun würde, sollte ihr Bautista je wieder unter die Augen treten! Diego wirkte blass, sah abgekämpft aus und war sichtlich dünner geworden. Ihr Herz verkrampfte sich vor Liebe und Schmerz. Doch als er aufblickte und sie erkannte, raubte das Leuchten in seinen Augen ihr den Atem. Und sie wusste. Wenn es auf dieser Welt etwas gab, das absolut sicher war, dann dass nichts und niemand auf dieser Welt ihrer Liebe etwas anhaben konnte!

Diego

Er sprang trotz der Fußeisen auf, wollte sie an sich reißen und nie wieder loslassen.

»Sitzen bleiben!«, brüllte einer der Aufsicht führenden Polizisten.

Es kostete Diego seine ganze Kraft, der Anordnung Folge zu leisten. All die Tage und Nächte hatte er an nichts anderes denken können als an seine Mina und ihr Baby. Die Sehnsucht nach ihr und die Sorge um sie waren unerträglich gewesen, auch wenn Ramón ihm immer wieder versichert hatte, es gehe ihr gut. Seine größte Angst war gewesen, dass Bautista Mina erneut belästigen könnte. Doch wenigstens das blieb ihr erspart, wie es den Anschein hatte.

Endlich war sie an seinem Tisch, konnten zumindest ihre Hände sich berühren. »Fermina, meine Mina«, flüsterte er, als ihre Finger sich ineinander verschränkten. Mehr brachte er nicht heraus, obwohl er doch schier platzte vor all den Dingen, die er ihr sagen wollte.

»Ich vermisse dich so furchtbar«, stieß sie mit tränenerstickter Stimme hervor. Angst und Sorge standen ihr ins Gesicht geschrieben, als sie die von den Handschellen wundgeriebenen Stellen seiner Handgelenke sah.

Es zerriss ihm das Herz, sie unglücklich zu sehen. »O Gott, Mina, es gibt keine Worte, die ausdrücken können, wie sehr ich mich nach dir sehne, wie sehr ich dich liebe. Aber bald werden wir wieder zusammen sein.«

Sie nickte schluchzend. »Wie … wie behandeln sie dich?«

»Gut. Mach dir bitte keine Sorgen um mich.« Das war die Wahrheit. Es war eher absolute Gleichgültigkeit ihm gegenüber, die vorherrschte. Und das war auf seine eigene Weise grausam. Niemand konnte ihm sagen, wann und wie es weitergehen würde. Es schien auch niemanden zu interessieren. Er hing völlig in der Luft und dieser Zustand der Ungewissheit zermürbte ihn von Tag zu Tag mehr. Am meisten jedoch litt er unter der Sorge um seine junge Familie. »Wie geht es euch? Dir und ... und unserem Baby?« Seine Stimme war flüsternd geworden.

Erneut schimmerten Tränen in ihren Augen, während sie gleichzeitig zu lächeln versuchte. Diego war so stolz auf sie, doch zog es ihm das Herz zusammen.

»Es wächst. Noch kann man nicht viel sehen, aber das wird sich bald ändern, schätze ich.«

»Ich kann es kaum erwarten.« Er beugte sich vor, zog ihre Hand an seine Lippen, bis das drohende Nähertreten des Wachmannes ihn wieder auf seinen Stuhl sinken ließ.

»Wann ... wann wirst du wieder bei uns sein?«

»Schon bald, ganz sicher. Es kann nicht mehr lange dauern.«

Sie nickte heftig, wie um sich selbst zu versichern, dass es stimmte.

»Ist ... mein Vater ... auch da?« Er sah zur Tür.

Sie biss sich auf die Lippe, schüttelte bedrückt den Kopf, sagte dann aber hastig: »Trotzdem macht er sich große Sorgen um dich. Er ist mit den Nerven völlig am Ende. Er liebt dich! Wirklich!«

»Ich weiß. Mach dir keinen Kopf. Ich habe nichts anderes erwartet.« Nicht nach allem, was sein Vater ihm damals erzählt hatte. Nicht, seitdem er den Grund für dessen Trinkerei und Albträume kannte. Diego hatte ihm damals versichert, nie wieder in die Nähe eines Gefängnisses gehen zu müssen. Dennoch fühlte er einen Stich in seiner Brust.

»Ich werde bald wieder bei dir … bei euch sein.« Zärtlich strich er mit dem Daumen über ihren Handballen. »Und dann werde ich einen Olivenbaum für uns pflanzen.«

»Einen Olivenbaum?«

»Du weißt doch: Ein Olivenbaum stirbt nicht.«

»So wie unsere Liebe«, flüsterte sie.

»Und für unser Mädchen werde ich die wundervollste Gitarre aus Ahorn bauen, die die Welt je gesehen und gehört hat.«

»Woher willst du wissen, dass es ein Mädchen wird?«

»Irgendeines unserer Kinder wird mit Sicherheit ein Mädchen«, gab er mit einem Augenzwinkern zurück. »Für unseren Jungen werde ich nämlich die wundervollste Eschenholz-Gitarre bauen, die die Welt je gesehen und gehört hat. Und für unser zweites Mädchen eine aus Walnuss. Und für unseren zweiten Jungen eine aus Palisander. Und …«

»Moment, Moment …«, unterbrach sie ihn und ein Lächeln umspielte ihre Lippen. »Wie viele Kinder sollen das denn bitte werden?«

»Nun ja …« Er zog bedeutungsvoll die linke Augenbraue hoch. »Es gibt noch jede Menge Baumarten auf dieser Welt.«

Endlich lachte sie wieder! Oh, er würde alles dafür tun, dass sie glücklich war!

»Alles wird gut, Fermina, meine Mina. Alles wird gut. Märchen enden immer glücklich.«

Kapitel 9

Granada ist eine Stadt der Muße, eine Stadt für die Beschaulichkeit und die Fantasie, eine Stadt, darin der Verliebte besser als irgendwo anders den Namen seiner Liebe auf den Boden schreibt [...].
– Federico García Lorca –

Heute

Verwirrt blinzele ich ins Dunkel. Habe ich Nachtschicht? Habe ich etwa verschlafen? Oh, so ein Mist! Ich springe auf – und poltere mit einem Aufschrei zu Boden. Meine Füße müssen sich in dem dünnen Laken verfangen haben, das ich offenbar ans Fußende gestrampelt habe.

Das wird einen schönen, dicken Bluterguss geben!

Leise fluchend reibe ich mir die schmerzende Hüfte. Dabei wird mir klar, dass ich nur von der Klinik geträumt habe, gar nicht zur Arbeit muss, ja, dass ich nicht einmal in Deutschland bin. Allerdings auch nicht bei meinen Großeltern.

Verwirrt sehe ich mich um und ziehe scharf die Luft ein, als mir die Ereignisse des gestrigen Tages wieder einfallen. Ich bin in Granada! In Fabios Bett! Einen Moment lang überkommt mich Bedauern, dass ich ohne ihn darin liege, dann fällt mir wieder ein, weshalb ich hier bin: Fabios Verdacht und meine Entscheidung, dem auf den Grund zu gehen. Das alles kommt mir auf einmal vollkommen verrückt vor, wie ein schlechter Traum. Ich muss gestern völlig neben mir gestanden haben, anders als mit einer Kurzschlussreaktion kann ich mir die Sache nicht erklären.

Kopfschüttelnd befreie ich meine Füße aus dem Laken, stehe auf und wickele es mir gegen die frühmorgendliche Kühle um den Leib. Obwohl die Morgendämmerung noch nicht einmal eingesetzt hat, trete ich auf den Balkon – und fühle mich erneut wie in einem Traum. Allerdings einem wundervollen.

Es muss die berühmte blaue Stunde vor der Dämmerung sein, denn der Himmel leuchtet in einem intensiven magischen Blau.

Zu meinen Füßen breitet sich das schlafende Granada aus mit seinen beleuchteten Kirchen und Kuppeln. Zedern und Palmen ragen zwischen den Häusern empor und die engen und steilen Gassen werfen, ab und an von Straßenlampen in Szene gesetzt, ihr Netz über die Hügel.

Noch ist alles still und ruhig. Ein Märchen aus Tausendundeiner Nacht, das erst vom Erzähler zu neuem Leben erweckt werden muss. Und ich bin bereit, der Geschichte zu lauschen, und mache es mir, ins Laken gekuschelt, im Korbstuhl auf dem Balkon bequem.

Langsam hellt sich der Himmel auf, beginnen die ersten Vögel zu singen. Je heller es wird, desto mehr stimmen in das Konzert ein und auf dem Hügel mir gegenüber schält sich aus dem Dunst der Morgendämmerung wie ein verwunschener Palast die Silhouette der Alhambra heraus. Zaghaft, scheu. Eine Fata Morgana im Nebel. Eine ferne Erinnerung, die allmählich deutlicher wird. Geheimnisvoll, unwirklich, verzaubert.

Dahinter, noch blass in der Morgendämmerung, die zerklüfteten Gipfel der Sierra Nevada.

Der Anblick schlägt mich vollkommen in seinen Bann. Auf die Balustrade gestützt verharre ich ebenso still und reglos wie die Festung, während der Himmel hinter ihr noch heller wird, sich der Horizont orange färbt und auf den Bergen der Schnee errötet. Eine leichte Brise trägt den würzigen Duft der Zypressen heran und den süßen der Orangenblüten, der jetzt in der Frühe noch nicht überlagert wird. Unwillkürlich muss ich an meine Mutter denken. An ihren Duft.

Wieder beschleicht mich Wehmut. Der Tau glitzert auf dem Gras wie Tränen.

Irgendwann küssen die ersten Sonnenstrahlen die Alhambra, ertasten sich ihren Weg über das Dächermeer der Stadt, als seien sie auf dem Weg zu mir, um mir schließlich tröstend die Wangen zu streicheln. Und die Tränen auf dem Gras aufzulösen.

Und plötzlich ist mir, als könne ich hier tatsächlich das finden, wonach ich schon lange gesucht habe.

Eine Katze nähert sich auf der Mauer des Nachbargartens und wechselt geschmeidig auf die von Fabios Garten.

Gedankenverloren folgt ihr mein Blick bis zum Orangenbaum – und ich fahre zusammen.

Ein Mann steht im Garten!

Wie bei meinen Großeltern!

Heiß und kalt zugleich schießt mir der Schreck durch die Glieder und ich weiche so hastig ins Zimmer zurück, dass ich mit dem Ellbogen den Bücherturm von der Kommode fege. Zum zweiten Mal heute Morgen poltert es lautstark. Mein Puls rast, mein Herz hämmert wild gegen meine Rippen. War der nächtliche Besucher bei meinen Großeltern doch nicht der Gärtner, sondern dieser Mann hier draußen?

»Ist alles in Ordnung bei dir?«, ertönt Fabios Stimme vor der Tür.

Ich hechte dorthin und reiße sie auf. »Da ist jemand im Garten!« Meine Stimme klingt viel zu hoch und ich fühle mich ganz wacklig auf den Beinen. Und das wird nicht unbedingt dadurch besser, dass Fabio eine Jeans trägt. Nur eine Jeans.

Fabio guckt mich verdutzt an. »Und?«

Und? Immerhin steht da ein Fremder! »Was tut er da?«

»Den Sonnenaufgang betrachten.«

Mir fällt fast die Kinnlade hinunter. »Bitte?«

»Das macht Alvaro jeden Morgen.«

Ich blinzele. »Alvaro?«, wiederhole ich schließlich lahm.

»Ja. Du hast ihn doch gestern kennengelernt. Oder etwa nicht?«

»Äh …« Gute Frage bei so vielen Namen. Eine noch bessere aber ist: »Und er geht jeden Morgen in deinen Garten, um sich den Sonnenaufgang anzusehen?«

»Nein, er geht jeden Morgen in *seinen* Garten, um sich den Sonnenaufgang anzusehen.« Es zuckt um seine Mundwinkel. »Das hier ist schließlich sein Haus.«

Perplex gucke ich ihn an, dann fallen mir seine Worte von gestern ein. »Ich dachte, mit ›Du wärst nicht mit mir allein‹ meintest du Gabriella.«

Er nickt. »Und Alvaro.«

Langsam beruhigt sich mein Herzschlag wieder. Und ich realisiere, dass Fabio sich offenbar im Badezimmer gegenüber geduscht hat, denn sein Haar ist noch nass.

»Tut mir leid wegen des Schrecks«, sagt Fabio. »Ich dachte, das hättest du gestern mitbekommen, aber keine Sorge, er hat mir sein Okay dafür gegeben, dass du hier übernachten durftest. Sobald du dich angezogen hast, stelle ich ihn dir noch offiziell vor.«

Anziehen? Ich brauche einen Moment, bis seine Worte zu mir durchgedrungen sind, aber hey, das ist ja wohl unter diesen Umständen verständlich. Im frühen Sonnenlicht laufen funkelnde Wassertropfen über seine Brust. Seine nackte und sehr muskulöse Brust. Ich schlucke und jetzt ist es mein Herz, das unpassende Turnübungen macht.

Dann jedoch gucke ich an mir hinunter – und das Blut schießt mir ins Gesicht. Nicht nur, weil es mir an Wespentaille oder Waschbrettbauch fehlt. Oder wegen meiner langweilig beigefarbenen Unterhose. Sondern vielmehr am leider doch etwas zu engen Shirt, das ich beim – von Gabriella genehmigten – Griff in ihre Schublade erwischt habe. Meine sich darunter abzeichnenden Brüste geben nämlich ziemlich deutlich meine Ansicht über Fabios Körperbau wieder. Und das scheint ihm nicht entgangen zu sein, auch wenn er sich das Schmunzeln zu verkneifen versucht. Verdammt!

»Ja. Gute Idee. Also das mit dem Vorstellen. Und natürlich auch das Anziehen. Bei mir … Natürlich auch bei dir … Ich meine …« Ich beiße mir auf die Zunge, um nicht noch mehr Unsinn von mir zu geben. »Bis gleich.«

Hastig werfe ich die Tür ins Schloss. Etwas zu hastig. Fabio kann gerade noch zurückspringen, sonst hätte ich ihm wohl die Nase oder zumindest ein paar Zehen gebrochen. Lautlos schlage ich mir mit der Hand gegen die Stirn.

Gott, was ist nur in mich gefahren? Wie kann ich nach allem, was ich gestern über Fabios Verdacht und Absichten erfahren habe, so auf ihn reagieren? Es sollte mir vollkommen egal sein, was er trägt. Oder eben *nicht* trägt …

* * *

Als ich schließlich geduscht und umgezogen bin, kämpfe ich noch immer damit, die Bilder aus meinem Kopf zu vertreiben, die meine Fantasie von Fabio mir malt. Leider habe ich eine sehr lebhafte Fantasie.

Doch ein kurzer Anruf bei meinem Vater hilft in dieser Hinsicht weiter. Ich hatte ohnehin vor, mich bei ihm zu melden und ihn zu fragen, wie es ihm geht. Nachdem wir unsere üblichen fünf Sätze in der ebenfalls üblichen gehemmten Art und Weise gewechselt haben, verabschieden wir uns und legen auf.

Aufseufzend trete ich auf den Balkon, während ich meine Haare zu einem lockeren Zopf flechte, der mir über die linke Schulter auf die Brust fällt. Noch einmal genieße ich den Anblick der von der Morgenröte geküssten Alhambra vor den schneebepuderten Bergen der Sierra Nevada. Und den der langsam erwachenden Stadt davor.

Kleine, alte Lieferwagen rumpeln über das Kopfsteinpflaster und Marktleute bauen ihre Warenstände auf, bevor die Hitze kommt. Rasselnd heben sich die Gitter vor den Läden und die ersten Kunden verlassen die Bäckereien mit Baguettes unter dem Arm.

Und im Zentrum des Albaicín thront nicht minder majestätisch als die Alhambra auf dem Hügel die Kathedrale von Granada.

Ich hätte ewig hier stehen können, aber der Duft von Omelett und Kaffee macht sich breit und lockt mich nach unten.

Es ist nicht Fabio, der unten in der Küche hantiert, sondern der Mann aus dem Garten. Unsicher bleibe ich im Türrahmen stehen, aber zu meiner Erleichterung bin ich nicht mit ihm allein. Gabriella ist offenbar bereits bei der Bäckerei gewesen und füllt gerade aus einer Papiertüte frische Magdalenas in eine Schüssel. Sie begrüßt mich erfreut, woraufhin der Mann sich umdreht. Es ist tatsächlich der von gestern. Der mit dem abgegriffenen Caballero-Hut, der mir aufgefallen ist, weil er so finster dreingeblickt und völlig fehl am Platze gewirkt hat. Seltsam, wo er doch offenbar zur Familie gehört. Dem Alter nach zu urteilen, ist er ein Großonkel oder so. Ihren Großvater würden sie sicher nicht beim Vornamen nennen. Na, zumindest erklärt es, weshalb Fabio und Gabriella hier wohnen dürfen.

»*¡Hola!*«, begrüße ich ihn, jedoch deutlich zaghafter als Gabriella. Mit seiner tief gefurchten Miene wirkt er auch heute nicht gerade freundlich. »Ich bin Marisol. Sie … äh … erinnern sich vielleicht von gestern her an mich.«

Er nickt mir knapp zu, die Lippen im dichten Bart eine dünn zusammengepresste Linie, und wendet sich dann wieder dem Herd zu.

»Ich möchte mich herzlich dafür bedanken, dass ich hier übernachten durfte.«

Erneutes knappes Nicken, ohne dass er noch einmal hersieht.

Unbehaglich trete ich von einem Bein auf das andere. Ich sollte schnellstens das Feld räumen. Was mich geritten hat, hier zu übernachten, frage ich mich ohnehin schon den ganzen Morgen.

»Hast du alles gefunden, was du brauchst?«, zieht Gabriella meine Aufmerksamkeit wieder auf sich. »Du hättest ruhig auch heute etwas von meinen Sachen nehmen können.«

»Danke, das ist sehr lieb von dir, aber ich fahre nachher zurück.«

»Sicher? Ich hatte mich schon so sehr auf etwas weibliche Unterstützung im Haus gefreut. Vielleicht überlegst du es dir ja noch.« Hoffnungsvoll schaut sie mich an.

Lächelnd schüttele ich den Kopf. »Tut mir leid.«

»Ah, du bist schon fertig, Mari!«, ertönt nun auch Fabios Stimme. »Und wie ich sehe, hast du Alvaro bereits kennengelernt.«

Sozusagen. Ich nicke.

»Großartig. Ich habe im Patio gedeckt. Hast du Frühstückswünsche?«

»Danke, nein, ich esse, was ihr esst. Aber, wow, ihr seid ja alle echte Frühaufsteher.«

»Schön wärs, aber Gabriella ist gerade erst heimgekommen.« Er wirft seiner Schwester einen strengen Blick zu.

Die lacht unbeeindruckt. »Du bist nur neidisch, dass ich Spaß habe. Hoffentlich kuriert Marisol dich alten Langweiler.«

»Also ich finde schon, dass man mit ihm Spaß haben kann«, rutscht es mir heraus.

Gabriella grinst. »Soso.«

Fabio verdreht die Augen. »Ich habe auf der Couch geschlafen!«

Mir schießt das Blut ins Gesicht. So, wie Gabriella meine Äußerung verstanden hat, war sie selbstverständlich nicht gemeint, aber mein Kopfkino greift die Idee begeistert auf.

In diesem Moment dreht sich Alvaro um und drückt mir wortlos einen Teller mit Omelett in die Hand. Heilfroh über diese Ablenkung, bedanke ich mich, ernte aber nur erneutes Nicken.

Als auch Gabriella und Fabio ihre gefüllten Teller in Händen halten, glüht mein Gesicht noch immer. Alvaro schaltet den Herd aus, zieht die Kaffeekanne aus der Maschine und marschiert ebenso stumm aus der Küche, wie er zuvor darin hantiert hat.

Sich noch immer kabbelnd, folgen ihm Gabriella und Fabio mit mir im Schlepptau in den lichtdurchfluteten Innenhof.

Und erst jetzt, wo er nicht von so vielen Menschen bevölkert wird wie gestern, nehme ich seine ganze Schönheit wahr. Weinreben beschatten die eine Hälfte, das Blattwerk eines Kirschbaumes, der in der Ecke des Patios wächst, die andere. Die Wände sind mit Azulejo-Kacheln in sonnigen Farben geschmückt und mit azurblauen Keramiktöpfen voller Blumen und rankender Grünpflanzen behängt. Den Boden bilden Mosaike aus kleinen abgerundeten Steinen. Auch der für einen andalusischen Patio typische Brunnen fehlt nicht. In diesem Fall besteht er aus zwei übereinander angeordneten runden Steinbecken, von denen das obere kleiner ist, sodass das Wasser mit beruhigendem Plätschern in das untere Becken läuft. Die Morgensonne lässt das erste Weinlaub des Jahres durchscheinend hellgrün aufleuchten und die vereinzelten Sonnenstrahlen, die ihren Weg zwischen den Blättern hindurchfinden, bringen das Wasser des Brunnens zum Glitzern.

»Mari? Setz dich doch«, reißt mich Gabriellas Stimme aus meiner bewundernden Versunkenheit und ich trete an den Tisch.

Auf dem Stuhl zu Alvaros rechter Seite ebenso wie am Kopfende zu seiner Linken liegen eine erdfleckige Weste und sein Caballero-Hut und er macht keine Anstalten, sie wegzunehmen. Wohl ein Zeichen dafür, dass er seine Ruhe haben will. Und weil Gabriella am anderen Kopfende sitzt, bleibt mir nur der Platz neben Fabio. Da der Tisch sehr klein ist: sehr nah neben Fabio. Einem frisch geduschten und herrlich duftenden Fabio, dessen Nähe mich heute noch sehr viel nervöser macht als gestern. Dämliches Kopfkino!

Zum Glück bemerkt Fabio meinen plötzlichen Schweißausbruch nicht, denn er und Gabriella necken sich weiterhin auf Geschwisterart. Alvaro hingegen gibt noch immer keinen Ton von sich.

In Sachen Frühstück gehören Gabriella und ich zur Magdalena-Fraktion, während Fabio und Alvaro sich kräftig Olivenöl auf die getoasteten Baguettestücke träufeln.

»Fabio hat schon erzählt, dass du nachher mit meiner Freundin und mir zurück nach Rincón de la Victoria fahren wirst. Ich freue mich, das wird lustig. Willst du auch mit uns an den Strand gehen, wenn wir dort sind?«

»Nein, leider nicht, es …« Ich halte inne, als eine plötzliche Brise Tausende Blütenblätter vom Kirschbaum wirbelt, die in Zeitlupe auf uns herabrieseln wie feiner Schnee. Hingerissen verfolge ich das Schauspiel. »Ich habe noch nie einen so schönen Patio gesehen.«

»Das sage ich Alvaro auch immer«, stimmt Gabriella mir zu. »Er sollte wirklich beim Wettbewerb mitmachen.«

Alvaro schüttelt nur stumm den Kopf.

»Wettbewerb?«, hake ich verwirrt nach.

»Der um den schönsten Patio«, erklärt Fabio. »Er findet jährlich im Mai in vielen Städten Andalusiens statt. Der Patio ist das Herz eines Hauses, der Ort, an dem die Familie zusammenkommt – wie du gestern gemerkt hast.« Er lächelt schief. »Und im Mai öffnen Familien ihre Häuser im Wettbewerb um den schönsten Innenhof.«

»Nix da! Hier wird nichts geöffnet!«, fährt Alvaro ihn mit brüchiger Stimme ruppig an.

Erschrocken zucke ich zusammen, aber weder Fabio noch Gabriella scheinen überrascht, geschweige denn gekränkt zu sein, also ist das wohl Alvaros normaler Umgangston. Wirklich kein besonders angenehmer Zeitgenosse, dieser Kerl. Grob und unhöflich.

Schließlich erhebt sich Gabriella gähnend. »Ich geh mal Antonia anrufen, ob sie schon eine Uhrzeit hat, zu der wir losfahren wollen.« Schon ist sie ins Haus gelaufen.

»Und ihr Geschirr hat sie natürlich stehen gelassen und es wird dort bleiben, bis es fliegen lernt oder Beine kriegt.« Fabio seufzt, in Alvaros Miene hingegen meine ich so etwas wie den Anflug eines liebevollen Lächelns zu erkennen, als er Gabriella hinterhersieht. Als dieser jedoch meinen Blick bemerkt, ist es sofort verschwunden, und er steht auf und beginnt, das Geschirr zu stapeln.

»Bitte lass, ich räume ab«, wendet Fabio ein, stapelt direkt die Teller und ich schließe mich ihm an, indem ich das Besteck einsammele.

Alvaro zögert einen Moment, greift sich dann Weste und Hut und nickt knapp in unsere Richtung. Während ich noch rätsele, ob das jetzt ein Ja oder eine Verabschiedung sein soll, verlässt er durch die Küche das Haus und kurz darauf höre ich die Haustür ins Schloss fallen. Also war es wohl Letzteres.

»Wo geht er hin?«, frage ich und helfe Fabio beim Abräumen.

»Zur Arbeit.«

»Obwohl er schon ziemlich alt ist?«

»Er müsste nicht mehr arbeiten, das stimmt. Aber er meinte, er wüsste sonst nichts mit sich anzufangen.«

»Er ist nicht besonders gesprächig, oder?«

»Nein. Tatsächlich kann ich mich nicht erinnern, von ihm jemals mehr als zwei oder drei Sätze am Stück gehört zu haben. Und die lauteten meist: ›Runter vom Rasen.‹ Oder: ›Finger weg von den Blumen.‹ Und das in einem geknurrten Tonfall. Die Einzigen, die ihm mehr als das entlocken können, sind meine Mutter und Gabriella. Meine Mutter, weil die beiden aus irgendeinem Grund eine ganz besondere Verbindung zueinander haben. Und Gabriella, weil sie einfach eine solche Frohnatur ist, dass selbst der Grinch an ihr verzweifeln würde. Wobei sogar der noch etwas von Alvaro lernen könnte.«

Ich muss lachen. »Und *dein* Verhältnis zu ihm?«

»Als Kind habe ich mich eher vor ihm gefürchtet.« Er scherzt. »Das tue ich noch immer ein wenig. Er kommt mehr wie ein Landstreicher rüber, nicht wahr? Aber keine Sorge, ich kenne ihn schon mein ganzes Leben. Schon bei meiner Geburt hat er bei uns gearbeitet.«

»Bei euch gearbeitet?«, hake ich verwundert nach.

»Im Familienbetrieb. Die Hälfte all der Leute, die gestern hier waren, arbeitet auf der Alhambra.«

»Als Restaurateure?«

»Als Gärtner.«

Jetzt bin ich völlig verwirrt und das sieht man mir vermutlich an, denn er lacht leise. »Entschuldige bitte, ich muss wohl etwas weiter ausholen. Meine Familie besteht zu achtzig Prozent aus Gärtnern und Obstbauern. Etliche davon arbeiten auf der Alhambra.«

»Gibt es denn auf der Alhambra genug zu tun für so viele Gärtner?«

»Dort arbeiten noch weitaus mehr, nämlich um die hundert«, erklärt er belustigt.

»Oh.«

»Ein Besuch dort oben und du wirst den Grund verstehen. Mein Großvater mütterlicherseits war beispielsweise jahrzehntelang mit seinen acht Brüdern für die Grünflächen der Stadt verantwortlich, hat Granada dann aber den Rücken gekehrt, weil meine Großmutter die Mandelbaumplantage ihres Vaters bei Lanjarón geerbt hatte, wo auch ihre Familie lebte. Doch zeitlebens hat er es bereut und mir immer voll Sehnsucht von Granada erzählt. Das ist wohl der Grund, aus dem es mich schließlich auch hierher verschlagen hat. Und geblieben bin ich, weil man nicht anders kann, wenn man Granada einmal mit allen Sinnen erlebt hat.«

Ich denke an all die Eindrücke allein des gestrigen Tages zurück und ahne, was er meint. »Und Alvaro ist einer der Brüder deines Großvaters?«

»O nein, er ist überhaupt nicht verwandt mit uns. Aber seit ich denken kann, hat er mit meinen Großeltern auf der Plantage gearbeitet und ist irgendwie ebenfalls zu einem Teil unserer Familie geworden. Erst als meine Großeltern gestorben sind, hat er diese Carmen hier gekauft und ist nach Granada gegangen. Auch er arbeitet jetzt als Gärtner auf der Alhambra.«

Das erklärt die fleckige Kleidung.

»Wenn du ihn näher kennenlernst, wirst du feststellen, dass er gar nicht so Furcht einflößend ist, wie er am Anfang erscheint. Er ist einfach Fremden gegenüber sehr zurückhaltend, fast könnte man meinen, er würde generell keine Menschen mögen. Dabei ist er nur vorsichtig.«

»War er deshalb gestern so, äh …«

»… schlecht gelaunt, als all die Verwandten da waren?«, beendet er schmunzelnd meinen Satz. »Ja, genau. Mama ist die Einzige, der er es verzeiht, ihn mit so vielen Menschen zu überfallen, ganz einfach, weil er ihr alles verzeiht. Er ist völlig vernarrt in sie.«

Mein Handy piepst auf. Eine Nachricht von Vanessa.

Ich liebe die andalusischen Sitten und Gebräuche 😉

»Entschuldige mich einen Moment, bitte«, sage ich zu Fabio und antworte meiner Freundin.

Dann kann ich davon ausgehen, dass du auch noch den heutigen Tag mit der Erforschung der andalusischen Kultur beschäftigt sein wirst?

Wenn das für dich in Ordnung ist. Oder bist du schon auf dem Weg zurück?

Klar ist das in Ordnung, mach dir um mich keinen Kopf. Ich muss ohnehin noch auf meine Rückfahrgelegenheit warten.

Die hoffentlich heiß und sexy ist.

Sie heißt Antonia!

Hast du mir etwas verheimlicht? 😉

Haha. Und jetzt hab weiter Spaß mit Emilio, du Scherzkeks.

Ich schicke ihr noch einen Kuss-Smiley, schiebe das Handy beiseite und wende mich wieder Fabio zu. »Dann studiert Gabriella auch etwas mit Landwirtschaft oder Gartengestaltung?«

»Nein. Gabriella und ich schlagen da etwas aus der Reihe. Meine Mutter auch. Aber zumindest dem Holz als Arbeitsgrundlage sind wir treu geblieben.«

»Wieso? Was machen die beiden denn?«

»Mama und Gabriella sind Musikerinnen. Oder sagen wir besser: Mama. Bei Gabriella bin ich mir nicht sicher. Wundere dich nicht, wenn aus dem Zimmer neben dir schauriges Cellospiel ertönt.

»Ha! Von wegen schaurig, du Kunstbanause!«

Er zwinkert mir grinsend zu und es wird klar, dass er seine Schwester kommen gesehen und den Spruch nur losgelassen hat, um sie zu necken.

Sie wendet sich mir zu: »Ist es in Ordnung, wenn wir erst heute Mittag fahren? Antonia ist nämlich hundemüde und ich bin es ehrlich gesagt auch.«

»Ja, natürlich.« Ich möchte nämlich plötzlich gar nicht mehr hier weg.

»Prima. Dann haue ich mich jetzt aufs Ohr. Gute Nacht.«

»Du weißt aber schon, dass die Uni tagsüber stattfinden wird«, zieht Fabio sie auf.

Sie streckt ihm feixend die Zunge heraus, bevor sie sich an mich wendet. »Du musst mir dann während der Fahrt unbedingt von all den Fettnäpfchen erzählen, in die mein Bruder bereits getreten ist, damit ich für die nächsten Jahre hier genug Munition habe.«

»Um Gottes willen – was für Jahre?«, gibt ihr Bruder zurück. »Länger als eine Woche halte ich es mit dir nicht aus.«

Sie wirft ihm grinsend eine Kusshand zu und ist im nächsten Moment verschwunden.

Fabio sieht ihr mit liebevollem Kopfschütteln nach, bevor er sich wieder mir zuwendet und ernst wird. »Und? Hast du dir schon überlegt, was du deine Großmutter fragen wirst, um deinen Standpunkt zu beweisen und meinen Verdacht zu entkräften?«

Die Leichtigkeit des Morgens ist schlagartig verschwunden. Richtig. Es gibt einen ganz bestimmten Grund, aus dem ich hier bin. In Fabios Gegenwart fällt es mir viel zu leicht, zu vergessen, wie es dazu kam.

»Noch nicht, aber davon abgesehen …« Ich werfe einen Blick auf die Uhr. Meine Großeltern müssten jetzt wach sein. »Ich muss ihnen Bescheid geben, dass ich später komme, damit sie sich nicht sorgen.«

* * *

Nervös laufe ich im Garten umher. Zu meiner Erleichterung ist es meine Großmutter, die abhebt.

»Marisol, mein Kind, endlich lässt du von dir hören. Wie war es denn gestern? Hattest du viel Spaß?«

»Es war sehr … interessant.«

»Es ist wundervoll, dass du Anschluss gefunden hast!« Ihre ehrliche Freude macht mir ein schlechtes Gewissen, auch wenn ich weiß, dass sie vor allem darauf zurückzuführen ist, dass sie darauf spekuliert, dass ich nach Andalusien ziehe.

»Und wo bist du jetzt?«

»Im … Garten.«

»Ich wusste gar nicht, dass Emilio einen Garten hat.«

»Ich auch nicht.« Ist ja keine Lüge. »Und ich werde auch noch etwas hierbleiben und vermutlich erst gegen Abend zurück sein.«

»Aber ich habe spätestens zum Mittagessen mit dir gerechnet.«

Der Vorwurf in ihrer Stimme ist nicht zu überhören, doch zum ersten Mal bin ich nicht genervt. Ich denke an das liebevolle Großfamilienchaos gestern und fühle Mitleid mit meiner Großmutter, die nahezu allein und einsam in ihrer großen Finca sitzt. »Lass uns dafür in den nächsten Tagen zusammen einen Ausflug machen, okay?«

»Wir? Einen Ausflug? Das wäre wundervoll.« Sie klingt so überrascht, dass mich das schlechte Gewissen packt.

»Nach Córdoba oder Sevilla oder wohin auch immer du willst«, ergänze ich. »Wir können den ganzen Tag dort verbringen.«

»Wirklich? Ach, das wäre großartig! Gleich nächste Woche?«

»In Ordnung, aber …« Ich zögere, will nicht, dass sie denkt, ich hätte das Angebot nur gemacht, um im Gegenzug eine Auskunft zu erhalten, packe die Gelegenheit dann aber doch beim Schopf. »Eine kurze Frage noch: Dieser Freund von Großvater namens Ramón, dieser Anwalt, der ihn früher so oft besucht hat – erinnerst du dich an seinen Nachnamen?«

»Der, mit dem er im Krankenhaus zusammengearbeitet hat?«

»Sie haben zusammen dort gearbeitet?«, hake ich überrascht nach.

»Ja. Daher kannten sie sich doch. Aber, Heilige Maria, das ist Ewigkeiten her. Wieso willst du das wissen?«

»Ach nur, weil … Emilios Bekannter auch ein Anwalt namens Ramón ist, ich wollte nur spaßeshalber wissen, ob es derselbe ist.«

»Nun ja … puh … ich bin mir nicht sicher. Ich denke, er hieß Rodríguez.«

Großartig. Ist ja nur einer der häufigsten Nachnamen ganz Spaniens.

Ich seufze. »Ist okay, danke dir.« Doch da ist noch etwas. Etwas, das bei all dem Gefühlschaos mit Fabio untergegangen ist. »Sag mal … als ich bei Nani war, da … Es war merkwürdig. Ich … ich kann mich nicht daran erinnern, sie jemals so … unfassbar traurig erlebt zu haben. Natürlich habe ich sicher vieles nicht mitbekommen, als ich noch klein war. Und als ich sie das letzte Mal gesehen habe, war das vor … vor Mamas Tod.« Ich räuspere mich. »Aber ich frage mich gerade, ob es darüber hinaus noch einen großen Verlust gab, den sie erlitten hat? Geht es ihr nicht gut, weißt du etwas? Ich dachte immer, sie wäre seither alleinstehend, aber stimmt das überhaupt oder war sie einmal verheiratet?«

Am anderen Ende der Leitung bleibt es still.

»*Yaya*? Bist du noch dran?«

»Ja, ich bin noch dran. Und ja, sie war verheiratet, allerdings … Sie ist meine Freundin. Ich denke nicht, dass ich darüber sprechen sollte, wenn sie es nicht tut. Hast du sie denn nach ihrem Mann gefragt?«

»Nein, noch nicht, aber das werde ich nachholen und …«

»Constanza? Mit wem sprichst du da?«

»Marisol. Sie ist noch immer mit Vanessa und Emilio in Málaga.«

»Mari? Meine kleine *Doctora*?«

Mein Großvater hat offenbar den Hörer erobert. »Geht es dir gut? Passt ihr aufeinander auf? Ich mache mir große Sorgen. Du hast ja gesehen, wie schnell es mit den Überfällen heutzutage gehen kann.«

»Natürlich, *Yayo*. Wir sehen uns dann zu einer neuen Partie Dame.«

»Wundervoll, aber sei gewarnt: Dieses Mal wirst du mich nicht so leicht aus der Fassung bringen.« Er lacht leise.

Seine warme Stimme zu hören, tut unendlich gut, und die Liebe und Besorgnis darin bestärken mich in meiner Entscheidung, Fabio zu beweisen, dass er unrecht hat in Bezug auf meinen Großvater.

* * *

»Großvaters Freund heißt Ramón Rodríguez, aber in der Stadt Granada lebt kein Anwalt mit diesem Namen«, sage ich triumphierend, als ich in die Küche zurückkehre, und lasse mich auf die Eckbank fallen. »Ich habe mit der Auskunft telefoniert. Mein Großvater hat die Wahrheit gesagt. Sein Freund ist irgendwann weggezogen.«

Fabio hat bereits den Tisch im Patio abgeräumt, das Geschirr gewaschen und trocknet gerade den letzten Teller. »Ja, ich weiß.«

Perplex blinzele ich. »Woher?«

Er stellt den Teller in den Schrank und hängt das Handtuch über den Backofengriff. »Hab in der Klinik angerufen.«

»Woher wusstest du, dass sie dort zusammengearbeitet haben?«, hake ich irritiert nach.

»Wusste ich nicht, aber …« Er zögert und wischt die bereits saubere Arbeitsplatte noch einmal ab, er ist nervös. Ganz sicher. »… das war mein einziger Anhaltspunkt, nachdem du mir von einem Ramón erzählt hast, von dem du nicht sicher warst, ob er Arzt oder Anwalt gewesen ist.«

Ich runzele die Stirn. Irgendetwas ist seltsam. Aber bevor ich darauf komme, was es ist, spricht Fabio schon weiter.

»Leider konnten oder wollten sie mir keine Auskunft darüber erteilen, wann er aufgehört hat, dort zu arbeiten. Und beim Einwohnermeldeamt wurde mir keine Auskunft darüber erteilt, wo er jetzt wohnt. Und es gibt Hunderte Anwälte mit diesem Namen in Andalusien und sicher Tausende in ganz Spanien.«

»Nun, ich denke nicht, dass solche Auskünfte am Telefon erteilt werden dürfen, sondern dass man vor Ort persönlich einen Antrag auf eine entsprechende Auskunft stellen muss.«

»Das stimmt, aber den Weg kannst du dir sparen. Er hat offenbar eine Auskunftssperre beantragt.« Jetzt dreht er sich wieder mir zu, lehnt sich rücklings gegen die Arbeitsplatte und verschränkt die Arme vor der Brust. »Findest du das nicht merkwürdig?«

»Nun ja, er ist schließlich Anwalt. Sicher will er sich vor der Rache von Menschen schützen, die er hinter Gitter gebracht hat oder so.«

»Er hat sich auf Klinikrecht spezialisiert.«

»Oh. Äh. Nun ja, dann gibt es eben einen anderen Grund für seine Spenden an den Orden.«

»Eben.« Fabio sieht mich bedeutungsvoll an.

Mist, da bin ich ihm in die Falle getappt. Verärgert trommele ich mit den Fingern auf den Küchentisch. »Trotzdem! Das hat alles nichts mit deinem Verdacht zu tun. Und schon gar nicht mit meinem Großvater!«

Fabio entgegnet nichts, aber sein Schweigen macht die Sache fast noch schlimmer, als wenn er mir widersprochen hätte.

»Was?«, fahre ich ihn an. »Rück schon raus mit der Sprache!«

»Warum hat dein Großvater der Kirche beziehungsweise diesem Orden so viel Geld gespendet?«

»Weil er ein guter Mensch ist!«

»Oder weil er ein schlechtes Gewissen hatte?«

»Das ist absurd!«

»Außerdem waren Schwestern dieses Ordens in der Klinik als Pflegerinnen tätig.«

»Dann hatte er doppelten Grund für seine Spenden.«

Wieder dieses bedeutungsschwangere Schweigen zwischen uns, das ich kaum aushalte. Weil es so viel Raum für Zweifel und Möglichkeiten lässt. Meine Gedanken in eine Richtung drängt, die ich nicht einschlagen will. Weil es weitere Fragen aufwirft, vor deren Beantwortung ich Angst habe. Kennt man einen Menschen je ganz?

»Sag nicht, dass du auch im Kloster warst und mit den Ordensschwestern gesprochen hast!«, spotte ich.

»Dazu kam ich leider noch nicht, seitdem du mir davon erzählt hast«, erwidert er.

Fast hätte ich gelacht. »Du verdächtigst *Nonnen*, etwas von irgendwelchen Unstimmigkeiten gewusst zu haben?«

»Ordensschwestern, nicht Nonnen. Nonnen leben in Klausur.«

Entgeistert gucke ich ihn an. »Das ist tatsächlich dein Ernst.«

»Du kannst es nachschlagen.«

»Das meine ich nicht, und das weißt du!« Mit einem Schnauben springe ich auf. »Das ist alles so was von absurd! Und das werde ich dir auch beweisen!« Vielleicht auch eher mir. »Wir gehen zu diesem Orden, jetzt sofort!«

* * *

Kaum tauchen wir wieder in das Gassengewirr Granadas ein, nimmt mich diese so ganz eigene Welt erneut gefangen.

Überall tun sich neue malerische Ecken auf und gefühlt machen alle Pfade irgendwann einen Knick, sodass ich bald gar nicht mehr weiß, in welche Richtung wir laufen. »Also ohne Handynavi oder Kompass wäre ich hier aufgeschmissen«, sage ich halb im Ernst, halb im Scherz.

»Der Trick besteht darin, sobald sich eine Lücke zwischen den Hausdächern auftut, die Alhambra zu suchen. Funktioniert sowohl bei Tag als auch bei Nacht, denn nachts wird sie beleuchtet. Sie fungiert sozusagen als Leitstern.«

Diese Beschreibung gefällt mir und unwillkürlich sucht mein Blick die Häuserfront auf eine Lücke ab.

»Dort.« Er beugt sich zu mir herüber, deutet in die Richtung, in die ich zu schauen habe.

Immer wieder tippt Fabio mich an oder dreht mich sanft an der Schulter in eine bestimmte Richtung, um mich auf Besonderheiten von Architektur und Dekoration aufmerksam zu machen. Und jetzt, wo mein Auge sich langsam für die Details schärft, nehme ich immer mehr Hinweise auf die maurischen Erbauer wahr: von den Mustern der Wandkacheln über Türbogen und kunstvoll geschmiedete Balkongeländer bis hin zu den Mosaiken der Gehwege.

Doch das wird zunehmend zur Nebensache, denn meine Haut prickelt unter Fabios Berührung mit jedem Mal heftiger, auch nachdem er mich bereits losgelassen hat. Und ebenso kommt es mir vor, als würde er seine Hand von Mal zu Mal etwas länger auf meiner Schulter belassen oder etwas dichter an mich heranrücken, wenn er mir mit ausgestrecktem Arm die Blickrichtung zeigt. Außerdem scheint die Temperatur sprunghaft anzusteigen. Doch das muss am veränderten Einfallswinkel der Sonnenstrahlen liegen. Ganz sicher nur daran. Und nicht an der veränderten Stimmung zwischen uns. Ich bin noch immer sauer auf ihn, will ihm beweisen, dass er unrecht hat. Ja, auf jeden Fall. Oder?

Ich ziehe mein Strickjäckchen aus, binde es mir um die Hüften und krempele die Ärmel meiner Bluse hoch.

Fast möchte ich mich in diesem Labyrinth verirren und nie ankommen – dieser seltsamen Leichtigkeit wegen, die mich erfüllt. Was natürlich an der Musik liegt, die überall erklingt. Und nicht an meiner Gesellschaft.

Mal tönt eine Gitarre traurig aus einem Fenster, dann eine andere lebhaft aus einem Innenhof, auf den wir durch eine offene Tür einen Blick erhaschen. An der einen Straßenecke zeigt ein Geiger seine virtuosen Künste, während aus dem Café an der nächsten melancholischer Flamencogesang herausdringt. Manchmal auch alles gleichzeitig. Dazu kommen Gelächter und Stimmen von Passanten und den Besuchern der Straßencafés. Ab und zu auch von zwei alten Frauen, die sich über die Gasse hinweg von Fenster zu Fenster unterhalten. Und das alles mischt sich wiederum mit den Rufen der Händler vor den kleinen Kunsthandwerksläden oder auf den Märkten. Passanten begrüßen sich überschwänglich und Grüppchen beieinandersitzender Menschen lachen lauthals ohne Scheu. Je länger ich das alles miterlebe, umso mehr wird mir bewusst, wie sehr ich die andalusische Lebensfreude und Herzlichkeit in Deutschland vermisst habe.

Dieses Konzert aus tausenderlei Geräuschen wird lediglich dann in den Hintergrund gedrängt, wenn wir an einer der zahlreichen Schmieden vorübergehen, in denen es hämmert und zischt. In der Regel sind davor Silberschmuck, silberbeschlagene Gürtel oder traditionelles Kupfergeschirr zum Verkauf aufgebaut. Auch von den Wänden und Decken der meisten Tapasbars sehe ich Kupferkessel herabhängen. Vor solchen Bars liegt der Geruch nach Schinken in der Luft, sodass ich direkt wieder Hunger kriege.

Nur eine Straße weiter duftet es nach allem, was sich zu Tee verarbeiten lässt. Teeladen reiht sich an Teeladen und ich könnte den ganzen Tag auf und ab laufen und all die wundervollen Aromen in mich aufsaugen.

Jedenfalls, bis mir eines in die Nase steigt, das mein persönliches Kryptonit darstellt. »Churros!«, rufe ich begeistert und folge den herrlich süßen Schwaden zu einem Straßenverkäufer. »Und auch noch mit Vanillecreme gefüllte Schokochurros! Himmel, das ist Verführung pur!«

Fabio zieht eine Augenbraue hoch, wie ich mit einem schnellen Blick registriere, und legt interessiert den Kopf zur Seite. »Werde ich mir merken.«

Ich spüre meine Wangen glühen, schnaube aber verächtlich. »Es gehört schon mehr dazu, mich zu verführen.«

Als wolle er meine Worte austesten, wendet er sich dem Verkäufer zu. »Eine große Portion, bitte.«

»Auf keinen Fall, weder groß noch klein, ich bin pappsatt!«, wehre ich eilig ab.

Doch Fabio reicht dem Mann dennoch Geld, nimmt die Tüte in Empfang und wedelt damit unter meiner Nase herum. »Also wenn du die nicht isst, werde ich sie wohl leider in den nächsten Mülleimer werfen müssen, und das, wo sie doch so frisch und knusprig und süß sind.«

Ich werfe ihm einen finsteren Blick zu. »Das ist keine Verführung, das ist Erpressung mit angedrohter Lebensmittelverschwendung.«

Er lacht leise sein herrliches Lachen, das mein Innerstes zum Vibrieren bringt.

Und wie um alles in der Welt sind wir denn jetzt bei solch einem Thema gelandet? »Was?«, fahre ich ihn an, vergeblich gegen mein mehr als unpassendes Kopfkino ankämpfend, das im Standbild des oberkörperfreien Fabio von heute Morgen verharrt.

»Glaube mir«, sagt er noch immer schmunzelnd, aber mit einem Blick, bei dem sich etwas in mir vor Sehnsucht zusammenzieht. »Wenn ich eine Frau verführen will, sieht das anders aus.«

Schlagartig wird mir heiß, also noch heißer. Ich bin nur nicht ganz sicher, ob vor Verlegenheit oder weil mein Kopfkino auf Hochtouren arbeitet.

»Was ist da oben?«, frage ich, um von den völlig unangebrachten Reaktionen meines Körpers abzulenken, und deute auf ein wie vernarbt wirkendes Felsgebilde auf einem der Hügel in der Ferne. Ein schmaler Weg schraubt sich steil hinauf.

»Sacromonte«, antwortet Fabio – noch immer, ohne mich aus den Augen zu lassen, das spüre ich. »Das angestammte Viertel der Gitanos. Nirgendwo gibt es authentischeren Flamenco zu sehen als in diesen Höhlen.«

»Höhlen?«, wiederhole ich verwirrt.

Er nickt. »Wohnhöhlen. Das, was du hier siehst, ist die weiß gekalkte Fassade der davor erbauten Eingangsbereiche und die Mauern vor den Höfen. Aber der eigentliche Wohnraum ist tief in den Fels hineingeschlagen.«

Fasziniert betrachte ich diese ungewöhnliche Symbiose aus Fels und Haus, während ich nun doch in die Papiertüte mit den Churros greife.

Es wird mir im selben Moment bewusst wie Fabios Grinsen.

Verärgert schreite ich schneller aus, aber schon hinter der nächsten Häuserecke bleibt Fabio wieder stehen. »Wir sind da.« Er deutet auf ein Gittertor in einer mannshohen Mauer, durch das wir in den Hof sehen können.

»Aber das ist eine Schule«, stelle ich überrascht fest.

»In Trägerschaft des Ordens.« Er deutet auf das Schild neben dem Tor. »Der Konvent, in dem die Ordensschwestern leben, befindet sich gleich neben dem Schulgebäude.«

»Na bitte, allein schon daran, dass die hier eine Schule leiten, erkennst du, wie albern das alles ist! Vielleicht verdächtigst du als Nächstes noch die Betreiber eines Waisenhauses irgendwelcher krimineller Machenschaften, was?«

Unbeeindruckt von meinen Worten drückt er auf die Klingel.

Ich kann nur den Kopf schütteln über so viel Uneinsichtigkeit.

»¿Hola?«, quäkt eine Stimme aus der für einen Konvent erstaunlich modernen Kommunikationsanlage mit der kleinen Kamera, und bevor ich Fabio daran hindern kann, fragt er schon, ob wir mit der Konventsleitung sprechen könnten.

»Mit der Oberin Schwester Blanca?«

»Äh. Ja.«

»Worum geht es denn?«

»Um Spenden an den Orden.«

»Bitte warten Sie einen Moment, ich frage nach, ob sie Zeit hat.«

»Das ist doch verrückt«, zische ich Fabio leise zu. Wie ich heute Morgen solch einen bescheuerten Vorschlag machen konnte, ist mir hier und jetzt absolut schleierhaft. »Was sollen wir denn sagen?«

»Wieso *wir*?«, erwidert er augenzwinkernd. »*Du* wolltest mir doch beweisen, dass ich unrecht habe.«

Empört hole ich Luft, aber bevor ich antworten kann, ertönt bereits erneut die Stimme und bittet uns, in einer Stunde wiederzukommen oder telefonisch einen passenderen Termin auszumachen.

Fabio stößt enttäuscht einen Schwall Luft aus, ich hingegen atme erleichtert auf.

»Wink des Schicksals, würde ich sagen.« Aus der Distanz zur Diskussion von heute Morgen betrachtet und unmittelbar vor einem Gespräch mit den Ordensschwestern, das nur unfassbar peinlich werden kann, erscheint mir der ganze Verdacht erneut völlig abstrus. Ich muss mir nur überlegen, wie ich Fabio die ganze Sache klarmachen kann, ohne mir eine Blöße zu geben.

»Abwarten«, knurrt er. »In einer Stunde wissen wir mehr.«

»Und bis dahin?«

Er hebt die Schultern. »Gibt es noch ein wenig Sightseeing, würde ich sagen. Die Santa María de la Encarnación de Granada ist nicht weit entfernt.«

»Gute Idee.« Ich nicke mit wissender Miene.

»Du hast noch nie zuvor den Namen dieser Kirche gehört«, stellt er belustigt fest.

Ich runzele die Stirn. »Woran erkennst du das?«

»Immer wenn du unsicher bist, fährst du mit dem Daumen über die kleine Narbe an deinem Zeigefinger.« Sanft tippt er auf besagten Finger und ich verstecke ihn hastig hinter meinem Rücken. Es wirft mich etwas aus der Bahn, dass er solche Kleinigkeiten an mir wahrgenommen hat, ehe sie mir selbst bewusst waren. Und noch viel mehr, wie zärtlich solch eine winzige Berührung wirken kann.

Außerdem fällt es mir zunehmend schwer, mich an den Grund zu erinnern, aus dem ich keine Gefühle für ihn zulassen sollte … Oder wollte?

* * *

Tatsächlich erreichen wir nach wenigen Gehminuten die Plaza de Bib-Rambla, und hinter den sie umgebenden Häusern ragen bereits die Türme des Doms empor.

Gesäumt wird der Platz von Platanen und Palmen. Grüne Alexandersittiche streiten sich kreischend auf den Bäumen um die besten Plätze oder fliegen über unsere Köpfe hinweg zum großen Brunnen in der Mitte der Plaza.

Doch auf das Treiben der schönen Vögel kann ich mich im Moment nicht konzentrieren. Ich bin viel zu sehr damit beschäftigt, nicht über den Haufen gefahren zu werden, denn ein wildes Durcheinander aus Pferdekutschen, Fahrrädern, Segways, Rollerblades und Fußgängern beherrscht den Platz. Plötzlich hält mich Fabio am Ellbogen zurück und im nächsten Moment flitzt unmittelbar vor mir ein Skater vorbei.

»Also hier kann man die Chaostheorie studieren«, murmele ich und versuche derweil zu ignorieren, wie gut es sich anfühlt, erneut Fabios Hand auf meiner nackten Haut zu spüren. Und dass mich ein wohliger Schauer überläuft, als er mir zudem sanft die andere in den Rücken legt, um mich durch das Durcheinander zu dirigieren. Eine zarte, galante Geste, die selbstverständlich rein auf Höflichkeit basiert und mich dennoch nicht kaltlässt.

Ich hätte seine Hände wegschieben müssen, kann schließlich sehr gut selbst auf mich aufpassen, tue es aber nicht. Er ist es, der mich loslässt, als wir auf der anderen Seite des Platzes angekommen sind.

Leider.

Wenig später stehen wir vor der monumentalen Kathedrale, deren Türme ich schon von Alvaros Carmen aus im Zentrum der Stadt entdeckt hatte. Und aus der Nähe ist sie noch ungleich gewaltiger. Allein schon die Fassade in Form eines dreiteiligen Triumphbogens ist beeindruckend.

»*Das* ist die Santa María de la Encarnación de Granada«, sagt Fabio. »Ein Meisterwerk der spanischen Renaissance-Architektur.«

Ich habe zwar keine Ahnung von egal welcher Architektur, aber dass dies hier ein Meisterwerk ist, erkenne selbst ich, kaum dass wir eingetreten sind.

Im Windfang wird uns mitgeteilt, dass die Kathedrale in wenigen Minuten über die Mittagszeit schließt und erst um 16.00 Uhr wieder für Besucher geöffnet ist. Tatsächlich verlassen gerade etliche Touristen das Gebäude und durch die Tür sehe ich nur noch eine Handvoll Menschen in den Bänken sitzen. Fabio sieht mich fragend an.

»Wir gehen trotzdem rein«, sage ich. »Wo ich schon einmal hier bin.«

Stille Kühle empfängt uns, aber nicht die draußen vermutete Dunkelheit. Vielmehr ist die Kathedrale lichtdurchflutet. Das hohe Kirchenschiff mit seinen weiß verputzten Wänden voller überbordender Verzierungen und den zwölf Säulen – korinthische, wie Fabio mir erklärt – strahlt regelrecht von innen heraus. Und trotz der enormen Dimensionen der Säulen mit ihren schätzungsweise fünfzig Metern Höhe wirkt alles filigran und elegant. Schon vom Eingang aus fällt der Blick durch die gesamte Länge der Kathedrale auf die golden strahlende Hauptkapelle an ihrem anderen Ende. Doch erst als wir dort ankommen, wird mir deren Pracht in ihrer Gänze offenbar und ich bestaune das Prunkstück der Kathedrale: die halbrunde Hauptkapelle, die über und über mit Gold verziert und so groß ist, dass sie schon fast eine Kirche innerhalb der Kirche darstellt. Doch nicht nur das lässt mich staunen, sondern vor allem ihre riesige und reich verzierte Kuppel mit den Malereien und wundervollen Buntglasfenstern. Wie ein Sternenhimmel.

Alles in allem ist die Kathedrale majestätisch schön und dramatisch imposant. Wäre ich gläubig wie meine Mutter oder meine Großeltern, würde mich sicher allein schon der Anblick vor Ergriffenheit in die Knie zwingen. So wie vielleicht die grauhaarige Frau mit dem schlichten schwarzen Kleid, die ein Stück von uns entfernt mit wie zum Gebet verschränkten Händen in einer der Bänke kniet, den Blick mit verzweifelter Miene auf die Figuren des Altarbildnisses gerichtet. Sie ist wie eine Nonne gekleidet, nur die Haube fehlt. Außer ihr und uns ist niemand mehr hier vorne. Ich komme mir vor wie eine Voyeurin und halte respektvollen Abstand zu ihr.

Da erklingt dreimal ein Ton wie von einem Triangel und die Frau erhebt sich. Die Töne sind wohl das Zeichen dafür, dass gleich geschlossen wird. Schwer seufzend bekreuzigt sie sich und ich sehe hastig beiseite, als sie sich umdreht, damit sie nicht denkt, ich hätte sie beobachtet. Doch aus dem Augenwinkel nehme ich wahr, dass sie sich nicht mehr rührt. Kurz linse ich hinüber und zucke erschrocken zusammen – die Frau starrt mich aus weit aufgerissenen Augen an.

Ich trete hastig einen Schritt weiter zur Seite und blicke hinter mich, in der Annahme, ihr möglicherweise den Weg zu versperren oder dass ihre Aufmerksamkeit jemand anderem gilt. Doch offenbar ist nichts davon der Fall, denn als ich meinen Blick wieder auf sie richte, hat sie sich noch immer nicht gerührt. Und ihr Gesicht ist leichenblass geworden.

»Geht es Ihnen gut? Brauchen Sie einen Arzt?«, frage ich besorgt.

Anstelle einer Antwort stürzt sie an mir vorbei und auf den Ausgang zu.

Mit offenem Mund sehe ich ihr nach und registriere, wie sie mehrfach über die Schulter zu mir blickt, nackte Panik im Gesicht.

Und ehe ich wirklich realisiere, was ich da tue, renne ich ihr nach.

»Mari, was …?«, ruft Fabio, aber ich habe keine Zeit, ihm zu antworten, denn die Frau huscht bereits durch die Tür.

Da tritt mir die herbeigeeilte Aufsicht in den Weg und hält mir wütend einen Vortrag über korrektes Benehmen in einer Kirche.

Hastig entschuldige ich mich, aber als ich den Mann endlich abgewimmelt habe und aus der Kirchentür gerannt bin, ist von der Frau in Schwarz nichts mehr zu sehen. Mit wild klopfendem Herzen sehe ich mich um, habe jedoch keine Ahnung, in welcher der Seitengassen ich sie suchen soll.

»Marisol, um Himmels willen …« Jetzt hat Fabio mich eingeholt. Er hat deutlich länger gebraucht, die Aufsicht loszuwerden, die bei Nummer drei der durch die Kirche rennenden Personen verständlicherweise sehr in Rage war. »Was ist denn los?«

»Die Frau in Schwarz … die da drin gebetet hat …«, stammele ich und reibe mir verwirrt die Schläfen. »Ich habe sie noch nie im Leben gesehen.«

»Ja und?« Er guckt, als hätte ich den Verstand verloren. Vielleicht habe ich das tatsächlich.

»Sie hat mich angeschaut, als würde sie mich kennen. Und sie war zu Tode erschrocken, ist regelrecht geflohen. Als hätte sie … als hätte sie einen Geist gesehen.«

Einen Geist oder … oder meine Mutter.

1974

Mina

»Was?« Ungläubig starrte Mina Ramón an und war sicher, sich gleich übergeben zu müssen. Dabei war die beständige Morgenübelkeit bereits lange vorbei, die laut ihrer Mutter für die ersten drei Monate einer Schwangerschaft typisch sei. Es war bereits Mitte August, Mina konnte ihr Frühstück wieder bei sich behalten, aber die Sorge um Diego schlug ihr stärker auf den Magen, als es jede Schwangerschaftsübelkeit je hätte tun können.

»Sie haben doch gerade erst angefangen, den Fall aufzurollen!«, rief Minas Mutter, genauso fassungslos wie sie selbst. »Wie kann sich das Verfahren denn schon wieder verzögern?«

Die letzten Wochen waren damit verstrichen, dass ständig Eingaben angeblich fehlerhaft waren oder andere Verhandlungen vorgezogen wurden. Nicht einmal täglich sehen durfte sie Diego, weil sie weder seine Angehörige war noch eine Anwältin. Es gab nur einmal die Woche einen Termin für Besuche von Nicht-Angehörigen, die zudem jedes Mal erst beantragt werden mussten. Und nun das! Tränen stiegen ihr in die Augen.

Ramón hob hilflos die Hände. »Das Militär hat sich offenbar der Sache angenommen.«

Salvador, der in sich zusammengesunken neben ihm saß, wurde weiß wie die Wand hinter ihm.

»Bautista ist einer von den Leuten«, fuhr Ramón fort, »und die wollen die Sache erst einmal intern untersuchen – so lautet zumindest die offizielle Begründung. Es wird jetzt alles dort hingeschickt und erneut bearbeitet.«

Ein Aufschrei entrang sich Minas Kehle. »Das können sie doch nicht machen!«

Ramón neigte betrübt den Kopf. »Doch. Leider.«

Mina hatte das Gefühl, platzen zu müssen in ihrer ohnmächtigen Wut. »Bautista, dieser Mistkerl! Dieses Schwein! Dieser …«

»Nicht, beruhige dich.« Ihre Mutter fasste nach ihrem Arm. »Denk an … Du weißt schon, was ich meine.«

Reflexhaft legte Mina die Hand auf ihren Bauch und Ramón sah verlegen beiseite. Diego hatte es ihm letzte Woche erzählt, damit er den Zuständigen verdeutlichen sollte, wie dringend die Angelegenheit war. Auch Salvador wusste Bescheid. Doch die erhoffte Beschleunigung des Verfahrens blieb aus. Die einzige Reaktion hatte in selbstgerechter Empörung bei den einen und höhnisch anzüglichen Bemerkungen bei den anderen bestanden.

»Aber wie lange kann sich das denn alles noch hinziehen?«, rief sie verzweifelt. »Wie lange wird es dauern, bis mein Diego endlich frei ist?«

Ramón fuhr sich erschöpft durchs Haar. »Bautista hat offenbar einflussreiche Freunde und na ja … ich bin kein Experte, aber … vielleicht noch Wochen, möglicherweise auch Monate.«

»Monate?«, keuchte Mina entsetzt.

»Um Gottes willen!«, stieß ihre Mutter aus und wurde bleich.

Der Gedanke, dass Diego noch länger in Haft ausharren musste, presste Mina den Brustkorb zusammen, sodass sie kaum noch atmen konnte. Sie sprang auf, lief völlig außer sich durch das Zimmer. »Wir müssen doch irgendetwas tun können!«

»Wir können nichts tun«, kam es tonlos von Salvador. »Solange das Militär die Macht hat, können wir gar nichts tun.«

Sie starrte ihn an. Hätte sie doch Geld gehabt! Kontakte! Irgendetwas! Doch sie hatten nichts, was helfen konnte, und waren darüber hinaus als Gegner Francos gebrandmarkt. Mina zweifelte nicht daran, dass auch aus diesem Grunde ihre Anträge ständig angeblich fehlerhaft waren oder wochenlang nicht bearbeitet wurden.

»Zumindest muss es doch endlich möglich sein, die beiden im Gefängnis zu trauen!«, rief ihre Mutter. »Wie ist da der Stand der Dinge, Ramón?«

»Mamá!« Ihre Fassungslosigkeit verdrängte zumindest ihre Übelkeit. »Es geht hier um Diego! Um sein Leben!«

»Und ist sein Kind etwa kein Teil seines Lebens?« Juanita wandte sich wieder Ramón zu. »Hast du die Formulare eingereicht?«

»Die … Ja … äh … ich … natürlich.«

»Hätte ich nicht irgendetwas unterschreiben müssen?«, hakte Mina besorgt nach. »Nicht, dass sich wieder etwas wegen fehlerhafter Eingaben verzögert.«

»Ja. Nein. Ich meine …« Ramón räusperte sich und tupfte sich Schweißtropfen von der Stirn. »Es ist alles korrekt, keine Sorge.«

»Entschuldige, du gibst dein Bestes, ich weiß.« Verzweifelt schlang sie die Arme um ihren Oberkörper, schluckte das Schluchzen hinunter. Sie fühlte sich hilflos wie nie zuvor. »Bitte sorge aber dafür, dass ich Diego auch diesen Mittwoch sehen kann, ja, Ramón?«, flüsterte sie. Mittwoch war Besuchstag und ihr war, als lebte sie nur noch dafür.

Er nickte. »Ich verspreche es.«

Sie sah zu Salvador, dem die innere Zerrissenheit ins Gesicht geschrieben stand, der aber dennoch den Kopf schüttelte. »Es … ich … es geht nicht.«

Sie verstand es nach wie vor nicht, hatte aber aufgegeben, ihn dazu zu drängen.

Als sie Salvador schließlich zur Wohnungstür begleitete, war sie noch immer den Tränen nah.

Auf der Schwelle hielt er inne, nahm seine Brille ab und putzte sie umständlich, den Blick beschämt zu Boden gerichtet. »Du … du weißt, dass ich seitdem keinen Tropfen mehr getrunken habe, nicht wahr?«

»Ich werde es ihm sagen«, flüsterte sie.

»Und sag ihm auch, dass ich …«, fuhr er mit erstickter Stimme fort, »… dass ich mich um die Werkstatt und … und den Laden kümmere und dass … dass wir ihn gemeinsam wieder zu altem Glanz bringen werden. Meine … meine Enkel werden einen großen Namen weiterführen und …« Er brach ab, räusperte sich und fuhr sich mit zittriger Hand über die Augen. »Ich … war ein schlechter Vater, aber ich werde der beste Großvater sein.«

Ihr wurde die Kehle eng, sie konnte nichts entgegnen, nickte nur. Seine Augen schimmerten, hastig zog er die Brille auf und ging.

Sie trat ans Treppengeländer, sah ihm nach, wie er langsam und zittrig die Stufen hinunterstieg. Als würde ihn jede davon unsagbare Kraft kosten. Jetzt erst realisierte sie, wie dünn und verhärmt auch er geworden war. Obwohl er es nach wie vor nicht über sich brachte, Diego in der Haft zu besuchen, war offensichtlich, wie sehr er sich um ihn sorgte und litt. Er war am Ende mit seiner Kraft, weigerte sich aber, ihre Hilfe anzunehmen. Mina wusste nicht, wie lange er noch durchhalten würde.

Erst als jemand sie zaghaft am Ellbogen berührte, wandte sie sich um. Salvador war längst verschwunden.

Ramón stand hinter ihr, hatte sich schlussendlich von ihrer Mutter loseisen können, die ihn erneut angefleht hatte, schnellstmöglich für eine Trauung zu sorgen. »Ich sollte ebenfalls gehen«, murmelte er und fuhr sich nervös mit der Hand durchs Haar.

»Du kannst aber auch noch bleiben.« Ramón in der Nähe zu haben, mit ihm über die weiteren Vorgehensweisen zu sprechen, gab ihr zumindest einen Hauch des Gefühls, etwas bewirken zu können.

Er räusperte sich. »Es … es ist schon spät, aber ich … ich werde weiterhin mein Bestes geben. Ich … ich bin auch immer für dich da, wenn … wenn du eine Schulter zum … zum Anlehnen brauchst.«

Das trieb ihr erneut die Tränen in die Augen. Plötzlich wurde alles zu viel für sie und sie umarmte ihn abrupt. »Danke.«

Als sie sich von ihm löste, war er rot bis unter die Haarspitzen. »Ich … du … wir … sehen uns … am Mittwoch«, stotterte er, bevor er nahezu fluchtartig das Weite suchte.

Entkräftet lehnte sie sich gegen die Wand des Hausgangs und schloss die Augen. Die Stufen ächzten und knarrten unter Ramóns Füßen und sie stellte sich vor, dass es Diegos Schritte wären. Schon meinte sie, seinen Duft wahrzunehmen, sein Lächeln vor sich zu sehen, seine Berührung an ihrer Wange zu spüren. Überschäumendes Glücksgefühl sprudelte durch ihre Adern.

»Hallo, Ramón!«, ertönte die Stimme der draußen spielenden Feli und zerstörte damit die Illusion. Die Wirklichkeit schlug so hart zu, dass Mina vor Schmerz schwindlig wurde. Der Mann auf der Treppe war nicht Diego gewesen und die eingebildete Berührung nichts anderes als der plötzliche Durchzug, weil unten die Haustür geöffnet worden war. Beinahe hätte sie hier, mitten im Treppenhaus, zu weinen angefangen.

Die Sehnsucht brannte in ihrer Brust, die Verzweiflung quetschte ihr das Herz zusammen.

»Hat das Flittchen also schon den Nächsten an der Angel!«, riss Pilars vor Genugtuung triefende Stimme sie aus ihrer Verwirrung.

Mina fuhr zusammen. Pilars Kopf schob sich über das Treppengeländer unter ihr und sie stierte zu Mina herauf.

Sie hatte offenbar zuvor die Verabschiedung von Ramón mitbekommen.

Wut stieg in Mina auf, eine solch unfassbare Wut, dass sie ihr die Kehle zuschnürte und sie keinen Ton herausbekam.

Stattdessen erklang die Stimme ihrer Mutter. »Wage es nicht, so mit meiner Tochter zu reden, du boshafte alte Krähe!«

Pilar stand der Mund offen. Im nächsten Moment verrenkte sie sich beinahe den Hals, als sie voller Unglauben durchs Treppenauge nach oben schielte. »Was …?«

»Wo ist dein missratener Sohn?«, fuhr Juanita sie an.

»Also ich … Also das …«, stotterte Pilar, bevor sie sich wieder fasste. »Wie redest du denn mit mir?«, entrüstete sie sich und ihre Nasenflügel blähten sich vor Empörung.

»Ich rede gleich noch ganz anders mit dir, das kannst du mir glauben!«, wütete Juanita. »Wo verkriecht sich Bautista, dieser Feigling?«

Nie zuvor hatte Mina ihre Mutter so mit jemandem, geschweige denn mit Pilar umspringen gesehen.

Das galt offenbar auch für Pilar selbst, die sich hastig bekreuzigte. »Herr im Himmel, sie ist verrückt geworden!«

»O nein, ich bin absolut bei Verstand! Aber sollte ich deinen Sohn, diesen verdorbenen Mistkerl, jemals wieder auch nur ansatzweise in der Nähe meiner Familie entdecken, wird er nie wieder irgendwohin zurückkehren können!«

Pilar sah aus, als hätte sie der Schlag getroffen. Mina konnte es ihr nicht verdenken. Ihre Mutter machte den Eindruck einer heidnischen Rachegöttin, wie sie sich da gerade gebärdete.

Erst als Feli, vom Lärm angelockt, herbeigelaufen kam und mit hellem Stimmchen fragte, was los sei, riss es Pilar aus ihrer Starre. Sie schnaubte empört und trat mit in die Höhe gerecktem Kinn den Rückzug in ihre Wohnung an. »Verrückt! Eindeutig verrückt geworden!«

Mina drehte sich zu ihrer Mutter um und ließ sich in deren Umarmung sinken. »Danke«, flüsterte sie. Zum ersten Mal seit langer Zeit war es Juanita, die Minas Rücken streichelte, während diese weinte, und nicht umgekehrt.

»Da gibt es nichts zu danken«, sagte Juanita und zog sie fester an sich. »Ich bin deine Mutter. Ich würde alles dafür tun, dass es dir gut geht.«

Diego

»Es muss doch endlich vorangehen, Ramón! Es sind nun schon Monate vergangen mit sinnlosem Hin und Her von noch sinnloserem Papierkram und Anhörungen, die doch nur zum Schein stattfinden und nichts bewegen! Sie können mich doch nicht ewig hier festhalten!« Diegos Stimme überschlug sich und prompt trat einer der Wärter drohend näher.

Nie zuvor im Leben hatte er sich dermaßen hilflos gefühlt. Wie lebendig begraben. Und das voller Sorge um Mina, das Baby und seinen Vater. Er war kurz davor, endgültig durchzudrehen, doch er durfte nicht aufgeben. Ramón versicherte ihm jedes Mal, es gehe ihnen den Umständen entsprechend gut. Und auch Mina bemühte sich bei jedem Besuch, ihm nicht zu zeigen, wie verzweifelt sie war, sondern ihm Mut zu machen und Hoffnung. Beim letzten Mal hatte sie ihm erzählt, wie gut sein Vater den Laden und die Werkstatt in Schuss hielt. Dass er der beste Großvater der Welt sein wollte. Und dass er nach wie vor keinen Alkohol angerührt hatte.

Beim Gedanken daran wurde ihm die Kehle eng. Er wusste, wie schwer das seinem Vater gerade jetzt unter diesen

Umständen fallen musste. Und er verstand, dass es die Art seines Vaters war, ihm zu zeigen, wie sehr er ihn liebte.

Dennoch – all ihren aufbauenden Worten und ihrem aufmunternden Lächeln zum Trotz kannte er sie gut genug, um die Wahrheit dahinter zu sehen: Sie litt unendlich. Und dieses Wissen trieb ihn fast in den Wahnsinn.

»Es geht ja auch voran, Diego«, erwiderte sein Freund. »Hab nur noch etwas Geduld.«

»Aber wie lange denn noch?« Verzweifelt presste er sich die Nägel in die Handballen, weil er sie sonst auf den Tisch geschlagen hätte. »Wie lange?«

»Ich sagte doch: Für nächste Woche ist in Sevilla endlich die nächste Anhörung angesetzt.«

»Aber wie soll uns das helfen? Bautista wird erneut seine angeblichen Zeugen auffahren, und dann?«

»Dann werden wir das eben auch tun müssen. Was ist mit dem Gastwirt, in dessen Lokal du aufgetreten bist? Oder mit … mit Musikern, die du gut kennst? Irgendjemand, der dir einen Gefallen schuldet?«

Diego lachte ungläubig auf. »Ist das dein Ernst? Eine bessere Idee hast du nicht nach all der Zeit?«

»Hast du denn eine?«, kam es gekränkt zurück. »Ich telefoniere mir wirklich die Finger wund und laufe mir die Hacken ab auf der Suche nach Hilfe. Ich habe versucht, beim Bürgermeister vorstellig zu werden, beim Polizeipräsidenten und sogar beim Erzbischof! Und ich wurde aus einem Lokal geworfen, als ich den dort zu Mittag essenden Stadträten deine Situation geschildert habe. Ich riskiere wirklich alles für dich und …«

»Schon gut, du hast recht«, unterbrach ihn Diego, von schlechtem Gewissen geplagt. »Es tut mir leid. Ich weiß, dass du alles gibst.« Plötzlich fühlte er sich unendlich müde und erschöpft. »Versprich mir nur eines.«

Ramón schluckte. »Was?«

Diego atmete tief durch. »Sorge dafür, dass es Mina gut geht, sollte das hier … nicht so ausgehen, wie wir es uns erhoffen. Wirst du das tun?«

Ramón starrte ihn mit fahlem Gesicht an. »Aber das wird es! Es wird alles gut werden!«

»Trotzdem. Versprich es mir!«

Ramón fuhr sich mit zitternden Fingern durch das Haar, nickte schließlich.

»Danke. Du bist ein wahrer Freund.«

»Du würdest für mich schließlich das Gleiche tun«, krächzte Ramón, wischte sich erneut über die Stirn und stand hastig auf. »Die Besuchszeit für Nichtangehörige beginnt gleich, Mina wartet schon draußen.« Tatsächlich öffnete sich jetzt die Tür und sofort hämmerte Diegos Herz unkontrolliert gegen seine Rippen. Nur am Rande bekam er mit, wie Ramón sich verabschiedete.

Er konnte und wollte den Blick nicht von Mina lassen. Sie zu sehen war, als wäre er in der Wüste auf eine Oase gestoßen. All die kalten Nächte, all die endlosen Tage war es allein der Gedanke an sie gewesen, der ihn dazu brachte, durchzuhalten und nicht aufzugeben. Kaum hatte sie sich gesetzt, als sich schon ihre Hände fanden und ihre Finger ineinander verschränkten. »Wie geht es dir? Ist dir noch übel? Hast du keine Schmerzen? Ist mit dem Baby alles in Ordnung? Und wie geht es meinem Vater?«

Sie sah ihn müde an. »Alles in Ordnung, mach dir keine Sorgen um uns«, antwortete sie mit dem traurigen Versuch eines Lächelns. »Dein Vater führt die Werkstatt und den Laden weiterhin absolut vorbildlich. Nicht einmal ein Staubkorn ist irgendwo zu sehen. Und er rührt keinen Tropfen Alkohol an.«

»Sag ihm, dass ich weiß, wie sehr er mich liebt«, sagte Diego bewegt und mit leiser Stimme. »Und dass er sehr wohl ein guter Vater ist.«

»Werde ich.« Sie drückte seine Hand, musterte ihn besorgt. »Aber wie geht es dir?«

»Ramón war gerade hier und hat von seinen Fortschritten berichtet. Wir kommen gut voran.« Er versuchte sich wie immer ebenfalls an einem zuversichtlichen Lächeln, auch wenn es ihm von Woche zu Woche schwerer fiel. »Ich werde bald wieder bei euch sein.«

Hoffnung glomm in ihren Augen auf und sein Herz schrie vor Sehnsucht. Gott, er hätte alles dafür gegeben, sie jetzt in den Arm nehmen zu dürfen. Er musste sich zwingen, sitzen zu bleiben. »Ist dir noch übel? Wie kommst du zurecht? Braucht ihr Geld?«

»Mach dir um uns keine Sorgen. Constanzas Bauch wächst zum Glück sehr viel schneller als meiner und überdies braucht sie im Gegensatz zu mir ständig neue Kleider.« Wie immer war sie bemüht, ihn aufzumuntern, erzählte Anekdoten von dieser Constanza, an die er sich nur dunkel erinnerte, und ebenso von Feli und José. Doch sah er dabei die Traurigkeit in ihren Augen aufblitzen und bemerkte die Verzweiflung in ihrem Lächeln und es quetschte ihm das Herz zusammen. Er fühlte sich so machtlos.

»Mir fehlt es an nichts außer an dir«, flüsterte sie.

»Bald, Fermina, meine Mina. Bald bin ich wieder bei dir. Schließlich muss der Olivenbaum doch Zeit zum Wachsen haben, bevor ich für unser Kind eine Schaukel daran anbringen kann.«

»Du wirst der beste Vater sein, den ein Kind sich nur wünschen kann«, flüsterte sie und endlich war da wieder diese glitzernde Funke Hoffnung und Vorfreude in ihren Augen.

Mina

Ein letztes Mal wischte sie sich Tränen aus den Augen und atmete tief durch, bevor sie die Haustür aufschloss und langsam die Treppen hinaufstieg. Es hatte unendlich wehgetan, Diego zurückzulassen, als die Besuchszeit endete. Und es wurde von Mal zu Mal schwerer. Mit Müh und Not hatte sie es geschafft, nicht vor ihm, sondern erst draußen zu weinen. Jedes Mal, wenn sie zu ihm durfte, sah er erschöpfter und verhärmter aus. Sie liebte ihn für seine unerschütterliche Zuversicht und wusste nicht, wie sie es ohne diese schaffen sollte, durchzuhalten.

Schwer atmend verharrte sie auf einer Stufe und der Schweiß lief ihr über den Rücken. Eine Hitzewelle hatte die Stadt fest im Griff. Zudem wurde Mina mit jedem Tag kurzatmiger und heute hatte sie auf dem Weg hierher etliche Pausen machen müssen.

Eine Bewegung aus dem Augenwinkel ließ sie nach unten sehen. »Clara?«

Stille. Dabei war Clara noch da, Mina sah ihren Schatten.

Nach Diegos Verhaftung war ihre Freundin fassungslos und schockiert gewesen und hatte Mina im Arm gehalten, während diese weinte, sie immer wieder getröstet und aufgebaut. Doch von Minas Baby wusste sie noch nichts. Mina hätte es ihr gern noch vor Ramón gesagt, aber seit Wochen hatte sie Clara wegen ihrer ständigen Nachtschichten kaum noch zu Gesicht bekommen. Ihr zwischen Tür und Angel davon zu erzählen, kam nicht infrage. Zudem hatte sie auf Mina von Mal zu Mal bedrückter gewirkt. Offenbar war die Arbeit in der Klinik mit den vielen langen und späten Schichten doch härter, als die Freundin gedacht hatte. Mina wollte sie nicht noch mit ihren eigenen Problemen belasten. Doch jetzt brauchte sie ihre Freundin dringender denn je. »Hast du kurz Zeit?«

Zögerlich trat ihre Freundin ans Treppengeländer, legte die Hand darauf, sah jedoch nicht zu Mina herauf. »Ich … äh … es … ist grad sehr schlecht.«

»Bist du nicht gerade von der Arbeit gekommen?«

»Doch, ja, aber … es war sehr anstrengend und ich bin wirklich sehr müde.«

Mina biss sich niedergeschlagen auf die Lippe. »Geht es dir ansonsten gut?«

Eine Pause entstand. Als würde Clara mit sich ringen. »Ja«, sagte sie schließlich leise und räusperte sich. »Ich muss mich einfach nur etwas hinlegen. Lass uns ein andermal länger reden, in Ordnung?«

Was blieb ihr anderes übrig? »Ja. Natürlich.«

Mit einer verhuschten Verabschiedung verschwand Clara in der Wohnung.

Mina beschlich der Eindruck, dass die Freundin sie mied. Etwa, weil Diego nun schon so lange in Haft war? Hatte sie etwa Angst, die Freundschaft mit ihr, die mit einem Häftling verlobt war, würde ihrem Ruf schaden?

Diese Vorstellung verwandelte ihren Magen in einen Klumpen Blei.

Nein, das konnte nicht sein. Sie schüttelte den Kopf, rief sich zur Ordnung.

Doch Clara schien ihr auch in den folgenden Wochen aus dem Weg zu gehen.

* * *

Bedrückt starrte Mina auf den Topf mit den Nudeln, den sie fürs Mittagessen zum Kochen gebracht hatte. Ihr Herz war so schwer, dass sie gar nicht mehr wusste, wie es sich anfühlte, frei und unbeschwert zu lachen.

Ramón hatte ihr versichert, alles werde gut werden, aber es tat sich einfach so entsetzlich wenig. Als hätte man sie vergessen. Oder als wäre Diego nichts weiter als eine Nummer auf dem Papier, die ausradiert wurde.

Das Räuspern ihrer Mutter ließ sie aufsehen.

Juanita räumte den Küchentisch von Nähmaterialien frei und seufzte tief. »Es wäre mir für dich wirklich lieber, wenn du in verheiratetem Zustand einen Arzt aufsuchst, aber es ist, wie es ist, und es wird allerhöchste Zeit, dass du dich vergewisserst, dass es dem Kind gut geht.«

Einen Arzt? Mina schluckte schwer. Obwohl sie anfangs behauptet hatte, schiefe Blicke und dumme Bemerkungen seien ihr egal, fühlte sie sich dem plötzlich nicht gewachsen. Allein schon die Vorstellung verursachte ihr Magenkrämpfe. Vielleicht lag es an der Sorge um Diego, vielleicht an der Schwangerschaft an sich, dass sie nicht mehr so hart im Nehmen war wie früher. An welchen Arzt sollte sie sich denn in ihrer Situation wenden?

* * *

»Ihrem Kind geht es, soweit ich das beurteilen kann, gut. Alles so, wie es sein soll«, verkündete Doktor García und rollte auf seinem Stuhl von ihr fort, um sich die Hände zu waschen.

Erleichtert streichelte Mina die Wölbung ihres Fünf-Monats-Bauches. Schwester Inocencia half ihr von der Liege hinunter und spannte mit freundlichem Lächeln die spanische Wand auf, damit sie sich dahinter wieder anziehen konnte.

Tagelang hatte Mina gegrübelt, wo sie sich hinwenden sollte, hatte sogar überlegt, ob es nicht auch ohne ärztliche Betreuung ginge, eine Hebamme ausreichen würde. Sie konnte das Kind zu Hause zur Welt bringen, wie es so viele taten. Doch Diego wollte davon nichts wissen, immerhin war seine Mutter bei der Geburt seiner Schwester gestorben. Und Clara hatte damals von der verständnisvollen Schwester Inocencia geschwärmt und davon, dass ledige Schwangere hier in dieser Klinik anders behandelt würden als sonst üblich. Also hatte Mina, obwohl es ihr sehr unangenehm war, weil sie Doktor García obendrein persönlich kannte, in der Klinik um einen Termin bei ihm gebeten.

Und sie hätte keine bessere Entscheidung treffen können! Als Doktor García ihren ausgefüllten Anmeldebogen vergeblich nach ihrem Ehemann abgesucht hatte, musste sie ihm schließlich mit glühenden Wangen gestehen, unverheiratet zu sein. Doch der eindringliche Blick, den er daraufhin mit Schwester Inocencia tauschte, blieb alles, was er zu diesem Thema von sich gegeben hatte. Und die kleine Ordensschwester mit dem rundlichen Gesicht und den Kringellocken, die sich ab und an unter ihrer Haube hervorstahlen, war die Freundlichkeit in Person. Sie hatte sich nach ihrer Familie erkundigt und war voller Verständnis und Mitgefühl für ihre Situation gewesen.

»In vier Wochen sehen wir uns zum nächsten Vorsorgetermin«, sagte der Doktor zum Abschluss der Untersuchung und Schwester Inocencia brachte Mina zur Tür.

»Ich werde für dich und dein Kind beten«, sagte sie freundlich zum Abschied.

»Danke.« Bewegt lächelte Mina die kleine Ordensschwester an, konnte kaum glauben, wie viel Freundlichkeit ihr hier entgegengebracht wurde. Dann fiel ihr Blick auf die Uhr und sie verabschiedete sich eilig. Sie musste Feli von der Schule abholen.

* * *

Gerade noch rechtzeitig zum Klingeln der Schulglocke erreichte sie schweißgebadet das Lehrgebäude und lehnte sich erschöpft an die Mauer neben dem bereits offenen Tor.

Ihre Mutter hatte angeboten, Feli von der Schule abzuholen, aber Constanza brauchte eine weitere Anprobe ausgerechnet heute Mittag und die wäre weitaus anstrengender gewesen. Also war Juanita an Minas Stelle zur Anprobe gegangen.

Schwester Blanca stand bereits auf der Treppe vor der Schultür und starrte mit zusammengepressten Lippen und stechendem Blick zu ihr herüber. Als wüsste sie Bescheid über ihre Schwangerschaft. Dabei war ihr Bauch unter den locker geschnittenen und weit fallenden Sommerkleidern, die der Spätsommer möglich machte, allenfalls zu erahnen.

Endlich kamen die Schulkinder in Zweierreihen heraus, wie immer still und in militärischem Gleichschritt.

Doch auch als sie mit Feli bereits außer Sichtweite von Schwester Blanca war, hielt diese den Kopf gesenkt und schwieg.

»Ist in der Schule wieder etwas vorgefallen?«, fragte Mina besorgt.

Feli zuckte zusammen, sah aber weiterhin stumm zu Boden.

»Wurdest du wieder bloßgestellt? Oder bestraft?« Allein schon bei der Vorstellung explodierte erneut die Wut in ihr.

Feli sah sich scheu um und schüttelte den Kopf, aber es war nicht zu übersehen, dass eine schwere Last ihre kleinen Schultern nach unten drückte. Doch wie sehr Mina auch nachhakte, das Mädchen sagte nicht, was es bedrückte. Mina hoffte, dass ihre Schwester zu Hause, wo sie nicht von so vielen Menschen umgeben waren, verriet, was los war.

Und tatsächlich – kaum hatte sich die Haustür hinter ihnen geschlossen und sie waren die ersten Stufen hinaufgestiegen, als Feli zu schluchzen begann.

»Um Gottes willen! Was ist passiert?« Erschrocken sank Mina auf eine der Stufen, um mit ihr auf Augenhöhe zu sein.

»I-ich will das nicht.«

»Wovon redest du? Was willst du nicht?« Mina fasst ihre Schwester bei den Armen.

Felis Unterlippe zitterte und ihre Augen füllten sich mit Tränen. »Die Hö-hö-hölle.«

Scharf zog Mina die Luft durch die Nase ein. Wieso nur mussten sie die Kinder in der Schule mit solchen Drohungen quälen? »Darüber hatten wir doch schon gesprochen, mein Herz. Egal, was Schwester Blanca behauptet – ihr seid Engel! Alle beide! Keiner von euch kommt in die Hölle!«

»Ni-icht wir. Du.«

Mina blinzelte perplex, bei Feli hingegen brachen nun alle Dämme. Weinend fiel sie Mina um den Hals. »Ich will das nicht! Du sollst nicht in die Hölle kommen!«

»Wer hat das gesagt? Schwester Blanca?«

Feli nickte und ihre heißen Tränen rannen an Minas Hals hinunter. »We-egen de-e-m Baby«, schluchzte sie. »Weil du ni-icht ver-ver-verheiratet bist. Aber du so-o-ollst nicht in die Hölle, bitte!«

Mina löste die sie umklammernden Ärmchen und hielt Feli ein wenig von sich, um ihr in die Augen sehen zu können. »Mach dir keine Sorgen um mich. Ich bin davon überzeugt, dass Gott das Baby und mich genauso lieb hat, wie er es hätte, wenn ich verheiratet wäre.«

»Bi-i-st du sicher?«, schniefte Feli.

»Absolut!« Sie nickte bekräftigend. »Aber woher weiß Schwester Blanca, dass ich schwanger bin?«

Feli biss sich auf die Lippe, sah schuldbewusst nach unten, noch immer von Schluchzern geschüttelt. »Es ist … Das war … I-ich wollte doch nur wissen, ob e-es bei einer Ho-o-chzeit mit schwarzem Kleid a-auch Blumenmädchen gibt. Es tu-ut mir so leid.« Erneut weinte sie bitterlich.

Mina zog sie an sich, sank mit ihr auf die Treppenstufe. »Sch, schon gut, beruhige dich. Es ist okay. Du hast nichts falsch gemacht. Ich bin auch überhaupt nicht böse. Nicht weinen, meine kleine Tänzerin. Es ist alles in Ordnung.«

»Von wegen in Ordnung!«, ertönte eine ihr nur zu bekannte Stimme voll selbstgerechter Empörung. »Also nicht nur ein Flittchen, sondern auch noch eine Hure! Ich habs ja immer gesagt!«

Mina erstarrte. Pilar war über ihnen aus der Tür geschossen, hatte mal wieder gelauscht und spähte jetzt sensationslüstern über das Geländer nach unten.

Feli umklammerte erschrocken Minas Hand, aber bevor diese etwas entgegnen konnte, drang von unten her Josés Stimme nach oben: »Halt gefälligst den Schnabel, du alte Krähe!«

Auch er war offenbar gerade von der Schule heimgekommen, eilte jetzt die Treppen herauf.

Pilar zog scharf die Luft ein. »Ich höre wohl nicht recht, du Bengel! Du besitzt offenbar keinen Funken Anstand im Leib!«

»Sehr viel mehr als du! Kümmere dich um deine eigenen Angelegenheiten und lass meine Schwester in Ruhe!«

»Was fällt dir ein!«, keifte Pilar. »Wie redest du mit mir?«

»So wie man mit Menschen redet, die ständig ihre Nase in fremde Türen stecken.«

»Also … also das … das ist doch … Du bist wohl auch verrückt geworden, dass du so mit mir sprichst?!«

»Nein, ich bin nur besorgt, dass dir irgendwann jemand deine Nase darin einquetschen könnte.«

Pilar schnappte hörbar nach Luft, rauschte mit empörtem Schimpfen in ihre Wohnung zurück und warf die Tür ins Schloss.

»Mach dir keine Sorgen«, sagte José, als er vor Mina stand, mit durchgedrücktem Kreuz. »Ich beschütze dich und das Baby, bis Diego wieder da ist.«

Tränen stiegen ihr in die Augen. »Danke, mein Pepito«, flüsterte sie und zog ihn in ihre Arme.

»Du bist schwanger?«

Mina sah erschrocken auf.

Clara stand mit großen Augen in ihrer Wohnungstür. »Aber wie … wieso … wieso hast du nichts gesagt?«

»Wie denn?«, erwiderte Mina verletzt. »Du willst doch nichts mehr mit mir zu tun haben, weil Diego noch immer in Haft ist.«

Clara riss die Augen auf. »Nein! Nein, das ist nicht wahr!«

»Warum sonst gehst du mir in letzter Zeit aus dem Weg?«

»Nein, das tue ich nicht! Es … es gab einfach so wahnsinnig viel zu tun in der Klinik und die … die Überstunden haben mir zu schaffen gemacht«, sagte Clara, aber sah bei diesen Worten beiseite.

Mina erhob sich von der Stufe. »Gehst du bitte schon einmal mit Feli hoch, José?«

Er nickte, nahm seine kleine Schwester bei der Hand und stieg mit ihr die Stufen hinauf.

Jetzt erst hatte Mina die Möglichkeit, ihre Freundin richtig zu betrachten, und was sie sah, erschreckte sie. Clara war blass, hatte tiefe Schatten unter den Augen und einen gehetzten Blick.

»Hast du Probleme mit Arbeitskollegen?«

Kaum merklich zuckte Clara zusammen, schüttelte aber dennoch den Kopf. »Nein. Ich … ich muss nur viel arbeiten, weil mein Vater seine Stelle verloren hat und ich meiner Familie deshalb mehr Geld schicken muss als sonst.«

Mina nickte mitfühlend. »Deine Tante hat meiner Mutter neulich davon erzählt. Das tut mir furchtbar leid. Kann ich dir irgendwie helfen?«

Clara schüttelte den Kopf.

»Möchtest du mit hochkommen? Darüber reden?«

Ihre Freundin machte zögerlich einen Schritt vor. »Nicht … darüber, aber …« In diesem Moment öffnete sich die Haustür erneut, sie fuhr zusammen und schüttelte hastig den Kopf. »Nein, ich … ich bin müde … ein andermal, ja?«

»Bist du sicher?«

Clara nickte und war im nächsten Moment in ihre Wohnung zurückgehuscht, als würde sie vor etwas flüchten.

Ratlos starrte Mina auf die ins Schloss gefallene Tür.

Clara hatte gewirkt, als läge ihr etwas auf der Seele, von dem sie nicht wusste, ob sie es ihr anvertrauen durfte. Oder bildete Mina sich das ein?

Konnte es noch einen anderen Grund dafür geben, dass Clara sich so zurückzog?

Doch welchen?

* * *

Vier Wochen später war sie immer noch nicht schlauer, was Claras seltsames Verhalten anging, denn die war ihr eine Erklärung schuldig geblieben, war ihr aufs Neue aus dem Weg gegangen. Auch deren Tante war ratlos und wusste keine Antwort auf die Frage, warum die Nichte plötzlich so in sich gekehrt und bedrückt war.

»Ihr Baby entwickelt sich so weit prächtig«, sagte Doktor García beim nächsten Termin und riss Mina damit aus ihren Gedanken. Erleichtert atmete sie auf und konzentrierte sich wieder auf die Untersuchung. Vor allem auf die gerunzelte Stirn des Doktors. »Aber?«, hakte sie besorgt nach.

»Sie wirken erschöpft und emotional mitgenommen – mehr als gut für sie ist –, das kann sich negativ auf das Ungeborene auswirken. Sie müssen besser auf sich achtgeben und Aufregung sowie körperliche Anstrengung weitestgehend vermeiden. Wir wollen schließlich keine Frühgeburt riskieren. Außerdem müssen auch Sie selbst genug Kraft für die Geburt haben. Sie werden sich doch hoffentlich für unsere Klinik entscheiden?«

»Natürlich. Ja. Sie sind alle so nett.«

»Sehr schön. Das freut uns. Dann bis zum nächsten Untersuchungstermin.« Zufrieden machte er einen Vermerk in ihrer Akte und Schwester Inocencia brachte sie zur Tür.

Kaum hatte diese sich ebenso freundlich wie beim letzten Mal verabschiedet und mit sanfter Miene versprochen, für sie zu beten, als ein überraschtes »Mina?« ertönte.

Sie drehte sich um und sah sich Constanza gegenüber.

»Das glaube ich einfach nicht!«, rief diese mit großen Augen. »Gerade eben noch wollte ich mit dir schimpfen, weil du seit Wochen immer nur deine Mutter zum Maßnehmen zu mir schickst, anstatt selbst zu kommen. Aber jetzt, wo ich dich sehe, kann ich den Grund verstehen!« Sie lachte entzückt auf. »Wieso nur hast du kein Wort davon gesagt, dass du schwanger bist? Das ist ja wundervoll! Du musst mir alles darüber erzählen. Komm, wir setzen uns in den Klinikgarten. Der Teich wurde neu mit Fischen bestückt. Oh, ich bin ja so froh, dass ich nicht die Einzige bin, die ein Tablett auf ihrem Bauch abstellen kann. Obwohl … doch im Moment schon, aber bald wirst du dazugehören.« Sie lachte und hakte sich kurzerhand bei Mina ein. »Stell dir nur mal vor: Wir werden gemeinsam unsere Kinderwagen durch die Gärten der Alhambra schieben und mit unseren Kleinen die Pfauen füttern und …« Sie redete und redete und Mina war wieder einmal völlig überrumpelt von dem Wasserfall an Worten und Constanzas offener Art, ließ sich aber mitziehen und lauschte zunehmend hingerissen. Vor lauter Sorge hatte sie noch überhaupt keine Gelegenheit gehabt, sich das Leben mit Diego und ihrem Baby richtig auszumalen. Das tat nun Constanza für sie und sie hätte ihr den ganzen Tag zuhören können. Zum ersten Mal seit Diegos Verhaftung traten ihre Ängste ein wenig in den Hintergrund, sah sie ihre Zukunft mit Diego und dem Baby in leuchtenden Farben vor sich. Und es fühlte sich wunderbar an.

»… da ich im Vergleich zu dir eine sehr erfahrene Schwangere bin …« Constanza gluckste. »… kannst du dich natürlich jederzeit an mich wenden, wenn du irgendwelche Fragen hast oder Hilfe brauchst. Natürlich auch unabhängig von der Schwangerschaft.«

»Danke«, sagte Mina bewegt und nach so vielen Monaten der Ablehnung war all die Freundlichkeit, die ihr heute entgegengebracht wurde, fast zu viel für sie. All die angestauten Gefühle brachen sich Bahn und sie erzählte schluchzend ausgerechnet Constanza, diesem verwöhnten und weltfremden Mädchen, was geschehen war. Sie konnte selbst nicht ganz glauben, dass sie das tat. Und noch viel weniger, dass Constanza sich anschließend nicht, wie erwartet, voll Verachtung von ihr abwandte.

Stattdessen ergriff sie ihre Hände. »Mein Mann kann dir helfen! Esteban kennt jede Menge Menschen mit Einfluss! Ich werde ihn bitten, alle Hebel in Bewegung zu setzen, um euch zu helfen. Leider reist er in ein paar Stunden, direkt nach der Arbeit, zu einer Tagung ins Ausland ab und kehrt erst in zwei Wochen zurück. Ich weiß nicht, ob er es vorher schafft, mit jemand Verantwortlichem zu sprechen, aber du wirst sehen – spätestens, wenn er wieder da ist, hältst du wenig später deinen Diego wieder in deinen Armen.«

Mina starrte sie ungläubig an und fiel ihr dann um den Hals, während heiße Tränen der Erleichterung über ihre Wangen liefen.

Endlich würden auch sie jemanden mit Einfluss auf ihrer Seite haben! Sie konnte noch weniger als sonst den beantragten Besuchstag erwarten. Ja, es würde wohl noch ein paar Wochen dauern, bis Diego frei wäre. Sie würden warten müssen, bis Doktor García zurück wäre und dann, bis er sich mit jemandem in Verbindung gesetzt haben würde und der Stein ins Rollen gekommen wäre. Aber was waren schon drei oder vier Wochen im Vergleich zum Rest ihres Lebens? Hauptsache, Diego kam endlich frei und sie waren wieder zusammen.

Diego

»Wirklich?« Ungläubig starrte Diego Mina an. »Bist du sicher?«

»Absolut!« Mina nickte heftig. »Constanza mag verwöhnt sein, aber sie hat ein gutes Herz. Sie hat versprochen, mit ihrem Mann zu reden, sobald er wieder hier ist, und ich glaube ihr. Seit gestern ist er wieder da! Und Doktor García ist ohnehin eine Seele von Mensch! Wenn uns jemand helfen kann, dann er! Und das wird er tun! Gleich nachher werde ich mich mit Constanza in der Klinik treffen, wo sie heute einen Vorsorgetermin hat. Bald wird dieser Albtraum ein Ende haben und du bist frei, Diego!« Ihre Stimme bebte, Tränen schimmerten in ihren Augen.

Er hatte Angst, daran zu glauben, sich auf diese Hoffnung einzulassen, und konnte doch nicht anders. Die Vorstellung, bald wieder bei Mina in Freiheit zu sein, durchfuhr ihn so heiß, dass sein Puls raste, sein Herz wild gegen seine Rippen hämmerte. Er drückte ihre Hände, hätte am liebsten einen Schrei losgelassen.

Und zum ersten Mal seit so langer Zeit war auch die Angst aus Minas Gesicht gewichen und die Anspannung aus ihren Schultern, wie er bemerkte.

»Endlich! Endlich, Diego!« Sie strahlte ihn an, zuckte aber plötzlich zusammen und fasste nach ihrem Bauch.

»Was ist?«, fragte er erschrocken. »Hast du Schmerzen?«

»Ich … ich bin nicht sicher, ich …« Ihre Augen wurden groß. »Das Baby!«

»Was? Was ist mit dem Baby?« Panisch sah er zum Wachmann. »Wir brauchen einen Arzt! Wir …«

»Nein, nein!« Beschwichtigend legte sie ihre Hand auf seinen Arm, blinzelte dann aber verwirrt. »Ich … ich glaube, ich spüre es.«

Ihre Augen leuchteten bei ihren letzten Worten auf und er brauchte nur einen Herzschlag, um zu verstehen. Er meinte, die Welt würde für einen Moment stillstehen. »Es … es bewegt sich?«

Er wagte nicht einmal zu atmen, während Mina mit geschlossenen Augen in sich hineinlauschte, sich langsam ein ungläubiges Lächeln auf ihrem Gesicht ausbreitete. »Es fühlt sich an wie … platzende Seifenblasen oder … das Flattern eines Schmetterlings«, flüsterte sie und schlug die Augen auf. »Ich spüre unser Baby, Diego! Ich glaube, ich … ich habe es schon länger gespürt, aber es nicht begriffen, doch jetzt … jetzt bin ich ganz sicher: Es bewegt sich!«

Er drückte ergriffen ihre Hand an seine Lippen. »Kann ich … kann ich es auch fühlen?«

»Ich weiß nicht, versuch es.«

Er warf dem Wachmann, der vorher besorgt näher getreten war, einen flehenden Blick zu. »Bitte!«

Der sanftmütige, ältere Mann, der schon so oft Dienst gehabt hatte, wenn Mina hier gewesen war, und daher um ihre Umstände wusste, sah sich kurz um, nickte dann.

Diego trat um den Tisch herum, kniete sich neben Mina und sie legte seine Hand auf ihren Bauch.

Mit angehaltenem Atem wartete er. Eine Minute, zwei, drei … nichts geschah. Er wollte schon aufgeben, doch da … da war es. Ein winziges Zucken. Wieder. Und wieder. Kaum spürbar und doch brachte es Diegos Mauern zum Wanken.

»Wieso weinst du?«, flüsterte Mina und strich sanft die Tränen von seiner Wange. Die gleiche Frage, die er ihr einst gestellt hatte, und er gab die gleiche Antwort.

»Weil ich glücklich bin.«

Zum ersten Mal war sein Baby mehr als ein Gedanke, ein Wunsch, eine Vorstellung. Es war real. Es war fühlbar – wenn auch nur hauchzart.

»Ich liebe dich«, flüsterte er dem Baby zu. »Ich liebe dich unendlich! Und wenn ich erst hier herauskomme, werde ich dich nie wieder verlassen. Ich werde dich immer beschützen, immer für dich da sein, das schwöre ich.«

Mina

Den ganzen Weg in die Klinik über hatte sie nicht aufhören können zu lächeln. Und auch jetzt, wo sie durch deren Gänge schritt, nahm sie kaum etwas um sich herum wahr, all ihre Aufmerksamkeit war auf das kleine Leben, das in ihr heranwuchs, gerichtet. Und bei jedem noch so winzig kleinen Schmetterlingsflügelschlag, den sie spürte, hätte sie jeden um sich herum umarmen können.

Einen besseren Zeitpunkt, um sich zu melden, hätte ihr Baby sich nicht aussuchen können. Vielleicht war es schon morgen so weit, dass Diego endlich frei sein durfte, wieder bei ihnen wäre.

Da war es wieder, gerade als sie die Tür zur gynäkologischen Abteilung aufdrücken wollte. Ein sanftes Zittern und Zucken. Es war real! Ein unbändiges Glücksgefühl schoss durch sie hindurch, fegte alles andere hinweg, und sie lachte auf.

Im nächsten Moment ertönte ein ungläubiges »Mina?«.

Sie wandte sich erschrocken um und sah sich Clara gegenüber, die sie in ihrer weißen Schwesternkleidung aus weit aufgerissenen Augen anstarrte. »Was tust du denn hier?«

»Ich bin schwanger«, antwortete Mina perplex. »Das weißt du doch.«

Entsetzt griff sie nach Minas Hand, um sie von der Tür fortzuziehen. »Geh! Geh und komm nicht wieder! Auf gar keinen Fall darfst du …« Sie brach ab, als sich die Tür zur gynäkologischen Abteilung öffnete und Constanza heraustrat. Sofort ließ Clara Minas Hand los, wich zurück.

»Da bist du ja, Mina! Ich habe drinnen gewartet und … Kennt ihr euch?« Neugierig sah sie von Mina zu Clara.

»Sie ist meine Freundin«, sagte Mina, obwohl sie sich gerade fragte, ob das wirklich noch der Fall war, denn Clara wurde leichenblass im Gesicht.

»Ich muss … weitermachen«, stieß diese aus. »Wir … reden später.« Und schon hatte Clara sich auf dem Absatz umgedreht und war geflohen.

Also war es doch so, dass sie sich wegen Minas Verbindung zu einem Inhaftierten schämte und darum fürchtete, sie könne ihr schaden. Obwohl Mina sich schon fast darauf eingestellt hatte, tat es wahnsinnig weh.

»Ich habe Neuigkeiten, Mina!«, drang Constanzas Stimme an ihr Ohr und ließ alles andere in den Hintergrund rücken.

Sie fuhr herum, hielt den Atem an.

* * *

Salvador starrte sie mit offenem Mund ungläubig an.

»Doch, Salvador, doch!«, versicherte sie ihm. Sie saß ihm am Küchentisch seiner Wohnung gegenüber und hielt seine Hände umklammert. »Constanza sagte mir gestern, dass Doktor García sich endlich mit einem befreundeten Offizier treffen konnte! Und der hat ihm versichert, er werde dafür sorgen, dass Diego schnellstmöglich entlassen wird!«

Diegos Vater tastete mit zitternder Hand nach seiner Brille, als müsste er sich vergewissern, dass der Moment real war.

»Es ist wahr, Salvador, es ist wahr!« Sie lachte und weinte zugleich.

Und endlich fiel die Anspannung der letzten Monate von ihm ab, schien er mit einem Mal noch dünner und zerbrechlicher. Er nahm seine Brille ab und fuhr sich mit der Hand über die tränennassen Augen.

Lange saßen sie da, lachten und weinten gemeinsam. Bis die Sonne sich auf den Weg zum Horizont machte.

»Ich werde das …«

Weiter kam er nicht. Es hämmerte laut. »Salvador! Salvador!«

Ramóns Stimme! Er klang panisch.

Erschrocken lief Diegos Vater zur Tür und riss sie auf.

»Ist Mina bei dir?«, keuchte Ramón atemlos. »Ihre Mutter sagte, sie sei hier und …«

»Was ist los?« Jetzt sprang auch sie auf. »Was ist geschehen?«

»Er wird verlegt! Sie bringen Diego fort!«

»Nein! Nein, das ist ein Missverständnis, keine Sorge. Er wird freigelassen, der Doktor hat …«

Ramóns Gesichtsausdruck ließ sie innehalten. Ihr wurde eiskalt. War es zu spät gewesen? Hatte der Offizier nichts mehr ausrichten können?

»Wohin?«, stieß Salvador aus. »Wohin wird er verlegt?«

»Nach Tefia.«

Salvador keuchte auf, sank vollends in sich zusammen.

Angst krallte sich in Minas Herz. »Was ist dort? Was ist in Tefia? Das Straflager dort wurde doch aufgelöst!«

»Ja, aber …« Ramón rang verzweifelt die Hände. »Das Gefängnis dort ist …«

»Was? Jetzt rede doch!«

»Berüchtigt dafür, dass Regierungsgegner dort verschwinden«, flüsterte Salvador. »Die wenigsten kehren daraus je wieder zurück.«

Ihr wurde schwarz vor Augen, sie musste sich am Türrahmen festhalten, um nicht zu stürzen. »Wie kann das sein? Wieso hast du nichts getan? Was …«

»Ich habe es versucht, ich habe es wirklich versucht, aber …«

»Doktor García! Wir müssen ihn holen! Er wird uns helfen!«

»Niemand wird uns helfen«, sagte Salvador tonlos. »Wir sind auf uns allein gestellt.«

Die Düsternis in seinen Augen, als er sich abrupt aufrichtete und an ihr vorbei ins Schlafzimmer wankte, machte Mina fast noch mehr Angst, als seine Worte es taten.

»Ich muss zu ihm! Ich muss zu Diego!« Sie wollte aus der Tür rennen, aber Ramón hielt sie zurück. »Sie werden dich nicht zu ihm lassen! Sie haben nicht einmal mich zu ihm gelassen.«

»Aber wir müssen doch etwas tun! Wir können nicht einfach …«

»Nicht wir«, unterbrach sie Salvador rau. »Sondern ich.«

Sie lief zu ihm ins Zimmer, starrte verständnislos auf die Truhe, die er unter dem Bett hervorgeholt hatte.

Seine Hände zitterten, Schweißperlen standen ihm auf der Stirn, als er sie aufklappte.

»Was … was hast du vor?«, flüsterte sie und starrte ungläubig auf die Uniform, die darin lag, und die matt schimmernden Orden, über die Spinnen davonhuschten.

* * *

Am ganzen Körper zitternd lief sie zu Hause auf und ab, ließ die Tür nicht aus den Augen. Ihre Mutter saß bleich auf der Couch, knetete die Finger und zuckte bei jedem Geräusch zusammen.

Mina hatte geweint, sich gewehrt, wollte Salvador begleiten – zu Diego. Aber noch nie hatte sie den kleinen zerbrechlichen Mann so entschlossen erlebt. Und dann war er auf und davon und Ramón hielt sie zurück, redete hilflos auf sie ein, überzeugte sie schließlich, bei ihrer Mutter zu warten, um ihr Baby nicht zu gefährden.

Und das tat sie nun. Schon seit Stunden.

Endlich klopfte es an der Tür, ihre Mutter lief hinüber, um zu öffnen, und alles in Mina verkrampfte sich vor Angst.

Ramón stand dort und bei seiner zutiefst verzweifelten Miene packte sie das Entsetzen von Neuem.

»Was …?«

Er öffnete seine Hand – eine zerbrochene Brille lag darin. Mit runden Gläsern und Blutstropfen darauf.

Fassungslos starrte sie darauf, spürte heiße Tränen über ihre Wangen laufen.

»Und Diego?«, war alles, was sie noch hervorbringen konnte.

»Salvador konnte nicht verhindern, dass er nach Tefia verlegt wurde«, flüsterte Ramón. »Es tut mir so leid.«

Ihr Herz wurde in Stücke gerissen und der Schmerz ließ die Welt vor ihren Augen verschwimmen.

»Das Baby!«, drang von irgendwoher ein Schrei durch den roten Nebel. Ihre Mutter?

Mit letzter Kraft sah sie an sich hinunter, nahm das Blut an ihrem Kleid wahr.

Nein! Nein! Nicht ihr Baby! Diegos Baby!

»Doktor García«, keuchte sie, bevor ihre Beine unter ihr nachgaben. »Klinik.«

Kapitel 10

Wenn dereinst ich sterbe, begrabt mich mit meiner
Gitarre unter dem Sande.
– Federico García Lorca –

Heute

»Sie muss mich mit meiner Mutter verwechselt haben!«, murmele ich zum wiederholten Male, noch immer fassungslos.

»Bist du dir wirklich sicher?« Fabio mustert mich stirnrunzelnd.

»Nein, wie denn auch? Ich habe sie schließlich nicht fragen können!«

Er hebt abwehrend die Hände. »Ich wollte nur alle Möglichkeiten durchspielen.«

Ich fahre mir erschöpft über das Gesicht. »Entschuldige bitte, natürlich hast du recht. Ich bin einfach gerade total durch den Wind. Die Reaktion dieser Frau hat mich für einen Moment aus der Bahn geworfen, weil ich nicht darauf vorbereitet war.«

»Schon gut. Das verstehe ich.«

»Sie hat mich so … so abgrundtief entsetzt angesehen …« Allein die Erinnerung daran lässt mich erschauern.

»Und sie hat absolut nichts gesagt?«

Ich schüttele den Kopf. »Kein einziges Wort. Trotzdem kann es keine flüchtige Verwechslung gewesen sein. Dafür hat sie sich zu oft nach mir umgesehen.«

»Wenn sie dich wirklich für deine Mutter gehalten hat – was könnte der Grund dafür sein, dass sie davongelaufen ist?«

»Wenn ich das wüsste!« Aufgebracht gehe ich vor dem schmiedeeisernen Zaun hin und her, der die Eingangspforten der Kirche von den Treppenstufen abgrenzt. Was könnte meine Mutter mit dieser Frau zu tun gehabt haben, dass diese so verängstigt vom vermeintlichen Anblick meiner Mutter war? Wenn es denn um meine Mutter ging.

Was ich zwar nicht weiß, aber als einzige Erklärung habe, da ich Mama sehr ähnlich sehe.

Verdammt, ich drehe mich im Kreis. Wie ich es auch drehe und wende, die Sache ergibt keinen Sinn außer einem: Diese Frau kann mich nicht mit meiner Mutter verwechselt haben, weil es schlichtweg keinen Grund gibt, vor meiner Mutter Angst zu haben!

Und doch …

Immer wieder führe ich mir das Gesicht der Frau vor Augen, habe das Gefühl irgendetwas übersehen zu haben. Irgendetwas, das an die Hintertür meines Kopfes klopft. Ein fehlendes Puzzleteil. Wie ein Wort, das mir auf der Zunge liegt, und das ich doch nicht greifen kann. Ich komme einfach nicht drauf …

Müde reibe ich meine schmerzenden Schläfen. Ich muss aufhören, herumzuspinnen!

Ich bleibe stehen. »Du hast recht, mein Gedanke ist völlig absurd!« Es muss sich um eine Verwechslung ganz anderer Art handeln. Jeder Mensch hat doch angeblich sieben

Doppelgänger auf der Welt. Also hat sie ein Problem mit einer meiner Doppelgängerinnen.

»Könnte sein. Wäre aber ein gewaltiger Zufall, meinst du nicht?«

»Auch kein größerer, als wenn ich ausgerechnet in Granada jemanden treffe, der meine Mutter kannte. Und noch dazu: vor ihr Angst hatte! Ich bitte dich! Das ergibt absolut keinen Sinn!«

Ein schabendes Geräusch lässt mich zur Seite sehen. Der Mann, der die Aufsicht in der Kirche hat und uns so wütend zurechtwies, zieht die eine der beiden Flügeltüren der Eingangspforte zu, die für Besucher geöffnet war. Einer Eingebung folgend, gehe ich zu ihm. »Entschuldigung, darf ich Sie etwas fragen?«

Er schnaubt. »Sie schon wieder! Es ist geschlossen! Raus! Raus und hinter die Absperrung!« Wütend wedelt er mich mit der Hand von sich und ich folge seiner Aufforderung eilig, um ihn nicht weiter zu verärgern. Hinter dem schmiedeeisernen Zaun bleibe ich stehen, wiederhole aber meine Bitte, während er auch das Tor des massiven Metallzauns zuzieht.

»Nur, wenn Sie sich beim nächsten Mal anständig benehmen!«

»Ja, natürlich. Das vorhin tut mir wirklich leid, aber die Frau, die vor mir aus der Kirche gerannt ist – haben sie die ebenfalls bemerkt?«

»Bin ja nicht blind«, grummelt er und sucht an seinem dicken Schlüsselbund nach dem richtigen Schlüssel, um das Tor abzuschließen.

»Haben Sie sie zuvor schon einmal gesehen?«

»Einmal? Tausende Male!«

»Was?« Meine Augen werden groß, meine Hände umklammern die Gitterstäbe.

Er nickt und wirft sich in die Brust. »Oh ja! Die kommt seit vielen Jahren mehrere Male die Woche und betet mit einer Inbrunst wie sonst kaum jemand. Entweder ist sie sehr gläubig – oder sehr verzweifelt.« Er zuckte mit den Schultern.

»Wissen Sie, wer sie ist?«, hakt Fabio nach. »Wie sie heißt? Wo sie …«

»Woher sollte ich?«, fällt der Mann ihm ungehalten ins Wort. »Wenn ich jeden Besucher ausfragen würde, hätte ich keine Zeit mehr, meine Arbeit zu erledigen. So wie ich auch jetzt keine mehr haben werde, wenn Sie mich noch lange aufhalten!« Mit einem Schnauben macht er sich auf den Weg zurück zum Kirchenportal.

»Warten Sie! Bitte!«, rufe ich ihm nach. »Ich muss unbedingt mit dieser Frau sprechen! Wegen meiner Mutter! Bitte! Können Sie mir einen Wochentag oder eine Uhrzeit nennen, zu der sie für gewöhnlich kommt?«

Er hält inne und dreht sich noch einmal um, schüttelt aber den Kopf. »Ganz unterschiedlich, aber …« Er zögert.

»Bitte!«, flehe ich und umklammere noch immer die metallenen Stäbe. »Ich muss mit ihr reden!«

Er seufzt. »Ich öffne die Türen um zehn und sie steht dann meist schon da und wartet.«

»Danke! Vielen Dank!«

Er nickt knapp, geht hinein und zieht auch die zweite Flügeltür hinter sich zu.

Mein ganzer Körper kribbelt vor Aufregung und Angst. Ich hoffe, etwas über meine Mutter zu erfahren, aber gleichzeitig fürchte ich mich davor. Einerseits hoffe ich, dass es nur eine Verwechslung ist, andererseits habe ich davor Angst. Ich bin völlig durcheinander und das Einzige, was ich weiß, ist, dass ich versuchen muss, erneut mit ihr zu sprechen.

»Du willst morgen früh noch einmal herkommen, richtig?«

Ich fahre zusammen, wende den Kopf. Fabio mustert mich angespannt.

Ich räuspere mich. »Mir ist klar, dass die Chance, diese Frau morgen früh hier anzutreffen, nicht besonders hoch ist, nachdem sie so erschrocken geflohen ist. Sicher wird sie eine Weile in eine andere Kirche gehen. Und dass … selbst wenn ich sie antreffen sollte … sich alles womöglich als eine Verwechslung herausstellt, aber … ich muss einfach herausfinden, was hinter ihrem Verhalten steckt. Ich muss Sicherheit haben. Muss wissen, ob es eine Verwechslung war oder … oder ob sie meine Mutter wirklich gekannt hat. Und warum sie so erschrocken reagiert hat und …

»Dann bleib noch eine Nacht.«

»… wieso sie …« Mein Herz stolpert, ich halte inne und starre ihn an. Ich könnte problemlos morgen früh mit einem Taxi von Rincón de la Victoria aus losfahren und wäre pünktlich hier. Warum also dieser Vorschlag? Etwa, weil … er mehr für mich übrig hat, als ich dachte? Unsicher knete ich meine Finger. »Ich … habe eure Gastfreundschaft ohnehin schon über die Maßen strapaziert.«

»Aber es würde dir unnötige drei Stunden Fahrt ersparen und auch das Geld für das Taxi«, greift er mit schiefem Lächeln seine Argumentation von gestern auf.

Enttäuschung bemächtigt sich meiner. Es sind rein praktische Gründe, die ihn zu diesem Vorschlag bewogen haben. Oder?

Ich beiße mir auf die Lippe, versuche, das Kribbeln in meinem Inneren zu ignorieren, und nicke. Natürlich ebenfalls nur aus rein praktischen Gründen, nämlich denen, dass ich nicht sicher bin, ob ich morgen tatsächlich den Mut aufbringen würde, erneut herzukommen. Jedenfalls rede ich mir ein, dass ich nur deshalb auf seine Einladung eingehe.

»Dann sage ich Gabriella Bescheid, dass sie nicht auf dich warten müssen – sofern sie überhaupt schon wach ist.«

»Und ich informiere Vanessa«, murmele ich zustimmend.

* * *

»Du willst noch eine Nacht bei ihm verbringen?«, hakt Vanessa ungläubig nach, als ich ihr von der Begegnung mit der fremden Frau erzählt habe. Scherzhaft ergänzt sie: »Muss ich mir Sorgen um dich machen?«

»Ich weiß nicht«, erwidere ich mit tiefem Seufzen und sehe zu Fabio hinunter, der rücksichtsvoll die Treppe vor der Kirche bis ganz nach unten gegangen ist, damit ich ungestört telefonieren kann. »Er … er hat mich ›Tochter der Sonne‹ genannt.«

Stille.

»Vanessa?«

»Das … also das ist … ich meine … Puh.«

»Was willst du damit sagen?«

»Dass du ihn bloß nicht von dir stoßen sollst wie die anderen, Mari!«

»Bitte?«, entfährt es mir.

»Tu nicht so. Das machst du immer, wenn du drauf und dran bist, dich ernsthaft in jemanden zu verlieben. Du ziehst dann jedes Mal die Reißleine und machst Schluss.«

»Mag sein«, räume ich verärgert ein und dämpfe meine Stimme. »Aber in diesem Fall kann ich nicht Schluss machen, weil wir gar nicht zusammen sind. Nicht einmal ansatzweise! Und ich habe auch nicht vor, das zu ändern! Wieso also reden wir eigentlich über so etwas? Es geht hier nur um meine Mutter. Zu der Annahme, da wäre etwas zwischen Fabio und mir, gibt es nicht die geringste Veranlassung! Und überhaupt bist du doch hier diejenige, die mir immer predigt, dass ich anfangen soll zu leben und Spaß zu haben. Und dass Sex mit jemandem zu haben, nicht automatisch bedeutet, dass man in ihn verliebt ist.«

»Aha!«

»Was nicht bedeutet, dass ich vorhabe, mit ihm zu schlafen!«, mache ich eilig klar. »Egal wann!«

»Ist ja schon gut, aber sollte sich mehr andeuten, dann …«

»Was nicht der Fall sein wird!«

»… tu, was dein Herz dir sagt«, spricht sie ungerührt weiter.

Ich stutze. »Solch romantische Worte bin ich von dir gar nicht gewohnt.«

»Tja, siehst du? Hier ist offenbar alles möglich. Und Emilio ist wirklich süß.«

»Dann hättest du nichts dagegen, noch eine Nacht bei ihm zu verbringen?«

Sie lacht. »Etwas dagegen haben? Mein Herz schreit geradezu danach – und im Gegensatz zu dir, höre ich sehr gut hin.«

Ich lasse ihren Wink mit dem Zaunpfahl unkommentiert. »Das erleichtert mir auf jeden Fall die Sache mit der Ausrede für meine Großeltern. Ich will sie in Bezug auf die Frau vor der Kirche weder beunruhigen noch unnötig schmerzhafte Erinnerungen wecken.«

»Dann lass mich das machen, mir wird schon etwas Glaubwürdiges einfallen. Du bist so furchtbar schlecht im Lügen, es ist ein Wunder, dass sie dir deine gestrige Schwindelei überhaupt abgenommen haben. Ich werde sie anrufen, mach dir keine Sorgen. Ich schreibe dir, sobald ich weiß, was ich sagen werde, damit wir uns später nicht widersprechen.«

»Vielen Dank!« Ich bin tatsächlich sehr erleichtert, meine Großeltern nicht erneut anlügen zu müssen. Zumindest nicht direkt.

Ich lege auf, sehe Fabio und mit einem Mal ist da wieder dieses nervöse Kribbeln in meinem Inneren, gepaart mit verheißungsvoller Aufregung. Doch Vanessa liegt völlig daneben.

Der Gedanke, zwischen ihm und mir könne etwas passieren, ist völlig unsinnig.

Oder?

* * *

»Hier ist das Büro der Oberin, Schwester Blanca erwartet Sie schon.« Die Ordensschwester, die uns durch die Gänge des Konventgebäudes geführt hat, klopft an die Tür und öffnet sie auf das »Herein« hin.

Mühsam schiebe ich meine Grübeleien bezüglich der fremden Frau und meiner Mutter ebenso beiseite wie die bezüglich Fabio und der kommenden Nacht.

Die Frau, die jetzt auf uns zukommt und uns begrüßt, ist hager, asketisch und erinnert mich mit ihrem strengen Blick an einen Habicht. Das Lächeln, zu dem sie ihre schmalen Lippen verzogen hat, wirkt so verkrampft, als hätte sie sehr wenig Übung darin.

»Bitte setzen Sie sich!«, sagt sie und deutet auf die Stühle vor dem Schreibtisch, hinter dem sie anschließend Platz nimmt. »Ich freue mich sehr über Ihren Entschluss, unseren Orden mit all seinen karitativen Projekten mit einer Spende unterstützen zu wollen«, eröffnet die Oberin das Gespräch, kaum dass wir sitzen.

»Was? Nein, nein, es geht um meinen Großvater Esteban García«, stelle ich eilig das Missverständnis klar, das Fabios Äußerung an der Toranlage offenbar verursacht hat.

»Ihr Großvater will spenden?«

»Äh … nein, er hat es bereits getan.«

Ihr angestrengtes Lächeln verrutscht. »Sie wollen also nicht spenden?«

»Doch, doch«, meldet sich Fabio eilig zu Wort und drückt unter dem Tisch warnend meine Hand. »Wir müssen nur erst einmal klären, um welche Summe es sich gehandelt hat, um die Spenden in seinem Sinne fortzuführen. Wir können ihn leider nicht mehr fragen.«

»Das tut mir sehr leid für Sie. Mein Beileid zu Ihrem Verlust, aber nun hat er seinen Frieden gefunden.«

Ich kann mir gerade noch auf die Zunge beißen, um nicht klarzustellen, dass mein Großvater keineswegs verstorben ist. Offenbar war Fabios Äußerung am Tor kein Versehen. Er hat seine Worte an der Toranlage absichtlich so uneindeutig gewählt, damit der Eindruck entstehen konnte, wir würden selbst spenden wollen. Andernfalls wären wir vermutlich gar nicht oder zumindest nicht so schnell zu der Oberin vorgelassen worden. Ich friemele eilig meinen Ausweis hervor, um dem Ganzen mehr Glaubwürdigkeit zu verleihen, und nenne ihr die Jahre, um die es geht.

»Ich kann Ihnen allerdings nur dann Auskunft erteilen, wenn eine entsprechende Erlaubnis vorliegt, die Höhe der Spende öffentlich zu machen«, sagt sie und wendet sich zu meiner Überraschung dem Computermonitor am linken Ende ihres Schreibtisches zu. Er ist alt, aber dass überhaupt einer hier steht und sie darin nach den Unterlagen sucht, erstaunt mich.

»Ich hatte eher damit gerechnet, dass uralte Ordner ausgegraben werden müssen«, spricht Fabio meine Gedanken aus. »Wenn denn überhaupt noch welche aus dieser Zeit vorhanden gewesen wären.«

»Da sind Sie nicht der Einzige«, entgegnet sie spitz. »Ordnung und Transparenz müssen sein! Das ist mein oberstes Prinzip in finanziellen Belangen des Konvents! Als ich die Schulleitung abgab und die des Konvents übernahm, habe ich als Erstes sämtliche diesbezüglichen Unterlagen in ein Computersystem überführen lassen.«

Eine Weile ist nichts zu hören außer dem konzentrierten Tippen der Oberin, dann bewegt sie mit gerunzelter Stirn die Maus – und schüttelt den Kopf. »Keine Spenden.«

»Sie meinen, keine, für die eine Erlaubnis vorliegt?«

»Nein, überhaupt keine.«

Fabio wirft mir einen bezeichnenden Blick zu.

»Vielleicht sind Ihre Unterlagen nicht vollständig. Die letzte Spende liegt sicher schon ungefähr achtzehn Jahre zurück.« Mein Großvater hat mich ganz bestimmt nicht belogen!

Die ohnehin schon schmalen Lippen der Oberin werden zu zwei Strichen. »Doch, das sind sie! Ich bin sehr gründlich in allem, was ich tue!«

»Und wenn er die Spenden anonym getätigt hat?«

»Das kann natürlich sein. Es gab in den von Ihnen genannten Jahren in der Tat in unregelmäßigen Zeiträumen Spenden von immer derselben Summe, aber über deren Höhe kann ich Ihnen nun wirklich keine Auskunft erteilen.«

»Das macht nichts, Hauptsache, mein Großvater hat mich nicht angelogen«, sage ich, an Fabio gewandt.

»Wenn er es denn war!«, erwidert der.

»Natürlich war er es! Mein Großvater gehört zu der Kategorie Mensch, die um der guten Tat willen spendet und nicht, um damit öffentlich gut dazustehen.«

Schwester Blanca ruft sich mit einem Räuspern wieder in Erinnerung. »Unabhängig davon besteht nach wie vor großer Bedarf an unserer Schule an Materialien jeglicher Art.« Erwartungsvoll verschränkt sie ihre Finger ineinander.

Leichte Panik flackert in mir auf. Natürlich möchte ich den Kindern hier helfen, aber mit meinem Gehalt als Assistenzärztin komme ich gerade so hin und habe leider nichts zu spenden.

»Wir müssen erst sichergehen«, sagt Fabio eilig, »dass die Spenden wirklich von Marisols Großvater kamen. Damit wir sie in seinem Sinne weiterführen können.«

Die Brauen von Schwester Blanca wandern aufeinander zu und ich fühle mich unter ihrem bohrenden Blick wie damals, als ich einmal zu meiner Schulleiterin zitiert wurde.

»Wer hat denn seinerzeit die Spenden dokumentiert?«, bohrt Fabio nach.

»Das weiß ich nicht. Da war ich noch drüben in der Schule tätig.«

»Wenn alles so gut dokumentiert ist, hat doch sicher jemand die Spendenannahme gegengezeichnet. Vielleicht erinnert diejenige sich noch an den Spender, der so oft etwas gegeben hat, und kann uns sagen, ob es sich dabei um Marisols Großvater handelte.«

Verkniffen sieht sie von ihm zu mir und ihre Finger trommeln unschlüssig auf der Tischplatte. »Die Unterschriften sind nicht entzifferbar. Zudem kann es auch sein, dass die damals für die Buchhaltung zuständige Schwester gar nicht mehr unter uns weilt. Allerhöchstens weiß Schwester Inocencia mehr darüber. Sie ist die Älteste in unserem Konvent. Allerdings ist sie gerade nicht da, sondern geht einem ihrer zahlreichen Ehrenämter nach. Und das trotz ihres hohen Alters! Sie ist uns allen ein großes Vorbild in ihrer hingebungsvollen, aufopfernden Art.«

»Wann wird sie wieder hier sein?«

»Zum Stundengebet heute Abend, doch da ist kein Besuch mehr im Konvent erlaubt. Sie können es morgen Nachmittag versuchen.«

Nein! Zittrig und aufgelöst, wie ich wegen der Frau in der Kirche bin, brauche ich wenigstens auf eine der beiden Fragen jetzt sofort eine Antwort! »Aber ich muss es wirklich schnellstmöglich wissen. Vielleicht können wir ja mit ihr reden, während sie ihr Ehrenamt ausübt? Wo tut sie das denn? Wo wäre sie zu finden?«

»Nun ja … Sie können es zumindest versuchen. Heute Abend findet ein Konzert unseres Chors in der Kirche Santa

María de la Alhambra statt. Dort bereitet Schwester Inocencia mit einer Gruppe freiwilliger Schülerinnen alles vor. Wenn Sie sich beeilen, treffen Sie sie noch an.«

»Vielen Dank! Sobald es mir möglich ist, werde ich wegen einer Spende an die Schule erneut auf Sie zukommen!«

Schwester Blanca seufzt, glaubt offenbar nicht daran. Dabei ist es mein Ernst, nur muss ich erst dafür sparen.

Wenig später eilen wir über den Schulhof. Offenbar ist gerade Pause, denn wir sind von fröhlich herumtobenden Kindern umgeben. Beim Anblick der Aufsicht habenden und mit ihnen lachenden Ordensschwestern bin ich sehr froh, dass diese Schwester Blanca sich aus dem Schulbetrieb verabschiedet hat.

»Und wo ist jetzt diese Kirche?«, frage ich Fabio.

»Wie der Name schon sagt: auf der Alhambra.«

* * *

»Diese Dimensionen sind ja noch viel gewaltiger, als ich von unten her geglaubt habe«, sage ich keine Stunde später staunend. Dank des Mitarbeiterausweises, den Fabio offenbar der immer mal wieder anfallenden Restaurationsarbeiten wegen besitzt, konnten wir die langen Touristenschlangen außen vor lassen und den Mitarbeitereingang nehmen. Der dortige Wachmann kannte Fabio und ließ auf seine Erklärung hin auch mich passieren.

»Allein schon dieses Gebäude hier!«

Fabio nickt. »Das ist der Palast von Karl V. Der Innenhof im Stil der Renaissance hat einen Durchmesser von dreißig Metern. Das ist aber noch gar nichts. Die ganze Alhambra umfasst sechzehn Hektar und besteht, grob gesagt, aus vier Teilen: Zunächst der Generalife – das ist der Sommerpalast außerhalb der Mauern dort.« Er zeigt auf lang gezogene weiße

Mauern auf dem Hügel hinter der Alhambra. »Zweitens dann die Medina, also die Palaststadt, denn früher gab es hier drin wirklich eine Stadt mit Wohnhäusern. Drittens: die Zitadelle Alcazaba, die eine Festung innerhalb der Festung darstellt und mit den Roten Türmen den ältesten Teil der Alhambra bildet. Und zu guter Letzt – und das ist der unumstrittene Höhepunkt der Alhambra – die Nasridenpaläste. Und die sind steingewordene Poesie. Spätestens, wenn du die zu Gesicht bekommst, wirst du verstehen, warum die Alhambra Weltkulturerbe ist.«

Der Stolz in seiner Stimme lässt mich schmunzeln. Als hätte er die Alhambra selbst erbaut.

»Und da, hinter dem Palast vom alten Karl, befindet sich die Kirche, die wir suchen.«

Das reißt mich aus meiner Faszination heraus und sofort ist die Nervosität wieder da. Doch weshalb sollte mein Großvater – oder meine Großmutter – in Bezug auf diese Spenden an den Orden lügen? Das ergibt alles keinen Sinn.

Ein Schild vor dem Eingang weist auf das bevorstehende Konzert hin und darauf, dass die Kirche aus diesem Grund heute für Publikumsverkehr geschlossen ist.

Zögerlich folge ich Fabio dennoch ins dämmrige Innere der eher schlichten Kirche. Sofort fällt mir eine Gruppe Mädchen von zehn oder elf Jahren ins Auge, die Broschüren und Rosen auf den Kirchenbänken verteilen. Dann entdecke ich auch die Ordensschwester. Sie ist winzig, sehr alt und sieht aus wie Mutter Teresa in Blauschwarz. Gerade streicht sie einem Mädchen tröstend über den Kopf, das mit betretener Miene eine zerrissene Broschüre in der Hand hält. »Mach dir keine Sorgen, mein Kind«, sagt sie mit sanftmütiger Stimme. »So etwas kann passieren. Ich bin dir doch deswegen nicht böse und unser Herr im Himmel schon mal gar …« Sie hält inne, als sie uns bemerkt. »Die Kirche ist heute leider für Touristen geschlossen«, sagt sie freundlich. »Und falls Sie wegen des Konzertes hier sind – das findet erst heute Abend statt.«

»Nein, ich suche eine Schwester Inocencia.«

»Da haben Sie aber Glück, denn das bin ich.« Sie lacht leise in sich hinein, wendet sich dann wieder dem Mädchen zu. »Mach einfach mit den Rosen weiter, mein Kind, ich bin gleich wieder bei euch.« Die Kleine strahlt und nickt eifrig.

Schwester Inocencia schenkt ihr noch ein Lächeln, lässt ihren Blick liebevoll über die Gruppe schweifen und kommt dann zu mir. »Womit kann ich Ihnen helfen?«

Ich räuspere mich. »Ihre Oberin hat uns zu Ihnen geschickt, in der Hoffnung, dass Sie mir weiterhelfen können, denn ich bin die Enkelin von Esteban García und …«

»Etwa *Doktor* Esteban García?«, vergewissert sie sich erstaunt.

»Ja. Genau.«

Ein breites Lächeln macht sich auf ihrem gütigen Gesicht breit. »Na, also so was! Das ist ja eine Überraschung! Wie wundervoll! Solch ein großer Arzt und gläubiger Mann! Ein wahrer Segen für das Christentum! Was für eine Ehre, seine Enkelin kennenzulernen!«

»Oh … äh … Danke.« Ich erröte angesichts dieses überschwänglichen Lobes, verspüre endlich wieder den alten Stolz auf meinen Großvater und werfe Fabio einen entsprechenden Blick zu. Doch der lässt Schwester Inocencia nicht aus den Augen. Hoffentlich hat er wenigstens gut zugehört.

»Ich hoffe doch sehr, dass er gesund ist?«, fährt diese fort. »Ja? Wundervoll! Sie müssen ihn unbedingt von mir grüßen!«

»Das werde ich.«

»Und was führt sie nun zu mir?«

»Es geht um seine Spenden an den Orden.«

»Er ist ein so großzügiger Mensch!«

Sie ist nicht einmal zusammengezuckt bei der Erwähnung der Spenden. Wie Fabio der Meinung sein kann, es gehe da etwas nicht mit rechten Dingen zu, ist mir schleierhaft.

»Sie wissen davon?«

»Natürlich.« Sie lächelt. »Ich habe sie ja entgegengenommen.«

»Oh.« Etwas überrumpelt muss ich mich neu sortieren. Ich hätte nicht damit gerechnet, dass es so einfach werden würde.

»Wir haben zusammengearbeitet, wissen Sie?«, fährt sie fort und blickt lächelnd in die Ferne. »Und er hat dabei so vielen Menschenkindern Gutes getan.«

»Das stimmt, er hat sehr viele Kinder zur Welt gebracht. Aber um noch einmal auf die Spenden zurückzukommen: Wofür waren sie, wissen Sie das?«

»Natürlich. Sie waren eine Anerkennung für die Arbeit des Ordens im Allgemeinen und in der Klinik im Besonderen. Hat Ihr Großvater Ihnen das nicht erzählt? Dann ist er sicher zu bescheiden dafür gewesen. Er war noch nie jemand, der mit seinen Wohltaten geprahlt hat.«

Erleichtert atme ich auf. »Ja. Das wird der Grund sein.«

»Schwester Inocencia?«, ruft eines der Mädchen. »Wie sollen wir die Tücher anordnen?«

»Einen Moment, Kinder, ich komme gleich.« Die Ordensschwester sieht liebevoll über die Gruppe. »Wundervolle Kinder, nicht wahr? So gut erzogen, so gläubig, so tugendsam. Wenn es also sonst keine Fragen mehr gibt, würde ich mich wieder meinen Aufgaben widmen.«

»Natürlich, bitte entschuldigen Sie die Störung.«

»Geht mit Gott und richte deinem Großvater meine Grüße und guten Wünsche aus. Ich werde ihn weiterhin in meine Gebete einschließen.«

»Das werde ich. Vielen Dank.«

Auch Fabio, der dem Gespräch mit zunehmend unglücklicherer Miene gefolgt ist, verabschiedet sich höflich.

Als wir aus der Kirche hinaustreten, brauche ich einen Moment, um mich an die Helligkeit zu gewöhnen, und muss meine Augen mit der Hand gegen die gleißende Sonne beschatten.

Fabio seufzt tief auf. »Es tut mir leid.«

Überrascht wende ich den Kopf.

»Vielleicht habe ich mich wirklich in etwas verrannt und an der falschen Stelle nach Antworten gesucht.« Er lässt sich auf ein Mauerstück sinken, sieht mit einem Mal unfassbar müde aus.

Nach kurzem Zögern setze ich mich neben ihn. Einerseits bin ich unendlich erleichtert darüber, dass er es eingesehen hat, andererseits tut es mir weh, ihn so niedergeschlagen zu erleben. »Hey, es ist okay. Ich bin dir nicht böse deswegen.«

Er lächelt schief und ein wenig traurig.

Eine Weile schweigen wir, jeder in seine Gedanken versunken, schließlich jedoch holt er tief Luft und fährt sich mit der Hand durchs Haar. »Na schön, wo du nun aber schon einmal hier oben bist – soll ich dir die Nasridenpaläste zeigen?«

»Ich dachte schon, du würdest nie fragen«, sage ich mit einem Augenzwinkern.

* * *

»Das ist unglaublich, einfach unglaublich!« Ich muss wie eine Schallplatte klingen, denn seit wir diese fremde Welt betreten haben, bringe ich kaum noch andere Worte heraus. Ich bin schlicht und ergreifend völlig überwältigt.

Wie auch nicht? Die Nasridenpaläste sind ein einziger funkelnder, atemberaubender Schatz inmitten der unbezwingbaren Festungsanlage.

Prächtige Fresken, wohin ich auch sehe. Mit filigranen Stuckarbeiten verzierte Säulen und Wände. Es gibt kein Drinnen oder Draußen im herkömmlichen Sinne, so offen sind die Räume angelegt, und der betörende Duft von Orangenblüten und Jasmin schwängert die Luft. Üppige Palastgärten wechseln mit idyllischen, gefliesten Innenhöfen.

Ich komme aus dem Staunen gar nicht mehr heraus. Doch nicht nur dieser Ort raubt mir den Atem, sondern auch Fabio. Immer wieder berührt er mich sanft am Arm, um mich auf diese oder jene Besonderheit hinzuweisen. Oder er fasst mich sacht bei den Schultern, um mich an eine Stelle zu manövrieren, von der aus ich ein Detail aus dem perfekten Winkel betrachten kann. Jedes Mal jagt mir ein wohliger Schauer über den Rücken, prickelt meine Haut noch lange, nachdem er mich bereits losgelassen hat.

Als Fabio vorhin eingestanden hat, sich getäuscht zu haben, was meinen Großvater angeht, hat sich etwas zwischen uns verändert. Mein Kopf hat ihm zwar verziehen, was er *Yayo* unterstellt hat, aber nicht, dass er über mich an Informationen darüber gelangen wollte, und dennoch hört mein restlicher Körper einfach nicht auf meinen Kopf. Mit jeder weiteren Berührung schlägt mein Herz heftiger und fällt es mir schwerer, die Schmetterlinge in meinem Bauch zu beruhigen.

Der Nachmittag verfliegt wie im Rausch, während wir durch die Alhambra wandeln wie durch einen Traum. Vielleicht schlafe ich in Wahrheit tatsächlich gerade?

»Du hast wirklich nicht zu viel versprochen«, flüstere ich und kann mich nicht sattsehen an der detailverliebten Dekorationskunst: In einem Saal ist die Decke mit Zehntausenden von Zedernholzplättchen belegt, die zu einem kunstvollen Mosaik ineinander verschlungener Sterne zusammengefügt wurden. Im nächsten hängen in der achteckigen Kuppel Tausende Stalaktiten-artige Formen, die in ihrer Gesamtheit an Honigwaben erinnern.

Fabio tritt neben mich. »Christliche, jüdische und muslimische Baumeister versuchten, mit der Alhambra auf Erden ein Abbild vom Paradies zu schaffen. Die Alhambra ist ein großes Meisterwerk voll von unendlich vielen kleinen Meisterwerken. Es ist schier unmöglich, alles zu erfassen, was es zu sehen gibt. Das, was dort oben wie Honigwaben aussieht, sind Muqarnas. Und schau, wie versetzt sie angebracht sind. Dadurch verändert sich ständig das einfallende Licht.«

»Unfassbar schön«, flüstere ich bewundernd.

»Ja«, sagt er mit seltsam rauer Stimme und als ich aus dem Augenwinkel zu ihm sehe, ruht sein Blick nicht auf den Muqarnas, sondern auf mir. Das Luftholen fällt mir plötzlich schwer und das Kribbeln in meiner Magengrube, das mich inzwischen fest im Griff hat, nimmt eine neue Dimension an. Doch mein Kopf protestiert noch immer.

Verwirrt und überfordert von dem Widerstreit in mir, gehe ich hastig weiter und versuche erneut, mich allein auf die Pracht um mich her zu konzentrieren.

Zahlreiche Gänge und Torbögen verbinden die rechteckigen Höfe miteinander, ebenso mit den Gartenanlagen und kleinen Teichen. Das Licht fällt durch die Bögen und lässt diese aufleuchten wie Tore in die Vergangenheit.

Meine Vergangenheit? Die meiner Mutter? Oder die von jemand ganz anderem? Werde ich hier, in Granada, tatsächlich endlich mehr erfahren? Die Hoffnung darauf pulsiert nach wie vor in mir, auch wenn ich sie so klein wie möglich zu halten versuche, um nicht enttäuscht zu werden.

An einem der über und über mit Stuckverzierungen und Mosaiken versehenen Spitzbogenfenster bleibe ich stehen, blicke hinaus auf einen von Arkaden umgebenen Garten Eden. Palmen, Blumen, ein Springbrunnen, dessen Wasser glucksend in einen Teich mit in der Sonne glitzernder Oberfläche läuft. Überhaupt ist das Plätschern und Tröpfeln, das mal von den

Brunnen der Innenhöfe, mal von den Wasserspielen in den Gärten herrührt, wie eine sanfte Hintergrundmelodie überall zu vernehmen.

Fabio tritt hinter mich. Ich spüre es, ohne hinzusehen, bin mir seiner Nähe nur allzu bewusst.

»Dem Geräusch von Wasser zu lauschen, war für die Mauren der Inbegriff paradiesischen Glücks«, sagt er.

»Ich kann es verstehen. Vollkommen. Dabei herrscht da, wo ich herkomme, nun wirklich nicht gerade Mangel an Wasser. Wie muss es da erst den Menschen gegangen sein, die aus einer Wüstenlandschaft kamen?« Unwillkürlich stelle ich mir vor, wie einst die Sultane hier drin dieses Geräusch genossen. Beständig murmelt das Wasser vor sich hin. Als würde es eine Geschichte erzählen. Meine? Fabios? Die der Menschen, die hier lebten? Was diese Mauern wohl alles schon gesehen haben? Welche Geheimnisse sie bewahrt haben …

Gedankenverloren streiche ich über die verschlungenen Verzierungen des Fensterbogens.

»Die singenden Wände. So werden die Wände der Nasridenpaläste auch genannt.«

Wieder spüre ich seinen Blick in meinem Nacken, wage nicht, mich umzudrehen. »Warum?«

»Weil in ihren Arabesken, also diesen Verzierungen hier, überall unzählige Gedichte, Gesänge und Verse in arabischen Schriftzügen eingewoben sind.«

»Hier?« Ich fahre ein geschwungenes Stuckelement mit den Fingern nach.

»Dort.« Sacht legt sich seine Hand über meine und elektrisiert mich förmlich. Das Prickeln auf meiner Haut breitet sich über meinen ganzen Körper aus, als er meine Hand sanft zum richtigen Ornament führt und den Schriftzug darin gemeinsam mit mir nachfährt.

»Die Wände der Nasridenpaläste sind steingewordene Poesie.« Seine Stimme klingt heiser. »Form gewordene Melodie. Und wunderschön.«

Wie in Zeitlupe wende ich mich ihm zu, unsere Blicke verfangen sich ineinander. Seine Augen sind dunkel und was da so verheißungsvoll in ihnen glimmt, lässt mich erschauern. Noch immer hält seine linke Hand meine rechte und die Luft zwischen uns nimmt mit einem Mal eine andere Konsistenz an, bringt etwas in mir zum Vibrieren.

Langsam hebt er auch seine andere Hand, legt sie an meine Wange und mein Herz setzt für einen Moment aus. Im nächsten schlägt es umso heftiger gegen meine Rippen. Ohne den Blick zu lösen, folgt er mit seinen Fingerspitzen der Linie meiner Wangenknochen wie zuvor der der Wandverzierung. Sie wandern nach unten, verharren schließlich unter meinem Kinn.

Mein Atem geht viel zu schnell. Nervös fahre ich mit der Zunge über meine Lippen. Nur einen Augenblick später streicht sein Daumen zart darüber, und mein Innerstes zieht sich vor Sehnsucht zusammen.

»Was denkst du?«, fragt er, ohne seine Hand von meinem Gesicht zu nehmen. Beim rauen Klang seiner Stimme und der verheißungsvollen Glut in seinen Augen meldet sich in meinem Innern ein sehnsüchtiges Ziehen.

Meine Kehle ist trocken. »Es ist das Licht«, bringe ich mühsam heraus.

»Das Licht?«

»Das Leben hier ist so viel intensiver, fesselnder, erfüllter«, flüstere ich. »Ich dachte immer, es wäre die Hitze, aber es ist das Licht. Es ist so extrem. So maßlos. Es macht die Farben satter, die Strukturen plastischer. Es lässt den Tag heller und die Dunkelheit undurchdringlicher erscheinen als anderswo. Und genauso die Gefühle. Das Aufbrausende, aber auch das

Herzliche der Menschen hier … es kommt von diesem Licht. Es lässt die Gefühle hochkochen …«

»Du machst deinem Namen alle Ehre, Tochter der Sonne«, raunt er und das ist zu viel. »Tochter der Sonne« … Hätte er es mit einem Augenzwinkern oder scherzhaften Unterton gesagt, ich hätte damit umgehen können. Aber die Ernsthaftigkeit in seinem Ton, die Intensität in seinem Blick bringen mich um den Verstand.

»Willst du wissen, was ich denke?«, fragt er.

Die Anspannung zwischen uns ist mit Händen zu greifen, lässt die Luft knistern. Ich schlucke schwer und nicke.

Langsam beugt er sich zu mir herab, bis sein Mund vor dem meinen schwebt. »Dass ich dich küssen will, seit ich dich damals im Lokal habe tanzen sehen«, flüstert er.

Hitze flutet mich, mein Puls setzt zu einem Sprint an. Vanessas Worte kommen mir in den Sinn. Über das Spaßhaben, das Lockerlassen und alles andere. »Es ist das Licht …«, wiederhole ich leise und löse meine Hand aus seiner. Dann lege ich meine Hände an seine Wangen und ziehe sein Gesicht zu mir herunter.

Als sich seine warmen, weichen Lippen auf meine senken, brausen Endorphine durch meinen Körper und verdrängen alle Sorgen, Zweifel und alle Fragen.

Seine Zunge umschmeichelt die meine, seine Bartstoppeln reiben an meiner empfindlichen Haut und jagen konzentrierte Erregung in jede Faser meines Körpers. Unser Kuss wird heftiger, intensiver, bis mir die Knie weich werden. Ich fühle mich wie berauscht. Fabio presst mich an sich, seine Finger vergraben sich in meinem Haar. Meine Hände gleiten über seine Schultern, seine über meinen Rücken und …

Ein lautstarkes Räuspern lässt mich die Augen aufschlagen und im nächsten Moment erschrocken zusammenfahren. Ein

Wachmann mustert uns tadelnd, die Gruppe Touristen hinter ihm hingegen beobachtet uns belustigt.

Das Blut schießt mir ins Gesicht. Gott, ich habe völlig vergessen, wo wir sind.

»Entschuldigung«, stoße ich, noch immer atemlos, an den Wachmann gerichtet aus und stolpere Hals über Kopf davon.

»Mari? Mari, warte!«

Hinter der nächsten Ecke hat Fabio mich eingeholt, hält mich an der Hand zurück. »Wo willst du denn hin?«

»Keine Ahnung«, gestehe ich verlegen.

»Wie wäre es dann mit folgendem Vorschlag …«, raunt er und streicht mir zärtlich eine Strähne hinter das Ohr. »Komm mit zu mir.«

»Um was zu tun?«, frage ich atemlos, denn in seinen Augen erkenne ich den gleichen Hunger, den ich auch verspüre.

»Lass es uns herausfinden.«

* * *

Kaum ist die Tür von Fabios Zimmer in Alvaros glücklicherweise völlig leerem Carmen hinter uns ins Schloss gefallen, als Fabios Mund sich schon wieder auf den meinen senkt. Er küsst mich so hungrig, dass mir schwindlig wird, während wir zum Bett stolpern.

Mit fliegenden Fingern löst er die Knöpfe meiner Bluse und ich die seiner Jeans. Im nächsten Moment hat er mir den zarten Stoff von den Schultern gestreift und zu Boden fallen lassen. Gekonnt umfasst er mich, öffnet meinen BH und schon gesellt der sich zu meiner Bluse. Ohne von meinen Lippen abzulassen, umfasst er meine Brüste, seine Daumen streicheln meine aufgerichteten Knospen und ich stöhne unwillkürlich auf.

Mit zittrigen Fingern greife ich nach dem Saum seines Shirts, schiebe es hoch. Er nimmt den Impuls an und streift es sich in einer einzigen Bewegung über den Kopf. Der Anblick von Fabios nacktem Oberkörper treibt meinen Puls noch mehr in die Höhe. Das durch die geschlossenen Fensterläden mit den schräg gestellten Lamellen einfallende Licht taucht den Raum in ein berückendes Muster und betont das Spiel seiner Muskeln. Schon ist Fabio aus seiner Jeans gestiegen und zieht mich wieder an sich. Seine Härte in der Boxershorts presst sich gegen mich und er küsst mich begierig, fast verzweifelt. Und ich erwidere seinen Kuss mit der gleichen wilden Sehnsucht.

Ohne von meinen Lippen zu lassen, drängt er mich sanft zum Bett. Ich lasse mich rücklings auf die Matratze sinken und hebe das Becken an. Er versteht meine stumme Aufforderung sofort, streift mir meine Jeans und meinen Slip über Hüften und Beine, lässt sie ebenfalls zu Boden fallen, hält dann aber inne. Sein Blick gleitet über meinen Körper und verunsichert frage ich mich plötzlich, was um alles in der Welt ich hier tue.

»Verdammt!«, keucht er im nächsten Moment heiser. »Seit unserer ersten Begegnung gehst du mir nicht mehr aus dem Kopf, aber du bist sogar noch schöner als in meinen Träumen.«

Das Fühlen gewinnt die Oberhand und bringt meine Gedanken endgültig zum Verstummen. Ich strecke die Arme nach Fabio aus und ziehe ihn zu mir herab. Meine Finger gleiten über seinen seidig weichen Rücken, erfühlen seine trainierten Muskeln. Seine Lippen treffen erneut auf meine, er küsst mich hungrig, wild, hemmungslos. Meine Finger fahren durch sein Haar, seine wissenden Hände wandern über meinen Körper, bringen ihn zum Glühen, zum Brennen. Seine Berührung schickt Stromstöße durch meinen Körper, er reizt mich, lockt mich, liebkost mich. Alles in mir vibriert wie eine straff gespannte Saite.

Unwillkürlich recke ich ihm meinen Oberkörper entgegen, presse mich an ihn, will ihn endlich in mir spüren. Aber er tut mir diesen Gefallen nicht, löst sich stattdessen erneut von meinen Lippen und küsst sich in quälend köstlicher Langsamkeit meinen Körper hinunter, zieht eine Spur feuriger Erregung hinter sich her.

Ich höre seinen schweren Atem, der heiß über meine aufgerichteten Brustwarzen streicht, und keuche auf, als seine Zunge sie umspielt. Dann nimmt er sie mit seinem Mund vollständig in Besitz und das sehnsüchtige Ziehen in meinem Inneren wird beinahe übermächtig. Ich vergrabe die Finger in seinem Haar, während seine weiter meinen Körper hinabwandern und meine Haut in Brand setzen. Seine Lippen folgen den Flammen. Seine Hände sind scheinbar überall – sie streicheln meine Brüste, meine Taille, meine Hüften und tauchen ein in die hitzige Nässe zwischen meinen Beinen. Ich bin sicher, jeden Moment unter seinen Küssen, seinen Berührungen zu vergehen.

Schließlich kniet er sich vor das Bett, drückt meine Beine auseinander und mein Herz setzt erneut für einen Moment aus, als sich alles in mir vor Verlangen zusammenzieht. Er schiebt seine Hände unter mein Becken, hebt es an, und ich stöhne auf, als ich seine Zunge an meiner empfindlichsten Stelle spüre. Mein Atem geht stoßweise. In meinem ganzen Leben habe ich noch nie ein solch überwältigendes Verlangen verspürt wie jetzt mit ihm. Ich zerrinne unter seinen Küssen, seinen Berührungen und der Lust, die er in Dimensionen treibt, die kaum mehr zu ertragen sind. Ich kralle meine Hände ins Laken, winde mich stöhnend, bis ich kaum noch an mich halten kann, ihn endlich in mir spüren will. »Hast du ein Kondom hier?«, stoße ich keuchend aus.

»Ja, Moment.« Seine belegte Stimme jagt neuerliche Hitzewellen durch meinen Körper.

Er steht eilig auf, beugt sich zum Nachttischchen und angelt ein Päckchen hervor.

Ich höre es knistern, berste fast vor aufgestautem Verlangen, kann es nicht erwarten, ihn in mir aufzunehmen und mit ihm zu verschmelzen.

Wie hypnotisiert starre ich auf die Linie dunklen Haares, die unter dem Bund seiner Boxershorts verschwindet und meinen Blick auf das lenkt, was er im nächsten Moment aus seiner Beengtheit befreit.

Mir bleibt die Luft weg, aber bevor ich wieder zum Durchatmen komme, hat er das Päckchen geöffnet und sich das Kondom übergestreift.

Und dann ist er endlich wieder über mir, spüre ich sein pralles Drängen an meiner Mitte. Begierig drücke ich ihm mein Becken entgegen, und als er mich endlich mit einem heiseren Laut vorsichtig erobert, stöhne ich beseelt auf und kann es kaum glauben, wie gut sich das anfühlt, wie perfekt wir zusammenpassen. Seine Finger verflechten sich mit meinen und drücken meine Arme neben meinem Kopf in die Kissen.

Seine Bewegungen in mir, das befriedigende Gewicht seines Körpers auf mir, seine heißen Küsse und heiseren Laute … alles treibt meine Lust in nie gekannte Höhen. Ich umschlinge ihn, presse seinen Körper noch fester an meinen und kann doch nicht genug von ihm bekommen. Wir verlieren uns vollkommen in diesem Rausch, werden mitgerissen von Verlangen und Glück.

Immer schneller werden seine Stöße und immer stärker baut sich die Erregung in mir auf. Bis er mit mühsam gezügelter Leidenschaft meinen Namen stöhnt. Und das lässt endgültig die Lust in mir explodieren. Ich umklammere ihn, versuche vergeblich, meinen Aufschrei an seiner Schulter zu ersticken, und ertrinke in purer Ekstase, als wir gemeinsam zum Höhepunkt finden.

* * *

Verschwitzt liegen wir nebeneinander auf dem Bett, ringen nach Atem.

Das Blut rauscht noch immer in meinen Ohren, meine Beine zittern und mein Herz jubelt. In meinem ganzen Leben habe ich noch nie etwas derartig Intensives gefühlt und frage mich, ob das nur mir so geht.

»Bitte sag, dass das der beste Orgasmus deines Lebens war«, keucht Fabio, »Denn bei mir ist das so und … wieso lachst du?«

»Weil ich glücklich bin.« Ich rolle mich auf die Seite und schmiege mich an seine Brust. Er legt seine Arme um mich, zieht mich noch enger an sich und haucht einen zarten Kuss auf mein Haar. Mein Herz wird ganz weit. »Wahnsinnig glücklich«, flüstere ich, während wohlige Erschöpfung mir das Gefühl gibt, zu schweben. Vielleicht ist es doch mehr als nur das Licht, das meine Gefühle hat hochkochen lassen.

* * *

Dunkelheit spannt sich wie schwarzer Samt über das Dächermeer. Die Nacht hat alle Farben verschluckt. Still liegt sie mir zu Füßen, die prachtvolle Stadt, über deren Verlust der Emir einst so bittere Tränen vergoss.

Auch aus meinen Augen tropfen Tränen zu Boden.

»Mari?«, ertönt Fabios verschlafene Stimme aus dem Zimmer. »Was tust du auf dem Balkon? Komm zurück ins Bett.«

Ich wische mir hastig über die Augen. »Bin gleich da.« Meine Stimme klingt zittrig und viel zu hoch.

»Moment … weinst du etwa?«

Das Bett quietscht leise auf, dann höre ich Fabios nackte Füße über den Boden tappen. Im nächsten Moment dreht er mich sanft an den Schultern zu sich um, sieht mich prüfend an. »Was ist los?«

»Tut … tut mir leid, ich wollte dich nicht wecken«, stammele ich.

»Entschuldige dich nicht dafür, sag mir nur, was los ist.«

»Ich … ich habe … von meiner Mutter geträumt«, schluchze ich. »Und von meinem Vater und … davon, wie … wie glücklich wir einmal waren. Wie glücklich *er* war und …« Ich breche ab, der rot glühende Schmerz in meiner Brust raubt mir den Atem.

Fabio zieht mich in seine Arme, hält mich und streicht sacht über meinen Rücken. Und in diesem schützenden Kokon aus Geborgenheit lässt das Brennen tatsächlich nach.

»Es … es hat so wehgetan, ihn so gesehen zu haben, wie er mal war, und … und zu wissen, wie … wie er heute ist.«

»Was meinst du damit?«

»Seit dem Tod meiner Mutter ist er ein anderer Mensch. Er hat sich in sich vergraben, Depressionen bekommen. Findet den Weg heraus nicht mehr. Grübelt unentwegt nach dem Warum.«

»Dem Warum?«, hakt Fabio verwirrt nach.

»Warum meine Mutter damals so aufgebracht gewesen ist. Was es war, das sie erfahren hat. Wohin sie wollte und mit wem sie sprach, bevor es passierte.« Die Worte drängen aus mir heraus, bevor mir bewusst wird, was ich da sage.

»Es?«

Wieder ist die Luft dick und zäh und ich kann kaum atmen. »Der Unfall«, bringe ich mühsam hervor. »Mein Vater macht sich Vorwürfe, weil er nicht da war. Und ich mache mir welche, *weil* ich da war.«

»Wie meinst du das?«

Ich denke an jenen Tag zurück. Den Tag, der so unfassbar glücklich begonnen und so entsetzlich furchtbar geendet hat. Der Tag, an dem ich zum ersten Mal unendlich verliebt war.

»Wie sieht es aus, meine kleine Sonne?«, ruft Mama, die unten an der Treppe steht, zu mir herauf. »Strand oder Berge? Deine Großmutter ist für den Strand, dein Großvater für die Berge. Wie konnte ich nur so lange ohne Andalusien überleben? Und wo ist eigentlich meine Handtasche?«

»Deine Tasche liegt hier oben auf deinem Bett, du Chaosqueen«, teile ich ihr mit, während ich Stylingschaum in mein frisch gewaschenes Haar knete. »Und mitkommen kann ich weder an den Strand noch in die Berge. Mateo holt mich gleich ab.«

»Soso, hat denn dein Herr Papa sein Einverständnis dazu erteilt, dass der schöne Mateo dich heute ausführen darf?«, scherzt sie.

»Erwähne es ihm gegenüber bloß nicht.« Ich schneide eine Grimasse. »Er ist so überbesorgt, dass er schon anruft, wenn ich das Wort Freund nur denke.«

In diesem Moment klingelt das Telefon, wir gucken uns an und brechen in Lachen aus. »Wenn das jetzt dein Vater ist, dann lasse ich mir in Zukunft nur noch von dir die Karten legen …«, meint meine Mutter augenzwinkernd und hebt den Hörer ab. »Schatz, du glaubst nicht, was …« Sie bricht ab, um nach einer kurzen Pause überrascht ins Spanische zu wechseln. »¡Hola! Sí, soy Francesca. Sí … que?«

Mein Vater ist also nicht am anderen Ende der Leitung, sonst hätte Mama weiter Deutsch gesprochen. Fragend hebe ich das Kinn. Sie versteht mich, zuckt als Antwort jedoch in einer Geste der Ratlosigkeit die Schultern, bevor sie mit dem Telefon am Ohr die Treppe hinaufgeht, um ihre Tasche zu holen.

Ich schließe die Badezimmertür wieder, drehe das Radio auf und arbeite mich durch den Inhalt meiner Kosmetiktasche. Als ich fertig bin und nicht nur mein Kleid, sondern auch meine Frisur perfekt sitzen, ist die Tür zum Schlafzimmer noch immer geschlossen. Ich drehe das Radio leiser, lausche, aber weder höre ich meine Mutter telefonieren oder singen noch am Kleiderschrank hantieren.

»Mama?«

Stille.

Ich klopfe an die Schlafzimmertür, erhalte aber keine Antwort. Ist sie etwa eingeschlafen? Vorsichtig öffne ich die Tür. Meine Mutter sitzt auf der Bettkante und starrt das Telefon in ihrer Hand an. Ihr Gesicht ist so weiß wie das Laken, auf dem sie sitzt. Sie rührt sich nicht. Wie in Schockstarre.

»Mama? Ist alles in Ordnung?« Ich trete auf sie zu, fasse sie am Arm und fahre zusammen, als sie plötzlich aufspringt, die Augen weit aufgerissen. »Es kann nicht sein, es … Ich … ich muss …« Sie bricht ab, wirft das Telefon auf den Frisiertisch und packt stattdessen einen dort liegenden Notizblock. Sie reißt hektisch eine Seite heraus, stopft sie in ihre Handtasche und rennt aus der Tür.

Verwirrt renne ich ihr nach. »Mama, was soll das? Was ist los?«

»Ich … ich muss weg … Sag … nein, sag nichts, ich bin bald wieder da.«

Sie sollte nicht fahren, sie ist zu aufgewühlt. »Muss das denn jetzt sein? Kann das nicht warten?«

»Nein! Nein! Auf keinen Fall! Ich muss es jetzt erledigen!«

Schon hat sie ihre Schuhe an, höre ich den Autoschlüssel klirren.

Sie sollte nicht fahren, so aufgelöst, wie sie ist. Das fühlt sich schrecklich falsch an. Ich *sollte sie fahren! Nervös sehe ich auf die Uhr. »Warte doch wenigstens eine halbe Stunde. Wenn Mateo hier ankommt und ich nicht da bin, wird er mich nie wieder nach einem Date fragen.«*

»Das geht nicht!« Sie ist bereits aus der Haustür.

»Aber warum denn nicht?«, rufe ich ihr nach. »Was kann denn schon so schlimm sein, dass wir nicht warten können?«

Sie gibt keine Antwort, rennt stattdessen zum Wagen, der in der Einfahrt steht.

Scheiße! Ich beiße mir auf die Unterlippe, laufe ihr dann aber nach. Ich muss mitkommen, muss sie fahren.

Aber dann verpasse ich Mateo! Verpasse mein erstes Date mit der Liebe meines Lebens! Solch eine Chance werde ich mit Sicherheit nie wieder erhalten! Mein Leben wird den Bach runtergehen!

Ich bleibe stehen.

Meine Mutter nicht.

Ich sehe sie einsteigen, sehe sie davonfahren.

Und nie wieder zurückkehren …

»Es ist meine Schuld, dass sie tot ist!«, entringt es sich meiner Kehle, kaum dass ich geendet habe. Heiße Tränen laufen mir über die Wangen. Ich kann selbst nicht glauben, dass ich ihm das alles erzählt habe. Nicht einmal meinem Vater habe ich es gesagt.

»Was für ein Unsinn!«, fährt er mich an. »Wie kannst du so etwas nur denken?«

»Ich war jung, ich war zum ersten Mal richtig verliebt, aber das ändert nichts daran, dass *ich* sie hätte fahren müssen, wenn ich sie schon nicht von ihrem Vorhaben abbringen konnte«, stoße ich mit tränenerstickter Stimme aus und wende mich ab »Dann wäre sie noch am Leben. Sie war damals viel zu aufgewühlt, um sich hinters Steuer zu setzen.«

Fabio fasst mich an den Schultern, dreht mich erneut zu sich um. »Nein! Stattdessen wärst du jetzt vermutlich auch tot!«

»Was? Wie kannst du so etwas behaupten? Das ist Blödsinn!«

»Nicht mehr als das, was du da behauptest. Du weißt nicht, was genau passiert ist, wie es zu diesem Unfall kam. Und du weißt ebenso wenig, was alles stattdessen hätte passieren können!«

»Mag sein, dass wir niemals in Erfahrung bringen können, wer sie angerufen hat oder warum oder was derjenige ihr gesagt hat«, schluchze ich. »Aber Fakt ist, dass ich sie in diesem Zustand nicht hätte ins Auto steigen lassen dürfen oder …«

»Hör auf damit! Ja, sie war offenbar aufgewühlt, aber vielleicht hat sie auch ein gegen die Scheibe fliegender Stein das Lenkrad verreißen lassen oder ein entgegenkommender Wagen hat sie für einen Moment in der Kurve geschnitten. Du weißt es nicht. Genauso wenig wie du weißt, ob nicht du ebenso aufgewühlt gewesen und von der Straße abgekommen wärest wie sie. Denn wärst du mit ihr gefahren, hättest du sie sicher so lange gelöchert, bis sie dir den Grund genannt hätte. Oder du hättest ihn vor Ort erfahren. Und dann wärst du mit Sicherheit genauso aufgewühlt gewesen wie deine Mutter. Und ihr wärt beide tot. Es gibt nichts, das sinnloser und gefährlicher ist als die Frage ›Was wäre, wenn…?‹. Dabei kann man nur verlieren! Du darfst dich damit nicht quälen!«

Seine Worte lösen etwas in mir. Es ist nicht, als wäre mein schlechtes Gewissen fort. Weder die Erinnerung an die Geschehnisse noch der Schmerz ist verschwunden. Aber all das drückt mich mit einem Mal nicht mehr in dem Maße hinunter wie zuvor. Die Schuldgefühle wiegen plötzlich nicht mehr ganz so schwer. Und ich verspüre zudem eine ungeheure Erleichterung anderer Art: Die Erleichterung, über meine Ängste und Sorgen mit jemandem reden zu können.

Ja, jetzt und hier, in dieser noch immer endorphingeschwängerten Nacht glaube ich sogar, dass ich den Mut finden könnte, auch meinem Vater davon zu erzählen. Nie zuvor habe ich mit jemandem darüber gesprochen, was mich all die Jahre über so sehr belastet hat, und ich kann selbst noch immer nicht glauben, dass ich ausgerechnet Fabio davon erzählt habe. Seit damals habe ich immer alle Männer von mir gestoßen, sobald ich Gefahr lief, mich ernsthaft zu verlieben. Es war meine persönliche Buße.

Doch bei Fabio ist es zu spät. Ich bin bereits Hals über Kopf in ihn verliebt.

Er hält mich fest in seinen Armen und ich schmiege mich an ihn.

Abermillionen Sterne sprenkeln den Himmel, sodass er an einigen Stellen fast komplett weiß erscheint. Die Blätter der Palmen im kleinen Garten unter mir rauschen sacht in der Brise. Die Bergspitzen schimmern im Mondlicht. Bizarre Strukturen, wie selbst der größte Künstler sie sich nicht hätte erdenken können. Und davor die Alhambra unter dem funkelnden Sternenhimmel. Das Ganze sieht aus wie ein fantastisches Gemälde und ist doch real.

Die Stille ist so allumfassend. Ein Moment des Innehaltens. Der modrig feuchte Geruch der roten Erde erfüllt mich mit seltsamer Ruhe, und in Fabios Armen spüre ich Zuversicht in mir wachsen.

Doch plötzlich trifft mich ein Gedanke mit voller Wucht. »Das fehlende Puzzlestück!«

»Was?«

Ich richte mich abrupt auf, sehe Fabio aus weit aufgerissenen Augen an. »Ja, ich kenne das Warum nicht, aber ich weiß, wer meine Mutter angerufen hat.« Dessen bin ich mir mit einem Mal absolut sicher.

Fabio mustert mich verwirrt.

»Die Frau aus der Kirche!«

1974

Mina

Nebel, durch den Gedankenfetzen waberten. Dunkelheit, die sie umfing. Stimmen, die näher herankamen und wieder davondrifteten.

Wo war Diego? Er hatte versprochen, immer bei ihr zu bleiben. Sie nie allein zu lassen.

»Diego«, murmelte sie. Ihre Worte klangen so verschwommen, wie es die Bilder in ihrem Kopf waren. »Ich muss zu Diego!«

»Bleib liegen, mein Schatz«, drang von irgendwoher Juanitas Stimme durch den Nebel. »Sonst verlierst du dein Baby.«

Baby … ihr Baby … Diegos Baby … Mühsam versuchte Mina, sich zu erinnern, wo sie war. Was geschehen war.

Blut! Da war Blut gewesen!

Angst flutete sie, ihre zittrige Hand tastete nach ihrem Bauch.

»Es ist noch da! Alles gut, du bist in der Klinik. Sie haben dir etwas zur Beruhigung gegeben, du musst liegen bleiben.«

Und dann verschwand die Stimme wieder im Nebel.

Dunkelheit und Licht wechselten, Salvador tauchte auf, umarmte sie und erst, als der Nebel erneut wich, fuhr sie schreiend empor. Salvador war tot!

»Ruhig, mein Kind, ganz ruhig.«

Eine kleine Ordensfrau stand neben ihrem Bett. Schwester Inocencia? Verwirrt sah Mina sich um. Sie war in der Klinik. Schon wieder? Oder noch immer? Und wie lange schon?

»Aufregung ist nicht gut für euch«, fuhr Schwester Inocencia mit sanfter Stimme fort. »Du willst doch nicht, dass dein Baby zu früh zur Welt kommt.« Sie beugte sich über sie, der Tropf neben dem Bett funkelte im Sonnenlicht und der Nebel kehrte zurück. Alles war unwirklich, verwirrend, verschwommen.

»Diego …«, murmelte sie nur wieder und wieder. »Wie geht es Diego?«

»Gut, mein Kind, alles ist gut.«

Sie schloss erneut die Augen. Mal waren Stimmen da, dann wieder fort. Ab und zu spürte sie Berührungen, bekam zu essen, dann wieder glitt sie in die Geborgenheit des Dämmerschlafs zurück.

* * *

»Du musst mehr essen, Mina, ich bitte dich!« Ihre Mutter saß an ihrem Klinikbett, hielt ihr einen Teller hin, den Mina reglos anstarrte. Sie wusste nicht, wie lange sie schon im Krankenhaus war. Tage? Wochen? Monate? Sie wollte es auch nicht wissen. Die Tage waren einerlei, die Wochen verschwammen, sie zählte sie nicht. Die einzigen Lichtblicke waren das Wissen um das Schlagen des kleinen Herzens in ihr und die Besuche von Feli und José.

»Wenn du zusammenbrichst, ist Diego damit auch nicht geholfen!«

Mina zuckte zusammen bei der Erwähnung seines Namens. Doktor García hatte furchtbar bedauert, dass seine Hilfe zu spät gekommen war, aber versprochen, weiterhin alles in seiner Macht Stehende zu tun, um ihn zurückzuholen. Constanza hatte dabei weinend an ihrem Bett gestanden, aber dann war ihr Baby auf die Welt gekommen und sie hatte Mina nicht mehr besuchen können. Ramón tauchte immer wieder auf, versprach ebenfalls, weiter für Diego zu kämpfen. Aber wie sollte er jetzt etwas ausrichten können, wenn es ihm zuvor nicht gelungen war?

Wut, Trauer und unbändiger Schmerz verbanden sich in ihr zu einem gewaltigen Strudel aus Hoffnungslosigkeit, der sie mitzureißen drohte.

»Du musst an dein Baby denken!«, mahnte ihre Mutter und hielt ihr den Teller noch etwas näher hin.

Ihr Baby. Diegos Baby. Sie musste für ihr Kind stark sein.

Mühsam richtete sie sich auf und zwang sich, etwas hinunterzuwürgen, bevor sie sich wieder in den Dämmerschlaf flüchtete.

Die Tage reihten sich aneinander wie völlig identische Perlen auf einer langen Kette. Flüchtig und doch da.

Bis sich der Nebel irgendwann erneut lichtete und mehrere Stimmen zu ihr durchdrangen. Die Tür zum Flur stand offen. Draußen am Gang, direkt vor dem Zimmer sprach ihre Mutter mit einem Mann. Es dauerte, bis sein Name in Minas Bewusstsein auftauchte: Ramón.

»Bist du absolut sicher?« Sie hörte ihre Mutter schluchzen.

»Ja. Es tut mir so leid. Er hat versucht zu fliehen und … und wurde erschossen.«

Erschossen? Wer war erschossen worden? Und wieso war es so schwer, einen klaren Gedanken zu fassen?

Dann fiel ein Name, der den Nebel in ihrem Kopf zerschnitt und ihr Herz gleich mit: Diego.

»Nein!«, schrie sie auf. »Nein! Er ist nicht tot!«

Und wieder eilte eine Pflegerin herbei, um am Tropf zu drehen. Aber es war zu spät. Mina hatte das weinende Gesicht ihrer Mutter gesehen und wusste, über wen sie und Ramón gesprochen hatten.

Ein Feuerball aus Schmerz explodierte in ihrer Brust, schoss durch ihren Körper hindurch und riss sie mit sich davon in die Dunkelheit.

Aber dieses Mal konnte sie dem Ruf des Nebels nicht folgen, gelang es ihr nicht, sich in seine betäubende Geborgenheit flüchten. Etwas in ihr bäumte sich weiterhin auf, der Schmerz wurde trotz der Medikamente immer stärker. Sie hatte Wehen! Ihr Baby wollte geboren werden! Dabei war es zu früh! Viel zu früh! Doch sie konnte es nicht mehr aufhalten, die Wehen raubten ihr fast den Atem.

Und plötzlich wurde es hektisch, jemand rief nach der Hebamme, jemand anderes nach Doktor García. Mit einem Mal war das Zimmer voller Menschen. Die Wehen rollten wie glühend heiße Eisen durch ihren Körper und Mina kämpfte keuchend und schreiend um alles, was ihr von ihrer Liebe noch geblieben war.

* * *

»Sie haben es geschafft«, sagte Doktor García. »Ich gratuliere.«

Schweißgebadet und zitternd sah Mina zu dem winzigen Bündel Mensch hinauf, das Doktor García in seinen Händen hielt. Staunend und ungläubig betrachtete sie die kleinen Fingerchen. Es stieß ein Weinen aus – ein Laut wie das Maunzen eines Kätzchens – und in diesem Moment waren all die Schmerzen vergessen. Unbändige Liebe flutete sie, dass sie meinte, ihr Herz werde aus ihrer Brust springen. Wie war es möglich, dass sie ein Menschenwesen so sehr lieben konnte wie Diego, wenn nicht sogar noch mehr, obwohl sie es noch nicht einmal kannte?

»Mein Kind, mein Baby«, murmelte sie erschöpft und konnte nicht fassen, dass sie trotz allem, was geschehen war, wieder Glück empfinden, wieder lächeln konnte. Glück und Trauer zugleich, so nah beieinander. »Habe ich eine Tochter oder einen Sohn?«, flüsterte sie.

»Es ist ein Mädchen«, antwortete er und reichte das Baby an Schwester Inocencia weiter, die es eilig in ein Tuch schlug.

Eine Tochter! Sie hatte eine Tochter! Diegos Tochter! Wieder war ihr gleichzeitig nach lachen und weinen zumute.

Mina streckte die Arme nach ihrem Kind aus, konnte es nicht erwarten, es endlich in ihren Armen halten, seinen Duft einatmen, seinen Haarflaum streicheln zu dürfen.

Doch Schwester Inocencia mit ihrer gütigen Miene schüttelte den Kopf. »Später. Der Kinderarzt muss das Neugeborene erst untersuchen und es muss ordentlich versorgt werden.«

»Bitte beeilen Sie sich! Bitte!« Sehnsüchtig sah sie ihrem Kind hinterher, bevor sie kraftlos in die Kissen zurücksank.

Alle weiteren Untersuchungen nahm sie kaum wahr, immer wieder sah sie von der Tür zur Uhr an der Wand und zurück. Doktor García informierte sie über irgendetwas zur Geburtsnachsorge, aber sie konnte sich nicht auf seine Worte konzentrieren.

»Mein Baby. Wann kriege ich meine Tochter wieder? Ist das normal, dass sie so lange wegbleibt? Gibt es ein Problem?«

»Ich bin leider kein Kinderarzt, aber Schwester Inocencia ist bestimmt schon auf dem Weg hierher. Wir sehen uns zur Nachsorge.« Er verabschiedete sich, ebenso die Hebamme, und endlich wurde ihre Mutter zu ihr gelassen.

»Du hast eine Enkeltochter«, flüsterte Mina matt.

»Eine Enkeltochter …«, wiederholte ihre Mutter ergriffen, legte mit Tränen in den Augen ihre Hände an Minas Wangen und drückte ihr einen Kuss auf die Stirn.

»Aber wo ist sie?«, wandte Mina sich erneut an die Krankenschwester. »Wo ist mein Kind? Wann bringen sie es mir endlich?«

»So schnell es geht, keine Angst.« Sie wandte sich Juanita zu. »Ihre Tochter muss sich ausruhen und die Besuchszeit ist bereits vorbei, bitte kommen Sie morgen wieder.«

Juanita nickte und drückte Minas Hand. »Feli und José werden außer sich sein vor Freude, wenn ich ihnen gleich erzähle, dass sie eine Nichte haben.«

Schweren Herzens ließ Mina ihre Mutter ziehen und auch die Krankenschwester ließ sie allein.

Stille kehrte ein. Im Zimmer und auf dem Gang. Mina aber wurde von Minute zu Minute nervöser. Wo war ihr Kind?

Sie rief nach den Krankenschwestern, immer und immer wieder. Vergeblich. Schließlich hielt sie es nicht mehr aus, richtete sich mühsam auf und schob vor Schmerzen keuchend ihre Beine über die Bettkante. In diesem Moment hörte sie endlich Schritte, dann stand Schwester Inocencia in der Tür. Mit leeren Armen.

Kalte Angst packte Mina. »Wo ist mein Baby?«

Schwester Inocencia neigte bedauernd den Kopf und sagte mit sanfter Stimme: »Der Herr gibt, der Herr nimmt. Gelobt sei der Herr.«

Eiskalte, schwere Schwärze legte sich auf Mina. »Nein! Das kann nicht sein! Das darf nicht sein! Mein Baby! Mein Baby!« Immer lauter schrie sie. »Meine Tochter! Ich will meine Tochter! Bringt mir mein Baby zurück!«

Weitere Menschen und Stimmen füllten das Zimmer. »Gebt ihr doch bitte etwas gegen die Hysterie!«, rief die Ordensschwester. »Wir brauchen Medikamente! Wo ist der Doktor?«

Schwester Inocencia verschwand, Mina schrie und schrie. Und verstummte abrupt, als eine Säuglingspflegerin ihr Zimmer betrat, den Blick auf das Bündel in ihren Armen gerichtet. »Sie hat es leider nicht geschafft. Ihr … ihr Herz war zu schwach. Es tut mir so leid für Sie. Sie müssen Abschied von dem Kind nehmen.«

Reglos sah Mina auf das leblose Menschlein, das fast völlig im Tuch verborgen war. Die Lippen blau, die Lider geschlossen.

Ein gellender Schrei erklang.

Es war ihr eigener.

* * *

Dunkelheit hielt sie gefangen, Müdigkeit ließ sie schweben. Sie wehrte sich nicht dagegen, wollte nicht erwachen. Sie ließ sich von dem Strudel in ihrem Inneren mitreißen, wollte darin verloren gehen.

Bis sie eine traurige Stimme hörte. Eine, die sie lange nicht mehr vernommen hatte. Clara. Ihre Freundin. Und sie weinte.

»Ich habe doch gesagt, dass du nicht hierhergehen sollst. Wieso nur bist du gekommen? Wieso?« Claras Worte waberten durch den Nebel in ihrem Kopf, sie konnte sich keinen Reim darauf machen, die Dämmerung hielt sie gefangen. Warum weinte Clara?

Eine zweite Stimme drang zu ihr durch, mühsam hob sie ihre Augenlider ein Stück weit.

Schwester Inocencia? Wieso hielt sie Clara am Arm zurück. Worüber sprach sie mit ihr? Weshalb war Clara so bleich? Und warum ließ sie Clara nicht bei ihr bleiben? Sie wollte ihre Freundin in die Arme schließen, wollte sich bei ihr ausweinen. Aber Clara verließ das Zimmer und Mina schloss wieder die Augen, flüchtete zurück in die friedliche Tiefe.

* * *

Teilnahmslos sah Mina aus dem Fenster auf die Alhambra. Wie ein Versprechen war sie ihr einst erschienen. Wie in Märchen aus Tausendundeiner Nacht. Verheißungsvoll. Magisch. Aber alle Magie war erloschen. Jetzt war sie nur noch toter Stein.

Nichts ergab mehr einen Sinn. Sie wollte die Augen schließen, sie niemals wieder öffnen müssen. Für immer in ihren Erinnerungen und verlorenen Zukunftsträumen dahindämmern.

»Du schaffst alles. Ich habe dich nicht ohne Grund Fermina genannt, die Starke«, drang die Stimme ihrer Mutter zu ihr durch. »Du wirst auch das durchstehen.«

Nein. Das würde sie nicht. Das wollte sie auch nicht. Sie wollte nichts mehr durchstehen. Sie hatte die ganze Nacht und den ganzen Tag geweint. Bis sie keine Kraft mehr gehabt hatte. Sie fühlte sich leer und tot. Ihre Brüste waren prall und schmerzten, aber sie hielt kein Baby in ihren Armen. Es gab kein Wort für die Qual in ihrem Inneren. Sie fraß sich fest, verbrannte die letzten Fetzen ihres zerrissenen Herzens. Mina wollte nicht zurückkehren in die Welt zerstörter Erinnerungen und verlorener Zukunftsträume. Sie wollte zurück in die Dämmerung flüchten. Immer wieder nur dorthin. In den weichen Nebel, der ihren Schmerz betäubte.

Auch ihre Mutter, die neben ihr am Klinikbett saß, hatte verweinte Augen und ein verquollenes Gesicht. »Aber die Beerdigung …«

Beerdigung … Das Wort drückte ihr die Kehle zusammen. »Was ist damit?«, brachte sie mühsam heraus.

Jetzt schlug ihre Mutter die Hände vors Gesicht, schluchzte erneut auf. »Es … es ist nicht getauft. Es kann nicht auf dem Friedhof der Kirche beerdigt werden. Und es … es musste schnell gehen, haben sie gesagt, deshalb … deshalb haben sie es auf dem kleinen Friedhof hinter der Klinik beerdigt.«

Ihre Tochter war schon beerdigt? Es gab nicht einmal einen Sarg, an dem sie hätte weinen können?

Erst als ihre Mutter sich zu ihr herüberbeugte und sie in ihren Armen wiegte, merkte sie, dass ihr wieder Tränen über die Wangen liefen.

»Weine, meine Mina. Weine, bis du nicht mehr weinen kannst, und dann schließe den Schmerz ein. In ein Kästchen in deiner Seele, fest verschlossen. Er wird immer Teil von dir sein, aber du wirst wieder leben können. Das verspreche ich dir.«

* * *

Langsam ging sie die Treppen zu ihrer Wohnung hinauf. Es schien ein ganzes Leben her zu sein, dass sie das letzte Mal hier gewesen war.

Als sie den ersten Absatz erreicht hatte, trat Clara aus der Tür. Sie erstarrte, als sie Mina erblickte – und fiel ihr im nächsten Moment weinend um den Hals. »Du bist wieder da! Gott sei Dank!«

Mina war, als sei da etwas gewesen im Zusammenhang mit Clara. Etwas Wichtiges, an das sie sich erinnern müsste. Etwas, das die Freundin gesagt hatte. Aber es war mitsamt dem Nebel in ihrem Kopf verschwunden. Vielleicht hatte sie es auch nur geträumt.

»Wer ist wieder da?«, erklang es von oben.

Pilar! Sie schob ihren Kopf sensationsgierig über das Geländer und spähte zu ihnen herunter. »Sieh an, die gefallene Tochter ist wieder da und …« Sie brach ab, als sie Minas Gesichtsausdruck sah.

Mina löste sich von Clara, stieg wortlos die Stufen hinauf, auf Pilar zu.

»Bleib mir vom Leib!«, rief diese erschrocken.

Doch Mina ging schweigend weiter auf sie zu, bis Pilar mit dem Rücken an der Wand stand und sich hastig bekreuzigte.

Erst unmittelbar vor ihr blieb Mina stehen. »Wie elend muss ein Leben gewesen sein?«, flüsterte sie. »Wenn es nach dem Tod niemanden gibt, der um einen trauert.«

»Was … was soll das heißen?« Aus weit aufgerissenen Augen starrte Pilar sie an.

»Wird um *dich* jemand trauern?«

Pilar erbleichte noch mehr. »Verrückt! Allesamt verrückt! Die ganze Familie!« Sich weiterhin wild bekreuzigend, flüchtete sie in ihre Wohnung. Die Tür flog zu und blieb es von da an auch, wann immer jemand anderes im Treppenhaus war.

* * *

Die Tage vergingen und wurden zu Wochen. Mina lebte nicht, sie funktionierte. Für Feli, die ihr jeden Tag etwas vortanzte. Für José, der Bilder für sie malte. Für ihre Mutter, die sich alle Mühe gab, sie abzulenken. Auch Ramón schaute immer wieder vorbei. Dennoch fühlte sich alles sinnlos und leer an. Als würde sie ihre Zeit nur absitzen, bis sie endlich gehen durfte. Um wieder bei Diego und ihrem Baby zu sein.

Wie viel Zeit war vergangen, seitdem ihr Leben geendet hatte? Monate? Jahre? Sie wusste es nicht. Es spielte auch keine Rolle.

Ramón kam immer öfter, blieb länger, brachte jedes Mal Geschenke für alle mit.

Sie nahm es kaum wahr, nähte Kleider und überließ ihm das Reden. Meist saß er dabei ihr gegenüber am mit Nähutensilien belegten Küchentisch und ging, sobald sie alles fürs Abendbrot wegzuräumen begann. Heute jedoch blieb er und half ihr, die Sachen in die Stube zu tragen. Dort räusperte er sich. »Ich … ich verdiene übrigens sehr gut und … und … werde bald noch viel mehr Geld haben.«

»Das freut mich für dich«, sagte sie geistesabwesend und fädelte ein paar heruntergefallene Perlen auf ein Stück Garn.

»Ich meinte damit … ich … ich wäre eine … gute Partie.«

»Das ist schön.«

»Für dich.«

Verwirrt sah sie auf. Sein Gesicht leuchtete so rot wie der Stoff des Kleides, an dem sie gearbeitet hatte, und die

Schweißperlen standen ihm auf der Stirn. Er meinte es tatsächlich ernst.

Fassungslos entschuldigte sie sich und ging in die Küche. Ihre Mutter stand dort mit großen Augen, hatte alles gehört.

»Heirate ihn!«, flehte sie wieder und wieder. »Ich bitte dich!«

»Wie kannst du so etwas von mir verlangen?«, fragte Mina tonlos. »Ich liebe Diego!«

»Diego ist tot! Begreif das doch endlich! Du aber lebst! Du hast eine Zukunft vor dir. Ramón kann für dich sorgen. Und … und für Feli und José.«

»Das können wir auch selbst.«

»Nein, Mina. Wir schaffen es nicht allein.«

»Natürlich tun wir das. Hast du schon mit dem Ladenbesitzer gesprochen? Wegen der Gehaltserhöhung.«

»Ja. Das habe ich.« Müde ließ sich Juanita auf das Sofa sinken. »Er braucht uns nicht mehr.«

»Was? Nur, weil du nach einer besseren Bezahlung gefragt hast, will er dir kündigen?« Sie seufzte. »Nun gut. Dann bleibt uns wohl nichts anderes übrig, als zu den gleichen Bedingungen weiterzuarbeiten wie bisher und anderswo weitere Aufträge herzukriegen.«

Ihre Mutter schüttelte den Kopf. »Er braucht uns gar nicht mehr. Er will nur noch Fabrikkleider verkaufen.«

»Aber … aber die Qualität unserer Arbeit ist die beste in ganz Granada!«

»Das ist ihm egal. Diese Fabriken … sie breiten sich aus und produzieren schneller und günstiger als wir. Er ist nicht der Einzige, der zukünftig dort kaufen will.«

Langsam ließ Mina sich auf den Stuhl neben ihrer Mutter sinken.

»Verstehst du jetzt? Es würde mir so viele Sorgen nehmen, wenn ich wüsste, dass wenigstens ihr versorgt seid. Und was ist, wenn mir etwas zustößt? Wer kümmert sich dann um Feli und

José? Wie würdest du euch drei allein durchbringen wollen? Ramón verdient ausgesprochen gut hier in der Klinik und wird zukünftig sogar noch sehr viel besser verdienen!«

Stumm starrte sie zu Boden. Sie wusste, dass die Mutter recht hatte, doch sie konnte nicht. Für einen Moment huschte Verwunderung darüber, dass er mit einem Mal so gut verdiente, durch ihre Gedanken, aber sie schob sie beiseite. Es war ihr egal, denn kein Geld der Welt brachte ihr Diego wieder oder ihr Baby.

»Sprich mit Ramón, bitte. Hör dir wenigstens an, was er zu sagen hat.«

Also hörte sie ihm zu.

»Ich werde dir alles bieten können«, sagte Ramón und wischte sich über die Stirn. »Auch deiner Mutter und deinen Geschwistern. Ich kann eure Träume wahr werden lassen. Ein eigener Laden für deine Mutter, keine Miete mehr. Das Tanzinstitut für deine Schwester. Eine Kunstschule für deinen Bruder.«

Ihren Traum nicht, dachte sie. Der war mit Geld nicht zu bezahlen. Aber sie durfte ihre Familie nicht im Stich lassen. Ihre eigenen Träume waren gestorben – mit Diego und ihrem Baby –, aber nicht die ihrer Geschwister und ihrer Mutter. Deren Glück war das Einzige, was Minas Leben noch einen Sinn gab.

Kapitel 11

Alle Dinge haben ihr Geheimnis, und die Poesie ist das Geheimnis, das alle Dinge haben.
– Federico García Lorca –

Heute

Das Klappern von Geschirr lässt mich blinzelnd die Augen öffnen. Sonnenstrahlen streicheln warm mein Gesicht. Ich liege im selben Bett wie gestern, aber irgendetwas ist ganz gewaltig anders.

Verwirrt richte ich mich auf, sehe mich im leeren Zimmer um. Ich bin allein und mein Blick fällt auf Fabios über eine Stuhllehne geworfenes Shirt.

Schlagartig habe ich wieder alles vor Augen, was gestern geschehen ist: die Begegnung mit der fremden Frau, Fabios Entschuldigung bezüglich meines Großvaters, die unbeschreiblich schöne Nacht – und meine Vermutung, dass die fremde Frau es war, die damals bei meiner Mutter angerufen hat.

Jetzt, bei Tageslicht betrachtet, kommt mir dieser Verdacht längst nicht mehr so selbstverständlich vor wie vor wenigen Stunden. Ganz im Gegenteil! Ich bin heilfroh, dass Fabio mich nicht ausgelacht hat, so vollkommen aus der Luft gegriffen und absurd, wie es im Nachhinein selbst auf mich wirkt. Noch immer will ich heute zu der Kirche gehen, in der Hoffnung, dass ich sie dort antreffe. Doch nachdem ich nun die ganze Sache überschlafen habe, hat sich meine Sicht der Dinge geändert: Jetzt bin ich absolut sicher, dass ich gestern überreagiert habe, dass die Frau mich mit irgendeiner mir Unbekannten verwechselt hat und nichts mit dem Anruf zu tun hat, den meine Mutter damals erhielt.

Ich lasse mich mit einem leisen Seufzen zurück auf die Matratze sinken. Die Laken duften noch nach Fabio und ich kuschele mich hinein. Erneut klappert Geschirr und mir wird klar, dass es vom Balkon her kommt! Auch den Duft von frischem Kaffee nehme ich nun wahr.

Ich schwinge die Beine aus dem Bett, wickele das Laken um mich und tapse zur Balkontür, wo ich nicht schlecht staune: Das runde Tischchen ist liebevoll gedeckt und süß duftende Magdalenas, frisches Baguette, mehrere Marmeladengläser und jede Menge Obst streiten sich um den Platz. Fabio – nur in Jeans, mit freiem Oberkörper und barfuß – stellt gerade die Kaffeekanne, aus der er uns beiden eingeschenkt hat, zurück und sieht jetzt über die Schulter in meine Richtung.

»Oh, verflixt, ich wollte dich nicht wecken, es sollte eine Überraschung werden.«

»Das ist es geworden, glaub mir!«

»Na komm, dann setz sich.« Er zieht mich an der Hand zum Stuhl, zögert plötzlich und lässt seinen Blick bedeutungsvoll an mir entlangwandern. »Wenn ich es allerdings genau bedenke, kann das Frühstück noch warten.«

Obwohl ich sofort wieder dieses herrliche Flattern in meiner Magengrube verspüre, löse ich lachend meine Hand aus seiner und raffe das Laken enger um mich. »Erst muss ich Energie tanken und ich will auch nicht, dass der Kaffee kalt wird.«

»Der kann ruhig kalt werden«, erwidert er mit funkelnden Augen, »aber das mit dem Energietanken ist ein Argument.« Er hebt den Warmhaltedeckel der in der Mitte stehenden Schüssel an. »Wie wäre es dafür mit diesem Omelett? Ist zwar nicht so gut gelungen wie bei Alvaro, aber dafür habe ich uns noch Magdalenas und Baguette besorgt. Ach, und ich habe frischen Saft gepresst und Obst aufgeschnitten und …«

»Und so gut wie jede Marmeladensorte gekauft, die es im Laden gab?«, frage ich und deute gerührt auf die ganzen Gläser.

»Na ja … Ich wusste nicht, welche du am liebsten isst, und wollte einfach, dass … dass es dir schmeckt.« Er fährt sich mit der Hand über den Nacken.

Seine Verlegenheit berührt mich sogar noch mehr, als es die Mühe tut, die er sich gegeben hat. »Das wäre alles nicht nötig gewesen, aber ich freue mich sehr darüber, vielen Dank!«, sage ich bewegt.

Er macht eine wegwerfende Handbewegung, freut sich aber ebenfalls sichtlich über seine gelungene Überraschung.

Ungeachtet der Tatsache, dass ich außer dem Höschen, in das ich rasch geschlüpft bin, nur ein Laken trage, setze ich mich an den Tisch. Die Luft ist noch ein wenig frisch, aber wird gefühlt mit jeder Minute wärmer.

»Du bringst mich ja schon wieder auf falsche Gedanken«, lässt sich Fabio vernehmen, der mir gegenüber Platz genommen hat und mich zärtlich ansieht.

»Wer sagt denn, dass es die falschen sind?«, frage ich mit verheißungsvollem Augenaufschlag und schiebe mir ein Omelett auf den Teller.

»Sagte ich eigentlich schon, dass du mich immer wieder aufs Neue überraschst?«

»Ich höre es immer wieder gern.«

Die ganze Zeit, während wir frühstücken, necken wir uns liebevoll und ich lasse meinen Blick über Granada im Morgenlicht wandern. Ich kann mich gar nicht sattsehen an der unfassbar schönen Szenerie und der so friedlich daliegenden Stadt.

Die Sonne schiebt sich gerade hinter der Alhambra in die Höhe, blinzelt dabei zwischen den Mauern hindurch und es wirkt, als würde sie mir zuzwinkern.

Schließlich bedanke ich mich mit wohligem Seufzen für das Frühstück und schiebe meinen Teller von mir.

Fabio hebt die Hand. »Moment, du kannst nicht in Granada gewesen sein, ohne hier auch von einem Granatapfel gekostet zu haben.« Er angelt einen aus der Obstschale.

»Ich wusste gar nicht, dass die schon Saison haben …«

»Haben sie auch nicht. Aber sie sind im Kühlschrank monatelang haltbar. Die hier sind noch von der letzten Ernte.« Geschickt zerteilt er den Granatapfel mit einem Messer und legt mir die Viertel auf meinen Teller. Sofort steigt mir der frische fruchtige Duft in die Nase. Der Geschmack der rubinroten Kerne, die sich leicht herauslösen lassen und beim Zerbeißen ihren köstlichen Saft hergeben, ist noch ungleich besser als erwartet. Aromatisch und süß. »Wundervoll.« Genießerisch seufze ich.

Ich nehme mir noch ein Stück des Granatapfels, lehne mich zurück, und fühle mich unbeschreiblich gelöst und entspannt, während ich die süßen Kerne einen nach dem anderen herauslöse und ihr unvergleichliches Aroma genieße.

Einen zerdrücke ich versehentlich zwischen meinen Fingern, der Saft läuft mir über die Hand, hastig strecke ich sie von mir, damit der Saft nicht auf das weiße Laken tropft, und angele mit der anderen Hand nach meiner Serviette.

Doch bevor ich sie unter meinem Teller hervorgezogen habe, legt sich Fabios Hand um die meine und ich halte verdutzt inne.

Er steht auf, kommt um den Tisch herum und zieht mich auf die Füße. Mit funkelnden Augen hebt er meine Hand an seinen Mund und küsst sich zärtlich die Saftspur von meinen Fingern über mein Handgelenk entlang und weiter den ganzen Arm hinauf. Ein Schauer überläuft meinen Körper, wieder wächst dieses Sehnen in meinem Unterleib und ich schließe genussvoll die Augen.

Als er bei meiner Schulter angekommen ist, neige ich mit einem leisen Stöhnen den Kopf zur Seite, um ihm Zugang zu meiner Halsbeuge zu gewähren.

In diesem Moment fliegt die Tür auf und ich fahre erschrocken herum.

»Mann, Fabio!«, kommt Gabriella hereingepoltert, »Hast *du* das blöde Telefon in meinem Zimmer liegen ge … Oh. Hallo, Mari.« Perplex blinzelt sie.

»Hallo«, gebe ich etwas verlegen zurück und ziehe das Laken fester.

Gabriella trägt ein zerknittertes Strand-Outfit, zerwühltes Haar und verschmiertes Make-up. Offensichtlich ist sie spätnachts heimgekommen und direkt ins Bett gefallen. »Ich wusste gar nicht, dass du noch da bist«, stellt sie fröhlich das Offensichtliche fest und mustert interessiert erst meinen Aufzug, dann das zerwühlte Bett.

»Ja, ist sie!«, grollt Fabio und tritt eilig vor, um ihr – vergeblich – den Blick auf das Bett zu versperren. »Kannst du nicht anklopfen?«

»Kannst du nicht abschließen?«

»Ich hatte keine Hand frei, weil ich das Frühstückstablett getragen habe und … ist ja auch egal – was ist los?«

Sie streckt ihm anklagend das Mobilteil eines Festnetztelefons entgegen. »Das lag in meinem Zimmer und hat mich wachgeklingelt!«

»Und?«

»Der Anruf war für dich! Dieser Felipe. Weil er dich auf deinem Handy mal wieder nicht erreichen konnte und …«

»Sanchez? Ach, verdammt, den habe ich total vergessen!«, fällt Fabio ihr ins Wort, eilt zum Nachttisch und schnappt sich sein Handy, das er offenbar stumm gestellt hatte. »Ich hätte doch gestern Nachmittag bei der Iglesia de Santo Domingo vorbeischauen sollen.« Er scrollt durch seine Nachrichten und verzieht das Gesicht. »Mist, ich muss sofort hin, aber ich weiß nicht, wie lange es dauern wird und …« Er sieht zu mir, dann zu seiner Schwester. »Würdest du an meiner Stelle mit Mari zur Kathedrale gehen und dort mit ihr warten, damit sie nicht allein ist?«

Die fremde Frau …

Ich ziehe scharf die Luft ein, die Leichtigkeit des Moments ist dahin.

»Warten?«, wiederholt Gabriella verdutzt. »Worauf?«

»Das ist nicht nötig«, wehre ich ab. »Geh ruhig wieder ins Bett, ich kann auch allein …«

»Quatsch, ich komm mit, tu ich doch gern für dich! Außerdem bin ich jetzt ohnehin wach – meinem Bruderherz sei Dank.« Sie wirft ihm einen bösen Blick zu.

»Gern geschehen«, gibt er mit einem Augenzwinkern zurück. Er greift nach seinen restlichen Klamotten, haucht mir einen Kuss auf die Lippen sowie ein »Das wird nachher fortgesetzt« ins Ohr und eilt davon.

Wenig später sind auch Gabriella und ich umgezogen. Dankenswerterweise hat sie mir einen Komplettsatz frischer Kleidung geliehen. Wir räumen noch schnell den Frühstückstisch auf dem Balkon ab, an dem auch Gabriella sich gestärkt hat, und treffen dabei in der Küche auf Alvaro.

Schweigsam und verschlossen wie gestern nickt er mir zu, nur als Gabriella ihm zur Begrüßung um den Hals fällt und einen Kuss auf seine Wange drückt, meine ich ein liebevolles Lächeln über seine Miene huschen zu sehen.

»Heute ist dein freier Tag, richtig?«, hakt Gabriella fröhlich nach. »Dann erwarte ich, dass du dich in die Sonne legst und entspannst.«

»Kommandierst du mich etwa herum?«, brummt er.

»Ganz genau!«

»Fabio hat recht, du wirst immer mehr wie eure Mutter«, grummelt er kopfschüttelnd, aber in seinen Augen funkelt es verschmitzt.

Fabio hatte recht: Alvaro ist gar nicht so griesgrämig oder abweisend, wie es auf den ersten Blick wirkt, oder besser gesagt: Er ist es nur Fremden gegenüber. Warum auch immer.

* * *

»Wirklich eine seltsame Geschichte.« Gabriella schüttelt den Kopf. »Ich hoffe, wir passen diese Frau ab.« Sie taucht ein Churro in die mit warmer Schokolade gefüllte Tasse, die vor uns auf dem Tischchen steht. Seit die Pforten der Kathedrale geöffnet wurden – und damit bereits seit einer Stunde – sitzen wir bereits auf der Plaza de Bib-Rambla im Café und behalten den Eingang der Kathedrale im Auge. Bislang ohne Erfolg.

»Mal schauen«, murmele ich skeptisch und nehme einen Schluck Café con leche, bevor auch ich mir meinen nächsten Schoko-Churro zu Gemüte führe.

Zu meiner Freude teilen Gabriella und ich die gleiche Vorliebe für Churros und auch sonst verstehen wir uns großartig.

Sie hat mich zwar über wirklich alles ausgefragt, was Fabio und mich angeht, aber sich dabei so ehrlich für uns gefreut, dass ich ihr ihre Neugier nicht übel nehmen kann. Als ich ihr geschildert habe, wie Fabio mich vor dem Taschendieb gerettet hat, ist mir leider herausgerutscht, wer meine Großeltern sind. Zu meiner Erleichterung jedoch hat der Name Gabriella offenbar gar nichts gesagt, sodass Fabio hoffentlich nicht verärgert darüber sein wird, dass ich mein Versprechen gebrochen habe. Ohnehin dürfte sich das ja nun erledigt haben, jetzt, wo Fabio sogar selbst eingestanden hat, dass sein Verdacht gegen meinen Großvater absurd war.

Gabriella und ich sind komplett auf einer Wellenlänge. Ich fühle mich so wohl mit ihr, dass ich keine Hemmungen hatte, ihr zu erzählen, warum wir hier darauf warten, dass eine mir fremde Frau die Kirche betritt, und was ich mir von dem Gespräch mit ihr erhoffe. Was ich Fabio gestern Nacht über meine Schuldgefühle offenbart habe, habe ich allerdings für mich behalten. Das ist mir dann doch zu intim. Nur Fabio gegenüber empfinde ich genug Vertrauen, um mich so weit öffnen zu können.

Apropos Fabio … wo bleibt er? Ich taste in meiner Tasche nach meinem Handy. Vergeblich. Ich muss es in Fabios Zimmer liegen gelassen haben. Mist!

Gabriellas neben ihrem Teller liegendes Handy piepst auf.

»Fabio ist in fünf Minuten da«, verkündet sie nach einem Blick auf das Display.

»Ich wollte gerade nachhaken«, gestehe ich.

Fabio …

Allein schon beim Gedanken an ihn weitet sich mein Herz und wird mir ganz warm in der Brust.

»Immer dieses verträumte Lächeln, wenn von Fabio die Rede ist«, neckt mich Gabriella prompt.

Ertappt grinse ich noch breiter und versuche vergeblich, es bei einem weiteren Schluck Kaffee hinter meiner Tasse zu verstecken.

»Hey, schon gut«, sagt sie beschwichtigend. »Ich wünschte, ich hätte auch jemanden, dem ich so den Kopf verdrehe wie er dir.«

»Was ist denn mit dem Typen vom Strand?«

Sie winkt ab. »Der hat leider zu vielen Mädchen den Kopf verdreht und …« Weiter kommt sie nicht, weil ihr Handy klingelt. Sie zieht es hervor und nimmt den Video-Anruf an.

»Hallo, *Mamá*, rate mal, mit wem ich hier sitze.« Sie rutscht mitsamt Stuhl und Handy zu mir herüber. »Tadaaa!«

Etwas verlegen winke ich in die Kamera. »Hallo, Lucía.«

»Marisol!« Ebenso begeistert wie ungläubig legt sie die Hände auf ihr Herz. »Du kannst dir gar nicht vorstellen, wie sehr ich mich freue, dich zu sehen!«

»Fabios Freundinnen neigten bislang meist dazu, unsichtbar zu sein«, erklärt Gabriella die überschwängliche Begrüßung ihrer Mutter lachend. »Du bist erst die zweite, die wir mehr als einmal gesehen haben, und die erste, die bei einem Familientreffen dabei war – und so wie Fabio dich heute Morgen angesehen hat, wird es auch keine mehr geben außer dir.«

Ihre letzten Worte berühren mich und die Herzlichkeit von ihr und ihrer Mutter sowieso. Da kann ich auch verdrängen, dass das mit dem Familientreffen nicht wirklich freiwillig geschah, geschweige denn als seine Freundin.

»Aber warum rufst du an?«, hakt Gabriella nach. »Ich bin ganz sicher, dass ich nichts vergessen habe.«

»Darum geht es nicht, sondern um das Musik- und Tanzfestival am Wochenende in Granada.«

»Das, bei dem du nicht ins Programm aufgenommen wurdest, weil sie mehr Internationalität haben wollten?«

»Richtig. Und jetzt stell dir vor: Die Gitarristin einer Tänzerin hat krankheitsbedingt abgesagt und nun bin ich doch dabei!«

»Was? Wirklich? Oh, das ist ja großartig!«

»Ja, der Intendant hat mich gerade angerufen und ich freue wahnsinnig auf den Auftritt, denn weißt du, wo er stattfinden wird? Auf der Alhambra!«

»Wow! Das ist fantastisch!«, jubelt Gabriella und kriegt sich kaum mehr ein.

Auch ich gratuliere, obwohl ich das Festival nicht kenne und nur anhand Gabriellas Reaktion erahnen kann, dass es sich um eine wirklich große Sache handelt.

Gabriella greift nach meiner Hand. »Oh, Mari, da musst du unbedingt dabei sein. Und keine Sorge wegen der Kosten – Familienmitglieder kriegen Freikarten.«

Familienmitglieder. Wieder kann ich mein glückliches Grinsen nicht unterdrücken und kann mich kaum auf ihre nächsten Worte konzentrieren.

»Apropos Familie – vielleicht wollen deine Großeltern ja auch kommen? Mama, stell dir vor, Maris Großeltern haben früher auch in Granada gelebt. Ihr Großvater hat sogar die Frauenheilkundeabteilung der Klinik hier geleitet. Dr. García, nicht wahr?«

»Ähm … ich … äh … ja«, stammele ich überrumpelt, bevor mir wieder einfällt, dass es ja keinen Grund mehr gibt, seinen Namen zu verheimlichen.

Oder etwa doch?

Lucías Lächeln nämlich ist verschwunden. »Dr. García?«, hakt sie mit gerunzelter Stirn nach. »Dr. Esteban García?«

»Ähm … ja«, bestätige ich zögerlich.

Lucías Nasenflügel blähen sich, als sie scharf die Luft einzieht. »Dieser Sturkopf!«, bricht es im nächsten Moment wütend aus ihr hervor.

Mir fällt fast die Kinnlade herunter. »Mein Großvater?«, hake ich perplex nach.

»Nein, natürlich Fabio. Ich hatte ihm doch gesagt, dass er das bleiben lassen soll! Es tut mir wirklich leid, wenn er dir damit auf die Nerven gegangen ist, Mari, und ich rechne es dir hoch an, dass du ihm das verziehen hast.«

Ah, das meint sie. »Ist schon okay«, erwidere ich. »Es ging ja um dich, um seine Mutter, da kann ich verstehen, dass er alles darangesetzt hat, die Wahrheit ans Licht zu bringen. Und er hat schlussendlich ja auch erkannt, dass nichts an seiner Vermutung dran ist, und hatte auch die Größe, seinen Fehler zuzugeben.«

»Das ist wirklich sehr verständnisvoll von dir und …«

»Was denn aufklären?«, fällt Gabriella ihr ins Wort. »Was sollte Fabio bleiben lassen? Kann mir bitte mal einer sagen, worum es hier geht?«

Nun ist es Lucía, die zögert, aber schließlich sagt sie langsam: »Ich wollte wirklich nicht, dass du es auf diese Weise erfährst, Ella, aber gut, sobald ich mich an den Gedanken gewöhnt hätte, hätte ich es euch ohnehin sagen und …«

»Was denn sagen, um Himmels willen! Langsam kriege ich Angst!«

Lucía seufzt. »Nein, das musst du nicht. Es geht um Oma und Opa.«

»Wie das? Opa ist doch schon seit zwanzig Jahren tot und Oma seit letztem Jahr.«

»Ja. Aber … an dem Tag, an dem sie starb …« Sie räuspert sich. »An dem Morgen, als du und die Zwillinge noch in der Schule wart, da … da hat sie mir gebeichtet, dass …« Lucía räuspert sich, holt tief Luft. »Dass sie und euer Großvater nicht meine leiblichen Eltern gewesen sind, sondern mich adoptiert hatten.«

»Was?!« Gabriella starrt ihre Mutter ungläubig an. »Oma und Opa waren nicht Oma und Opa?«

»Doch! Natürlich sind sie das gewesen und werden es immer bleiben! Um genau solch ein Gefühl bei euch zu vermeiden, habe ich gezögert, es dir oder den Zwillingen zu sagen. Es war ein Schock auch für mich, aber sie waren meine Eltern und werden es immer bleiben. Und genauso waren sie deine Großeltern und werden es immer bleiben.«

Gabriella wirkt trotz dieser Beschwichtigung völlig aus der Bahn geworfen. Auch ich weiß gerade nicht, was ich denken soll; die Reise geht in eine andere Richtung als erwartet. Ich sollte die beiden wohl allein lassen, weil dieses Gespräch zu privat ist, offenbar auf ein Missverständnis zwischen Lucía und mir zurückgeht, aber Gabriella umklammert meinen Arm, also bleibe ich sitzen. Vielleicht kann ich ihr wenigstens etwas seelischen Beistand leisten.

»Hör zu, Ella, ich hatte das große Glück – das sicherlich nicht jedem Adoptivkind beschieden ist –, wundervolle, liebende Eltern zu finden. Sie waren zudem absolut der Ansicht, die Adoption sei rechtens gewesen, deshalb …«

»Moment!«, fällt ihre Tochter ihr ins Wort. »Wieso denn sollte sie das nicht gewesen sein?«

»Weil deine Großmutter mir auf dem Totenbett auch erzählt hat, dass sie enorm viel Geld in der Klinik hätten zahlen müssen. Sie sagte, das sei völlig normal gewesen und damit wären diverse Pflegekosten der Entbindung und Ähnliches abgegolten worden.«

Ich runzele die Stirn, aber Gabriella kommt mir zuvor: »Und das ist nicht der Fall?«

»Doch, mit Sicherheit, das waren damals schließlich andere Zeiten.« Sie streicht sich fahrig durchs Haar. »Fabio dagegen ist felsenfest der Ansicht, dass es nicht mit rechten Dingen zugegangen sei.«

Nein! Nein, das kann nicht sein! Ich richte mich kerzengerade auf, ahne, worauf das alles hier hinausläuft, aber ich will es nicht wahrhaben, weigere mich, das für möglich zu halten.

»Ich konnte zwar diesen Señor Rodríguez nicht mehr ausfindig machen, aber …«

»Rodríguez?«, unterbreche nun ich sie perplex. »Ramón Rodríguez?«

»Ja, genau. Fabio hat dir bereits von ihm erzählt, nicht wahr?«

»Rodríguez?«, wiederholt Gabriella zunehmend überfordert. »Wer ist denn das jetzt schon wieder? Etwa dein leiblicher Vater?«

Ihre Mutter schüttelt den Kopf. »Nein, so lautet der Name desjenigen, der die Adoptionsunterlagen beglaubigt hat.«

Schwindel packt mich. »Und Fabio weiß das?«

»Ja, natürlich. Er war schließlich dabei, als seine Großmutter mir alles erzählt und mir die Unterlagen anvertraut hat. Doch wahrscheinlich ist dieser Anwalt bereits gestorben und …«

Ich kann ihren weiteren Worten kaum folgen. Fabio wusste es von Anfang an! Er hat mich belogen. So getan, als würde er den Namen Ramón Rodríguez nicht kennen, und mir damit auch verschwiegen, woher er ihn kannte! Mag sein, dass ich ihn im Hinblick auf das, was er herausfinden wollte, falsch verstanden habe, aber er hat sich keine Mühe gegeben, dieses Missverständnis aufzuklären. Aber wenn er mich in dieser Hinsicht belogen hat, in welcher dann noch? Und was hat das alles mit der Neugeborenensterblichkeit zu tun, zu der er mir die Statistiken gezeigt hat?

»… weshalb ich ihm dann gesagt habe, dass er aufhören soll, in der Vergangenheit herumzustochern«, dringt Lucías Stimme durch den Nebel in meinem Kopf, »und erst recht damit, solch abstruse Theorien aufzustellen.«

»Welche Theorien?«, frage ich tonlos, mein Herz ein Eisklumpen.

»Ach, mir ist es richtig peinlich, aber … er glaubt, dass … nun ja … wie soll ich sagen …« Sie seufzt. »Er hat sich in die fixe Idee verrannt, dieser Anwalt hätte in der Klinik Neugeborene geraubt und verkauft.«

Eine eisige Klaue umklammert mein Herz, drückt zu und der Schmerz schießt durch meinen ganzen Körper. Plötzlich ist mir alles klar: Warum er nicht wollte, dass ich vor seiner Familie sage, wer mein Großvater ist. All seine merkwürdigen Fragen, Äußerungen und Andeutungen im Zusammenhang mit meinem Großvater. Plötzlich ergibt alles einen Sinn. Und der ist entsetzlich. »Mehr als das«, krächze ich und umklammere die Tischkante so fest, dass meine Fingerknöchel weiß hervortreten. Ich kann nicht glauben, was ich soeben gehört habe. Aber ich muss es glauben. Mir ist kotzübel. »Er war der Meinung, *mein Großvater* hätte Neugeborene geraubt und verkauft.«

»Aber du …« Lucía hält inne, ihre Augen weiten sich, dann schlägt sie Hände vor den Mund. »O Gott, es tut mir leid, ich dachte, du wüsstest von Fabios Verdacht. Ich nahm an, er hätte es dir gesagt.«

»Nein«, flüstere ich. All die wundervollen Momente mit Fabio, die wie Diamanten in meinem Herzen gefunkelt haben, verlieren mit einem Mal ihren Glanz und entpuppen sich als wertlose Steine, die mich mit ihrem Gewicht nach unten ziehen und aus meinem Wolkenkuckucksheim zu Boden stürzen lassen. Tränen der Enttäuschung brennen in meinen Augen. »Das hat er nicht.« Ich schiebe meinen Stuhl zurück, greife mit zittrigen Händen nach meiner Tasche.

»Wo willst du hin?«, ruft Gabriella erschrocken, jetzt erst aus ihrer Starre gerissen. Und auch ihre Mutter am Handy sagt etwas, das jedoch das brüllende Chaos in meinem Kopf nicht durchdringt.

»Warte!« Gabriella greift nach meinem Arm. »Rede mit Fabio, er wird es sicher erklären können! Da! Da kommt er!«

Ich fahre herum – und eine eiskalte Hand umfasst mein Herz.

Ein Motorrad hat in der Gasse neben der Ecke des Cafés gehalten. Aber nicht irgendein Motorrad. Sondern das vom Beinaheunfall. Ich wünschte, ich wäre überrascht, aber ich bin es nicht. Wenn ich ehrlich mit mir bin, habe ich es wohl längst geahnt, aber nicht wahrhaben wollen. Jetzt ergibt auch die Wut in Fabios Blick bei unserer ersten Begegnung Sinn. Sie rührte nicht vom Beinahezusammenstoß her, sondern von den Taten, die er meinem Großvater unterstellt hat.

Mein Magen ballt sich zusammen.

Gabriella ist aufgesprungen, aber auf meine abwehrende Handbewegung hin bleibt sie, wo sie ist, während ich wie ferngesteuert auf Fabio zustakse.

Als er den Helm abgenommen hat, sich umwendet und mich erblickt, weiten sich seine Augen erschrocken. Mein Gesichtsausdruck muss Bände sprechen. »Mari, nein, es ist …«

»Du hast mich belogen!«, schleudere ich ihm noch immer fassungslos entgegen. »Mein Großvater! Ein angesehener Arzt! Ein liebevoller, fürsorglicher, großzügiger Mensch! Und du glaubst ernsthaft, er hätte Babys geraubt und verkauft? Und sie den Müttern gegenüber als tot ausgegeben?« Meine Stimme überschlägt sich. »Merkst du nicht, wie vollkommen absurd sich das anhört? Mehr als das! Es ist widerlich, unverschämt und …«

»Es tut mir leid, wirklich!« Fahrig streicht er sich über das Haar. Sein schlechtes Gewissen ist unübersehbar, aber was hilft mir das jetzt? »Ich sagte doch, dass ich davon abgekommen bin – dein Großvater hat nichts damit zu tun. Dessen bin ich mir inzwischen sicher.«

»Und du meinst, das macht besser, was du getan hast? Dann habe ich Neuigkeiten für dich: Nein, tut es nicht!« Meine Augen brennen, ein Schluchzen drängt meine Kehle herauf. Ich ringe es mühsam nieder. »Du hast mich belogen! Du wusstest, wer ich war, als du ins Lokal kamst. Es ging dir nie um mich! Allein darum, an Informationen über meinen Großvater zu gelangen! Du hast mich nur benutzt! Von Anfang an!«

»Nein! Ich meine, ja, vielleicht wirkt das jetzt so auf dich, aber ich …«

»*Wirken?* Für wie bescheuert hältst du mich eigentlich? Es wirkt nicht nur so, es ist so!«

»Himmel, du musst doch verstehen können, warum ich das getan habe!« Aufgelöst wirft er die Hände in die Luft. »Es ging um meine Mutter!«

»Ich habe nicht gesagt, dass ich nicht verstehen kann, *warum* du so gehandelt hast. Aber ich kann dir trotzdem nicht verzeihen, *dass* du es getan hast. Und *wie* du es getan hast! Du hast mich in jeglicher Hinsicht belogen. Nicht nur im Hinblick auf deine Motive, mich kennenzulernen, sondern auch deine Gefühle für mich und …«

»Nein! Nein, das stimmt nicht!«, fällt er mir ins Wort, hebt bittend die Hände. »Können wir das irgendwo in Ruhe klären? Ohne haufenweise Zuhörer?«

Jetzt erst realisiere ich all die gereckten Hälse und neugierigen Blicke der Passanten und Cafébesucher. Es ist mir egal. Alles ist mir egal. »Da gibt es nichts zu klären!«, bringe ich mühsam hervor und kämpfe mit den Tränen. Ich will nicht weinen. Nicht vor ihm! Nicht mehr! »Du hast mich ausgenutzt, hast mich *be*nutzt!«

»Mari, bitte! So ist das nicht, du …«

»Nenn mich nicht so! Nenn mich nie wieder so! Lass mich bloß in Ruhe! Und halte dich von meinem Großvater fern!«, bricht es mit erstickter Stimme aus mir heraus. Mein Herz tut so weh. Es tut so unfassbar weh! »Alles war eine Lüge! Alles!«

»Das ist nicht wahr! Meine Gefühle für dich sind keine Lüge!« Er kommt auf mich zu, aber ich weiche hastig zurück, hebe abwehrend die Hand.

Abrupt bleibt er stehen, presst die Lippen zusammen, Schmerz fliegt über seine Züge. Aber das ist mir egal. Es muss mir egal sein! So wie meine Gefühle ihm egal waren!

»Hör zu, ich wollte das alles nicht!«, setzt er erneut mit brennendem Blick an. »Ich kannte dich doch nicht! Wusste nicht, wie du bist! So war das alles nicht geplant, das schwöre ich dir!«

»Geplant!« Ich lache bitter auf. All die widerstreitenden Gefühle in mir haben sich zu einem Klumpen Wut zusammengeballt. Ich habe mich ihm geöffnet wie niemandem je zuvor, habe nicht nur meinen Körper, sondern auch meine Seele vor ihm entblößt, habe ihm mein Herz und mein ganzes Vertrauen geschenkt – und jetzt erfahre ich, dass das alles nur Teil seines Plans war! Ich fühle mich missbraucht und verraten und spüre, wie eben dieses Herz zu einem Eisklumpen gefriert. »Wenigstens gibst du zu, dass ich nichts als ein Teil deines großartigen Plans war …«

»Nein! So meine ich das nicht! Du verdrehst mir die Worte im Mund!«

Ich ignoriere seinen Einwand. »Davon abgesehen geht es hier nicht mehr nur um schlampige Arbeit, sondern um Gefängnis! Um eine vorsätzliche Straftat, noch dazu eine entsetzliche und widerwärtige! Es spielt keine Rolle, ob oder wann du deine Meinung geändert hast! Du hast mich dazu benutzt, meinen Großvater ans Messer zu liefern!« Es auszusprechen, macht es noch schlimmer, macht es realer und ich fühle, wie Splitter aus meinem vereisten Herzen brechen, sich schmerzhaft in meine Brust bohren.

»Himmel, was hätte ich denn tun sollen?«, stößt er gequält aus. »Dir auf die Schulter tippen und sagen: ›'tschuldigung, ich bin ein Wildfremder, aber ich fürchte, dein Großvater hat Babys verkauft, können wir uns bitte auf einen Kaffee treffen?‹«

»Nein! Aber es hätte andere Möglichkeiten gegeben, in Erfahrung zu bringen, dass mein Großvater nichts Unrechtes getan hat! Du jedoch hast mir vorgegaukelt, du hättest Gefühle für mich! Und ich habe dir geglaubt und …« Meine Stimme bricht, ich blinzele gegen die Tränen an, will aber nicht vor ihm weinen, will davonrennen.

Doch Fabio stellt sich mir in den Weg. »Die habe ich auch! Großer Gott, glaub mir bitte! Ja, es war falsch, was ich getan habe, aber ich war fassungslos, hilflos und in jenem Moment unfassbar wütend, doch dann … dann ist passiert, womit ich niemals gerechnet hätte: Ich … ich habe mich in dich verliebt.«

Ich starre ihn an. In meinem Inneren herrscht Chaos. Ich weiß nicht mehr, was Wahrheit und was Lüge ist. »Du warst der Mann auf dem Motorrad«, flüstere ich. »Du warst auch der, der an der Mauer gestanden hat. Du hast gehört, wohin wir wollten, und bist mir bewusst in den Klub gefolgt. Warst du es auch, der mich nachts beobachtet hat?«

Scharf zieht er die Luft ein. »Wie kannst du nur …? Was denkst du von mir?«

»Das weiß ich nicht!«, schleudere ich ihm entgegen. »Ich weiß gar nicht mehr, was ich von dir denken soll! Vielleicht hast du auch den Taschendiebstahl nur inszeniert, um mein Vertrauen zu gewinnen und so an Informationen über meinen Großvater zu gelangen.«

Er wird blass. »Glaubst du das wirklich? Denkst du so schlecht von mir?«

Nein, schreit mein Herz, aber mein Kopf hält dagegen. Ich darf meine Gefühle nicht erneut auf dem Silbertablett servieren, damit Messer in sie gerammt werden. »Ich weiß es nicht«, presse ich mit erstickter Stimme hervor und ich kann die Tränen kaum noch zurückhalten. »Ich weiß überhaupt nicht mehr, was ich glauben soll und was nicht …« Oder fühlen.

Reglos starrt er mich an, nur seine Kiefermuskeln spannten sich an, als würde er mit sich ringen, aber schließlich nickt er. »Gut. Dann … will ich dich nicht aufhalten.« Er tritt beiseite, macht mir den Weg frei und ich stürme davon.

»Fabio!«, ruft Gabriella entsetzt. Sie hat offenbar das Telefonat mit ihrer Mutter beendet. »Das kann nicht dein Ernst sein!«

Unwillkürlich blicke ich über die Schulter zurück. Fabio hat nach einem Laternenpfahl gegriffen, als müsse er sich daran festhalten. Er sieht am Boden zerstört aus und unfassbar verletzt. Beinahe wäre ich umgekehrt, aber dann mahne ich mich, daran zu denken, dass ich es bin, die verraten und hintergangen wurde, nicht er!

Seine Antwort bekomme ich nicht mehr mit, bin bereits um die Ecke gebogen. Doch erst drei Ecken weiter bleibe ich stehen, lehne mich zittrig gegen eine Hauswand und lasse meinen Tränen freien Lauf.

Ein Taxi, ich brauche ein Taxi, denn ich will nur noch nach Hause.

Schon öffne ich meine Tasche, halte dann aber inne, als mir einfällt, wo mein Handy liegt.

* * *

Ich schluchze noch immer, als ich vor dem Gartentor von Alvaros Carmen stehe, wische mir ein letztes Mal die Tränen aus den Augen und kämpfe das Schluchzen hinunter. Tief hole ich Luft, klingele und hoffe inständig, dass Alvaro allein ist. Wären auf meinem Handy nicht zahllose ungespeicherte Fotos, ich hätte sogar lieber ganz darauf verzichtet, als mich der Gefahr auszusetzen, noch einmal Fabio gegenübertreten zu müssen.

Ich klingele einmal, zweimal, sehe nervös die Straße auf und ab, rechne damit, dass Fabio – sollte er nicht ohnehin bereits zu Hause sein – jederzeit ankommen könnte. Als ich schon fürchte, dass auch Alvaro nicht zu Hause ist, und gerade unverrichteter Dinge gehen will, wird das Tor doch noch geöffnet. Mein Herz schlägt mir vor Panik fast die Rippen ein – doch es ist tatsächlich Alvaro. Erleichtert atme ich aus.

»Ich … ich habe mein Handy vergessen«, stammele ich.

Sein Blick tastet mein Gesicht ab, schweift dann die Straße entlang, wohl auf der Suche nach Fabio oder Gabriella, bevor er zu mir zurückkehrt.

Er sagt nichts, aber ein mitfühlender Ausdruck tritt in seine Augen und er geht zur Seite, um mich eintreten zu lassen.

»Danke«, flüstere ich und folge ihm ins Haus.

Aus dem Garderobenspiegel starrt mich eine Frau mit verheultem Gesicht und rot geweinten Augen an. Ich wende mich hastig ab.

Alvaro macht eine vage Geste, die ich dahingehend deute, dass ich mich im Haus umsehen darf, also eile ich die Treppe hinauf und in Fabios Zimmer. Ein Fehler. Kaum sehe ich das Bett, in dem wir uns geliebt haben, und den Balkon, auf dem ich Fabio mein Herz ausgeschüttet habe, als mich wieder das heulende Elend überkommt. Zu allem Überfluss kann ich mein Handy nirgendwo im Zimmer finden. Tränenblind stolpere ich zur Balkontür, öffne sie und trete hinaus, aber auch das Tischchen und die Stühle sind leer.

Ein Räuspern lässt mich wieder zur Balkontür sehen.

Alvaro steht dort, mein Handy in der Hand. »Es lag in der Küche.«

Hastig wische ich mir erneut die Tränen aus den Augen und gehe zu ihm, um es in Empfang zu nehmen. »Vielen Dank.«

Er nickt, macht aber keine Anstalten, aus der Tür zu treten. »Liebeskummer?«

Ich schüttele heftig den Kopf,

Er seufzt und ich sehe ihm an, dass er es mir nicht abnimmt. »Dann wird zumindest Fabio welchen haben.«

Ich schnaube verächtlich, aber sofort stürzen mir wieder Tränen in die Augen, so ein Mist!

Alvaro nickt, als hätte ich mit meiner Reaktion seine Vermutung bestätigt, und reicht mir ein Taschentuch.

Dankbar nehme ich es an, trockne mir die Augen und schnäuze mich.

»Ich kenne Fabio seit seiner Geburt«, sagt Alvaro leise und tritt an mir vorbei zum Balkongeländer. »Doch noch nie habe ich es erlebt, dass er jemanden so ansah, wie er dich ansah.«

Ich schlucke hart. »Das spielt keine Rolle!« Nur nicht schon wieder in Tränen ausbrechen!

»Weil du nichts für ihn empfindest?« Er neigt den Kopf zur Seite. »Danach siehst du mir gerade aber nicht aus. Willst du mir erzählen, was passiert ist?«

Ich schüttele den Kopf. Und selbst wenn ich wollen würde, was sollte es bringen? Was sollte jemand wie er mir schon für einen Ratschlag in Sachen Liebe geben können?

»Du glaubst nicht, dass ich ein guter Ratgeber in Herzensangelegenheiten bin, nicht wahr?«

Überrascht sehe ich auf. Dass in diesem so raubeinig aussehenden Menschen eine so empathische Seele steckt, hätte ich nicht gedacht. Dann wird mir bewusst, dass er mich durchschaut hat, und ich laufe rot an.

»Nun …« Ein trauriges Lächeln huscht über sein Gesicht. »Du hast recht. Ich selbst weiß nicht viel darüber. Aber jemand, den ich kannte. Mit dem ich etliche Jahre meines Lebens gemeinsam verbracht habe. Er hieß Diego.«

»Hieß?« Unruhig schiele ich zum Display meines Handys mit der Uhrzeit. Ich muss gehen, will nicht riskieren, Fabio zu begegnen, kann aber Alvaro auch nicht einfach abwürgen.

Der stemmt die Hände auf die Balkonbrüstung, sieht gedankenverloren in die Ferne. »Wir kannten uns aus dem Gefängnis.«

Ich zucke zusammen, lasse das Handy sinken. Habe ich richtig gehört?

Alvaro sieht zu mir, schüttelt den Kopf. »Keine Angst. Wir hatten nichts gestohlen oder Schlimmeres. Wir waren politische Gefangene. Die Zeit der Franco-Diktatur sagt dir doch etwas, oder?«

Zaghaft nicke ich. »Ein wenig.« Ich denke an die schrecklichen Dinge, die ich gelesen habe, und schlucke. »Was ist mit diesem … Diego … geschehen?«

»Er ist gestorben.«

»Im Gefängnis?«

»Nein. Draußen. Am Tag seiner Entlassung.«

»O Gott, wie tragisch!«, entfährt es mir bestürzt. »Weil er schon so alt war? Oder ist er an einer Krankheit gestorben?«

»Nein.« Traurig blickt Alvaro über Granada. »An gebrochenem Herzen.«

Ich blinzele perplex. Doch bevor ich nachhaken kann, klingelt mein Handy. Eine unbekannte Nummer. Verwirrt hebe ich ab. »Ja, bitte?«

»Guten Tag, spreche ich mit der Enkelin von Señor Esteban García?«

»Ja, richtig.«

»Hier ist Schwester Blanca. Wir haben gestern miteinander gesprochen und Sie haben mir Ihre Nummer dagelassen, erinnern Sie sich?«

Überrascht strecke ich das Kreuz durch. »Natürlich.« Mit einer Geste entschuldige ich mich bei Alvaro und gehe ins Zimmer, um das Telefonat dort leise fortzuführen. »Worum geht es denn?«

»Um die Spenden Ihres Großvaters. Die Sache ließ mir keine Ruhe. Ich habe mir die alten Akten noch einmal durchgesehen, mit Schwester Inocencia gesprochen und … und muss dringend mit Ihrem Großvater reden. Beim Einwohnermeldeamt hat man mir nämlich versichert, dass er nicht gestorben sei. Sie haben mich getäuscht!«

Hitze schießt mir ins Gesicht. »Ich, äh, das …«

»Das ist jetzt nicht von Belang«, fällt sie mir ins Wort und ich verstumme überrascht. »Ihre Gründe können Sie mir später erläutern. Jetzt ist wichtiger, dass ich mit Ihrem Großvater spreche. Das Amt durfte mir keine Kontaktdaten geben. Können Sie mir sagen, wo er wohnt?«

»Ich kann Ihnen seine Telefonnummer geben.«

»Danke, aber … dies ist nichts, worüber man am Telefon spricht.«

Ich runzele die Stirn, ein ungutes Gefühl bemächtigt sich meiner.

»Was meinen Sie damit?«

1974

Diego

»Ich werde nach Tefia verlegt?« Entsetzt starrte Diego den Wagen an, zu dem ihn die beiden Wärter über den staubigen Hof führten. Das durfte nicht sein! Das konnte nicht sein! Nicht so kurz vor dem Ziel. Mina sagte, dieser Doktor habe Einfluss! Werde sich für ihn einsetzen! Er würde bald entlassen werden! »Wohin?«, rief er und blieb stehen. »Warum?«

Der ältere, gutmütige Wärter zuckte die Schultern. »Ich habe schon lange aufgehört, nach dem Warum zu fragen.«

»Aber wo ist mein Anwalt?«, rief Diego voller Panik. »Bitte, ich muss mit meinem Anwalt sprechen!«

»Der wird sich schon melden, wenn du angekommen bist.«

»Aber …«

»Genug gequatscht!«, ging der andere Wärter dazwischen, packte Diego am Arm und zerrte ihn weiter. »Los! Einsteigen!«

Eiseskälte packte Diegos Herz. Er war nicht so naiv zu glauben, dass er noch irgendeine Chance hatte, wenn er erst in diesem Wagen saß. Er wäre nicht der Erste gewesen, der irgendwo am Straßenrand erschossen und verscharrt wurde. Und selbst wenn das nicht war, was sie mit ihm vorhatten, sondern sie ihn wirklich nach Tefia bringen wollten, würde er Mina dennoch niemals wiedersehen. So weit würde der Arm dieses Doktors und seiner Kontakte auf gar keinen Fall reichen. Er würde nicht mehr zurückkehren. Er würde Mina nie mehr wiedersehen. Er würde sein Baby niemals kennenlernen. Dabei hatte er doch versprochen, für sie beide da zu sein, sein Kind immer zu beschützen! »Nein!«, rief er verzweifelt und wandte sich flehend an den alten Wärter. »Bitte! Ich muss mit meinem Anwalt sprechen! Ich muss mit meiner …«

»Halts Maul!«, brüllte der andere Wärter. »Steig ein und ...«

»Moment!«, donnerte es über den Hof, die Wärter fuhren herum und Diegos Herz blieb stehen. Er kannte die Stimme. Doch das konnte nicht sein! Sein Vater würde niemals ...

»Er kommt mit mir!«

Ungläubig riss Diego die Augen auf. Es war tatsächlich Salvador, der da mit großen Schritten über den Hof kam! In der Uniform von Diegos Großvater, die ordenbehängte Brust herausgestreckt! Ein sehr junger Polizist rannte neben ihm her, verwirrt und überfordert. Offenbar hatten ihn, unerfahren wie er war, Salvadors Orden und das forsche Auftreten geblendet, aber niemand sonst würde sich täuschen lassen. Oder doch? Die Wärter standen plötzlich stramm und salutierten.

Diegos Herz hämmerte in seiner Brust, vor Anspannung ballte er die Fäuste.

Das war verrückt! Zum Scheitern verurteilt! Eine Verzweiflungstat!

Je näher sein Vater kam, umso deutlicher wurde, dass die Uniform seine dürre Gestalt umschlackerte, seine Hände zitterten und sein Gesicht grau war vor Angst. Diego brach der kalte Schweiß aus.

Auch die Wärter merkten jetzt, dass etwas nicht stimmte. Ihre Hände sanken langsam herab. Angst schnürte Diego die Luft ab. Panisch sah er zwischen seinem sich nähernden Vater und den irritierten Wärtern hin und her, die ebenso verwirrt schienen wie der junge Polizist vom Einlass.

»Ich habe Order, diesen Mann mitzunehmen!«, tönte sein Vater und obwohl er sich alle Mühe gab, selbstbewusst aufzutreten, zitterte seine Stimme.

Die Stirn des jüngeren Wärters runzelte sich. »Mit welcher Befugnis?«

»Ich ... ich bin Offizier! Und ich muss diesen Mann mitnehmen.«

Der Wärter kniff seine Augen zu schmalen Schlitzen zusammen. »Haben Sie Papiere dabei, die das bestätigen?«

Salvadors Blick huschte vom Wärter zu Diego, bat ihn um Verzeihung.

Diegos Kehle wurde eng.

»Was ist hier los? Was soll diese Verzögerung?« Ein weiterer Wärter eilte herbei und der junge wandte sich ihm zu.

»Der Mann hier behauptet, er müsse diesen Gefangenen mitnehmen, hat aber keine Papiere, in denen das steht!«

Es würde nicht funktionieren. Er wusste es und sein Vater wusste es. Tränen traten ihm in die Augen.

»Danke für die Musik, die du mir gabst«, flüsterte er, während die beiden Wärter laut miteinander diskutierten. »Und verzeih mir, was ich damals sagte. Du bist der mutigste Mann, den ich mir vorstellen kann.«

Sein Vater nickte dankbar, hatte ihn verstanden und auch in seinen Augen standen Tränen. *Ich liebe dich, mein Junge,* formulierten seine Lippen lautlos.

»Folgen Sie mir bitte zum Direktor!«, ordnete jetzt der hinzugekommene Wärter an.

Nein! Diego wollte schreien, wollte zu seinem Vater laufen, ihn umarmen, ihm sagen, wie sehr er ihn liebte, aber das hätte auch die letzte noch bestehende Chance für Salvador, hier wieder herauszukommen, zerstört. Stattdessen tastete er mit seinem Blick das Gesicht seines Vaters ab und versuchte, sich jeden Millimeter einzuprägen, denn es würde das letzte Mal sein, dass er ihn sah.

Salvador nickte langsam, streckte das Kreuz durch und folgte dem Wärter. Bevor er um die Ecke trat, sah er über die Schulter zurück zu Diego und lächelte ihm sanft zu. Mit einem Mal sah er ganz ruhig aus und die Angst war aus seinem Gesicht gewichen.

Kaum war er hinter der Ecke verschwunden, erklangen auf das Pflaster hämmernde Schritte, gefolgt von einem gebrüllten »Stehen bleiben!«.

Und von einem Schuss.

Er war nicht auf Diego gerichtet gewesen, dennoch riss er ein Loch in sein Herz.

In stummem Aufschrei schloss er die Augen.

Salvador hatte den schnellen Tod gewählt.

Ja, sein Auftauchen hier war eine Verzweiflungstat gewesen. Aber eine aus Liebe.

* * *

»Castor und Pollux«, flüsterte Diego mit schmerzerstickter Stimme, als er in der Nacht zu dem Stückchen Himmel aufsah, das er durch das vergitterte Fenster seiner Zelle erkennen konnte. Er wusste nicht, warum man ihn nicht ebenfalls erschossen hatte, aber Befehl war offenbar Befehl, und so war er nach Tefia gebracht worden.

Minas Bild in seinem Herzen war es, das ihn dort überleben ließ. Sie konnten seinen Körper brechen, aber nicht seinen Geist oder gar sein Herz. Seine Liebe hielt ihn am Leben.

In den Nächten verschwamm die grausame Wirklichkeit, machte seinen Träumen Platz. Und in ihnen gab es nur Mina und sein Kind.

Aus Tagen wurden Wochen und aus Wochen Monate. Die Hoffnung, je wieder etwas von Ramón zu hören, schwand. Dabei war er sich sicher gewesen, ihn kurz nach seiner Einlieferung mit seinem Anwaltskoffer gesehen zu haben. Hier im Gefängnis in Tefia. Diego hatte nach ihm gerufen und war dafür von den Wärtern niedergeknüppelt worden. Doch er hatte Ramóns Blick aufgefangen, bevor er weggeschleift worden war. Dass Diego ihn danach nie wieder zu Gesicht bekam, nichts mehr von ihm hörte, konnte nur daran liegen, dass die Gefängnisdirektion es verhinderte. Oder hatte Diego sich doch geirrt und Ramón ihn gar nicht wahrgenommen? Eine andere Begründung dafür, dass sein Freund und Anwalt keinen Kontakt zu ihm aufnahm, konnte es schließlich nicht geben. Doch selbst wenn Ramón ihn vergessen haben sollte – Mina würde auf ihn warten. Und er würde zu ihr zurückkehren. Das war das Einzige, worauf er mit absoluter Sicherheit vertrauen konnte. Die einzige Wahrheit. Das, woran er sich festhalten konnte. Er würde zu Mina und seinem Kind zurückkehren.

Und dann wurde ihnen allen eines Tages eröffnet, dass *El Caudillo* Franco gestorben und ein Amnestiegesetz für politische Häftlinge erlassen worden war.

Er konnte es kaum glauben, aber er war frei.

Drei Jahre seines Lebens hatte er in diesem Gebäude zurückgelassen, als er es verließ und nur ein Ziel kannte: zu Mina und seinem Kind zu gelangen.

* * *

Endlich stand er vor dem Haus, auf dessen Dach er mit Mina so oft gesessen und zu den Sternen aufgesehen hatte. Seine Hand zitterte so sehr, dass er Mühe hatte, den Klingelknopf zu drücken.

Nichts tat sich.

Also versuchte er es bei Clara. Tatsächlich öffnete sich das Fenster direkt über ihm. Und zu seiner Erleichterung kannte er dieses Gesicht.

Kaum hatte Clara ihn erblickt, schüttelte sie unwillig den Kopf. »Landstreicher sind hier nicht …«

»Ich bin es: Diego!«, rief er eilig.

»… erwünscht, also …« Sie hielt inne, sah ihn scharf an – und wurde bleich. »Das … ich … wie … wie ist das möglich? Es hieß, du seiest tot!«

»Tot? Nein, ich war … egal – wo ist Mina?«

»Weg… weggezogen … ans Meer«, stammelte sie, während sie ihn noch immer aus aufgerissenen Augen ungläubig anstarrte.

»Weggezogen? Wohin? Wo finde ich sie?«

»Hier. Sie … sie ist diese Woche zu Besuch bei Juanita, aber …«

»Wo? Wo ist sie?«

»Hinter dem Haus, auf der Plaza, aber …«

Er lief los, ohne abzuwarten, was sie noch sagen wollte.

Und rannte beinahe in Juanita hinein, als er um die Ecke bog.

Sie schrie auf, als sie ihn erkannte, sank zu Tode erschrocken gegen die Mauer, die Hand gegen ihren Brustkorb gepresst. »Diego?! Du lebst?«

»Ich habe keine Zeit für Erklärungen«, sagte er hastig und schob sich an ihr vorbei. »Ich muss zu Mina! Ich muss …«

»Nein! Tu das nicht!« Juanita hielt ihn am Arm zurück. »Tu ihr das nicht an!«

»Was? Wieso? Ich muss zu ihr, muss ihr sagen, dass ich …«

»Sie hat geheiratet!«

»… sie über alles …« Sein Herz setzte für einen Moment aus, als ihre Worte zu ihm durchdrangen. »Sie … hat … geheiratet?«

Juanita hielt noch immer seinen Arm fest, nickte heftig. »Sie ist endlich wieder glücklich, also bitte, lass ihr ihren Frieden! Sie hat genug gelitten!«

Noch immer starrte er Minas Mutter an. War es das, was Clara ihm zuvor hatte sagen wollen, als er losgerannt war? Stimmte es also? »Das glaube ich nicht!«, krächzte er schließlich.

»Nein! Das kann nicht sein! Das glaube ich nicht! Das ist nicht wahr! Ich muss zu ihr!«

»Nicht! Bitte! Willst du ihr das wirklich zumuten? Sie ist gerade erst über alles hinweggekommen, ist wieder glücklich. Es geht ihr gut. Ihr Mann hat Geld, sie ist abgesichert, kann endlich das Leben führen, das sie immer führen wollte. Und wer bist du? Was hast du ihr zu bieten? Du bist ein Ex-Häftling. Du hast nichts. Du bist nichts. Du wirst sie erneut ins Unglück stürzen! Bitte tu ihr das nicht an, sie hat genug gelitten!«

In seinem Kopf herrschte blankes Chaos. Er war kaum in der Lage, einen klaren Gedanken zu fassen, bis auf einen: »Aber mein Kind!«, brachte er mühsam hervor. »Ich muss doch wenigstens zu meinem Kind!«

Jetzt schlug sie sich die Hand vor den Mund, ihre Augen weiteten sich vor Entsetzen. »Du weißt es nicht?«

»Was? Was weiß ich nicht?«

Sie rang nach Worten, die Traurigkeit in ihren Augen raubte ihm fast den Verstand.

»So sprich doch endlich!« Er war kurz davor, sie zu schütteln.

»Deine Tochter starb nach der Geburt.«

Die Wände kamen auf ihn zu, der Boden brach unter ihm weg.

Lüge! Alles Lüge! Juanita hatte immer etwas gegen ihn gehabt! Hatte Mina immer von ihm fernhalten wollen. Er glaubte kein Wort von dem, was sie da sagte!

Sein Kind war nicht tot und seine Mina hatte ihn nicht vergessen!

Er musste zu ihr! Juanita griff erneut nach ihm, aber er riss sich los, torkelte weiter.

Und dann sah er sie. Auf der Bank an der Plaza. Sie hatte die Arme ausgebreitet und ihr gegenüber stand zwei Meter entfernt ein Mann, hielt ein Kleinkind an den Händen, einen Jungen. Er trug ein Sonnenhütchen, das runde Gesichtchen strahlte vor

Glück, als er auf Mina zutapste, während der Mann es vorsichtig an den Händen hielt.

Es konnte tatsächlich nicht sein Kind sein, dafür war es viel zu jung.

Mina hob das Kind hoch, herzte es und küsste es. Das Bild, das er sich immer ausgemalt hatte. Und doch war alles daran falsch.

Schwindel packte ihn. Die Welt verschwamm vor seinem Blick. Nur mit Mühe konnte er sich aufrecht halten.

»Dein Mädchen ist tot«, flüsterte Juanita, die an seine Seite getreten war.

Ein Mädchen? Er hatte eine Tochter?

Gehabt.

Der Schmerz griff nach seinem Herzen, drückte es langsam zu Tode. »Wo?« Seine Stimme war nur noch ein Raunen. »Wo ist sie begraben? Auf welchem Friedhof?«

»Kein Friedhof. Sie war noch nicht getauft. Hinter … hinter der Klinik. Im Garten. Beim … beim großen Baum. Das hölzerne, namenlose Kreuz mit den beiden Sternen darin.«

* * *

Als er endlich vor dem Kreuz kniete, konnte er nichts mehr fühlen außer Wut auf das Leben. Auf das Schicksal. Auf Gott.

Er hatte überlebt. Hatte die Hölle überlebt. Wozu? So viele andere waren gestorben, hatten sich aufgegeben oder waren umgekommen. Gebrochen an Leib und Seele.

Er aber hatte überlebt. Sein Körper hatte Schaden davongetragen, aber sein Geist war stark geblieben.

Und jetzt hatte er nichts mehr, für das es sich zu leben lohnte. Keinen Vater, um den er sich kümmern, kein Kind, das er beschützen musste. Keine Mina, die ihn brauchte.

War das Opfer seines Vaters umsonst gewesen? Wozu war das alles gut, wenn es nun so endete? War das der große Plan? Gottes Plan? Der des Schicksals? Was für ein verdammt beschissenes Leben! Was für eine Lüge! Alles ist Lüge! Das Leben ist nur Leid!

Und er würde ihm ein Ende setzen.

* * *

Von der Dachterrasse des Krankenhauses aus bot sich ein Blick über ganz Granada. Diego jedoch richtete den seinen nach unten in die Tiefe.

Er hatte nichts mehr zu verlieren.

Er tat einen Schritt und einen weiteren.

Und einen letzten …

Kapitel 12

Je weniger Dinge man auf Erden wichtig nimmt, desto näher kommt man den wirklich wichtigen Dingen.
– Federico García Lorca –

Heute

Irritiert lege ich auf. Schwester Blanca ließ sich nicht entlocken, worum es ging, dennoch habe ich ihr die Adresse meines Großvaters gegeben und hoffe, damit richtig gehandelt zu haben. Warum auch nicht? Ich meine, sie ist schließlich eine Nonne!

Kopfschüttelnd ob meiner Bedenken trete ich wieder auf den Balkon. »Entschuldige bitte die Unterbrechung«, sage ich, an Alvaro gewandt, der noch immer reglos über die Stadt sieht.

»Schon in Ordnung.«

Ich räuspere mich verlegen, weiß, dass es mich eigentlich nichts angeht, aber was er zuvor von seinem Freund erzählt hat, lässt mich nicht los. »Was war es, das deinem Freund das Herz gebrochen hat?«

Er wendet mir das von Traurigkeit tief gefurchte Gesicht zu und blinzelt ein paar Mal, als müsse er erst wieder erinnern, wo er war und warum. »Er erfuhr, dass sein Kind gestorben war und seine große Liebe glaubte, er sei tot, woraufhin sie einen anderen Mann geheiratet und mit diesem eine Familie gegründet hat«, sagt er langsam.

»O nein, wie furchtbar das für ihn gewesen sein muss!« Mitfühlend schüttele ich den Kopf. Es gibt ja wohl nichts Tragischeres als eine solche Wendung des Schicksals. »Hat er mit ihr gesprochen? Damit sie die Wahrheit erfährt?«

Er schüttelt den Kopf, lächelt betrübt. »Sie war versorgt und hatte eine Familie. Was hätte er ihr stattdessen bieten können? Sie war glücklich und das war alles, was er sich für sie gewünscht hatte. Er konnte dieses Glück nicht zerstören.«

Oh, mein Gott! Ich habe mich geirrt. Es gibt sehr wohl etwas Tragischeres als jene Schicksalswendung. Und etwas zugleich unfassbar Großherziges, nämlich einen solchen Verzicht aus Liebe.

Ich schlucke schwer, will irgendetwas Hilfreiches, etwas Tröstendes sagen, aber alles klänge schal in meinen Ohren angesichts einer solchen Geschichte.

Wollte Alvaro mir damit zeigen, dass alles, was auch immer zwischen Fabio und mir vorgefallen war, schon nicht so schlimm sein könne? Zu gern würde ich ihm sagen, dass er damit recht hätte. Doch dafür bin ich nach wie vor zu verletzt.

»Danke, dass du mir das erzählt hast«, sage ich stattdessen, bin mir aber nicht einmal sicher, ob er mich gehört hat. Er scheint völlig in Gedanken versunken. Oder in der Vergangenheit.

Also suche ich stattdessen leise meine Sachen zusammen, notiere Gabriella auf einem Blatt Papier, dass ich ihr ihre Klamotten gewaschen zuschicken werde, und rufe mir ein Taxi zur nächstgrößeren Straße.

Dann verabschiede ich mich von Alvaro, der traurig seufzt, mich aber nicht aufhält.

Als ich an der Tür noch einmal über die Schulter sehe, hat er sich wieder umgewandt, den Blick auf Granada und die Alhambra gerichtet.

* * *

»Du hättest mich wirklich gleich anrufen sollen!«, sagt Vanessa zum wiederholten Male, nachdem ich ihr am Handy erzählt habe, was heute vorgefallen ist. »Emilio und ich wären sofort gekommen und hätten dich abgeholt!«

»Das wollte ich euch nicht zumuten, aber hab dennoch vielen Dank.« Gedankenverloren sehe ich aus dem Fenster des Taxis.

Die so traurig geendete Liebesgeschichte von Alvaros verstorbenem Freund geht mir nicht aus dem Kopf. Ich hätte mir so sehr gewünscht, dass er nach all dem Leid noch sein Glück gefunden hätte.

»Trotzdem bin ich der Meinung, dass du einen Fehler machst«, reißt meine Freundin mich aus meinen Gedanken. »Denn dass Fabio über dich Informationen einholen wollte oder diesen Ramón Rodríguez zumindest vom Namen her kannte und dir nichts davon gesagt hat, heißt nicht, dass er nichts für dich empfindet, und …«

»Vanessa, bitte! Ich möchte jetzt nicht über ihn reden. Oder später. Oder überhaupt jemals wieder.« Mein Herz schmerzt, wenn ich nur an ihn denke. Und das tue ich leider die ganze Zeit über.

Sie seufzt tief auf. »Wie du meinst. Was, glaubst du, will diese Oberin von deinem Großvater?«

»Keine Ahnung, abgesehen davon, dass es wohl mit seinen Spenden zusammenhängt.« Erneut überkommt mich dieses ungute Gefühl, das ich auch beim Telefonat empfunden habe. Doch ich dränge es zurück. Ich reagiere mit Sicherheit überzogen, weil ich nach der Sache mit Fabio völlig durch den Wind bin.

»Sie hat kein Wort über die Hintergründe verloren?«, hakt Vanessa nach.

»Nein, aber vermutlich will sie ihn einfach für weitere Spenden gewinnen und hat deshalb mit dieser Schwester Inocencia gesprochen, die offenbar ständig versucht, bei meinen Großeltern anzurufen, aber niemanden erreichen kann. Doch es ist Sonntag, wahrscheinlich haben sie sich nach der Kirche noch mit jemandem unterhalten oder *Yaya* ist zu einer ihrer Wohltätigkeitsveranstaltungen unterwegs und Großvater macht seinen üblichen Sonntagsspaziergang. Ich brauche noch eine gute Stunde bis zu ihnen. Da sind sie sicher wieder zu Hause.«

»Okay, dann werde ich ebenfalls so schnell wie möglich kommen.«

»Blödsinn, das musst du nicht. Wozu?« Über meine Dummheit in Bezug auf Fabio wütend sein und mein blutendes Herz verarzten, kann ich auch allein. Dafür muss ich nicht auch noch ihr die Stimmung verderben. »Genieße lieber den Tag mit Emilio«, schicke ich hinterher, aber meine Stimme klingt belegt. Ich räuspere mich. »Wo seid ihr? In Málaga am Strand?«

»Nein. Wieder in Marbella, der Stadt der Schönen und Reichen. Emilio zeigt mir gerade, wo er arbeitet. Und ich bin echt beeindruckt. Ich dachte, er wäre Kellner in einem Strandlokal oder so. Stattdessen ist er es in einem Fünfsternerestaurant! Und obendrein hat er sich als Hobbykoch entpuppt! Du hättest mal sehen – und vor allem schmecken – sollen, was er mir gestern für ein Menü gezaubert hat! Ganz ehrlich, ich weiß gerade nicht, ob ich ihn lieber im Bett oder am Herd habe.« Sie kichert wie ein kleines Mädchen. Das habe ich bei ihr noch nie erlebt.

Sie ist eindeutig verliebt bis über beide Ohren. Ich freue mich wahnsinnig für sie, auch wenn es mir wegen Fabio erneut die Tränen in die Augen treibt.

»Und Fabio hat sich nicht mehr gemeldet?«, hakt sie nach, als könne sie Gedanken lesen.

Mein Herz verkrampft sich bei der bloßen Erwähnung seines Namens. »Nein! Und wie gesagt: Ich möchte nicht über ihn sprechen!«

»Ist ja gut. Also dann sehen wir uns heute Abend.«

Wir verabschieden uns, ich lege auf und der Taxifahrer dreht das Radio wieder lauter. Ich bin froh, dass er keine Anstalten macht, sich mit mir zu unterhalten. Mir ist nicht nach Small Talk. Mir ist einzig und allein danach, meine Sachen zu packen und mit dem nächstmöglichen Flug abzureisen. *Yayo* geht es viel besser als erwartet und es gibt somit keinen dringlichen Grund mehr für meinen Aufenthalt hier. Die versprochenen Ausflüge mit *Yaya* werde ich in Deutschland unternehmen, auch dort gibt es schließlich wunderschöne Städte. Vanessa hat ihren Emilio und wird auch ohne mich weiterhin bei meinen Großeltern wohnen können.

Ja. Ich werde mit *Yayo* noch eine Partie Dame spielen und anschließend Andalusien für immer den Rücken kehren.

Mühsam blinzele ich die Tränen weg, sehe aus dem Fenster auf die vorbeirauschende Landschaft, die mir noch vor Kurzem traumhaft und atemberaubend erschien und nun karg und eintönig wirkt.

Irgendwann jedoch passieren wir ein Schild, das mich zusammenfahren lässt: Frigiliana. Nani!

Ich kann Andalusien nicht verlassen, ohne mich persönlich von ihr verabschiedet zu haben! Und ohne ihr die Frage gestellt zu haben, die mir seit meinem letzten Besuch bei ihr keine Ruhe lässt.

* * *

Eine Stunde später stehe ich vor der Tür von Nanis Laden, hole tief Luft und versuche mich an einem fröhlichen Gesicht, bevor ich den Klingelknopf betätige.

Zum Glück war sie zu Hause, als ich sie vom Taxi aus anrief. Sie reagierte zwar überrascht, aber sehr erfreut über meinen Wunsch, schon heute statt nächster Woche vorbeizukommen. Kaum öffnet sie die Tür und wirft einen Blick auf mich, als ihr Lächeln einer mitfühlenden Miene weicht. »Was ist passiert?«

Eine Karriere als Schauspielerin kommt für mich also nicht infrage. Ich schlucke schwer, gestehe stockend: »Das … das mit Fabio und mir … ist vorbei, ehe es richtig angefangen hat.«

Nani zieht mich wortlos ins Haus und in eine weiche, warme und nach Kindheit duftende Umarmung. Etwas Tröstenderes gibt es nicht. Schließlich hält sie mich auf Armeslänge von sich. »Möchtest du darüber reden?«

Ich schüttele stumm den Kopf.

Sie nickt verständnisvoll, streicht mir sanft über die Wange. »Sollen wir uns eine Crema Catalana machen, meine kleine Sonne?«

Und das ist zu viel. Ich habe die Stimme meiner Mutter im Ohr, wie sie genau diese Worte sagt, und leider auch die von Fabio, als ich ihm letzte Nacht von den letzten Minuten mit meiner Mutter erzählt habe. Trotz meines Vorsatzes, nicht zu weinen, kämpfe ich augenblicklich mit den Tränen. Mühsam reiße ich mich zusammen. »Das wäre schön, vielen Dank, aber ich muss bald wieder los, zu meinen Großeltern.«

»Gut, dann schauen wir, dass wir erst einmal die Anprobe über die Bühne bringen. Und die Crema Catalana gibt es beim nächsten Mal.«

Bedrückt schüttele ich den Kopf. »Ich werde so schnell wie möglich nach Hause fliegen, Nani. Vielleicht schon morgen.«

»Und wann kommst du wieder?«

»Gar nicht mehr.«

»Oh.« Sie lässt mich verwirrt los, Traurigkeit überschwemmt ihre Züge.

»Aber du kannst mich jederzeit besuchen kommen. Bitte. Die Flugkosten zahle ich dir auch und …«

Sie winkt ab. »Das ist lieb von dir, aber …« Sie schüttelt den Kopf. »… ich reise nicht gern so weit weg.«

»Aber …«

»Wir werden sehen …«, unterbricht sie einlenkend meinen Protest, doch wir wissen beide, dass es nur eine Beschwichtigung ist. »Würdest du dennoch das Kleid anprobieren? Ich denke, dass nur ein paar kleine Änderungen nötig sind.«

Schweren Herzens folge ich ihr durch das Atelier zum Kleiderständer, an dem sie das wundervolle Kleid bereits zur Anprobe herausgehängt hat.

In dem durch einen Vorhang abgetrennten Bereich ziehe ich mich um, streiche ehrfürchtig über den weichen Stoff, der sich wie eine zweite Haut anfühlt, und trete wieder aus dem Umkleidebereich hervor.

Das Bild im Spiegel trifft mich bis ins Mark. Ich sehe meine Mutter vor mir.

Nani scheint das Gleiche zu denken, denn ihre Augen schimmern feucht.

Ich hole tief Luft. »Darf ich dich etwas fragen?« Meine Stimme klingt belegt.

Sie wischt sich eilig über die Augen, schluckt schwer und geht sofort mit einer Schachtel Stecknadeln ans Werk. »Natürlich.«

»Was hast du gemeint, als du sagtest, meine Mutter hätte dich gerettet?«

Nani hält inne, ihr Blick wandert zu den Fotos auf dem Fenstersims, unter denen sich auch das meiner Mutter befindet. »Sie hat mich wieder fühlen lassen.«

»Wie meinst du das?«

Sie lässt die Schachtel sinken. »Ich war … wie tot. Innerlich abgestorben. Und ich wäre es wohl auch geblieben. Aber deine Mutter hat die Löcher in meinem zerrissenen Herzen mit Liebe gekittet. Liebe, wie sie nur Kinder schenken können.«

»Wieso warst du innerlich wie tot?«, frage ich leise.

»Weil ich geliebt habe. Unendlich geliebt. Und diese große Liebe verloren habe.«

Bestürzt hebe ich die Hand vor den Mund. »Es tut mir leid! Das wusste ich nicht.«

Sie nickte geistesabwesend, den Blick noch immer auf die Fotos gerichtet. »Er ist … gestorben. Es ist schon lange her. Ich habe es überlebt.«

Ich zögere, frage aber schließlich leise: »Wie?«

Nanis Blick wandert zum Fenster – oder eher in die Vergangenheit? – und Stille breitet sich im Zimmer aus. Als ich schon nicht mehr mit einer Antwort rechne, seufzt sie schwer. »Ich hatte meine Geschwister und meine Mutter, für die ich da sein musste, die ich nicht im Stich lassen konnte. Ohne meine Familie hätte ich mich vielleicht aufgegeben.«

»Und dein … dein Herz? Hast du jemand anderen kennengelernt?«

»Es gab jemanden – den besten Freund des Mannes, den ich über alles geliebt habe – zu dem ich beinahe Ja gesagt hätte, weil ich glaubte, dadurch meiner Familie finanziell helfen zu können. Doch ich … ich konnte seinen Antrag einfach nicht annehmen. Es hätte sich wie Verrat angefühlt. Und nach all der Liebe, die ich gelebt habe, konnte ich einfach keine Ehe ohne Liebe eingehen.« Sie sinkt auf das kleine Sofa. »Stattdessen habe ich alles darangesetzt, ohne die Hilfe eines Mannes meine

Familie zu unterstützen. Dank deiner Großmutter habe ich es geschafft. Daher: Nein. Ich habe niemals wieder einen anderen geliebt und niemals geheiratet.«

»Wieso dank meiner Großmutter?«, hake ich verwundert nach und setze mich neben sie.

»Ich habe sie um Hilfe dabei gebeten und sie hat sich wahnsinnig ins Zeug gelegt, um mich all ihren gut betuchten Bekannten – und von denen hatte sie eine Menge – als großartige Schneiderin vorzustellen. Darüber bekam ich viele Aufträge und meine Mutter und ich arbeiteten beinahe rund um die Uhr. Das hielt uns finanziell über Wasser. Doch was mich emotional über Wasser hielt, war deine Mutter.« Ein Lächeln überfliegt ihr Gesicht. »Anfangs tat es entsetzlich weh, sie zu sehen, weil sie im gleichen Alter war wie meine …« Sie bricht ab, schüttelt den Kopf.

»Wie wer?«, frage ich verwirrt.

»Wie … wie das Kind, das ich gehabt hätte, hätte ich den Mann heiraten können, den ich heiraten wollte.«

Ich runzele angesichts ihrer seltsamen Antwort die Stirn, aber sie spricht schon weiter, mit wehmütiger Stimme und völlig in ihre Erinnerungen versunken: »Doch als deine Mutter mir ihr erstes Lächeln schenkte, war es um mich geschehen. Immer öfter passte anstelle des eingestellten Kindermädchens ich auf sie auf, wenn deine Großeltern zu Veranstaltungen gingen. Und als sie schließlich aus Granada fortzogen, bat deine Großmutter mich, mitzukommen. Dein Großvater war absolut dagegen, aber er hatte Constanza noch nie einen Wunsch abschlagen können. Also ging ich als Haushälterin mit, obwohl ich eigentlich mehr Kindermädchen und Freundin war. Das Gehalt war so gut, dass ich meiner Schwester den Besuch eines Tanzinstituts ermöglichen konnte und meinem Bruder den einer Kunstschule. Anfangs blieb meine Mutter noch in Granada und ich besuchte sie, wenn deine Großmutter ihre eigenen Eltern besuchte. Deren Chauffeur setzte mich dann immer bei meiner Mutter ab. Einmal, daran erinnere ich mich noch gut, brachte er sein Baby mit, einen zuckersüßen kleinen Jungen. Ich weiß selbst nicht genau, warum mir dieser Tag so im Gedächtnis geblieben ist, außer dass … dass meine Mutter sehr aufgelöst gewesen ist. Mich regelrecht dazu gedrängt hat, schnellstmöglich wieder zu gehen. Ich kam nicht einmal dazu, mit Clara zu sprechen.«

»Clara?«

»Meine ehemals beste Freundin. Sie hatte sich völlig in sich zurückgezogen, den Kontakt mit mir abgebrochen. Ich weiß nicht, weshalb. Ich wollte einen letzten Vorstoß wagen und mit ihr sprechen, aber dazu kam es an jenem Tag nicht mehr. Und auch danach nicht, denn kurze Zeit später zog meine Mutter ebenfalls aus Granada fort, sodass …«

Das lautstarke Klingeln meines Handys lässt uns beide zusammenfahren.

Fabio? Ist es Fabio?

Mein Herz schlägt urplötzlich wieder so wild und unregelmäßig, als hätte es alles vergessen, was geschehen ist.

Ich springe auf und haste zum Umkleidebereich, um es aus meiner dort hängenden Tasche zu zerren. Es ist Vanessa. Ich stoße enttäuscht die angehaltene Luft aus, nehme den Anruf an. »Ja?«

»Stell dir vor, wen wir gefunden haben: Ramón Rodríguez«, prasselt es mir aufgeregt entgegen.

»Was? Wie denn das?«

»Dank Emilio! Er kennt ihn! Ich habe ihm von unserem Telefonat erzählt und er ist doch Kellner in diesem Nobelrestaurant in Marbella, in dem sich alles trifft, was Geld hat. Und offenbar gehört dein Ramón Rodríguez dazu, er ist dort Stammgast, isst seit Jahren jeden Sonntag dort zu Mittag.«

»Aber woher willst du wissen, ob es der richtige Ramón Rodríguez ist?«

»Emilio weiß, dass er Anwalt ist, und ich weiß jetzt, dass er früher in dieser Klinik angestellt war!«

»Wieso? Woher weißt du das?«

»Ich habe mich ein bisschen mit ihm unterhalten.«

»Unterhalten?«, wiederhole ich alarmiert.

»Na schön, als er aus dem Restaurant kam, habe ich ein bisschen mit ihm geflirtet und versucht, ihn darüber auszuhorchen, wie das denn früher mit Adoptionen ablief und ob es normal sei, dass eine durch diese Klinik vermittelte sehr viel Geld gekostet hat.«

»Was?« Ungläubig fasse ich mir an die Stirn. »So etwas kannst du doch nicht jemandem einfach ins Gesicht sagen!«

»Ich wollte nur helfen und habe die Gelegenheit beim Schopfe gepackt«, kommt es leicht beleidigt zurück.

»Ja, ich weiß, tut mir leid.« Ich atme tief durch, reibe mir die Stirn. »Okay, bleib, wo du bist, ich komme hin.«

»Äh … das wird nicht viel bringen.«

»Weshalb?«

»Weil … na ja … ich glaube, er ist … äh … etwas misstrauisch geworden. Er ist urplötzlich ziemlich wütend und unfreundlich geworden, zu seinem Wagen gestampft – übrigens ein sauteurer Wagen – und ist davongerast.«

»Na großartig. Und wie soll ich ihn jetzt ausfindig machen?«

»Vielleicht musst du das ja gar nicht.«

»Wie meinst du das?«

»Na ja …« Sie räuspert sich. »Mir ist da ein kleiner Fauxpas passiert.«

Ich schließe die Augen. »Welcher?«

»Auf die Frage hin, woher ich diese Informationen habe, ist mir herausgerutscht, dass ich sie von dir habe und wessen

Enkelin du bist. Es könnte also sein, nur unter Umständen natürlich, dass er auf dem Weg zu deinem Großvater ist.«

Ich stöhne auf. »Auch das noch. *Yayo* wird nicht begeistert sein, dass in meinem Namen einem ehemaligen Freund illegale Handlungen unterstellt werden.«

»Entschuldige, ich wollte wirklich nur helfen.«

»Ich weiß, ich bin dir nicht böse, aber ich muss jetzt Schluss machen und zusehen, dass ich zu meinen Großeltern komme, für den Fall, dass dieser Rodríguez dort auftaucht.«

Ich lege auf, wende mich auf Spanisch an Nani. »Tut mir leid, ich muss schon aufbrechen. Meine Freundin hat gerade einen Anwalt durch die Blume beschuldigt, Babys verkauft zu haben. Das ist natürlich völliger Blödsinn, aber …«

»Sie hat Ramón beschuldigt?«, unterbricht sie mich ungläubig.

Verwirrt blinzele ich, bis mir klar wird, dass sie den Namen natürlich trotz der deutschsprachigen Unterhaltung verstanden hat. »Du kennst ihn?«, entfährt es mir.

Sie nickt langsam. »Sogar sehr gut.«

»Ach so, von seinen früheren Besuchen bei meinem Großvater her, richtig?«

»Auch«, sagt sie langsam. »Doch in erster Linie, weil er der Mann ist, dessen Antrag ich abgelehnt habe.«

* * *

Nervös schiele ich immer wieder zu Nani hinüber, die stumm und wie erstarrt neben mir sitzt.

Ich habe ihr erzählt, dass bei einer von Ramón beglaubigten Adoption viel Geld den Besitzer gewechselt hat. Daraufhin ist sie mit blassem Gesicht sichtlich aufgelöst zu ihrem Auto gelaufen, aber ich habe mich geweigert, sie ans Steuer zu lassen. Den Fehler, den ich bei meiner Mutter begangen habe, würde ich kein zweites Mal begehen. Zu meiner Erleichterung hat sie schließlich nachgegeben, sodass stattdessen ich mich hinter das Lenkrad geklemmt habe.

Während der dreißigminütigen Fahrt versuche ich immer wieder, bei meinen Großeltern anzurufen, aber niemand hebt ab. Auch war ich kurz davor, Fabio anzurufen. Zwar bin ich nach wie vor wütend auf ihn, aber das bedeutet nicht, dass ich ihm nicht dennoch helfen möchte, die Hintergründe der Adoption seiner Mutter aufzuklären, jetzt, wo sie sich in Form dieses Anwalts in greifbarer Nähe befinden. Doch bevor ich nicht etwas Genaueres weiß, hat das keinen Sinn und würde nur zu noch mehr Schmerzen meinerseits führen.

Endlich fahren wir die Serpentinen zum Anwesen meiner Großeltern hoch. Das elektrische Tor steht offen. Entweder funktioniert die Automatik wieder nicht oder meine Großmutter hat es nicht richtig geschlossen, als sie zu ihren Wohltätigkeitsveranstaltungen losfuhr. Vielleicht war es auch mein Großvater, als er zu seinem Spaziergang aufgebrochen ist.

Mit über den Kies knirschenden Reifen halte ich kurz darauf vor dem Haus. Das Auto meiner Großeltern fehlt, aber ein eleganter Schlitten parkt dort. Gehört er diesem Anwalt? Ist er tatsächlich direkt hergekommen, wie Vanessa vermutet hat? Dann wird er wohl auf der Terrasse sitzen und meine Großeltern werden sicher demnächst auch eintreffen.

Alles sieht so friedlich aus im milden Licht des Nachmittages. Wir steigen aus, ich suche auf dem Weg zur Tür meinen Schlüssel, sperre auf und eile mit Nani im Schlepptau durch das Haus zur Terrassentür. Dort draußen sitzt jemand! Ein verlebt und ungesund aussehender Mann mit teigigem Gesicht, gelblicher Haut und großen Schweißflecken auf seinem Hemd. Vage erkenne ich in ihm den Mann wieder, der meinen Großvater früher ab und an besucht hat.

»Das ist er«, bestätigt Nani mir meine Vermutung.

Ich öffne die Terrassentür, trete hinaus und auf ihn zu. Er reagiert nicht, sondern starrt mit aufgerissenen Augen auf etwas außerhalb meines Blickfeldes.

»Guten Tag«, setze ich irritiert an. »Sie sind Ramón Rodríguez, richtig? Ich bin …« Abrupt bleibe ich stehen, als ich entdecke, was seinen Blick fesselt: Hinter dem Wandvorsprung steht die Frau von der Kirche.

»Sie?«, entfährt es mir perplex, bevor ich das Metall aufblitzen sehe, das zuvor der Sessel verborgen hat. Glühend heiß schießt Panik durch mich hindurch und mein Herz bleibt für einen Moment stehen.

»Ramón!«, ertönt im nächsten Moment Nanis Stimme. »Wir müssen dringend reden und … Clara? Bist du es wirklich? Ich … O mein Gott, was tust du da? Was willst du mit der Pistole?« Ebenso schockiert wie ich starrt sie die Frau an.

Die ist beim Klang von Nanis Stimme zusammengefahren, die Pistole in ihren Händen zittert, aber ist nach wie vor auf diesen Ramón gerichtet.

Meine Gedanken rasen, ich kann nicht glauben, was hier geschieht. Ich muss die Polizei verständigen, aber wenn ich mich rühre, wird sie sicher abdrücken. Großer Gott, was soll ich nur tun?

»Ich wollte das alles nicht, Mina«, stammelt die Frau, während ich vor Entsetzen nicht mehr klar denken kann. »Das musst du mir glauben! Die haben mich dazu gezwungen! Sie haben mein Leben zerstört! Alles, woran ich geglaubt habe, alles, was ich war! Ich halte es nicht mehr aus! Es frisst mich auf, es zerstört mich!« Die Worte stürzen nur so aus ihrem Mund und die Tränen aus ihren Augen.

»Clara, ich verstehe kein Wort, bitte leg die Waffe weg, dann können wir in Ruhe reden!«, versucht Nani, die von dieser Frau Mina genannt wird, sie mit erhobenen Händen zu beschwichtigen, aber auch sie wagt nicht, noch einen Schritt nach vorn zu tun. »Was um alles in der Welt ist nur in dich gefahren?«

»Sie ist durchgedreht!«, krächzt Ramón.

»Halt den Mund!«, fährt Clara ihn an. »Du bist schuld! Du!« Die Hand mit der Pistole zittert noch heftiger und er zuckt zurück, das Gesicht schweißglänzend.

»Ich habe gebetet, habe gebeichtet!«, schluchzt Clara. »All die Jahre! Aber nichts hat mir geholfen, nichts mein Gewissen erleichtert. Ich kann einfach nicht mehr! Die Schuld hat mein Leben zerstört! *Er und die anderen* haben mein Leben zerstört!« Ihre Hand mit der Pistole zuckt nach vorn, mein Herz bleibt erneut stehen und Ramón stößt ein Wimmern aus.

Ich bin noch immer wie erstarrt vor Panik und weiß nicht, was ich tun soll. Entweder hat Ramón recht und diese Frau ist wahnsinnig oder sie hat einen akuten Nervenzusammenbruch, was sie jedoch nicht weniger unberechenbar macht. Mein Blick fliegt über die Terrasse, auf der Suche nach etwas, mit dem ich diese Frau außer Gefecht setzen könnte, doch jedes Buch, jede Vase ist unendlich weit von mir entfernt.

»Wovon redest du?«, versucht Nani es erneut. »Bitte leg die Waffe weg und sag mir, was dich bedrückt. Ich bin sicher, wir finden eine Lösung. Wir können über alles reden!«

»Nein, können wir nicht, du weißt nicht, was ich getan habe!« Jetzt schluchzt die Frau auf, ihre Hand mit der Pistole zittert noch heftiger. »Ich wollte es nicht! Das musst du mir glauben, Mina, das musst du mir glauben! Sie haben mich gezwungen! All die armen Mütter, die ihrer Babys beraubt wurden. All die armen Kinder, die ihre Mütter nie kennenlernen konnten!«

»Was?« Ich schnappe nach Luft.

Auch Nani ist bleich geworden. »Was sagst du da?«, flüstert sie.

»Die Babys wurden ihnen genommen, wurden verkauft!«, heult Clara auf. »Und ich wurde gezwungen, Teil dieses Systems zu sein!«

»Ramón!«, stößt Nani fassungslos aus.

»Sie ist verrückt geworden, das siehst du doch!«, krächzt Ramón. »Du wirst ihr doch wohl kein Wort glauben!«

»Sei still!«, schreit Clara völlig außer sich und am ganzen Körper zitternd. »Sei endlich still!« Sie macht tatsächlich den Eindruck, durchgeknallt zu sein, und ich wünschte, ich würde ihr kein Wort glauben. Doch da ist noch das, was ich von Lucía erfahren habe.

»Das Geld für die Adoption«, stoße ich atemlos aus. »Die Unterschrift auf den Papieren.«

Clara nickt heftig. »Sie haben dich belogen, Mina! Sie haben all die Mütter belogen, die nicht ins System passten! Haben ihnen … haben ihnen in Francos Auftrag die Kinder genommen und … und sie an regimetreue Paare gegeben, damit sie zu braven Untertanen erzogen wurden. Seit … seit Franco an die Macht kam! Und später … als … als Franco tot war … haben sie weitergemacht. Rein wegen des Geldes.«

Mein Magen verkrampft sich vor Entsetzen. Das kann nicht wahr sein! Darf nicht wahr sein! Aber wenn doch – wer sind dann *sie*?

»Schwachsinn!«, begehrt Ramón erneut auf. »Das wirst du doch nicht etwa glauben, Mina?!«

Nani reagiert nicht auf ihn. Sie ist weiß wie die Wand und starrt Clara an. »Aber mein Baby war … es war tot. Ich … ich habe es gesehen.«

Schlagartig begreife ich, was sie zuvor gemeint hat, als sie sagte, meine Mutter sei im gleichen Alter gewesen wie das Kind, das sie mit ihrer großen Liebe gehabt hätte. Sie hat von einem real existierenden Kind gesprochen! Erschüttert greife ich nach ihrer Hand und sie umklammert die meine, als könne sie sich daran festhalten.

Erneut laufen Clara die Tränen über die Wange. »Für den Fall, dass die Mütter es nicht glaubten und ihre toten Babys sehen wollten, hatten sie … hatten sie … im Keller … tiefgefrorene … Babyleichen.«

Großer Gott! Mein Magen rebelliert, ich muss würgen und presse mir die Hand vor den Mund.

»Das ist absurd!«, empört sich Ramón. »Das ist verrückt! Das kann doch kein normaler Mensch glauben!«

Nani ignoriert ihn weiterhin. »Das Baby, das mir die Krankenschwester gezeigt hat …«, stößt sie aus, blankes Entsetzen in den Augen. »Es war so kalt, die Lippen blau und es … es war in eine Decke gewickelt, sodass ich …. Sodass ich kaum etwas von ihm sehen konnte …. Aber du hast recht – der … der Körper … schien größer zu sein als … als mein Baby es zuvor gewesen ist und … o mein Gott!« Nani schwankt plötzlich, als würden ihre Beine sie nicht mehr tragen. Hastig schiebe ich meine Arme unter ihre, kann sie gerade noch davor bewahren, zu stürzen, und geleite sie zum nächsten Terrassenstuhl.

»Du musst mir glauben, ich wusste es nicht!«, stammelt Clara weinend. »Ja, ich hatte mitbekommen, was um mich her geschah, aber ich musste schweigen. Ich wollte es dir damals erzählen, aber ich habe mich nicht getraut. Sie hatten sich meinen Fehler mit der vertauschten Akte zunutze gemacht, um mich gefügig zu machen. Ich hatte Angst! Unfassbare Angst! Vor dem Gefängnis! Davor, meine Familie niemals wiederzusehen! Aber als … als du dein Baby bekamst, war ich auf einer anderen Station tätig, und als … ich es erfuhr, haben sie mir gedroht und …«

»Mein Baby!«, stößt Nani aus, macht sich von mir los und richtet sich erneut auf, von der Kraft der Verzweiflung getrieben.

»Was ist mit meinem Baby?«, ihre Stimme überschlägt sich. »Wo ist mein Mädchen?«

»Es tut mir so leid«, flüsterte Clara schluchzend. »Ich weiß es nicht.«

Nani fährt herum, richtet den Zeigefinger auf Ramón. »Wo? Wo ist mein Kind?«

»Woher soll ich das wissen? Was sind das für absurde Unterstellungen?« Er greift nach seinem Kragen, zerrt an ihm, als würde er nicht genug Luft bekommen.

Clara zieht scharf die Luft ein, öffnet schon den Mund, um ihn anzufahren, aber Nani hebt abwehrend ihre Hand und zu meiner Überraschung schweigt Clara tatsächlich. Den Arm mit der Pistole lässt sie sinken, aber Ramón sieht auch ohne auf ihn gerichtete Waffe aus, als würde er bedroht werden, es reicht Nanis Blick. Zunehmend nervöser zerrt er an seinem Hemd.

Ich sehe hilflos von einem zum anderen, bin nicht in der Lage, wirklich zu begreifen, was ich da alles höre, was hier geschieht.

Plötzlich weiten sich Nanis Augen, weicht alles Blut aus ihrem Gesicht. »Großer Gott! Diego!« Sie keucht auf. »Hast du versucht, erst ihn und dann unser Kind loszuwerden? Hast du ihn mit Absicht als Anwalt schlecht vertreten? In der Hoffnung, er würde im Gefängnis umgebracht werden, wie es dann auch der Fall war, oder zumindest niemals wieder freikommen?« Ihr Brustkorb hebt und senkt sich heftig.

Diego? Ich kann kaum glauben, dass ich diesen Namen zum zweiten Mal an diesem Tag höre und dann auch noch in Verbindung mit Gefängnis. Sind Nanis Diego und Alvaros Diego etwa ein und derselbe? Nein, sie sagte ja, ihr Diego sei tot. Überdies hat sie selbst nie geheiratet, die Liebste von Alvaros Diego hingegen schon.

»Nein! Das habe ich nicht! Was denkst du von mir?!«, ruft Ramón empört, aber seine Stimme klingt viel zu hoch.

Nani starrt ihn noch immer an, wirkt gleichzeitig so geistesabwesend, als wäre ihr Blick in die Vergangenheit gerichtet. Oder als würde sie im Kopf ein Puzzle zusammensetzen. Langsam nickt sie. »Anfangs, da hast du dich reingehängt, ja. Aber irgendwann … hat sich etwas verändert …« Fassungslosigkeit macht sich in ihren Zügen breit. »Du hast deinen besten Freund verraten.« Ihre Stimme ist nur noch ein Wispern. Es ist keine Frage, sondern eine Feststellung.

»Niemals!« Ramóns Augen sind übertrieben weit aufgerissen. »Das hätte ich niemals …«

»Warum?«, fällt sie ihm ins Wort, nimmt ihm seine Beteuerungen ebenso wenig ab wie ich. »Warum hast du das getan? Weil du glaubtest, ich wäre danach für dich frei? Hast du ernsthaft gedacht, ich würde Diego einfach so vergessen?«

Nervös leckt er sich die Lippen. »Mag sein, dass es unpassend war, wie ich die Gunst der Stunde genutzt und um dich geworben habe, aber ich tat es aus Liebe! Ebenso wie alles andere!«

»Alles andere? Was meinst du damit?«

»Nichts! Gar nichts!« Schweißtropfen laufen ihm über die Stirn.

»All deine Träume davon, Geld und Einfluss zu haben …« Nani schüttelt langsam den Kopf. »Diego hat das immer Sorgen bereitet, aber er hat dir vertraut! Hat geglaubt, dass du schon einsehen würdest, dass echte Liebe nicht käuflich ist und Glück nicht mit Geld erworben werden kann. Wie er sich doch geirrt hat. Und wie du dich geirrt hast. Schau dich an! Schon vor vielen Jahren hast du dir eine Villa gekauft und eine Yacht. Aber bis jetzt hast du keine echte Liebe gefunden. Und dein Streben nach Macht hat nur dazu geführt, dass jetzt Drogen die Macht über dich haben! Dein Geld hat dich nicht glücklich gemacht! Wie kannst du nur mit dem leben, was du getan hast? Was du Diego angetan hast! Mir angetan hast! Und all den anderen

Müttern, denen du ihre Kinder geraubt hast. Den Kindern, denen du ihre Familien genommen hast!«

»Ich habe überhaupt nichts dergleichen getan! So etwas kann sich nur eine Wahnsinnige ausdenken! Das ist alles …«

»Die Wahrheit«, tönt es hinter mir.

Ich fahre herum.

Schwester Blanca steht in der Terrassentür, mit Schwester Inocencia und meiner Großmutter im Schlepptau.

Yaya kam offenbar zeitgleich mit ihnen hier an und hat sie eingelassen.

»Die Wahrheit?«, wiederholt meine Großmutter ungläubig Schwester Blancas Worte. Was die drei Frauen auf dem Weg von der Haustür hierher von dem Gespräch mitbekommen haben, weiß ich nicht, aber offenbar war es genug.

Die Oberin nickt und ihr faltiges Gesicht hat all seine Strenge und Härte verloren, sieht unfassbar traurig und bestürzt aus. Sie macht einen Schritt auf Nani zu und für einen Moment scheint es, als würde sie Nanis Hände in die ihren nehmen wollen, es dann aber doch nicht wagen. »Es tut mir leid, es tut mir so unendlich leid, was Sie und alle anderen Mütter erlitten haben. Ich wusste von alledem nichts, aber der Besuch von Ihnen und dem jungen Mann …« Sie nickt mir zu. »… hat mir keine Ruhe gelassen und ich habe nachgebohrt und nachgebohrt und … bin schließlich auf etwas gestoßen, was ich mir in meinen schlimmsten Träumen nicht hätte ausmalen können. Es gibt keine Worte, die meine Betroffenheit darüber ausdrücken können. Ich werde alles in meiner Macht Stehende tun, um zur Aufklärung beizutragen. Schwester Inocencia hat mir die Wahrheit gestanden und ist bereit, sie zu bezeugen.«

Deren Nasenflügel blähen sich, als sie mit aufeinandergepressten Lippen scharf die Luft einzieht. So sanft und freundlich sie mir zuvor erschienen ist, als ich sie oben in der Kirche antraf, so hart ist plötzlich ihr Gesicht und so kalt blicken ihre

Augen. »Ich habe getan, was getan werden musste. Ich habe diese Kinder gerettet!«

»Gerettet?«, entfährt es mir fassungslos.

Die Oberin verzieht gequält das Gesicht. »An der Reue müssen wir noch arbeiten.«

»Ich empfinde keine Reue, weil ich nichts Falsches getan habe!«, widerspricht Schwester Inocencia kalt und reckt ihr Kinn stolz in die Höhe. »Ich habe den Kindern die Möglichkeit gegeben, in gottesfürchtigen Familien groß zu werden und ein Leben in Frömmigkeit zu führen. Ich habe sie davor bewahrt, genau solche Sünderinnen zu werden, wie ihre Mütter es sind!«

Nani keucht auf und sieht aus, als würde sie sich im nächsten Moment auf sie stürzen. Und, bei Gott, ich werde ihr dabei helfen, sollte sie das tun.

»Ganz recht!«, bekräftigt Schwester Inocencia und würde wohl noch mehr sagen, wenn die Oberin sie nicht in ehrlichem Entsetzen zurück ins Haus drängen würde. Anschließend wendet sich Schwester Blanca kummervoll wieder Nani zu. »Es tut mir so leid. Es tut mir so unfassbar leid. Ich weiß, dass ich viele Fehler gemacht habe in meinem Leben. Vor allem in jungen Jahren war ich zu strikt und begrenzt in meiner Einstellung, meinem Weltbild. Habe Ansichten vertreten, die ich heute bereue. Doch niemals, das müssen Sie mir glauben, niemals hätte ich so etwas gedeckt oder gar gutgeheißen, wenn ich davon erfahren hätte. Ich weiß, dass ich meine diesbezügliche Blindheit und das, was Schwester Inocencia Ihnen und anderen Müttern angetan hat, niemals wiedergutmachen kann, aber Sie dürfen das nicht auf uns alle übertragen. Es sind nur Vereinzelte, die dermaßen irregeleitet sind in ihrem Glauben. Und ich werde alles in meiner Macht Stehende dafür tun, zur Aufklärung beizutragen!«

Nani nickt langsam, dreht sich wie in Trance wieder zu Ramón um. »Du kannst dir alle weiteren Lügen sparen«, presst sie hervor und ihre Finger krallen sich dermaßen fest in die Lehne des Stuhles vor ihr, dass es aussieht, als würden seine Streben gleich brechen. »Wo ist meine Tochter? Wer hat sie? Du weißt es! Du musst es wissen!«

Ramón schnaubt verächtlich. »Du glaubst, *ich* wäre es gewesen, der das alles initiiert hat? O nein! Ich war nur jemand, der irgendwann beschlossen hat, nicht mehr gegen das System anzukämpfen, sondern davon zu profitieren! Der auch einmal oben schwimmen wollte. Ja, du hast recht: Ich bin damit grandios gescheitert. Die Frauen, die ich hatte, liebten mein Geld. Die Freunde, die ich habe, kennen nicht einmal meinen zweiten Vornamen.« Freudlos lacht er auf. Jetzt, wo die Wahrheit auf dem Tisch liegt, hat er das Leugnen aufgegeben und seine Maske fallen lassen. »Doch in einem Punkt irrst du dich. Wer war es denn, der mir all diese schönen Möglichkeiten eröffnet hat? Wer war es, der einen nach Erfolg gierenden mittellosen jungen Anwalt gesucht hat? Wer war es, der die Krankenschwestern um den Finger gewickelt und ihr Vertrauen gewonnen hat? Der ihnen Fehler untergejubelt hat, um sie damit erpressen zu können, dass sie ihren Job verlieren und nirgendwo mehr eine Anstellung finden würden – es sei denn, sie würden ihm mit einem kleinen Gefallen helfen? Und kaum hatten sie das erste Mal einen Babyraub tatenlos mit angesehen, da steckten sie schon durch ihr Schweigen oder ihre erzwungene Beihilfe mit drin. Und wer erinnerte sie immer wieder daran, dass sie im Gefängnis landen würden und was das für ihre Familien bedeuten würde, sollte das alles je ans Licht kommen? Du willst wissen, wo deine Tochter ist? Dann frag ihn!« Abfällig nickt er mit dem Kinn hinter uns.

Noch bevor ich mich umgedreht habe, weiß ich, wen ich da sehen werde. Und dennoch verschwimmt die Welt für einen Moment vor meinen Augen, als mein Blick auf meinen Großvater fällt. Auf seinen Stock gestützt, in seinem weißen

Anzug, den Hut auf dem Kopf. Fast das gleiche Bild wie bei meiner Ankunft und dennoch liegen Universen dazwischen. Ich bin wie betäubt, kann nicht glauben, was hier passiert. Dass das hier nicht einfach nur ein böser Traum ist.

Aus dem Augenwinkel sehe ich Clara herumfahren und mir wird schlagartig klar, dass sie nicht auf Ramón gewartet hat – natürlich nicht –, sondern auf meinen Großvater! Und dass *sie* die nächtliche Gestalt im Garten war, die das Haus beobachtet und mich dabei gesehen hat. Dass *sie* mich darum vor der Kirche sofort erkannt hat. Deshalb so erschrocken war. Und dass …

Weiter kommen meine Gedanken nicht, denn plötzlich geschieht alles gleichzeitig: Sie reißt den Arm hoch, Sonnenlicht blitzt auf Metall, ich ziehe erschrocken die Luft ein – und die Pistole fliegt ihr aus der Hand, noch bevor sie diese richtig in Anschlag nehmen oder ich einen Schrei von mir geben kann.

Nein, sie fliegt ihr nicht einfach aus der Hand, sie wurde ihr aus der Hand geschlagen!

Von Fabio!

Der Clara nun festhält.

Jetzt erst realisieren auch die anderen, was beinahe geschehen wäre. Meine Großmutter stößt einen spitzen Schrei aus, die Oberin ein »Heilige Muttergottes« und drinnen geht die Vase, die neben der Terrassentür stand, klirrend zu Bruch, wohl weil Schwester Inocencia in ihrem Schreck dagegen gestoßen ist.

»Tun Sie das nicht! Damit helfen Sie niemandem! Sie machen es nur noch schlimmer!«, redet Fabio auf Clara ein, die noch einen Moment lang gegen seinen Griff ankämpft, dann aber weinend in sich zusammensackt. Er bugsiert sie zum nächsten Stuhl, dort sinkt sie in sich zusammen.

Ich starre ihn noch immer ungläubig an, aber die Frage, was er hier tut, muss ich auf später verschieben, denn in diesem

Moment stelle ich fest, dass einer fehlt. »Er ist weg!«, rufe ich. »Ramón ist weg!«

»Das ist nicht schlimm«, sagt Fabio. »Die Polizei wird ihn schnell finden.«

Die Erwähnung des Wortes »Polizei« macht mir urplötzlich die Dimension dessen bewusst, was ich bis zu diesem Moment gar nicht wirklich wahrhaben wollte, und ich wende mich wieder meinem Großvater zu, der noch immer reglos an Ort und Stelle steht.

»Bitte sag, dass das nicht stimmt!«, flehe ich.

Er schließt die Augen, atmet schwer.

»Bitte sag, dass du nichts mit alledem zu tun hattest!«

Langsam schüttelt er den Kopf, flüstert kaum hörbar: »Das kann ich leider nicht.«

Heiß rast der Schmerz durch mein Herz. Die Säulen, die meine Welt tragen, stürzen in sich zusammen, ich taumele und bin kurz davor, hinzufallen, bis ich plötzlich starke Arme um mich spüre. Fabio! Er hält mich und ich klammere mich an ihn, möchte weinen, doch das Entsetzen hat mir die Kehle zugeschnürt.

»Esteban …«, wispert meine Großmutter. Sie ringt um Fassung. Nein, zum ersten Mal in ihrem Leben gibt sie diese auf, stolpert zum zusammengeklappten Sonnenschirm und krallt sich daran fest. Sie hat niemanden mehr, der ihr Halt gibt, Mitleid flutet mich.

»Ich … ich wollte doch nur …« Mein Großvater schluckt. »Ich habe das alles doch nur getan … aus Liebe zu dir.«

»Aus Liebe?« Das Entsetzen in ihren Zügen spiegelt mein eigenes wider. »Wie kannst du so etwas behaupten?«

»Weil … Weil ich ein mittelloser Assistenzarzt war. Und somit keine Möglichkeit hatte, die Zustimmung deiner Eltern zu einer Heirat zu erhalten. Und dann bot sich diese Chance, zu Geld zu gelangen und obendrein Karriere zu machen: Die Gegner des Regimes ihrer Nachkommen zu berauben, damit diese zu treuen Parteigängern heranwachsen konnten … Es war falsch, ich weiß, und ich wünschte, ich hätte der Versuchung damals widerstehen können. Doch ich … ich war auf den Geschmack von Geld und Erfolg gekommen und wollte dich auch nicht verlieren …« Seine Stimme ist immer leiser geworden, sein Gesicht ist fahl. »Bitte, Constanza, verzeih mir.« Flehentlich sieht er jetzt zu meiner Großmutter, aber die schlägt die Hände vor ihr Gesicht, ihre Schultern zucken, sie weint. Meine Großmutter weint. Ich will zu ihr laufen, doch auch meine Welt ist in ihren Grundfesten erschüttert, ich würde das Gleichgewicht verlieren, wenn ich Fabio losließe.

»Und ich habe dich über alles bewundert!«, bringe ich nur mühsam heraus. Die Enttäuschung über meinen Großvater quetscht mir den Brustkorb zusammen, sodass ich kaum noch Luft bekomme. »Was waren das für Spenden? Der Versuch, dein Gewissen reinzuwaschen? Die Hoffnung, dich vor Gott freikaufen zu können? Schweigegeld an Mittäter? Oder der Anteil an Einnahmen, den es abzugeben galt? Nein, spar dir die Antwort, sie spielt keine Rolle. Nichts mehr, was du sagst, tut das. Du warst mein großes Vorbild, über jeden Verdacht erhaben! Doch jetzt bist du meine größte Enttäuschung und ich …« Ich breche ab, denn plötzlich durchzuckt mich die Erkenntnis wie ein Schlag. Ich drücke mich von Fabio ab, stakse auf Clara zu. »*Sie* waren es!« Ich bin wie elektrisiert. »*Sie* haben damals meine Mutter angerufen!«

Sie nickt hilflos. »Ich konnte nicht mehr, die Schuld hat mich aufgefressen, ich … ich wollte es wiedergutmachen, wollte, dass die Kinder zu ihren Familien zurückkehren konnten, war … war bei der Polizei, aber … niemand hat mir geglaubt.«

Ich kämpfe gegen das Schluchzen an, das sich meine Kehle hinaufdrängt. Endlich habe ich die Antwort auf die Frage, die mir all die Jahre über keine Ruhe gelassen hat. Endlich weiß ich, was Mama in Granada wollte. Warum sie so aufgelöst war, so vollkommen außer Fassung. Wie muss es ihr erst nach dem Treffen mit Clara gegangen sein, bestimmt noch viel schlimmer als nach dem Telefonat. Clara hatte ihr alles erzählt. Hatte sicher gehofft, sie würde Druck auf meinen Großvater ausüben, ihn zu einem Geständnis bewegen. Doch stattdessen …

»Stell dir vor, es wäre unser Kind gewesen«, murmelt meine Großmutter verstört. »Stell dir vor, uns hätte jemand unsere Tochter …« Sie hält inne, reißt die Augen auf. »Sie war doch unsere Tochter! Oder?«

Ich halte die Luft an, meine Fingernägel bohren sich in Fabios Arm.

Mein Großvater nickt kraftlos. »Das schwöre ich bei meiner Liebe zu dir. Sie war unsere Tochter. Mein Ein und Alles.«

Schwindel packt mich, ich lehne mich an Fabios Brust. Ich will schreien, weinen, meiner Wut auf meinen Großvater Luft machen, aber bin wie betäubt.

»Ich habe dich immer über alles geliebt, Esteban«, kommt es mit tränenerstickter Stimme von meiner Großmutter. »Ich tue es immer noch, aber … aber es war wohl nur das Bild, das ich mir von dir gemacht hatte. Mit dem Wissen darum, was du getan hast, werde ich nicht mehr an deiner Seite bleiben können. Ich verlasse dich.«

Jetzt fährt er zusammen, Unglauben auf den Zügen. »Das kannst du nicht tun. Ich … ich liebe dich! Ich habe das alles für dich getan!«

Tränen laufen über *Yayas* Wangen, während sie sich sichtlich zusammennimmt und das Kreuz durchstreckt. »Niemals hätte ich so etwas gewollt! Du musst die Polizei anrufen und dich anzeigen. Sonst werde ich es tun. Und du wirst Nani sagen, wo ihre Tochter ist.«

Er presst die Lippen zusammen, plötzlich blitzt in seinen Augen ein kalter Glanz auf, den ich nie zuvor darin wahrgenommen habe. »Ich weiß es nicht.«

Müde drücke ich mich von Fabio ab. Diesen letzten Schritt muss ich aus eigener Kraft tun. Wie meine Großmutter. Wie ferngesteuert gehe ich auf meinen Großvater zu. Den Mann, den ich einst über alles geliebt und bewundert habe. »Weißt du, warum Mama starb?«, frage ich tonlos.

Sein Kopf ruckt hoch. »Was?«

Meine Beine, meine Hände, meine Stimme – alles zittert, dennoch fahre ich fort: »Sie starb, weil sie erfahren hatte, was du getan hast.«

Er starrt mich ungläubig an.

»Das war es, was sie die Kontrolle über das Auto hat verlieren lassen. Das war der Grund für ihren Tod: ihr Entsetzen über deine Skrupellosigkeit. Letztlich bist du für Mamas Tod verantwortlich. Du hast dein Ein und Alles umgebracht.«

Sämtliches Blut weicht aus seinem Gesicht, als er die Wahrheit realisiert. Im nächsten Moment sinkt er völlig in sich zusammen.

»Ich habe dich über alles geliebt und bewundert«, fahre ich mit erstickter Stimme fort. »Aber weißt du, was ich mir jetzt wünsche: dass Mama nicht deine Tochter gewesen wäre. Dann nämlich müsste ich nicht deine Enkelin sein.«

Das zu sagen, tut so wahnsinnig weh, dass es mir die Luft raubt. Auch ihm? Schmerz zeichnet sich auf seiner Miene ab. Bei meinen Worten ist er zusammengezuckt, als hätten ihn Messerstiche getroffen. Die gleichen, die auch mir durch die Seele schneiden? Wird ihm endlich bewusst, dass es vorbei ist? Dass er endgültig alles verloren hat, was ihm lieb und teuer war? Durch seine eigene Schuld? Mit einem Mal wirkt er um zehn Jahre gealtert. Seine Schultern hängen kraftlos nach unten.

»Wenn du wenigstens einen Funken von dem bewahren willst, was ich einst in dir sah«, flüstere ich, während mir Tränen über die Wangen laufen, »dann hilf Nani, ihre Tochter zu finden.«

Er schließt die Augen. »Das Dame-Kästchen«, sagt er tonlos. »Es hat einen doppelten Boden. Dort liegen Listen.«

Beinahe hätte ich traurig aufgelacht. Wo sonst?

»Wo ist dieses Kästchen?«, ruft Nani atemlos. Wie erstarrt hat sie alles mit angehört, jetzt jedoch kommt wieder Leben in sie. »Wo?«

»Ich zeige es dir«, sagt meine Großmutter erschöpft. »Komm mit.«

Während sie und Nani gehen, um nach den Listen zu suchen, Clara erschöpft an der Hauswand lehnt und mein Großvater wie versteinert dasitzt, trete ich wieder zu Fabio, der mich wortlos in seine Arme zieht. An seiner Brust lasse ich meinen Tränen freien Lauf. Ich weine um den Großvater, den ich offenbar nie hatte. Weine um meine Mutter, die ich seinetwegen zu früh verloren habe. Weine um all die anderen Mütter, denen ihre Kinder entrissen wurden, und um all die Kinder, die ihrer Familien beraubt wurden. Weine, weil ich das Glück habe, gehalten zu werden.

Und vor Glück darüber, dass es Fabio ist, der mich hält.

* * *

Es ist bereits dunkel, als unsere Aussagen auf der Polizeistation aufgenommen worden sind.

Nie zuvor ist mir etwas so schwergefallen und ohne Fabio hätte ich das nicht durchgestanden. Mein Großvater hat sich tatsächlich selbst angezeigt, was ihm sicherlich ebenso mildernd angerechnet werden wird wie sein hohes Alter. Ich hoffe es jedenfalls, denn trotz allem tut es unfassbar weh, ihn sich in Haft vorzustellen.

Schwester Inocencia hat eisern ihre Ansicht, richtig gehandelt zu haben, verteidigt und wird sich davon wohl selbst durch eine etwaige Verurteilung nicht abbringen lassen. Clara hingegen wirkte trotz einer drohenden Haftstrafe regelrecht erlöst, sieht eine solche vielleicht als ihre persönliche Buße an. In Bezug auf ihre Rolle im Babyraub-System, aber auch in Bezug darauf, dass sie es nach dem Unfalltod meiner Mutter nie wieder geschafft hat, den Mut aufzubringen, jemandem davon zu erzählen. Bis sie mich sah. Im ersten Moment hielt sie mich ihrer Aussage nach für meine Mutter, von der sie wusste, dass sie tot war. Der Schock darüber ließ ihre Schuldgefühle umso heftiger hochkochen und trieb sie dazu, letztlich doch meinen Großvater direkt zu konfrontieren. Ich hoffe, dass auch ihr Strafmilderung gewährt werden wird – im Gegensatz zu Ramón, der vor einer Stunde gefasst wurde – und dass sie ihren Frieden findet.

Frustrierenderweise haben wir trotz der Listen aus dem Dame-Kästchen noch immer nichts über Nanis Tochter in Erfahrung bringen können. Die Papiere, die mein Großvater vermutlich als Sicherheit oder Druckmittel gegenüber Geschäftspartnern aufbewahrt hat, stellten sich als eine Art Buchhaltung heraus. Darin waren die Einnahmen durch den Verkauf der nur mit Geburtsdatum notierten Babys sowie die an die darin verwickelten Personen ausgezahlten Anteile festgehalten. Es fehlten jedoch jegliche Namen. Stattdessen waren von allen Beteiligten die Personalausweisnummern notiert worden. Wir waren auf die Hilfe der Polizei angewiesen, aber die zuständige Beamtin, die ebenso schockiert wie verständnisvoll war, versprach uns, dass diese Angelegenheit allerhöchste Priorität haben und sie sich schnellstmöglich melden werde. Als Kontakt hat Nani ihr auch meine Nummer gegeben, da sie selbst kein Handy besitzt.

Als ich an Fabios Hand die Polizeistation verlasse, stehe ich noch immer etwas neben mir, wie unter Schock, fühle mich erleichtert und traurig zugleich.

Fabio will zum Parkplatz gehen, aber ich halte ihn an der Hand zurück. »Warte, eines muss ich noch loswerden.«

Fragend sieht er mich an.

Ich hole tief Luft. »Es tut mir sehr leid, dass ich dir keinen Glauben geschenkt habe! Und alles, was ich dir an den Kopf geworfen habe! Kannst du mir verzeihen?«

Er legt seine Hände sanft an mein Gesicht. »Wäre ich sonst hier? Im Übrigen ist das *meine* Frage gewesen.«

Verwirrt blinzele ich. »Was ist deine Frage gewesen?«

»Na, ob du mir verzeihen kannst. Ich hätte sehr viel früher die Karten auf den Tisch legen müssen. Und ich hätte dich niemals so wütend gehen lassen dürfen! Deshalb bin ich eigentlich hergekommen. Um mich zu entschuldigen. Und um dich zu bitten, uns noch eine Chance zu geben.«

Erneut steigen mir Tränen in die Augen, dieses Mal jedoch aus ganz anderen Gründen als zuvor.

»Ich meine …«, fährt er fort. »Es ging mir darum, Klarheit zu schaffen, Antworten zu finden. Im besten Fall anzuklagen, Sühne zu fordern, jemanden zur Rechenschaft zu ziehen. Ich war voller Wut. Ich habe mit allem gerechnet. Aber nicht mit dir. Und dann warst du plötzlich da, hast alles auf den Kopf gestellt und ich wusste nicht mehr, was richtig und was falsch ist, nur dass plötzlich alles, was mir vorher so wichtig war, unwichtig wurde verglichen mit dir, Tochter der Sonne.« Er lächelt sein anbetungswürdiges schiefes Lächeln und Wärme breitet sich in meiner Brust aus, verdrängt langsam den Schmerz und die Betäubung.

Meeresrauschen dringt an mein Ohr, ich schmecke wieder die salzige Brise und fühle den Wind auf meiner Haut. Der Himmel über uns ist von Sternen gesprenkelt.

Ich stelle mich auf die Zehenspitzen, lege die Arme um seinen Hals. »Natürlich will ich uns noch eine Chance geben!«, flüstere ich. »Die letzte. Denn mehr werden wir nicht brauchen.« Dessen bin ich mir in diesem Moment absolut sicher.

Er zieht mich enger an sich. »Es ist verrückt, ich weiß, weil wir uns noch nicht so lange kennen. Aber trotzdem sehe ich gerade ganz deutlich vor mir, dass wir irgendwann zwei Sterne am Himmel sein werden und …«

Ein Klirren lässt uns zusammenfahren. Nani ist ebenfalls aus dem Polizeirevier getreten, ihr Schlüsselbund ist ihren Händen entglitten und sie starrt Fabio aus weit aufgerissenen Augen an. »Was hast du da gerade gesagt?«

»Ich? Wie? Was meinen Sie? Das mit den Sternen? Das bezieht sich auf die Sage von Castor und Pollux.«

Ihre Hände fangen an zu zittern. »Von wem hast du diesen Satz? Diese Sage?«

»Von Alvaro«, antwortet Fabio verwirrt.

»Alvaro?«, wiederholt Nani mit bebender Stimme.

Erklärend melde ich mich zu Wort. »Das ist ein langjähriger Mitarbeiter und enger Vertrauter von Fabios Familie, der …« Ich halte inne, weil mir in den Sinn kommt, was sie mir von ihrer großen Liebe erzählt hat, und zugleich ein Gedanke aufblitzt, der mir schon einmal für einen Moment durch den Kopf ging. Meine Augen weiten sich und langsam ergänze ich: »… der einen Freund namens Diego hatte.«

* * *

Der Mond steht hoch am Himmel, als wir mit Nani in Granada vor Alvaros Carmen ankommen.

Nervös umklammert sie meinen Arm, während Fabio aufschließt, und ich ungeduldig von einem Fuß auf den anderen trete.

Kaum sind wir im Garten und hat Fabio das Wegelicht eingeschaltet, als uns aus dem Haus bereits Lucía entgegenläuft. »Fabio! Endlich! Sagst du mir jetzt bitte mal, was los ist? Wieso sollte ich herkommen und … Gott sei Dank!« Sie strahlt mich an. »Du hast deinen Verstand wiedergefunden und Marisol zurückgeholt!« Erfreut eilt sie auf mich zu, bleibt dann aber verdutzt stehen, als sie hinter uns Nani entdeckt. »Oh, du hast noch jemanden mitgebracht.«

Nani bekommt kein Wort heraus, zittert am ganzen Körper, also spare ich mir fürs Erste alle Erklärungen.

»Ja, in der Tat, aber sag, ist Alvaro da?«

»Wo sollte er denn sonst sein?« Sie schüttelt den Kopf und ruft in Richtung Haus: »Alvaro? Könntest du bitte kurz kommen?« Dann wendet sie sich wieder Fabio zu und stemmt die Hände in die Hüften. »Würdest du uns jetzt bitte mal einander vorstellen?«, mahnt sie ihren Sohn mit hochgezogener Augenbraue.

»Entschuldige, *Mamá*, das ist …«

»Mina?«, tönt es fassungslos durch die Nacht. Alvaro steht im hell erleuchteten Flur, greift im nächsten Moment nach dem Türrahmen, um sich daran festzuhalten.

Nani antwortet nicht, starrt ungläubig zur Tür, die Hände vor den Mund geschlagen, und rührt sich nicht, als könne sie nicht glauben, was sie sieht. Und wage nicht, sich zu rühren, aus Angst, dass das Bild dann verschwände.

»Diego«, flüstert sie mit erstickter Stimme. Eilig fasse ich sie am Arm, denn sie wirkt, als würde sie gleich in Ohnmacht fallen.

»Diego?«, wiederholt Lucía verwundert.

In diesem Moment löst er sich von der Tür, kommt langsam, unsicher auf uns zu.

Das reißt Nani aus ihrer Starre. Sie fährt zusammen, macht sich aus meinem Griff frei, rennt ihm entgegen. Und jetzt erst scheint auch er zu glauben, dass sie es wirklich ist oder dass sie ihn sehen will, denn er wird schneller, bis er ihr ebenfalls entgegenläuft, sie an sich zieht und festhält, als wolle er sie nie wieder loslassen. Sie bedeckt sein Gesicht mit Küssen, lacht und weint gleichzeitig, und er lacht und weint mit ihr.

Auch mir laufen die Tränen über die Wangen, Fabio greift nach meiner Hand, drückt sie liebevoll.

* * *

»Ich war verzweifelt, als ich auf der Brüstung jener Dachterrasse stand«, erzählt Alvaro leise.

Der Morgen graut bereits und noch immer sitzen Lucía, Fabio und ich mit Alvaro und Nani in der Küche und lauschen atemlos ihrer Geschichte. Nani konnte kaum an sich halten, als klar wurde, dass Ramón schon damals bewusst gelogen hatte, als er behauptete, Diego sei zusammen mit seinem Vater gestorben. Und dass ihre Mutter Diego in Bezug auf Nanis Heirat belogen und ihr sein Überleben verheimlicht hatte.

»Das Leben hatte für mich keinen Sinn mehr. Ich wollte diesen letzten Schritt tun, fragte mich bereits, in wie viele Teile meine Knochen wohl zerbrechen würden, sobald ich unten aufschlüge. In diesem Moment schrie eine Frau auf, ich wandte den Kopf und sah ein kleines Kind, ein Mädchen von vielleicht drei Jahren, das offenbar auf einen an der Brüstung stehenden Stuhl gestiegen und auf die Brüstung geklettert war. Es krabbelte dort entlang und drohte im nächsten Moment in die Tiefe zu stürzen. Ich dachte nicht nach, sprang zurück auf die Terrasse und rannte wie noch nie in meinem Leben. Das Mädchen war schneller, rutschte von der Kante, aber gerade noch erwischte ich es am Arm und bewahrte es vor dem Sturz.« Alvaro hält inne, holt tief Luft. Der Schrecken des damaligen Moments steht ihm sogar bei der bloßen Erinnerung noch ins

Gesicht geschrieben. Nani drückt seine Hand, die sie seit ihrem Wiedersehen gefühlt nicht ein einziges Mal losgelassen hat.

»Die Eltern kamen außer sich vor Angst herbeigelaufen, schlossen ihr Kind unter Tränen in die Arme und mir ging durch den Kopf, dass es meine Tochter hätte sein können. Mein Kind, das jetzt mit zerschmetterten Knochen auf dem Pflaster gelegen wäre, wenn ich gesprungen wäre. Ich fragte mich plötzlich, ob das ein Zeichen gewesen war. In den Jahren im Gefängnis hatte ich meinen Glauben an Gott verloren, aber in diesem Moment fragte ich mich zum ersten Mal wieder, ob es so etwas wie Vorsehung gibt. Und … und ob mein Leben trotz allem doch noch einen Sinn hätte. Ich hatte dieses Kind gerettet. Vielleicht gäbe es für mich noch mehr Leben zu retten, Schicksale zum Guten zu wenden. Ich begriff, dass ich nicht das Recht habe, mich dem zu entziehen, was auch immer ich zuvor erleiden musste.« Er holt erneut Luft, massiert sich die Schläfe. Es fällt ihm sichtlich schwer, über all das zu sprechen, mal ganz davon abgesehen, dass er wahrscheinlich im ganzen letzten Jahr nicht so viel geredet hat wie in den letzten Stunden.

Ich löse meine Finger, die ich während seiner Erzählung in den Stoff meiner Bluse gekrallt habe, so angespannt habe ich ihm gelauscht.

»Ich wollte fort, denn immer mehr Gäste kamen herbeigelaufen, aber der Vater des Mädchens griff nach meinen Händen und sagte, dass er sein Leben lang in meiner Schuld stehen würde und wenn er mir irgendwie helfen könne, wolle er es tun. Plötzlich stand der Sicherheitsdienst vor uns und fragte, was der Tumult zu bedeuten habe. Panik packte mich. Ich war ein gerade in die Freiheit entlassener Häftling, der kaum glauben konnte, dass sich die Tore des Gefängnisses überhaupt für ihn geöffnet hatten. Mich durchschoss die Angst, dass sie mich, mit welchem Vorwurf auch immer, wieder zurückbringen würden. Ich zitterte am ganzen Körper, der Schweiß brach mir aus und ich bekam keinen Ton heraus. Der Vater des Mädchens merkte, dass etwas nicht mit mir stimmte, redete mit dem Wachmann, bis dieser ging, und nahm mich dann beiseite. Er sagte, er würde sein Wort halten, was immer ich getan hätte, es sei denn, es ginge um Mord. Ich schwor es ihm und als er erfuhr, dass ich weder Arbeit noch ein Zuhause hatte, nahm er mich mit zu sich und gab mir Arbeit und einen Platz zum Leben. Er war ein ehrenhafter Mann und ein wirklich guter Mensch.« Alvaro schluckt, wirft einen scheuen Blick in die Runde. »Später habe ich ihm die Wahrheit über mich erzählt. Er hat mir Glauben geschenkt und mir falsche Papiere besorgt, damit ich nicht durch meinen Ausweis als ehemaliger Häftling gebrandmarkt wäre, wie es damals üblich war.« Er holt tief Luft. »So wurde aus Diego Alvaro.«

Lucía legt ihre Hand auf seine, erwidert bewegt: »Meine Eltern haben immer erzählt, dass du mir das Leben gerettet hast, als ich ein Kleinkind war, von allem anderen wusste ich nichts.«

Mein Handy vibriert und als ich sehe, dass die Nachricht von der Polizeidienststelle kommt, stockt mir der Atem. Schnell reiche ich es an Nani weiter und halte den Atem an, während sie liest.

Lucía erklärt indessen an Fabio und mich gerichtet: »Damals kümmerte mein Vater sich als Gärtner um den Klinikpark. Meine Mutter hat ihn an jenem Tag dort besucht. Sie wollten im Café auf der Dachterrasse etwas essen, waren für einen Moment abgelenkt.« Sie wendet sich wieder Alvaro, nein Diego, zu. »Und ich bin so froh, dass du bei uns geblieben bist. Nicht nur damals, sondern mein Leben lang warst du für mich da.«

»Dein Vater ist ein wirklich ehrenhafter Mann«, sagt Nani mit zittriger Stimme.

»Das stimmt, aber er ist leider schon tot.«

Nani schüttelt langsam den Kopf. »Nein, ist er nicht.«

»Doch, natürlich«, erwidert Lucía verwirrt.

Auch Diego sieht jetzt fragend zu Nani.

Diese lächelt mit Tränen in den Augen. »Du hast gesagt, dass du immer auf unser Kind aufpassen und es beschützen würdest. Du hast dein Versprechen gehalten. Lucía ist deine Tochter. *Unsere* Tochter.«

Einen Moment lang scheint die Welt stillzustehen. Niemand rührt sich, dann schließt Lucía die Augen, atmet tief durch. »Ich glaube, ich habe es gespürt. Tief in meinem Inneren habe ich immer gespürt, dass uns mehr verbindet als meine Rettung oder unsere Liebe zur Musik.« Sie schlägt die Augen wieder auf, umschließt Diegos Hand und die von Nani und nun laufen allen dreien die Tränen über die Wangen.

Fabio und ich sehen uns an, erheben uns in wortloser Absprache und verlassen leise das Zimmer. Diese drei Menschen am Tisch haben viel nachzuholen, sich so vieles zu sagen. Sie sollen den Raum und die Zeit dafür haben. Alles andere kann später kommen.

* * *

Eng aneinandergeschmiegt stehen wir auf dem Balkon, während der neue Tag auch die letzten Schatten der Vergangenheit vertreibt. Noch immer bin ich völlig durcheinander, schwanke zwischen Trauer und Freude, Fassungslosigkeit und Erleichterung.

»Wie geht es jetzt mit uns weiter?«, frage ich schließlich leise.

»Nun, wenn ich mich recht erinnere, gibt es noch einige Dinge zu Ende zu führen.«

»Du meinst die Sache mit der Ver-Führung?«, scherze ich mit schiefem Lächeln.

»Eigentlich meinte ich unseren unterbrochenen Kuss, aber das mit der Verführung klingt auch gut. Denn ich möchte dich für den Rest meines Lebens verführen.«

Wärme erfüllt meinen ganzen Körper, langsam hebe ich meine Wange von Fabios Brust, sehe zu ihm auf. Die Zärtlichkeit in seinem Blick raubt mir den Atem.

»Erinnerst du dich an meine Worte auf der Alhambra, dass es das Licht ist, das die Gefühle in mir hochkochen lässt?«, erwidere ich leise. »Jetzt weiß ich, dass du es bist.«

Und dann küssen wir uns, während die Sonne aufgeht über Granada.

Granada: Ein Wort, das nach Sonne klingt.

Nach Glück.

Nach Lachen.

Und nach Liebe.

Epilog

Ein halbes Jahr später

Das kleine Kreuz am Rande des Abhangs versinkt beinahe in all den Blumen und Kerzen.

Sanft streiche ich über das Holz, lege eine neue Nelke ab und richte mich auf. Mit jedem Besuch hier fühle ich mich ein wenig befreiter. Ja, es tut noch immer weh, dass meine Mutter nicht mehr da ist, aber die traurigen Gedanken wandern in dieses Kästchen in meinem Inneren, und nur die schönen Erinnerungen bleiben jederzeit präsent.

Ich bewundere Nani dafür, dass sie Juanita vergeben hat, Diego über ihre angebliche Heirat belogen zu haben und dass sie Clara gesagt hatte, es sei für Mina besser, nicht zu erfahren, dass Diego im Gefängnis überlebt hatte. Als ich Nani darauf ansprach, erwiderte sie, ihre Mutter habe zwar etwas Falsches getan, jedoch aus guter Absicht heraus. Sie habe Nani geliebt und das Beste für sie und ihre Geschwister gewollt. Außerdem wolle sie selbst die ihr verbliebene Zeit und die Erinnerung an ihre Mutter nicht mit Negativem belasten und ich solle das ebenfalls nicht tun, sondern alles hinter mir lassen, was war, und mit offenem Herzen in die Zukunft gehen.

Ebenso hat Diego beschlossen, keinen einzigen Gedanken mehr an den Mann zu verschwenden, der einst sein Freund war und der ihm aus Gier so übel mitgespielt hat.

So weit wie die beiden bin ich noch nicht. Vielleicht fehlt mir dazu die Weisheit des Alters. Noch immer trauere ich um den Großvater meiner Erinnerung und kann ihn nicht von dem abgrenzen, was er getan hat. Doch bin ich sicher, dass diese Wunden irgendwann heilen werden.

Auch mein Vater legt Blumen ab, wie jedes Mal, wenn wir in Granada sind. Anschließend greift er nach meiner Hand und ich drücke sie sanft. Die Glaswand zwischen uns ist fort. Ich habe den Mut gefunden, meinem Vater von meinen Schuldgefühlen wegen Mamas Tod zu erzählen und dass ich geglaubt habe, auch er sehe das so und mache mir Vorwürfe. Er war schockiert darüber und seitdem haben wir immer öfter und länger miteinander geredet. Seit er weiß, was damals geschah, und ihn die Frage nach dem Warum nicht mehr quält, schafft auch er es zunehmend besser, sich auf die schönen Momente zu konzentrieren, sowohl die früheren als auch die jetzigen.

Eine ganze Weile stehen wir so da. Schließlich atmet er tief durch und nickt mir aufmunternd zu. »Lass uns aufbrechen, Vanessa ist bereits ganz unruhig vor lauter Angst, auch noch die letzte Aufführung des Festivals zu verpassen, nachdem wir schon die gesamten drei Wochen keine davon besucht haben.«

Tatsächlich wartet meine Freundin, die mit uns aus Deutschland angereist ist, rücksichtsvoll ein Stück entfernt beim Taxi, tritt dort aber unruhig von einem Fuß auf den anderen und schaut auf die Uhr.

»Ich denke, es geht ihr weniger um die Flamenco-Aufführung«, sage ich schmunzelnd, während wir zu ihr gehen, »als vielmehr darum, dass sie es kaum erwarten kann, ihren Emilio wiederzusehen.«

»Ganz genau«, bestätigt Vanessa, die meine Erklärung mitbekommen hat, diese fröhlich. »Ich muss ihm doch meine Spanisch-Fortschritte demonstrieren. Und meine Kenntnisse kultureller Gebräuche vertiefen.« Sie zwinkert mir zu.

»Es wird wirklich Zeit, dass ihr zusammenzieht«, gebe ich grinsend zurück und wir steigen ins Taxi.

»Hast du denn schon eine neue Stelle?«, will mein Vater von Vanessa wissen, als wir anfahren.

»Nein, aber sobald ich gut genug Spanisch spreche, bewerbe ich mich an den Kliniken in Málaga und mit etwas Glück ziehe ich schon bald zu Emilio.« Bei dieser Vorstellung seufzt sie beseelt auf, bevor sie ein weiteres Mal auf die Uhr schaut. »Dass ausgerechnet heute unser Flug ausfallen musste, ist wirklich eine Katastrophe.«

»Keine Sorge, wir liegen noch gut in der Zeit«, beruhige ich sie. Wir mussten zwar auf einen anderen Flug ausweichen und sind daher Stunden später als geplant eingetroffen, aber bis zum Beginn der Aufführung werden wir vor Ort sein. Nur für den Fall, es würde noch etwas dazwischenkommen und unsere Ankunft verzögern, habe ich darauf bestanden, dass uns weder Fabio noch Emilio am Flughafen abholen, sondern wir ein Taxi nehmen. Ich hätte es mir nicht verziehen, wenn einer von ihnen den Auftritt verpasst hätte.

»Wird deine Großmutter eigentlich auch kommen?«, fragt Vanessa.

»Sofern sie sich von ihrer Arbeit losreißen kann, ja. Sie ist jetzt noch enger als zuvor mit Nani befreundet.«

»Ich hätte nicht gedacht, dass sie ihr Leben so vollkommen umkrempeln und sogar arbeiten würde«, murmelt mein Vater auf dem Beifahrersitz anerkennend. Constanza ist auch in Bezug auf ihn vor einiger Zeit über ihren Schatten gesprungen, hat ihn angerufen und zum ersten Mal seit Jahren mit ihm gesprochen. Davon, einander zu mögen, sind die beiden noch weit entfernt, aber es ist ein Anfang.

Vanessa neben mir nickt. »Sie arbeitet für eine Organisation, die versucht, die während und nach der Franco-Zeit in Spanien geraubten Kinder wiederzufinden und auseinandergerissene Familien zusammenzuführen, nicht wahr?«

»Sie arbeitet nicht nur dafür – sie geht völlig darin auf. Sie sagte, dass sie zum ersten Mal seit Mamas Tod wieder einen echten Sinn im Leben für sich sieht. In ihrem Bemühen um Wiedergutmachung für das, was mein Großvater getan hat, hat sie tatsächlich ihre Berufung gefunden.«

»Ihre Tätigkeit dort ist auch wirklich dringend nötig«, erwidert Vanessa. »Ich kann immer noch nicht fassen, in welchem Ausmaß in ganz Spanien Babys geraubt worden sind. Dreihunderttausend, sagtest du, nicht wahr? Und das noch über das Ende des Franco-Regimes hinaus! Bis in die Neunzigerjahre hinein!«

»Ja, trotz allem, was ich erfahren habe, ist es auch für mich noch immer unvorstellbar. Jeder einzelne Fall ist schon grauenvoll genug. Und wer weiß, wie hoch die Dunkelziffer ist.« Das ganze Ausmaß des Systems, an dem mein Großvater beteiligt war, zu begreifen und mich während des Prozesses gegen ihn bis ins Detail damit auseinanderzusetzen, war furchtbar. Die Haftstrafen, zu denen er, Schwester Inocencia und Ramón verurteilt worden sind, sind richtig. Dennoch schmerzt mir nach wie vor das Herz, wenn ich an meinen Großvater denke – oder an das Bild, das ich von ihm hatte.

Clara wird den Großteil ihrer Strafe wohl in Behandlung abbüßen, und war sehr froh darüber, endlich psychische Hilfe zu erhalten. Und zur Erleichterung von Alvaro hatte Nanis Bruder José, der an der Kunsthochschule in Málaga unterrichtet, schon vor Jahren herausgefunden, dass jener Bautista, der ihnen so viel Leid zugefügt hatte, seine Strafe ebenfalls erhalten hat. Kurz nach dem Ende des Regimes wanderte er nämlich eines anderen Deliktes wegen selbst ins Gefängnis. Dort verbrachte er ein ganzes Jahrzehnt und kam, kaum in Freiheit, bei einer Messerstecherei ums Leben. Gott? Schicksal? Karma? Ich weiß es nicht, aber es erfüllt mich mit Frieden, zu wissen, dass es wohl doch irgendeine Form von ausgleichender Gerechtigkeit gibt.

»Absolut«, reißt Vanessa mich aus meinen Gedanken. »Ich finde es übrigens ziemlich nobel, dass du das Erbe, das deine Großmutter dir nach dem Verkauf der Finca ausgezahlt hat, Frauenhäusern und Schulen gespendet hast.«

»Nein. Es war das einzig Richtige.«

Ebenso wie es die Entscheidung über meine berufliche und private Zukunft ist, die ich Fabio mitteilen muss.

* * *

Im Innenhof des Palasts von Karl V. ist eine große Bühne aufgebaut. Die zahllosen davor aufgestellten Stühle sind alle belegt und ich sehe mich suchend um.

»Hier! Hier sind wir«, ertönt fröhlich eine wohlbekannte Stimme und ich entdecke Gabriella in der ersten Reihe, von wo aus sie uns aufgeregt zuwinkt. Sie sitzt inmitten ihrer riesigen Verwandtschaft, die – so scheint mir – auch die drei nächsten Reihen komplett belegt. Kaum sind wir bei ihnen, werden mein Vater und ich von jedem Einzelnen aufs

Herzlichste begrüßt und es dauert eine ganze Weile, bis wir uns nach vorne zu Gabriella, den Zwillingen und ihren Eltern durchgearbeitet haben.

Mein Vater hat dieses Begrüßungsritual im letzten halben Jahr schon öfter durchlaufen, wenn er mit mir in Granada war, und ist von Besuch zu Besuch weiter aufgetaut. Die überschwängliche Lebensfreude der Menschen hier tut ihm sichtlich gut. Und dieses Mal ist seine Körperhaltung noch entspannter. Über kurz oder lang werde ich ihn dazu bewegen können, nach Granada zu ziehen, davon bin ich überzeugt. Und nun, zögerlich zuerst, doch zunehmend befreiter, lächelt er. Zum ersten Mal seit unfassbar langer Zeit. Vor lauter Freude falle ich dem alten Mann auf dem nächsten Stuhl überglücklich um den Hals und realisiere erst auf Gabriellas Kichern hin, dass er offenbar gar nicht zur Verwandtschaft gehört. Das tut allerdings meiner – und seiner – Freude keinen Abbruch.

Lachend wende ich mich Nanis Bruder José zu, der ebenso mit seiner Familie gekommen ist wie Nanis Schwester Felicia. Letztere weilt jedoch bereits hinter der Bühne. Auch die Begrüßung von Emilio verschiebe ich auf später, denn er und Vanessa haben gerade nur noch Augen füreinander. José und seine Frau freuen sich sichtlich über das Glück ihres Sohnes. Stattdessen zieht mich Lucía liebevoll an sich.

»Wo ist Fabio?«, frage ich anschließend, denn ihn habe ich immer noch nicht entdeckt.

»Das würde ich auch gern wissen.« Lucía seufzt. »Ich hoffe, er kommt nicht zu spät.«

Nervös beiße ich mir auf die Lippen, schließlich gibt es etwas, das ich ihm sagen möchte, und zwar in Ruhe.

»Schließlich ist das ein besonderer Abend«, fährt sie fort. »Alvaro, ich meine Diego, hat früher nur dann eine Gitarre in die Hand genommen, wenn er mir das Spielen beigebracht hat. Erst seit Mina in sein Leben zurückgekehrt ist, spielt er wieder – für sich und aus Freude, aber bislang ohne Publikum. Dies ist sein erster öffentlicher Auftritt.« Die Rührung steht ihr ins Gesicht geschrieben und auch mich bewegt die Bedeutung dieses Auftritts.

»Wie schön, dass du es noch geschafft hast, Mari«, erklingt Nanis Stimme. Sie kommt hinter dem Bühnenpodest hervor, wohin sie wohl Diego begleitet hat. *Yaya* ist bei ihr und beide schließen mich fest in die Arme.

Als sich meine Großmutter gesetzt hat, ziehe ich Nani zur Seite. »Es gibt da noch etwas, das ich schon die ganze Zeit über loswerden möchte.« Ich hole tief Luft. »Nämlich, dass ich unsagbar dankbar dafür bin, dass weder du noch Diego oder Lucía mir, als der Enkelin meines Großvaters, wegen seiner schlimmen Taten mit weniger Liebe begegnet. Das war nämlich meine größte Angst.«

Kopfschüttelnd nimmt sie mein Gesicht in ihre Hände. »Zum einen kannst du nichts dafür und hast nichts damit zu tun, also wieso sollten wir so etwas tun? Zum anderen habe ich durch dich nicht nur die Liebe meines Lebens wiedergefunden, sondern auch meine Tochter. Und da auch deine Mutter mir wie eine Tochter war und nichts daran etwas ändern kann, habe ich nun drei Enkelsöhne. Und zwei Enkeltöchter.«

Mir wird die Kehle eng. »Danke«, flüstere ich und umarme sie erneut fest.

Wenig später sitzen wir alle auf unseren Plätzen und erwartungsvolle Stille breitet sich aus, als endlich Fabio auftaucht. In gebückter Haltung eilt er die Reihe entlang, nimmt auf dem freien Stuhl neben mir Platz und drückt mir einen hastigen Kuss auf die Lippen.

»Höchste Zeit!«, schimpft seine Schwester neben ihm leise. »Wieso kommst du so spät?«

»Die Schlange am Stand war so lang.«

»An welchem Stand?«, hakt sie verwirrt nach, aber ich habe sie schon erschnuppert. Und tatsächlich: Auf den Lippen sein anbetungswürdiges schiefes Lächeln, reicht er mir eine Schachtel Schokochurros. Beinahe hätte ich trotz der Stille glücklich aufgelacht. Stattdessen lege ich meine Hand an seine Wange, beuge mich zu ihm und küsse ihn.

»Den Rest gibt es später«, raunt er mir anschließend ins Ohr und ein herrliches Kribbeln erfüllt mich.

Die nächsten beiden Stunden verliere ich mich in einem Rausch aus purer Emotion.

Nie habe ich einen mitreißenderen Flamenco gesehen oder gehört. Felicias Tanz ist überwältigend in seiner Perfektion bis in die Fingerspitzen und die Dramatik ihrer Darbietung lässt mein Herz schneller schlagen und mich den Atem anhalten. Doch es ist Diego, der mir eine Gänsehaut beschert und Tränen in die Augen treibt. Und nicht nur mir. Mit brüchiger Stimme singt er zu den gefühlvollen Klängen seiner Gitarre von Liebe, Leid und Hoffnung und sieht dabei die ganze Zeit zu seiner Mina, der Sonne seines Lebens.

Überall im Publikum wischen sich Menschen verstohlen die Augen. Nani hingegen lässt ihren Tränen freien Lauf und hält die Hand ihrer Tochter Lucía fest in ihrer.

* * *

Der lang anhaltende Schlussapplaus ist gerade verklungen, als Fabio mich schon auf die Beine zieht. »Ich will dir etwas zeigen.«

Wenig später stehen wir aneinandergeschmiegt an der Mauer der Alhambra, blicken über Granada und mir stockt erneut der Atem. Ich muss an den Tag denken, als ich an Fabios Seite zugesehen habe, wie im Sonnenuntergang die Alhambra scheinbar Feuer fing. Nun ist es andersherum: Wir stehen in der uralten Festung, die noch so viele Geheimnisse birgt, und die untergehende Sonne verwandelt nicht nur den Himmel in ein Farbenmeer, sondern taucht auch die Häuser Granadas in sattes Lila, leuchtendes Pink und flammendes Orange.

»Das ist unfassbar schön«, flüstere ich und sehe zu ihm auf. »Danke. Du bist vorhin zwar gerade noch …« Ich zwinkere ihm liebevoll zu. »… aber trotzdem mal wieder zur richtigen Zeit am richtigen Ort gewesen.«

»Ist meine Spezialität, weißt du doch. Und für den Fall, dass dich das nicht überzeugt: Ich habe das ganze Auto voller Schokochurros.«

»Überzeugt?«, wiederhole ich verdutzt. »Wovon?«

»Davon, bei mir zu bleiben, hier in Granada. Doch wenn das nicht möglich ist, komme ich zu dir nach Deutschland. Denn der richtige Ort für mich …« Sanft streicht er mit dem Daumen über meine Wange und sein Blick ist voller Zärtlichkeit. »… ist bei dir!«

Mein Herz macht einen Sprung und ich fühle mich regelrecht trunken vor lauter Glück.

»Ich habe bereits mit meiner Familie gesprochen«, fährt er fort, »und würde versuchen, beruflich in Deutschland Fuß zu fassen, denn …«

»Schhh.« Ich lege ihm einen Finger auf den Mund, um ihn zum Verstummen zu bringen, während mein Herz vor Freude tanzt. »Mein Vertrag in der Klinik läuft aus und ich habe einen neuen unterschrieben – in Granada. Ich werde hierherziehen.«

Er steht wie erstarrt da, dann hebt er mich plötzlich hoch, ich quietsche überrascht auf, jauchze aber im nächsten Moment, als er sich lachend mit mir im Kreis dreht. »Du hast mich gar nicht ausreden lassen«, sagt er, als er mich wieder absetzt. »Denn was ich ergänzen wollte, ist: Was ich damals sagte, ist und bleibt die Wahrheit: Du bist hübsch und klug und witzig und interessant und ich verbringe wahnsinnig gern Zeit mit dir, weil … weil ich dich liebe.«

»Und ich dich«, flüstere ich, denn vor Freude ist meine Kehle ganz eng, dabei hätte ich es am liebsten so laut gerufen, dass es ganz Granada gehört hätte.

Als er sich zu mir herabbeugt und mich zärtlich küsst, kann ich mein Glück nicht fassen. Ich habe wieder eine Familie. Eine riesige, wundervolle Familie und sie wird weiterwachsen.

* * *

»Wie es aussieht, werden wir mit großer Wahrscheinlichkeit in naher Zukunft auch Urenkel haben«, sagt Diego schmunzelnd mit Blick auf Fabio und Mari, die sich im Sonnenuntergang küssen.

»Ich hoffe es von Herzen«, erwidert Mina glücklich.

»Komm mit«, sagt Diego und greift nach Minas Hand.

»Schon wieder?«, fragt sie lachend und folgt ihm mit glänzenden Augen. Zwischen den Palästen und unter den Arkaden hindurch, an plätschernden Brunnen vorbei und durch die herrlichen Gärten, in denen Zikaden zirpen und eine sanfte Brise die Blätter rauschen lässt. Erst vor dem Torre de la Vela bleibt Diego stehen. So wie damals.

Mina lächelt. »Ich verzichte jetzt darauf, dir zu sagen, dass nachts alles abgeschlossen ist.«

Er zwinkert ihr verschmitzt zu, drückt die Tür auf und steigt mit ihr die Stufen hinauf bis ins oberste Stockwerk. »Schließe deine Augen«, bittet er sie auch dieses Mal wieder.

Mit klopfendem Herzen folgt Mina seiner Aufforderung und er führt sie vorsichtig durch den Raum bis ans Fenster. »Jetzt öffne sie.«

Ihre Augen weiten sich vor Staunen. Zu ihren Füßen liegt Granada wie ein Meer von Lichtern. Von Sacromonte bis El Zaidín leuchten Abertausende von Fackeln und Feuern und über der Stadt funkeln unzählige Sterne am wolkenlosen Himmel.

»Granada ist eine Welt für sich«, sagt Diego und streicht zart über Minas Wange. »Ich habe dir doch versprochen, ich würde dir die Welt zu Füßen legen. Das hier ist erst der Anfang.«

In diesem Moment explodiert der Himmel über Granada in atemberaubendem Farbenzauber: rotgoldener Glitzer platzt in Blumenform, lila leuchtender Regen malt Beeren an den Himmel, die in weißgelbem Flitter bersten, pinkfarbene Funken sprühen Fontänen und blaugrün funkelnder Schnee rieselt hernieder.

»Das ist wundervoll«, flüstert Mina überwältigt.

»Aber nicht annähernd so wundervoll wie du«, sagt er mit rauer Stimme.

Sie wendet sich ihm zu, legt liebevoll ihre Hand an seine Wange. »Castor hat auf alles verzichtet für den Menschen, den er liebte. Damit jener glücklich war. Du hast genauso gehandelt. Und eines Tages werden wir zwei Sterne am Himmel sein. Für alle Zeiten vereint.«

»Und bis dahin machen wir einfach genau dort weiter, wo wir damals aufgehört haben.« Sanft küsst er sie. »Ich habe doch gesagt, auch unsere Geschichte wird glücklich enden, denn alle Märchen enden gut.«

»Und du hast recht behalten«, flüstert sie. »Unsere Liebe ist stärker als das Schicksal und ewig wie der Olivenbaum.«

Sie zieht sein Gesicht zu sich heran und erneut treffen sich ihre Lippen, während das Feuerwerk die Nacht erhellt und Granada, die Prächtige, die Stadt der tausend Paläste, in alle Farben des Glücks taucht – und sie beide ebenso.

Wenn du nur eine Stadt in Spanien besuchst,
dann sollte es Granada sein.
– Ernest Hemingway –

Nachwort und Danksagung

Liebe Leserin, lieber Leser,
danke, dass du Mari und Fabio ebenso wie Mina und Diego auf ihrem Weg begleitet hast.

Ihre Geschichte liegt mir unfassbar am Herzen, dennoch habe ich fast nicht mehr geglaubt, dass dieser Roman jemals das Licht der Welt erblicken würde. Nicht nur, weil diese Idee mich schon so lange begleitet hat, sondern weil das letzte Jahr für mich gesundheitlich sehr schwierig war. Bevor ich darauf zu sprechen komme, tauche ich jedoch noch etwas weiter in die Vergangenheit ab:

Vor rund zehn Jahren las ich in einer Zeitschrift über den Gerichtsprozess wegen Babyraubes gegen die spanische Nonne María Gómez Valbuena vom Orden der Töchter der Barmherzigkeit. Ich war fassungslos und insbesondere von den grausamen Details schockiert. Der Gedanke an die in dem betreffenden Artikel hindurchscheinenden menschlichen Tragödien der betroffenen Mütter und ihrer Kinder ließ mich nicht mehr los, zumal ich selbst dreifache Mutter bin. Fünf Jahre später wurde dann der Fall des ebenfalls in solcherlei Babyraub involvierten spanischen Arztes Dr. Eduardo Velo publik und in meinem Kopf begann eine Geschichte Form anzunehmen. Doch erst 2021 kam ich dazu, sie niederzuschreiben. Auch wenn die Protagonisten erdacht sind, habe ich die Figuren der Nonne und des Arztes an das angelehnt, was die Gerichtsprozesse über María Gómez Valbuena und Dr. Eduardo Velo ans Licht gebracht hatten. Die in diesem Roman geschilderten Hintergründe des bis in die Neunzigerjahre fortgeführten systematischen Babyraubes, an dem Ärzte, Anwälte, Geistliche und Pflegepersonal beteiligt waren, entsprechen also leider der Wahrheit. Auch der Opferverband S.O.S. Geraubte Babys (S.O.S. Bebés robados) existiert und an dieser Stelle gilt meine Hochachtung seiner Arbeit.

Selbstverständlich habe ich nach bestem Wissen und Gewissen die Hintergründe sowohl des systematischen Babyraubes in Spanien unter und nach dem Franco-Regime recherchiert als auch die politischen und gesellschaftlichen Hintergründe der Franco-Diktatur. Dennoch bin ich weder Historikerin noch Politologin. Ich maße mir nicht an, eine politische Einschätzung der damaligen oder heutigen Situation abgeben zu können, und das ist auch nicht mein Ziel gewesen. Mir ging es nur darum, Schicksale aufzugreifen und deren Geschichte zu erzählen.

Dass ich dieses Vorhaben zu Ende führen konnte, ist jedoch, wie oben angesprochen, nicht selbstverständlich. Während der Arbeit an »Das Geheimnis von Granada« erkrankte ich an einer sehr schweren Form der Neuro-Borreliose. Mit Ganzkörperschmerzen und vollständiger Gesichtslähmung wurde ich ins Krankenhaus eingeliefert. Wochenlang konnte ich weder richtig essen noch sprechen, ja nicht einmal die Augen schließen. Auch jetzt, ein Dreivierteljahr später, habe ich noch immer mit Schmerzen, Lähmungserscheinungen und motorischen Ausfällen zu kämpfen. Teilweise war ich mir auch nicht mehr sicher, ob ich den Roman unter diesen Umständen überhaupt noch würde zu Ende schreiben können.

Mein ausdrücklicher Dank gilt daher an dieser Stelle meiner langjährigen Lektorin Jil Aimée Bayer für ihre großartige Arbeit. Danke für deine Unterstützung nicht nur in schriftstellerischer, sondern auch in persönlicher Hinsicht. Danke für konstruktive Kritik und Ermutigungen. Danke für deine unvergleichliche Empathie und dafür, dass du meine unzähligen Randkommentare jedes Mal aufs Neue mit einer Engelsgeduld durchgehst. Vor allem aber danke dafür, dass du auch abseits romanbezogener Themen immer für mich da warst.

Ebenso danke ich von ganzem Herzen dem Team des Tinte-&-Feder-Verlages, allen voran Jenny Brodski, Katrin Bussac und Claudia Lutz nicht nur für ihre hervorragende Arbeit und ihren Einsatz, sondern auch für ihr Verständnis und ihre Hilfsbereitschaft in dieser für mich so harten Zeit. So viel Menschlichkeit im Geschäftsleben ist selten. Ebenso geht ein riesengroßes Danke raus an Irmi Keis und Tina Lurz von ehrlich & anders für all die liebevoll gepackten Buchboxen, die tollen Marketing-Ideen und das wundervolle Aufmunterungspaket nach meiner Krankenhausentlassung.

Danke an sämtliche Leser*innen und Blogger*innen da draußen, die mich seit nunmehr acht Jahren oder auch erst seit Kurzem begleiten und mich mit all ihren wundervollen Rezensionen, Buchvorstellungen und Nachrichten immer aufs Neue motivieren, weiterzumachen.

Alle hier Genannten sind der Grund dafür, dass die Geschichte von Marisol und Fabio, von Mina und Diego nun endlich ihren Weg in deine Hände gefunden hat. Hoffentlich auch in dein Herz.

Deine Emma

Quellen

Zu Andalusien, Granada und den Mauren:

al-Andalus: Geschichte des islamischen Spanien; Brian A. Catlos; C. H. Beck; 2. Edition (20. November 2020)

Andalusien Insider Reiseführer: Städte, weiße Dörfer, Natur, Reise-Routen, Sehenswürdigkeiten, Strände und wichtige Reisetipps; Sara Klüber und Marco Hansel; Love & Compass; Erste Edition (1. Juli 2018)

Baedeker Reiseführer Andalusien; Rainer Eisenschmid und Tobias Büscher; Baedeker, Ostfildern; 15. Edition (3. Mai 2018)

Das Maurische Spanien: Geschichte und Kultur (Beck'sche Reihe); Georg Bossong; C. H. Beck; 4., durchgesehene Edition (27. August 2020)

Die Alhambra: Geschichte – Architektur – Kunst; Sabine Lata; Elsengold Verlag; 1. Edition (1. September 2016)

Erzählungen von der Alhambra; Washington Irving; Miguel Sanchez; Überarb. Aufl. Edition (1. Januar 1980)

Granada: Königreich zwischen Orient und Okzident; Jan Thorbecke Verlag; 1. Edition (2. März 2009)

Granada: Sierra Nevada, Costa Tropical; Ulrike Wiebrecht; via reise; 1. Edition (1. Juli 2017)

Granada und die Alhambra; Rafael Hierro Calleja; Ediciones Miguel Sánchez, S. L. (1. März 2005)

Zum Babyraub in Spanien:

https://www.spiegel.de/politik/daemon-mit-haube-a-42cbcbd5-0002-0001-0000-000087347249

https://www.spiegel.de/panorama/gesellschaft/babyraub-in-spanien-netzwerk-verkaufte-kinder-waehrend-franco-diktatur-a-842359.html

https://taz.de/Kinderhandel-in-Spanien/!5096985/

https://www.sueddeutsche.de/panorama/prozess-um-kindesraub-in-spanien-verjaehrtes-unrecht-1.4161415

https://www.deutschlandfunknova.de/beitrag/geraubte-babys-erster-prozess-in-spanien-kommt-zu-einem-ende

https://www.blick.ch/ausland/spanien-erster-prozess-um-grossen-babyraub-skandal-in-spanien-id8545960.html

Zur Franco-Diktatur und ihrer Aufarbeitung:

Francos langer Schatten: Diktatur und Demokratie in Spanien; Ch. Links Verlag; 1. Edition (4. März 2020)

https://www.spiegel.de/geschichte/spanischer-buergerkrieg-francos-jagd-auf-die-maulwuerfe-a-1259914.html

https://www.deutschlandfunk.de/45-jahre-nach-francos-tod-wie-spanien-um-die-aufarbeitung-100.html

https://www.andalusien360.de/magazin/francisco-franco

https://www.welt.de/geschichte/article189653187/Hinrichtung-1974-Deutscher-starb-als-letztes-Opfer-der-Garrotte.html

https://www.dw.com/de/die-vergessenen-opfer-der-franco-diktatur/a-45516587

https://www.welt.de/geschichte/article185189592/Aufarbeitung-Bis-heute-leidet-Spanien-unter-Francos-Verbrechen.html

https://www.sunnyfuerte.com/fuerteventura-entdecken/ortschaften/norden/westen/tefia/

https://www.viva-espana.at/miguel-de-unamuno/

https://www.faz.net/aktuell/politik/ausland/franco-diktatur-aufarbeitung-per-gesetz-16956661.html https://de.euronews.com/2019/04/01/80-jahre-nach-ende-des-burgerkriegs-francos-langer-schatten

Zu Zitaten:

Granada: Ein literarisches Porträt; Nina Koidl, Insel Verlag; 1. Edition (19. März 2001)

https://www.ciceronegranada.com/blog/citas-y-frases-de-granada/

https://www.bk-luebeck.eu/zitate-lorca.html

https://www.piccavey.com/granada-quotes/

https://www.myzitate.de/federico-garca-lorca/

https://beruhmte-zitate.de/zitate/1287158-federico-garcia-lorca-today-in-my-heart-a-vague-trembling-of-stars-and-a/

Printed in Poland
by Amazon Fulfillment
Poland Sp. z o.o., Wrocław

92712545R00348